111599

I AM NOT THE ELITE

我不是精英

金子——著

四川文艺出版社

图书在版编目(CIP)数据

我不是精英 / 金子著.—成都：四川文艺出版社，2017.10（2021.7 重印）
ISBN 978-7-5411-4746-3

Ⅰ. ①我… Ⅱ. ①金… Ⅲ. ①长篇小说-中国-当代 Ⅳ. ①I247.5

中国版本图书馆 CIP 数据核字（2017）第 176904 号

WO BU SHI JING YING

我不是精英

金子 著

策划出品　鼎之文化
责任编辑　金炀浸　周　轶
责任校对　汪　平
装帧设计　小茜设计

出版发行　四川文艺出版社(成都市槐树街 2 号)
网　　址　www.scwys.com
电　　话　028-86259287 (发行部)　028-86259303 (编辑部)
传　　真　028-86259306

邮购地址　成都市槐树街 2 号四川文艺出版社邮购部 610031
印　　刷　河北鹏润印刷有限公司
成品尺寸　166mm×235mm　1/16
印　　张　22　　　　字　　数　300 千
版　　次　2017 年 10 月第 1 版　　印　　次　2021 年 7 月第 5 次印刷
书　　号　ISBN 978-7-5411-4746-3
定　　价　39.80 元

目　　录

楔子

20××年3月31日

“嘻唰唰,嘻唰唰,嘻——唰唰!”花儿乐队的歌声越来越响,振动中的手机以每秒半厘米的速度移动着,眼瞅着就要从床头柜上掉下去了,“哐”的一声,韦妈妈推门而入,掀被子,塞手机,怒吼一步到位:“韦晶,接电话!都几点了还睡!说你呢!”

睡眼惺忪的韦晶顺手按了接听键,有气无力地应了一声:“喂……”“你好,请问是韦晶吗?”一个公事公办的声音传了出来,没听过,韦晶无声地打了一个哈欠:“我是,您哪位……”看着韦晶那张得大大的嘴巴,韦妈妈忍不住白了一眼,什么样子!“我是BM公司HR的Sunny,你现在说话方便吗?”那个女声机械式地说。

BM公司……BM!韦晶猛地一下子坐了起来,怕她冻着,正想帮她拿毛衣过来的韦妈妈吓了一跳,然后就听见女儿用堪比中央人民广播电台女主播的甜美声音说道:“您好,请问您有什么事儿吗?”

韦妈妈汗毛竖起地离开了卧室,正在客厅收拾钓具的韦老爹抬头问:“谁的电话啊?”“你闺女又变声了,估计不是找她相亲的就是找她面试的!”韦妈妈说得那叫一个斩钉截铁,韦老爹讪讪地笑了。

两口子话音未落,看见韦晶穿着睡衣从屋里旋转了出来:“老妈老爸,重大新闻,BM公司让我周一去面试!”韦妈妈给了老公一个“你看我说得没错吧”的眼神,然后又问:“这是家什么公司呀?”韦晶做了一个特无力的表情:“不是吧,妈,你也太无知了啊……”然后给父母做了一次关于BM公司的介绍,内容之详尽,赞叹之真诚,如果让 BM 公司总裁听到了,非立刻录取她不可。

韦氏夫妇听了半天,才听明白这是一家很大很有名气的外企,韦爸爸原本也挺高兴,可再一琢磨,很大很有名气的……外企?“闺女啊,我听人说这外企都得讲英语,你行吗?”韦爸爸问得小心翼翼,他怕伤了女儿的自尊心。

韦晶停顿了一下,没有说话。看着发愣的女儿,韦妈妈一撇嘴:“就是啊,我说你那二十几个英文字母还认得全吗?是二十几个吧?”她回头问自己老公。客厅里一片静默……“阿嚏!”韦晶突然一个冲天喷嚏打了出来,“好冷!”说完麻溜儿地转身冲回了被窝,头都不敢回。

温暖的被窝刺激得韦晶一哆嗦,这会儿她也冷静了下来,对啊,外企貌似要讲鸟语的,可自己上英文课还是职高那会儿了,ABCD 八百年前就还给老师了,要是人家用英文面试,那可如何是好?! 韦晶开始在被窝里啃起了指甲。

“儿子,你怎么现在就起了?你们头儿不是说今天让你休息吗?”对门米妈妈正心疼地看着睡眼惺忪的儿子。米阳伸了个懒腰:“累过头了,反而睡不着,妈,我爸呢?”“厂办有急事找他,一早就出门了。”“哦,那有什么吃的没有?”“有,有,你等着啊!”米妈妈赶忙去厨房张罗。

这时家里的京巴一摇三晃地颠了过来跟米阳起腻,米阳用脚逗弄了它一下,京巴趁机把他脚上拖鞋叼了下来,扭身想跑。米阳眼疾手快一把将它薅了回来,抢下拖鞋,顺带给了一巴掌爱的教育——这家伙已经咬坏自己五双鞋了。

京巴惨叫得好像不是挨了一巴掌而是挨了一棒槌似的。“米阳!”端饭出来的米妈妈叫了一声,“你又欺负古利!”京巴一见靠山来了,哼唧得愈发凄惨,米妈妈赶紧放下碗筷,把狗从儿子手里夺了过来,顺带白了一眼米阳。

米阳做个鬼脸开始吃饭,就看他老妈一边给狗拢毛一边柔声安慰:“乖儿子,没事儿,咱不理那坏哥哥!”“咳!”米阳差点被一口蛋炒饭噎着,他赶紧喝了口水顺顺,然后说,“妈唉,您是我亲妈吧,我求求您了,您就管一个叫儿子成吗?省得误会!”

米妈妈毫不在意地说:“谁误会啊?”米阳一翻白眼:“误会得多了,您知道韦晶管我叫什么吗?”米妈妈蛾眉一竖:“那丫头叫你什么?!”突然发现自己老妈脸色、声调都变了,米阳这才想起来母亲一向和对门的韦阿姨不对盘,两个人成天地明争暗斗,自己这不是没事找事儿嘛!

“嗯哼!”米阳清了清喉咙,“您甭管人家叫什么,总之您以后出了门就叫这狗名字,人家都是没儿没女的才管猫狗叫儿子!我这儿还活得好好的呢,您儿子儿子地叫算哪门子事儿!”

“我呸!你一大早说什么活啊死的,你以为你不说我就不知道了?韦晶那丫头就跟她妈一样,说不出什么好话儿来,她就一职高生,那大专文凭也是成人高考下来的注水肉,现在还在家待业,有什么资格对咱们家说三道四的?!”米妈妈越说声音越高。

“妈,您小点声行不行,咱这房子不隔音,让人听见了多不好。”米阳皱眉做了个小声的手势。“我敢说就不怕人听见!”米妈妈的声音更高了,“本来就是,你爸爸是厂领导,我在学校教书,你呢,公安大学研究生毕业,干的是刑警,他们家呢,工人!工人!再加一个待业的,哼!还想跟我比!”

米阳无奈翻了个白眼,心里明白这几天自己出任务不在家,老妈肯定跟对门韦阿姨又发生什么摩擦了。说来也怪,爸爸和韦叔叔是好朋友,为什么两个半大老太太就合不到一块儿呢?米妈妈依旧在唠叨着,米阳左耳进右耳出,心里却想着不知道韦晶那丫头的工作找得怎么样了,上次自己让一哥们帮忙看看,也不知道有结果没有。

“米阳,我说话你听见没有?”米妈妈用手指戳了一下儿子的脑门,“你这心不在焉地想什么呢!”“哎哟!”米阳故意惨叫一声趴在了餐桌上,“本来听见了,全让您给戳忘了!”

米妈妈懒得跟他计较,说正事要紧:“你胡阿姨说给你介绍个对象,条件特好,你这都快过二十五岁生日了,该找了啊!”米阳特郁闷地叹了口气:“难为您还知道我是二十五,瞧您这劲头儿,我还以为我四十五了呢!您说您着什么急啊,现在结婚女方又不陪送嫁妆,您还得倒贴一房子!”

“别跟我臭贫好转移话题,倒贴我乐意!”米妈妈狠狠地拍了米阳大腿一下,“人家姑娘是留学回来的,美国大学毕业,家里父母都是搞科研的,她在外企,一个月挣一万多,自己有房有车,多好啊!”米妈妈说得两眼放光。

米阳挖了挖耳朵眼儿:“这条件是不错,可这条件干吗找我啊,一小警察,没车没房,那工资薄得舔一次手指头都够来回数两遍的。”

"人家说了就喜欢警察,有安全感,你学历又好,个子高,长得又帅……"

"噗!"米阳喷了,"我说妈,您别说了,您儿子脸皮再厚也架不住这么夸,再说我这么高、这么帅,也不愁娶不到媳妇是不是?您就别操心了,实在憋不住了,我先去'大号'啊!"说完他抬屁股就跑。"哎,你什么意思啊……""哐",米警官把老娘的魔音穿脑关在了厕所外面。

解裤子准备上厕所,一抬头看见了镜中的自己,米阳忍不住打量了一番。左摸摸,右看看,小伙子是挺帅的,眉毛眼睛鼻子的位置都很正,可是怎么看着都有点……米阳不自觉地想起了韦大小姐的那句评语:"你这孩子吧,五官都还行,就是组合在一起诡异了点,怎么说呢,放在好人堆儿里你就是痞子脸;放在痞子堆儿里,你就是好人脸!"

"死味精!"米阳嘀咕了一句,愤愤然地坐在了马桶上开始运气……

西南方,某个还算热闹的火车站,"呜——呜——"的火车鸣笛声不时响起,旅客们提着大包小包步履匆匆。一个年轻女人也夹杂在其中,她神色有些慌张,不时地向身后张望,但在这乱糟糟的火车站里,没人注意到她。

眼瞅着一列火车即将开动,女人奋起追赶,勉强挤了上去,列车员不高兴地瞪了她一眼,随即关上了车门。这种铁皮火车似乎永远没有按座售票的传统,站着的人貌似比坐着的还多,女人好不容易挤过了人群,进入了相对人少的水房过道。

她背身蹲下,打开一个皮包,一个婴儿的脸庞赫然出现,好像还在沉睡。女人有些紧张地拍了拍孩子的脸,孩子没任何反应。又拍了几下之后女人开始害怕了,她把孩子抱了出来,用力掐人中。没两下,孩子哼唧了一声,接着就哇哇大哭起来,周围的零散旅客顿时被吓了一跳。

孩子的哭闹不止让旅客们很不耐烦,一个个白眼飞了过来。年轻女人却如释重负,面带喜悦地拍抚着小婴儿,她不时地用自己的脸贴贴孩子的脸,轻声嘟囔着。一滴滴水迹顺着孩子的脸庞流下,也分不清是谁的泪水。

只有离她比较近的一个旅客听见她模糊地说什么"到北京,远远的……"

第一章　面试

4 月 1 日

“丫头，去了那儿别慌张，能行就行，不行就拉倒，咱们回头再找，可别着急上火！”韦爸爸站在门口嘱咐说。打扮得焕然一新的韦晶胡乱地点点头：“知道了老爸，你回去吧！”虽然没有半点把握，韦晶最后还是决定去碰碰运气。

这份简历是韦晶一个发小儿帮忙投的，这发小儿的大学同学就在 BM 公司工作，原本也没想着能成，反正韦大小姐正处于失业中，投份儿简历又不花钱，就当撞大运了。很多大的外企都是这样，除了招聘应届大学生，还有就是那些特别有能力的高管、技术人员是要走“正规路线”的，而普通一些的工作就允许员工内部介绍了，要不，凭韦晶的学历、经验，别说 BM 了，什么 M 也轮不着她呀！

父女俩正说着呢，对面的门开了，米阳一边接电话一边走了出来：“行，知道了，我一会儿就过去！”说完挂断电话一抬头，就看见了打扮得很“知性”的韦晶，眼一眯刚咧嘴要嘲笑，突然瞄见了门口的韦爸爸，赶紧把脸皮调整到阳光少年的表情：“韦叔早！”

“早，你上班啊？”韦爸爸问，他一直挺喜欢这孩子的，虽然嘴巴贫了点儿，但心眼儿好，人也正直。“是啊！单位那边有点事儿！”米阳笑说。“哦，那注意安全啊！”知道他是干警察的，韦爸爸下意识关心了一句。“明白！”米阳潇洒地敬了个美式军礼，韦爸爸呵呵一乐关上了门。

门一合，米阳刚要开口准备继续人身攻击，韦晶先发制人，哼了一句：“狗大哥，您出门可得小心！现在治安不好，你们也得注意人身安全啊！”说完转身就下楼。米阳从牙缝里“嗤”了一声，再一次决定得警告一下自家老太太，要是她再管那破狗叫儿子，那自己就找一京巴叫妈去！

米阳跟着韦晶往下走，开始反击：“我说味精，你一大早儿捯饬成这样是去哪儿啊？不是去相亲吧？怎么的，那什么马克西姆也开始卖早餐了？”“管得着嘛你！”韦晶送给他一个大白眼。马克西姆是北京一家老牌法餐厅，价位自不必说，韦晶曾和某精英男在此相过亲，当然，两人最终的结局也只是相过亲而已。米阳总拿这事儿挤对韦晶，谁让她牛皮烘烘地臭显摆什么一个人的餐费就得小二百五。

到了楼门口，米阳低头去开自行车锁，又问：“要不要我送你啊？”“谢了啊，我打车去！”韦晶牛气地说完就踩着高跟鞋一摇三晃地走了。米阳骑上车用力蹬了几下就追了上来，看着前头韦晶很不自然扭来扭去的屁股，他特想笑。这丫头一年穿高跟鞋亮相似乎只有面试和相亲的时候，根本走不出会穿的女人那股子劲儿来。肥三儿那小子怎么说的来着，这女人，甭管多大岁数，关键得会扭！

韦晶知道米阳跟在后头，步伐愈发迈得快，“哎哟！”越急越出事儿，一个不小心，她差点被地上的砖缝儿别了个跟头。米阳赶紧伸脚支住了车：“你没事儿吧！”“没事儿，咝——”韦晶皱着眉头活动了一下脚腕儿。米阳把车往她跟前一横，一扬下巴。

“干吗呀？”韦晶斜他。“上来啊！”米阳挑了挑眉头，不等韦晶开口他又说，“你不是要面试去吗？咱这小区离着大马路可有段距离，您就是打车也得去大街边打吧，麻溜儿地，我还有事儿呢！”韦晶一琢磨也是，更何况刚才脚又崴了一下还有点疼，那还假客气什么呀，屁股一沉，韦晶已经上了后座。

米阳回头说了句：“坐稳了啊，走你！”说完脚下一用力，车子摇晃了几下，开始前行。阳台上的米妈妈正抱着古利往下看，眼瞅着米阳和韦晶很快就拐了出去。正好这时旁边阳台上韦妈妈正咋咋呼呼地吆喝自家老头子抬东西，嗓音洪亮，吐字发声皆来自丹田，估计半栋楼的人都知道韦家的酱菜缸放在什么位置了。米妈妈撇了下嘴角儿：“什么素质！”说完就转身回屋了。

到了路边放下韦晶，米阳刚要走，韦晶突然想起来问：“哎？你怎么知道我要去面试的？”米阳心说，那还用问，您这高跟鞋一穿，不是找工作就是找男人呗。但这话打死也不能说啊，他坏坏地一笑：“想知道啊？请我吃那马什么姆的二百五我就告诉你。”

“我看你就是个二百五！去去去！赶紧走人！”韦晶轰苍蝇似的推他。米阳嘿嘿笑着往前骑，没走几步就听见背后韦晶喊了句：“干活小心点儿！”米阳不自禁地咧嘴一笑，头也不回地摆了摆手，转眼就不见了。

韦晶伸手打了一辆车，要不是为了这身行头儿，她才舍不得花这冤枉钱呢。告诉司机地址之后，就坐在后座上发呆，一想到过会儿的面试，心里就愈发没底。“嘀嘀”，微信声突然响起，韦晶赶紧手忙脚乱地把手机从包里掏了出来。

这也不怨她，皮包也是特意换的，包里面的门道儿还没摸清楚呢，因为一年也用不了几次，基本跟高跟鞋的亮相概率等同。这是正版的 GUESS，是家里那个有钱有势的二婶儿从香港带给她的，虽然不是什么顶级货，但对韦晶而言，这已经算是最拿得出手的了。

“韦韦，出发了没有？加油啊，甭紧张，不行咱再换！”微信的内容让韦晶会心一笑。微信是陶香发的，就是韦晶最好的那个发小儿，这回的面试也是她帮忙找的。韦晶一直很羡慕在外企工作的女孩儿，觉得她们是真正的白领，真正的精英，一说话就是中英文夹杂，这多牛啊！就好像豆粥怎么也卖得比大米粥贵吧，不就是加了点料嘛！这种盲目崇拜让从外企离职的陶香嗤之以鼻，但还是尽力帮她找机会。

韦晶低头回微信：“我现在在车上，头皮发麻，四肢冰凉！”没一会儿微信回了过来：“瞧你那点儿出息，面试完来找我，咱们吃辣锅子去，让你彻底暖和一下！”两个人噼里啪啦地发了一路微信，要不是司机师傅跟韦晶要钱，她还不知道已经到站了。

找钱的时候，师傅挺羡慕地说了一句：“您在这儿上班啊？”BM 公司买了一栋楼，百分之九十的北京司机都知道这儿。韦晶心虚地一笑，没敢搭茬儿。“真好，外企白领，要是以后我闺女能有你这么出息就好了，咱也在家享享福！”韦晶心想：您闺女最好别像我，不然您这出租车估计得开一辈子。

下了车，一进入那宽敞明亮、现代简约风格的大厅，韦晶震惊了一会儿才去前台登记。前台小姐打电话确认之后，“啪”地在韦晶的手臂上贴了一张贴纸，就跟猪肉合格盖戳似的，然后很职业地说："左手，第二个电梯，十八楼。"然后不再多看韦晶一眼。韦晶客气地说了句谢谢，顺着她指的方向进了电梯。

进了电梯韦晶才有工夫看那张贴纸，上面用英文写着"visitor"，韦晶悄悄吐了口长气，好在这个单词自己还认识，不知道这算不算是一个好的开始。

"这个部门的主管叫 Jane，人还不错，这个工作也比较简单，所以你别紧张，尽力就是了。"Sunny 微笑着说。她就是那天通知韦晶面试的人，也是陶香的大学同学，年纪比韦晶还小，可人家已经是 HR 的一个 Team Leader 了，所以才有"权力"推荐韦晶这样的来面试。

"真是麻烦你了。"韦晶边赔笑边小心翼翼地打量着四周。BM 公司办公家具都是灰色和蓝色相间，绿色植物随处可见，办公桌的挡板上贴着一个个牌子，上面都是一些韦晶认识或不认识的英文名字。人人一台笔记本电脑，女孩子的桌上放着相框、小植物以及各种小玩意儿。甭管长相如何，往那儿一坐，人家就有那个范儿！

所有人看起来都很忙碌的样子，可偏偏又很安静，每个人都把声音压到了最低，空气中弥漫着电子设备和各种香水混合在一起的味道。韦晶悄悄吸了口气，这就是外企的味道吗？

"Lisa，1806 会议室可以用吗？"Sunny 问一个坐在挡板后办公的女孩儿。那女孩儿头发挑染成了桃红色，长得挺漂亮的，或者说画得挺漂亮的。她说了句英文，韦晶没听懂，Sunny 点点头："OK，那你通知 Jane，就说人过来了，谢谢。"说完她带着韦晶拐弯进了一间小会议室，帮她倒了杯水："你在这儿等吧，我那儿还有个会，回头有什么事儿我们再联系。"

"谢谢你！"韦晶赶紧站起来说。"别客气！"Sunny 微微一笑，转身出去了。韦晶一紧张就口渴，拿起杯子来咕嘟咕嘟就开始喝，喝到一半，"唰"的一声玻璃门被人拉开了，韦晶差点呛了出来。"Hi，你就是韦晶吧？"一个女声传来。

韦晶一抬头，一个绝对职业的，就是韦晶想象中的外企白领出现在她面前。衣着打扮、举手投足都透着一股子自信，三十来岁的样子，看起来挺温和的，韦晶稍稍安心了一些。"您好，我是韦晶。"韦晶站起来点头示意，顺便抹了把嘴。那女人微微一笑："我是运营部的 Jane，你请坐吧。"说完自己拉椅子坐了下去，低头翻看着韦晶的简历。

她的动作不紧不慢,偶尔纸张发出轻微的哗哗声,韦晶却愈发得口干舌燥起来,甚至开始后悔,自己干吗要来这儿,是不是在自取其辱。自己那薄薄的一份简历,实在可以用“乏善可陈”来形容,韦晶的脸开始热了起来,很想就地消失。

“我大概看了一下,嗯,你大学是自己学的是吧？是……大专?”Jane 抬头问。“是……”韦晶小声说。Jane 笑了一下:“我不知道 Sunny 有没有把我们的工作内容告诉你?”“没有。”韦晶摇了摇头,估计那个 Sunny 就是出于人情帮陶香一忙,压根儿就没觉得自己有戏,所以干脆省了那口唾沫了。

“哦,那我大概说一下吧,我们要找的职位是个 Supply Mental……”Jane 说职位的时候用了英文。韦晶眼睛都直了,她说啥,“做不来馒头”这是个什么职位？虽然听得云里雾里,但韦晶还是保持着脸上的笑容频频点头。如果光看笑容,对方一定会认为她特明白,Jane 同志想当然认为笑靥如花的韦晶很明白她在说什么,因此就滔滔不绝地说了下去。

在后来的日子里,韦晶发现从某种角度而言,她确实做不来“馒头”,只能勉强算是个窝头……

“桃子,桃子！成了,我成了!”做淑女状离开 BM 大厦已有 500 米的韦晶飞快地掏出电话开始鬼叫！路上行人皆侧目,心说打扮得挺好的丫头,怎么这么大嗓门,真是人不可貌相！电话另一边的陶香用小指掏了掏耳朵:“我说你小点嗓门行不行？中央人民广播电台小喇叭又开始广播了?”“哈哈！这会儿你说什么我都不生气！我跟你说啊,我那事儿成了,再过一周就上班儿!”韦晶难掩兴奋。

也许是 Jane 小姐今天没睡醒,也许是 BM 公司太缺做“馒头”的人,也不知怎么搞的,云里雾里地谈了三十分钟之后,Jane 竟然让她三天之后签合同上班。当时韦晶的感觉跟中彩票差不多,但是在后来的水深火热里,她深刻地体会到一件事情,这天底下就没有掉馅饼的美事儿,拐卖人口的也都说是让你去享福的。

陶香微微一笑,打心眼里替韦晶高兴,可嘴上还是说:“那敢情好啊,之前不是说好了不成我请你吃饭吗？这回成了就得你请我了吧?”韦晶咧着嘴乐:“没问题啊,小肠陈吃卤煮去,十块钱一大碗,我管够!”“歇菜吧你!”陶香立刻嗤之以鼻,“瞧你那鸡贼样！别扯了,赶紧打一车过来找我,龙顺园麻辣香锅我都订好位子了,快点啊！人家过时不候的。”她话音未落,就听见韦晶咽口水的声音:“靠,你真了解我！等着啊！”说完把电话挂上就伸手拦车。电话那端的陶香忍不住微笑。

“香姐，新货上来了！”店里雇的小姑娘凑过来问，陶香“啪”的一声合上手机，潇洒地一转身：“好，你来帮我，咱们给模特换装！”小姑娘仰慕地看着她苗条的背影。对店里那几个花季年华的小妹来说，年轻、漂亮、有钱，还有不少白领儿、金领儿、钻石领儿在外头排队守候的陶香，近乎一个完美的存在，近乎……

“麻溜儿地，想什么呢？”陶香回头吆喝了一声，小妹这才回过神儿来，赶紧跑过去帮忙，初春的阳光洒满了这间面积不大却布置得明亮别致的店铺……

第二章　出警

“米阳,你不是休假呢吗? 怎么又过来了? 是不是想我了?”米阳刚在单位一露头,一个娇滴滴的声音就差点砸了他一跟头。一时间米警官都没敢抬头,生怕变绿的脸色出卖了自己,得罪了这尊大佛。“丽姐,今天你值班啊?”镇定之后的米阳抬头笑着跟她打招呼,丽姐冲他甜甜一笑,扭着腰刚要上前,一个小警察冲了出来:“米哥! 你怎么才来啊,队长等你半天了,快点!”

米阳一迭声地应着:“来了,来了!”边走边回头说,“丽姐,您瞧我这儿还有事儿,不多说了啊,咱们回聊!”“哎……”丽姐话还没说完,米阳已经没了影子,她愤愤地瞥了一眼米阳消失的方向,只能扭着腰肢走开了。

“谢了啊,钉子。”进了办公室的米阳长出了一口气,一屁股坐在凳子上。那个叫钉子的小警察龇牙一乐:“客气了啊,助人为快乐之本,晚上请我吃一顿就行!”米阳一翻白眼:“怎么你这快乐还收费呀?”“没办法,生活所迫啊,咱就一小警察,为了尽早攒钱买房完成娶媳妇儿生孩子的大业,平时只能省吃俭用紧着点自己了。”说完钉子长叹了一声,特无奈的样子。

米阳一边在饮水机那儿接水一边拿眼翻他:“你丫这叫紧自己啊,你这是紧我呢吧! 老是榨我油水,我琢磨着你那娶媳妇钱里得有十分之一是我贡献的! 怎么着,你那媳妇是不是也得匀我十分之一啊?”旁边几个正喝茶看报纸的同事顿时都哈哈笑了起来。钉子脸一红:“靠,你小子过河就拆桥,下次再被‘娇滴滴’堵住,哥们儿可不管你了!”他这么一说,米阳顿时也笑不出来了。

那丽姐虽然就是一普通内勤,但人家是总局某领导媳妇的弟弟的小姨子,反正背景硬得很,当初在某国营工厂干到下岗,可七调八调地反而进了××分局。她已经结婚并育有一子,但说话做事总跟二八少女似的,背后人送外号“娇滴滴”。

丽姐很乐于跟年轻警察们打成一片,顺带给介绍个女朋友什么的。也不知道为什么,她对米阳特有好感,总想把自己身边的“优秀”女孩儿介绍给他,搞得米阳见了她就头大。按照钉子的说法,丽姐所谓的优秀女孩儿,都是男人见了会尿频的那种。

一个大肚子警察吹着茶叶沫子说:“你们说,这‘娇滴滴’怎么就这么喜欢咱大米呢?要说这小子长得还行,可一笑跟小流氓似的,也没觉得多帅啊?”米阳觉得自己今天一定是诸事不顺,一大早出门就被韦晶挤对了两句,刚才又被“娇滴滴”吓了一跳,现在又……没等他开口,另一个警察就笑说:“老刘,没听人说嘛,这男人不坏,女人不爱啊,人家喜欢的就是大米这脸盘儿的!”

“行了,行了,别说这些不着调的了!”一个年长些的警察发现米同志脸色不太好,赶紧把话题岔开了,“要我说现在什么事儿都是钱闹的!钉子攒钱买房为了娶媳妇,我和老刘呢得给孩子攒学费,张儿也得给孩子攒奶粉钱!所以说,钉子你别老榨人大米,人家也得攒钱!”

钉子一撇嘴:“他着急攒钱干吗?他北京本地人,家里有房子,又号称不过三十绝不结婚,要钱没用啊!”米阳瞪着他皮笑肉不笑地说:“谁说没用,老子攒钱整容!”警察们狂笑。

“谁要整容啊?”一个中气十足的声音响了起来,他跟屋里几个老警察都笑眯眯地打招呼,米阳和钉子几个年轻的站了起来,“队长来了。”钉子麻溜儿地拿了队长的杯子去帮着打水。“大米,我记得你那假不是到明天吗,你不在家好好休息又跑来干吗?”刑警队长何荣光接过了钉子送上的水边吹着边喝了两口。

“这不是几天没见领导您嘛,我这心里不踏实啊,过来沾点儿组织的阳光雨露。”米阳笑嘻嘻地说。“扯淡!”何队笑骂了一句,警察们哈哈大笑。钉子啧啧有声:“大米,你这马屁拍得太没水平,有点儿无耻了啊!”米阳一撇嘴:“这能怨我吗?我倒想拍那有水平的马屁,比如说给队长倒倒水什么的,那也得轮得上我啊!有人冲锋似的就给干了！”

“噗！”何队立刻呛了一口，几个警察坏笑了起来，钉子一伸手就卡住了米阳脖子，恨恨地说：“你丫就损吧，回头让‘娇滴滴’生吃了你我也不管了！”米阳反肘一个回击，两人闹在了一起，何队和老警察们也不管。正闹着，一个小女警跑了进来，风风火火地说：“钉子，外头有人找！哟，何队也在啊？”何队长笑着点了一下头。

“谁找我啊？”和米阳纠缠在一起的钉子歪着脖子问。“你去看不就知道了，我又不认识！赶紧的！”小女警转身就走，临走前甩了一句，“一女的！”钉子一愣：“女的？”然后用力挣脱开米阳就往外跑，嘴里还不吃亏地喊，“大米，你等着，回来收拾你！”转瞬间人就没了。老刘摇摇头：“这小子，听见女的就激动！”警察们哄笑了一声。

米阳活动了一下脖子，何队走过来坐在了他的桌子上，米阳赶紧掏出烟给他点上：“队长，来一根。”何队长长地吸了一口，低头一看：“哟嗬，你小子发财了，居然抽上中华了！赶上局长的水平了。”他这么一说，其他几个警察也凑上来抢，半包烟转瞬即逝。

“我哪儿抽得起这个啊，前天吃饭，一哥们剩下的，人银行的，有钱人！”米阳嘿嘿一乐。“说吧，今儿干吗来了？”何队喷了口烟，米阳一挠头：“是副队说上次的报告有点问题，让我过来一趟。”何队扬了扬眉头：“哦……”他没多说什么，警察们趁着难得的空闲，开始闲聊八卦，从加班补助少算了十块钱，说到老婆单位某科长又养一蜜。正聊着呢，办公室门突然被人推开了：“米阳来了没?！磨磨蹭蹭地搞什么鬼……”

屋里顿时一静，这个大嗓门的男人关上门回身一抬头就看见了何队：“哟，队长，局长不是找你吗？怎么回来了？谈完了？”“啊，完了！”何队言简意赅，然后笑问，“老杨，‘3·20’的结案报告出什么问题了，我怎么不知道啊？”副队长杨大伟扫了一眼米阳，赶紧笑说：“没什么大事儿，就是证物报告有点不规范，牛局给撅回来了，我叫大米过来看看，这部分是他写的……哎哟！我靠！”他话没说完，就被身后猛然打开的门板碰到了后脑勺，警帽也被拍歪了。

“哧！”警察们全部低头抹脸假咳嗽，钉子则站在门口一个立定吼道：“队长早！副队早！咦？副队你咋了？头疼病又犯了？”看着钉子一脸无知加关心状，后脑勺隐隐作痛的杨大伟气得只能干咽唾沫，脸发白。“我说你们以后开门都小心点，碰到人怎么算啊？合着不是自己家门就不爱护是吧！以后谁再踹门我就踹他！听见没有?”何队一脸严肃地说,眼里却闪过一抹笑意。

钉子这才恍然大悟似的跑去跟杨大伟道歉,还很狗腿地想帮他揉揉后脑勺什么的。“去去去!”吃了哑巴亏的杨大伟挥手把他轰到了一边,老刘他们赶紧给杨副队让座,上水。钉子一脸委屈地往米阳那边走,经过何队身边的时候挨了一巴掌:“臭小子。”他轻声骂了一句。钉子冲米阳吐了下舌头。

看着何队走过去跟杨大伟说事儿,米阳嘴唇微动:“你故意的吧,没事儿得罪他干吗?”“我在门口都听见了,靠,活儿都是咱哥们儿干的,丫白饶一功劳,还为了点儿小事儿就找碴儿,欠收拾的,有老牛罩着就了不起啊!”钉子一撇嘴儿嘀咕了一句。

在刑侦二队,何队长是从基层一步一个脚印干上来的,他业务扎实,为人正直肯干,所以手下这些警察都服他。副队长杨大伟的情况则不同,他是从部队转业过来的,直接就是副队长,对刑侦没有什么经验。听说他在部队也是个后勤的工作,之所以能转业来公安局搞刑侦,除了娶了一个北京老婆,最主要的是跟主管刑侦的牛副局长有着那么点“关系”。

按照钉子的说法就是,有关系不要紧,重要的是你得有能力,没能力就要懂得低调,非喜欢高调也行,那您走正途。要连正途都不肯走,非踩着别人的脸皮往上爬还特小心眼儿,那不是找抽是什么!米阳和钉子分来没多久,在一次他主持的案件例会上,米阳揪出了一个很明显、很外行的错误,搞得他在领导面前特下不来台,冷汗热汗轮流出,更显得他那早谢的头顶闪闪发亮。

其实杨某人那错误在座的这些老警察谁不明白啊,可就是没人说,这人是牛局帮忙调来的,有点脑子的就知道他们有关系。这会儿领导就坐在上头,明着说是他杨大伟的错,可扇的却是牛局的脸皮,这傻事儿谁干啊……初生牛犊不怕虎的米警官干了,所以他和杨副队长之间的梁子也算结下了,在往后的日子里,大米同志的鞋子是越穿越小,直追三寸金莲。

米阳和丁志强(钉子同志大号)是同班同宿舍同时分来的铁杆儿,平时没事儿就掐,动嘴加动手,可一遇到事儿,俩人比谁都铁。用钉子的话说就是,虽有内部矛盾,但要一致对外!杨副队长的偶像估计是商鞅,很喜欢“连坐法”,所以他对跟米阳“蛇鼠一窝”的钉子向来也看不顺眼。

“你……”米阳眉头一皱，这时桌上电话响了。“喂，刑侦二队。”老刘顺手接了电话，说了没几句就挂上了，“队长，‘6·8’那案子，说是有点儿线索，还是老宫的线儿。”“知道了，钉子，你过去瞅瞅，大米，你也去一趟吧，这是你俩的线！还有带上新来的实习那小子，让他也接触接触……老杨，这报告后来是我改的，哪儿有问题我更清楚，回头我来吧，你说呢？”何队转头笑问。

杨大伟本来就是没事儿找事儿，何队的话说得也挺客气，他也不敢多说什么，连忙对米阳他们挥挥手笑着说：“成，成，没事儿，你俩去吧，这报告回头我跟队长商量着来。”米阳说了声“是”，就和钉子往外走，临到门口何队说了句：“大米，回头跟考勤的说，把你这一天的假记上，回头补！”“是！”米阳嘿嘿一乐，一个立正。

到了外头，两人先上了车，插钥匙打火的钉子说了一句：“要说还是老何够意思！”米阳扫了他一眼：“你以后注意点，别明目张胆地拿杨秃子开涮，不知道他喜欢背后阴人啊！”钉子一翻白眼：“我发现你现在变㞞了，怎么着，你也打算走马屁路线了，讨好他有用吗？”

“滚蛋，你听不懂好赖话啊！你不知道他现在正跟咱们队长争位置呢吗，要是出了事儿，咱哥们怎么样都不要紧，那帽子他肯定得扣队长头上，你觉得你牛靠了，嘴痛快了，回头你对得起队长吗？当初谁把你留下的，留下你就为了找累啊！”米阳也憋着火，嗓门有点高。钉子低低骂了一声“靠”就不再言语了，他知道米阳说得对。

何队长对米阳这些年轻的警察，真是做到了工作上严格要求，生活上细致关心。虽然平时干起活来，嘴巴上总是凶巴巴地骂着，但是一旦出了什么问题，都是他在前面给顶着。而杨大伟同志的作风则截然相反，属于那种有功劳我上，有黑锅你扛的主儿，警察们嘴上不说，谁心里没本账？可就这样，轮到升职的时候，无论资历水平人品都不在一条水平线上的杨某人，竟然成了何队长最大的竞争对手。

米阳没再多说，抽出两支烟来一起点上，然后塞了一支在钉子嘴里。钉子闷头抽了两口刚想说话，就看见来实习的那小孩儿蹿上车来，一脸的兴奋，这是他第一次“出任务”。小孩儿特激动地伸头问：“师父，师父，师父！咱们这是去哪儿啊？去哪儿啊？！”说话间唾沫星子横飞。心情不太好的钉子立刻抬头从后视镜里瞪了他一眼，叼着烟吼：“去哪儿？去西天取经！你是猪八戒呀！还师父！”小孩儿傻了：“啊？”米阳扑哧一声笑了出来。

回头扫了一眼不知所措的小孩儿，米阳笑眯眯地说："你丁哥跟你逗呢，咱们去'鸡场路'那边见个人，记住了，长眼长心别张嘴，看着就行了！明白吗？"说到最后，米阳的表情严肃了起来。小孩儿刚放松下来，咧到一半儿的嘴赶紧收回，做认真状："是！保证完成任务！"

然后他又好奇地问："机场路？那不是在朝阳区吗，不是咱们的管辖范围啊，难道是跨区大案?!"没两句，这小孩又把自己说兴奋了。米阳差点被烟呛到，咳嗽了一声才说："想什么呢你！是母鸡的鸡，这回懂了吧？""啊？城区里还有养鸡场？卫生防疫允许吗？"小孩儿十分惊讶，米阳和钉子同时喷笑了出来。

钉子那点儿郁闷被这个活宝搅和得一点不剩："我说你小子是真傻还是假傻啊？装什么天真无邪呀！"说完他狠抽了两口把烟掐了，一打方向盘，车子向外驶去。看着红了一张脸却还是不明所以的小实习生，米阳一边笑一边解释："水泥路那边有很多黑发廊，小姐也特别多，所以那边的居民都管那儿叫'鸡场路'，这回明白了吧。"

小警察这才恍然大悟，挠了挠头："这群众的智慧可真够可以的！"然后又讨好地跟钉子没话找话："丁哥，你真能逗，刚才说得跟真事儿似的，今天我都被骗了好几次了，还是被你吓一跳！"

钉子心说谁有那闲工夫逗你，听到后面又不免有点好奇："好几次？为什么被骗了好几次？"一说这个，小孩儿眨巴眨巴眼睛挺气愤："还不是这倒霉催的4月1日，后勤的那几个毛丫头就整我一人！有本事整局长、政委去啊，还没成老太太呢，就知道吃软柿子了！"

米阳一愣："4月1日？哦，今天愚人节呀？"小警察连连点头。米阳立刻联想到，韦晶那面试不会是有人拿她开涮呢吧……

第三章　重逢

“桃子,你不说我都忘了今天是愚人节了,你说那个什么 Jane 不是拿我开涮吧?”餐馆里韦晶一边努力啃排骨一边怀疑地问。陶香斜了她一眼,夹了一片青笋慢慢地嚼着:“你以为你谁啊,人家有那闲工夫涮你?”韦晶还是有点不自信,还没等她开口,一阵八一军歌突然响起,周围别管是吃饭的还是服务的皆侧目,陶香却先擦了擦嘴,才慢条斯理地从包里把手机掏了出来。她一看号码皱了下眉头,但还是接了:“喂?”

韦晶端着免费送的小米粥啜饮着解辣,那边手机隐约传来的声音是个男的,她看到陶香越说表情越不耐烦,可说话还是很客气的。电话那边那男的叽叽歪歪了好一阵子,才挂上了电话。“呼!”陶香重重地出了口气,“屁大点儿事儿,真够磨叽的!”

“谁啊?还是那大款吗?”韦晶随口问了一句。陶香撇了下嘴角儿:“追我的大款多了,您指哪个?”韦晶扑哧一乐:“你牛!”知道陶香不爱提这些事儿,她又开始埋头吃,吃了没几口,就听见斜后方靠近大门的那一桌乱糟糟的,好像是有人约在这儿吃饭,有两个人来迟了,正嚷嚷着罚酒什么的,嗓门不小,陶香扭头看了一眼。

发现向来讨厌在公共场合里大声喧哗的陶香却一反常态地没什么表示,韦晶不禁有点奇怪,没等她问陶香就说了:“是当兵的。”韦晶回头瞅了一眼,果然那一桌子都是男的,一水儿的葱心儿绿,而且甭管怎么坐着的,腰板都挺得溜直……

原来如此，韦晶立刻就明白了，要说这世上还有能让陶香容忍的喧闹，那大概就只有部队了。韦晶咂巴着嘴打量着身旁苗条、漂亮、丽人风范的陶香，心想如果不是熟识她的人，谁能想到她整整当过三年的兵呢。

陶香和韦晶打小一个幼儿园小学中学地读了过来，不知道两个性格不同的人，怎么就看对眼了。据记忆力比较好的陶香说，是因为在幼儿园的时候俩人为猪肉白菜馅儿大包子打了一架之后，才"英雌惜英雌"的。韦晶却死活想不起来这档子事儿了，倒是米阳说："应该是真的，惜不惜的咱不知道，但是为了个肉包子能干上一架，确实是你韦大小姐的作风。你甭瞪我，从小为了吃，我挨你打还少啊?!"

等到了高中的时候俩人才分开，没办法呀，谁让韦大小姐的成绩不够上高中的。韦晶偏科偏得厉害，数理化烂得那叫一塌糊涂。中考的时候家里干脆决定让她读中专，反正到时考大学也考不上，何苦受那个罪，还不如早点工作赚钱呢，这就是韦氏夫妇当时的观点。

而考上市重点高中的陶香，除了学习成绩一直名列前茅，文体活动那也是常常出彩儿，人长得又漂亮，不要说本校，就是外校认识她的也不少。那时候的她想考清华北大说不上十拿九稳，但也不是什么很难完成的任务。可高二那年她做了一个让全校师生震惊的决定——参军！

一个在市重点高中成绩排前五的学生不考大学非要当兵，当时所有人都震惊了，这孩子脑子进水了吧？班主任的苦口婆心，陶爸爸的以理服人，陶妈妈的泪水攻势都没有改变陶香的决定。人姑娘就一句话：我已经大了，可以自己对自己负责了，要是不让我当兵，书我也不念了！

陶香从小就是这么个性格，自己特有主意，她倒也给父母做了个保证，别管我这兵是当三年还是一辈子，大学我一定会上！最后都是当老师的陶家夫妇只能依了她。而身为好友的韦晶那些天受的精神轰炸不比陶香少，都是要求她劝说陶香改主意的各路神仙，韦晶人前都笑着答应了，人后嘛……想到这儿，韦晶唯有苦笑。

打从十三四岁起每年都被陶香强制拎到武装部去偷看那些穿军装的士兵的时候，自己就明白，这丫头的兵当定了，那还劝什么劲儿啊！只不过到现在自己也想不通，明明早就决定高中毕业要考军校的陶香，为什么那年非要去当兵呢？

“你想什么呢，表情这么纠结？”陶香拿筷子敲了敲韦晶的粥碗。“啊？没什么呀！”韦晶搓了下脸。“行了，我去趟洗手间啊，你再挑挑，甭打包了！”韦晶点点头，陶香拿了纸巾起身去了洗手间。“哎，老高，介边儿，介边儿！”没一会儿，后面那桌一个天津口音又喊了一嗓子。韦晶没太在意，继续从香锅里扒拉着找藕吃，除了吃肉，她最爱吃藕。

高海河一进餐馆就听见老罗那一嗓子，他大步走了过去。他是驻北京某部队营长，刚从外省部队调过来半年，但是训练成绩斐然。这回他手下的一个连队获得了大比武好成绩，今天去司令部的时候被几个同乡好友截住非要请吃饭，也不好推托，办完事儿跟参谋长打电话请了假，这才找了过来。

“兄弟们对不住，我来晚了！”高海河微笑着说了一句。“道歉别用嘴，来点实惠儿的！”老罗这么一说，桌上的人都起哄，高海河倒也痛快，一扎啤酒直接就喝了下去，桌上的人齐齐叫好，热闹得很。好在这会儿餐馆就餐的没剩几桌了，服务员们也没管，只有韦晶嘀咕了一句：“好嘛，果然是当兵的，这嗓门真够亮堂的！”

去洗手间回来的陶香刚好听到，低声笑着说：“部队要的就是这股子劲儿！”韦晶翻了翻眼皮：“你说你这么喜欢部队，现在弄个手机铃声还是八一军歌，当初部队不是都要保送你去军校了吗？你干吗又非复员啊？”陶香一耸肩膀：“不是告诉你了嘛，当烦了，想回来上清华了。”“拉倒吧你，这么多年了，到现在你都不给我句实话是吧？”韦晶瞪她，陶香就嘿嘿地乐，用肩头碰下韦晶：“这么想知道啊？行呀，求我啊。”

韦晶皮笑肉不笑地说：“求你？好嘞……”说完以迅雷不及掩耳盗铃之势去拧陶香的手背，陶香下意识地缩手。“哎哟！”两人这么一闹不要紧，可乐杯子给打翻了。“服务员！”韦晶大叫了一声，两个小姑娘赶紧过来帮着收拾。

她们背后那桌的军人只要方向合适的都在瞄着这边，其中一个就说：“哎，小李，你刚才来得晚，没听见，那边坐外头的长得特漂亮的女孩儿用的手机铃声是咱们八一军歌，我还是第一次听见女孩儿用这个呢。”“真的？”小李也探着头看陶香的侧影，连连点头，“真是挺漂亮！”

“行了啊，盯着人家女同志看什么？有什么好看的！”老罗说了一句。其他几个人就笑。“罗科长，你已经有嫂子了当然没兴趣看了。”老罗笑骂了一句，然后低声问高海河:“我昨天忘了问你,弟妹什么时候过来?”高海河长出了一口气:“过两天吧,家里还有事儿呢,离不开她。”他不想多说。

老罗点点头:“来来来,大家伙儿可着劲儿造啊!别客气!喝!”军官们站起来轰然一碰杯,十几扎啤酒就倒进了喉咙里。这时候韦晶她们也吃得差不多了,陶香拿着账单一摇,扬声叫了一声:“服务员,结账!”

其他人只觉得这声音清脆好听,高海河却如遭雷击一般,他夹菜的手一抖,慢慢地转过了头,陶香正扭过身从背后的书包里掏钱包,一抬眼,不经意间和他的目光撞个正着……

“哎哟,桃子,你账单飞锅里了!”韦晶大叫了一声。

“欢迎下次光临,请带好随身物品,谢谢……”餐馆服务员笑容可掬地开门恭送韦晶和陶香离开。“啊,好!”韦晶心不在焉地点点头,余光一直瞄着面无表情的陶香。不对劲儿,绝对不对劲儿!

刚出餐馆门,“哔”的一声,陶香隔着八丈远就把遥控车锁打开了。韦晶一愣,下意识加快了脚步,省得到了跟前儿那车锁又锁上了。陶香这车锁有个毛病,好像生怕有人偷它似的,开锁十秒钟内不开车门,二话不说就又给你锁上了。所以一般陶香都是到了跟前才开车锁,可今天却怎么……

韦晶紧赶慢赶到了车跟前,刚伸手一摸车门把手,“啪啪”两声,咔嚓又给上了锁。看见韦晶站在门边干瞪眼的样子,慢慢溜达过来的陶香“哧”了一声,可只笑了一半,那笑容又收回去了。韦晶心里有数了,看来刚才真的有事儿发生,难道那些当兵的里面有桃子熟人,不对啊,可没人跟她打招呼啊,陶香也什么都没说,结了账转身就走人,只是脸上的笑容没有了,搞得收钱的小姑娘还以为自己算错了账呢。

“想什么呢你?走不走啊?”已经上了车的陶香吆喝了一声。“啊?来了来了。”韦晶一迭声地应着上了车,一边系安全带一边叨咕:“我说你修修这破遥控锁行不行?只要稍微隔远点儿开锁,要是没有刘翔那速度您就甭想上车啊……”

韦晶那“啊”字余音猛然间提高了八度,因为陶香车头一偏,嘁里喀喳一通儿换挡,接着一脚油门下去,车速一下子飙到了一百,顺着马路就蹿了出去。听着耳边韦大小姐的女高音独唱,陶香开玩笑似的说:“怎么样,这捷达车有劲儿吧,你老说它外形又硬又土，可车子要的就是这股子劲儿！开着才过瘾！”

“它再有劲你也不能拿它当坦克开啊！这是北京四环辅路，不是你们部队那大草原可以抡圆了开！哎哟，我靠……”韦晶忍不住爆了句粗口，陶香方才猛踩了一脚刹车，把车子停在了右车道上，她的脑门差点顶玻璃上。

好在周一的午后路上车不是很多，排在后面的几辆车跟得不算太紧，急踩刹车之后有人不满地按了几声喇叭才开走，还有的开车经过她们时扭头瞪了驾驶座上的陶香几眼，嘴皮子嚅动着，显然没说好话。

“抱歉啊，韦韦！”过了会儿脸色恢复正常的陶香低声说了一句，回过神来的韦晶伸手拍了拍她的腿，“快走吧，再待一会儿你就不是给我而是该给交警叔叔道歉了！”韦晶顺手指了一下路边的摄像探头，陶香勉强一笑，重新启动车子继续前行。

这回车开得是稳多了，陶香虽然表情正常却一言不发，搞得车里的气氛有点压抑，韦晶感觉有点怪怪的，可想了半天也不知道该说些什么，最后就觉得自己胃里的藕和排骨好像都站了起来，感觉有点顶。眼瞅着离陶香的店不远了：“桃子，你干脆把我放在你们店门口吧，我打个车回家就是了。”韦晶扭头说。

“咱这儿有车打什么车呀，花那个钱干吗？我送你回去！”陶香眉头一扬。“你还是算了吧，我看你今天太累了，早点回去休息。”韦晶笑说。陶香瞥了她一眼没说话，依旧朝着韦晶家的方向开。韦晶没辙了：“桃子，你这状态开车我不放心，你别让我到家了还得担心你行不行？”

陶香咬了下嘴唇，方向盘一打，拐向了自己店面的方向。等到了门前，韦晶解开安全带要下车，陶香拉了她一把：“韦韦，今天真是不好意思啊，没送你回家，可我这会儿心里有点儿烦……你先回家吧，改天我再补偿你一顿大餐。”

韦晶回头打了个哈哈：“那敢情儿好啊，要是你烦一次就补偿我一次，那最好你天天照着三顿饭心烦，我就省大发了。”“美得你！”陶香被她逗得展颜一笑，韦晶笑着下车去了。陶香站在路边陪着韦晶等出租，等韦晶上了车她才弯腰扒着车窗说了句：“韦韦，谢谢你。”

这句话没头没尾的，但韦晶知道她是在感谢自己没有多问的体贴。心里不禁一暖，但嘴上还是大咧咧地说：“你请我吃饭你还说谢谢，太客气了啊，只要别忘了我的补偿就行！”陶香咧嘴一笑：“放心，忘不了你的，到家给我个微信！”韦晶笑着点点头，挥手再见。

一直到出租车从自己的视野里消失，陶香才转身离开。她没有回店铺，而是往后面的小区走去。她三年前就在这个小区买了一套两室一厅的房子，那时是贷款买的，父母还不愿意，觉得家里又不是没有住的地方，何苦跑到外面买房子背一身债。

陶香没有管父母怎么想，她也没要家里一分钱，硬是咬牙买了，后来她又要开店做生意，父母更是反对。外企一个月两万的工作不干，却非要自己单干，赔钱赚钱根本就没谱儿，一个姑娘家的瞎折腾什么啊。

等到现在这房价跟坐火箭似的翻了几番，陶香的店铺生意也很红火，她给父母又买了一套房子。周围的人都夸陶香有眼光又能干，住上新房的陶家夫妇这才不说什么了，反而有点沾沾自喜，在别人羡慕的目光里搬进了新居。

进了屋，陶香就甩掉了脚上的鞋子，一下子把自己扔进了沙发里，两眼发直地看着茶几上的万年历。“4 月 1 日”几个字分外刺眼，陶香狠狠地闭上了眼睛。当年见到他的那天就是 4 月 1 日，好几年过去了，为什么偏偏又是这个日子再次见到他，老天爷真会拿人开涮啊。陶香忍不住苦笑了出来，只觉得自己眼角儿一股热流不可抑制地涌出，慢慢滑过脸庞流到耳际的时候，却变得冰凉……

“小高没事儿吧？”一个同事悄声问老罗。老罗摇摇手：“没事儿，吐了就好了，你先回去吧，帮我招呼一下。”那人点点头，转身离开了厕所。老罗走到一个隔间儿，敲敲门：“海河？你没事儿吧？”“呕——”里面传来了呕吐的声音，老罗正想着要不要进去看看他，“哗啦”一声，高海河从里面走了出来，脸色非但没有酒后的红润，反而带了点苍白。

“老罗，我没事儿。”他冲老罗摆了下手，自己走到水池子那边去漱口，然后又拿水泼脸，让自己清醒一点。“海河，你酒量本来不错，今天干吗喝这么猛，弄成这样？”老罗百思不得其解。刚才高海河喝酒跟喝水似的，没人劝，好几杯就下去了，而且白的啤的掺着喝，又喝得急，不醉就怪了。

水龙头里的水哗哗地冲着，冰冷的水刺激着高海河的神经，老罗的唠叨声就在耳边，可飘忽着好像一句也听不清楚，他的脑海里只回响着一个声音“报告副连长，我是师通讯连战士陶香，向您报到！”

第四章　倒霉的米阳

坐在出租车上的韦晶一路上就琢磨着,刚才陶香情绪突变肯定跟那帮士兵有关系,而且是后到的某人,谁呢? 韦晶皱着眉头想。那些当兵的长得都黑了吧唧的,自己眼神儿也不好,还真没看出来哪个“特殊”些。

“姑娘,是前面左转吗?”司机师傅歪头问了一句,“啊,对,您左转,然后一直朝前开小二十分钟,到一个小区门口给我停下就行了。”韦晶赶紧指了一下方向。“好嘞!”司机一打方向盘,车子疾驰而去。

这时一声轻响从包里传来,韦晶猛地反应过来这是自己手机微信的提示音,赶紧掏出来看。是米阳发的,一个多小时之前了。刚才饭馆里一直闹哄哄的,后来又担心陶香,自己根本就没听见手机响。调出微信一看:“应聘结果如何啊? 是穿上白领子了还是让人煮了?”后面还有一个坏笑的鬼脸儿。

“切!”韦晶哼了一声,立刻噼里啪啦地开始回微信,“你才让人煮了呢,这白领子姐姐还就穿上了,BM 的大白领子! 酸死你!”发完微信韦晶觉得自己心情好了不少,等着米阳的反击。可等了十分钟眼瞅着都快到家了米阳也没回信,这不是他风格啊,这家伙回微信向来贼快。韦晶看着手机纳闷地嘀咕了一句:“怎么着,真让人给煮了?”

韦晶说对了,米阳还真被煮了,不过不是因为人,而是因为一只狗,具体点儿说是一只京巴狗,要是再具体点儿说,是一只姓米的京巴狗!

就在韦晶跟麻辣香锅战斗的时候,米阳、钉子还有那个小实习来到了"鸡场路"。钉子把车停到了路边,甩上车门就想走,小实习赶紧提醒了一句:"丁哥,咱这车还没锁呢!"钉子头也不回地说了一句:"用不着!一般来说,没人敢偷警察的车!"

这小实习比较轴,还没完:"可咱这是民用牌子啊!"钉子嘿嘿一笑:"你放心吧,做贼的鼻子都好使着呢,他们会闻味儿!"说完眨眨眼。小实习抽抽鼻子:"味儿?我就闻见臭味了。"说完回头看了米阳一眼:"米哥,你吃坏肚子了吧,这屁放了一路了。"

米阳脸皮虽厚,也有点不好意思,只干咳了一声。钉子偷笑了一下之后才板起脸来说:"这有什么新鲜的,就指着这臭味防盗呢!"小实习不明所以。米阳作势欲踢,钉子一闪身躲开了:"别废话了,赶紧走吧!"米阳率先前行,心里也纳闷,难道早上喝的豆浆是昨天剩的?可没觉得馊啊。小实习也赶紧跟了上去,一边好奇地打量着周围,发现明明是大中午,却没有几家店开门,行人也很少。

"鸡场路"这边以平房为主,当初北京城划分地区的时候,把这里算作了城区,因此那些农民都交了土地换宅基地,摇身一变成了城镇户口。附近的钢厂虽然按照政策招了不少人去当工人,可那都是壮劳力,大部分上了岁数的人和妇女还是没工作。

历经数年的拆迁改造,周围的区域不是变成住宅小区和超市,就是改成了公园健身场所,只有这个地方一直没什么改变。因为没工作的比较多,大部分人都是靠出租民房给外地人赚钱营生。为了多挣钱,这些人都跟比赛似的私搭乱盖,见缝插针,生怕自家吃了亏。

不知从何时起,这里变成了一个外来人口聚集地,相应的治安问题也越来越多。就是最近这两年,不知道为什么,大部分的门脸儿房都改成了发廊。可甭管你是叫"丽丽发屋"还是"时尚沙龙",就没有一家是正经理发的。

"丁哥,那咱这儿的派出所不管啊?"小实习听了介绍之后好奇地问。钉子笑了:"管啊,谁说不管啊,什么时候管片儿的缺经费了,就该管了!""啊?"小实习瞪大了眼。

"钉子,别瞎扯淡!"米阳笑骂了一句之后才说,"这个地方人员结构太复杂,除非把这片儿彻底拆迁才能解决问题,要不然你抓她跑,跑不掉就交罚款,没钱那就治安拘留然后遣返,可没等咱们遣返的兄弟回来呢,送回去的这群小姐早就到了北京西站准备从头再来了,基层所儿有时候也真没辙!那么多事儿,不可能一天到晚就盯着扫黄吧,再说这儿的大部分住家儿都靠出租房子挣钱,你把人都赶跑了,他们租谁去啊?"

小实习还想问问题,钉子突然咳嗽了一声,低声说:"人来了。"小实习的心扑通一跳,脑海中登时翻涌起众多警匪片中交锋的场景。顺着钉子的眼光看去,一个光头正晃着膀子从一胡同里走了出来,很平常的样子。

小实习一伸手想指着问:是他吗?米阳借着点烟的动作,不落痕迹地把他的手拍了回去。小实习摸着火辣辣的手,看了一眼面无表情的米阳,突然想起来时他说的话,长心长眼别张嘴!一个哆嗦,赶紧把嘴牢牢闭上了。

光头从米阳他们跟前经过,随意地扫了他们一眼,好像根本就不认识,自己一拐弯进了对面一家小饭馆儿。米阳和钉子不动声色,抽完一根烟才过了马路,也溜达进了那家饭馆儿。小实习一进门就发现,那个光头并没有在里面。

这时一个穿着牛仔裤的小姑娘操着河北那边的口音迎上来:"三位大哥请坐,想吃点什么?"钉子打量了一下四周:"你这有包间吗?"小姑娘一愣,刚想摇头,一个腰围至少有三尺的胖女人从后厨冲了出来,米阳被吓一跳。

你说这人胖就胖吧,偏穿了一条紧身热裤,描眉画眼地好像被谁捶了一顿似的,脸怎么看都是肿的。"三位大哥,我这儿的包间还没修好,要是您不介意,坐后屋吧,那儿一样安静!"那女人特热情。

米阳问了句:"里面干净吗?""绝对干净,那您三位跟我来吧!"胖女人赶紧带着三人往后走。后屋看起来像住家儿,胖女人掀起一个俗艳的大红月季门帘:"您请!"小实习跟在后头进了屋。

"丁哥、米哥,你们来了,快请坐,那谁,娟子,快去弄点儿酒菜来,啤酒要冰的啊!"一个大嗓门响了起来,小实习一偏头就看见之前那个光头正鞠躬哈腰地伸手往里让他们,热情的态度跟之前来了个截然相反。"不用麻烦了,咱们就聊聊天!"米阳制止了那个女人,光头没敢多说,使个眼色让那胖女人出去了。

"行啊,老宫儿,几天没见你当上老板了?"钉子打量了一下四周。那个光头呵呵一乐:“丁哥又拿我开涮,这是我媳妇儿的店。”“媳妇儿?”钉子一摆头,“就刚才那位?什么时候挂上的?”

老宫一咧嘴:“就上个月,我俩是一见……那个,那个钟情,特有感觉,就电视里演得那种!哎,米哥,您请坐啊,哟,这位哥看着眼生,您是……”光头脸上笑得谦卑,眼光却上下打量着小实习。小孩儿有点紧张,只能维持着严肃的表情,却不知道该说什么才好。

“新来的赵警官,以后免不了接触,你要好好配合啊!”米阳笑说了一句。“那是一定,那是一定。”光头连忙点头,然后又冲着小实习一拍胸脯儿,“赵警官,以后有事儿您说话,我胡强绝没二话!”小实习一愣,脱口而出:“胡强?你不姓宫啊?”

“咳!”钉子咳嗽了一声,他和米阳脸上都是笑意,光头摸摸自己油光瓦亮的脑门,讪讪笑着说:“赵警官,那都是道上朋友乱叫的,让您这么一说我都不好意思了,不过您随意,爱叫我什么都行。”“你小子还会不好意思?号子都进去六趟了,还有什么不好意思的?”钉子嗤之以鼻。小实习这才明白,原来“老宫儿”是“老进宫”的简称,他知道这群人都把进拘留所称为进宫。

“丁哥,那是以前!”光头一脸不忿的样子,“现在咱哥们绝对的遵纪守法好公民,配合政府,配合……”“行了,行了……”钉子打断了老宫儿的口沫横飞,“你叫我们过来,不会是就为了让我们听你的自我表扬吧?说正事儿!”

“哪儿能啊,要是没正事儿我敢惊动您二位,上次发廊那事儿不是没破吗?现在有线索了!”老宫儿神秘兮兮地说,表情还带了几分自得。米阳一皱眉头:“你小子有屁就放,叽叽歪歪地等着窝谁呢?!”老宫赶紧站了起来:“米哥,瞧您说的,我哪敢窝您呢,几位稍等。”说完他掀帘子出屋,叫过那个胖女人附耳说了句话。

米阳他们就看见那女的大肥屁股一扭,转身进了另一个屋。钉子凑到米阳耳边悄声说:“你说这老宫儿什么眼神儿啊,就这视觉效果,丫愣看出感觉来了?!”“哧!”旁边的小实习赶紧捂住了自己的嘴,低头乐。米阳一笑正要开口,就看见老宫拿着个手绢包走了进来。

左三褶右三褶地打开一看。“这不是手机 SIM 卡吗?”伸着脑袋看的小实习忍不住说了一声,米阳和钉子却不动声色。等老宫把这手机卡的来龙去脉一说,米阳看了一眼钉子:“虽然不一定是咱们要的,还是拿回局里先查一下吧,省得漏汤儿。”

“行!”钉子点点头,然后瞪了一眼老宫儿,“就为这么点小事儿让我们跑一趟,你自己送过来不就结了吗!”

老宫儿讨好地笑笑:“丁哥,要光是这破玩意儿,我肯定给您拿过去了。上次您不是说让我盯着跟那小姐住一块儿的人吗?她回来了,我这才让您来,为了保密,我都没敢在电话里说!”钉子和米阳心里咯噔了一下:“现在人呢?”钉子也没了懒散的模样。

“您别急!”老宫儿赶紧摇手,“那娘们就住在我媳妇儿她二表嫂家的房子里,听她二表嫂说,丫是觉得事情过去快一年了,你们警察也大撒把了。她在老家种地能挣几个钱儿啊,这才又跑来北京的,现在不在,听说跟几个姐妹进城买衣服去了,您放心,我让她二表嫂盯着呢,一回来就告诉我,跑不了她的!”

“说什么时候回来了吗?”钉子问。老宫儿摇摇头:“这女人买衣服哪有谱儿啊,不过早晚她得回来不是?”“大米,商量一下,咱们得留人在这儿盯一下,那卡也得送回去。”钉子看着米阳说。米阳点点头还没说话,就觉得自己括约肌不受控制地活动了一下,一股臭气顿时飘散了起来,米阳脸皮再厚也不禁一红。

“我靠,生化武器啊!”钉子用手呼扇了两下,“也甭商量了,你赶紧把卡拿回局里,该吃药吃药,该上厕所上厕所,我带小赵在这儿守着!”小实习一边屏住呼吸,一边用力点头表示赞同。光头没敢搭话,但悄悄地把窗子打开了。

米阳心想也别硬撑着了,他把那卡连手绢顺手塞到了手包外侧的夹层里,出门到街上打了辆车就直奔局里。可他上了出租车还没十分钟呢,放嘟噜屁不说,肚子也开始叽里咕噜地叫唤起来,人也有点儿犯恶心。那倒霉的出租车司机只能把车窗全部打开,风吹的脸部都快变形了,还得帮着四处瞄公共厕所。谁让咱是红五星司机,不能被投诉啊,只能忍着!

憋了一肚子火的司机一边瞄厕所一边骂市政建设:“花里胡哨的玩意儿建那么多,你怎么就不知道多建两个公厕,操!哥们,实在不行,咱就路边草地吧,我给您挡着。要是碰上卫生检查的,算咱倒霉交个罚款;要是碰上绿化的,咱还算帮他们免费施肥了呢,不让他们倒找钱就不错了……哎!我说哥们儿,您可千万别拉我吐我车里!挺住!下午我还得交班呢!”

米阳也很想骂人,可惜他的全部精神现在都用来控制自己的肚子不要立刻造反了。这又不是小便，背个身儿就解决了，光天化日之下干这个，米警官还没这个勇气。可再怎么忍耐它也得有个限度，眼瞅着生理状况就要脱离心理控制了，正想豁出去的米阳突然发现马上就要到自己家了，赶紧让司机拐弯。

等到了楼下，米阳扔给师傅二十块钱，捂着后门就往上挪，一边上楼一边埋怨为什么当初老妈非要六楼，还说什么不想让人踩在自己脑顶上！就上楼这会儿工夫还碰上了楼下的张大爷夫妇，勉强打了招呼之后，米阳赶紧往上走。张大爷还挺纳闷："你说这孩子脸怎么这么红?"他老伴说："不光脸红，你没看见都改走猫步了？两条腿夹着走！"

好容易到了门口，米阳尽最快速度开门，一边开一边骂防盗门，到底是在防谁！就听见屋里面古利也凑热闹似的狂叫着，刚一开门，它摇着尾巴就冲了上来。米妈妈去买菜了，它正在家待得无聊，见有人回来自然很兴奋。米阳哪顾得上它呀，一脚踢开就冲进了厕所，揭开马桶盖，哆嗦着手解开裤子往下一坐……哦，感谢上帝，米阳长出了一口气。

身为一只自我感觉良好的京巴，古利郁闷至极，我跟你亲热你居然踢我！妈妈都没踢过我！被米妈妈惯坏了的破狗开始四下里踅摸，然后……它扭搭着走到了米阳方才顺手扔在沙发上的手包旁边。一蹿而上，我咬，让你踢我，我啃，让你……等彻底舒服了的米阳甩着手上的水从厕所里走了出来，一斜眼就发现古利嘴里的那手绢挺眼熟。

"我靠！"反应过来的米阳大叫一声，刚想冲上去抢，就看见古利呼噜着喉音，瞪着两只傻了吧唧的大眼睛做出了一个防御姿态，他赶紧停住脚步。"古利乖啊，把那个放下，听话，乖狗啊，听哥哥话，松嘴！"米阳自降身份，一脸假笑，小心翼翼地接近着京巴。

古利根本不吃这一套，死死咬着手绢盯着米阳的动作。米阳一瞧不是事儿，这破狗最喜欢的就是跟人对着干，尤其是跟自己对着干，也就米妈妈的话它还听。一人一狗僵持了一会儿，米阳故意装作不在意的样子，顺势坐在沙发上拿起一个香蕉啃，只用余光瞄着那破狗。

狗再聪明它也是狗，没过一会儿，古利就放松下来，低头继续自己的工作。说时迟，那时快，米阳一个飞身就把它按住了。古利一边凄惨地叫一边玩命挣扎，可它哪是米阳的对手啊,又不敢真下嘴咬主人,只能眼睁睁地看着米阳把东西从它嘴里掏走。

米阳带了几分得意扬扬,瞥了一眼加倍郁闷的京巴:“小样儿的,跟我斗!”然后翻了一下手绢,不对啊,卡呢?身上汗毛一竖,米阳立刻在包里翻找,没有!沙发缝儿里,没有!沙发底下茶几下,还是没有!“怎么会这样?”米阳纳闷地一抬头,就看见古利正在一旁吧唧嘴儿。“不是吧?!”一个大雷在米警官头顶上炸响,他哆哆嗦嗦地问,“古利,古大爷!那卡您不是给吃了吧?”“汪!”

“哟,你去买菜啊?”米妈妈仰头招呼了一声,其实没进楼门之前就已经发现她的韦妈妈本来想假装没看见,想快走几步先回家。可现在人家主动招呼,也只能回身假笑:“是啊,你也没去上课啊?”“今天我休息,学校照顾我们这些老教师,不用那么辛苦!”米妈妈挺得意地说。

“是吗?不辛苦就好,要不还不如退休呢!”韦妈妈哼了一句接着往上走。米妈妈还没完:“喂!什么辛苦不辛苦的,太早退休这人容易老,尤其是女人!还是得干工作,才能漂亮健康。”韦妈妈一听脸色就难看了些,她因为身体的缘故从工厂早退了,米妈妈这话听着分外刺耳。

韦妈妈暗自做了个深呼吸,回身一笑:“是吗,其实这女人只要日子过得舒心,有男人疼,不在乎什么干活不干活的,要是干活就年轻漂亮,那扫马路的、卖菜的、种地的都可以去选美了!”说完转身就走,这回轮到米妈妈憋气了。

走到一半心有不甘的米妈妈发动第二轮攻势:“你说的没错,这日子过得舒心就好,到咱们这岁数看什么呀,不就是希望孩子有出息吗?你说是吧?”要是往常这句话绝对是必杀技,可之前韦妈妈已经接到了韦大小姐的通报:老娘,你闺女我面试成功了!

韦妈妈得意地,微笑地,甚至优雅地回头说了句:“可不是吗,你们米阳是警察,我们韦晶也面试通过,去一家叫 BM 的公司了,听说是什么世界五百强排前头的,也许你不知道,回家问问你家米阳,年轻人都知道!”说完挺胸抬头往楼上走去,回想着刚才米妈妈吃瘪的脸色,感觉就一个字,爽!

米妈妈嘴巴张了又闭,BM 公司,她当然知道,可那么有名的外企,就那个韦晶?

那个中专毕业、大专注水的韦晶能去的？人家那儿得讲英文吧？怎么可能呢？可看韦妈妈那得意的样子又不像在说假话，米妈妈心里又纳闷又憋屈，今天和韦妈妈的交锋，完败！

心情不佳的米妈妈本想走慢点，省得开门的时候两个人还得挤一块儿，谁知道那个小人得志的许淑琴还得说出什么话来，今天先让她得意一下。可刚到五楼就听见自己家里的动静很大，这老房子隔音不好，除了狗的惨叫声，米妈妈甚至听到了自己儿子的声音。米阳不是上班去了吗？

米妈妈加快步伐上楼，已经开了门的韦妈妈进去之前又补了一句："好像你家米阳在家呢，这养了两个儿子就是热闹，回见啊。"说完"砰"的一声关上了门，自己在门里偷笑起来，今天实在是太解气了。对门这个装腔作势的女人脸都气白了。

屋里传来的动静让米妈妈顾不上韦妈妈的冷嘲热讽，手忙脚乱地打开门："米阳，是你吗？干吗呢你?!"话没说完，米妈妈眼珠子差点凸出来，就看见米大警官倒提着古利两只后腿在那儿抖落："你狗日的赶紧给我吐出来！回头我再让你丫吃三遍，现在先给我吐出来！"

第五章　难兄难弟

愣在门口半晌的米妈妈终于回过神来了,她一个箭步冲上去把古利从米阳手里抢了出来:“古利? 古利,你怎么了? 别吓妈妈呀?! 啊! 你说话呀!”被米阳甩得晕头涨脑的古利别说说话,喘气还喘不利索呢,只剩下哼唧的份儿了。“我说妈……唉,您就别裹乱了! 把狗给我!”心情急躁的米阳伸手想把那破狗再揪回来接着严刑逼供。

米妈妈这叫一个气,她一手抱着京巴,左右踅摸了一下,转手就抄起茶儿上的老头乐就开始梆米阳的脑袋瓜子:“我让你撒癔症! 我让你撒癔症!”“汪! 汪!”这时的古利也回过劲儿来了,扯着嗓门汪汪!

“哎哟,妈! 你干吗啊!”米阳一边儿跳着躲,一边儿拿手挡,“疼死了! 妈,你听我说!”米妈妈一棍子正好敲在米阳手腕上,米阳疼得一咧嘴,一个反手夺枪,把老娘手里的凶器给抢了过来。

不等自己老娘再翻脸,米阳大声说:“妈就你护着它吧,我这儿都快出人命了,您还打我!”正横眉立目的米妈妈吓了一跳,仔细看了看自己儿子,米阳脸红脖子粗的样子不像是在开玩笑。

咂了口唾沫正想再解释一下的米阳就觉得眼前一花,米妈妈飞速地挪到了儿子跟前,上下打量着:“儿子,你怎么了,出什么事儿了? 赶紧告诉妈!”米阳一愣,下意识地看了一眼沙发,米古利正摆出一个四脚朝天的造型,傻乎乎地看着这边,似乎不明白,刚才还在帮自己报仇的妈妈,怎么转眼就把自己扔到了沙发上。

“哧!”虽然急得火上房,米阳还是忍不住笑了出来,“这亲妈和后妈她就是不一样啊!”

“我说你干吗呢?”韦爸爸拿着报纸从厕所一出来,就看见自己老婆攥着一抹布正全神贯注地趴在防盗门上偷听着什么。“老头子,你听,对门可真够热闹的,你说他们家干吗呢?”韦妈妈眉飞色舞地冲他招招手。“你管人家干吗呢,闲的!”韦爸爸小声嘀咕了一句。韦妈妈眉头一竖直起身来:“我说你那儿嘀咕什么呢,有话说,有屁放,大点儿声!”

韦爸爸赶紧赔笑:“没说什么,我就是想问,今儿咱闺女不是找着工作了吗,按她那个性,肯定要求大吃一顿,咱们是在家做还是出去撮一顿啊?”韦妈妈先白了他一眼才离开了大门:“我菜都买回来了,出去吃什么呀! 外头那餐馆儿油大又咸还不干净,花那冤枉钱干吗! 再说中午她和陶香一起吃饭,亏不了你闺女油水儿!”

“呵呵,也是,也是。”韦爸爸边说边若无其事地向餐桌附近移动,一边瞄着走去另一个屋收拾的老婆,一边悄悄地伸出了手……“韦大胜,你别碰那啤酒啊,说好了一天两瓶,中午已经喝过一瓶了,你要是现在就喝,晚上就别喝!”眼瞅着韦爸爸已经摸到酒瓶子了,那边屋子里传出了老婆的声音。

韦爸爸尴尬地缩回手挠了挠头,嘴里却不承认:“谁说我拿酒来了!”韦妈妈拿着抹布从屋里走了出来,脸上挂着一抹笑,那笑就别提多有内容了,笑得韦爸爸直发毛。“你少来,我还不知道你! 屁股一撅我就知道你拉什么屎!”韦妈妈得意且笃定地瞥了自家老头子一眼,经过他身边进了厨房。

韦爸爸觉得很没面子,屁颠屁颠地跟在后面为自己表白:“说的什么话,真难听,你又没看见我拿,再说就算我拿了,那也是有原因的,今天闺女找到了一个好工作,我高兴,庆祝一下还不行!”韦妈妈哼了一声,稀里哗啦地冲洗着抹布:“你拉倒吧,逮着个茬儿你就庆祝,什么过节吧,奖金多发一点吧,哪天多干了点家务吧,一到春节您能从小年庆祝到正月十五,这一年你也就饶过那清明节没庆祝一下了!”

“你还别这么说,要是你再这么管着我,清明节我也只好跟着庆祝了!”韦爸爸义正词严地说。韦妈妈又好气又好笑:“瞧你那点出息!”韦爸爸讪笑着:“琴啊,再来一瓶,就一瓶,晚上我也就喝一瓶,我保证,啊,就这样啊……”他一边说一边迅速转身从桌下拿了一瓶燕京啤酒“刺”的一声打开了。

韦妈妈从厨房探出头来嗔道:“你就没出息吧你!你答应我什么来着?”韦爸爸嘿嘿笑着,品着小酒:“今天不是真特殊吗?就这一回,以后保准不再犯了!你尝尝?”他殷勤地把酒递到了韦妈妈嘴边,韦妈妈一扭头:“我才不喝呢!”

韦爸爸这会儿心愿得偿心情大好,哼着歌儿,喝着啤酒开始帮着择菜。韦妈妈犹豫了一下才假装聊天似的说:“老韦,你那退休报告交上去了?”韦爸爸点点头:“是啊,一早就给刘副厂长了,反正让我去什么鬼基地我不去,这些年我一直都是先进,拼死拼活地给厂里干,刚建厂那会儿非把我调过去,经常夜里一两点钟派车接我去修设备。哦,现在想变天了,我还不伺候了!”韦爸爸越说越气,“咕嘟咕嘟”倒了满满一杯啤酒喝了下去。

韦妈妈心里叹了口气,自己这老头子什么都好,老实、憨厚、能干、肯吃苦,对自己对女儿对家里那是一百一的好。可是人他就有缺点,韦爸爸的缺点就是自尊心太强,韦晶曾说过,这人太过自尊就意味着自卑,当时韦爸爸还为这句话发了一顿火儿。可韦妈妈了解自己老头子,从小被他爸爸打大的,下面几个弟妹谁犯了错误都算在他头上,所以他特别需要别人的承认,还有赞美。

性格决定命运,这句话也是韦晶说的,韦妈妈现在觉得这句话特别有道理。如果不是因为这过分的自尊心,韦爸爸怎么可能只干到了一个小小的科级,还是在基层的那种。而对门的米红兵跟韦爸爸是一个技校同时毕业的同学,人家现在已经是总公司销售中心的副总了。

算了,只要自己老头子高兴,身体健康,他愿意干吗就干吗吧。虽然两个人的退休工资不算多,但也饿不死,再说女儿又找到了一个好工作,前途一片光明,这就是命,想那些有的没的干吗!

一这么想,韦妈妈的心情顿时轻松了许多,赶紧附和着韦爸爸说:“就是,他求咱们干咱们还得考虑呢,现在闺女又找了个好工作,她说了,让你该退就退,她养着!”韦爸爸闻言脸色立刻阴转晴,咧着嘴乐了:“要说还得是我闺女!”

“知道了,我这边儿有点事儿,你甭管了,跟你丁哥说一声,看紧了啊!”米阳三言两语打发了打电话问他到哪儿了的小实习。一回头看见米妈妈正跪在地上用笤帚在沙发下扫，他突然觉得挺对不住自己老妈的，赶紧过去拦："妈，我来，我来！"

米妈妈一巴掌拍开了他的手，脸上都见汗了："不行，肯定没有，这客厅我都找遍了，难道说真的被古利给吃了？你说你怎么这么不小心啊！"一抬头看见自己儿子郁闷的脸色，她把剩下的数落又咽了回去。

"算了，只能让古利受罪了！"米妈妈一咬牙，转身进了厕所。米阳看了一眼缩在角落里可怜兮兮的古利，刚想问妈你干吗去？手机又响了起来，他看也没看就接通了电话，没好气地说："谁啊？！"

"是我！"何队的粗嗓门在电话里炸响，米阳不自觉地一哆嗦："是队长啊。""你小子现在在哪儿呢！刚才小赵说你一个小时前就回局里了！怎么还不见人影儿？你他娘的回河北公安局了是吧？！"

电话这边的米阳张了张嘴还不及回话。"行了，不管你在哪儿，现在立刻把证物带回来，二队那边有新情况了，你那 SIM 卡很可能是关键证物！马上！"说完何队"啪"的一声扣上了电话，那声震得米阳耳朵嗡嗡的，跟着脑子里也是嗡嗡的。

看着拿着手机发愣的米阳，从厕所出来的米妈妈问了一句："谁的电话啊？"米阳心里一个劲儿地犯堵，这回乐子大了，如果这证物不重要，自己还能想办法把这事儿遮过去。拿着证物回家本身就是违反纪律的，偏偏自己今天这肚子较劲，那嘴欠的破狗还……怎么就这么寸呢！不想让老娘跟着自己着急，米阳勉强压下心里的烦躁，扭头笑着刚想糊弄米妈妈一句，一眼就看见了自己老娘手里的东西，他眼睛都直了。

"妈，您这是……"米阳嗫嚅地问，米妈妈一扬手里的她平时用来治便秘的开塞露："既然它吐不出来，咱们就让它拉出来！"说完就柔声想哄骗古利过来……然后插肛！米阳真是哭笑不得了，赶紧拦："妈，你急糊涂了吧，古利的肠子又不是直的，刚吃进去怎么可能立马儿拉出来啊！行了，你别管了，我自己想办法吧！"

已经没了主意的米妈妈就呆呆地看着米阳扑过去，拿起自己买菜用的布兜子一翻，把菜都倒地上了，然后把古利塞了进去就往外冲。直到门"咣"的一声撞上了，她才反应过来，紧赶几步开门就喊："米阳，你带着古利干吗去？！你是不是想给它一刀啊？！"

米阳三步并作两步地冲下了楼，也来不及管米妈妈喊什么了。倒是对门里的韦氏夫妇彼此对看了一眼，韦妈妈回头问韦爸爸："这是不是就是雍正皇帝电视剧里说的那个兄弟什么墙？"

一下楼，米阳就看见一辆出租，再打眼一看，韦大小姐正慢悠悠地在后座上掏钱递钱呢。米阳"噌"的一下蹿了过去，一开门就把韦晶拎了出来，韦晶吓了一大跳，连尖叫都忘了，出来先一个踉跄，等稳住了再回头一看，米阳已经把车门甩上了。

韦晶大怒，冲上去就要拉车门，米阳眼疾手快地把车门锁上了："师傅，开车！"司机师傅有点不知所措："您什么意思？"车外愤怒的韦晶一巴掌拍在了车窗上："死大米，你作死啊！"不等米阳开口，司机师傅先叫了起来："哎，小姐，我这车可禁不起您那铁砂掌，您要再拍，给我的可就不止这个数了！"他边说边晃了下手里那张百元大钞。

米阳从半开的车窗里喊了一句："味精，我这儿有急事儿，咱们回头再说！师傅赶紧开车！"韦晶一愣，顺口说了一句："他还没找我钱呢！"米阳冲她一龇牙："正好我没带钱，谢了啊！快开车呀！"最后嗷的那一嗓子吓司机一跳，他下意识地听从命令，挂挡踩油门就走，只留了一堆尾气给韦晶。

回头看了一眼身后被尾气呛得直咳嗽的韦晶身影越来越远，米阳心里苦笑，回头这丫头不定得怎么收拾自己呢，可现在也顾不上了。"哥们，像你这么爱狗的可真不多，咱们去哪个兽医院？"司机从后视镜里看着米阳。

什么意思？米阳一怔，低头一看，古利正从布袋里探出个头来眨巴着无辜的大眼睛看着自己。这破狗很识时务，知道现在命悬于米阳，所以特别地乖，从刚才到现在，愣一声都没叫。"什么兽医院，去区公安分局！"米阳说。

"分局？哦，您是给狗上户口去是吧，您可真有钱，给一狗花钱落户口，听说得小五千呢，啧啧……"司机师傅感叹着，米阳懒得废话，就撇了撇嘴角儿。司机师傅又说："您说现在什么世道啊，这北京人户口贵就贵吧，妈的这北京狗户口怎么也这么贵呢，一定是那群警察想钱想疯了！抓人捞不着钱，干脆抓狗！"米阳："……"

好在这司机嘴巴虽然碎，开车的技术还不错，没有半个小时就到了分局，还特认真地找给了米阳九块钱，米阳说不要都不行，说咱是党员，不能要资产阶级小费！"米阳，你可来了，你们队长都快跳脚了，快来！"一进门米阳就被"娇滴滴"逮个正着，不由分说拉着他就往何队长办公室走。

米阳正想挣开她的手臂，正好何队长把门打开了，一眼就看到了米阳："你小子可算回来了,快进来!"米阳没辙,只好紧跑两步进了门,一边想着该如何跟队长解释。好在何队向来护犊子,应该会帮自己的。

一进门,米阳刚做出一个纯洁无辜好青年的笑容,就被屋里飘散的烟雾呛得咳嗽了一声。用手挥散了一下烟雾,再定睛一看,米阳一头磕死的心都有了,就算今天是愚人节,也不带这么涮人的啊……

不明所以的何队冲他招招手:"大米,林局、陈局都很重视这个案子,正好二队长也在,你赶紧过来给领导们汇报一下,刚才你路上堵车,我已经解释了,你就别耽误时间了!"何队边说边做了个眼色给米阳。

米阳唯有苦笑,心说队长我对不起你这番苦心了。这时二队长站了起来:"大米,那证物呢?"米阳闭了闭眼,一咬牙从口袋里把古利的脑袋露了出来,一屋子人都神情古怪地看着京巴和米阳。过了半晌,德高望重的林局问了一句:"小米啊,这就是那手机卡?"

"我在家呢,对,轮休……嗯?没干吗呀,打游戏呢,什么聚会呀,哪天……哟,真不巧,我手上有案子刚结,那几天正好要开总结会,肯定腾不出空儿来,山子,你跟肥三儿说一声吧,这次聚会就别算上我了!"米阳懒洋洋地靠在床上说,他两只手忙着打 PSP ,手机只能歪着头用肩膀顶在耳朵旁边。

午后的阳光洒满了一屋子,米阳整体看起来跟往日没什么不同,只是细看眼里都是血丝,头发乱糟糟地支棱着。

"你不是找借口不想去吧?又不用你出钱,肥三儿说他包了!"电话那边的江山有点不信。"啧!"米阳嘬了下牙花子,"我这儿真有事儿,别说不要钱,就是他倒找我钱我也没工夫去呀。""大米,你丫没事儿吧?怎么说话半死不活的?病了吗?"江山有点疑惑,米阳一向是充满活力的,今天却感觉他没什么精神的样子。

"嗯?没有啊!"米阳愣了一下,暗叫糟糕,江山这小子向来精明,他不想让好友知道自己发生了什么事儿,赶紧换了一副不耐烦的口气说,"你少咒我啊,这办案子几天没休息了,我要是还热血沸腾的,那就不是半死不活而是回光返照了我!""哧!"江山笑了一声,放了心,"成吧,那你忙你的吧,注意安全啊,对了,那卡的事儿,你给我惦记着点儿!我那儿有任务呢!听见没有?"

“靠,你不提我还真忘了这茬儿了……哎哟,我靠,又是这关,我都打二十遍了!”看着屏幕上闪烁的“Game Over”,米阳忍不住骂了一句。江山在那边儿幸灾乐祸地说:“该！这就是你把哥们的事儿给忘了的报应！打二百遍你也得死在那儿!”

米阳把 PSP 扔到了一边,坐起身先把电话换到另一边,揉着右边被挤压变形的耳朵说:“唉,人性啊人性！不是我说你们银行倒闭了还是怎么的,闲得没事儿是吧！要是真没事儿,给我们当义务协管员去怎么样？配警棍的,反正你们银行那制服看着跟我们协警一个色儿!”

“歇菜吧你!”江山笑骂了出来,又白话了几句之后才把电话挂上。米阳放下手机,愣了会儿神,这才长长地出了一口气,一个后仰把自己又砸回了床上。

两眼无神地看着刷了大白的天花板半晌,米阳突然发现在窗帘盒上方有一个小小的蜘蛛网,虽然有几分破碎,却依然顽强地挂在那里。有洁癖的米妈妈居然没发现这个卫生死角儿,而让它存留了下来。

“你真幸运……可我怎么这么倒霉啊!”米阳苦笑着咧了咧嘴,冲蛛网敬了一个美式军礼。

镜头倒回昨天,一听米阳说完经过,屋里的人全都无语了,要说警察们什么没见过啊,可今天这事儿也忒邪行了,一时半会儿都有点琢磨不过味儿来。但是！有一个人立刻反应了过来,前因后果在脑中唰地那么一过,哈哈！副队长杨大伟在心中狂笑,真是天助我也!

“大米啊,你是怎么搞的嘛,怎么会犯这样的错误嘛,不晓得证物不可以带回家的？这对案情会带来多大的影响啊,枉费何队还说你在路上堵车,你,唉——”杨大伟站起身说,他一脸的痛心疾首,恨铁不成钢。

杨副队长这番话猛一听没什么不对,但是落在了有心人耳朵里就不是那么回事儿了。他既强调了米阳的错误,又指出了可能引发的不良后果,同时还在领导面前扎了何队一针。让领导们看看,什么叫上梁不正下梁歪,有米阳这样不守纪律的下属,自然就有对领导说谎的队长不是吗？

米阳虽然攒了一肚子懊悔和憋气,也承认今天出的这事儿问题都在自己身上,但是听杨大伟这么一说,他只觉得一股邪火直往上顶,强压了一下才说:“副队,今天这事儿是我不对,不过是我跟队长说堵车的。”看着米阳额头上凛起的青筋,杨大伟干笑了下没搭茬儿,转身坐回了原来的座位。他明白,有些话点到为止就够了,说多了才傻呢。

“简直胡闹!你还是个警察?!”陈局把手里的茶杯重重地放在了桌子上,“哐”的一声。古利哆嗦了一下,吓得使劲往米阳怀里拱,米阳则感觉被人当众打了一耳光似的,极度的羞耻感让他脸色苍白,脊背却下意识挺得更直。

何队心里又急又气,他知道这件事儿最后的结果可大可小,弄好了写检查,扣工资,罚级,要是弄不好……何队非常欣赏米阳,这小伙子年轻有干劲,聪明又有正义感,是个干警察的好苗子,要是因为这件事儿毁了,那实在太可惜了。

何队就想帮米阳说两句,一直没开口的林局看了他一眼,何队话都到嘴边了愣生生给咽了回去,他轻咳了一声以做掩饰。“老陈啊,你是主管刑侦的,你的意思呢?”林局转头温和地问。

陈局一直阴着脸,顿了顿才说:“林局,先把那卡弄出来吧!至于米阳……”陈局扫了一眼梗着脖子站在那儿的米阳,“先让他停职反省吧,这事儿也得跟政委说一声,咱们回头党委会议上再研究,您看怎么样?”

“好,我同意,案子最重要嘛,小何、小杨,你们队里有什么意见吗?”林局点点头。“没有,没有,一切听从局党委的指示!”杨大伟赶紧站起来表态,何队只点了下头表示同意,浓眉紧锁。

“那这样,林局、陈局,我先跟米阳把那个卡想办法弄出来再来汇报!”二队站起来说了一句。他跟何队关系不错,以前因为案子也调米阳帮忙过,对小伙子印象不错。这会儿看着紧握拳头微微颤抖的米阳,就想先把他带走,省得年轻人在这儿“受罪!”“嗯。”林局点点头,陈局没说话,何队微微冲二队长点了点头,表示感激。

米阳一个立正,敬了一个很标准的礼,然后才转身出了门。在门外等着的二队什么也没说,只拍了拍米阳的肩膀,率先往物证科走去。米阳觉得自己眼圈儿隐隐一热,赶紧吸了下鼻子,一低头看见古利正眼巴巴地看着自己,米阳摸了摸它的头,古利极为乖巧地舔了他手指一下。稳定了一下情绪,米阳快步追了上去。

等到了物证科,本应遭受一场血光之灾的古利同志既没挨刀,也没被强行灌肠,靠,光都没照,甚至还吃了管鉴证的小姑娘一根双汇牌火腿肠,那 SIM 卡就自己出来了。

同时掉出来的还有米警官的眼珠子,或者说差一点就掉出来了。当米阳看见那个要命的 SIM 卡的时候,终于理解楚霸王自刎于乌江时说的那句“天要亡我”是什么意思了。

其过程就是小姑娘想要接近古利进行“物证调查”,可是被折腾了半天的古利拒不配合,甚至龇牙咧嘴以示反抗。米阳说这是带它去兽医院治牙的后遗症,看见穿白大褂的这破狗就想咬,其实平时这家伙对美女还是挺客气的。

虽然米阳把狗按住了,可小姑娘还是不敢下手,跟古利说“坦白从宽,抗拒从严”显然没意义。但人小姑娘脑子也挺好使,说了句“山人自有妙计”,先脱了外套,然后去自己抽屉里翻出一根当夜宵的火腿肠来引诱古利。

“大米,回头你赔我一根啊!”小姑娘抚摸着立刻叛变啃肠的古利联络感情,古利跟米阳掐了半天早就饿了,这会儿也顾不上那么多,吃饭最大! 抱着古利的米阳心不在焉地说:“成,我赔你一箱子都没问题!”

一旁的二队笑说:“小许,一根火腿肠儿你还计较啊?”“哟,二队,这是无淀粉无添加剂的,五块钱一根呢!”小姑娘抬头说。二队说:“不是吧,不是一块钱一根吗? 我们加班时配着方便面经常吃! 挺好吃的!”小姑娘特不屑地说:“就那也叫火腿肠啊,加了那么多淀粉和防腐剂,吃多了不是变猪就是变木乃伊!”

还没变猪也没变木乃伊的二队大为尴尬,过了会儿才干咳了一下说:“我们这些糙老爷们没那么多讲究,再说也没那么严重吧,那上面都贴着 QS 标志呢! 怎么的也得差不离呀!”

“胡队,你知道‘QS’是什么意思吗?”小许好奇地问。二队点点头:“啊? 怎么了,那不是质量安全的缩写吗? 咱虽然不是你们这些大学生,但英文多少也懂点!”小许咯咯一笑:“可有人说那是汉语拼音‘去死’的缩写!”二队闻言一愣,接着哈哈大笑了起来,一肚子心事的米阳却笑不出来。

小许光顾着笑了,拿着火腿肠的手不自觉上移,吃不到的古利着急地伸脖子去够,“吧嗒”一声轻响,一个东西掉在了办公桌上。三个人同时看去,笑声顿消——一个 SIM 卡正大咧咧地躺在桌面上。大家你看看我,我看看你,二队说:“小许,你这五块钱的火腿肠还有催吐的作用啊?”

小许麻利地戴上塑胶手套,转手拿了一把镊子把SIM卡夹起来细看,二队和米阳也伸着头看。小许翻来覆去地看了一遍,然后又去打量了古利半晌,突然伸手轻拽了一下古利的项圈。"嘿,米阳,依我看这卡九成九是卡在你家狗的项圈里了,你看,卡上还粘着狗毛呢!"小许把放卡的手送到了米阳鼻子底下。

米阳都傻了,下意识顺着小许手的方向看去,果然卡上挂着两丝狗毛。再看看古利的项圈,那是米妈妈亲手用两层粗麻线布扎成的,上面绣着古利的名字和家里电话。

可能是因为时间有些长磨破了个口儿,也不知古利当时怎么折腾的,那卡偏巧掉进了破口夹层里,京巴的毛又长就给盖住了。米阳和米妈妈找了半天,米阳是根本不知道项圈破了,米妈妈虽然知道,但是心慌意乱之下早就忘了这回事儿了。

再加上古利又有乱吃东西的习惯,米阳他们在家里死活找不到,所以想当然以为是被它给吃了。这会儿可能是古利着急吃肠,伸脖子蹬腿劲儿使合适了,那卡又给倒腾出来了。如果这卡没有这么巧掉到这匪夷所思的地方;如果当时自己再仔细一点查看,如果这卡能在自己到达警队之前掉出来,如果……米阳突然想起电视中某歌星撕心裂肺地唱着"可惜这世上没有如果,所以我才一错再错……"

米阳苦笑着看了一眼二队和小许,俩人脸上都写着同一句话:"你还真是倒霉催的啊!"小许摇着头把卡装入了证物袋里。米阳先把古利放在了凳子上,拿过证物袋儿,转身往外走去。二队不自禁地问了一句:"米阳? 你去哪儿?"

米阳回过头特悲壮地说了一句:"去死……"

第六章　六角园派出所

“儿子，儿子！”米妈妈伸手推了一把正躺在床上发呆的米阳：“怎么了妈？”米阳神情恍惚地看了一眼米妈妈。“你电话响了，没听见啊？”米妈妈无奈地把手机拿起来递到他跟前。米阳眨眨眼，手机屏幕上清楚地闪烁着“何队”两个字，米阳一个猛子坐了起来，米妈妈把电话塞给他，然后出门去了。

咽口唾沫润润嗓子之后，米阳才按了接听键：“队长？”他自己不觉得，可那边的何队听着他嗓子发紧的声音，只无声地叹了口气，然后以平常的声音说：“大米啊，你现在来局里一趟到我办公室等我，对了，把你那检查带上，写得够深刻吧？”最后一句何队故意玩笑着问。

米阳稍稍松了口气：“队长放心，绝对深刻，要是按照我那检查的内容，枪毙我三次都富余了！”“呵呵。”何队微微一笑，“行了，快过来吧！”米阳挂上电话就赶紧找衣服：“妈，我那制服呢？我要去趟局里！”“这儿呢，这儿呢，早给你洗干净了！”米妈妈一直躲在屋外竖着耳朵听，见儿子找衣服，赶紧去自己屋里把早就洗干净熨平的警服给拿了过来。

米阳穿利索之后，拿着手机和公文包走了出来，一转头看见老妈把一双擦得干干净净的皮鞋放在了自己跟前。从昨天开始，米妈妈没有了平时的骄纵厉害，做家务活都是轻手轻脚的，虽然米阳没告诉她具体经过，可看儿子那装出来的笑脸儿，就知道事情不妙。偏巧这几天米爸爸在外出差，她心里担惊受怕又憋屈还没处说，一大早起来发现白头发都多了好几根。

“妈,那我走了啊!”米阳一边提鞋一边说,古利经过昨天的事儿也老实了许多,就缩在米妈妈脚边眼巴巴地看着米阳,而不像平时那样扑过来咬鞋子捣乱。

米妈妈强笑着点点头,眼看着儿子要出门。“哎!”她忍不住叫了一声。米阳回头看她:“还有事儿啊?”“哦,没事儿,我是说,你路上小心点儿,别骑你那破车了,打个车去吧!”米妈妈话到嘴边儿换了词。“好嘞!”米阳心知肚明,也不想多说转身出门去了,只是关门的时候下意识地轻轻关上。

“咦?你怎么在家啊?”韦晶的声音突然从背后传来,米阳眼皮子哆嗦了一下。活动了一下面部表情他才回头笑说:“你不是也在家吗?干吗去?”韦晶一拎手里的垃圾袋:“我下周一才正式上班呢,现在奉老娘懿旨,去楼下倒垃圾!”米阳嘿嘿一笑:“对了,还没恭喜你呢,外企白领啊,牛啊!”韦晶故意得意地扬了扬下巴:“那是!”

米阳边说边接过韦晶手里的垃圾袋:“你回去吧,这天光脚穿拖鞋出门你也不怕感冒!”说完拎着垃圾往楼下走。刚到五楼就听见韦晶喊了他一声:“喂!”米阳抬头看去,韦晶从栏杆上伸出个头来:“我说你这是为人民服务吧?”米阳一愣,韦晶指指他手里的垃圾袋。“什么意思?”米阳问。

“要是收费的话那还是我自己去吧,一百大元呢!”韦晶做了个鬼脸说。米阳想了一想才明白怎么回事儿,笑了:“呵,瞧你那鸡贼劲儿,不就昨天打车那一百块钱嘛,您都外企白领了还在乎这个,就当小费了!”说完米阳笑着大步地走下楼。

韦晶趴在栏杆上看,那顶深蓝色的警帽时隐时现,一会儿就消失了。“哎?我说你怎么还在门口啊,也不关门!”屋里的韦妈妈探出头来问。“垃圾米阳给带下去了!”韦晶头也不回地说。韦妈妈又叫:“那你还不回来?哎哟,你还趴那栏杆上,瞧那些灰!这八百年没擦过了,合着衣服不是你洗是吧!”

韦晶赶紧直起身来,果然胸前多了些灰道子,伸手掸了几下,弄得更脏。韦晶吐吐舌头回了屋,果然韦妈妈看见了又是一通儿数落,末了问了一句:“刚才你趴那儿看什么呢?”韦晶拿了根黄瓜啃着:“妈,我怎么觉得米阳有点不对劲呢?”

米阳打车没一会儿就到了公安局大门外,可平时风风火火进出惯了的地方,自己这会儿竟然有些畏惧和迟疑。傻站了一分钟，直到看门的小保安叫了声米哥之后，他才回过神来，胡乱地应了一声之后刻意地挺胸抬头进了大门。

“大米！”一直守在办公楼门口的钉子一眼瞅见了，蹿过来先把米阳拉到了一边儿松树后头，嘴里噼里啪啦就是一梭子。“哥们到底是怎么回事儿啊？我昨儿个在那边儿盯了一晚上，今儿上午才被老刘替回来，一到局里就听说你出事儿了？”

米阳听他嘚啵完，好像不明白似的问：“我出什么事儿了我？”钉子直翻白眼：“装，还装！我一回来就有人跟我说那手机卡让一狗吃了，又有人说是给野猫吃了，‘娇滴滴’特意把我拉一边巨神秘地问，听说米阳吃了一个手机卡？！”钉子惟妙惟肖地学着丽姐的声音和样子。“咳！”米阳被自己的口水狠狠呛了一下，边咳边说，“她才吃手机卡呢！”

看钉子还要说话：“行了，别说了！”米阳把昨天发生的事情大致说了一遍，钉子目瞪口呆地看了米阳半晌，才讷讷说了一句：“你丫太倒霉了！”“我知道，麻烦您别一再强调了成吗？我先进去了，队长等我呢！”米阳说完就想走。

“哎。”钉子一把拉住了他，“队长和局长他们开会呢，九成九是在讨论你的事儿，你现在进去也找不到人，先去宣传办公室待着吧，他们那儿的人今天都不在！要是回咱们办公室，等着看戏的一大堆呢。”米阳烦躁地一点头：“那走吧！”

俩人一路上饶是躲躲闪闪，还是碰到不少人的“关心”，在米阳即将爆发之前，他们总算进了宣传办公室。还没等米阳喘口气，一个带笑的声音响了起来：“哟，这不是米大警官吗？听说你吃了一张手机卡？”钉子没好气地骂了一句：“靠，牛子，你丫找抽呢吧！”

一个戴着眼镜的小胖子嘿嘿一乐，一边擦镜头一边笑说：“米哥，你也别急，又不是什么大事儿，那卡也找到了，不影响破案不就得了！”钉子踢了他一脚：“你懂个屁啊！对了，今儿宣传科的人都不在，你跑来干吗？我说你不是想拿大米这事儿整个花边儿新闻吧？”说到最后钉子的脸色一肃，米阳的眉头也皱了起来。

小胖子赶紧把手里相机小心放下，然后举起一只手做宣誓状：“哥们是那样人吗？！再说我跟米哥什么关系啊，能干这事儿？”钉子一笑，走上前搂住小胖子肩膀一晃：“这还差不多！”

小胖子大名牛犇，跟一位老演员同名，可惜身上没有半点艺术细胞，倒是打了一个擦边球，干了艺术记者。这是好听的，说白了，就是狗仔队。天天追在那些明星艺人屁股后面挖八卦，整整干了三年，从专抓三流小明星的秘闻晋升到大牌明星的新闻发布会也会邀请他，勉强也算得上晚报的一个腕儿了。

后来有一天因为某件事儿（他打死也不说是什么事儿），他突然觉得自己老子说得对，自己这工作特没意义。因此跟社长哭着喊着调到了社会组，后来专跑政法口，结识了米阳他们。大家都是年轻人，又都还有着难得的正义感，所以配合起来很对胃口，彼此关系不错！

这会儿看见米阳心情不佳，牛子走过来拍拍他肩膀："米哥，这事儿我也听说了，你是有错，不过一来没耽误事儿，二来你一向表现良好，三来你们何队最护犊子，不可能不管你，四来何队是林局长的爱将，林局是正局长，说话管用，所以你先别瞎操心！"

牛子这一番一二三四一说，米阳和钉子琢磨着还真是这么回事儿，米阳脸色好了许多，钉子也乐了："行啊，牛子，够会分析的！"牛子一抹鼻子："你才知道啊？"钉子啧啧有声："我还以为你就会追在小明星屁股后面拍照片呢！"牛子愤怒了，刚要反击，米阳说了句："这回我算是露大脸喽，说我吃手机卡的谣言都出来了。"

"米哥，没听人说过吗，真理还在穿鞋的时候，谣言就已经在街上跑了，太正常了，这就是你，要是换了那些小明星，不知道有多高兴有人帮他们造谣呢！你要是别扭，走哪儿都戴一大蛤蟆镜不就完了！又酷又挡脸！"牛子玩笑着说。

米阳只是无言一笑，钉子则不屑地说："你那什么狗屁主意啊，吃饭也戴着墨镜，那还不得把筷子捅鼻子眼儿里去！"牛子斜眼四十五度看着钉子："没见过世面吧，我告儿你，我跟过一女明星，人就戴着墨镜吃火锅，那从锅里夹出来的还都是肥牛，一点儿都不带错的，你不服不行！"

钉子正笑得不行，米阳的手机响了，他"嗯啊"了两声之后挂上电话说："我去队长那儿了，你们先聊吧！"屋里这两个也不知道该说些什么才好了，只能眼巴巴地看着米阳出门去了。过了会儿，牛子说了句："米阳应该没事儿吧？"钉子没好气地回了一句："你刚才那一二三四不是说得头头是道的吗？！"

牛子挠了挠后脑勺，压低声音说："小道消息，听说林局快要退了，补上来的是陈局！"钉子无语地看了他半晌："唉……"他长长地出了一口气。

“报告!”“进来!”米阳走了进来,先敬礼:“队长!”“坐吧。”何队用下巴指了指椅子,等米阳坐下之后又甩了根烟给他。看见何队要点火,米阳赶紧站起身来帮忙,何队借着这工夫打量了一下米阳,他脸色还好,只是眼里的血丝是怎么也遮不住的。

何队真的挺心疼的,从米阳毕业分配来,自己就带着他,看着他一步步成长。突然何队觉得自己有点不敢跟米阳对视,他眼里既带着慌张又充满了希望,那希望是寄托在自己身上的吧……何队忍不住低下了头,眼光却正好落在一张纸上,之前林局的话不自觉地浮上脑海:“何振兴,你我该做的都做了,有些事情会上你也看明白了,你想保米阳,先想想怎么保全你自己,你是队长不是小兵了,眼光要放得长远些!”

“那个……队长。”米阳拿着烟也没心思抽,看着何队在那儿出神,他心里愈发地没底。忍了半天还是叫了一句,何队一抬头:“怎么?”米阳舔了舔嘴唇:“那什么,对了,我的检查!”说完他赶紧从包里把写了一夜的检查双手递了过去。

何队点头接了过来却没看,米阳心里一沉,就看见何队跟下了决心似的拿起桌上那张纸递了过来:“你自己看吧。”米阳的心怦怦乱跳了几下,他低头看去,眼睛一下子就瞪大了。要说后果米阳不是没想过,扣工资,罚奖金,通报批评,但是这个……

米阳攥紧了拳头真想大吼一声,这是为什么啊?!又凭什么啊!但是他一抬眼就看见何队在烟雾的包围下依然无法掩饰的无奈与愧疚,米阳闭上眼出了口长气,站起来默默地给何队敬了个礼,转身往外走去。

“米……”何队不自觉地张嘴想叫他一声,但声音噎在喉咙里就消失了,就算叫住他了又能怎样呢,说那些清汤寡水的安慰话有个屁用!办公室门“咔嗒”一下关上了。“一定要扛住啊,米阳……”何队在心里说。

“大米,怎么样啊?”米阳一出门就看见在楼梯口冲这边张望的钉子和牛犇,钉子三步并作两步就蹿了过来,开口就问。米阳还没开口,就觉得四周的眼神跟针扎似的落到身上,可转头四望时,周围其他同事好像都在忙自己的事儿,根本没人在意。

米阳看见同队的老刘正犹豫着朝这边走过来,显然他已经知道结果了。可现在自己没有半点心情去面对这些善意的安慰,米阳冲钉子一咧嘴,把那张调令塞到他怀里,又轻捶了下钉子的肩膀,说了句:“小意思!”然后转头就走。

“米哥?”经过牛子的时候听见他叫了一声,米阳只冲他笑笑,没停步。牛子刚想追过去,就听见钉子大骂了一声:“我靠!”一回头,看见钉子想往何队的办公室里冲,却被赶过来的老刘扭住了,正往一队的办公室里拽,就算被捂住了嘴,依然能听见钉子愤怒的骂声,那张纸在挣扎中落在了地上。

眼瞅着其他警察都在伸头探脑地往地上瞄,牛子上前一步给捡了起来,低头一扫:“六角园派出所?”他扭头看了一眼米阳离去的方向,叹了口气,一脸的同情……

“第一天上班要有眼色,干得再多,也没有讨领导喜欢重要!比如提前给领导打开水呀,帮着擦擦办公桌什么的,别傻了吧唧地干站着,没听人说,不打勤的不打懒的,就打那不长眼的!你有点眼力见儿!”韦妈妈手里忙着给韦晶擦皮鞋,嘴里还不忘了叮嘱。

“切,我说妈,你这都是二十年前的老经验了吧?还打开水,现在都有饮水机了,再说你知道人喝咖啡喝绿茶呀?”韦晶对老娘的这番嘱咐不以为然,对着穿衣镜整理头发。

韦妈妈“啪”地把擦好的鞋子给放下,瞪着韦晶:“经验就是经验,要是没时间考验,那还叫经验啊?!”看着韦晶还想反驳,而韦妈妈又带了三分火气,韦爸爸赶紧来和稀泥:“你妈也是为你好,听着就是了,行了,你也别说韦晶了,再说她就该迟到了,要是第一天上班就迟到,她就是给领导打一桶开水也没戏!”

韦妈妈一抬头看挂钟,果然时间不早了,一边催着韦晶穿鞋走人一边仍数落:“我就说让她早点起来,非磨蹭,你说你……”不等韦妈妈说完,韦爸爸凑上来说:“老婆,我走了啊,来,亲亲!”说着韦爸爸故意把嘴巴噘得高高的。

“去,去!”韦妈妈把他的脸拍到了一边,但脸上已经有了笑容,见老娘不生气了,韦晶赶紧凑上来给了她一个响吻:“老妈放心吧,我走了啊,有空给你打电话!”说完拉着韦爸爸就出了门。

下楼的时候韦晶笑嘻嘻地挽着韦爸爸的胳膊说:“老爸,谢了啊!我妈现在越来越能唠叨了!”韦爸爸微笑着说:“你妈说得没错,你真的得多点心眼儿,别跟你老爸似的，净得罪人，社会就这样，好事不出门，坏事传千里，甭管你干了多少好的，别人都未必记得，只要有一件事干错了，好多人帮你记着呢！所以工作要认真踏实，不求有功，但求无过，明白吗？”

“是……”韦晶拉了个长音，“放心吧，老爸，我又不是第一天上班，您放一百二十个心吧！”韦爸爸疼爱地握紧女儿的手：“我相信我闺女没问题！”等到了马路边的公交站，韦爸爸放下韦晶，自己骑车上班去了，韦晶开始倒公交再倒地铁再倒公交，等挤出一脑门子汗的时候，她终于到了 BM 大厦。

周围擦肩而过的都是行色匆匆的男女们，或西装革履，或争奇斗艳，手里要么拎着个电脑包，要么拿着一杯星巴克咖啡，走路扬起的风都带着“自信”两个字。经过韦晶身边的也不乏金发碧眼的老外，“Hi，Morning……”充满洋味儿的问候声不时传入耳中，韦晶做了个深呼吸，也扬着头向旋转门走去，心里大喊着：“BM，我来了！”

“你就是米阳吧，来了就快进去啊，站在外头干吗？”米阳被一个岁数看着不小的警察热情地拉到了院子里，之前他正在六角园派出所大门外徘徊。虽说当时他硬气地认了，不就是当片儿警嘛，小爷一样干得好！可真到了跟前，看着几乎可以称为破旧的派出所，再想想局里那幢光鲜的、去年刚竣工的办公楼，米阳眼前顿时是一片灰色。

老警察很热情，非要帮着米阳把自行车推进去，米阳怎么推辞都不行，只能随他去。一边走一边看着那警察肩上的一杠三花，米阳忍不住琢磨，看着他岁数不小了，怎么才这个职务？

正纳闷呢，一个胖乎乎的警察从屋里探出个头来：“老胡，那个被剐了的奥迪车主找你，说是作价什么的？这么会儿来仨电话了！”老警察应了一声：“来了来了，那个大周儿，你过来，这是咱们新来的同事，米阳！先招呼一下！”他边往屋里走边说，那个胖警察眼睛一亮，“唰”的一下弹到了米阳跟前。

米阳吓了一跳：楚留香啊？“你就是米阳啊？”胖警察用一种看稀罕物似的表情打量着米阳。米阳心里有点不爽，但是第一天来新单位，怎么的也得给未来的同事们留个好印象吧。米阳扯了下嘴角儿：“是，我是米阳，因为以前只来过咱们所两次，咱们这儿的人基本上我都不认识，您是……”

“周亮，你又跟谁贫呢，快点儿，这边人数统计好了，人家医院就送药了！”胖警察还没开口，一个中年女警从刚才那间屋里走了出来，五官端正，通身透着利索劲儿。她这一出来才看见米阳：“哟，这是谁啊？”看见女警肩上扛着两杠两花，知道她职务不低，米阳一个立正，正想开口报到，就听那胖警察兴奋地说：“副所，这就是那吃了手机卡被踢来咱们所儿的米阳啊！”

米阳抬到眉际敬礼的手“嘎巴”一声握成了拳头，你个死胖子……

“行了，大概情况就这样，咱们所地方不大，可管片儿大，事儿特多，一时半会儿也和你说不清楚，慢慢来吧，边干边学。听所长说，你是公安大学的研究生，高才生，是咱们所儿建所以来学历最高的了，希望你能发挥自身优势，让咱们所更进一步！”副所长瞿燕梅带着米阳在各个屋里走了一圈，大致介绍了一番，最后把他领到了值班室，例行公事地交代了几句。

“是，我会努力的！”米阳言简意赅地回答道。瞿所点点头：“好！”她的态度很正常，既没有对下放的米阳不闻不问，也没有过度的热情，米阳心里放松了些。“周亮，今天应该是你在值班室吧？正好米阳来了，他先替你，你把那统计表赶紧给我做好了，下午就得开始了！你跟他交代一下吧。”

瞿所跟周亮说完，又对米阳说：“你先在值班室吧，所长开会去了，咱们大部分同事今天上午都陪着消防走访检查防火安全工作了，等他们回来，咱们再开个欢迎会！”

米阳赶紧笑说：“没事儿，我就一下放的，没什么好欢迎的！”瞿所淡淡一笑：“是吗？我倒觉得都是警察，在哪儿不是干工作啊？没什么下放上调的！既然这样你先忙吧，下午正好支援一下我们。”说完瞿所出门去了。

米阳有点尴尬，其实自己不是这个意思，但人已经走了，再说也有点越描越黑的意思。“哼，你还真点儿背啊，高才生，以后得跟我们在基层所工作了！”一旁的周亮特意强调了一下“基层所”三个字，显然他对米阳说的下放有点不爱听。米阳一皱眉头，想解释却又被周亮的阴阳怪气激得什么都不想说。

“这是值班记录，上面都写着要求呢，要是有人来报案，这些项目都得填，身份证要复印，如果够大案标准，立刻上报，不得拖延！”周亮边说边扔过来一个硬皮夹子。“那我先去忙别的了，暖壶在那儿，厕所在那儿，要打开水出大门右转十米左转二十米右手边儿即可，有什么不明白的来问我。”说完周亮也转头出去了。

屋里顿时安静了下来，米阳傻愣愣地拿着那夹子，茫然打量着四周。脱落的墙皮，一张破桌子，一张烂椅子，一个已经七扭八歪竟然还能站住的书架，还有一个油漆已快掉光光的破暖壶，勉强能看见上面写着“六角园”三个字。

分局里总是热闹的，每个人都忙得不行，永远亮着灯，永远不安静。米阳从袋子里掏出米妈妈给他带好的大水杯，拎起暖壶想要倒水，一入手觉得极轻，再一晃，“哗啦啦”只有一点点水声。“靠！”米阳忍不住骂了一句。

“警察同志?”一声轻唤在米阳背后响起，米阳“唰”的一个回身儿，发现一个中年男子正畏畏缩缩地站在窗外。这值班室在朝街面的方向开了一扇窗，上头搭了个遮阳篷，是为了方便老百姓问讯个事情，也省得随随便便什么人都往派出所里进。

愣神的米阳才反应过来是叫他的，他赶紧放下暖壶往窗边走来，走一半又想起那报案夹子，赶紧回去拿。“您什么事儿?”米阳客气地问。不管这工作你愿不愿意做，只要是你的工作，就必须做好！这是米爸爸在米阳第一天上班时唯一嘱咐的一句话，他一直牢记在心。

“那什么，警察同志，我家那钥匙能不能还给我了，要不然我进不去家门啊?”米阳的温和对那个男人好像没起什么作用，他说起话来依旧吞吞吐吐，有点迟钝的样子。

“钥匙？你家的钥匙丢了?”米阳问。那男人愣了一下，想了想才说：“不是，是你们给拿走了。”“警察拿你钥匙干吗?”米阳有点奇怪。“那个，不是我媳妇儿前几天在家让人给杀了吗，你们说要封现场，我回不去家呀！”那男人愁眉苦脸地说。

米阳吃了一惊，杀人案，什么时候的事儿？他也认真了起来。“这什么时候的事儿啊？哪个警察拿的你钥匙?”“就……就是上周五。”米阳脸色一严肃，那男人愈发紧张，一个劲儿地咽唾沫，“周亮警官拿的，他告儿我他的手机号是139158××××，让我找他！”

上周五？不对啊，上周五自己还在局里，没听说发生杀人案啊？可这人还知道周亮的手机号。“你等一下。”米阳转身想去找周亮。正好周亮拿着一张纸走了进来,没等米阳开口,他就看见那男人了:“哎? 老王,又干吗来了?”

那个叫老王的男人畏缩地一笑:“拿钥匙。”“钥匙? 什么钥匙?”周亮粗门大嗓地说。米阳凑过去小声把刚才的事儿说了一遍,周亮一笑,歪头对老王说:“你那钥匙啊我下午给你! 你先回去吧!”老王磨磨蹭蹭、犹犹豫豫地还嘀咕,周亮嗓门全开,震得屋里嗡嗡的,“不是说了吗! 下午给你,赶紧走吧!”

那老王吓了一跳,嘴里嘀咕着“那我再回去找找,没有再来找你”什么的骑上自行车走了。周亮从书架上找了一个文件袋出来就想走,米阳拉住了他:“怎么回事儿? 干吗不现在给他,他媳妇又是怎么回事儿啊?”周亮一扬下巴不耐烦地说:“谁拿他钥匙了,再说真有杀人案,你们局里能不知道? 对了,现在得说他们局里了,等下午你就明白了。”

看着离开的周亮,米阳很纳闷,他什么意思啊? 结果等到下午他还真就明白了,以一种他绝想不到的方式……

戴着白手套,拿着绳子、手铐和警棍,警察们近乎于全副武装地去……发药丸。“胡哥,咱们所儿还管这个啊?”米阳悄声问。胡哥就是上午那热情的老警察,其实人家一点也不老,只不过少白头加上天生老相而已,其实也就比米阳大个六七岁。

“是啊,春秋两季是精神病的高发期,由居委会牵头,联络精神病院和警察,免费给那些贫困的精神病患者发药,抑制病情,他们没钱去看病拿药,只能政府管。”老胡压低嗓门解释。

“唉,没当警察之前一直以为春天是发情的季节,没想到还会发疯,浪费了这大好春光啊!”周亮在一旁摇头感叹。周围几个警察立刻喷了。“嗯哼!”老胡咳嗽了一声,使个眼色,周亮侧眼一看,瞿所正狠狠地瞄着他呢,他咧咧嘴赶紧把表情整严肃了。

“好了,我也就不废话了,这活儿大家伙儿也不是第一次干了,还是那八个字‘执法有礼,安全第一’,干漂亮点!”瞿所说着看了一眼米阳,“老胡,米阳第一次参加执勤,你带着他点儿。”“是! 放心吧您哪!”老胡答应了一声,“好,出发!”瞿所一挥手。

警察、居委会大妈,还有安定医院的医护人员一行人开始向胡同里进发,路边停着一辆救护车,这是为了以防万一有人犯病好直接送医院的。没一会儿走到一户人家,周亮大咧咧地上前敲门:“有人在家吗? 警察,请开一下门!”

米阳忍不住跟了过去,老胡一怔就没拉住,正敲门的周亮斜眼看他:“你干吗?”米阳一挑眉头:“万一里面的病人正犯病,你一人站这儿不怕危险啊?”周亮敲门的手停顿了一下,突然哈哈笑了起来,然后低声说:“拜托,不是所有的精神病人都是疯子,见人就砍,我们都有统计,心里有数儿,这户充其量是个精神恍惚!”

米阳的脸登时一红,转身就想走,周亮一把拉住了他,笑嘻嘻地说:“这户你认识。”米阳没明白他什么意思也就站着没动。后面的老胡笑着和瞿所耳语了一句:“这小伙子不错。”瞿所看了他一眼没说话。

“来了,来了。”院子里一个女人连声应着,一开门,是个很普通的中年妇女,“哟,周警官你们来了,快请进!”“不用了,你家老头在家吧?”周亮问。“在,在,前儿居委会一通知,我今儿除了买菜就没敢出门,老王,老王你快点!”她边说边回头叫。

一个男人点头哈腰地走了出来,米阳一瞧眼睛立马瞪圆了:“怎么是你啊?”那个男人嘿嘿笑着打招呼:“您好!”周亮掏出一小瓶药来跟女人说:“签个字儿,回头盯着他吃了啊。”然后又问那个老王:“你钥匙找着了,媳妇没事儿吧?”

老王连连点头:“找着了,找着了,不瞒您说,我中午八宝山都去了一趟了,一回家,她在家壮壮实实的呢,嘿嘿。”周亮笑瞥了无语的米阳一眼:“壮实就好,行了,我们走了。”那女人直说有空来坐坐。

“这回放心了吧。”周亮对米阳说,米阳苦笑了一下,周围警察一听上午的事儿也笑了。这样走了几户之后,来到一个看着很破旧的院门口儿,没等警察叫门,门突然自己开了,一个二十来岁的姑娘靠在了门边说了句:“来了?”她穿了一条牛仔裤,一件红背心,虽旧,倒也干净。眉目端正,皮肤挺白的,就是眼珠子总是转来转去的。

“哟,小凤,怎么是你开门啊? 你姥姥呢?”老胡退后了两步问。姑娘用手指绕着辫子似笑非笑地说:“我姥姥买菜去了。”“哦。”老胡笑着点了点头,不动声色地往院子里扫了一眼。

“咦,帅哥警察你来了?”小凤突然看向米阳的方向。米阳一愣,琢磨着这是跟我说话呢吗?“小凤,你好。”他身旁的周亮接过腔。小凤也甜甜一笑:“你好。”说完她眼睛滴溜一转,把米阳也打量了一番,却只一笑,接着又去跟老胡唠家常。

米阳也打量着这个姑娘,就表面上来看她好像没什么问题,但是米阳总觉得心里不踏实,也许是警察的直觉,但他自己也不确定,周围其他警察也没什么异常的反应。想了想,米阳扭头悄声问周亮:“是她有病吗?”

周亮因为之前米阳话里话外不经意透露出来的“高人一等”而对他很不满。心说你小子不就是个研究生吗,不就是刑警出身吗?那又怎么样,现在还不是被弄到派出所来了,牛什么呀?可刚才米阳想保护自己的举动又让他的想法有所改观,现在听米阳问,他虽做出一副不屑的样子,却还是嘴皮子微动着说:“你怎么知道?”

这让米阳证实了自己的判断,可看着周胖子那副臭拽的德行也很不爽,就低低说了句:“都管你叫帅哥了,不是有病是什么?”“哧!”挨着他俩站的两个警察立马笑了出来……靠,周亮刚做了个骂人的口型,一声高亢的不像是人类发出的声音直扎入耳,米阳顿时打了个哆嗦……

第七章　BM公司

“我靠！”米阳把自行车锁在了楼下，习惯性用右手去拿车筐里的公事包，一不小心又碰到了手背上的伤口，他忍不住骂了一句。要不是亲身经历，他怎么也不相信一个小姑娘能有那么大的力气，最后四个大男人冲上去才止住了她的疯狂。

一想起那把被抡得“虎虎生风”的菜刀，米阳身上顿时又起了一层鸡皮疙瘩。虽然之前干的是刑警，杀人的、抢劫的、放火的也见得多了，但是碰上丧失神志发狂的，米阳还真是头一遭。当时他都有点蒙，要不是老胡一直戒备着，先把她菜刀给抢了下来，估计警察们受的伤就不是打一针破伤风能够解决的了。

米阳一步步地往楼上爬，只觉得自己全身酸痛，想当初蹲守那个越狱犯三天两夜也没这么累过，他一边上楼一边揉脖子活动肩膀。刚到四层半：“哎哟，靠！”就听见一声咒骂从头顶上传来。米阳伸头一看，乐了，韦大小姐正龇牙咧嘴地靠在上一层楼梯墙边那儿揉脚腕儿呢。不用问，看着那鞋跟儿高度也知道她肯定是崴着了。

米阳看着一脸晦气的韦晶突然觉得心情好了不少，原来倒霉的不止自己一个。这时楼道里的声控灯突然灭了，米阳眼前一暗，这才想起现在已经八点多了，这丫头怎么才回来，难道上班第一天就加班？倒是听人说过外企用人狠……

这时“啪”的一声巨响，楼道里又亮了起来，米阳眯了眯眼，发现是韦晶把皮包拍在了墙上整出的效果，看来这丫头今天的心情相当恶劣啊！米阳正想玩笑两句，刚一张嘴却不经意发现韦晶因为抬腿揉脚，弄得那A字裙一个劲儿地往上拱，这会儿那丝袜的边缘在楼道昏黄的灯光里若隐若现的，米阳猛地把眼光掉转过来，然后特刻意地干咳了一声："嗯哼！"

"米阳？"听见动静的韦晶偏身往楼下看了一眼，米阳做出一副才看见她的样子走上楼来："哟，这不是新出炉的白领小姐吗？""哼，彼此彼此，新出炉的片儿警先生！"韦晶瞪了他一眼。

虽然米妈妈一万个不愿意让别人知道米阳被发配边关了，可这消息还是传得比流感都快，韦妈妈算得上是第一拨得到消息的。韦晶这会儿没心思跟米阳逗闷子，转身就想走。"哎哟！"可脚腕上的钝痛依旧。

"崴着了？"米阳上前两步，弯下身伸手想看看，被韦晶拿包拍开了，他一推帽子："不会穿高跟鞋就别穿！""你以为我想啊，我们那儿的女的都穿！就我搞特殊？"韦晶没好气地说。

"哧！"米阳笑了一下，"你傻啊，班上放一双高跟儿的，平时上下班穿便鞋不就完了吗？"韦晶一愣："也对啊，唉，今天上班光顾着高兴就忘了这茬儿了，真够猪的！"说完她拍了自己脑门一下。

"行了，能走吗？要不我背……"本来米阳想说要不我背你上去，可话到嘴边那道影影绰绰的丝袜边儿突然从脑海里冒了出来，脸上一热。他偷瞥了一眼韦晶，还好，她光顾着脚疼，倒没注意到自己，米阳松了口气。

"你先上去吧，我再待会儿，走啊，甭管我！"韦晶边说边不耐烦地拿手推米阳，"咝——"两人同时倒吸了一口凉气。米阳顾不上自己，先把韦晶的右手抓起来看，总共就五个手指头，三个上头都粘着创可贴！"这什么意思？"米阳挑眉问，"现在时髦贴创可贴啊？"

"管得着嘛你！"韦晶翻了个白眼儿，这家伙真是哪壶不开提哪壶，她一用劲儿想把手抽回来，却无意间看见他握着自己手的那只手掌掌侧也盖着一块纱布，用几条医用胶布固定着。韦晶一扬下巴："您这又是什么情况？看着可比我严重多了？"

米阳打了个哈哈说："这不是为了跟你配套吗？""拉倒吧你！"韦晶反手握住他的手，轻轻掀起点纱布看，伤口的边缘有点青紫，但看不清是什么伤。没法子，楼道里灯光太暗，你就是跺八下脚，它也只是亮着，而不会更亮。

"被狗咬了？"韦晶勉强看出伤口大致的形状，抬头看米阳，"你不是第一天上班就去打疯狗吧?”米阳咧了咧嘴:“麻烦您把那‘狗’字儿给我去了!”“什么意思呀? 疯……疯子?!”韦晶瞪大了眼睛,看着米阳苦笑着点头。

韦晶有点好笑地问:“那你是被疯子给咬了,用不用打疫苗啊?”米阳摇摇头说:“不用,又不是被狗咬了,不过倒是挨了一针破伤风。”“什么人啊,你也不小心点儿。”韦晶说。“好嘛,就她那遇神杀神,遇佛杀佛的劲头儿,我们只被咬了几口算好的了!”米阳把上午的事儿大概说了一遍。

“这都叫什么事儿啊?”韦晶简直觉得匪夷所思,“她家里人不管啊?”米阳叹了口气,“那女孩儿母亲早就没了,父亲是她妈妈下乡时认识的,后来为了回城就跟人离了,现在只有一个姥姥照顾她。”“真可怜。”韦晶喃喃地说了一句,“她是遗传的吗?”“好像不是,听所里老人说,好像是因为感情的事儿受了刺激,不发作时跟平常人一样,一发作就六亲不认,这不,今天把她亲姥姥都打了!”米阳边说边摇头。

“啊? 老太太没事儿吧?”韦晶张大了嘴。“没事儿,可能有点轻微脑震荡,头上破了块儿皮,已经送医院了,那姑娘也拉着打安定去了,这日子过的。”米阳长出了口气。韦晶点点头想说话,楼下传来一阵脚步声,两人同时往下看。“爸?”米阳看清来人忍不住叫了一声。

“米阳啊,哟,韦晶也在啊!”刚跟客户吃完饭回来的米爸爸一眼就看见了儿子和韦晶,然后眼光自然而然落在了两人交握的手上,步伐微微一顿。

一看自己老爹的眼光指向,米阳条件反射一样甩开了韦晶的手,韦晶不防备吓了一跳,手指还被甩得挺疼:“干什么你?”她忍不住抱怨了一下,这已经很客气了,要不是米爸爸在这儿,早就打回去了。

米阳特尴尬,其实拉拉手也没什么,小时候俩人还一起上厕所呢,长大之后打打闹闹那是天天有。也不知道自己今天是怎么了,都是那丝袜闹的,米阳恨恨地想,以后得提醒这丫头,少穿这玩意儿!

“韦晶,你这是刚下班啊?”米爸爸微笑着走了上来。“是,加班来着。”韦晶礼貌地说。虽然米妈妈劲劲儿地不太招人喜欢,但是对风度翩翩的米爸爸韦晶还是很欣赏的,从小到大米爸爸对韦晶都很好,不像米妈妈总是扬着下巴跟自己说话,笑得时候也皮动肉不动的。

“听你阿姨说,你去了BM公司,那可是有名的外企啊,真不错!”米爸爸语出真诚,韦晶只微微一笑:“还行吧。”她心里有点苦,这话要是早上听了,自己一定会特得意地假谦虚几句,可在那儿上班的第一天,就让她明白了这世上果然没有天上掉馅饼的好事儿!

米爸爸边说边往上走,并没有催促米阳回家,眼看着老爸已经上去了,正掏钥匙开门呢。米阳转头说:“怎么着,脚好点没,要不我扶你?”说完伸手握住了韦晶的手肘,韦晶借力活动了一下脚腕儿没说话,倒是楼上传来了米妈妈的声音:“米阳,是你在说话吗?”话音未落,米妈妈从楼上探出头来。

她一眼就看见了儿子正和韦晶站在一起,她心里立刻不痛快起来。本来就不喜欢韦晶,虽然不是说这女孩儿有多讨厌,但谁让她有一个讨厌的妈呀,再说学习长相什么都一般,跟自己的儿子没法比。可现在自己儿子当了片儿警,她倒成了外企白领了!瞧这几天许淑琴那德行样儿!

“干什么呢你,赶紧回家呀!哟,韦晶也在啊,才回来呀,怎么这外企也三班倒啊,那跟工人还有什么区别呀?”米妈妈开玩笑似的说,可惜脸上却没什么笑模样。

韦晶眉头立刻皱了起来,心说你什么意思啊,一口一个工人,你老公当初不也是工人?!她勉强扯动了一下面皮:“我加班!”说完转头狠狠地瞪了米阳一眼,米阳只能无奈地摸摸鼻子。韦晶“咔咔”地踩着高跟鞋上了楼,拿钥匙开门,然后冲米妈妈假笑了一下,“咣”的一声关上了门。

“什么态度?”米妈妈愈发不忿,米阳三步并作两步上了楼:“妈,妈,赶紧进屋吧!”边说边往屋里推他老娘。“不是,你说这丫头,我好心好意问她,竟然给我脸子看!怎么教的呀!”一想起对门最近春风得意的韦妈妈,一向事事争先、高高在上的米妈妈自然迁怒到了韦晶身上。

见米阳往屋里推她,她更生气,儿子到底帮谁?!她还想说两句。“行了,儿子的手受伤了你没看见啊?”早就进屋的米爸爸淡淡说了一句,米妈妈这才被转移了注意力,米阳赶紧把屋门关上了。

“我呸!”一直听着对门动静的韦妈妈呸了一声,刚才要不是老头子拉着自己,早就冲出去教训那个女人了,她还敢说自己女儿教养不好!“什么东西啊!就她会教孩子,成天说自己儿子优秀,还不是犯错被贬去做个小片儿警!”韦妈妈一肚子的火。

"妈,你别说了,关米阳什么事儿!"坐在沙发上揉脚的韦晶说了一句。"就是,人米阳可是个好孩子。"韦爸爸帮腔了一句,他正在吹一杯热水,"来,闺女,喝点水,累坏了吧,怎么今儿第一天就弄这么晚? 都干什么了?""是啊,还有你这手怎么回事儿啊?"韦妈妈也走过来,捏着女儿的手查看:"这知道的您当白领去了,不知道的还以为学厨去了呢。"

"唉——"韦晶极凄惨地长出了一口气,"爸,我今天好像在邮局上了一天的班。""嗯?"韦爸爸不明所以地跟韦妈妈对看了一眼。韦晶举起右手:"三个手指,一万个信封!""什么信封?"韦妈妈愈发糊涂。"我今天的工作啊,我粘了小一万个信封,还搭上三根手指头!"韦晶摇了摇自己贴满创可贴的手。"啊?"韦氏夫妇同时说。

今天早上,踌躇满志的韦晶领了属于自己的一台 Thinkpad 电脑,一套办公用品,也有了专属的座位。当坐在转椅上,看着收拾得整整齐齐的桌面时,再看看周围其他正在忙碌的同事,那不时蹦出的英文单词,从身边闪过的金发碧眼们,韦晶真的有种脱胎换骨的感觉。

上午基本上没什么事儿,她的老板出差去了,Team 里其他同事也都不在,只有一个跟她一样做馒头的小女生留了下来,带她入职。Team,这是韦晶学会的第二个外企用语,因为小女生一直在 T 来 T 去的,刚开始韦晶没懂,后来才明白这是说部门团队的意思,赶紧也就跟着 T 了。

至于第一用语,自然是那个做不来馒头,不用问别人,一签合同的时候她就明白了。就是一个小时工,按时间拿钱,六个月一签,一小时 13 块钱,加班按照劳动法标准,给上四险一金,至于什么 Double Pay, Bonus,那你想也不要想,这都是人正经的 Regular 才有的福利。当然,这个时候的韦晶还啥也不懂,觉得能在 BM 当个小时工已经很光荣了。

等中午吃过饭电脑安装好之后,韦晶的第一个刺激就来了,"唰唰唰"进来五六个邮件,一水儿的英文,看得韦晶直晕。哆哆嗦嗦地挨个打开来看,还好,前几个都是群发的一些公司例行邮件,什么公司新闻啊,人员变动啊,可以不用管。

可最后一个,却是 Jane 发出来,虽然她人在香港,却没忘了今天进新人。韦晶借着谷歌翻译看明白了大意是欢迎自己,果然没一会儿,好几封回信都就到了,都是那些还没见面的Team里的同事发来的,韦晶立刻出了一身的汗。

很显然,这邮件不回不行,可你说明明都是中国人,干吗非用英文发邮件呢?!如果自己要是用中文回,也丢不起这个脸啊,别人会怎么想?费了半天劲写了两句半话,可她自己看着都觉得勉强能靠个Chinglish的边儿,那离English还远着呢!打死也不敢发出去。

正犯愁呢,微信响了,韦晶一看,是陶香的,问她上班感觉如何?韦晶顿时茅塞顿开,噼里啪啦发了个微信过去,没一会儿,陶香回过来了,韦晶心满意足地把那几句英文照抄了上去,发出,这才松了一口气。

"Ivy? Ivy? 韦晶?""啊?"韦晶这才反应过来,赶紧回身,"怎么了?"跟自己一个Team的Amy正瞧着她:"我叫你半天了,没听见啊?""对不起啊,刚才发邮件呢,没听见,抱歉啊!"韦晶赔笑说。"Anyway,你跟我来一下。"Amy无所谓地耸耸肩,转身就走,韦晶赶紧起身跟上。

偷偷擦了擦脑门上的汗,一路上韦晶跟催眠似的在心里重复,你叫Ivy,你叫Ivy,你叫Ivy……话说这名字也是韦晶从谷歌翻译里找的。她以前看着别人有个英文名字就挺羡慕的,轮到自己那不得找个好的,整整研究了一个钟头,最后选了这个,跟自己韦姓比较靠近,貌似很多人取英文名字都会这样。

左转右转到了一间小会议室,Amy一推门,韦晶就吓了一跳,不大的屋子里堆满了一包包的信封。"是这样,这些呢都是咱们的宣传材料要邮寄给客户的,宣传页已经在信封里了,你要做的呢就把这些名片放进去,然后把信封封好就行了,回头我再教你怎么邮寄物品,OK?"

"OK,OK。"韦晶赶紧点头,Amy转身就往外走,到了门口又回头说了一句:"对了,你尽快啊,Jane说这个很急的,你要是有问题就问我。"说完就出去了,只留下韦晶一个人和一屋子的材料。

还看什么呀,干吧,韦晶先打开一包信封,果然里面都有宣传彩页,塞进去一个名片,把信封上的粘条撕掉,一贴,就行了。虽然工作简单机械到白痴,但是连着干了三个小时之后,韦晶觉得自己头晕眼花得离白痴也不远了。

"第一天就这样?"韦爸爸问。"那您还想怎么样啊?再粘一万个,那估计你闺女的脚指头也得搭进去了!"韦晶苦着脸说。"刚进一个单位都这样,忍忍就过去了,我们当初吃过的苦比你多多了,粘个信封算什么呀?"韦妈妈不以为意地说。

"得,得,我不跟你们说了,明天还上班呢,洗澡睡觉去了!"韦晶一看得不到老娘同情不说,八成还得受点教育,赶紧扯呼了。韦妈妈看着韦晶消失在洗手间的背影,叹了口气:"你说你闺女这回能坚持几天?"韦爸爸只能苦笑着摇了摇头。韦大小姐上班的最短纪录是半天,一家私企,吃了人一顿炒疙瘩(中午工作餐,打扫卫生的大嫂炒的)之后,她就扛不住了。"顺其自然吧,她也不小了,路得她自己走。"韦爸爸拍了拍妻子的肩。

韦晶在睡梦里继续粘她的信封,一边粘一边恶心……米阳却梦见自己在拼命地追一个嫌疑犯,好不容易逮住了,忽然发现那家伙只穿了一双丝袜正对自己媚笑……

第八章　你是谁的谁？

“对了,你明天不用来了,总共才上了几天的班啊,你天天有事得早走,我们这儿可用不起你这样的,扣除你早退的钱,这是剩下的,收拾一下走人吧！小吴,你明天来替她的班！”领班毫不客气地转身就走。一个小姑娘赶紧答应了,同情地看了一眼站在门口发愣的年轻女人,也不敢跟她说话,只能紧跟着老板娘进了饭馆的后门。

年轻女人无奈地叹了口气,拖着脚步往临时租住的房子走去。到北京快两个星期了,身上带的钱本来就不多,孩子不知道是因为旅途劳累,还是水土不服生了病,没想到在北京看病这么贵,几百块眨眨眼就没了。出去找工作,谁会要个带着孩子的女人呢？自己因为身体原因,早就没了奶水,再便宜的奶粉也要钱啊。

“小张,今儿这么早就回来了？”一肚子心事的女人抬头看去,是房东大嫂。“嗯。”她微笑着点点头:“大姐,妮儿今天乖不乖？”她边问边进了房东的屋子,小婴儿正在床上沉沉地睡着,脸蛋红扑扑的,她心里登时一暖。跟进来的大嫂不答反问:“我说你那姐姐还是姐夫的,是不是脾气不好？”

女人一愣:“啊？”大嫂用下巴一指床上的孩子:“这小丫头脾气可不太好,暴躁得很,不知道像谁？”女人脸色一变,正不知该如何回答,一转头发现房东也在,她赶忙打招呼:“大哥好。”

房东阴沉着脸没搭理,女人心里明白,立刻把今天拿的那点工资掏了出来,一咬牙把其中两张大票送上："大哥，钱不多，这几天麻烦大姐了。"房东脸色多少好看了些："别客气，反正她闲着也是闲着。"话是这么说，钱却毫不客气地接了过去。

又聊了两句，女人识趣地抱着孩子回了自己房间。这家房东大嫂是个热心肠，听说自己是带着小外甥女来找姐姐的，帮忙打听不说，看自己实在忙不过来，还偶尔帮忙照看一下孩子。但是房东不愿意，本来房租给的就少，又带着个随时会哭闹的孩子，居然还要自己老婆帮忙照顾，自己是收租的，不是学雷锋！

看着熟睡的孩子，女人的心又酸又软，她的眼眶忍不住热了起来。隔壁传来房东夫妇交谈的声音，显然大嫂不太满意丈夫额外收钱的举动。两人嗓门越来越大，就听大嫂说，她一个年轻姑娘带着个孩子，咱能帮就帮一把呗，要不你让她怎么办？

我管她该怎么办！房东很不高兴地说。她要是一年找不着她那姐姐，咱们是不是还得管那孩子一年?！咱们又不是开福利院的！对了，让她把孩子送福利院好了，让政府先养着，回头找着她那姐姐，再接出来就行了呗，也花不了俩钱，反正一验血就知道真假。

你出的这什么缺德主意啊，人家孩子有爹有妈的送福利院?！大嫂很生气。房东冷哼了一声，孩子爹妈在哪儿我没看见，再说你觉得她像找人的吗？我怎么觉得她像躲人的呀，八成这孩子就是她的……剩下的话没说完，好像被谁把嘴捂住了。

女人听得心惊肉跳的，本来睡着的孩子也被隔壁的大嗓门吵醒了，开始放声大哭，她赶忙拍哄着。环顾着四周破旧的环境，想想自己兜里所剩无几的零钱，也许用不了多久，这间小小的屋子自己也住不起了。一时间所有的难与痛都涌上了心头，她却只能抱着孩子默默流泪……

"嘭"的一声，米阳的脑门再次砸在了桌面上。"咝——"从梦中惊醒的他龇牙咧嘴地揉着脑门，再看看四周，恍惚了一会儿才反应过来自己还在派出所的休息室里。

一清醒过来，米阳赶紧低头看，一个挺肉乎的小脸儿在微弱的台灯光芒映衬下显得很红润。沉睡中的孩子紧紧地握着自己的小拳头，嘴巴略张着，呼吸细微得如果不靠近，都没办法感知。

"呼……"米阳长长地出了口气，这小祖宗可算睡踏实了，转头看看墙上的挂钟,指针正指向凌晨两点。之前自己给她换尿布的时候是几点来着,好像是一点半,这么说自己也算睡了小半个钟头了。

米阳活动了一下僵硬的脖子,悄悄地起身,踮着脚一步步蹭到门口,只敢开个门缝儿,然后挤出去了。没办法,这门板岁数估计比米阳都大,只要稍微用力,吱呀的声音能把人牙都给酸倒了,他生怕把孩子给弄醒了。

别看这孩子个头还没个暖壶大,那嗓门敞亮的,都让米阳怀疑她是不是她妈和高保真音响生的,哭起来愣带着回音!米阳在厕所里放着水,小便稀里哗啦地砸在便池里,他突然觉得很痛快,今天一天,他干什么都跟做贼似的轻手轻脚,这会儿总算可以干件能整出响动的事儿了。

轻松下来的米阳正准备回休息室,一瞥眼发现值班室大放光芒,他溜达过去一看,鼻子差点没气歪了。口口声声说让自己好好休息他来值班的周亮,盖着警服在床上睡得那叫一个香,小呼噜打得窗户玻璃都产生共振了,米阳用力磨了磨牙:死胖子!

这事儿要从今天上午说起,米阳和周亮去居委会做例行交流的时候,刚到门口,就听见办公室里猛然传来一阵高亢的哭声,周亮和米阳刚要迈进门去的腿都给镇住了,愣是同时悬空五秒没动弹。两人对视了一眼,周亮问:"嚯,帕瓦罗蒂的孙子来了?"

不等米阳说话,居委会主任大妈迎头撞了出来,正好跟周亮碰个正着。老太太向后一个趔趄,米阳赶紧扶住:"刘主任,您小心!"刘大妈一定神,看见是米阳,跟看见救星似的一把拉住:"你们可来了,我打电话给所里,牛所长说你们出来了,正说迎你们去呢,赶紧的,赶紧给带走吧!"

周亮笑嘻嘻地问:"刘大妈,又给我们带啥好吃的呀,是不是您酱的肘子啊,您可太客气了!""你个臭小子就知道吃,这个我可不会酱,要是能生吃你就吃!"老太太没好气地白了周亮一眼,然后一招手,另一个居委会阿姨走了上来往周亮怀里一塞,笑说:"给,吃吧!"

周亮低头一看,一双哭得有些红肿的眼睛正盯着他看,然后就看见那小嘴一咧,周亮刚叫"别,别价……"他话音未落,那尖锐的哭声又响了起来,看着手忙脚乱的周亮，居委会阿姨又好气又好笑地过来帮忙安抚。

"大妈，这怎么回事儿啊？"米阳问。"你问我，我问谁去？今早儿看门的老王头上厕所的时候，在咱们居委会墙根儿那砖堆旁边发现的，身上的衣服就这身儿，还有一个裹着的小被子，对了，还穿着一个挺好看的小棉袄。"刘大妈边说边走过去拎了一个小花被子过来，"其他就没了，我搜了，也没留个话儿，生辰八字都不知道，估摸着也就两三个月的样子。"刘大妈说完，把被子递给了米阳。

米阳翻看了一下小花被，很普通的面料，倒是挺干净的，看样子这孩子被抛弃没有多久。"大妈，王大爷捡这孩子的时候，周围有人吗？"周亮好不容易把孩子又交还给了居委会阿姨，赶紧走过来问，顺便接过那个小被子检查着。

"我也问了，老头子说一开始他没注意，旁边几个都是来上厕所的邻居，再后来围过来看热闹的人多了，他也不认得了，你们也知道，咱们这儿外来人员多，流动性大，这人想认全了还真不容易！"刘大妈回想着说。

"很可能那人堆里就有这孩子的父母。"米阳说了一句，这是经验，有些遗弃孩子的父母，不管是出于愧疚还是其他心理，总想知道自己的孩子被谁捡走了，尤其是把孩子遗弃在那种比较容易被人发现的地方的。

"是啊，这孩子有问题吗？看着可不像，中气这么足，。"周亮看米阳过去看孩子就问。"我们打开看了看，也没发现什么毛病，对了，是个女孩儿。"刘大妈补了一句。"重男轻女？"米阳眉头一皱，那孩子现在叼了个奶嘴，倒也安静，看着眉清目秀挺好看的。

"那可不一定，原因多了去了，这今年第三个了吧？"周亮咂巴了一下嘴，看刘大妈。"可不是嘛，造孽啊！"刘大妈边说边摇头。"咱们这儿最近那些外来户有没有怀孕生产的？"周亮又问。"有是有几个，可一般到生的时候她们就离开咱们这儿了，知道北京管得严，她们大多是超生，所以都躲了。"刘大妈说。

"行，大妈，那我给您做个报案记录，大米，你把孩子先带回所里吧，走访什么的我来做。"周亮冲米阳挥挥手。米阳这段日子一直跟老胡和周亮一组，虽说他是"上头"下来的，可论基层经验，他连周亮都不如。尽管心里一直憋着一口闷气，可米阳还是认真学习，努力工作，坚决不给人说闲话的机会。他就想让"上头"那些人看看，老子走到哪儿都是好样的！

经过半个月的相处,虽然所里的人对他的态度还是有些生疏,但是一开始那些充满了怀疑、不信任的眼神倒是淡了不少。天底下没有不透风的墙,大家也都知道了米阳之所以被下放,是因为他确实犯了错,也倒霉地撞上了领导换届内斗的枪口上。

老胡是个热心肠儿,他能感觉到米阳并不情愿来到这里,但他不像一些年轻警察,觉得米阳看不起基层所,被分到这里就是跌份儿了什么的,而是理解他作为一个优秀刑警不能搞刑侦却被迫做基层工作的"痛苦"。

所以他对米阳挺关照的,知无不言,再说米阳脑子好使,工作努力,学历高见识多,写起报告来一套一套的,就是比自己强,也乐于和米阳多交流。至于周亮,因为那天发药米阳有保护他的举动,后来接触多了,知道了米阳倒霉的原因之后,他倒有点义愤填膺的感觉了,因此老胡主动要求把米阳分到跟他们一组的时候,他并没有反对。

"那成。"米阳小心翼翼地把孩子从居委会阿姨那儿接了过来。"哟,小米,看你这动作挺熟练,你结婚了？有孩子了?"居委会阿姨好奇地问。"哪儿啊,前段日子我表姐生了个闺女,抱过一次。"米阳微笑着说。

"是啊,那就好,那就好!"刘大妈松了口气,"我回头还打算给你说一个呢,人姑娘可好了！是老师！要不我现在给你说说?"老太太来了情绪。米阳赶紧笑笑:"别别别,这还一孩子呢,那什么,周亮,我先回所了,你有事儿就打我电话啊,大妈,我先走了啊！回见!"说完他逃命似的出了门。

"你说这孩子,一说介绍对象就跑,这男大当婚,女大当嫁,这老话儿可说了……""哎哟,我的刘大妈,咱先把正事儿干了成吗?"周亮赶紧打断了老太太的絮叨。

这刘大妈的外号就叫"鸳鸯蝴蝶梦",最喜欢给人做媒,也成功了几对。自从见了米阳就特待见他,老想给他说媒拉线儿。搞得米阳在电话里跟钉子哀号说,好不容易躲开了那个"娇滴滴",这边又冒出来一个刘大妈,我是不是长得特像那什么师奶杀手啊,要不为什么这么讨中老年妇女的喜欢?

米阳抱着孩子回到了所里。警察们这种事儿见得多了,也没当回事儿,都是各忙各的,老胡给附近小学讲安全教育去了,米阳只能直接报告给所长。牛所看见那孩子只能摇头叹息一声，就让米阳送孩子先去医院检查，然后再通知福利院把孩子接走。

去医院这一路上把米阳给折腾的，孩子也许是知道自己被遗弃了，又哭又闹又叫，整得那回头率是百分之二百。要不是米阳穿了一身警服，看着也正气凛然不像人贩子的样儿，非得有人报警说这孩子是他拐卖的不可。

等折腾了个够，医院也出具了报告，回来已经是下午三点钟了。米阳赶紧打电话，人福利院管这事儿的却下班了。“你明天再打吧！”一大姐说完就把电话给撂了，震得米阳的耳朵嗡嗡的。这才几点啊就下班？什么官僚作风！

没办法，这孩子只能暂时留在了所里，正好今天是米阳和周亮值班，一个上半夜，一个下半夜，牛所就把这个艰巨的任务交给了他俩。可周亮却说自己不会照顾孩子，干脆辛苦一下替米阳值下半夜的班，让米阳就专门在休息室照顾孩子。

米阳一琢磨自己好像不吃亏，反正把孩子哄着了就完了，还可以睡个踏实觉而不用值夜，因此他挺痛快地答应了，但却根本就没注意到周亮窃笑的脸，还有周围同事怜悯的眼神。

等到晚上哄孩子睡觉的时候，米大警官才知道了厉害。你让我睡我就睡啊，美得你！孩子根本不睡，不管米阳是做鬼脸，还是拍抚，她就瞪着俩大眼睛看着米阳，偶尔还“咯”地笑一声，跟看耍猴的一样。

米阳最后没辙了，只能唱着跑调到姥姥家的《摇篮曲》给她听，最后唱得他自己都开始犯困了，那小丫头非但不睡，反而开始哭！哄了半天也不见效，米阳正想给自己老娘打电话咨询一下，突然发现孩子一直在扭动，拆开包裹一看，原来是尿了。

他赶紧找出下午买回来的纸尿裤给她换上，这是所里大姐教他的，可人家没法帮忙加班照顾，她自己家里还老的小的一屋子人呢。好不容易换好了，孩子累了，也安静了，吧嗒吧嗒嘴，终于睡了。

米阳这才长出了一口气，他不敢上床睡，怕翻身压着孩子，就干脆趴在旁边的桌子上睡了。觉得也就是刚睡着，一声尖锐的啼哭划破了夜空，米阳猛地惊醒过来，看着嘴巴咧得跟瓢一样的婴儿，米阳觉得自己也快哭了。

又是一番折腾，最后的结论是这位小姐饿了，麻溜儿地把冲好的奶粉热过之后，按照大姐说的方法一点一点地喂她吃。等米阳又出了一身白毛汗之后，孩子打了个饱嗝，满意地睡去了。又累又乏的米阳再度趴倒，蒙眬睡去……“啊……啊……”婴儿哭声在他耳边轰然炸响。

米阳挣扎着爬了起来：“祖宗！您又怎么了？！”婴儿拼命号，米阳着急忙慌地检查了一遍之后不禁欲哭无泪：倒霉孩子，她又拉了……

经过一整夜的尿屎屁攻击之后，早上来上班的警察们都看见了米阳脸上那两个巨大无比的黑轮，人人都笑：哟，国宝早啊。孩子已经被所里的张大姐接手了，周亮那家伙还嬉笑着说：“小米同志，这经验是怎么来的，都是从前辈那儿学来的！”

米阳听完这句话，立刻跟所长说，下次例行格斗练习，请让我跟周亮老同志一组，我要好好跟前辈学习一下！牛所长笑眯眯地点头答应说“好呀”，然后背着手走了。周亮立刻哭丧了脸，前几天抓贼，那俩妄想跟警察叔叔练一把的小偷被米阳捶得直叫爹……

“大米啊，你回去休息一下吧，这孩子的事儿我来办，所长批了，快回家吧，这都快中午了，走吧！”老胡笑眯眯地推米阳出去。米阳确实困得不行了，脑子都是木的，边打哈欠边说：“成，胡哥那我走了，有事儿打我电话！”老胡连连点头。出门骑上车，米阳盘算着回家要先去感谢一下老娘才能睡觉，这带孩子忒不容易了！妈，我崇拜你！

因为缺觉，米阳骑车都是来回摇晃，眼前迷迷糊糊看什么都是虚的，正伸手擦眼屎，突然一个中气十足且高亢的女声在自己身上炸响“赐予我力量吧！我是希瑞！”米阳差点一个跟头从车上栽下来，他赶紧两脚踩地支住自行车，手忙脚乱地去摸兜。

原本挺热闹的小马路突然寂静了起来，路旁行人的各色眼光全都落在这个小警察身上。“这警察真逗”“真可爱，长得也挺个性的……”几个高中女生窃笑着从米阳身旁走过，眼神就大喇喇地落在他身上，回身嘀咕几句，又是一阵笑声，米阳饶是脸皮厚，也觉得有点烫了。

下了车紧走几步，躲在一犄角旮旯里米阳开始找手机。越着急越找不着，都快憋出一身汗的时候，他终于把手机从外套里兜给摸了出来，不知道那儿什么时候破了个洞，手机竟然滑到内衬里去了。

昨儿这手机还好好的呢,哪个缺德的给换了彩铃了？对了,好像早上周胖子借充电器来着,自己的手机正充电,就给他指了个地方……米阳咬牙切齿地看着屏幕上的电话号码——所里的,周亮桌上那部……米阳恶狠狠地按了接听键,手机的塑料壳子被捏得嘎吱直响。

“赐予我力量吧！我是希……”“希你个头啊！死胖子,你丫找抽是吧!”米阳一声狂吼。电话里一片寂静,还没等米阳骂第二句,一个犹豫的声音传了出来:“大米,你怎么知道是我?”

米阳愣住了,低头看看手机号码,没错,是所里的啊,他奇怪地问:“肥三儿？你去派出所干什么?!”

“亚君,偶崇拜你,怎么什么事儿到了你那儿都那么容易呢?”韦晶满眼都闪烁着看偶像的小星星。亚君呵呵一乐:“你要是干这个快三年了,你也会觉得特容易的。”她一边说手一边飞速地在键盘上敲击着,鼠标左移一下,右点一下,一个漂亮的 Powerpoint 图表就出现了。

“OK,Save 一下就行了。”亚君点击了一下保存键,然后一个熟练地侧滑,转椅就回到了自己的座位上,她拿起杯子慢慢地喝水。一直在旁边看着的韦晶把椅子滑回自己的办公桌前,赶紧在本子上又记了几笔,免得一会儿把人教她的给忘了。

“亚君,幸好有你在,不然我可死定了。”一切都搞定之后,韦晶长出了口气,从包包里掏出韦妈妈早上给她带的两个苹果,分了一个给亚君,亚君毫不客气地接了过去就啃:“嗯,真甜……行了,别一脸旧社会的样儿,谁也不是天生就会做,你来这儿还不到一个月呢。”

韦晶咧了咧嘴,笑得依旧是愁眉苦脸:“说真的,我最近挨的说,比我之前那二十六年加起来都多！我现在每天起床,就觉得自己心里跟塞了个铅块儿似的,又硬又堵又沉！上班跟上刑场差不多!”

“哈哈。”亚君笑了出来,伸手抽张纸巾擦了擦嘴又说,“你这可真没必要,不就是一份工作吗,愿意干就干,不愿意干拉倒呗！再说那个 Amy 本来就事事儿的,没事还得鸡蛋里挑骨头呢,她再说你,你就当她放屁好了!”亚君不屑地撇了下嘴。

韦晶忍不住一笑,自打来了 BM 公司,除了认识了亚君这个朋友,其他的就没觉得顺心过。八百年前就已经被她下饭吃的英语现在无处不在,跟以前单位截然不同的工作方式和环境,还有那超级复杂的人际关系,是谁说的外企人际关系简单,不像国企,工作主要靠能力?简直就是扯淡!

来了小一个月之后韦晶才大概明白,虽然都是在BM公司工作,但是也分三六九等。最好的自然是Regular,那算是正式工,五年一签合同,什么福利都有;再其次是Contractor ,一年一签,虽然福利、工资待遇没有前者好,那也算是占公司编制的,是自己人。

最次的自然是如韦晶之流的馒头们,三个月或六个月一签不说,还是签给人力中介公司,例如Fesco或者CIIC之流的,工资低、没福利不说,最重要的是被人看不起,出入证上连照片、名字都没有,就一白板,每次刷卡进门的时候,韦晶都有种低人一等的感觉。

可能BM公司觉得你就是一临时工随时可以走人,没必要那么讲究了,用亚君的话说,咱们连扫地的阿姨大姐们都不如,人家还和保洁公司一年一签呢。

亚君是三年前加入BM的,哈尔滨人,特豪爽,比韦晶还小。当时是大专毕业,后来通过自考拿的大本文凭。按照她自己的话说,活儿干得再熟练,还不是个做馒头的!跟她同时进公司的Amy已经转为正式员工了,这点让她尤其不爽,因为论工作水平,Amy比她差远了,可谁让人家会讨老板喜欢呢……

“你没听人说,在BM工作就得女人当男人用,男人当牲口用。干活的时候像头驴,被骂的时候像头猪,见到老板像条狗的人才能有出息,你这才哪儿到哪儿啊!”亚君故作严肃地说,韦晶忍不住哈哈笑了起来。这是公司里流传的俏皮话,也算是公司文化的重要组成部分。

“哟,你们还挺高兴的啊?我给你的工作都做完了?”说曹操,曹操到,Amy突然冒了出来。韦晶赶紧坐直了身体,亚君却故意把椅子转向了另一个方向,根本不看Amy。

Amy暗自咬了咬牙,似笑非笑地对韦晶说:“Ivy,ST图表你做好了吗,中午就Deadline了,还有客户的信息你也得赶紧Update,我已经把Jane的E-mail Forward给你了,对了,别忘了给一品江山打电话定位子,12点,要一个八人左右的包间!”

“这个表已经做好了,信息那个我一会儿做,一品电话我也打了,人家说今天中午定位的人特多，要是11点半之前不能过去，包间就不能保证。”韦晶眼瞅着Amy抱着笔记本要走，急忙说道。

“今天这个客户很重要，咱们三线要亲自招待，这点小事儿你自己想想办法吧，我得去开会了，就这样！”说完Amy转身就走。“哎……”韦晶看着Amy苗条的背影迅速消失在了转角处，只能郁闷地靠回了高背椅中。

“切！”亚君冷哼了一声，“明明是Jane吩咐给她的工作，就会往外推！”韦晶苦着脸说：“那饭馆又不是我开的，我让人等人家就等啊？”“那有什么呀，你早点儿去不就完了吗？”亚君轻松地说。“我？”韦晶眨眨眼。

“对呀，你定上位子，11点半之前就去把座位占上，这样就不会耽误事儿了！”亚君耸耸肩。韦晶恍然大悟，做抱拳感谢状之后，赶紧去定位子。

“小姐，可以点菜了吗？”餐馆服务员彬彬有礼地问。“再等一下，人马上就到。”韦晶客气地笑笑。“好的。”服务员又给韦晶的杯子里添了些茶水，这才转身出去把包间的门给带上了。

“呼——”韦晶长出了一口气，看看手机，上面清楚地写着13:18分，“到底什么时候来啊。”韦晶巨无奈，她已经从11点多等到现在了，服务员进来添茶都六回了。“咕噜……”韦晶的肚子又叫了一声，她到现在也没吃饭呢，而且这茶水是越喝越饿。“我靠，搞什么呀！”韦晶低骂了一句。

一个人傻了吧唧地坐在包间里一坐就是两钟头，又不点菜，要是再不来人，估计饭馆还以为自己是来骗免费茶喝的，再说外面还有等位的呢，这不是占着茅坑不那啥嘛……韦晶烦躁地站起身来走到门边开条缝儿往外张望，她也知道这没什么作用，可就是坐不住，给Amy打电话，她也总是说，马上就到了。

“是这间吗？”Amy的声音在门外响了起来，韦晶大喜，赶紧把门打开：“你们可来了！”“哦，今天的会开得时间长了些。”Amy淡淡地说，自己进门找个地儿坐下了。“嗯，是吗……”韦晶心里很不舒服，却又说不出什么来。

“小姐，可以点菜了吗？”服务员微笑着问韦晶。韦晶刚要张嘴。“小妹，把菜单拿给我看就行了。”Amy冲服务员招招手，小姑娘立刻反应过来正主儿是谁，赶紧笑着把菜单用双手奉上，又蹲下身介绍着自家店里招牌菜。被晾在一边的韦晶只能讪讪地坐了下来。

“是这间吧，Amy 发 Message 给我了，我再看一下啊。”Jane 一边看手机一边推开门，“不用看了，人在这儿呢，吴行长、于主任，两位快请。”她一眼就看见了 Amy。

几个西装革履的男士跟着走了进来，韦晶只认得那个有些谢顶的男人是自己大老板，也就是 Jane 的老板，她赶紧站了起来。“哟，Ivy 也在啊，David，您见过她吧，咱们 Team 新招的。”Jane 微笑着介绍说。David 风度翩翩地冲韦晶一点头：“见过一次啦，你好！”他是香港人，韦晶恭敬地点点头：“您好！”

“你等很久了吧？”David 微笑着问，韦晶刚要点头客气一下，就听一旁的 Amy 带点儿撒娇的口吻说：“是啊，你们要是再不来，我就饿死在这儿了。”韦晶吃惊地转头去看 Amy，自己没幻听吧？她什么时候等了？

“辛苦了啊，你挑个你爱吃的好了。”Jane 轻轻拍了下 Amy 的肩膀，然后问韦晶：“Ivy，你是有事儿找我吗？”她当然不知道韦晶是来站岗的。“呃……”韦晶有点晕，不知道该怎么说，亚君说，一般这种情况，谁等座位，老板都会带着一起吃饭的。刚才韦晶看着菜单流了半天口水，可现在……

“哦，是这样，廖美来公司的路上好像出什么问题了，她说一时半会儿过不来，让咱们过去一个人把您要的那些材料先拿回来，我正说让 Ivy 去呢。”Amy 插了一句，又转头对韦晶微笑着说，“麻烦你跑一趟吧，地址和她电话我刚发你手机里了。”

那正滴滴作响的手机都快被韦晶捏出水来了。“既然这样，Ivy，那你赶紧打车去吧，先把材料拿回来，回头开会还要用呢，谢谢啊。”Jane 笑着冲她点点头，然后又笑着去招呼客户，一时间屋里谈笑风生。

近乎于透明的韦晶只能假笑着冲屋里人点点头：“那我先走了，你们慢用，Bye-bye。”其他人都礼貌地点点头，只有 Amy 加了一句：“这事儿挺急的，可别耽误了！”韦晶一出门，门口的服务员问：“小姐你是要去洗手间吗？”“啊？不是，我有点事先走了，让他们吃吧。”韦晶特尴尬地笑了笑，赶紧转身走了。

又饿又窝火的韦晶好不容易打了一辆车，直奔目的地而去，一路上她就在给陶香写微信，可气得发抖的手总是按错键，简单的一行字她就连着打错了三遍。可恶！韦晶把手机扔到了一边，强自做了个深呼吸，让自己镇定一下。

那个女人怎么那么无耻啊，睁着眼睛说瞎话也就算了，不知道姑奶奶没吃饭啊！到她那儿什么都是急事！“急你妈个头啊！”韦晶忍不住低骂了一句，然后就觉得不对劲，一抬头就发现司机正从后视镜里看着自己，两人眼光一碰，司机师傅若无其事地把目光挪开了。

韦晶脸一红，自己还从没当着陌生人的面骂过脏话呢，她从包里掏出纸巾了，掩饰地擦着额头和脸颊，刚才打车的时候出了一身汗，是热的也是气的！怪不得亚君那么讨厌 Amy，什么 Amy，不就是叫刘彩春吗，土死了！

“咕噜……”肚子又是一声哀号，韦晶皱着眉头用手按住胃部，以压制那因为饥饿而带来的烧灼感。“小姐，就要到了啊，那边都是小胡同，而且是单行线，我这车可进不去。”司机偏头说了一句。“哦，行，您给我停外面就行了，对了，打票啊！”韦晶掏出钱包。

临下车的时候看见司机有点怪怪的，好像想说什么又犹豫，韦晶也懒得管他。刚才净顾着生气了，这一下车才发现这边离自己家不远，六角园派出所？韦晶看了一下手机，按照手机上显示的地址找去。

“从这胡同穿过去，向左过条小路，再右拐弯就是了。”韦晶一边念叨着，一边往里走。一路上她发现这个地方明明是中午，却挺安静的，N 多理发馆却没几家开门的。

偶尔有几个穿着拖鞋、散着头发的女人从那屋里出来泼水什么的，看见韦晶也都打量她。白衬衫 A 字裙高跟儿鞋，也许是自己的这身打扮跟这地方有点格格不入，韦晶觉得不太舒服，赶紧加快步伐往里走。

可按着那微信所指的方向韦晶越走越晕，到了一个胡同口，她站住脚掏出手机想给那个叫廖美的同事打个电话问一下。“139××××1261……啊！”正低头拨手机号的韦晶一声尖叫就跌坐在了地上。

“哎哟，同志，对不起，对不起，你没事儿吧，我太着急了，没看见你，实在对不起！”一个低沉的男声急促地在韦晶耳边响起。被自行车刮倒的韦晶有些晕，抬眼茫然地看了那半蹲着的男人一眼。

两人一对脸儿，急匆匆从部队赶来的高海河一愣，这女孩儿看着有些眼熟，在哪儿见过呢。刚才接到电话，说是刚下火车的妻子和小姨子都在派出所里，妻子在电话里只会哭，小姨子只会骂，警察最后就说让赶紧过来。不明所以的高海河只能跟政委请了假就往这边跑，好在部队离这里不远，借了辆自行车他就赶来了。没想到在胡同口拐弯的时候竟然撞到了人。

“同志,我们是不是见过啊?”高海河忍不住问了一句,刚回过神来的韦晶下意识回了一句:“你是谁?”接着转头找自己的手机,“我的手机!”她大叫一声,想从地上挣扎起来去捡已经像前苏联一样解体的手机。“哎哟。”刚一动就觉得屁股疼,再低头一看,“我的裙子! 你看!”高海河一瞧,果然,好好的灰裙子裂开了一道口子。

“实在对不起,我赔给你。”高海河下意识地想拉韦晶起来,韦晶也条件反射地去躲,自己摇晃着站了起来。“韦晶? 怎么回事儿这是?!”米阳跟停法拉利似的,把自行车来了个甩尾停车。接着他跳下车,也不管自行车哗啦倒地,一把拉住了韦晶上下打量。

米阳刚才隔老远就看见这有一对男女正在“纠缠”,那女的特像韦晶,紧骑了几步,发现果然是韦晶,她在躲着什么,那男人却还在“动手动脚”! 现在一看,韦晶衣服是脏的,脸是黄的,额上有汗,汗上有纸(其实刚才司机师傅就想说,姑娘你擦汗的纸巾粘脑门上了),造型十分地抢眼,米阳的脸立刻沉了下来,盯着高海河:“你谁啊? 这怎么回事儿?!”

“米阳?”韦晶愣愣地看着如神兵天降一般的米阳,他没了平时的嬉皮笑脸,正一脸严肃地打量着自己。之前做报表的痛苦,看不懂邮件的痛苦,今天被 Amy 欺负,到现在还没吃饭,微信都发不出去,刚才又被撞,种种委屈和压力突然一下子就涌了上来……“啊——”韦晶根本控制不住地开始放声大哭,一边哭一边叫:“米阳,米阳——”

米阳先吓了一跳,接着心头的火腾的一下就拱了上来,他一把薅住不明所以的高海河的脖领子,“靠!”怒骂之后就想好好教训一下这小子……

“啊——”韦大小姐的哭声突止,张大了嘴看着米大侠从自己眼前……飞了出去……

第九章　猫狗一家亲

“我说你可真行，打架，还在大街上当众打架。”牛所拿着个保温杯绕着米阳来回溜达，脸上还是一如往常那样笑眯眯的。身上的灰还没掸干净的米阳就那么直挺挺地站着。看着米阳擦破的嘴角儿，牛所更觉怒从心头起。

“能耐大了你！你一警察跟人老百姓打架，打就打吧，也算下班其间，你还非穿着警服！穿着警服打了也就打了，你居然还打输了！”牛所眼睛瞪得像牛蛋一样，米阳眨巴着眼睛，说：“啊？”“嗯哼！”正在一旁整理档案的瞿副所长重重地干咳了一声。

“你们所长真够哏儿的。”肥三儿探身半趴在桌子上笑嘻嘻地跟周亮说，牛所刚才飙的那一嗓子，外屋的警察和群众都听见了。周亮本来也在偷笑，看肥三儿嬉皮笑脸的样子，他立刻板起了脸：“别套磁！坐好，身份证拿出来！”

肥三儿一咧嘴：“哥们，咱们自己人，看见没有。”他跷起大拇指指了指右侧的所长办公室，“大米，我铁哥们，巨亲！”周亮皮笑肉不笑地说：“那又怎么样，他就是你亲爹，你也得按照规矩办，身份证！”肥三儿噎了半晌：“得，得。”边说边掏自己的驾驶本，“身份证没带，这您凑合着用吧。”说完把驾驶本扔桌子上了，“啪”的一声。

还没等周亮说话，米阳从所长办公室里走了出来，肥三儿眼睛一亮，赶紧贴了过去：“大米，你丫没事儿吧，真被那黑小子给打了，回头哥们我跟他练练去！”正一肚子晦气的米阳在心里翻了个白眼儿，故意装出疑惑的样子问：“同志，你谁啊？我认识你吗?"说完绕开肥三儿,走到自己办公桌旁,拿起不知什么时候剩下的冷茶狠灌了两口,这才觉得心里的火气降下去点儿。

"合着你们不认识啊,嘿!我说你小子满嘴跑火车,拿警察开涮是吧?"刚才被肥三儿堵了一句的周亮瞪着眼睛说。"我不认识他?!"肥三儿眼睛瞪得比周亮的还大,看米阳还是一副"我跟你没关系,咱俩很陌生"的样子,也有点急眼了。

"你问问他,他什么事儿我不知道?六岁一块儿去工厂食堂偷包子,小学五年级打群架,要不是我帮他挡那一板砖,他还能当警察?早八宝山看墓去了!还有,你当初暗恋咱们校花不敢表白,那情书还是我替你写……嗯!"肥三儿被米阳一把掐住了脖子,拎出了屋子。

"吃错药了你,逮什么说什么啊!"米阳有点气急败坏,瞧刚才屋里那帮子人耳朵支棱的,回头不定怎么传闲话呢。"咳咳。"涨红了脸的肥三儿摸着脖子先咳嗽了两声才斜眼看着米阳说,"你丫现在认识我是谁了?""谁认识你谁倒霉!"米阳话说一半,突然明白过来,"我靠,当初那情书是你给的?!害得老子半个学期都没抬起头来,你……""冷静,冷静,米警官,注意形象!"肥三儿做求饶状。

接着他又嘿嘿讪笑了两声:"咱兄弟谁跟谁啊,今儿不是正好赶上事儿了吗,正好发现你在这儿上班……对了,你怎么不在分局了?什么时候调来的?我和山子怎么不知道呀?"说到一半,肥三儿想起这事儿来了。

米阳不自在地活动了一下肩膀,自己被下放的事儿,任何一个朋友他都没告诉,虽然他自己宣称去哪儿不是为人民服务啊。可下意识地还是隐瞒了这个消息,最起码现在还没准备好说,可没承想被发小儿撞个正着!"你怎么知道我在这儿的?"米阳不落痕迹地把话题岔开了,肥三儿一指影壁上那宣传栏:"那不是吗,那么大照片,通缉犯似的,我又不瞎,嘿嘿。"

按照规定,派出所里的警察都得挂照片并写清名字、职务,便于群众查找及监督。周围经过的警察听到肥三儿的形容词,都忍不住看他俩一眼,有点尴尬的米阳给了肥三儿一肘子:"什么通缉犯,不会说话就闭嘴,你小子倒霉就倒霉在这张破嘴上了!"

肥三儿赶忙做后悔状在自己嘴巴上拍了一下,米阳哼了一声:"行了,别装了,说正事儿吧,你怎么回事儿?""哟,米阳,你怎么回来了,周亮那边问完了,什么意见呀?”张姐带着几个人从另一间办公室走了出来,米阳一回头,两女一男。

“姐夫,就是这个胖子撞的俺们!”一个浓重的外地口音响了起来,米阳循声看去,那是一个二十来岁的姑娘,用手恶狠狠地指着肥三儿。她虽然也是T恤衫牛仔裤,但是一看就是乡下来的,长得说不上好看,但是很健康的样子,就是表情带了些蛮横。“小妹!”一个低低的声音在她背后响起,米阳歪头一看,一个个子稍矮的女人正站在这姑娘背后,打扮得更保守,发现米阳在看她,女人羞涩地低下了头,一抹红晕飘上了脸。

“喂,我说您说话客气点成吗?咱这叫富态!再说谁撞你了,你自己过马路不看红绿灯,硬往对面闯,要不是我及时踩了脚刹车,您现在不定在哪儿歇菜呢!”肥三儿不爱听了,一口一个胖子的,这不是当着和尚骂秃驴嘛!

“对不起啊,同志,您别介意。”高海河赶在自己小姨子又想放炮之前插了一句,刚才他了解了一下情况,还真怨不得这两个车主,要不是人家刹车及时,还指不定出什么事呢。他上前一步跟米阳说:“这位同志,刚才失手了,抱歉。”看着高海河真诚的脸庞,米阳摇摇头:“那是误会,我也有错。”

两个男人相视一笑,伸出手来握住,“高海河,×××部队侦察营的。”“米阳,这片儿的社区民警。”然后米阳扬眉问道:“侦察兵吗?”看高海河点头,米阳摸摸嘴角儿,“那被你摔一下也不算跌份儿,改天有机会再交流一下?随时增强国民素质嘛。”“好啊!”高海河挺爽快地答应了。

“那麻烦你把这个先带回去吧,这边处理完了我就回公司,我会跟Jane说的,谢谢你啊,让你跑一趟。”一个清甜的女声传来,在场的人都被这声音吸引,一齐转头看去,所有人都觉得眼前一亮,一个高挑的女孩儿正往这边走来。

她穿了一条黑色一字领连衣裙,外面套着一件细条纹的西装外套,细窄的袖子上挽到肘部,一双褐色麂皮长靴柔软地包裹着她修长的腿部。利落的短发绾在耳边,露出她洁净的皮肤和优美的颈部,薄薄的淡妆让她的五官更醒目,所以……跟在她身旁的韦晶近乎于被人忽视了。

当然只是近乎,米阳看见韦晶有点吃力地抱着那个箱子,他皱了下眉头。韦晶又用力往上垫巴了一下那个箱子,好让自己抱得更稳当,她一抬头正好跟米阳的目光碰个正着。赶紧走了两步过来,看着米阳的嘴角问:“你没事儿吧?”

米阳呵呵一乐："没事儿。"说完顺势接过了那个箱子。"你说你逞什么能啊？"看着米阳青紫的嘴角儿韦晶心里有点不好受，埋怨的同时忍不住瞪了一眼高海河。高海河有点尴尬地摸了摸鼻子。

一旁的肥三儿凑过来笑说："韦晶，就你刚才号的那动静儿，别说大米了，换了我也得冲上去。"韦晶脸有点热，刚才心情郁闷到了极点，看见米阳就忍不住哭了出来。就好像小孩子一样，如果摔倒了没有人扶，他也不会怎么样，但是要是去哄他，反而会觉得特委屈，哭个没完。

之前米阳那一拳打过去，高海河下意识地防守反击，一个拧腕侧摔就使了出来，要不是米阳的格斗反应极佳，刚才那一下可就不是只摔破个嘴角而已了。米阳卸了高海河那一摔的劲力之后，一个偏腿就想扫回去。"米阳，你干吗呢！"一声狮子吼制止了他的动作。再一抬头，牛所那张铁青的胖脸就近在眼前了。

刚上完厕所回来的牛所不愧是老民警，三下五除二，就弄清楚了来龙去脉，他一边跟高海河道歉，一边瞪米阳，领了众人回了派出所。韦晶这才发现，她要去的地方就在对面的胡同里，跟她被撞的地方还不足十米，因此一进派出所，不知从哪儿冒出来的肥三儿就恍然大悟状地说，刚才我听见有人哭着喊米阳，还以为自己幻听了呢，原来是你啊！

"死胖子，你少废话！"韦晶白了肥三儿一眼，他们都挺熟的，偶尔还一起出去玩，肥三儿呵呵地乐着，被骂了还特高兴的样子。高海河的小姨子愤愤不平地跟她姪姐嘀咕："俺说他胖子就冲俺嚷嚷，那女的骂他死胖子他倒挺高兴的！""嘘！"女人害怕地冲她摆摆手。

"Ivy？"那个漂亮女孩儿微笑着叫了一下韦晶，她又指了指手表，很委婉地提示韦晶时间紧迫。"哦，好，我马上走，米阳，我先回公司了，肥三儿，走了啊！"韦晶想接过箱子，米阳一闪："我送你出去。"

"哎，大米，那我呢？"肥三儿叫了一嗓子，"你等着！"米阳又转头跟女警察说，"张姐，我马上就回来啊。"说完他带着韦晶往外走去，张姐一招手："大家都进来吧。"

"刚才没来得及问，你怎么那么大黑眼圈啊？"在街上等车的时候韦晶问道。"别提了！不养儿不知父母恩啊！"米阳长叹了一句。"什么呀？"韦晶不明所以。

“行了，车来了，你赶紧走吧，看你同事那样子好像挺急的，那边肥三儿还等着我呢，回头再跟你说。”米阳送韦晶上了出租车。韦晶想起什么似的摇下车窗：“我这同事是我们那儿的销售王牌，对我倒挺客气的，有事的话你能帮就帮帮她，对了，她叫廖美！”“知道了！”米阳点点头。

等到晚上快下班的时候，韦晶觉得自己的胃又烧痛起来，这才想起来自己竟然一直没有吃饭。“Ivy，今天麻烦你了。”廖美走到她办公桌前说，韦晶赶紧站起来笑说：“别客气，应该的。”廖美一笑：“请你吃饭吧？”“不用，不用，家里老妈都做好了等我呢。”韦晶赶忙推辞。

“行了，刚才我听亚君说了，也算是因为我才没让你吃上饭，就算补给你的，亚君也去，咱们就去簋街吧，随便吃点。”廖美微笑着说。“哦，那好吧，我们 AA 好了。”韦晶觉得再推辞就不合适了，更何况亚君也去。“不用了，BM 的规矩，谁挣得多谁请，一会儿我来找你们。”廖美眨眨眼走了。

“你家住这边啊？”廖美问。吃完饭后，她主动开车送韦晶和亚君回家。这一餐饭韦晶吃得很愉快，除了有亚君这个谈得来的朋友，再加上一个气质好、长相好却又很随和健谈的美女，大家说说笑笑，时间很快就过去了。

“是啊，我父母都是××厂的，往右拐，再开一个路口就到我们家属小区了。”韦晶顺口答道。“哦，对了，今天那警察是你朋友吧，叫……”廖美回想着。“米阳！”韦晶笑眯眯地接上。“对，米阳，米这个姓挺少见的。”廖美很随意地说。

“是啊，我爸他们厂里只有这一个姓米的，对了，我们是邻居，他爸也是××厂的。”韦晶不在意地说。“哎哟！”廖美突然一个刹车，韦晶被狠狠晃了一下，忍不住叫了出来。“对不起，红灯，差点没看见！”廖美指指前头，韦晶一看果然，忍不住笑说：“你今天因为红灯已经见过警察一次了。”“可不是嘛，还好……”廖美耸耸肩膀。

“好了，我到了，谢谢你啊，阿 May。”到了小区门口，韦晶下了车弯腰跟车里的廖美道别。“别客气，拜拜！”廖美微笑着摇摇手，然后方向盘一转，掉头回去了。韦晶往家里走去，心里还是很愉快的，来了 BM 之后，今天晚上最高兴，看来亚君说得没错，廖美这个人还是很不错的，漂亮能干却不骄傲！

开车回家的廖美一路上都若有所思，趁着等红绿灯的工夫，她拿出了一张盘塞进 CD 机里，一首曲调优美的《敖包相会》登时飘散在了车厢里，“只要哥哥你耐心地等待哟，你心上的人儿就会来到哟喂……”廖美小声地跟着哼唱。

“回来啦?”给韦晶开门的韦妈妈抽动了下鼻子。“一股子火锅味儿!”“老土了吧，这是麻小的味儿，我们今天还吃烤蚝了，味道不错，回头带你和我爸去吃!”韦晶把包一甩，懒散地瘫在了沙发上。

“我姑娘回来了，怎么样，今儿累不累啊? 听你妈说你和同事吃饭去了? 吃得还行吗?”刚洗完澡的韦爸爸擦着头发走了过来，坐在女儿身边，轻拍了一下她的脑袋。“嗯，今天上午倒霉透顶，晚上还算正常!”韦晶愤愤然地把 Amy 的事儿说了一遍。

“这太正常了，这种人哪儿都有，以后防着她点就是了，再说吃亏是福，咱们又刚去，以后就好了。”韦爸爸安慰说。韦晶点点头：“我明白，就是觉得心里堵得慌，好想骂人!”“那你就骂，咱们先痛快痛快嘴!”韦爸爸故作严肃地说。韦晶咯咯笑了起来，虽然父亲不能给她任何实质性的帮助，但是能跟家人发泄一下，让她感觉很放松。

“咦，我妈今天怎么了，要是平常我一抱怨，她立刻就说是我的错!”笑完了的韦晶突然觉得有点不对劲儿，琢磨了一下才发现她老娘今天太安静了。一听女儿这么问，韦爸爸笑了起来：“你妈啊，今天是为嘴伤身，有心无力喽。”

“韦大胜，说什么呢你，我不吭气，你就敢散播反动言论啊?”韦妈妈忍不住开口。韦晶坐起身来，仔细打量了一下：“哟，妈，你脸怎么有点肿啊，就这边。”她伸手想去碰，韦妈妈歪头躲了一下：“别碰!”“到底怎么了?”韦晶愈发一头雾水。

“甭提了，就你上个月从淘宝上买的东北坚果，你妈说你买了没吃两个就扔一边儿了，再放下去该有哈喇味儿就没法吃了，她怕浪费，今天全给报销了，牙床子也嗑肿了。”韦爸爸做一脸佩服状。“啊? 妈，那一斤你都吃了，不怕上火啊?”韦晶咧了咧嘴。

当韦晶被神勇的老娘弄得哭笑不得的时候，米阳正坐在一家小饭馆里和肥三儿还有江山喝酒聊天。实在没办法，肥三儿这个大嘴巴一离开派出所，就立刻把米阳下放基层的消息告诉了江山，接着江山的电话就追了过来，米阳只有苦笑的份儿了，江山可没有肥三儿那么好糊弄。

“我说丫不够意思吧，出了这么大事儿都不跟咱哥们儿说一声，要不是我今儿碰上，他不定得瞒到什么时候呢，他不请客谁请客！”喝得脸红脖子粗的肥三儿一边说一边打了个酒嗝。江山皱着眉头用手呼扇了一下空气：“靠，什么味儿啊！”

“嘿嘿，燕京啤酒加变态辣！嗝！”肥三儿笑嘻嘻地说，还故意凑过去冲江山脸上吹气。“我看你就够变态的了！”江山没好气地推开他的脸，肥三儿鬼叫了一声：“靠，扛不住了，先放水去！”边叫边往门外冲。

江山转头看见微笑看着他们的米阳，冷哼了一声：“我说你可真行！”这话说得没头没尾的，可米阳却明白他是什么意思，伸手拿酒瓶子把两人的杯子都倒满，然后举起杯子低声说了句：“对不住！不是故意瞒你的！”江山拿拳头狠狠捶了米阳肩膀一下才把酒一口喝干。

这俩人从小学中学高中都是同班同学，绝对的发小儿，绝对的铁哥们，米阳热情，江山冷静。至于肥三儿同志的出现，米阳一直懊悔自己年幼无知，英雄情结作祟，从某个阴暗角落里解救了这个家伙，不但付出小臂骨折的代价，还从此背上一个再也甩不掉的包袱。

两个学习好的志向不同，米阳想变成狄仁杰第二，江山的偶像却是索罗斯，因此考大学时，一个上了公安大学刑侦专业，另一个却考入了北大经管学院。而学习差的肥三儿同志高中毕业后就继承了他老爸开的修理厂。

靠山吃山，靠水吃水，附近就是韦爸爸他们的工厂，现在一些小型的机械维修和部件采购都被肥三儿的公司给承揽了下来，这还是当初米阳求米爸爸帮的忙。狼多肉少，这样的肥肉得有多少人盯着，没有特别“硬”的关系你根本就别想。

肥三儿没上大学除了学习不太好之外，他爸爸的病也是主要原因之一。老爷子走之前就一个愿望，你得把孙子给我生了，不能断了我费家的香火，要不然我做鬼也饶不了你！肥三儿的小名就叫三子，不是因为他排行第三，而是他妈妈流产两次，第三次才历经艰辛地保住了他。所以肥三儿的人生目标一直就是：生儿为主，赚钱为辅！

“嗨，你们不等我，自己喝上了！”放水完毕的肥三儿蹿了回来，一把抄起啤酒先喝了一杯，然后拿起那通体红通通的变态辣鸡翅就开啃。

米阳一脸不敢恭维地跟江山说：“我光看他吃就觉得胃里烧得慌！”江山嘴角

一翘。肥三儿啃着鸡翅含混地说:"不敢吃辣还叫爷们?!"不等米阳回答又问,"大米,这事儿你就认倒霉了?虽说你也有错儿,可这摆明了是拿你填馅儿垫背儿呢嘛!"

米阳淡淡一笑:"不认又能怎么样,局长快退了,我们队长要是强出头,别说保不住我,就连他自己也悬……算了,不说了!在哪儿都是工作,不让我脱警服就行!"说完他仰头又喝了一杯。

肥三儿还想说话,被江山用眼色制止了,只能低骂了一句:"真他妈黑!""别说这些不痛快的了,对了,三儿,阿姨这两天身体怎么样,上星期给你家打电话,老太太说她血压又起来了?"江山捡起一颗盐水毛豆,慢条斯理地吃着。他天生气质好,虽然平民出身,但特有高官子弟的样子。按照米阳的说法,拿板儿砖拍人的时候也优雅得好像要请你跳交谊舞,很有欺骗性!

"这还用问啊,老太太只要血压一高,肯定是他相亲又失败了呗!"米阳笑说。肥三儿闻言一脸晦气地叹了一口气,然后高声喊:"服务员,给我把这鸡翅再热热!这么凉怎么吃啊!"饭馆小伙子赶紧跑过来:"大哥您稍等!"说完麻溜儿地给端后厨去了。

米阳和江山默契地同时摇了摇头,心说这家伙太倒霉了,就他着急生儿子,还就他找不着个女人给他生儿子。上学时没才没貌也没啥钱的三无人员肥三儿,自然不受女生欢迎,那时他趁着年轻,长得太差的他还看不上呢。

后来从父亲那里继承了那个濒临倒闭的小修理厂,那年正好赶上经济不景气,就算有设备修理需求的工厂一般也是内部自行消化了。肥三儿求爷爷告奶奶地四处揽活儿又四处碰壁,要不是靠着父亲的老关系偶尔给点活儿干,这小修理厂早就倒了。

最后是米阳咬牙去求了父亲,长这么大,那是他第一次求父亲帮忙办事,虽然是自己老爸他也觉得别扭,但是为了哥们儿,也只能硬着头皮上了。为了这个,肥三儿感激他一辈子。

等到生意好转,肥三儿终于有时间和实力去找老婆了,他的倒霉历程也就开始了。最开始是他自己谈的一个对象,北京人,职高毕业,在一家三星级宾馆做服务员,肥三儿是跟人谈生意时认识的。两人号称一见钟情,恋爱谈了半年就准备领证合法生娃，米阳他们红包都准备好了，新娘子却不见了。

急得火上房的肥三儿差点拉着米阳要报警，最后还是那女孩儿的一个姐妹告诉肥三儿，人家跟一个台湾老板又一见钟情了，这会儿说不定已经去宝岛唱阿里山了。

目瞪口呆继而失魂落魄的肥三儿整整恍惚了一个月之后，才又恢复了战斗力，再度踏入找媳妇的战场，他还笑着跟米阳说，咱哥们儿不能一棵树上吊死是吧。可有一次他喝醉之后却哽咽着跟江山说，就算他还能再爱上一个女人，这个爱也是残缺的了，它不一样了。

再后来，什么大龄女青年，来北京打拼的女大学生，受过感情伤害离婚的富姐儿，号称是美籍华人的，还有外地打工妹，林林总总，各色女人他见了不下二十个，排除他看中人家人家没看中他的，剩下的七八个愣是没一个成的。

一多半是冲着他的钱来的，结婚之后怕管不住跑了；剩下的一小半中的大部分是看中他的北京户口，还怕结婚之后管不住跑了，再剩下一半的一半说，咱们痛快点！我就是想找个能让我吃饱穿暖的男人，我是北京户口，你要是怕我坑你钱，咱们可以签个婚前协议！肥三儿当场拍板，就是你了！漫漫长路终于处在了成功边缘，可俩人婚检的时候却被告知，女方有遗传性疾病不利于生育……

"这回又是什么人啊？"米阳问。"那天你不是跟我说你英雄救美，后来人家还主动请你喝咖啡来着？是她吗？"江山接着问。米阳睁大了眼睛："真的假的？三儿！问你呢！"他拿脚轻踹了一下肥三儿。

肥三儿苦笑着说："是啊，喝咖啡之前我是英雄救美，喝完咖啡我是英雄垂泪啊！""什么意思？"米阳问。"什么意思？"肥三儿在那儿翻白眼，"两杯咖啡四百，一个果盘六百，要不是我反应快，还得开一人头马，估计我这二百来斤儿就交待在那儿了！"

米阳眉头一皱，江山说："你去什么高级咖啡馆了？""拉倒吧，就在'鸡场路'那边，好像是新开的，叫什么蓝玫瑰的。"肥三儿挠了挠头皮。"你帮那女的什么了？怎么认识的？"米阳问。"没什么，她电话卡掉了，我帮她捡起来了，她就谢谢我，然后就聊起来了。"肥三儿说。

"黑店吧？"江山扭头问米阳，米阳还没回答，"砰"的一下，一盘红通通的鸡翅被人放在了桌上,正琢磨事儿的仨人都被吓一跳,肥三儿刚想怒,一看来人,头又缩回去了,米阳和江山却都乐了。

来的不是别人,正是饭馆老板的女儿,肥三儿的修理厂开在她家对面。因为这儿鸡翅烤得特有味儿,肥三儿经常来这儿吃饭,一来二去就跟老板夫妇熟了。

有一次赶上肥三儿带着米阳和江山来这儿吃饭,不知怎么说起肥三儿相亲的事儿来,饭馆老板娘就说了句,要不把我姑娘介绍给你吧,二十出头,还读那个自考,可上进了,配你正好!

米阳和江山都起哄说好,而肥三儿则嘻嘻哈哈地打岔,把话题折过去了。等老板转身走开之后才说,就他那姑娘,瘦得白骨精似的,长得又不好看,没胸就算了还没屁股,怎么生儿子啊!是吧?

他说得痛快就没注意人姑娘拿着餐具正站在他身后,米阳使眼色使得眼皮子都痉挛了,他还那儿口沫横飞呢,正对着姑娘的俩人都害怕那姑娘把盘子直接拍他脑袋上!还好,姑娘很克制地放下东西就走了,只是那个脸色就不太好形容了。自此以后,肥三儿依旧喜欢吃这里的烤鸡翅,却总是瞄着人姑娘不在的时候才来。

“小林,好久不见了。”江山微笑着打了个招呼,小林礼貌地点了点头,却不像其他女孩儿那样,被江帅哥的笑容晃花了眼。“我们店一会儿就关门了,麻烦先结账吧,谢谢。”她面无表情地说。

米阳赶紧掏钱包,一边掏一边说:“死胖子就你吃得多,还让我付钱!我要是钱不够你补上!”肥三儿低头哼了一句:“我没钱!”米阳笑说:“没钱?没钱就把你押这儿!”又抬头跟小林说:“这胖子值俩钱儿吧?瞧这身五花肉!”说完把钱递了过去。一旁的江山听了一笑,拿起酒杯喝酒,然后就听小林很淡定地说:“对不起,我们不收农副产品!”

“噗!”江山喷了肥三儿一脑门儿啤酒……

结账出来的三人在街边溜达着消消食,肥三儿的脚步有点飘,脸红脖子粗的,也不知道是因为酒喝多了还是刚才被小林噎的,米阳忍不住又笑了出来。“笑屁啊?”肥三儿立刻瞪了他一眼。若是平常,肥三儿同志断没有这样的胆色挑战米大侠,但是刚才在兄弟们面前实在是太跌份儿了,所以现在他那小小的、脆脆的自尊心很敏感。

米阳也不生气，就乐呵呵地说："三儿，说真的，那丫头挺配你的，瘦点怎么了，瘦肉猪不见得比肥猪少下崽儿，长得一般怎么了，丑妻薄地家中宝，找个特漂亮的你吃得下吗？"肥三儿一翻白眼："挤对谁呢？我告儿你，我还非找个杨贵妃给你们看看！别以为自己长得帅，我们这不帅的就得买次品！"说完转身摇晃着往马路对面走去。

"去哪儿呀你？"米阳吆喝他一声。"伤自尊了，回家！"肥三儿学着宋丹丹的口音喊道。米阳快走两步把他揪住。"我看你是伤脑子了，你家在那边！"肥三儿晕头晕脑地左右瞅瞅，然后嘟囔了一句："你骗谁呢？"米阳哭笑不得刚想说话，他手机响了。

江山上前一步扶住了肥三儿，米阳腾出手来接电话："喂？噢，老妈你呀，我这就回去……带什么？要那玩意儿干吗……得，得，我知道了，我去买，挂了啊！""怎么了？"江山问。"没什么，我得去趟药店，你没开车吧，我先送三儿回去。"米阳说。

"我送吧，正好明天在这边的分行有点事儿，我今晚就住他那儿了，你走吧，再晚点好多药店都该关门了。"江山挥挥手。米阳一点头："那行，那我先走了，有事儿打电话！"说完米阳伸手拦了辆出租车先走了。

"咦？怎么这么安静啊？古利怎么不叫了？"洗完澡出来的韦晶听见楼下有人回家关铁门的声音，却没听见对门古利的狂吼声。这破狗的臭毛病之一，不管几点，只要有个屁大点的动静，它最少得汪汪个一分钟。

这楼上楼下没有不烦的。可一来大家都是街里街坊的不好意思说，二来米爸爸是厂里的领导，这楼里住的都是一个厂的，谁会出这个头去得罪领导啊……就这样，时间一长，同志们也都适应了。今天突然没听见古利的动静，韦晶不禁有点纳闷。

正拿按摩球搓脚心的韦妈妈突然笑了，韦晶用毛巾包好头发，拿了瓶晚霜就坐在了韦妈妈身边，一边擦脸一边问："妈，你笑什么呢，这么诡异？"韦妈妈凑了过来，带了点得意地小声说："今天我好好治了一下那破狗！"

"啊？您真踢它了，那古利它妈还不跟您玩命啊？"韦晶怀疑地看着韦妈妈，手中还不忘在腮帮子上做提升紧致的按摩，不过老娘以前愤怒时倒是说过，总有一天把这破狗一脚踢北戴河汪汪去！韦妈妈哼了一声："我有那么笨吗？"

说完她又凑近了点，好像生怕对门的米妈妈听到似的："你不知道，今天我早上买菜回来，一上楼就跟对门那女人撞个正着，你说我又不是故意踩她的，就踩了那么一下！好嘛，听她号得那叫一个惨，不知道的还以为她被大象踩了呢！""哈哈！"韦晶立刻笑了起来。

韦妈妈拍了她一下："先别笑听我说，接着她家那破狗就冲上来想咬我，你是没看见那劲头儿，眼睛都红了，越拉着它越来情绪，狗仗人势那劲头儿大发了！要不是五楼你王叔下夜班正好赶上，把那狗镇住了，说不定我真得打狂犬疫苗去！"

一直笑着听的韦晶皱了下眉："妈，你以后真得小心点，现在狂犬病特流行，那狗给惯得没谱儿，它真敢开牙！"米阳就说过，他们家米古利把"狗仗人势"这四个字已经发挥到了极致，他一直怀疑说出这个成语的先人一定见过古利的先祖。

韦妈妈不屑地撇了下嘴："切，它要是真敢咬我，就不是踢它去北戴河了，我直接给它踢八宝山公墓了！"韦晶哈哈一乐，脸也抹完了，起身想走，被韦妈妈一把拉住："我还没说完呢！"

"啊？"韦晶又被拽回了沙发里，"还有啊？""当然了，后面才精彩！"韦妈妈清了一下嗓子，"后来我中午又出去了一趟，回来的时候那破狗这通儿叫啊，把我给烦的！后来我一琢磨，你不是喜欢叫吗，今儿我让你叫个痛快！"

韦晶眨眨眼："什么意思？"韦妈妈忍笑说："我先踢了咱们家门一脚，它就开始叫，它什么时候不叫了，我就再踢一脚，反正我就在门里头坐着择菜，看谁耗得过谁！""不是吧，妈，你这也太……"韦晶又吃惊又好笑。

"这有什么，早就该治治它的毛病了，他们家人不治，那只好我来了！"韦妈妈理直气壮地说。"后来呢？"韦晶忍笑问。"没什么后来了，反正后来它不叫了。"韦妈妈得意地拿起按摩球接着搓脚。"老妈，你可真行！"韦晶竖起了大拇指，韦妈妈一挑眉头："那当然，我是谁啊！"

娘儿俩正说着，就听见有人上楼拿钥匙开门的声音，大小两个女人立刻闭嘴竖起了耳朵，就听见对门米妈妈急吼吼地问："药买回来没有？！""买了买了。"米阳一迭声地应着，然后又听他问，"谁嗓子哑了，大晚上非让我买金嗓子喉宝？"

"扑哧！"韦家母女俩登时扑倒在沙发上闷笑成了一团……

第十章　五年与二十五年(上)

天色已晚,营房马路边的路灯已经亮了起来,空地上有的兵在打篮球,还有其他战士在打羽毛球、乒乓球什么的,既热闹又井然有序。刚从团部卫生所回来的高海河不时地向对他敬礼的士兵们还礼。

忙碌了大半天终于回到了办公室,高海河一屁股坐在了椅子上,神色难掩疲惫,只觉得自己太阳穴突突地跳着。今天还真是“热闹”的一天,尤其是下午闹的那一出,真是让人尴尬到了极点。

妻子和小姨子随便闯红灯不说,还为丢了几百块钱,愣是把两个车主闹到了派出所。当时还死也不跟人警察说丢了多少,非等自己来了才肯说,说是怕警察偏心眼,坑外地人。

其实要不是人家反应及时踩了刹车,她们俩可就不是因为躲避不及崴了脚蹭破皮那么简单了。再说钱未必是在那儿丢的,就算是,退一万步讲,当时围着看热闹的人那么多,保不齐里面就有小偷,关人家车主什么事儿呀。

一想起那两个车主的神色,高海河就觉得自己的脸火辣辣的。那个胖子还说什么,你们这不是摆明了讹人嘛,人交警都说了没我们什么错,要不是这女的没完没了,我们哪至于浪费这么多时间,你说浪费就浪费吧,才为了区区五百块,你知道我一小时值多少个五百啊?

那个漂亮女孩儿则直接掏了五百块放在桌上,淡淡地说了句:“这样我可以走了吧。”要不是妻子看懂了自己的愤怒扯住了美玉,看见她还想伸手去拿的时候,自己真的很想掉头就走。“唉——”高海河忍不住叹息了一声。

“老高,你怎么在这儿啊?我刚才碰见司务长说你媳妇下午就来了!”教导员老白的声音突然响了起来。揉着太阳穴的高海河一扭头,就看见去团部开会的老白抱着一摞材料正费劲巴拉地往屋里拱,他赶紧起身过去帮忙。

“这都啥呀?”高海河把书放在了桌上,顺手翻了一下。“上面精神的学习材料,回头先组织各连排主官们学习,然后再传达给战士们。”老白一边拿帽子扇风一边说。“噢,你今天学习的成果怎么样啊?”高海河顺手把自己的大不锈钢杯子递了过去。

老白接过去就是一阵牛饮,喊了声“痛快”之后伸手抹抹嘴巴正要回答,突然想起之前的问题来:“哎,我说,差点被你绕走,你怎么还不回家,这好不容易媳妇儿来了,不赶紧回家亲热去,窝这儿干吗?”高海河一笑:“傍晚的时候二连一个战士从器械上跌下来了,我跟去医院看看。”

“是吗?严重吗?”老白赶紧问。“没啥大事儿,腕骨挫伤,养养就好了。”高海河说。“呼——”老白长出了一口气,“那就好,现在团里最怕出事故,上个月三营那个兵出事儿还没掰扯清楚呢,回头得给下面再强调一下,课余时间玩器械也要有度!安全第一!”高海河点头赞同。

“行了,这都不要紧,你赶快回去吧,别让人弟妹等急了!”老白挤眉弄眼,一脸的坏笑。高海河一哂:“都老夫老妻了,没什么急的!”老白一瞪眼:“胡扯!你们一年没见了,你不急?就算你不急,弟妹还急呢,快走快走!”高海河只能笑笑抓起帽子往外走。

出了屋门还没走几步,老白又伸出头来喊:“晚上动静小点,小心那帮坏小子听房!”营部的小兵们都偷笑了起来,高海河尴尬地冲老白挥了挥拳头,又瞪了那些兵一眼,这才大步走了。

“姐,这部队的房子比咱老家的也没好多少啊!”杨美玉坐在桌子边嗑瓜子,杨美兰则拿着个鞋垫儿坐在床边纳着,她们被安置在了招待所。听妹妹这么说,杨美兰抬头微笑着说:“俺觉得挺好的。”杨美玉一撇嘴正想说话,门突然被人推开了,她兴奋地站起来:“姐夫,你回——”话没说完,就发现进来的是个女人。

“哟,都在啊,你就是高家弟妹吧?”那个女人笑容、声音很爽朗,口音是带了点东北腔的普通话,个子不高,身材倒挺丰满的,看着三十来岁的样子,脑后盘着一个发髻。屋子里就俩女人,一个看着就很年轻,所以她的目光自然就落在了年长些的杨美兰的身上。

“是,俺是。”杨美兰赶紧站了起来,那女人几步走了过来,把手里的东西一放,然后拉住杨美兰的手笑说:“我们那口子是营部教导员,跟你们家高海河是搭档,我姓刘,听人说你来了,我就过来看看,小高还没回来吧?我家那口子也没呢,他们当兵的就这样,每天不忙到三更半夜的不算完。”噼里啪啦说了一通之后,她又想起什么似的指了指桌上的塑料袋,“这是些樱桃,北京西山这边的最好吃,新鲜着呢,你们尝尝!”

“谢谢您,谢谢您。”不善言辞的杨美兰只会一个劲儿地道谢,红着脸,有些手足无措。倒是一旁的杨美玉拿出一个用手搓了搓放进嘴里,咂巴了两下就笑说:“姐,真的挺甜,你尝尝!”她又抓了两个想递给杨美兰。

“小妹!”杨美兰觉得有些不合适,刘大姐倒是一笑:“这是你妹妹呀?多大了,长得挺水灵的嘛!”杨美玉甜甜地叫了一声:“刘大姐,您好,今年六月就二十了。”刘大姐连连点头:“好,年轻就是好。”“瞧您说的,您也年轻啊,今年有二十五了吧?”杨美玉歪头打量着说。

刘大姐咯咯地笑了起来:“小姑娘真会说话,二十五?我都快三十五了!”杨美玉表情惊讶地说:“真不像!要不说城里人就是会保……对,保养!不像我们这些乡下人。”这话说得刘大姐愈发高兴,杨美兰也紧张地跟着笑。

刘大姐也是随军来的,老家在东北一个小镇子上,镇上的人都知道她男人在北京当军官。在老家那边能嫁给军官的就不多,能随军来北京这样大城市的就她一个,因此她在老家那边是很被人羡慕的,父母脸上也有光,张口闭口都说我姑娘那可是北京城的城里人,部队每月还给发工资呢!

杨美兰生性内向,见了外人就不爱说话,可这会儿丈夫同事的妻子来了,她生怕言行有差,丢了丈夫的脸,因此只能找机会不熟练地客气着:“大姐,您请坐,我给您倒水。”刘大姐转身刚坐下,杨美玉就机灵地捧出一大把花生:“大姐,您尝尝,俺们老家带来的,可脆香呢。”刘大姐欣然接过。

看她和小妹聊得热闹，杨美兰无声地放下水杯之后，就安静地继续坐在床边纳鞋垫。突然听刘大姐问她："听我们家老白说，小高提副营也有些日子了，你们怎么才过来啊？""噢，家里有事儿走不开。"杨美兰微笑着回答。

刘大姐又问："那你们两地分居多久了？""五年了。"杨美兰答道。"唉，当初我也是熬了七八年才随的军，赶上八年抗战了！"刘大姐摇头说，"嫁给他们当兵的就是这点不好，级别不够，你就别想跟着走，一年只能见一次。女的就只能在家干耗，男的那心里跟猫抓似的，也只能忍着！"杨美玉笑了起来："俺姐还不想来呢，怕影响俺姐夫！"杨美兰则把头压得更低了，只是脖根儿都红了。

吃花生到口渴的刘大姐拿起杯子喝了几口又说："妹子，不是我说，你来就对了，你们家高海河不到三十就提了副营，听我们老白说，领导可欣赏他了，长得也俊，身条儿又好！这可是北京，不是你老家那小地方，那漂亮丫头多了去了。"说到这儿，她压低了声音做神秘状，"咱们部队里有好几个军官都是调过来之后离的婚！"

"啊！"杨美兰轻叫了一声，好像扎到了手，她把手指塞进了嘴里轻轻吸吮着。"哟，没事儿吧？"刘大姐探起身子问。杨美兰连连摇头，杨美玉倒没放在心上，她关注的是方才说的离婚的事儿："不是说那个军婚要……要保护吗？咋能说离就离呢？"

刘大姐一笑，那笑容包含了很多难以言喻的意味：居高临下，不屑，觉得问这个问题的人很傻、很可怜……"保护不假，你也得分什么事儿啊！人家就说没感情了，闹到最后，至多把那身军装给他扒了，正好，人转业就留在北京了！"杨美兰咬着嘴唇没说话，杨美玉转着眼珠不知道在想什么。

"好了，好了，我也就是随便这么一说，你们家小高可不是那样的人，不过这男人就得看紧一点，那句老话听过没有？"看着两姐妹都神情专注地听她说话，刘大姐很满意，她跟传道似的说，"丈夫，丈夫，一丈之内就是夫。出了一丈，他指不定就是谁的了！"

"你脸色看起来不太好，一会儿早点休息吧，今天累坏了吧？"高海河接过妻子递过来的毛巾边擦脸边说。杨美兰轻轻摇了摇头："俺不累。"说完弯腰把脸盆从洗漱架上拿了起来想把水倒了,高海河赶紧伸手去接:“我来!”杨美兰一个轻巧地转身躲开。

高海河习惯性地先把毛巾叠整齐之后再挂在架子上,再回头,杨美兰已经把一杯放凉的白开水放在了桌上,冲他羞涩一笑,又坐回了床边低头搓弄衣角。

屋里一下子安静了起来,高海河觉得自己的呼吸声好像比步战车的轰鸣声还大,有些别扭的他端起水杯想找个凳子坐下,却发现唯一的凳子被一个大编织袋占据了。杨美兰没说话,却抬身往旁边让了一让,高海河犹豫了一下,走过去坐在了她身旁,明明两个人之间只隔着不到一掌宽的距离,却好像隔着千山万水般再难以逾越。

“咕嘟咕嘟”喝水的声音响得像打雷,高海河把杯子放在一旁微笑着说:“真好喝,我半天没喝水了,谢谢。”杨美兰微嗔道:“你跟俺客气什么。”高海河一笑没说什么,两人之间又有点冷场。结婚快六年了,两个人实打实相处的日子加起来还没有六个月,妻子又内向,每次两个人初见面都有些尴尬,真像歌里唱的那样:我们是最熟悉的陌生人。

“又不是外头,你坐得那么挺,多累啊。”杨美兰小声地说,高海河稍稍松了下腰:“习惯了,再说我们平时都不坐床,有点别扭。对了,小妹怎么也来了,你电话里没说啊。”

“她初中毕业都两年了,也没找到啥合适的工作,她又不愿意下地,这回俺能跟你来部队了,爹说北京大地方,你又是军官,让她出来开开眼,咱们也能照应着点,俺想着最好能帮她找份工,表叔家的二姑娘就在北京干活,去年捎回来两万块钱,家里新瓦房都起来了。”杨美兰越说声音越低。

高海河眉头不禁一皱,不用问,妻子虽然说是自己想给妹妹找工作什么的,但那肯定是老丈人的意思。说什么表叔家盖新房,还不是在暗示自己平时给的钱太少?可自己一个军官能挣多少钱,每个月三分之二都寄回给妻子了,好在吃穿住行部队都管,留点买牙膏、肥皂还有书的钱也就够了。

见丈夫不说话,杨美兰偷偷抬眼打量了他一下,她知道自己的亲爹有多难缠,可这话要是自己不说,回头老爷子肯定会写信或者打电话亲自跟丈夫说,到时候那话肯定更难听。

“知道了,先让小妹在北京玩玩吧,有什么事情过后再说。”丈夫的声音打断了杨美兰的思绪,她赶紧点点头:“都听你的。”高海河一想起老丈人那张干瘦的脸心里就觉得堵得慌。父亲是天津的下乡知青,在那山沟里窝了半辈子而没有机会回城,因此给唯一的儿子取名海河,以怀念故乡。

父亲在一次生产队劳作事故中去世,而体弱多病的母亲也在自己考上军校那年就随父亲而去了。现在的老丈人是当年的村部会计,不论是自己当兵还是帮忙照顾身体虚弱的母亲,他都起了很大的作用,虽然,他没有白帮忙。

想到这儿,高海河一阵烦躁直冲脑门。“好了,时间不早了,休息吧。”他站起身来脱衣服,恨不能把那些个烦心事儿也像脱衣服一样,扒个精光。可脱到一半才想起来现在不是光他一个人,他下意识地看了一眼妻子,杨美兰背着他迅速把被子打开,钻了进去活动了几下,然后脱下的衣裤就被她轻轻地放在了被子外面。接着她翻了个身面朝墙,把被子拉到下巴底下,可耳根子却是遮不住的通红。

高海河尴尬地咽了口唾沫,一咬牙,他飞快地脱掉了外衣,关灯,上床。屋里顿时一片漆黑,高海河微微松了口气,黑暗可以掩盖很多东西,最起码现在自己不用考虑要摆什么表情才合适。

说尴尬也好,说别扭也好,高海河暂时没有钻入妻子被窝的打算,反正现在已经是六月了,天气很暖和,就算是不盖被他一样可以睡一觉。高海河命令自己什么都不要想,就像往常那样赶紧入睡。可还没等他给自己催眠成功,一阵窸窣声传来,高海河下意识地绷紧了肌肉,然后就感觉到一个火热的身体靠了过来,他不禁有些吃惊。

杨美兰和他几乎是从小一起长大的,她害羞的个性似乎已经渗入骨髓,虽然做夫妻已久,但她从没有主动求欢过。一时有些糊涂的高海河突然发现妻子正抓着他的手往那边扯,惊讶之下他条件反射地想抽回自己的手,但是理智立刻阻止了他,自己的手慢慢落在了一片绵软温热之中。

高海河能够很清晰地感受到妻子急促的呼吸和心跳,“怦,怦……”就这样僵持了一会儿之后,高海河做了一个深呼吸,一个翻身压了过去。正在为自己的举动羞愧又紧张的杨美兰顿时松了口气,那种难堪的感觉也在丈夫的火热体温中烟消云散了。

今天外头想要听房的人都已经被体贴的老白给赶走了,可就算不走他们也会大失所望的。因为还没有五分钟,屋里的灯就亮了,高海河用紧急集合的速度从床上蹿了起来,他按照妻子的习惯飞快地从包里找到了药,然后给送了过去:"美兰,张嘴,快把药吃了!"

就着之前那半杯白开水,杨美兰勉强把药吃了进去,高海河一只手抱住她,另一只手轻捏着她的下巴,以免因为抽搐而咬到舌头。也不知道过了多久,也许只是一会儿,杨美兰平静了下来,身体神经质的抽动也停止了,高海河这才松开了手,两个人都是大汗淋漓。

杨美兰愣愣地看了丈夫一会儿,突然一把推开了他,自己埋头到被子里开始哭了起来。几乎听不到她的哭声,却能看见她细瘦肩膀的剧烈抖动。高海河本想劝一声别哭了,以防情绪激动又犯病,可现在这么说,无疑是对妻子的再一次伤害,他只能无言地用手轻轻抚摸着妻子的肩安慰着她。

杨美兰渐渐地平静了下来,高海河仰望着黢黑的屋顶,仿佛那就是他看不见光明的未来。

隔壁的杨美玉揉了揉自己的耳朵站起身来,虽然部队招待所的墙壁很薄,可是姐姐、姐夫他们说话的声音不大,偷听起来也挺费劲的,可刚才姐夫喊的那句吃药什么的自己可是听得真真的。

她踮着脚悄声地回到了自己的床上,临行前老爹的话又一次响了起来:"你姐姐那羊角风的毛病可能是治不好了,成亲这么多年,她也没能生个娃,现在你姐夫去北京当官了,可不能让他借由头甩了咱,爹可就指望着你了!"

第十一章　五年与二十五年(下)

“小姐,这是找您的零钱,请收好,请在那边等候,谢谢!”服务员面带微笑地指了指柜台的另一侧,韦晶点点头:“谢谢。”说完溜达到了指定位置,她这才松了一口气,一边拿纸巾擦着脑门上的汗,一边打量着屋里的人。

下午三点的星巴克里的人不算很多,却恰好把每一张凳子都占上了,这彻底打消了韦晶想坐下来休息一下的妄想。倒是有些老外不畏炎热地坐在外面的凉伞下喝着冰咖啡还一脸惬意状,可刚从外面冲进来的韦晶实在没勇气和体力去挑战那个温度,更何况还得配上一杯小三十块的冰咖啡,花钱受那洋罪干吗!

好在星巴克的空调风力十足,没一会儿韦晶的汗就落了下来,今天是六月的最后一天,气温却高得如同七八月份酷暑时节,挂在墙上的电视里正传出播音员的播报声:“本市气象台已发出橙色高温预警通告,地表温度接近四十五摄氏度,请大家做好防暑降温工作,尽量减少外出活动……”韦晶听着女播音员优美的声音直撇嘴,心说别说是橙色预警,你就是大红色预警,地表温度接近五十四摄氏度,老板们也能把你踢出来买冷饮。

“小姐,您的咖啡准备好了。”服务生的招呼让韦晶回过神来,赶紧转身过来,一看那三个大口袋,韦晶不自觉地咽了口唾沫。等把那几个口袋一接过来,韦晶就觉得自己肩膀猛地一坠,忍不住在心里痛骂起 Amy 来。

都是这三八女人无事献殷勤,自己却嫌热不肯跑这一趟,说什么这个会议很重要,她必须参加脱不开身云云,把正忙着做表格的自己给撵了出来,要知道那表格原本也是老板让她做的啊……她有什么可忙的,不就是在会议室里给老板们端茶倒水嘛!

柜台里的小伙子见韦晶站在外头不动影响到后面客人取餐就想请她让开,但这位小姐不知为什么一副咬牙切齿状,他只能小心翼翼地问了一句:“您还需要什么吗?”韦晶这才发现自己挡路了。“没有,谢谢!”她干笑着摇摇头转身就走。

到了大门口,店员们都在忙,没人来帮把手,韦晶无奈就想用屁股把门拱开,虽不雅观,但也没办法,两只手都跟坠了个千斤锤似的,要是再能抬手开门,她也不用在 BM 受气了,直接去参加举重队算了。“咦?”韦晶臀部刚一用力,就觉得自己一下子顶上了一个温暖的所在,她下意识地回头去看,一张古铜色的、有些尴尬的笑脸顿时映入眼帘……

撞了满怀的两个人一时间都有些愣神儿,韦晶手里还拎着三个巨沉的大口袋,猛然间失了平衡,人几乎是半靠在了那个男人怀里,而那个男人也下意识地抱住了她,韦晶就觉得自己的后背热乎乎的,一股带着些汗味儿但绝对健康的气息包围了过来。

“Excuse me?”一声问讯惊醒了犯傻的两个人,一个金发碧眼的帅哥被挡了路,等了一会儿却不见这俩人动窝,无奈之下只好提醒了一句。韦晶跟被针扎了似的从那男人怀里弹了起来,那个男人也红了脸。手忙脚乱之中,左手拎的那两个塑料袋子还滑落到了小指和无名指上,刚好被小指上戴的戒指卡住。这下好了,那足有三斤半的重量就全部挂在了这两个指头上。

韦晶一边“咝咝”地倒吸凉气,一边不忘给人让路,那个老外先对她点头微笑着说了句“Thanks”,然后才侧身迈步进了店里。若是平时,韦晶定要言笑晏晏地秀一把“You are welcome”。要知道以现阶段她的听力水平能听懂的外文不多,好不容易能碰上一句半句能对话的,还是个外国帅哥,那还不得紧着显摆?可现在被迫练二指禅的韦大小姐哪还有这样的心情啊,只觉得再过一会儿这二指禅就该变成二指断了。

“同志,你没事儿吧?”韦晶的表情实在太过狰狞,一直站在一旁的“古铜色”终于开口问了一句。韦晶却顾不上理他,往旁边挪了两步,然后龇牙咧嘴地,歪着身子地,小心翼翼地把塑料袋放在了地上,这才大大地松了一口气,这一口袋咖啡饮料就得小二百,弄洒了自己可赔不起。

活动了一下那两根手指之后，韦晶把自己的双肩背书包扯到身前去摸纸巾，本来外面就热得要死，又折腾了这么一出，这会儿都能感觉到汗水顺着鬓角流下。一边摸，韦晶一边庆幸自己从来不化妆，这要是换了 Amy 那个粉底妖女，现在肯定就只剩下妖女了，哈哈，韦晶越想越可乐，忍不住笑了起来，站在她对面的"古铜色"更不知所措，刚才还苦大仇深的样子，怎么又笑了。

"见鬼，出门前我明明装了包纸巾的?"韦晶皱着眉头在书包里翻找着，嘴里也无意识地嘀咕着。"要不您先用这个吧?"一块手帕递到了韦晶眼前，韦晶一愣，没接，看看那个男人，又看看手帕。"古铜色"的手举在半空，脸上的表情愈发尴尬："这是干净的，真的，我昨天刚洗的!"他认真地强调着。

其实韦晶倒不是嫌脏，主要是带着手帕出门的男人一般都是自己老爹那个年纪的了，很少看见这么年轻的。刚才因为忙乱没仔细看，现在才发现这是个小男生，看着也就二十岁的样子，五官端正，健康又阳光的样子。看着他脸上的汗也不少，韦晶一笑："不用了，你自己留着用吧。"她顺手指了指那男孩儿的脑门。

说完她用手背随意地擦了擦脸颊两侧，背好书包，弯腰就想提袋子走人。那个男孩儿愣了一下，突然把手帕塞到了韦晶手里，急急地说了一句："那你用这个垫着手吧。"然后不等韦晶说话人已经转身进了星巴克。

"哎?"韦晶扭头想叫住他，包里的手机突然响了起来，又赶紧接手机，一按接听键 Amy 的抱怨声就立刻传了出来："Ivy，在哪儿呢? 老板们都快散会了，你不是想让他们改喝下午茶吧?""我马上就回去，方才——"韦晶刚一张嘴想解释就让 Amy 堵了回来："行了，别说了，赶紧回来吧，就这样!"然后又听她在跟什么人说话："今天比赛的票，你给伯母了吗?"然后手机就挂上了。韦晶给噎得站在大太阳地里直翻白眼。

恶狠狠地把地上的三个袋子拎了起来，韦晶一边在心里问候 Amy 家祖宗十八代，一边快步往公司那边走。BM 公司大厦离这边本来不远，但是因为前几天修路又赶上下雨弄得泥泞不堪，韦晶只能从一旁的胡同里绕行过来，自然会耽误一些时间，但是那个负责拍马屁的才不管这些呢。

韦晶不时地把袋子换换手，以缓解压力，头顶的太阳依旧热辣辣，脑门上的汗已经不是一滴滴地流而是流成行了。韦晶本就没有带遮阳伞的习惯，更何况她现在就是带了，也没有第三只手用来撑伞。一滴汗突然流到了眼睛里，其中的盐分刺得韦晶用力地挤眼睛,但还是不舒服,正想着要不要先放下手里的东西好揉揉眼睛,却在不经意间看见地上的人影儿有些重叠。

韦晶一愣,眨了眨眼,心说自己是不是中暑了,怎么看东西都开始重影儿了。站住脚再看,突然反应了过来,韦晶猛的一个回身,就看见一个穿着满身是洞的文化衫的小黄毛正紧紧地站在自己身后。离得近也就罢了,更重要的是,他手里那红色的、印满玫瑰图案的钱包可太眼熟了,韦晶脑子一热,她"嗷"的就是一嗓子:"抓小偷!"

那小偷先是被她吓了一跳,接着猛推了她一把撒腿就跑,韦晶下意识地就追了过去,急速奔跑中还喊了几嗓子:"抓小偷!"可这大中午的人们都在家躲阴凉了,胡同里就没什么人,再说就是有人,也未必出来帮忙,可这紧要关头,韦晶早就忘了遇见小偷要喊着火的事儿了。

开什么玩笑！要是光那二百块钱就算了！可身份证、工资卡什么的都在里头啊！刚发的工资啊！你知不知道姑娘挣这点银子有多难,受了多少委屈！比你偷东西可难多了！最起码你们那贼头儿从没用英文挤对你偷得少、干活不麻利吧?!

韦晶对设置密码这件事儿是比较主流化的,那就是用自己的生日,现在小偷们也都知道。虽然米阳用无数个惨痛案例警告她改个密码,她总是当耳旁风,觉得我连偷的机会都不给他,哪还轮得到小偷们来输密码。可没承想今天就出了大娄子了。

本来大太阳的被踢出来买东西就够倒霉的了,最近这段时间又总是被 Amy 呼来喝去,还时不时就被她找碴儿训一顿,今天你居然还来偷我,这不是落井下石嘛！心底积蓄已久的郁闷顿时变成动力,韦晶也不管三七二十一就追了过去,刚才还重若泰山的三个口袋瞬间也成了轻如鸿毛。

那小黄毛就算没练过轻功,要跑过一身负重还穿着高跟鞋的韦晶那也是轻而易举,眼瞅着那一身破洞的文化衫渐行渐远,韦晶哭的心都有了,但依旧采取"不抛弃不放弃"的精神继续追着。正绝望之际,突然就看见那小偷一个踉跄摔倒在地,然后一个人影迅速闪了出来将欲起身再逃的小偷又按了回去。

韦晶大喜,浑身登时又充满了力量,两脚生风地追了过去。那个小偷的左臂被人高高拧起,半张脸贴在地上,右手撑在地上,嘴里"哎呀妈呀"地叫着还在不停挣扎。韦晶到了跟前二话不说,一脚就踩上了小偷攥着她钱包的右手腕,嘴里怒喝一声:“你个小兔崽子,姑奶奶的钱包你也敢偷! 活腻味了吧你!”

被那一脚踩得鸡猫子鬼叫的小偷突然没了声响,咧着大嘴看着气势汹汹的韦晶。按着他的那位也有点愣,忽闪着一双牛眼看了韦晶半晌,然后转头冲一边问:“排头儿,咋办?”

韦晶自然而然地顺着他发问的方向瞅了一眼,不禁一愣,刚才给手帕那小子正站在一旁,明显是在忍笑,他手上还端着一杯星巴克咖啡……

“这天简直热得邪乎,哪像六月天啊?”周亮拿着一瓶矿泉水狂饮,可嘴里依旧抱怨个不停。张姐斜了他一眼:“喝水都堵不住你那张嘴,想以前我们执勤的时候,连水都没的喝,你就知足吧你。哎! 大米、老胡,快过来喝水,冰的,刚送来的!”正说着,张姐扭头看见了他俩,赶紧招呼。

周亮哼唧了一句:“偏心眼!”张姐给气乐了:“是啊,我偏心眼,你要是连续三个小时在大太阳底下晒着,我也偏着你,只可惜有人没半个小时就跑来躲阴凉了……”“得得得,我的老大姐,算我什么都没说,我执勤去了,这回要是不中暑晕倒,我都不回来我!”周亮抄起帽子往外走。

棚子里的警察们就乐,张姐笑说:“那没问题,你要是真晕倒了,我去背你回来都行!”“呵呵。”米阳笑着接过张姐递来的矿泉水,“谢了,张姐。”说完“咕嘟咕嘟”地喝了起来。两个多小时一直在外面巡逻,这嗓子都快冒烟了,冰凉的水一下肚,米阳真想大喊一声“爽”啊!

“警察同志,我们要去C区,该怎么走啊?”一个带小孩儿的年轻妈妈走上来问米阳。米阳放下水给她指点了方向,这位母亲让儿子跟米阳道谢,小小子却害羞地躲在了妈妈身后,米阳冲他挤挤眼睛做了个鬼脸儿,小孩儿咯咯一笑,虽然跟着妈妈走了,却两步一回头地看米阳。

“大米,你说你个小年轻还挺喜欢孩子的。”把一切都看在眼里的张姐笑说了一句,“那就赶紧结婚生一个呗。”米阳憨憨地一笑,他可不敢接这个话茬儿,也不知道为什么,所有见了他的年长妇女,都很喜欢他,主要表现在都想给他介绍女朋友。前几天他还跟韦晶吹牛自己魅力无穷,人见人爱,车见爆胎,结果被韦晶一针见血地评价为:“说到底,你不就是个中老年妇女之友吗,有什么可牛的?”

一想起韦晶,米阳就不禁琢磨这丫头现在在干吗,做表格还是在开会打杂,还是又在干邮递员的工作,给客户寄信……当然,米警官怎么想也想不到,韦大小姐现在正在干她的新的工作——抓贼。休息了一会儿,米阳正打算跟老胡继续出去执勤。“大米,有人找你!”周亮一脑门汗地领了个人进来。

“牛子?你怎么来了?”看着那张肉乎乎的肥脸,米阳很高兴,有日子没见这些老朋友了,钉子也只能有空打个电话联络一下而已。自打调到了六角园,每天就跟陀螺一样地忙个不停,家长里短,鸡毛蒜皮,天天都有事儿让你去忙活。

以前总听下面抱怨基层忙,米阳还挺看不上那些人的,心说再忙忙得过我们刑警?可真正干了基层才知道,这活儿不好干,琐碎得能让人发疯,你还不能不管,管了也未必落好。

“我也是出任务啊。”牛子笑嘻嘻地说,不客气地拿起米阳那剩一半的矿泉水就开喝。“不是吧,你牛大记者不是专跑社会口儿吗?怎么?又改体育了?”米阳笑问。“咳,甭提了,我们跑体育的那哥们儿吃大排档吃蹿稀了,正在医院吊瓶呢,最近测试赛又多,实在没辙,只能让我先顶上,再说万一碰见个社会事件呢,咱也算不白来!”牛子抹嘴说。

“我呸,你少乌鸦嘴啊,什么社会事件,你就盼着出事儿啊?”米阳笑骂了他一句。牛子嘿嘿一乐,四下里一张望:“我说你们派来的人也不多啊,够用吗?这可是奥运测试赛!”米阳微微一笑:“大队人马在正门那边,我们这儿就是个进出通道,用不了那么多人,再说还有武警呢。”

牛子还未开口,在一旁又趁机偷懒的周亮说:“就是,这地方有我们这十几个人,七八条枪也就够了!”牛子一愣:“你们给配枪了?”米阳“噗”地一乐,一旁负责装备的小女警接过了话茬儿:“没有啊,都没配,就是普通的治安装备。”

周亮特严肃地说:“你们女警确实没配,我们男警配了!”小女警不明所以,眨着眼看周亮,牛子立刻就明白了过来,哈哈笑了起来,棚子里的男警察们都憋着笑。张姐明白,朝着周亮屁股就是一脚:“滚蛋,赶紧干活去,少在这儿鬼扯,小英,别理这些坏小子!”

米阳跟着周亮一起走了出来,牛子也跟上了,他说现在比赛也没开始,还不如跟着米阳他们转转,找社会新闻呢。周亮最爱侃大山,没几分钟就跟同样喜欢磨嘴皮子的牛子成了知己,米阳也乐得听一些社会“新闻”。

正听牛子口沫横飞地说××女明星被抓奸在床的时候,两个老太太走了过来,一个看着就爽利的老太太开口就说:“警察叔叔,我打听个事儿!”米阳一愣,看老太太那架势是在问自己,只能讪笑着问一句:“阿姨,我有那么老吗?”

旁边的周亮和牛子哈哈笑个不停,爽利的老太太这才琢磨过味儿来:“嘿,瞧我这嘴,不过小伙子,你有什么不愿意的呀,你还占我便宜了呢!”米阳唯有苦笑,心说又不是我让你叫的。“吴姐。”另一个慈眉善目的老太太扯了扯爽利老太太的衣襟儿,然后冲米阳微微一笑,“同志,××居民区是不是在这边啊?”

米阳心里微微一怔,这老太太看起来有些面善,却想不起在哪儿见过。他摇了摇头:“阿姨,这边因为拆迁,早就搬迁了,他们现在拆到丰家园那边了,您得坐地铁到公主坟再倒6××,那边有一站就叫丰家园。”“噢,是吗?”老太太有些愣怔。“我说未必在这儿吧。”叫“吴姐”的老太太说了一句。

“一年前就拆了,您不知道吗?”周亮插了一句。老太太摇摇头没说话,吴姐倒是说了一句:“我们打城里来的,有很多年没过这边来了。”“小二十年了……”慈眉善目的老太太轻轻叹惜了一声,几乎低不可闻,倒是米阳的耳朵尖,他不禁又看了一眼那老太太。

“算了,吴姐,那咱们走吧。”老太太拉着同伴想走,米阳忍不住说了句:“您要是去坐地铁,我们可以开车送您一趟,大热天的。”“不用,不用,我们就是来这边看比赛的,突然想起以前住过这边儿,所以过来问问,就是问问,谢谢您啦。”老太太客气地说。

“别客气,那您慢走。”米阳点点头,目送着两个老太太离开。“喂,这老太太四十年前一定是个美人!”牛子歪头跟周亮说,周亮撇嘴:“不是吧?”“瞧你还不信,咱可是在娱乐圈混了四五年的专职记者,那美女是天然还是改造的,绝逃不过我的法眼!”牛子很不屑地说。

听他们俩神侃了一会儿,对讲机响了,带队的副所下了指示。“行了,别扯了,让咱们去小马路那边看看,说是武警今天人手特紧,那边好像没人巡逻。”米阳说完率先而行,周亮他们也都跟着。

刚走到山脚下,牛子的手机响了,“嗯嗯啊啊”说了一番之后,他又着急地要去A3区采访,说是某体坛大腕突然出现了,主编踢他去抓新闻。可他路又不熟,米阳干脆让周亮先带他过去,然后再来找自己。

米阳自己顺着小路溜达,这边靠近一座小山,离着场馆还有挺长一段距离,平时都是附近的居民来早锻炼和遛弯儿的。这会儿是大中午,基本上就见不到人,虽然热,米阳倒乐得清静,四下里看看都是青草绿树,正好缓解一下眼疲劳。

可没走多远,米阳就发现前面不远有两个人:一个躺在地上,一个蹲着在做着什么。米阳快步走了过去:“怎么回事儿?”那蹲着的人一哆嗦,抬头看米阳,发现他是警察,眼睛登时睁大了。“警察同志,她突然昏倒了,我正想去叫人呢!”

米阳扫了他一眼,外形打扮一看就是那些来京打工者,但是年纪不大,十六七岁的样子,还戴了顶山寨的阿迪帽子,也脏兮兮的,口音挺重,却听不出来是哪儿的人。“你先站在一边。”米阳对他挥挥手,然后自己蹲下去看,不禁一愣,居然是刚才问路的那个老太太,就是牛子号称“四十年前是美女”的那个。

回头张望了一下,米阳却没发现她的那个朋友,伸手摸了一下脉搏,虽微弱但是一直在跳动,呼吸也还正常,脸色苍白,脑门上有汗,应该是中暑了,而不是心脏病发作,米阳做了初步判断。他一手微微抬起老太太的头,让她保持呼吸顺畅,一手拿着对讲机请求支援。中间又跟站在一旁的那个男孩儿说:“小同志,帮个忙,掐人中!”

那男孩儿一愣,然后走了过来蹲下,就去掀老太太衣襟儿。正报告情况的米阳一闪眼看见了,立刻吼了起来:“我叫你掐人中,没让你耍流氓,你掀人衣服干什么?!”那男孩儿吓了一跳,畏畏缩缩地说:“不是你让俺掐人中间吗?”

米阳差点儿没背过气去:“人中就是人中间啊?我说的是鼻子底下,嘴皮子上头那人中!不是让你抠她肚脐眼儿!”等周亮他们赶来的时候,米阳在负责掐人中、扇风,那个外地小工则小心谨慎地扶着老太太的头部。

一番折腾之下,老太太刚上救护车就醒了,人晕乎乎的,一时半会儿也想不起来自己怎么就晕倒了。去上厕所的那个爽利老太太也找了过来,一惊一乍之后才发现自己朋友没事儿,刚松了口气又问:“我给你打手机你怎么不接啊?”

“啊?”慈眉善目的老太太一摸兜,“哟,我电话呢,我钱袋呢?”老太太不顾医护人员劝阻,着急地坐了起来,去翻自己的衣襟儿,又跟在场的所有人说,“我把电话和装钱的小袋都放在衣襟儿里头的暗袋里了,怎么就没了,警察同志,您看见没有?”她看向米阳。

米阳下意识地摇摇头,接着就反应了过来,那个跟他鬼扯人中间的小子呢?再冲出去一问,刚才跟着送下山之后就没人看见他了。米阳恶狠狠地咬着牙:“这个小兔崽子,偷到老子头上来了,活腻味了是吧!”

第十二章　男朋友女朋友

“我说韦晶，你怎么才回来啊，Amy 已经在老板面前告了你八状了！”亚君一见韦晶冲进办公室，赶紧起身帮忙接过她手里的袋子。“呼！”韦晶甩着手说，“爱告告去吧，她就是告十八状，我也得这点儿回来！”

亚君刚想问怎么回事儿，一斜眼突然看见 Amy 面色不善地从会议室出来了，她用鼻子哼了声：“麻烦来了啊。”韦晶一回身儿，正好跟 Amy 打个照面。Amy 先瞥了亚君一眼，然后皮笑肉不笑地说：“说谁告了十八状啊？”韦晶一愣，心说你耳朵够尖的，但脸上同样皮笑肉不笑地说：“说杨三姐儿呢！”

“哧！”一旁的亚君登时喷笑了出来，正好这时有人叫她，她给韦晶做了个别怕的眼神，转身走了。Amy 的脸色很难看，自打韦晶进了公司之后，一直谨小慎微，指哪儿打哪儿的，从来不敢反驳自己。今天是怎么了，居然敢用这种口气跟自己说话，想要造反啊，还是被外头大太阳晒昏头了？居然敢当着其他人的面！她知道坐在其他隔断里的同事们看着一个个都很忙的样子，其实耳朵早就竖起来了，等着听热闹。

其实原本韦晶没想怎么样，本来天热出门就一身的汗，拎着那么沉的东西不说，还碰到贼，虽然没什么损失，但是换了谁心情也好不到哪儿去，这会儿再让 Amy 阴阳怪气地一搅和，韦晶不自觉地有点厌烦，说话也就没那么客气了。

Amy 可不管韦晶的心情如何，本来平时不占理她还没事儿找事儿呢，现在她自认为有理却被韦晶“讥讽”，那还了得，嗓门立刻提高了三度。“你怎么去了这么久啊，那星巴克离咱们公司也就几分钟的路，你这去了都快一个小时了，老板们会议都快结束了，是你等他们还是他们等你啊，我还打电话催过你！你怎么做事的，上次送材料也是，磨磨蹭蹭的，最后还是我帮你跟客户解释，你不能每次都让主管来帮你解决问题吧，你也应该反省一下自己的做事态度，能力有问题还可以改进，但是这个态度……”

看着嘴皮子上下翻飞的 Amy，韦晶只觉得一股子邪火正在胸腔中乱窜，肋骨间丝丝拉拉地疼着，脸上却红一阵白一阵的。虽然其他同事都低头假装忙碌，没有看她，可那隐约的窃笑声仿佛就在耳边，或嘲讽或难堪的表情似乎都能从后脑勺上透出来，借用言情小说中常用的一句话：“那感觉就像一根烧红的针正直刺心底。”

一时间韦晶脑子里嗡嗡的，手也不自觉地颤抖着，就在她怒从心头起、恶向胆边生地想要把那个辛苦扛回来，装满咖啡的口袋扔到 Amy 脸上的时候，经理 Jane 从会议室里走了出来。她眉头微皱，表情显然不太满意，但还是到了跟前才轻声问：“怎么回事儿，会议室里都能听见了，出什么事儿了？”

Amy 看见 Jane 过来了，立刻闭上了嘴，她也察觉自己因为一时激动忘了克制，可显然会议室里听不清这边说什么，她脑子飞快转动之下说：“Sorry 啊，韦晶才回来，我看会议都快结束了，大老板们咖啡还是没喝上有点着急，正催她呢。老板们第一次来中国，想喝杯星巴克都这么费劲，他们不知道是韦晶磨蹭，还以为是你 Team 的工作效率有问题呢。”Jane 理解地点点头还拍了一下她的肩膀，温言说了句：“辛苦了。”

看着 Amy 一瞬间拍马屁、指责外带表忠心全部完成，韦晶只有目瞪口呆的份儿了，甚至有些佩服了，接着心里又很不忿，拍肩膀咱就不奢求了，那句“辛苦了”无论如何也应该是自己的吧？“你先把咖啡拿进来吧，有什么事儿回头再说。”Jane 吩咐了一句就往回走，从头到尾她都没看韦晶一眼，就算迟钝如韦晶也能感受到她对自己的不满，满心想解释，但也知道现在时间不对。

Amy 伸手拎了一个袋子，“哎哟。”她忍不住叫了一声，显然没想到这么沉，因为里面除了咖啡还有一些三明治、热狗，都是大老板们点的。她不耐烦地瞥了韦晶一眼：“愣着干吗，赶紧帮忙啊？我又没长三只手！”说完扭搭着往会议室走。

已经愤怒到无力的韦晶真想说一句:没长三只手你两只总有吧,那干吗只拿一个口袋,合着你也知道沉,那怎么不想想我是怎么拎回来的!郁闷的韦晶特想大喊一声“姑娘不伺候了”,可想想现在就走实在太便宜 Amy 了,人家还以为她真的特没用。韦晶决定就算要走人,也得告完状再走!对了,还得报销咖啡钱呢!

一进会议室,有个男销售还算有风度,伸手接过了袋子帮忙分发,正好会议也开得差不多了,某个大肚子老外提议休息一下。他是亚太区老大,谁敢不遵从,屋里众人附和纷纷起身,溜达过来找自己预订的咖啡。“怎么不冰了呀?”一个销售主管唠叨了一句,韦晶登时紧张起来。

Amy 一脸瞧好戏的表情,倒是廖美说了一句:“天儿这么热,拿回来肯定不冰了,凑合点儿吧,有人帮你买就不错了。”那个主管在美女面前,又是一个跟他同级别的美女面前显然处于弱势,他嘿嘿一笑,没说什么,拿着咖啡去一边喝去了。

这时一个老外拿着咖啡说了一句:“What happened?”正帮忙发咖啡的韦晶心又是一跳,扭头看去才发现他要的是摩卡咖啡,这会儿上面的特制奶油花已经彻底融化在了咖啡里,变成了咖啡奶,老外不解地看着韦晶。韦晶大为尴尬,看来刚才那一路狂奔跟搅拌也没什么差别,可这会儿她解释不是,不解释也不是,更何况你让她用英文解释方才的遭遇,她觉得还不如被人误会好呢。

正想着这回要丢大人了,好在廖美玩笑着说了几句什么,虽然韦晶基本上就没听懂,但是那些老外都笑了起来,要摩卡的那位也笑着不再追究了。韦晶松了一口气的时候,廖美走到她身边眨了下眼:“放轻松!”韦晶感激地一笑,本还想说句什么,可廖美的手机正巧响了起来。

“喂?吴姨,怎么了,没事儿,您说吧。”廖美边说边往外走。韦晶收拾了一下桌上盒盖纸袋,正想拿出去丢掉,就看见廖美推门进来,眉头微皱。她径直走向 Jane,低声说了几句,Jane 点点头:“那你先去吧,反正会议基本上结束了,我会帮你跟 James 解释的。”

廖美说句“谢谢”就往外走,韦晶紧走两步跟了上去,她觉得别说廖美刚帮了她,就是平时也对自己不错,说报答也好,说拉关系也好,自己应该表示一下关心才对。“阿 May,有什么事儿吗?需要我帮忙吗?”

廖美一笑:“没什么,就是我妈和朋友去看比赛,东西让人偷了,她也中暑晕倒了,我去接她一下,谢谢你。”说着已经回到了自己的隔断里,把手机钥匙什么的往包里放。“是吗？人没事儿就好。”韦晶微笑着说。廖美点头:“可不是,那我先走了,要是有人找我,你帮我说一声,打我手机好了。”

韦晶猛点头:“你放心吧！交给我了！”有件事能帮上她让韦晶感觉好些,要不总觉得欠人情太多了。廖美点头笑说:“谢啦,拜！”说完就走。韦晶回到自己办公桌前一屁股坐下,“呼——”长长地出了口气,然后伸了个懒腰,可刚伸一半,她的手机也响了起来。

抓起来一看陌生号码不认识,韦晶给按了,接着又想伸个懒腰,手机又响了起来,再看还是那个号码,韦晶这个气啊:我就不信了我这懒腰伸不成,她又给按了。然后盯着那手机半晌,果然不响了,韦晶挺高兴,今天总算有一件事是自己能说了算的了。

没等她高兴完呢,那手机又嗷嗷地叫了起来,彻底没辙的韦晶拿起手机没好气地说了一句:“哪位？”手机里竟然没声音,韦晶眉头紧锁,“说话啊,喂？”那边没说话却突然传来几声窃笑,貌似还不是一个人的,韦晶吓一跳,下意识地把手机拿到眼前又看了一眼,那号码还是很陌生,难道是骚扰电话,正想给挂了,就听见手机里传来一声大吼:“别挂！是我！”

凑过来偷听的亚君被吓了一跳,“咕嘟！”她把嘴里的口香糖给吞了下去……

现在是北京时间下午六点一刻,虽然太阳已经不像中午那样炙热刺目但余威仍在,地表往上蒸腾的都是热气。韦晶本想站在写字楼里吹冷风等人,可又不想让同事瞧见,因此只能站在一棵明显处于青春发育期的银杏树下,用那可怜的几片树叶来遮挡阳光。

心里正嘀咕着那家伙怎么还不来,突然有人拍了拍她的肩膀,她先是吓了一跳,接着就怒了。你小子迟到就罢了,居然还敢吓唬我,韦晶冷笑一声,一把按住那只要缩回去的手,然后揪过来就咬,还得意地含混地说:“死大米,看谁狠过……”那个“谁”字还没出口,韦晶突然觉得不对,米阳就算穿制服也应该是深蓝的,怎么这袖子是绿的,还镶了条金红色的边。

正要松嘴抬头,就听见一旁传来米阳疑惑而又很不爽的声音:“味精,干吗呢你,他谁呀?!”

今天大太阳明显晒多了的韦晶一时间有点犯迷糊,眼珠子转过去看看脸越来越长的米阳,再转回来看看被啃的那位黑中带红的小脸儿,她突然就反应过来,立刻松开嘴往后退了一大步,一边退一边嘴里还“呸呸呸”个不停,好像刚才啃到了坏果子,吃到了虫子屎似的。

她这多少有点夸张的反应让两个男生的感觉立刻来个天翻地覆,米阳笑嘻嘻地走了过来,还递了瓶矿泉水,然后很自然地说了一句:“干吗呀,想吃猪蹄儿想疯了? 你怎么逮什么啃什么呀?”而站在一旁的小军官脸刚红了一半,就被韦大小姐的“呸呸呸”搞得很尴尬,笑容僵硬得简直可以从脸上直接抠下来。

韦晶接过水漱漱口,“噗”地把水吐到一旁草地之后,才后知后觉地发现自己刚才的行为相当的没礼貌,也尴尬起来。她拿着水犹豫了半晌才说了句:“你怎么真来了?”米阳眉头一挑,他没想到这俩人真认识,心里琢磨着但嘴上什么都不说,只竖着耳朵专心听着,但脸上的表情绝对是心不在焉、风轻云淡的。

那小军官迅速恢复了正常,礼貌地笑了一下:“我不是打电话了吗,而且您也同意了。”韦晶挠了下鼻子:“我还以为你是闲得没事儿打骚扰电话呢,谁现在做了个好事儿还非要感谢信啊。”米阳闻言扭头看向小军官,眼中的意味让小军官的脸立刻红得比方才更甚,他连连摇手解释:“不是,不是我要,是我的兵,他要!”

韦晶眨了眨眼,然后拉了个长声:“噢——我明白了,有表扬信可以受嘉奖对吧,好像对考军校还是入党什么的也有好处? 了解了解!”韦晶虽然没有刻薄嘲讽的意思,但是她的语气已然让小军官很不满意了,原本温和又带了点羞涩的笑脸立刻严肃了起来,他沉声说:“这位同志,你说得都没错,但是我们帮助老百姓绝对不是为了这个! 您想得太多了,打扰了!”说完端正地敬了个礼,转身就想走。

“哎,你什么意思啊?”没觉得自己说话口气有问题,却觉得被小军官看不起了的韦晶非常之不爽,她下意识地抓住了小军官的胳膊,“你把话说清楚了再走,明明是你打电话找我要表扬信的,怎么现在说得倒成了我庸俗了?!”

小军官还没开口,一直默不作声的米阳说了句:“韦晶,那女的一直盯着你,你认识吗?”韦晶一愣,顺着他目光所指的方向看去,Amy 正站在公司的玻璃幕墙之后看着这边,虽然玻璃反光看不太清她的表情,但韦晶知道,她绝对是兴奋的、激动的。

这女人在公司除了尽人皆知的会拍马会躲懒，更厉害的是她会八卦，而且绝对是黑白颠倒，可以把幻想、联想、猜想统统说得跟真事儿似的那种。韦晶也是来公司两个月之后才知道，亚君之所以恨她不仅仅是为了一个升职机会，更是因为Amy那张破嘴生生搅黄了她的爱情。

亚君和那个男生是在工作中认识的，也搭着那男生个性懦弱了点，Amy上下嘴皮子一碰，本来都已经谈婚论嫁的两人，最后的结果是那男的离职走人，远赴他乡。当然Amy绝对不承认这跟她有关，亚君也知道自己男朋友太没主见，总是人云亦云才弄出这么个结果，但是心里还是很恨Amy的。

就因为咽不下这口气，虽然周围的人都知道她被人甩了，可亚君就是不辞职，时不时地冷言冷语，成心让Amy难受。因为亚君工作能力强，老板也倚重，所以Amy只能咬牙忍着，伺机而动，大家都是骑驴看唱本，走着瞧！

之前因为老板们都在，Amy假装加了会儿班才走（不像韦晶，一下班就跑，能早一分钟绝不晚六十秒），她一出电梯就看见韦晶正在跟两个男人纠缠不清，其中一个好像还是当兵的。八卦本能立刻驱使Amy往玻璃墙边走，想看个清楚，却没想到被米阳发现了。

韦晶远远地跟Amy对了一下眼，她发现Amy竟然有往这边来的意思。“这个厚脸皮且无聊的女人。”韦晶暗骂一句，知道她真敢过来打招呼来一探究竟，也顾不得多说，正好旁边一辆公共汽车进站了，韦晶冲米阳喊了句：“风紧，扯呼。”然后就往公交车上冲。

等公交车启动出站一段距离之后，Amy才从写字楼里绕出来，看见她那很不爽的表情，虽然有些模糊，却依然让韦晶呵呵乐了起来，跟着她上车的米阳问了一句：“你同事？”韦晶“呸”了一声：“什么同事，是敌人！不，是灾星！”

米阳做恍然大悟状，然后又问：“他不是你敌人吧？”韦晶说：“谁？”米阳拿下巴朝旁边一点，韦晶扭头看去，一惊：“哎？你怎么也上来了？”小军官一脸苦笑：“您要是肯放手，我也不想上来啊。”

“伙计，再来两瓶啤酒，冰的啊！”米阳吆喝了一声。“好嘞您哪！”小伙子嘴里应和着手脚麻利地从冰柜里拿出啤酒送了上来。“都打开吗？”“都开没问题吧？”

米阳问。“成!”小军官痛快地点头。韦晶一边啃着猪蹄一边含混地说:“你俩差不多行了啊,刚才都喝两瓶了,你明天不上班啊?”

这是一家火锅店,打头牌的就是猪蹄子,白锅喝汤,辣锅啃肉,盛夏里吹着空调,喝着冰啤,再也没有比这个更爽的了。刚才小军官被韦晶误拉上了车,虽然闹了笑话,但之前产生的不愉快却在不经意间消失了。

不管怎么说,中午人家帮了自己一个大忙,刚才又被白咬了一口,韦晶干脆邀请他一起吃饭,再然后三人就都进了火锅店开始大吃大喝。只有米阳心里嘀咕了一句:不知道这当兵的是真实在还是假实在,让来就来,都不带客气的。

“来,米警官,干!”小军官举起满满的一杯酒,米阳也把自己的杯子倒满然后跟他一碰:“谢排长,干!”两人一仰头,咕嘟咕嘟喝了个干净然后一亮杯底。韦晶哼了一声:“你俩相亲呢,还米警官、谢排长,真酸!”她哪知道这两个男人的暗斗,谢军她不了解,只觉得米阳有点怪。

小军官微微一笑:“就是,酒都一起喝了,你叫我谢军吧,小谢也行。”米阳呵呵一乐:“好啊,那你也叫我米阳吧,大米也行!”米阳有点高兴,嘿嘿,你是小谢,我可是大米,比你高一级,他美滋滋地夹起一块猪蹄啃。

谢军不知道米阳的无聊想法,他也不是成心跟米阳不对付,只是身为一个男人,一个雄性,对于来自另一个同性的挑战总是不自觉地会回应。他隶属于消防部队,刚才一说岁数,才知道比米阳和韦晶都小,因为成绩特别好,他从武警指挥学院毕业后分配在了北京 CBD 附近的消防特勤中队。

今天陪着一个就要复员回家的老兵出来买东西,因为那老兵说,来北京快六年了,都没逛过 CBD。以前帮人军训的时候,老兵认识了一个职高女生,十七八岁的孩子,自以为爱上了,偷偷摸摸地交往了半年,最终因为彼此生活及成长环境差太多,军装再威武,那女孩儿也受不了了,她说不想跟一个连星巴克是什么都不知道的男人交往下去。

老兵要走了,出门这一路都在东张西望,谢军都看在眼里。那兵就想尝尝星巴克是个什么东西,怎么自己不知道它,就连恋爱的资格都没有了。谢军弄明白之后,二话不说就带着他来了韦晶公司这边,以前出门的时候来过,他知道这边有个星巴克。再然后,韦晶就都知道了,那个帮她抓住小偷的人就是那个要退伍的老兵。

众所周知，部队士兵有三难，考学入党和学技术，另外就是立功受奖，不但有名额卡着，还得看运气。老兵也是年年受嘉奖，可“运气”不好，从来没立过功，现在眼瞅着要回去了，左算右算上头就是说不够条件。

要知道有个三等功回去找工作什么的，还是有点用处的，尤其是在他老家那种小地方。谢军本来正在为手下发愁，偏巧今天赶上韦晶这一出，当时谢军就动了心思，可那时嘴巴开了又合，死活没好意思开口说：“同志，麻烦您给我们写封表扬信成吗？”

等回了部队，小文书凑过来说悄悄话，说是立功受奖马上就要定案，下周上报，谢军这才急了，一咬牙，厚着脸皮给韦晶打电话。要说当时韦晶一路上狂吼抓小偷还是有用的，有人听见报警了，附近的警察五分钟之内也出警了，一时间人证、物证俱在，例行问讯之后，拎着小偷就走了。警察留联系方式的时候，谢军有心，当时就把韦晶的手机号码和公司名称、地点牢牢地记在了心里。

打电话的时候他故意找了个没人的地方，结果同事们看他偷偷摸摸地还以为是给女朋友打电话，非要抢过来听，结果还真听到了韦大小姐的声音。要不是谢军及时把电话给抢了回来，韦晶非把他号码设成拒接不可，不过当时韦晶也以为他打的是个无聊电话，但因为人家帮过自己，就随口说了句：“行啊，你要什么表扬信就自己过来拿吧。”当兵的心眼儿实，结果，谢军就真来了。

“唉！”韦晶叹着气地摇了摇头总结道，“所以说，这星巴克就不是个好东西！”正啃猪蹄的米阳忍不住喷了，“噗”的一声，一小块猪骨就飞到了韦晶盘子里。“死大米，你真恶心！”韦晶龇牙咧嘴地用筷子上头把骨头扒拉了出去，可也没让服务员换个盘子。

米阳就笑：“抱歉啊，不过您那话让人星巴克听见不得哭死，要说不是个好东西的也应该是踢你出来买星巴克的粉底妖婆吧？”他学着韦晶的口气说。韦晶挑了一筷子粉条吸溜着：“也对啊……别提那妖婆，倒胃口！”然后又很哥们儿地跟谢军说：“不就表扬信吗，今天晚上我就写，手写，那显得真诚，明天给你快递过去？要不我亲自送去，那样显得更真诚、更隆重？”

米阳自打见了谢军就不是很喜欢，也说不上讨厌，总之就是有点别扭。要说那高海河也是军人,还把自己摔了个跟头,可自己反倒挺欣赏他的。米阳只能归结为气场不合吧。

现在听见韦晶说要去,米阳觉得自己刚才吃的那个猪蹄这会儿正在胸口跳踢踏舞,但是又不能说什么。韦晶倒挺兴奋的,能帮上别人当然是好事儿,更何况是个好兵,如果陶香知道了,也会很高兴吧。一会儿回家得给她打个电话,顺便再臭骂一顿 Amy 出出恶气,然后好神清气爽地去睡觉。

米阳正别扭着,韦晶扭头问他:"大米,明天有空没,咱一起啊?"米阳顿觉那块猪蹄"嗵"的一声就落到了胃里,自己胸口立刻舒爽起来,但是明天自己要上晚班,他故作不耐烦地一挥手:"不去了,我明儿个值班,你自己去吧!"韦晶一撇嘴:"不去拉倒。"

谢军笑说:"不用,亲自送来太隆重了,麻烦你给邮寄过去就行。"韦晶点点头:"那也行!太隆重了不好。""哧。"米阳撇嘴笑,"韦大小姐,您也忒实在了吧,人家说隆重那是客气,就您那没半两重的一封信还叫隆重?送面锦旗外加敲锣打鼓还差不多,人家是怕你巴巴儿地送封信去太刻意,太假,懂不懂?"

坐他俩对面的谢军心里也有这个意思,可叫米阳这么一说,他也不免尴尬,可要是再解释,又怕越描越黑。韦晶又不笨,只是性格直爽很少想那么多,她一看谢军的脸色就知道米阳说得没错,也有点讪讪的,但不好指责谢军这个外人,就拿起自己吃了一半的猪蹄子打算抹米阳一脸猪油:"就你明白!来来来,我特隆重地送你一猪蹄!"

米阳笑着连躲带抢,把那半个猪蹄弄到手,然后吧唧吧唧地吃了起来。谢军就看着这两个人折腾,也插不进去,只能又喝了一杯酒。正想着该说点什么,一个尖细又高亢的声音响了起来。"哟,米阳!"说完香风扑面,一个人影儿就挤到了米阳身边坐下,米阳下意识地往里躲,坐在里面的韦晶也被挤得够呛。

再定睛一看,某女,艳妆,一头及肩长发烫得跟钢丝似的还染成了黄色,韦晶冷笑了一声,米阳却冷汗直流。吴小莉,别笑,就是跟那个著名主持人同名同姓,气质风度却千差万别的一个女人。想当初她也曾经被某些好事者封为校花,肥三儿那家伙还替米阳写过一封情书给她。可女生如韦晶、陶香之流,都不喜欢她娇声娇气跟男生打成一片的德行。

转眼间小十年没见了，虽然浓妆艳抹得太厉害，但还不至于认不出来。韦晶暗自一撇嘴，初中同学基本上没什么联系了，但是听陶香说过一次，貌似她结了N次婚。“米阳，咱们上次见面约好联系的，后来你怎么没给我电话啊？”她娇声细气地说。

韦晶登时一翻眼皮，斜视米阳，什么时候见的？我怎么不知道！米阳立刻觉得后背发冷，他苦笑了一下，用手肘往外推挡了一下：“吴小莉啊，今天真巧啊，来来来，我给你搬凳子。”说着就想起身。吴小莉一把拽住：“搬什么凳子呀，这儿够坐！”米阳嘘了口气，又一笑：“我这人特怕热，你要是喜欢坐这儿，那我去坐外头好了！”

吴小莉很会察言观色，尤其是观察男人的。虽然米阳还是一副笑眯眯的样子，但她知道米阳不高兴了，就顺势一挪，竟然坐到了对面谢军旁边。谢军先是一愣，然后客气地一点头，又看似自然地往里挪了挪。

桌上多了一个人却开始冷场，韦晶就当没看见她，米阳只能干咳了一声介绍说：“那什么，谢军，这是我……”他话未说完，吴小莉就插了一句：“女朋友！”谢军点点头没说话，正在吃茼蒿的韦晶差点没咬了舌头。

米阳也惊了，嗓门高了几度：“哎，哎，你可别乱说啊，我可没那福气！”吴小莉媚眼儿一飞：“哟，那时候还给我写情书呢，现在就翻脸不认人了。”米阳尴尬至极：“那不是我写的！是肥三儿！”吴小莉咯咯一笑：“写就写了，推人肥三儿身上干吗！我又不怪你！”

米阳现在特想把肥三儿揪到跟前一顿暴捶，吴小莉一扭头跟刚看见韦晶似的：“哟，这不是韦晶吗？你没怎么变样啊，还是跟学生似的。”韦晶一掀嘴角：“是啊，你也没变，还是美丽阿姨啊。”吴小莉笑容一僵，米阳假装低头喝酒，偷笑了两声。吴小莉长得有点老相，上初中的时候经常有小孩儿管她叫阿姨，所以人送外号“美丽阿姨”。

谢军不明白她们打什么哑谜，只是觉得韦晶的样子和刚才有些不同。如果Amy在这儿恐怕会更吃惊，今天韦晶给她那一下算客气的。要知道韦大小姐不是不会吵架，只是人在屋檐下，不得不低头而已。

吴小莉也算经过江湖的人了，她调整了一下刻意一笑，仿佛聊天似的问：“结婚了吗？有男朋友了吗？”韦晶淡淡地说了句：“没有。”“不是吧，你都二十五六了，还不找，不过也别急，我记得有本书里说一个女人一辈子能有七个男人，再不济，你也能遇上一个吧？”吴小莉话里话外的嘲讽，谁都听得出来。

韦晶也不生气，只一笑：“你别说，我还真有点急，这世上也有那种找了七十个男人还嫌不够的女人，男人储备就这么多，我真得防着点儿！”“噗！”米阳嘴里的啤酒喷了出来，好在不多，他也低着头，都喷在了T恤衫上。谢军也听出了点意思，脸上没什么表情，眼中却有笑意。

看着低头咳嗽的米阳，吴小莉脸上有点挂不住了，她摆弄了一下自己的头发：“你说话还是那么嘎，那就赶紧找个男人吧，不过先把你这发型改改吧，清汤寡水的，男人看了就没兴趣，你看我的。”她又轻甩了一下头发，“要不要告诉你在哪儿做的呀？这发型可是韩国现在最时髦的。”

韦晶挺认真地上下打量了她一番，然后摇摇头：“谢了，我对踩电门没兴趣！”吴小莉笑容一僵，两个男人则志同道合地低了头，就看见米阳肩膀一抖一抖的。

“我的妈呀，终于走了。”米阳长长地出了一口气，虽然吴小莉离开时还能笑着说“拜拜”，但是她高跟鞋踩向地面的力度未免有点过大。紧张一消失，尿意顿生，他和谢军上厕所去了。韦晶自己在锅子里挑藕吃，没吃两口，米阳放在桌上的手机突然响了。

韦晶本没想看，但转念一想之前吴小莉说过什么见面的，难道是她还不死心？伸手把手机拿过来一看，是个手机号，没有名字显示。看不出个所以然，韦晶就把手机放了回去。她倒了杯可乐喝着，手机还是响个不停。“谁呀，这么执着？”韦晶又看了一眼号码，139××××5213，“5213……”她顺口念了两遍这个号码，好像有点熟。

“139××××5213！”韦晶突然愣住了，这不是廖美的手机号码吗……

第十三章　六度空间的威力(上)

“OK,没问题,唐Sir,你放心吧,今晚之前一定搞定,对,是的……”廖美尽管是在跟客户通电话,但除了语音甜美,脸上的笑容也不减分毫。按她的说法就是,就算客户看不见,也可以感受到你的态度甚至笑容。韦晶不知道这理论是否成立,但是廖美的销售业绩最好,确是事实。

从刚才,韦晶就咬着笔,以一种自认不会被人发现的角度偷偷打量着廖美,若无其事,一直在盯着看,只不过她自己都没感觉罢了。那天去厕所放水回来的米阳一开始没发现有未接电话,韦晶虽然万分好奇为什么廖美会给他打电话,可又出于某种自己也说不清的目的不想提醒他。

就在韦晶左思右想,有好几次都没听清谢军跟她说什么的时候,米警官自己发现了。他拿起来看了看,皱眉说了一句:“这又是谁啊?”然后就把电话放在了一边。韦晶脱口而出:“你不打回去问问吗?”说完跟着就后悔。

米阳一撇嘴角儿:“不用了,要是真有事肯定还会再打来的,只要不是所里电话就好。要说现在这骚扰电话太多,前天非让我去马来西亚买房子,说跟北京郊区一个价儿,还能弄个外籍户口;昨天的更绝,没等我说话,一开口就是‘米小姐’,好家伙,滔滔不绝一分多钟我愣插不上话儿,哎,你说我要是文个眉怎么样?”米阳搞笑地冲着韦晶动了动眉毛,“人小姑娘说了,免费的……”

“扑哧!”想到这儿韦晶忍不住笑了出来,幻想着大米同学文眉之后的“美丽动人”。“有这么好笑吗?”亚君问。“啊?”韦晶扭身把转椅转向她。亚君眨巴眨巴眼,怀疑地问:“合着我刚才说了半天您没听见啊?”“听见了,听见了,不就那什么六度空间理论吗?我觉得挺好玩的。”韦晶哪敢说没听见,紧着回想刚才左耳进右耳出的那些只言片语,好在亚君说的这个事儿自己以前听过。

还算运气,韦晶蒙对了,亚君同学满意地点点头不再追究。她一边移动鼠标往下拉网页继续浏览,一边问:“韦韦,你说只要通过六个人就真的能碰上熟人吗?”自从接了一次陶香的电话,听她叫韦晶的昵称,亚君也开始这么叫。韦晶一笑,放下笔拿起水杯:“也许吧,要不你试试?”

亚君一耸肩膀:“我觉得不太靠谱儿,要说我打过交道的陌生人没六千也有六百了,可一个适合我的也没碰上啊。”正在喝水的韦晶差点呛着,她咳嗽着说:“我求求您了成吗?人家说能碰上熟人,没说能碰上情人好不好?这差别大了去了。”

亚君用鼻音冷哼了一声:“那这理论基本就属于没用嘛!”韦晶彻底无语了,人这是社会联系理论又不是相爱理论。最近也不知道这位小姐受了什么刺激,突然开始对嫁人这件事热衷起来,甚至还想拉着韦晶一起去参加什么“对对碰,八分钟”的相亲活动,要知道以前亚君可是对这种“活动”嗤之以鼻的,甚至还嘲笑过曾有过相亲经历的韦晶。

“什么情人啊?”一个甜美的声音在韦晶背后响起,韦晶眼皮子一跳,她对面的亚君笑答:“我们说六度空间理论呢,你电话打完了,那个老唐挺难伺候的吧?”廖美从隔板后面绕了进来,爽快又不失优雅地靠坐在了韦晶的办公桌上:“还好啦,其实有些客户只是喜欢颐指气使而已,倒是比那些踏实做生意却喜欢狠杀价的要好对付。”

说完她轻推了一下韦晶:“你说是吧?”“是啊,是啊。”一直假装低头喝水的韦晶赶紧抬头笑说。“只要肯当冤大头,脾气差点儿也没什么!”“哈哈!”廖美和亚君同时笑了起来,“精辟!”亚君一竖大拇指。

廖美笑着从一旁的纸巾盒里抽出张面巾纸轻擦着T字部位,然后不经意似的问:“韦晶,你找我有事吗?”韦晶一愣:“没有啊?”“是吗?刚才看你一直看着我,还以为你有事儿找我呢?”廖美耸耸肩膀,把面巾纸团成一团扔进了垃圾桶。

韦晶胳膊上的汗毛都竖起来了,自己还以为神不知鬼不觉呢,这廖美是怎么发现的?!明明看她在专注地打电话,难道她有三只眼?!“呃,这个啊。”韦晶笑着喝了一口水,拖延时间的同时拼命想借口,“我只是想问问那天你妈妈怎么样了。不是说她中暑了吗,那天你也没回来,隔天就出差了。”韦晶说完这番话才放松了些,心脏却还扑通地跳着。

廖美眉梢一挑,然后就笑了:“这事儿啊,麻烦你惦记了,没什么大事儿,她晕倒的时候正好被警察救了,我去的时候老太太挺精神的。”韦晶一笑:“那就好。”亚君也点头说:“老人、孩子、身体弱的,这天儿都很容易中暑。”

“我妈不光中暑,还遭贼了呢!”廖美摇摇头。“啊?在哪儿啊?”亚君吃惊地问。“就是在射击馆外面,我妈不是跟朋友去看那个比赛了吗,手机、钱包都丢了,警察说应该是被小偷给偷了。”廖美回答。

韦晶这才恍然大悟,她知道这一个星期米阳都在场馆那边跑外勤,俩人一直没碰上,心里的疑惑就那么悬着。现在听廖美这么一说,也许米阳就是那帮忙的警察,怪不得她有他电话呢,丢东西了可不得登记留下联系方式嘛,韦晶微微一笑,顿觉释然。

“哟,那阿姨肯定挺难受的,这老年人最怕丢点东西,我妈丢个破烂儿都心疼,别说钱了。”亚君说。廖美一哂,淡淡地说了句:“是挺难受的,倒不是为了钱。”亚君觉得廖美好像话里有话的样子,但又没法问,眼珠子一转正好看到韦大小姐的微微一笑,她问:“韦韦,你笑什么呢?你今天怎么老是诡异地笑?”

廖美闻言也看向韦晶,韦晶尴尬无比,先瞪了一眼亚君才说:“你才老诡异地笑,我是觉得人没事儿是第一位的,钱财乃身外之物嘛!”这番说辞很牵强,但韦晶总不能说我想明白一件事儿就笑了,那事儿还跟廖美有关,更何况她也没觉得自己笑了啊。

“说得没错!”廖美笑着点点头,“只要我妈没事儿就行!”这句话她说得斩钉截铁。亚君也笑了:“嗬,这漂亮话儿说的,既然如此,那中午饭你请了啊!”韦晶做了个苦脸:“干吗呀,你想看我诡异地哭吗?”廖美和亚君咯咯笑了起来,亚君又说:“你自己说的钱财乃身外之物嘛!”韦晶哼了一声:“是吗?那我还说过人没事儿是第一位的呢,选二还是选一,说!”说完她冲着亚君挥舞了一下裁纸刀,廖美立刻大笑起来。

今天是周五,正好大老板们都没在,也不是月末季末,所以韦晶这些做馒头的难得清闲。正说笑着,头顶上的扩音器突然响了起来:“火灾警报,火灾警报,请大厦各位员工迅速从逃生通道离开。重复……”

韦晶吓了一跳:“什么警报?!”亚君边抬手腕看表边说:“火警,上午 E-mail 通知了,今天中午大厦火警演习,赶紧走吧。”“啊?我怎么没收到啊,公司不会歧视到这个份儿上吧,我们这些做馒头的就活该被烧死?”韦晶低头去查邮箱。

亚君和廖美忍不住又笑:“想什么呢你,八成是你那邮箱又满了!行了,回头再看吧。”廖美也起身准备回自己座位拿东西,这时 Amy 风风火火地走了过来,她是公司安全小组成员。

按照公司规定,有啥险情发生,她得负责。比如说有人晕倒了,她得会做 CPR;要是遇到火警,她得会用灭火器;如果需要撤离,她要确认自己负责的部分没有同事留下了什么的。

亚君对此则不屑一顾地跟韦晶说,这也就是她挣表现,要是真发生火灾了,她不跑第一个,自己的姓倒过来写。韦晶笑说:“那最起码人家还会做 CPR 呢,上次那些男销售不是还起哄让她当众演示呢吗?”亚君叹了一口气:“那些不知道她有口臭的男人真可怜。”韦晶大笑。

现在正是 Amy 表现的时候,廖美她不敢斥责,只能微笑着说:“大家快点啊!就当是真的火警!”然后一眼扫到韦晶和亚君,看见韦晶正在收拾书包,她眉头一皱,“干什么呢你,还有时间收拾书包,你们家着火了还有这闲工夫?”

韦晶心头一怒,心说你们家才着火呢,会不会说人话!可没等她说话,Amy 早扭搭着去催别人了。亚君拍了下韦晶的肩膀:“别理她,不是告诉过你她口臭吗?”廖美也走来说:“好了,咱们走吧,拿着手机、钱包就行了,这边会有保安巡逻的。”

韦晶跟着同事们出了防火门,开始沿着消防通道往下走,要知道她现在工作的地方是在二十一楼,靠腿走下去,那也是一个“大工程”。周围三三两两都是同事,大部分都不认识,演习就是演习,没人当真,都嘻嘻哈哈地谈笑着往下走,全然当成是工作之余的放松了。

最搞笑的是,研发部门的老大是个胖老外,他居然扮演不能走动的人,把抬着他下楼的那几个男生累个半死。要知道这帮研发一天到晚就坐在电脑跟前搞测试,打杯水上个厕所那就叫运动了。

沿途不时有消防官兵拿着水龙带往上走,亚君好像是头回发现,惊叹说:“别管这个男人长什么样,穿上军装都挺帅的。”本来韦晶她们出来得就有点晚,再搭上亚君今天穿了双百丽新款,鞋跟儿巨高根本走不快,所以走到三分之二的时候,基本上周围就没什么同事了,只能听到下层有喧闹声隐约传来。

屋漏偏逢连阴雨,还有个五六层的时候,亚君终于把脚给崴了,疼得不行,气得她直骂韦晶乌鸦嘴,一路上就在说自己早晚崴脚。廖美和韦晶正商量着怎么把亚君弄下去,几个消防兵跑了上来,一个劈头就问:“你们怎么停下来了,快走快走!”嗓门巨大,三个女孩儿都觉得楼道里嗡嗡的。

韦晶张嘴想要解释,大嗓门背后转出来一个兵,带着惊喜说:“韦晶?”借着楼道里偏暗的灯光,韦晶勉强认出了防护头盔下的那张笑脸:“谢军?”

“小心点!”廖美和韦晶帮忙扶着,谢军背着亚君迅速却稳当地往下走,韦晶她俩空着手都有点追不上,一直嘴没闲着的亚君却一反常态地一声不吭了。没一会儿,防火门一推,阳光重现,韦晶用手遮挡了一下,然后又长长出了口气,可算出来了。

谢军把亚君小心翼翼地放在了大堂的椅子上,然后就走了。三个女孩儿你看我,我看你,亚君问:“你们认识啊?”韦晶把那天发生的事情大概说了一遍,廖美笑说:“那这个什么排长还挺不错的,帮了你的忙,对他手下人也不错。”“是啊。”韦晶点点头。

亚君一边揉脚一边坏笑着说:“不错嘛,这可是十足的艳遇,英雄救美呀!”韦晶没好气地说:“说什么呢,要是这就算艳遇,廖阿姨被那警察救了,廖美是不是得以身相许啊?!”说完这话,韦晶差点想把自己舌头咬下来,说的什么屁话啊。她看了眼廖美,她却只是微微一笑没说话。

亚君若有所思地说:“是吗?你真不喜欢啊?”“当然!”看着廖美的表情,韦晶心里感觉有点硌得慌,嗓门不自觉大了点。“韦晶?”这时谢军又跑了过来,手里拿着三瓶矿泉水,“给!”他一人给了一瓶。

韦晶一愣:“你买的?哪能让你花钱啊?”“不是。”谢军咧嘴一笑,牙齿挺白的,他已经把头盔摘掉了,短短的头发因为出汗,根根直竖。“你们公司有钱,参加演习,每人发一瓶水,我这是借花献佛了。”他边说边指指大门外,果然一棵大树下不少人在排队领水。

“谢谢你啊。”廖美说。谢军摇摇头:“别客气!”然后低头问亚君,“这位同志,你的脚好些了吗?我们有队医,要不要带你过去看看?这里现在不能长时间停留,还在演习中。”周围确实没什么 BM 公司的同事了,除了个别留下配合的,都是一些消防战士在忙碌却有条不紊地完成自己的任务。

亚君嫣然一笑,又摸摸自己的脚踝,轻声说:“还真有点疼,那麻烦你了。”说完一伸手。谢军先是一愣,然后赶紧转身又蹲了下去,他爽快地说:“上来吧!”韦晶眼珠子都快凸出来了,廖美却有些了然地一笑,率先往外走。亚君伏上了谢军的背,然后冲韦晶眨眨眼,说了句:“我现在发觉六度空间还是有点用处的。”

韦晶又好气又好笑,一竖拇指冲她做了个“你狠”的手势,亚君扬扬得意地笑了。韦晶跟在后面,心里啧啧有声,没想到这么会儿工夫,亚君貌似就看上谢军了。

她忍不住又看了看神情自若的廖美,她不会也对米阳六度了吧……转念又一想,就算是六度了又怎么样,米阳也不是没跟别的女人六过……想到这儿,韦晶突然觉得自己很无聊,难道自己也有那种所谓的青梅竹马,玩具被抢的情结?

正胡思乱想呢,就听亚君问:“马上就该午休了,咱们中午吃什么?”廖美说:“我无所谓啊,韦晶你呢?”“啊?”韦晶挠挠头,“我也无所谓。”亚君回头看她们俩:“别都无所谓啊,去吃小面面还是小山山?要不小虾米?”背着她的谢军听得是一头雾水。

他不知道这都是亚君她们的“行话”。小面面就是味千拉面,小山山是汉拿山石锅拌饭,小虾米就是呷哺火锅。亚君特别喜欢起昵称,什么都是小某某,要不是韦晶坚决反对,现在就是小韦韦了。廖美一笑:“我真的无所谓,看韦晶吧。”

韦晶这会儿心情有点文艺,只觉得周围乱糟糟的,弄得人没什么胃口。她随便抬手指了一下大厦对面的肯德基:“天这么热,你脚又崴了,干脆咱们去吃小基基吧!”

再然后,韦晶就觉得这世界它终于安静了……

“扑哧。”谢军一想到韦晶那句震惊四座的“小基基”就忍不住又笑了出来。“快看,排长又笑了！你说他笑啥呢?”一个小兵用肩膀碰了一下同伴小声问,另一个挠挠头:“我咋知道他笑啥,哎,你这一说我想起来了,今天我负责外场没进去,听说咱排长碰见他女朋友了,就在那啥 M 公司上班？长啥样？身材好吗?”

小兵一听同伴这个问题立刻来了情绪,声音压得虽低,但难掩兴奋之情。“嘿,要说咱排长真牛,认识的都是大公司的大白领,你看人家那模样儿,那打扮,那派头儿,要不咱嫂子给排长介绍的他都不见呢,根本不是一个档次的!”说完小兵蛋子啧啧有声,表情既羡慕又带了点与有荣焉。

这次演习已经结束了,消防兵们都放松地坐在救火车上看风景。虽然分在大城市里当兵,但是身为士兵,他们出门的机会依然少得可怜,蹿出去救火的时候更没有那个闲心。今天这样的演习对于这些年轻的小兵来说就好像去玩一趟一样,因此这会儿人人都兴致勃勃地看着外面的花花世界,丝毫不觉得疲累。

现在听到有人说排长的八卦,车上其他几个小兵立刻注意力全部转移,开始交头接耳地嘀咕哪个才是排长的女朋友。有的说应该是排长背着的那个,有的说肯定是那个特漂亮的,咱排长这样英俊潇洒文武双全的,得漂亮成那样的才配得上!

一个老兵偷偷瞄了谢军一眼,看他似乎没听见大家在说什么,就用手套“啪”地打了一个小兵的头,那小兵正口沫横飞地跟同伴争论谁才是排长的真命天女,“是男人就喜欢漂亮的!”“小兵蛋子,毛都没长齐,你还不算男人呢,就知道男人喜欢什么啦?”老兵不屑地说。

兵们立刻哄笑了出来,小兵闹了个脸红脖子粗,他不敢跟班长争论,但却心有不甘地嘀咕:“排长喜欢的肯定是她!”话音刚落,就听见谢军问:“我肯定喜欢谁啊?”车里立刻消声,刚才还慷慨激昂的小兵立刻缩了头,那老兵呵呵一笑,仗着老资格,觍着脸问:“说真的排长,那三个哪个是嫂子啊?”

谢军好笑地看着一堆耳朵在自己眼前竖了起来,军营里清一色的光头,一说到女人全都肾上腺素分泌旺盛。别管谁谈女朋友,都感觉跟自己谈似的。谢军嘿嘿一笑,凑到老兵耳边悄声说:“是……”老兵眨巴眨巴眼睛:“啊?”

其他的小兵看排长并没有生气,立刻兴奋地问老兵:“班长,到底是哪个啊?”老兵说:“我不知道。”其他的兵立刻嚷翻了天:“班长真不够意思,排长明明告诉你了!”老兵欲哭无泪,说:“我真不知道,排长说什么我根本没听清!”小兵们根本不信,这时老兵也回过神来了,大喊一声:“排长,你坑我!”

“要造反啊!都给老子安静!注意军容军纪,什么样子!”对讲机里传出一声大吼,是头车里的中队长。兵们立刻规矩了起来,这才发现原来对讲机没关,这边说什么,其他车都能听见。

谢军干咳了一声,转头看向外面,却发现有一个女孩儿背影跟韦晶很像,就下意识地追着她看。直到消防车拐弯,那个身影消失了,谢军才反应过来。他自觉无聊地摇了摇头,脑海中却不期然想起之前韦晶傻乎乎地看着大家狂笑却不明所以的样子,忍不住又笑了……

“拜拜了,小基基,明儿见!”亚君在车站一脸灿烂地跟已经上车的韦晶挥手道别,说完她转身就走。只留下韦晶一人,面红耳赤地接受至少半个车厢的视线扫射,不少人都在纳闷,好好的姑娘怎么有这么个“花名”。

韦晶一边在心里咬牙切齿地诅咒亚君,一边掏出手机假装看微信,摆出一副对周围关注浑然不知的样子。一翻微信才想起陶香跟客户去国外采购也该回来了,她发了个微信给陶香:“回来了吗?”等了一会儿没回信儿。

闲得无聊的韦晶又给米阳发了一个:“在哪儿呢?”米阳的微信回得很快:“抓小鸡呢,累死我了!”韦晶一撇嘴,怎么又是鸡?琢磨了一下,又发微信问:“抓小姐?”没十秒钟,手机一响,米阳回信了:“我呸,这都是花朵!你这人思想忒阴暗!”

韦晶登时怒了,噼里啪啦地按手机键:“我呸呸呸……”她还没呸完呢,后面的人问:“您下车吗?”韦晶一抬头,靠,差点坐过站了,赶紧往外挤。等下了车,韦同学也挺郁闷,明明只踩了一个人的脚,为什么三个人拿白眼翻她。

“怎么没信儿了?”坐在花坛边儿的米阳甩了甩手机,好像韦晶那微信能甩出来似的。“警察叔叔,还玩吗?”一个怯怯的声音在他身旁响起。米阳一低头,十几个小孩儿眼巴巴地瞅着他,米阳把手机塞回兜里,豪气大发地一挥手:“继续!老鹰来啦!”他凶恶地冲了过去,孩子顿时尖叫奔逃,兴奋得不得了。

“别动。”一旁福利院的老师正在给一个小男孩儿系裤子,那孩子着急加入游戏,就不停地扭动。老师好笑地说:“咱们天天玩这个游戏,你急什么?”这个老师平时很温和,因此孩子敢跟她说话,他小声地说:“今天是警察叔叔带着玩!”说完就极羡慕地看着米阳放在花坛边的警帽,很想摸却又不敢的样子。

老师顺着他的目光看去,微微一笑,然后拍了一下他的小屁股:“那快去吧!”小男孩儿撒丫子就跑,快乐地加入到被抓的小鸡行列中去。站在一旁看了会儿,老师忍不住叹了一口气。“小黄,怎么了?”黄老师扭头看去,是福利院的院长:“没什么,您看今天孩子们多高兴。”

福利院长看着院场中玩疯了的老鹰和小鸡们,轻叹说:“这也是没办法的事儿,咱们这儿的工作人员本来就少,又基本上都是女的,其实在孩子的成长过程中,父爱是更重要的,可以影响和引导孩子人格和人生观的形成。”

黄老师点点头,又摇头:“咱们这样的社会福利机构,能让孩子吃饱穿暖就不错了,要是能再给找个好人家,那就算是撞大运了……对了,这位警察同志就是送爱家来的那位吧?”院长颔首:“今天有点手续的问题,他就过来了。”

“这小同志真不错,他可是第一个跟咱们这儿的孩子一起玩的警察,怪不得孩子们都兴奋呢!”黄老师微笑着说。院长点头表示赞同,又扬声喊:“米警官。”顺带冲他晃了晃手里的文件。满头大汗的米阳跑了过来,乐着打了个招呼:“张院长,黄老师! 院长,您叫我大米就行。”

已经五十几岁的院长一笑:“好啊,给,这是爱家的文件,这回全都齐了,你拿回所里归档吧,有问题我们再联系!”“好嘞!”米阳翻看了一下,没什么问题,就把文件塞进了公文包里。院长半开玩笑地说:“时间也不早了,我们这穷地方就不留你吃饭了。”

“瞧您说的。”米阳一笑,伸手去拿帽子的时候发现孩子们都眼巴巴地瞅着他。米阳心里有点不是滋味儿,刚想开口说以后还会来,院长已经挥手跟孩子们说:“好了,快到晚饭时间了,大家跟警察叔叔说再见!”孩子们虽依依不舍,但都乖巧地说了声:“警察叔叔再见!”米阳下意识地回答:“再见,再见!”

旁边的黄老师拍拍手:“来,大家排好队,爱国,你来带队。”院长就引着米阳往外走,米阳走到门口回头看,发现孩子们都半拧着身子盯着他。到了福利院大门口,看着米阳欲言又止的样子,院长微笑着说:“不要轻易跟孩子许诺,尤其是这里的孩子,被遗忘的滋味不好受,虽然他们已经习惯被人遗忘。”

米阳张了张嘴却什么也说不出来，了解他感受的院长轻轻拍了一下他的手臂："大米，有空的话就来坐坐，我们随时欢迎你。""好。"米阳用力点点头，他心中也释然了，本来嘛，只要能做到，何必许诺。

米阳转身上了自行车刚想走，突然想起一件事儿来："院长，您这儿是不是缺人手？"院长点点头："是啊，我们这儿工资低，又没正式编制，对于人员背景有要求，还得喜欢孩子，你也知道，这儿有一半多的孩子都身有残疾，所以愿意来干活的人不多。"

"那我给您介绍一个怎么样？"米阳问。院长一愣："如果合适的话，当然好了。""那成，我先问问。"米阳一掏手机，"哟，怎么没电了？"他扭头跟院长说，"我得回去再问了，您给我留个位置啊！"

院长也笑了："你当我这儿是大机关，还是外企啊，人人打破头地想进来，不过你得跟人家说清楚了，就是临时工没编制，管吃住，得有北京户口，我们这儿再破再小也是国家开的，得对孩子们的人身安全负责，不能随便什么人都招进来。"

"行，那您赌好吧！"米阳挥手道别之后，脚下一用力，骑车飞驰而去，院长含笑站在门口目送，直到他的身影消失。

米阳回到派出所，把档案材料一交，赶紧找充电器给手机充电。周亮一推门进来看见他："嘿，你什么时候回来的，我还以为你直接回家了呢。""我充电器落这儿了。"米阳头也不抬地说。"刚才那女的找你来着。"周亮拎起暖壶倒水。"谁呀，什么时候？"米阳抬头问他。

周亮猥琐地笑了："靠，一听女的你丫就抬头了，刚才都不正眼看我。"米阳白了他一眼："歇菜，你爱说不说。"他认识的女的不多，自己老妈在外旅游未归，韦晶也不太可能来单位找他，因此也就不放在心上了。

"就上次晕倒那老太太的女儿。"周亮说，米阳一愣，心说，廖美找自己干吗？上次老太太那事儿不是已经跟她说了吗？那小偷要是抓住了自然会通知她们的。

周亮以为他没想起来，又提醒："那回她和你那朋友不是还把俩外地女人给蹭了吗？你不记得了？""噢，找我干吗呀？"米阳不在意地问。"没说，我就说你出去办事去了，有事可以留话儿，人说不用，回头再找你。"说到这儿，周亮搓搓下巴，"我说那美女不会看上你了吧？"

米阳一哂:“看上我了又怎么样?”周亮上下打量了米阳一番:“不可能,绝对不可能!”米阳还没说话,一旁的同事笑说:“就算看不上大米,那么漂亮的姑娘也肯定有主儿了,你还瞎惦记什么?”周亮特认真地说:“有主儿怎么了,没听人说,就算名花已有主儿,偶尔也可以给松松土嘛!”屋里警察全笑了。

米阳也乐,一边拨电话一边笑说:“瞧你长得那样就跟松土的耙子似的……喂?你好,请问高海河在吗？我姓米,六角园派出所的,嗯,好的,谢谢……喂,老高吗?我米阳啊……”

“谢谢啊,米阳,成,我不跟你客气了,改天请你喝酒,好,就这样！再见!”高海河放下了电话。教导员老何问:“啥事儿？警察干吗找你?”高海河一笑:“好事儿,这警察就我上次和你说的那个,我们是不打不相识,上次随口聊了几句,没想到人家还挺惦记的,我回家一趟,回来再和你说。”说完他戴上帽子就走,也不管老何在后面“哎哎”地叫。

到了家属院,一推门,高海河就闻到一股浓香,他抽动着鼻子闻:“这什么味儿啊?”正在揉面准备晚饭的杨美兰赶紧拍拍围裙,过来接他的帽子:“是何家嫂子送小妹的什么香水,小妹就用了。”

高海河不禁皱了眉头:“她人呢?”“说是找工作去了,吃饭前肯定回来!”杨美兰能感觉到丈夫不开心,赶紧把风扇开开,好吹散那股味道。看着一脑门汗珠的妻子,高海河问:“你刚才怎么不开电扇,这屋子本来就窝风,热得很!”杨美兰诺诺地说:“开风扇电表得走字儿,再说我不热,花那钱干吗,我真不热!”

“以后该开就开,这点钱咱们花得起。”高海河沉声说,看着唯唯诺诺的妻子,心里说不出是什么滋味。过了会儿,他打起精神笑说:“美兰,你不是喜欢孩子吗?”杨美兰一惊,瞪大眼睛看着丈夫,现在“孩子”这两个字就跟咒语一样,谁一提,她的心都跟被电击过一样。

高海河根本不知道妻子心里的疙瘩,只笑着说:“我一朋友给你找了个工作,在福利院照顾孩子,虽然工资不高,可是管饭,休假什么的都按国家规定走,大家轮流休,工作地点离咱家也不远,坐公共汽车四十分钟就到了。”

“真的吗?”杨美兰不敢相信地问。“真的,我这朋友是警察,跟那院长认识,再说你又是军属,咱们先干干看,总比一天到晚窝在家里强,你说呢?”“俺愿意!”杨美兰狂点头。看着难得这么高兴的妻子,高海河笑了。

夫妻两个正笑着,门被人一把推开了。“啥事儿这么高兴啊,姐,给我口水喝,哟,姐夫这么早就回来了!”杨美玉进门就想踢鞋,却一眼看见了高海河,她动作一顿。高海河闻着那股廉价香水味就不舒服,又不好说什么,只点点头:“嗯。”

杨美兰赶紧给她倒水,接过她手里的包,又把她脱下的鞋放好,高海河眉头越皱越紧。杨美玉全然不知高海河的想法,她拨弄了一下自己新烫的头发,靠着高海河就坐了下来:“你们刚才说什么呢,这么高兴?”

香水加上热烘烘的汗味儿飘了过来,高海河勉强压下自己的火气,站起来假装去调整风扇,顺便让自己呼吸点新鲜空气。“你姐夫给俺找了个工作,在福利院,照顾孩子!”杨美兰脸上都是喜气。

杨美玉见高海河不理自己,心里生气,这几个月,她想尽办法靠近他却总是不成功。她虽然没怎么读过书,但是并不笨,高海河对她的态度她很明白。现在看姐姐高兴的样子,杨美玉心里酸酸的,她故意笑了笑:“姐,福利院那孩子不是傻的就是缺点啥的,你还挺高兴!”说到这儿她得意地扬起了头,“我也找到工作了,一个月三千五,还不算奖金呢!”

第十四章　六度空间的威力(中)

“吱扭,吱扭,吱扭……”韦晶对开门的韦妈妈说:“妈,咱家这门铃该换电池了吧,前天还跟牙疼似的,今天就有气无力了!”韦妈妈说:“你有钥匙不自己开门,下次不给开了啊!”韦晶一边脱鞋一边嘀咕:“老妈你越来越懒了。”韦妈妈横了她一眼:“你不懒,你不懒你不自己开!”

“闺女回来了?”韦爸爸从厨房里探个头出来,打声招呼之后又缩了回去。韦晶一愣,有点不对啊,往常老爹都得跟自己说上两句,今天不说也罢了,怎么脸上笑容也少了很多。她捅了下韦妈妈:“妈,我爸怎么了?”

韦妈妈回头瞄了一眼厨房,里面“哗啦”一声,显然韦爸爸在炝锅炒菜。韦妈妈把韦晶推进了厕所,小声说:“你爸爸那内退申请可能批下来了。”“啊?什么时候的事儿啊,我怎么不知道呀?”韦晶皱眉问。

“你最近忙得脚巴丫子朝天,我就没跟你说,反正他们单位鼓励提前退休,你爸爸不是爱面子嘛,人家给他两句好话儿,他就非要起个党员带头作用,他以为人家不会让他退,得挽留,没承想人就坡下驴给报上去了,而且麻溜儿地就给批了,你爸特窝火。”韦妈妈长叹了一声,她又生气又心疼自个儿老头子。

“回头再说吧,你爸要是看见咱俩在这儿嘀咕,该多心了,他现在敏感着呢。”韦妈妈说。韦晶有点想笑:“多大点事儿啊,还敏感!”“我告诉你啊,你爸心里有火,你别跟平常似的跟他闹,知道吗?”韦妈妈紧着嘱咐了一句。“嗯。”韦晶点点头说,

“退就退吧，有退休金，还能在家陪陪你，挺好。”韦妈妈一撇嘴：“我也是这么跟他说的，钱上面肯定有损失，但事已至此，只能这么安慰他。”

韦妈妈话音刚落，就听韦爸爸在外面喊：“开饭了啊！”“韦晶你又不好好洗手，重洗！”韦妈妈故意抬高了声音，然后给韦晶使了个眼色，这才转身出去了。

吃饭的时候母女俩聊着天，小心翼翼地避开能让韦爸爸“敏感”的话题。韦晶为了让老爸高兴，连今天“小基基”的事情都说了出来，韦妈妈大笑，韦爸爸脸上这才有了笑模样。“老头子，那你明天跟我去金海湖吧！”韦妈妈说。

“什么金海湖？”韦晶问。“我们单位组织的，退休人员都可以参加，也可以带家属，我一想反正我和你爸都没去过，又不花钱，就报名了，你爸不愿意去。”韦妈妈说。“去，老爸，干吗不去？”韦晶一激动，嘴里头的饭粒子都喷出来了。“胡扯什么！”韦爸爸好笑地瞪了女儿一眼。

看老头心情好些了，韦妈妈故意说：“你还不知道你爸，又革命又爱面子，上吊擦胭脂——死要面子！”韦爸爸知道老婆话里有话，假装没听见，低头喝啤酒。“你就怕人家问你退休的事儿呗！”韦妈妈见现在丈夫心情还好，借机把话捅开了说。韦爸爸立刻反驳：“谁怕了，再说早就有人请我去他们那儿上班了，凭我的技术还怕找不到工作！？”

“就是的，妈你别冤枉我爸啊，爸，明天就去，给他们瞧瞧，谁怕谁啊！”韦晶在一旁敲边鼓。韦爸爸一愣，顿了顿又说：“那明天谁给你做饭啊，好不容易休个周末！”韦晶还没开口，韦妈妈把筷子一放：“她傻呀，都二十六了不知道自己找饭吃，韦晶，明天你出去吃，我给你报销！”

韦晶做出一副惊喜状：“真的呀！爸，明天你要不去我跟你急，好嘛，要说认识我妈也二十多年了，她第一次这么大方啊！”韦爸爸扑哧一笑，他心里明白这娘儿俩都是为了自己好，一仰头把杯里的啤酒喝光，把杯子往桌上重重一放：“去就去！”

“吱扭……”那股让人牙疼的声音拼命地往韦晶的耳朵里钻，再也忍受不了的她腾的一下从床上跳了起来，趿拉着拖鞋去开门。从猫眼往外一看，韦晶很想继续回去睡觉，但知道要是自己不开，这家伙估计都敢按着门铃不撒手。“哗啦”打开防盗门，韦晶嚷嚷道：“你有毛病啊，自己周六大早上不睡觉，还折腾别人！”说完转身往自己房间走。

米阳笑嘻嘻地跟进来把门带上:“还大早上呢,都快九点了!”他熟门熟路地进了韦晶的房间,看见韦大小姐把毛巾被蒙在头上准备继续睡,他伸手去扯被子:“别睡了,该起床了!”

“烦不烦啊,困着呢!”韦晶死抓着被子不放,眼睛紧闭着跟米阳撕扯。“快起来,我请你吃饭,我亲自做。”米阳笑说。韦晶一愣,眯缝着眼问:“你妈乐意让你给我做饭?”米阳摇摇手指:“我妈去旅游了,还没回来呢,你爸妈今天不是也不在家吗,正好我给你露一手!”

韦晶撇撇嘴:“你克格勃呀,你怎么知道我爸妈今天不在家?”米阳做得意状:“你以为警察白干的!”韦晶稍一琢磨就明白了:“拉倒吧你,早上晨跑碰见我爸妈出门了吧?”米阳笑了,彼此实在太过了解,想要说点谎话还真难。他早上跑步时碰到韦爸爸买早点,知道韦晶今天没人管饭,正好自己也休息,干脆拉她一起吃。

“既然都知道了,就快起吧,难得我今天也歇班,有日子没过周末了,是兄弟不是,我陪你,这回也该你舍命陪君子! 快起来! 掀被子了啊!”米阳推搡着韦晶。“好好好,你让我再眯一会儿成不成,二十分钟? 十分钟……五分钟行了吧!”韦晶哀号。

米阳嘿嘿一乐:“那好,我计时了啊。”说完他假装掐表,看韦晶不理他,眼珠一转,把韦晶往里一推,躺她旁边了,嘴里还说:“给我点枕头!”韦晶立刻睁开眼睛,用手挡:“挤什么呀你,不知道男女授受不亲啊!”米阳一撇嘴:“算了吧,你还跟我上过男厕所呢,我看你就跟男人一样!”

韦晶瞪了他一眼:“绕着弯子骂谁呢,别以为我听不出来! 我看你还跟女的一样呢!”说完狠狠地闭上眼睛,决定五分钟之内坚决不理这家伙了。米阳打量着四周,看起来没什么改变,这屋子自己得有小一年没来了吧,上次还是来帮韦晶重装电脑。

记得小时候放假,如果不是拉着韦晶出去玩,就是躲在她家里两个人玩,当然是背着米妈妈的,自己的家韦晶也去得很少。没办法,米妈妈是老师,她也放寒暑假。以她对对门的观感,那时还是一个孩子的韦晶也知道,自己不是很受欢迎,最起码米妈妈不喜欢她去找米阳玩儿。

米阳转头看看闭眼打瞌睡的韦晶,她穿着一件棉背心和一条热裤,毛巾被就抱在胸前，看不出什么实质内容来。眼光顺势滑到韦晶腿上，米阳啧啧有声，这丫头不是又胖了吧。人家都是越忙越瘦，偏她反着来。

盛夏的阳光只有在早上能称为温柔，这会儿薄薄的阳光从窗外照射进来，一片片地洒在了两个人的脸上、身上，还夹杂着一点凉爽的微风和蝉鸣。米阳突然想起大学时看过的一篇文章，内容已经记不清了，但是那句话却一直记得：何为幸福，不过是一米阳光，两人相依……

正当米警官的心文艺得一塌糊涂之际，猛地感觉有人在瞅他，一扭头，韦晶瞪着那双不算大也不算小的眼睛正看着他。“想什么呢，米警官，你的表情很猥琐啊。”米阳脸一热，好在最近晒得黑也不太显，他咳嗽了一声说：“没想什么，就是觉得你咋又胖了呢，这床快装不下你了。”他故意用东北腔儿说话。

韦晶一脚就踢了过去：“滚蛋！”米阳一闪，“哎哟”一声就坐地上了。等他刚站起来，韦晶下床就推着他往外走，米阳一边抵挡一边叫唤：“真急了？没劲了啊！”韦晶把他推到门口：“我换衣服！”米阳一咋舌：“没前没后的谁看啊！”韦晶从鼻子里哼了一声：“反正不给你看！”说完“砰”的一下关上了门。米阳摸了摸鼻子，突然笑了。

韦晶洗漱完毕，刚啃了几块饼干，就被米阳揪了出去。等到了楼下，韦晶牵着古利纳闷地问：“咱们这是去哪儿呀？”米阳一边开自行车锁一边说：“菜市场啊！我不是说了要给你露一手吗？”“你来真的？”“废话，准备上车！”米阳潇洒地一甩头，好像他那不是自行车而是奥迪。

韦晶磨磨蹭蹭地准备上车，突然又问：“哎？去菜市场带它干吗？”她晃了晃手里的狗链儿。米古利往常见了韦晶就连叫带扑的，今天倒挺乖，老老实实地让韦晶牵着。永远别低估小动物的智商，它明白着呢，知道米妈妈不在家，现在米阳说了算，自己要是敢咬韦晶，米阳就敢揍它。

“我妈规定好了，必须得遛，回来先过秤，要是胖了或瘦了都唯我是问！”米阳说。韦晶撇撇嘴角儿：“你妈可真逗，胖了还不好？”米阳打了个哈哈：“你还别说，我老娘说了，胖了容易高血压！”韦晶嗤之以鼻。

那遛就遛吧，米阳骑车，韦晶后面坐着，古利……在地上开跑。韦晶看着古利迈开小短腿奋力奔跑的样子，感觉很欢乐啊。可跑了还没十几分钟呢，古利就舌头也吐了,速度也缓了,后来干脆不跑,宁愿让韦晶拖着它在地上蹭,切实地表演了一把什么叫耍死狗。

米阳没办法,只能停住车把跟得了哮喘似的古利抱起来,放在了自己的车筐里。韦晶在一旁说风凉话:“你这警犬的身体素质不灵啊。”米阳辩驳说:“警察的犬和警犬是两回事儿成吗？别污蔑我们警犬!”说完上车继续开动。

这回古利爽了,两只前爪搭在车筐边缘挺胸抬头,耳朵被风吹得向后扑棱。米阳没好气地说:“现在来精神头了,你给我老实点啊,装什么泰坦尼克!”古利“汪”了一声,韦晶在他背后大笑,然后也伸出了双手大叫:“什么什么什么 world!”米阳哈哈笑了起来,卖力地蹬车。

两人到了菜市场,在人群里和大爷大妈们挤来挤去,米阳跟真事儿似的买了一堆菜。韦晶负责抱着古利,没办法,人太多了,古利底盘儿低,很容易被踩到。

正商量着是喝萝卜汤还是西红柿鸡蛋汤的时候,古利突然从韦晶怀里挣脱开来,往一处摊位跑去。两人连喊带叫地追,一路还得跟被撞到的人说对不起,到了跟前才发现古利正冲着一笼子母鸡“汪汪汪”。

米阳赶紧跟摊主道歉,韦晶叉着腰喘粗气还有心思开玩笑:“我说你家古利不是想喝鸡汤吧?”一听她这么说,原本很不乐意惊了他家鸡的摊主赶忙推销起来,怎么肥吧,怎么嫩吧,特滋补,今天炖了吃,明天肯定就红光满面。

韦晶和米阳面面相觑,眼瞅着古利一个劲儿在那儿汪汪,米阳踢它都不走,摊主的脸色也越来越不好看,米阳一咬牙:“那您给我挑一只!”“好嘞!”摊主立刻施展小擒拿手,一把就薅出一只肥的来,“这只最好!”

看着那只快被塞到自己鼻子底下的鸡,韦晶捅米阳用鼻音嘀咕:“真买啊?”“嗯!”“买了干吗,放生啊?”“什么放生？炖了!”米阳冲摊主一扬下巴:“这只行吗?”摊主眼珠子瞪得溜圆:“行吗？您看看,多漂亮,瞧这毛色!”

米阳一咧嘴:“我说老板,这鸡是要拿来吃的,不是供起来,光漂亮管什么用啊?”那摊主嘴咧得比他还大:“一瞧您就没买过鸡,这鸡要是身体不好,它能漂亮吗？您说是这个理儿不是?”米阳一想也对:“成,那就它了!”回头想让韦晶从他兜里掏钱,却发现韦晶若有所思地看着那一笼子鸡。

“嘿,付钱啊,想什么呢?”米阳问。韦晶摇摇头,指指笼子里那些不那么光鲜的鸡感慨:“我头一回发现,长得丑也有长得丑的好处!利于长寿啊。”米阳登时呵呵笑了起来:“没错,确实很有道理啊!”韦晶横了他一眼:“别盯着我说很有道理行吗?”

韦晶左手一只鸡,右手一只狗,和米阳拎着蔬菜一起往存车处走。等上车的时候又费了一番工夫,最后韦晶负责拎菜,古利和“美女”鸡被同时放入了车筐,中间隔着一袋苦瓜。显然有点挤,但是在米阳的暴力之下,古利也不敢怎么样,就这样挤回了家。

等到了家,米阳杀向了厨房,韦晶随手拿了个苹果窝在沙发上看电视。看了一会儿哭得死去活来的紫薇格格之后,突然觉得有点不对劲儿,想了想才发觉厨房太安静了。她溜达了过去,靠在门边一看,米阳正揪着那鸡不知道想什么呢。韦晶敲了敲厨房门:“米警官,怎么的,默哀呢?”米阳瞥了她一眼,很严肃地说:“我正在考虑怎么下手比较好。”

韦晶哧哧地笑:“你到底会不会啊?牛可吹出来了啊!”“什么叫吹牛,有位大厨说过,杀鸡可比杀人还要难!最起码人怎么弄你都不用担心事后炖了不好吃吧!”米阳说得像煞有介事。韦晶哼了一声:“听你鬼扯,这哪位大厨说的呀,卖人肉包子那孙二娘吧?”

米阳干脆地把鸡往韦晶跟前一递:“我说什么你都不信,要不你来?”韦晶下意识地把身体往后一躲,不说话了。米阳得意地把手缩了回来,别看韦晶非常喜欢吃,但她对厨房可以说是一窍不通。米阳曾说过:韦大小姐就是那吃饭的巨人,做饭的矮子!

“好吧,我要开始了!”米阳揪着鸡的翅膀跟它对视了一眼,嘴里念念有词道,“我佛慈悲,施主你不入地狱谁入地狱啊,罪过,罪过,不过话说回来,施主你真挺肥的!”韦晶翻了个白眼,不理搞怪的米阳,转身回去继续啃苹果。

还没啃两口呢,就听厨房里人和鸡同时惨叫起来,韦晶差点被喉咙里那块苹果给噎着。过了好长一会,厨房里高分贝的声音才消失。

没过多久,砂锅里已经开始飘出鸡汤的香气,蒸汽扑哧扑哧地顶着锅盖,米阳把火转成小火。看着一脸晦气的米阳,再看看他那贴了三张创可贴的手指,韦晶忍不住笑了起来:“好了啦,你都要人家命了,还不许人锛你两口啊!”

米阳没好气地正要开口,忽然觉得脚下不对:“咦,脚底下怎么那么湿呀,哎,我说,哪儿漏水了?”韦晶也跟着四处看,猛地反应过来:“坏菜了,厕所那儿泡着西瓜呢!”她掉头就往厕所冲。刚才光顾着帮米阳弄那只鸡了,两个小时折腾下来,水盆里的水早就溢了出来,这会儿客厅地板都湿了,好在还没淹进卧室。

韦晶赶紧把水龙头关上,古利倒挺高兴的,跟着蹿来蹿去,差点被它绊了个跟头,米阳也跟进来拿笤帚和簸箕往外扫水。韦晶说:“你先扫,我回家拿笤帚和拖把来帮你。”说完就往家里跑。

拿钥匙开门,韦晶抓起东西就想往回跑,电话铃突然响了起来。急火火地一接才知道是爸妈不放心,趁中午吃饭的工夫打电话来问问自己怎么样。好不容易应对完了父母,韦晶赶紧拿着拖把往外走,一出门就看见对门半掩着,门后传来哗啦哗啦的扫水声,一把笤帚时隐时现的。

韦晶忽然童心大起,双手握紧拖把,跟堂·吉诃德似的朝大门捅了过去,那边的人登时被她顶在了门后动弹不得。韦晶哈哈大笑:“怎么样,你服不服?!”门后的人在挣扎,韦晶就更用力地往前挤,“小样儿的,叫板是吧?”

“幸好你在家,要不然多危险,要是淹到邻居们就不好了。”米爸爸温文尔雅的声音响了起来。韦晶一愣,转头看去,米爸爸拿着簸箕,米阳拿着拖把,父子俩正从厕所出来。米阳一看见韦晶那造型,眼珠子差点没掉出来:“味精,你干吗呢?!”

韦晶结巴了:“我……我……我……”如果米阳在这儿,那门后头的是……“还不撒手!”米阳冲过来吼,韦晶赶紧往后退了两步,门后头立刻跑出来一个人,她气得浑身哆嗦,指着韦晶都说不出来话。

韦晶目瞪口呆地举着拖把,下意识地喊了一声:“阿姨好!”

“你……你……”米妈妈一手怒指着韦晶,一手捂着脑门疼得倒吸凉气儿。一看韦晶还傻呵呵地举着那破拖把指着自己老娘,米阳一侧身挡住米妈妈的视线,然后轻轻拍了韦晶手腕一下,使眼色示意她赶紧把拖把放下。

“好了,好了,来让我看看……还行,没事儿,没事儿。”米爸爸赶忙上前看了一下情况。米妈妈一听话茬儿他显然是要和稀泥,狠狠瞪了自己老公一眼:“什么没事儿啊,合着那大铁门不是呼你脑门上了是吧?! 我这脑袋里嗡嗡的,后背刚才也撞里头那门上了,好嘛,前后夹击呀!”

“好啦，好啦，孩子也不是故意的。”米爸爸轻拍她的肩膀安抚，米妈妈却不领情地耸肩把他的手甩掉。本来平时就跟韦妈妈不对付，那女人事事不如自己，谁知道这丫头是不是被授意寻机打击报复的。

韦晶咬着嘴唇点头哈腰地道歉：“对不起，阿姨，我……我还以为是米阳呢，想跟他开个玩笑而已。”“开玩笑?！有这么着开玩笑的吗?”米妈妈登时掉转枪口指着自己被撞红的脑门给韦晶看，“你家就这么开玩笑？噢，你爸妈就这么教你——”“慧芬！”米爸爸打断了她，“就事论事，捎带上人家父母干什么。”

“韦晶也跟你道歉了，再说韦晶也是想来帮米阳扫水的不是?”米爸爸一边说一边给米阳使了个眼色。刚才米妈妈一说韦氏夫妇什么的，原本一脸尴尬的韦晶，表情立刻有点僵，米阳也有点不高兴，觉得老妈太小题大做，本想开口说话的，却被米爸爸抢在了前头。其实米爸爸是好心，他知道要是儿子开口帮韦晶说话，老婆更生气。

这会儿见老爸使眼色，米阳只能挤出个笑容说：“就是，我看家里漏水了，一个人忙不过来，才叫韦晶来帮忙的，是我叫她来的。”米妈妈不说话了，只是站在原地喘粗气，因为韦晶确实是拿着拖把过来的，可看着她短裤小背心地站在儿子身后，心里还是不自在。

看着自己老婆一脸心有不甘的表情，生怕她再说出什么得罪人的话来，米爸爸赶紧把她往屋里推：“来，来，你进去歇歇，刚才在出租车上你不就叫头疼嘛，这儿有我和儿子呢，来，走吧，那个韦晶，谢谢你了啊，你回去休息吧，难得周末，米阳，你把门口这儿给扫干净了啊！”“叔叔阿姨再见。”韦晶虽然对米妈妈很不爽但还是礼貌地道别。米爸爸回头冲她一笑：“再见！”说完摆摆手，表示没事了让她回家。

韦晶一肚子晦气地拖着拖把往家走，米阳探头先往自己家里扫了一眼，看着父亲把老妈劝进了卧室，他也转身跟着韦晶走。韦晶回身想关门时发现米阳也想跟进来，心头的郁闷登时化作熊熊怒火，她立刻用身体抵住门，使劲往外推米阳：“往哪儿走啊你！你家在对面！”

米阳半个身子别在门里，因为挤压弄得脸部有点变形，他又不敢大声让米妈妈听到，就小声说：“味精，别闹了，先让我进来！”韦晶一听他这么说，挤得更用力：“别价，您可别进来，您这好孩子进了我们家再被教坏了，我可担待不起！”

韦晶一想起方才米妈妈说到自己父母时的表情就火大,伸手就掐米阳从门后露出来的部分,也不管是哪儿,逮到肉就狠掐。“哎哟!味精,你真下黑手,疼死了,你再掐我真哭了啊!”米阳龇牙咧嘴地扭动着身体躲闪,但仍不放弃地继续往里挤。

也不知道韦晶掐到哪儿了,米阳突然痛叫了一声,声音不小,韦晶下意识地松了一下力道,他借机挤了进来。“喊!”韦晶哼了一声不再跟他较劲,转身想走,被米阳一把拉住。“别生气了啊,我妈就这样,我跟我爸经常被她数落,比这还不客气呢!”米阳嬉笑着说。

韦晶一翻白眼:“多新鲜啊,你是她儿子,你爸是她老公,该着的,我凭什么啊?!”米阳嘿嘿一笑:“你就当你是她闺女不就完了?”韦晶嗤之以鼻:“谢了,高攀不起,而且我有妈!”米阳想了想突然坏笑起来:“要不你就当你是她儿媳妇儿?婆婆和儿媳都不对盘嘛。”

“我把那拖把塞你嘴里你信不信?”韦晶伸手想要抓拖把。“说错了,说错了,你是她女婿行了吧?”米阳做忸怩害羞状。韦晶被他给气乐了,正想开口,就听见对面米爸爸的咳嗽声:“米阳,你把这儿再扫扫,屋里我来弄。”

米阳做了个鬼脸儿:“我爸提醒我该回去了,别生气了,一会儿你上网,咱俩Q!”“Q你个头啊,肚子饿死了,真倒霉,造孽帮你杀了只鸡还没吃上!”韦晶嘀咕道。“哧!”米阳笑了出来,摸摸韦晶的头,“放心,肯定让你吃上,不白造啊,我先走了,一会儿我爸该顶不住了!”

“噢,要说米叔叔还真是个好人,很有风度,可你妈……唉,怨不得老话说,好汉无好妻,赖汉娶花枝!”韦晶摇头感叹。米阳又好气又好笑,屈指弹了韦晶脑门一下:“胡说什么呢你!再说我妈都快给你挤成三明治了还不让人吼两嗓子,你还笑!行了,走了啊,关好门!”

眼瞅着儿子从对门蹿了出来,米爸爸微微一笑,米阳看见老爸的笑容就挤了挤眼睛,父子之间的默契不用多说。接过老爸递过来的笤帚,米阳低声问:“我妈没事儿了吧?”“没事儿,其实她今天本来就不太痛快,韦晶也是撞上了。”米爸爸同样低声说。

“噢。”米阳又问,“爸,你们怎么早回来了?不是说玩一个星期吗?这才五天吧。”“我们厂里有事儿,必须得回来,你妈想玩儿又不愿意一个人跟团,只能和我一起回来了，所以她才不高兴。”米爸爸有些无奈。

米阳弯腰扫地，父子俩随意地聊着天，没一会儿米妈妈从卧室里走了出来，用手按着敷在额头的湿毛巾问：“米阳，你厨房里做什么呢，这么香？”“啊？没什么，我炖了锅鸡汤！”米阳随口答道。

“鸡汤？”走到厨房的米妈妈眼尖地发现了垃圾桶里的鸡毛，“你买活鸡自己宰的？”看米阳点头，米妈妈愈发怀疑，“自打你上班就没下过厨房了吧，今儿是怎么了？还买活鸡，你也不嫌麻烦！”

说到这儿，女性的第六感让她不自觉地看向了对门，心里盘算着：难道儿子……米阳一瞅老娘的眼神儿就知道她在想什么。暗呼糟糕，因为刚才的事儿她已经很生气了，要是知道自己再做饭给韦晶吃……“还不是因为古利！”米阳脑子飞转。

“古利？”米妈妈一愣，低头瞧了一眼一直屁颠屁颠跟在自己身后的古利，一听米妈妈叫自己名字，它赶紧冲米妈妈拼命摇尾巴。刚才一阵混乱还没来得及跟它亲热，这时米妈妈也顾不上“头晕目眩”了，赶紧弯下腰抚摸它，古利发出“呜呜”的撒娇声，一个劲儿地往米妈妈腿上蹭，在那儿起腻。

“是啊，您不是非让我带着古利一天照三顿饭遛嘛，今儿我休息，想吃点青菜就带它去菜市场了，结果它冲人鸡笼子一通汪汪汪，最后我只能把鸡买回来了。”说完米阳无奈地摇了摇头。

要说米阳这番话也是实话，就是给掐头去尾了，米妈妈虽不知头尾，但是自己这狗儿子什么臭毛病心里是有数的，估计是人卖鸡的不愿意说什么了，自己这傻儿子就买了只鸡回来，她也就没再多想。

米爸爸呵呵一笑：“这不也挺好，好久没吃米阳做的菜了，今儿正好解馋，这些天在外吃团餐吃得你妈直泛胃酸。”“是吗？那敢情儿好，我这鸡买值了，妈，您先去休息，一会儿汤好了我叫您，要不给您端床头去，咱也学老外在床上吃？”米阳很狗腿地问。

米妈妈这会儿高兴起来，觉得儿子还是对自己好，就笑眯眯地说：“学什么老外，我又没瘫床上，一会儿咱们一块儿吃！”说完转身带着古利往卧室里走，就听她跟古利说，“乖儿子，快让妈妈看看你瘦了还是胖了……老头子你来一下，我买给古利的那套头衫放哪儿了?”米爸爸嘴里答应着走了过去。

“呼——”米阳这才长长地出了一口气,老佛爷总算是高兴了……擦完地他走到厨房看着玻璃锅盖下翻滚着的鸡汤又开始发愁,怎么“偷渡”给小佛爷喝呢……

“哟,您这是去哪儿呀,打扮得这么漂亮,不知道的还以为是去应聘呢?”上午遛狗刚回来的米妈妈正好跟韦妈妈打了个照面。她突然发现平时里不太打扮的韦妈妈今天穿得很齐整光鲜,就习惯性地冷嘲热讽了一句。

韦妈妈早就听女儿说了那天发生的事情,韦晶还没敢说那句“父母教育”呢,韦妈妈已经开始抱怨对门的三八婆实在是小题大做,这么点小事儿至于没结没完的吗?

没承想这会儿碰上了这个欺负自己女儿的冤家对头,又听见她阴阳怪气的,韦妈妈暗道一声“你来得正好”,就略微提高了嗓门说:“您怎么知道的,我都不知道您还会算卦呢,不过不是应聘,而是去上班。”“啊?”米妈妈一愣。

韦妈妈故意叹了口气:“本来我不想去,你说在家待着多舒服,可人家诚心诚意地请我去,还非给个财务经理的头衔儿,我这实在是推不过去了,只能先过去看看再说吧,也不能太驳人面子不是?”

然后韦妈妈好像想起什么似的问:“对了,听居委会李大姐说,你们学校在精简人员,五十岁以上的都要强制内退?”米妈妈还没从韦妈妈要去上班的“打击”中回过神来,突然又听她这么问,心里一惊,立刻做出一副不屑一顾的样子:“只是有那么个谣传,可话说回来,主要还是得看个人能力和表现,岁数不是绝对的!”

其实学校已经很婉转地通知了包括米妈妈在内的一些老同志,让大家先有个心理准备,随时准备撤退回家。就是因为米妈妈心理不平衡,米爸爸才特意休了年假,带她出去散散心,可现在无论如何不能在韦妈妈的面前跌了面子。

韦妈妈微微一笑:“那是,那是,您水平多高啊,再说您又会算卦,算算不就什么都知道了,我也是白操心,呵呵,好了,不多说了,再不走就该晚了,就算是财务经理第一天上班迟到也不好,您说是不是,回见啊!”说完韦妈妈挺胸抬头,如红旗迎风招展般地去上班了,只留下米妈妈一个人在楼道里恨得直咬牙。

“许经理,这就是您办公室,地方虽然挤了点,但咱们现在就这个条件,不过刘总说了,回头就换个大地方!”一个体形很壮实的中年妇女热情地说。韦妈妈笑着点头说“挺好的”,可看着这办公条件心里有点发凉,但又想要这份工作,为了钱也只好忍了。

虽然之前她和米妈妈说得硬气,但这就是一个私营企业,老板是推板车卖菜起家,现在改卖美容仪器,别看就小学三年级毕业,挣钱的本事却是博士后水平的。韦妈妈以前厂里财务科的同事一直在这儿做财务,现在家里刚得了个大胖小子,她得回去帮着带孙子,辞职之前就想起关系不错、业务水平也不错的韦妈妈来了。说是财务经理,其实就是一会计,那出纳还是老板娘的亲妹妹,不会做账,只管收钱跑银行。

韦妈妈这两年在家待着本来就无聊,现在眼瞅着自家老头又要内退,家庭经济会受一定影响,赶上这个机会那还不上赶着就来了,这边离家也不是很远。“行,您要看着合适,那今天就上班吧,工资四千八,先前可说好了啊。”那胖女人追了一句,生怕韦妈妈再提价。她是这儿的老板娘,能省一分都是留自己家里的。

正说着,一个小伙子领着两个姑娘走了过来:“汪副总,您在这儿呢。”那胖女人赶紧跟小伙子招招手:“正好你来,这是咱们新来的财务经理,许经理,这是我们的销售主管,张国喜。”“你好。”韦妈妈微笑着点头,那小伙子特热情地伸出手来:“许姐是吧,欢迎欢迎。”

韦妈妈一愣,心说这孩子看着比韦晶还小,居然管自己叫姐,怎么这么别扭啊,但是一旁的汪副总却丝毫不以为意,韦妈妈也不好说什么,就微笑着跟他握了下手。“你们俩过来。”张国喜冲身后一招手,那俩姑娘赶紧走了上来。韦妈妈一打量,都很年轻,只不过一个看着就外向,一个却总是低着头。

“汪副总,这是咱们新招的两个销售,这是咱们汪副总经理,这是杨美玉,这是何……”张国喜停顿了一下。“我叫何宁,汪副总好,许经理好。”那个低着头的姑娘抬头轻声说,韦妈妈微微一愣,这小姑娘长得可真秀气啊……

第十五章　六度空间的威力(下)

“快点,排好队！小王,你往哪儿带啊,这边!”“哎哟,我的鞋,你们几个看着点,怎么搞的,要么平时抓不着,要么一抓一大堆!”“张姐对不起,您先请！嚯,您这皮鞋够亮的,还不得二十一双？别弄脏了,我们可赔不起!”“你给我一边儿待着去!”六角园派出所的院子里一派热闹非凡的景象,鸡飞狗跳不绝于耳。

屋里的牛所正拼命地排除外头的干扰,他脸上堆满了笑容,招呼客人:“来,胡副校长,小方老师,请喝茶,尝尝,这可是我家大闺女从杭州带回来的,正宗的西湖龙……”那个“井”字还没说出来,就听见米阳在外头吼:“我靠,周亮,你丫还臭贫呢,狗都跑了,你那眼睛是肚脐眼儿啊,没看见啊!”

实验一小的胡副校长是个温柔和善的中年妇女,而她的助理方老师却是个年轻女孩子。米阳这一嗓子俩人都听见了,年长的胡副校长低头假装喝茶,方老师却忍不住“哧”了一声,胡副校长看了她一眼,她赶忙忍住笑,装模作样地吹茶叶沫子。

方老师这沧海一声笑显然让牛所脑子里那根绷得紧紧的弦儿彻底断裂,他一个健步上前推开窗子就冲外面吼:“你们这帮臭小子不会文明点啊！警察规范用语都下饭吃了是不是,嗯!？再胡说八道看我怎么收拾你们!”说完“哐”的一声把窗户合上了。这一嗓子吼完,院子里立刻安静了许多,满意了的牛所一回身,就看见那俩女人正瞪大眼睛看着他,他这才后知后觉地发现自己的行为也算不上很“文明”。

牛所在那儿尴尬地冒汗,脸上都泛油光了,胡副校长忍住笑意,体贴地把话题转开:“早就听说你们基层派出所忙,今日一见,果然不假。”牛所稍稍松了一口气,赶紧顺着台阶下:“可不是,鸡毛蒜皮,家长里短,不论事大事小,都得先过我们这一手。来,来,二位请喝茶。”

实验一小其实位于另一个派出所管片的边界处,当初也不知道怎么弄的就划归六角园派出所了。人人都知道“鸡场路”管片是有名的脏乱差,可偏偏这个重点小学就归他们管。交界的那个派出所所长几乎每年都提出要把这重点给划回来,牛所是打死不干。按照他的说法,要是没这个小学顶着,这一年从上到下,从内部到外部,我就别想看人个笑脸儿了!

这不,前两天就有两个名义上的共建单位领导找牛所,说是朋友的孩子想读实验一小,但是跨区了,成绩又一般,请他帮忙。当然人家也很含蓄地表示:大家都是共建单位,如果派出所需要什么帮助都好商量,警民一家,应该的嘛,哈哈,您说是吧……

牛所点头称是,心里却冷笑:要是没这实验一小,别说什么一家人,我就是要饭要到你家都得被打出来。不过所里资金紧张,有很多事情都还得仰仗这些所谓的共建单位。今天正好赶上人学校主动上门商量有关文明安全教育的事情,牛所还没盘算好什么时机开口说那事儿,就被外头那帮臭小子一个劲儿地扯后腿。

默默告诉自己要冷静的牛所,顺手拿起毛巾先擦了擦脑门的汗,才又笑着说:“胡副校长,关于这个校外安全文明教育的事情,您找我们就对了,我们所的警察素质都很好,办事认真,严于律……”

牛所今天出门一定没看皇历,话刚说一半,就听见外面的周亮大声说:“都不许动,举起手来,我是警察!说你呢,黄毛那个,请配合我们工作!”“哈哈!哈哈!”屋里的小方老师再也忍不住大笑了起来,胡副校长憋不住笑又想掩饰,最后弄得自己是连连咳嗽。

瞬间,牛所就觉得自己全身的热血都以一百八十迈的速度涌向了头部,就在他小宇宙即将爆发的时候,幸好刚才去接电话的瞿副所长走了进来接管大局。“胡副校长,让您见笑了,最近根据分局指示,要整治违规养犬的行为,也是为了防止狂犬病高发,您也知道,这事儿,群众一般都不太配合。我们所里这些年轻警察忙了好几天都没休息,所以开几句玩笑放松放松。"

胡副校长赶紧微笑表示理解:"我了解,年轻人嘛,就应该朝气蓬勃的。说实在的,我们学校里那些'95 后'的小孩儿,还就喜欢这活泼外向的,要是真让咱们这岁数的有经验的警察去给他们特严肃地讲课,人家还不爱听呢,是吧,小方?"小姑娘点头笑说:"可不是,现在我们学校里最受欢迎的老师,就是一长得特像周杰伦的体育老师! 现在孩子就喜欢那样的!"

"什么轮?"牛所长不明所以。瞿副所长一笑:"周杰伦,一唱歌的,特点就是吐字不清,我姑娘也喜欢。"牛所乐了:"唱歌的吐字不清,那还听什么劲儿啊?""听他哼哼呗,一般人还哼不出那效果呢! 我也挺喜欢的。"小方老师说完还热情地掏出一笔记本,指着上面一贴纸:"就他,这是我学生给我贴的!"

牛所接过来一看:"嚯,怎么长得跟小痞子似的? 你们那学生就喜欢这样的?"小方老师点点头。牛所瞅着那贴纸搓着下巴琢磨了会儿,扭头很认真地跟瞿副所长说:"那咱让米阳去讲吧,他那长相肯定受欢迎!"

瞿副所长……

外头正跟一只大公鸡(抓狗时顺带没收的)战斗的米阳连着打了三个喷嚏,旁边的周亮一个侧步,攥紧捕狗网跳开三尺远,他还一脸嫌弃地说:"你不是禽流感了吧?"

米阳狞笑了一下,正想把手里死命挣扎的大公鸡往周亮脸上按,手机突然响了起来……

"呼,张院长,这就是我跟您提过的那位杨美兰同志,她是军嫂,丈夫是咱们卫戍区的一个营长,今年刚随军的。"米阳抹了一把脑门上的汗又对杨美兰说,"嫂子,这位是咱们区福利院的张院长,你们聊聊吧。"

张院长微笑着伸出了手:"小杨同志你好,欢迎!"杨美兰愣了一下赶紧伸手,又想起什么似的先把手在衣襟儿上擦了擦,才红着脸跟张院长握手,然后低头嗫嚅着。

一旁拿着大帽子扇风顺带调整呼吸的米阳不自觉地皱了下眉头,刚才接到杨美兰的电话他立刻请假赶了过来。今天高海河和福利院约好了大家见一面,互相看看合不合适，可没承想，昨晚他接到了命令第二天一早就得出外学习。军令自然不可违，可跟福利院再约时间也不太合适，杨美玉这段日子倒是把周围的地理环境摸了个透，但她上班了。话又说回来，她就是没上班，也甭想指望她。

本来高海河想要拜托哪位路熟的嫂子或者小战士带着媳妇去，杨美兰却死活不愿意，她生怕如果这事儿弄不成，再让人看了笑话去。她不愿意又不敢直说，低着头抠手指头，高海河问她到底什么想法儿她就是不吭声，弄得高海河彻底没了脾气。

最后高海河只能拿出当年在军校考图上作业的精神头儿来，趴在写字台上给她写地址、电话、联系人并画了一幅详尽无比的路线图。第二天虽然不放心，也只能咬牙上车走了，临上车前高海河突然想起米阳，就扒着车窗把米阳的手机号码告诉了妻子，如果有万一，就找这个警察！毕竟是熟人，真有个什么事儿，人家兴许能帮忙。

目送着丈夫的车远去，杨美兰赶紧转身往大门外走，她生怕周围几个军嫂过来跟她搭话。她们都是随军好几年的人了，有工作的，也有在家看孩子的，甭管从哪儿来的，生活习惯、言谈举止都像个北京人了。

刚来那段日子杨美兰也曾遵照丈夫的吩咐出去走走，别老闷在家里，只是那些军嫂聊的话题她都插不上话儿，自身口音又重，人家虽然没有当面嘲笑，可因为自卑所以自尊心更强的杨美兰却再也不肯出门"交际"。忙于工作的高海河也只是因为妻子天生腼腆，就随她去了。

杨美兰一路按照丈夫给的地址去福利院面试，可没想到中途公共汽车发动机出了问题，油门踩得轰轰响，车就是开不走，末了还是趴窝了，售票员只能让所有人下车，凭票坐下一趟。

也不知道今天是怎么了，下一趟车死活不来，眼瞅着约好的时间就要到了，慌了神儿的杨美兰只能操着蹩脚的普通话跟路人打听还有没有其他公交车去目的地。

那老大爷倒是挺热心肠儿，一看高海河的"作战图"，先"嚯"了一声，然后就噼里啪啦地一通指示，该坐哪路车，在哪站倒，然后往哪儿走……可这老爷子语速很快，那些陌生的站名、地名再加上北京话里特有的儿化音，让杨美兰听了个似懂非懂。

本来就怕跟生人打交道,听不清问多了又怕被人嘲笑老土,原本就是鼓起所有勇气问路的杨美兰只能讪讪地跟老大爷道了声谢,就挤上了她还算听明白了的503路汽车。一路上杨美兰竖着耳朵听报站,好不容易听见一个跟那老大爷发音差不多的站名,她赶紧挤下了车。

可下车一看周围,她立刻就傻了眼,老大爷提过的那两个标志性建筑物连半个都没有。周围匆忙走过的行人,没有一个人在乎这个紧抱着皮包、仓皇四顾的女人,杨美兰当时就想蹲在地上哭。

来过北京的都知道,北京公共汽车站间隔大,区县的更大,要是您来问路,某当地人告诉你不远,就一站地的路,您可千万别以为就是一百米,一般都是一里地起步。杨美兰站名没听错,可这是×××东站,她应该在西站下车才对,里外里就出去了小一公里,能找着标志物才怪了。

好在高海河临上车前那番嘱咐她还是牢牢记在了心里,捏在手心里那张已经被汗水浸透的纸条发挥了最后的作用……然后,正在跟"公鸡中的战斗机"战斗的米阳,就骑着自行车一路飞奔地出现在了这里。

看着面红耳赤的杨美兰很艰难地应付着张院长的"闲聊",米阳在心里直犯嘀咕。要说高海河瞧着那利落爽朗的样子,怎么娶了这么一个……怎么说呢,也不是说难看或者不好,就是有点上不得台面的……"哇!"一声啼哭打断了米阳的胡思乱想,他扭头一看,黄老师抱着个婴儿走了出来,怀里的娃娃大声地哭着,好像受了天大委屈似的。

"院长,你说这爱家……"她话未说完,一抬头看见米阳,"哟,大米来啦……噢,好了,好了,不哭了啊,爱家乖乖。"黄老师急匆匆地打了个招呼,又赶紧地去抱着孩子轻轻摇晃,哄着她。

米阳伸头看了一眼,那孩子哭得小脸儿通红,鼻涕糊着嘴巴,米警官顿时觉得喉咙发紧,很敬畏地往后退了一步,那夜的"噩梦"他记忆犹新啊。

这边的黄老师无奈地说:"院长,这孩子老哭可怎么得了? 离不开人,可我那儿还一帮孩子要管呢。"张院长本想伸手接过孩子,不经意间看见杨美兰正全神贯注地看着这孩子,她心思一转,笑问:"小杨同志,刚才好像你说你还没孩子,那你有带孩子的经验吗?”

杨美兰用力地点头,那个时候在老家没事儿干,亲戚的娃娃都帮着照看过。张院长点点头,没说什么,只是示意黄老师把孩子交给杨美兰,黄老师自然照办。杨美兰小心翼翼地接过了这个孩子。说来也怪,也许是这孩子哭累了,一被抱进杨美兰的臂弯,她竟然不哭了,只是轻轻地抽噎着。

那软软的、小小的身子一入手,杨美兰心跳登时开始加速,她低头和小婴儿对视着,孩子被泪水浸润过的眸子愈发显得乌溜溜的,她好奇地看着这个陌生的人,杨美兰忽然间心软得就如烂泥一般,再也不想松开手。“乖啊,真是个乖娃儿,来,娘娘给擦下,哎,真好……”杨美兰轻柔地用手背把孩子嘴边粘到的鼻涕给抹了抹,丝毫也不嫌弃。

饱经世故的张院长看着杨美兰温柔的神色微微一笑,她那是毫不作伪的、发自内心的母性。虽然之前杨美兰一副唯唯诺诺、话不成句的样子并不让人欣赏,但是现在,张院长对她非常满意。这里不需要慷慨激昂的演说家,这里需要的是一颗柔软包容的心。

米阳则是有些吃惊地看着杨美兰的一举一动,原来她也会说这么多话,而且一举一动都透着女性的温柔。米阳自嘲地挠了挠头,这就是所谓的人不可貌相吧,看来自己也是一俗人。微信声响起,米阳掏出手机一看,是韦晶的,忍不住一笑,往旁边走了几步给韦晶回电话。

“你在哪儿呢?”韦晶劈头就问。“福利院啊。”米阳回答。“你又去看爱家了?”电话这边的韦晶啃着鸭梨问,这事儿米阳跟她提过。“嗨,我说那边那大漏勺,你下巴汤儿都快滴到我沙发上了。”坐在一旁的陶香直翻白眼儿,先拿脚踢了韦晶一下,然后才扯了几张面巾纸塞了过去,韦晶呵呵笑着接过来擦了擦。

“你在哪儿呢?”米阳听见电话那边有人就问。“桃子家啊,今天我不是补休吗,桃子从欧洲回来了,我来找她一起去吃晚饭,问你去不去?”韦晶笑嘻嘻地说。这两天她心情着实不错,前一段时间为了个大 Case 忙得四脚朝天,现在合同拿下,老板大发慈悲,除了额外发了奖金,还让大家轮流补休几天。按照亚君的说法,进 BM 公司三年了,第一次见到给做馒头的发奖金,怎么就让你赶上了?

“哟嗬,怎么想起我来了,要是让我付钱我可不去!”米阳跟她逗。一旁笑眯眯听着的陶香凑了上去:“米大警官,给个面子吧。”“你陶大美人亲自邀请,那是一定要出席的,不过这几天所里确实太忙,你们先去吃,告诉我个地方,回头我找你们去!”米阳跟陶香因为韦晶彼此关系也不错,属于还能开开玩笑那个阶段的。

韦晶曾问过米阳为什么不追求陶香,男人不是都喜欢美女吗? 米阳说,是啊,男人是喜欢美女,可男人不一定都娶美女,你不知道有时候女人会让男人没自信吗? 韦晶说,是吗? 可我看你挺有自信的啊。米阳说,是啊,没自信的时候看看你,我立刻信心满满! 韦晶说,我大嘴巴抽你个信心满满!

陶香笑着说了句“好呀”,就坐了回去,这边韦晶酸溜溜地说:“一说美女邀请您都激动了吧? 腿都软了吧?”“那是,不光激动腿软,让我付钱都认了!”米阳笑说。然后就听见“咔嗒”一声,电话给挂了,米阳哧哧笑着,心情很好地冲正对他招手的张院长走了过去。

“我说你俩都几岁了,还一天到晚地穷逗,打我认识你俩就闹,闹到现在也不嫌烦!”陶香很没辙地摇摇头。韦晶一撇嘴:“谁让他嘴欠!”陶香好笑地说:“我看你俩半斤八两!”韦晶扑上去拧她:“你敢说我嘴欠!”两个人笑闹成一团。

俩人折腾了一会儿才分开,陶香拢着头发问:“你最近干得怎么样,还顺心吗?”瘫在沙发上的韦晶说:“不就那样!”陶香一笑:“哟,又不是你排除万难就想当白领的时候,外企,白领!”她夸张地学着韦晶当初羡慕万分的口气。

韦晶却不像她预想的那样,跳起来跟她闹,而是特有感触地、带了点忧郁地叹了口气:“在 BM 这段时间,我唯一的感觉就是,厕所装修得再豪华,它还是厕所!哪儿上不是上啊,干吗非去那儿蹲着呢。”“噗!”陶香差点被嘴里的咖啡呛着,她哈哈大笑了起来。

“行了,不说这个了,一说我就烦,我现在是能干多久干多久,最起码有一个好的 Background,以后换工作的时候有优势。”韦晶耸耸肩。陶香先点点头,然后突然笑了起来:“你现在说话也中英文夹杂了,有范儿了啊!”韦晶一斜眼:“你恶心我呢是吧?”

陶香赶紧摆摆手:“岂敢岂敢,对了,刚才你跟米阳说什么爱家的? 他要去爱家买家具?”韦晶哧地一乐:“哪儿跟哪儿呀,是米阳他们派出所捡了个孩子送福利院了,取名叫爱家,不是爱家家居! 因为是国家开的,所以一般名字都是爱国、爱党、爱民的。”

“原来如此,这孩子肯定有毛病吧?”陶香一耸肩。“米阳说没有,不过是个女孩儿,哼,大概是重男轻女的超生游击队干的吧,造孽啊!”韦晶啧啧有声。

话音未落,韦晶的电话响了起来。“老娘?找我啥事儿?啊?不是吧,我这儿都约好了……噢,行吧,那我跟人说一声,在哪儿啊?知道了,放心吧,我先去办,你甭管了,嗯,拜了啊。”

放下电话韦晶还没开口,陶香先问:“阿姨找你有事儿,不能吃饭了?”“嗯,我老爸的退休正式批下来了,我妈说出去吃个饭,宽宽他的心,正好今天我妈也第一个月发工资!”韦晶挠了挠头,“桃子,对不起啊,改天我再请你!我还得去趟北京银行,给我爸办个存折,交社保什么的。”

陶香用手指捶了韦晶脑门一下:“你跟我还来这一套,现在就走?那我给你带的东西别忘了!”韦晶嘿嘿一笑:“这个绝对忘不了,您放心!”“德行!”陶香笑嗔了一句,转身帮韦晶收拾袋子。

等韦晶呼哧带喘地赶到饭馆的时候,韦妈妈早就到了,小肥羊火锅汤汁翻滚,香味扑鼻。“咦?我爸呢?妈,你可真行,自己一人就招呼上了。”韦晶一屁股坐了下来,倒了杯可乐咕嘟咕嘟地喝着。韦妈妈横了她一眼:“你爸去厕所了,我们等你半天了,那服务员老围着我们转,只能先点了,你磨磨蹭蹭地干什么去了?”

“还不是您非让我去银行,排队就排了一个多钟头。”韦晶没好气地说。韦妈妈忍不住笑了,又问:“你那口袋里是什么?又买衣服了,净瞎花钱!”

韦晶做无奈状:“哎哟,我的妈,麻烦您看清楚了再数落我成吗?这是人陶香从国外给我带的化妆品和礼物,不要钱的,本来说好跟他们吃饭的,您又非说今天要出来吃,害得我食言。”韦妈妈眼睛一瞪:“你朋友重要还是你爸重要啊?”

“啧,我不就这么一说,您怎么还上纲上线,挑拨离间啊,不说这个了,您看,这腰包好看吧,名牌!我一直想买一个,出去玩时比较方便。”韦晶掏出一个小包来跟老娘炫耀。韦妈妈接过去仔细看了看:“是不错,一看就是好东西,系腰上的?”“是啊,腰包不系腰上系哪儿啊。”韦晶笑说。

韦妈妈把腰包翻过来覆过去地又看了看:“不是吧,这带子也忒短了!就你腰上那堆肉,系得上吗?”韦晶接过来一看,还真是不长,当时走得急,在陶香家里也没来得及试,就都塞袋子里了。

韦晶开始尝试把腰包往身上系:“怎么可能系不上,嗞!”她一边憋气,一边用力扣,费了半天劲儿还是不行。韦妈妈看不下去了:“过来,我帮你弄!”娘儿俩齐心合力。“吸气! 坚持住……成了!”韦妈妈长出了一口气,可算系上了,而韦晶根本不敢大喘气,生怕一用力,那腰包就能崩到锅里给涮了。

韦妈妈左右打量了一下,那腰包紧紧地贴在韦晶小腹上,扁扁平平的,她怀疑地问:“我说你这包里连空气都装不下了,还能装什么呀?”韦晶兀自嘴硬:“刚开始这带子肯定紧,用几次自然就松了!”心里却也嘀咕,难道腰包是按照陶香的腰围买的? 那也紧了点儿吧。

这时在家做了一盘子意大利面,正准备享用的陶香无意间发现沙发上犄角里夹了个小塑料袋。放下手里的盘子往沙发里一掏。“这个韦晶,怎么把加长用的带子给落下了,马马虎虎的……”她顺手拿起手机给韦晶发微信让她回头来取。

韦爸爸从厕所回来,一见女儿到了自然高兴:“闺女来了,怎么不坐下吃啊?”被勒得有点上不来气的韦晶辛苦地一笑,还没开口,正准备坐下的韦爸爸一眼就看见了女儿腹部那个勒得紧紧的红色腰包,他一愣,歪头看了两眼然后问韦晶:“这是新出的神功元气袋吗? 你买它干吗?”

“老爸你可真行,人家法国名师设计的腰包在你眼里就跟元气袋是一个等级的。”韦晶没好气地说。一旁的韦妈妈快笑死了,她一边擦眼泪一边说:“也不能怪你爸,谁让你那腰胖得系腰包跟系红腰带似的!”

一旁的韦爸爸拿着韦晶解下来的腰包翻看着,顺嘴问:“这包挺贵的吧? 怎么也得小三百吧?”韦晶特崩溃地叹了口气:“牛嚼牡丹啊……”然后说了个数字,韦爸爸吃惊得张大了嘴:“不是吧? 就这么一小玩意儿?”“就是,你以为现在这小年轻钱都花哪儿去了。”韦妈妈见怪不怪地说。

啧啧有声的韦爸爸忍不住摇头:“好嘛,这价钱能买多少个面口袋啊,还比这能装。”“切,老爸,那面口袋能系腰上吗?”韦晶瞪了一眼自己老爹,一把把腰包抢回来往袋子里塞。韦妈妈夹了一筷子金针菇给自己老头儿,又跟他笑说:“还别说,你闺女那腰系面口袋肯定没问题,够粗!”说完夫妻俩都笑了起来。

韦晶正要愤而反驳的时候手机响了,正是陶香让她回头去取袋子的那个微信。

韦晶立刻得意扬扬地把手机递到父母面前："看看，看看，不是咱腰粗，是那带子有问题！"

韦妈妈扫了一眼那微信："不是就不是呗，话又说回来，一天到晚稀里马虎、丢三落四的你还挺得意的是吧？韦晶？我说话呢你听见没有？"韦妈妈发现女儿手里举着手机，人却扭着头看向窗外。她拍了一下韦晶的手："看什么呢？回头手机再掉锅里！"

"啊？妈，我出去一下，马上就回来！"韦晶回过神来，匆匆说了一句就起身快步走了出去。"哎哎?！你去哪儿啊？"韦妈妈叫了一嗓子，然后推了韦爸爸一把，"韦晶她怎么了？"

韦爸爸没说话，只转头看着窗外，韦晶正穿过饭馆门前的小马路往对面跑。街边的路灯不算亮，好在离得不远，能看出一个男人正扶着一棵树在呕吐，韦妈妈看女儿朝他跑了过去。

夫妻俩面面相觑，同时发问："那谁啊？你认识吗？"

第十六章　貌似有点开窍了(上)

“呕——”一股带着强烈酸臭的、被胃液发酵过的液体从男人嘴里喷薄而出，差点溅在韦晶的鞋子上。“哇！”她尖叫了一声，本能地想往旁边躲闪，可接着就发现如果自己不去扶的话，这老兄就打算一屁股坐在那摊呕吐物里了。

韦晶被那股味儿熏得一个劲儿地犯恶心，她一把抓住男人的胳膊稳住他的平衡，先扭头向外深吸一口气，然后憋住气转回头飞快地说：“江山，这边！先这边来！”边说边把他往干净地方扯。喝得晕晕乎乎的江山下意识地跟她挣扎，嘴里还嘟嘟囔囔的：“干吗呀，你谁呀！”韦晶安抚地说：“我，韦晶啊，江山，你醒醒，出什么事儿了？怎么喝这么多？没事儿吧？”

江山一米八几的个子，平常看着挺瘦溜一小伙子，可现在因为喝醉不光变得东倒西歪，而且跟吸了水的海绵似的重量直线上升。韦晶既得用肩膀顶住他还得防止他挣脱后摔倒，一时间觉得自己好像扛着一大保险柜，死沉死沉不说还老惦记着逃跑。“哎哟！”韦晶叫了一声，刚才鞋跟被下水道箅子别了一下，一时间失了平衡，她后背撞上了电线杆，挺疼。

晕乎乎的江山却不管不顾继续挣扎，他突然间一抽手，“放开我……”喝醉的男人根本就不知道控制力气，韦晶不防备之下，差点实打实挨了一耳光，脸颊被扫过的部分火辣辣地疼。已经折腾出一身臭汗的韦大小姐，顿时怒从心头起，恶向胆边生！

她一脚就跺上江山的脚面，用鞋跟踩，嘴里还恶狠狠地说："你还来劲了是吧，小白脸！再不清醒，我大耳刮子扇你信不信……"话未说完，就看见因为脚疼而龇牙咧嘴的江山猛地一弯腰："呕——呕——韦……韦晶？"

凉拖，某名牌，打完折还586元，奖金的一部分，今年流行的翠绿色，当时售货小姐信誓旦旦地说："我们家的产品穿起来特别清爽，不会有捂脚的感觉！绝对透气！"韦晶抬头望天无语，很好，非常好，果然是不捂脚很透气啊，脚面上这会儿热腾腾湿漉漉的……

"我的天哪！"饭馆里的韦妈妈看得直咧嘴，说着就站了起来，一边的韦爸爸赶紧拉了一把："干吗去？"韦妈妈说："去帮帮你闺女呀，你看她，那是帮忙啊？整个儿就一添乱的！"韦爸爸示意她少安毋躁："你还老说我惯着她，现在你不也一样，你让她自己弄，要是真不行她肯定找咱们了，人家年轻人之间的事儿，咱别轻易掺和！"

韦妈妈看着自己老头子一脸认真的样子，不乐意地撇了撇嘴，但还是坐下了。韦爸爸继续往窗外左瞄右瞄，现在女儿和那个小伙子就在路灯底下，看起来清楚了许多。

他捅了下自己老婆，神秘兮兮地问："你说这是不是她男朋友啊？看样子长得不错，不过醉酒可不是个好习惯。"韦妈妈从鼻子里哼了一声："你什么记性啊，那不是江山吗，米阳的朋友，以前经常来找米阳玩的，来过咱家好几次了，还跟着一小胖子！"

"哦——"韦爸爸点点头，"你这么一说，我想起来了，后来上北大去银行那个是吧？"韦妈妈点点头。"说不定现在俩人在一起了呢，要不韦晶干吗这么火烧火燎地往外跑？"韦爸爸还是保持了一定的怀疑以及期待。

韦妈妈一愣，扭头往外看，韦晶已经扶着江山靠在了灯柱上，自己跑到一旁的草地里，以一种高难度的动作追着自动喷洒水龙头冲脚，同时还在打电话。虽然隔着八丈远，韦妈妈都能感觉到韦晶在冲着电话吼叫。

看了一会儿，韦妈妈摇摇头："不像，你闺女谈恋爱不是这状态！哎，我说，怎么着，你着急嫁闺女啦？"韦妈妈打趣地看向自家老头儿。韦爸爸呵呵一笑："我就是觉得韦晶转过年就该二十七了，也该找了，是谁都没关系，只要品质好，上进，对她好就行！其实……”他吧唧了一下嘴，突然不说了。

韦妈妈瞪他一眼：“其实什么？说话还说一半啊你！”韦爸爸夹了一筷子羊肉塞嘴里含混地说：“其实我觉得那谁就不错……”“那谁呀？”韦妈妈问，小三十年的夫妻不是白做的，她跟着就反应了过来，“你想说米阳吧？”

韦爸爸点点头，很认真地说：“这孩子我真挺喜欢的，从小跟韦晶就合得来，对她也照顾，你看平时没事儿找事儿的都是咱家韦晶，那孩子乐呵呵的从来不吃心！还是警察，又肯上进！咱知根知底儿，多好！”

“哼！”韦妈妈冷笑了一声，“是啊，他要是没妈就更好了！”“咳咳。”韦爸爸顿时呛住了，紧着灌了两口啤酒，他好笑地说，“说什么呢你？谁还能没个缺点！”韦妈妈一瞪眼：“他妈那叫缺点啊，那整个是一缺陷！想让我闺女管她叫妈，伺候她，甭想！别说门了，窗户都没有！”

韦晶不知道父母这里如何盘算着她的人生大事，她正跟米阳在电话里嚷嚷呢。米阳在回家的路上，他自行车胎不知道什么时候被扎了，只能坐公共汽车回家。挺无聊的时候，韦晶的电话就来了。

他刚说了声“喂”，那边韦晶就跟机关枪似的开始突突他，一阵狂轰滥炸之后，听得有点晕的米阳进行了小结。应该是韦晶吃饭时碰到江山喝多了然后吐她身上了，什么五百多的鞋没穿两天全毁了得让他赔。“你们俩怎么碰上了？啊？行行行，你别叫了，我这站就下车打车过去，五分钟就能到！咱家那边的小肥羊对面是吧？嗯，江山现在什么状况？”米阳边问边往外挤，“劳驾，借光下车。”

在冲脚的韦晶回头看了一眼，吐过两次的江山已经好多了，刚才认出自己之后，一直安静地靠在电线杆上，就是有点不稳当，晃来晃去的，也不知道在想什么。“这会儿还行。”韦晶说。“什么叫还行，具体点！”米阳指示。韦晶翻了个白眼：“那就跟猿人刚下地时差不多，勉强还能直立行走吧。”

“哧！”米阳喷笑了出来，唾沫星子显然飞到他身前那老兄脖领子里去了，那哥们儿回头一个怒视，却发现米阳是个警察，到嘴边的脏话嚅动了半晌生生给咽了回去，倒是米阳说了句：“对不起。”

今天下班时接到韦晶电话说跟美人的聚餐取消了，米阳就没着急回家，把剩下的犬只登记表弄完了才走。想换衣服的时候发现自己的便装不见了，后来其他同事说好像是周亮那小子给穿走了,正咒骂周亮的时候他又发现自行车胎爆了,因而米警官只能穿着制服在老百姓们含意各不同的眼神里挤公交车,倒不是故意穿出来臭显摆。

那边米阳下了车伸手打车,这边韦晶撂了电话往回走,脚上的脏东西看着是冲干净了,至于是不是真干净,韦晶让自己不要多想。走到江山跟前歪头看他,就听见江山在那儿嘟囔些什么,韦晶竖着耳朵听了半天,才听明白他说:“喝……喝……”

“还喝?江山,你怎么了,第一次见你喝醉,你说你又不是肥三儿,学他点儿好行不行,虽说他没什么好儿可学的。”说着韦晶轻轻碰了碰江山的手臂,江山冲她一笑,可眼光没什么聚焦的样子。经过刚才那阵翻江倒海的呕吐,他脸上带了一点红晕,反而衬得脸色愈加苍白,胸口还有裤脚上都是星星点点的呕吐物。

“江山,没出什么事儿吧?工作不顺心了?不会啊,上个星期米阳还说你当上你们行副理了,我说你不是失恋了吧,你江大帅哥也会失——”韦晶剩下的话都噎在了嗓子眼儿里,因为江山突然抬头直勾勾地死盯着她。

汗毛都快竖起来的韦晶赶紧说:“江山,我开玩笑的,你别吓唬我啊,你知道我是谁吧?”江山好像回想了一下,然后笑了:“你是韦晶嘛。”韦晶这才长长地出了一口气,顺口跟了一句:“你真知道啊。”江山认真地点了点头:“知道啊,你不就是那个左屁股上有块疤的韦晶吗……”

正放松脖颈的韦晶就听见嘎巴一声脆响,周围突然安静起来,她抬头瞅着江山就如同二十世纪三十年代默片演员似的只有嘴皮子在动,然后旁边配上大大的繁体字幕:“这个男人说:你的左屁股上面有块疤!”

“江山,你刚才说什么?”韦晶轻轻地问。江山好像也知道自己说错话了,一副拼命想找回自己理智的样子,眼神四下里乱飞。“嗝。”他打了个酒嗝之后才慢吞吞地说,“没说什么,反正米阳不让我告诉肥三儿,真没什么,嗝,呵呵……”

韦晶脑子里“轰”的一声响。“死大米!”她一字一磨牙地说。要说韦晶屁股上这块疤的由来实在不太光荣,起因是抢一块烤红薯,结果是她屁股上多了一块疤。以前一起住过四合院的邻居们一说起韦晶就是,噢,我知道她,就是一屁股坐小火炉上,然后都送医院了还死抓着红薯不松手的那个小姑娘是吧?

要说这话谁说都行,就是米阳说不行,因为跟韦晶抢红薯又把她不小心推到火炉上"烤屁屁"的就是米大警官本人。因为这件事,韦晶给人留下了"吃货"的印象,而米阳挨了米爸爸一顿胖揍之后,无意识地养成了一种有东西得先给韦晶吃的"好"习惯。

"味精,山子!"正当韦晶熊熊怒火运行全身大小周天各一次的时候,不知大祸临头的米警官拍马赶到了。他一眼就看见那边灯柱子底下大眼瞪小眼的俩人,付了车钱之后赶紧跑了过去,人未到,脸先笑,咧着大嘴就过来了。

"味精!我叫你半天了,没听见啊,哇哦,我靠,你干吗你!"刚过马路对面的米阳猛然发觉有一黑影儿朝自己飞来,本能一个侧头,风声擦面而过,他的大檐帽被打了下来。

米阳下意识地低头看,自己帽子旁边躺着只凉鞋,绿色的,很女性化。他弯腰先把两样东西都捡了起来,抬头笑说:"干吗呀,不就晚了会儿吗,这点儿堵车你又不是不知道,居然上暗器。"跷着一只脚在原地蹦跶的韦晶大骂一声:"米阳!你个乌龟王八蛋猪!"

挨骂的米阳不明所以。"就算晚了点你也用不着口出恶言吧,咦?我说这什么味儿。"他抽动了下鼻子,然后发现韦晶的那只鞋味道很奇妙,不知道缘故的他一边递鞋还一边嘲笑韦晶,"凉鞋都能穿出这味儿来,你这汗脚可够严重的。"

韦晶狠狠地把鞋抢了回来,上手就打,没头没脸没屁股地用鞋跟儿乱敲:"我打死你个大嘴巴!我让你乱喷!吃饱了撑的没得说了是吧?""哎哟,靠!疼死了,韦晶你干吗呀你,再打我真急了啊,我还手了啊。"米阳跟猴子似的四处乱蹦,韦晶穿着一只高跟鞋,一拐一拐的远没有他灵活。

这时被扔在一旁看热闹的江山不知道为什么开始傻笑,哈哈笑了没几下,恶心劲儿上来了又是弯腰几声干呕,这边正在缠斗的韦晶和米阳同时做了一个"我闪"的动作。可江山什么也没吐出来,顺着电线杆滑坐在了地上,低着头,没几秒钟,呼噜声响起了。

米阳借机躲远了点儿,他特可笑地两手交叉护胸,戒惧地看着一边喘粗气一边恶狠狠盯着自己的韦晶,那鞋子让她捏得嘎嘎直响。"怎么的,你又想把鞋塞我嘴里呀?”韦晶突然冷笑了一声,把鞋子套回了脚上:“想得美!六百块钱呢,你肯吃我还舍不得呢。”说完套上鞋,转身想走。

“哎?”看着韦晶怒冲冲离去的背影,深感莫名其妙的米阳忍不住叫了一声,“我说你是更年期提前还是青春期躁动滞后啊,没头没脑的算怎么回事儿?就算江山吐你身上了,他也不是故意的,不用这么株连九族的吧?你这是冲他还是冲我啊?”

韦晶头也不回地说了一声:“一丘之貉!”然后大踏步地过了马路。

眼瞅着她进了饭馆,眼神极好的米阳这才发觉韦氏夫妇貌似也在,他尴尬地冲他们招了招手。“一丘之貉?”米阳灵光的头脑开始转了起来,韦晶不是个事儿多的人,而且一向跟江山处得不错,更何况刚才打电话的时候她还“好好”的呢。

刚才她说什么来着?大嘴巴,乱喷……他充分调动了自己的逻辑思维能力进行代换,“一丘之貉是说我跟江山,然后说我乱喷,那就是江山喷什么了……”米大警官的眼光落到了已经睡着的江山身上。

第二天一早,做了一夜噩梦的江山终于醒了,头又涨又沉,如同石头,他抬手揉揉太阳穴,“咝——”那种头部好像要裂开的感觉让他龇牙咧嘴地直吸凉气,不敢再揉。过了半天,那股难受劲头稍稍过去了,江山虽然没睁眼,但是屋里的味道,自己身下的被褥都告诉他,他在自己家。

昨天喝多了,后来还碰上韦晶了,后来……江山缓缓地睁开了眼,屋里似乎很明亮,但是自己的眼前为什么这么暗?江山皱着眉头揉揉眼睛再看。“啊!”他吓得一声大叫,米阳正阴恻恻地低头瞪着他,俩人都快贴上了。“醒了?你昨天晚上跟韦晶说什么了?!”

江山下意识地想起身,然后就听见“嘭”的一声闷响,“我靠!”两个咒骂声同时响起。本来就头痛欲裂的江山破口大骂:“大米,你丫有病啊!我又不是睡美人,一大早你贴我那么近干吗?!哎哟……”嚷嚷完的江山小心翼翼地抱住了自己的脑袋,他被自己的声音震得愈发难受。

坐在床边揉脑门的米阳没好气地说:“就你那一脸眼屎的还睡美人呢,回答问题,我忍了你一宿了!”“什么问题……”江山伸手挡住刺眼的阳光,然后突然想起昨天自己好像跟韦晶说:她屁股……江山开始苦笑,“我说她屁股上有块疤。”

“你说什么?”米阳好像没听懂。江山长出了口气,加重语气道:“我是说,她……”他话还没说完，就觉得自己脖子一紧被人拎坐了起来。“你怎么知道的?”米阳问。他的表情平常甚至可以说是平静，但是江山就是感觉到米阳就像要爆发之前的火山，随时能一拳把自己给 KO 了。

“你告诉我的。”江山用手掰着米阳抓着他脖领子的手。“我?”米阳显然不信。江山虽然眼球胀痛，但还是忍不住翻了个白眼:“对，你，去年一月六号你破了大案肩膀多了朵花儿，咱们仨在小林她家店里吃鸡翅喝酒庆祝，你喝多了非讲给我听，还一再强调不要告诉肥三儿，其实那家伙早醉了，要是不信，你去问问小林，她也听见了!”

一口气说了这么多话，江山觉得那脑袋已经不是自己的了，干脆自暴自弃地随便米阳怎么抓，倒是米阳挺不好意思地放开了手，扶他躺了回去。俩人你看看我，我看看你，同时苦笑着说了一句:“喝酒真误事啊!”

看着江山有些难受的样子，米阳顺手拿起床头柜上放着的湿毛巾:“给，擦擦吧。”江山接过来道了声谢，擦着脸又问:“昨晚上你照顾我的? 今儿不用上班吗?”

米阳伸了个懒腰，用力地搓了把脸:“今儿我请假跟同事调班了，认识你这么久，还是第一次看你喝成这样，我不放心，你没事儿吧?”

江山擦脸的手一顿，然后听他在毛巾底下闷闷地说了句:“没事儿啊，啊! 对了，韦晶……没事吧?”“没事儿?”米阳扒拉着自己的板寸儿，歪头给江山看脑门，“都青了看见没，她拿鞋跟儿敲的!”

“哈哈。”江山忍不住一笑，“兄弟，对不住了啊，回头我去跟她解释，保证她不生你气，放心!”“唉。”米阳叹了口气，“我打她电话不接，微信也不回，你不知道，她特忌讳人提这事儿! 这回我可惨喽……”

“大米，韦晶不是哥们儿了吧?”江山没头没脑的一句话让米阳一愣，但是他特明白什么意思，讪讪地说了句:“说什么呢?”“你说什么呀，你是没瞧见刚才你那样，我要说是我偷看的，你非生吃了我不可!”江山打趣道。

米阳最近太阳晒得不少，露在外面的皮肤都黑亮黑亮的，可脸皮再黑还是挡不住那一抹红渗了出来。“嗯哼!”他先干咳了一声，又把拳头关节捏得嘎巴响，后来又挠挠头，最后只剩下了傻笑，却说什么也不想反驳。

江山再也忍不住地笑了起来:“男人啊……是不是为了女人都会变傻子?”他感慨地摇了摇头。“说得是……”米阳没有恼羞成怒反而赞同让江山一怔，然后就听见米阳若无其事地问，“那，何宁又是谁啊？”

江山跟米阳对视了半晌，人又倒回了床上，米阳也不催他，就看他用胳膊盖住了眼睛，过了会儿才闷闷地说：“大米，以前我拒绝的女孩儿多了，是不是会遭报应？”米阳微微一愣，随即用很平常的口气说：“扯淡！说说你这报应的来龙去脉吧。”

江山又沉默了许久，才开始讲述……

何宁，一个普通的外地打工妹，在银行干些清洁的工作。一开始江山也没注意到她，后来加班的时候总发现她走得晚，很多工作都是她一个人在做，而且她毫无怨言，工作卖力又认真，一点也没有现在年轻女孩儿的那种浮躁。

碰到过几次之后，眼高于顶的江大帅哥对她印象不错，偶尔也会礼貌地打个招呼，仅此而已。直到有一次何宁捡了客户遗失的钱上交，却被找回来的客户指责金额不对，事情闹得行长都出来了。

最后幸好有银行录像证明何宁的清白，客户还是不肯道歉，银行自然想息事宁人别得罪大客户，自己行里的一个小清洁工，回头安慰她一下也就是了。看着何宁一脸的泪痕，江山觉得很不公平，但他也明白世道就是如此，不是“正义”两个字就可以解决一切的。

可让所有人没想到的是，客户临走的时候被何宁叫住了，大家都以为她不甘心受委屈，却发现何宁拿了一张创可贴递给了客户的小儿子。这时大家才发现，顽皮的小男孩儿不知何时把手心划了道口子，渗着血丝，他父亲都没发现。

那客户有些讪讪地走了，行长好好地夸奖了何宁几句，吩咐江山额外奖给她五百块钱就走了。何宁却没什么太多的反应，继续干自己的工作。就这样，慢慢地，一点一点地，江山发现了这女孩儿的很多优点，尤其是细致柔顺，和周围那些伶牙俐齿、受过高等教育的女孩儿一比，何宁的这个特质愈发地吸引人。

“知道吗，大米，漂亮女孩儿我见多了，可没有一个像她那样让我有种迫切地想要保护她的感觉……你别笑，现在貌似是我剃头挑子一头热，你想不到吧，她辞职了，就因为银行里有人风言风语，我知道她不想影响我，她真的是个很善良的女孩儿……”

江山的话一直在米阳的脑海里回响着，他有些烦躁地推开了公共汽车上的玻璃窗吹风……

第十七章　貌似有点开窍了（下）

“大米，周亮！你俩一会儿去把刚才接警那事儿处理一下，人事主在那儿等着呢。”牛所突然发声把正死盯着电脑的米阳吓了一跳。他猛一抬头才发现牛所长不知什么时候站在了自己身后，一手端着他用来喝水的那个罐头瓶子，一手拿着张纸正歪头看着显示屏。

米阳因为心虚，差点伸手把显示器给关了，他下意识地站起身来挡住牛所视线，接过了接警记录：“好嘞，马上就去！”牛所点点头猛拍了米阳肩膀一下：“不错！”米阳有点傻眼：“啊？”心说什么不错？

牛所“唰”的一个转身跟坐米阳对桌的周亮说：“我总是说，工作这件事儿，你放在心上就随时有，看看大米，难得这两天比较消停，没啥活儿，人还主动查看外来人口登记，这叫什么？这就叫工作态度，我们要防患于未然，而不是亡羊补牢！”

边指点江山边转悠的牛所突然发难：“周亮，你小子咧什么嘴，你以为你把手机塞文件下面我就看不见了?!”牛所一把将周亮藏起来的手机翻了出来，低头一看，“哼，就这么一个长虫吃豆子的小玩意儿也能让你玩得那么兴奋，哈喇子都快出来了！”

周亮同志显然抗打击能力极强，他就冲着牛所嘿嘿地傻笑。“噗——”周围几个警察偷笑了起来，既笑周亮的谄媚样，也笑牛所的土老帽，管贪吃蛇游戏叫长虫吃豆子。牛所把牛眼一瞪，四周立刻消音：“小于，把今年上半年的走访情况给我统计出来,下午一点之前给我,好了,大家伙继续!”说完牛所迈着方步回了自己办公室。

周亮扭着屁股把转椅滑到米阳跟前,阴阳怪气地说:“劳模儿,看啥呢,也让我们学习学习!”说完伸头瞄了一眼屏幕,“哟,这谁啊?长得挺水灵的,我说你是看美女呢吧,公器私用!”

米阳哈哈一笑把程序退了出来,戴上帽子,又把接警记录塞到了手包里,然后冲周亮笑说:“我还就看美女了,我还就受表扬了,气死你!”周亮一脚踹过去,米阳灵活地一躲,嬉笑着出了门。周亮差点闪着腰不说,又被探出头来的牛所吼了一句:“你怎么还没走,等着我派车送你呢?!”

出了办公室,米阳这才长长地出了口气。刚才真是吓了一跳,自己正全神贯注地查看何宁个人资料的时候,竟被牛所看见了,好在他以为自己是在工作。虽然从江山嘴里说出的关于何宁的种种,都让人感觉这女孩儿确实不错,米阳却总有点担心,说不上为什么,今儿一上班,他就赶紧上内网查何宁的底细。

“今儿出门我就没看皇历!”拎着帽子跑出来的周亮一脸晦气地嘀咕着,一抬头看见米阳正跨在自行车上咬着舌尖坏笑,更是气儿不打一处来。

米阳哪容他蹿过来跟自己算账,冲他身后说:“所长,我们走了啊。”周亮吓一跳,猛的一个立正然后小心翼翼回身看去,连个鬼影子都没有,心知又被米阳给涮了一道,他气哼哼地骑上一辆自行车就追。

那案情说简单也简单,说复杂也复杂,米阳站在宠物店里和那只小猫大眼瞪小眼,而周亮则在门口那边安慰一个眼红红的小朋友。一个满头卷发的中年妇女还在跟店主不依不饶:“你看看那耳朵,啊?立得跟狼狗似的,你还好意思说它是苏格兰折耳猫!这不是骗小孩儿吗!缺不缺德啊你?!”米阳一愣,挠了挠小猫的耳朵,小猫舒服地“喵呜”了一声,那耳根是挺硬的。

“你怎么不讲理啊,折耳猫不是生出来就折耳,而且这只猫我们卖给你们的时候也说了,概率不是很大,很可能不折,要不能八百块钱就卖吗!现在这猫让你养得明显是营养不良你又说不要了原价退,怎么可能嘛!”委屈的店主妹妹红着眼圈说,可那个大嫂根本不听,还是坚持退钱。

周亮这时溜达了过来,米阳悄声问:“怎么样?”周亮从鼻子里哼了一声,压低嗓门说:“小孩儿说这猫是爸爸给买的,他妈嫌麻烦不让养就想着退货不能吃亏。可人家不给她退,因为那猫让他们给养得蔫了吧唧的估计要嗝屁,谁也不让谁结果就报警了,靠！什么破事儿就报警啊!”

米阳看了一眼站在门口的那个小男孩儿,他正眼巴巴地看着这只小猫,脸上写满了不舍。可他的妈妈显然注意力只在跟店主扯皮上,根本没注意自己儿子的感受,米阳在心里叹息了一声。

周亮同志一向惜香怜玉,又知道了事情的真实原因,眼看着擦眼抹泪儿的小姑娘被一老女人欺侮,他走过去帮忙伸张正义。“我说这位女同志,猫您儿子玩了一个多月了吧,还有这店里下午的生意也全让您搅和黄了,您看……”看着周亮在那边调解,米阳在旁边戒备着,以防止女人们突然翻脸,连抓带挠殃及周亮这胖头鱼,这可是血淋淋的经验教训啊。

过了一会儿突然觉得手中一暖,米阳低头看去,那只不折耳的小折耳不知何时蹭到了自己手里,舒舒服服地,放松地靠着自己。跟身子比起来又大又圆的脑壳很滑稽,深棕色的眼睛带了一点绿色,它非常信任又带了一点讨好地正看着自己。

米阳突然觉得小猫那大圆脑壳还有圆眼睛很像一个人,他忍不住“哧”的一声笑了出来……

“嗯——”终于做完季度销售评估报表的韦晶大大地伸了个懒腰,揉着眼睛正想喝口水,却发现屏幕右下方MSN在闪动,她赶紧打开看,是陶香问她:“在吗?”韦晶回了过去:“俺来也,你还在吗,不好意思啊,刚才做表做傻了没看见!”

陶香立刻回了一个笑脸图案:“没事儿,对了,你不是原谅米阳了吗,怎么签名还是这个啊?”韦晶看看自己签名上写的是:米阳是乌龟王八蛋猪！她忍不住一笑,回了一个“戴墨镜得意笑”的表情:“我觉得挺好啊!”陶香回了一个流汗的表情:“米阳不生气吗?”韦晶这边乐着输入:“他不生气,他把自己MSN的签名改成‘江山是乌龟王八蛋猪了’!”陶香只回了一个字:“喷!”

“你们俩可真是……”陶香又加了一句,“行了,我就是告诉你,上次不是说周末去K歌,能不能定周日啊,我临时要参加个会议,是客户介绍的,是讲明年流行趋势的,抱歉啊。”陶香放了个脸红的表情。韦晶噼里啪啦地回道:“没问题啊,正好周六要跟米阳去爬长城，他们单位组织的，允许带家属，米阳说他家里没人去！”

“啊？你不是不喜欢爬山吗？”陶香问。韦晶回答：“是不喜欢，不过我喜欢中午那顿虹鳟全鱼宴，嘿嘿！”陶香回了一个无力的表情：“为吃卖身的女人，那你就算他‘家属’了？”陶香特地在“家属”两个字上加了引号。韦晶大大咧咧地回道：“家属咋了，俺比他大，大姐也是家属啊，就算不是亲的，他们单位还能验了血才让上车不成？”

看着屏幕上闪烁的字体，电脑前的陶香喃喃说了句：“米阳，长路漫漫啊……”聪慧敏感的陶香一直觉得韦晶和米阳之间有一种别人插不进去的气场，亲情、友情或别的什么说不清楚的情，总之很深。别看俩人平时见面就掐，要是真有个什么事儿，铁定是一头儿的。

陶香好笑地摇了摇头正想继续打字，就看见韦晶又打了一行字出来：“老板在吼，闪一下！”这边飞快打完字的韦晶转身问亚君：“哪个姐夫找我？”亚君说：“大姐夫！”“噢，我知道什么事儿了。”韦晶从文件夹里抽了一张纸出来：“那我先去了啊，对了，我这儿有大枣儿你先洗洗吃，就在……”

她话未说完就看亚君做了个 OK 的手势：“明白！”然后就去翻自己的书包把装枣儿的塑料袋掏了出来，韦晶做了个无力的表情，她还真明白。

韦晶这个 Team 里面有两个 Jeff，一个是三线大老板意大利人，一个是二线老板新加坡人，为了区分他们俩，大家按照谐音把他们称为大姐夫、二姐夫。

到了老板专属的玻璃隔间跟前，韦晶整理了一下头发才敲门。“请进！”一个有些怪异的嗓音响起。韦晶微微一笑，大姐夫中文不太好，但是很喜欢说，比那个明明会中文却不愿意讲的二姐夫好相处多了。

进去之后韦晶先把报表交了上去，大姐夫大致浏览了一下重点，很满意，连连夸奖并感谢韦晶。外国人有时候就是这点好，只要你认真做了，他们从不吝惜感谢和夸奖，虽然都是些没什么实质内容的话，但还是会让你觉得很愉快。

一直都工作得比较压抑的韦晶也喜欢这样的夸奖，不管真的假的，时效多短，偶尔满足一下自己的虚荣心还是必要的。不得不说环境改变人，韦晶来 BM 公司工作也五个月了，虽然她的英文水平依然不高，但是跟之前的她比，那绝对是天差地别的。

中英文夹杂地跟大姐夫谈完工作之后,不知何故心情很 High 的意大利人又拿出一样东西,说是他朋友从旧货市场上淘来送给他的。韦晶倒是听懂“潘家园”三个字了,心想是什么古董吧,不过肯定是仿的,用来骗老外的。

可就算再让她想一万次,她也想不到自己眼前会出现这个东西,“放 Fruits,漂亮!”大姐夫很得意地展示给韦晶看。韦晶眨眼再眨眼,确定自己没有因为做 Excel 太多而导致眼花,一个她小时候几乎各家都有,用来起夜的那种大痰盂儿正四平八稳地站在大姐夫的办公桌上。

韦晶目瞪口呆地看了半晌,要说那痰盂儿还真有可能是那个年代出产的,上面画着鸳鸯戏水不说,还有一个红艳艳的大双喜字。有人说意大利人是全世界最会做表情的人,现在大姐夫挤眉弄眼的种种表情显然在说:怎么样,这东西很美吧,请不要吝惜你的赞美。

别说用英文了,就是用中文韦晶都不知道该怎么跟他解释这玩意儿的实际功用,对了,刚才这老外说啥,放 Fruits? 韦晶心说:我没听错吧,是水果的意思吧,这家伙要拿它当果篮? 哎哟我的妈!

想笑又不敢笑且不知该如何解释的韦晶顿时表情极度扭曲,大姐夫耸耸肩膀,不明所以地看着她。实在没辙的韦晶吭哧着用中文简单说明了一下此物的用途,对中国文化一知半解,不,应该说是半知半解的意大利人彻底晕菜了。

“Pee?!”他连连摇头表示不信,画得这么漂亮的东西怎么可能是便壶。他又指着那个大红双喜,中英文混杂地表示,他明白这个字在中国是很喜庆的意思,一个喜字是 Happy,两个喜字就是双倍 Happy,为什么中国人小便的时候会感到加倍的 Happy?!

韦晶……

“你回来了。”亚君冲韦晶一扬下巴,嘴里还叼着个红通通的大枣,本来表情有点怪异的韦晶一愣,她看见应该出差在外的廖美正坐在自己的座位上,见韦晶回来了,她站起身来跟亚君说:“那就这样吧,反正这个 Project 归我了,你帮我整理一下吧。”“OK!”亚君做了个没问题的手势。

廖美经过韦晶身旁的时候眨了下眼睛:“谢谢你的大枣啊!”说着“咔嚓”咬了

一个，韦晶一笑："别客气，你再拿几个吧，你不是说出差吗？"廖美一笑："吃了好几个了，机票没订上改期了，我先开会去了，拜。"她边说边往会议室方向走。

韦晶坐回到自己的座位上，亚君问："怎么去了那么久，大姐夫又拉着你练中文了？"一提这个，韦晶登时笑了出来，连说带比画地讲了刚才发生的事情，把亚君乐得直咳嗽，直到 Amy 经过这里的时候她才收起了笑容，眼皮子一翻，以白眼对白眼。

一看这对死敌又在练习以眼杀人，韦晶咧咧嘴把视线调回到自己的电脑上，忽然发现屏幕亮着，MSN 窗口里显示陶香留言下线了："我这儿有事儿先下了，明天你加油吧，身为家属，可别在其他警察面前给米大警官丢脸啊！回头联系！"后面跟着一个坏笑的表情。

"切！"韦晶从鼻子里笑哼了一声，低头接着忙自己的工作了。忙得一阵昏天黑地之后，突然听见身后的亚君跟诗朗诵似的感慨了一声："啊，终于下班了——"韦晶这才发现已经下午六点了，她抬头揉揉僵硬的脖梗子，琢磨手里的活儿忙得差不多了，她干脆也收拾东西关电脑准备走人。

"一起走吗？"亚君把椅子转过来问。韦晶摇了摇头："我骑车走，你忘了！""噢，对，我说你不是真打算骑自行车回家吧，也太响应公司'运动最健康'的号召了！"亚君说。"就当减肥呗。"韦晶嘻嘻一笑，看亚君还想说，她赶紧指指表，"行了，你还不走，你那瑜伽课一节可小三百大元，迟到一分钟就是损失五块钱呢！"

亚君一看表，赶忙收拾东西往外冲，嘴里还没忘了说："那我先走了，你悠着点，明儿《新京报》上可别出一新闻，某妙龄女于凌晨骑自行车倒毙在五环边，疑似过劳死……""说什么呢你！"韦晶抓起一文件夹子做投掷状，亚君一声尖笑，紧着两步刷卡推开了玻璃门跑了。

韦晶哧哧笑了一声，收拾好自己的东西也往外走，到电梯间的时候发现一个电梯正要关门，她赶忙跑了几步："请等一下！"可跑到了跟前，电梯还是合上了，里面貌似人不少，韦晶只听见一个很像廖美的声音传了出来："好呀，那明天见了。"

大写字楼上下班时等电梯简直就是一场噩梦，身在二十一层的韦晶足足等了十几分钟之后才勉强挤上一部电梯。今天是周五，BM 公司的自由着装日，所以平时衣冠楚楚的男女们大多穿的都是一身休闲服。韦晶一直在尽力自然地歪着头，以免她身前那位老兄的羽毛球拍杵在自己眼睛上。

不知道是不是因为周末到了大家都很兴奋,电梯里各种香水味道混杂不说,再被人体自身带着汗的热力一蒸发,韦晶顿时觉得有点窒息,心想人说香水本身是臭的,看来是真的!

等出了写字楼,韦晶先做了个大大的深呼吸,现在是九月,有着北京一年中最美好的气候。天气凉爽,蓝色的天空高且透明,疏淡的白云映着夕阳晚霞,格外漂亮。韦晶沿着街边的人行道走了一段之后,来到路边一个挺大的自行车存放处,韦晶给看车的大叔交了七块钱之后,把车子推了出来。

上周五也不知道怎么了,地铁边上的公交车站车次很少,好不容易来一辆,门一开,全是屁股和后背在那儿表演悬空站立。虽然还有不少群众有往上冲杀的勇气,但韦晶自认没那个本事,干脆去打车,因为还有两个报表等着让老板 Review 呢,花点钱总比迟到被老板白眼好。

要说也邪门了,那天出租车也特少,好像成心跟韦大小姐过不去。好不容易等来一辆还总被别人半路劫走。刚开始还故作优雅、不予计较的韦晶一看时间越来越少也急眼了,干脆学着别人的样子走到前面去拦。

可就这样,也总有人拦在她前面,韦晶心说,再往前走,自己就该走回家了。正着急呢,无意间发现路边棚子里放着不少色彩鲜亮的自行车,别的她没看见,就看见"免费"两个字了,也不知道什么时候出现的。

脑海中灵光一闪,她赶紧跑过去问,看车的说是政府的一项什么惠民政策,反正她交了100元押金之后,韦大小姐骑上车就往公司冲…… 从上周五到这周五整整七天,韦晶倒不是刻意不还车,主要是穿着A字裙实在不方便骑车,所以一直等到这周五穿便装的时候才把车取出来准备去还。

今天一天都没出什么幺蛾子,韦晶这会儿心情很好,她背着双肩包,戴上MP3的耳机,节奏劲爆的歌曲响起,她开始优哉游哉地骑车,充分享受着一路上的习习凉风,嘴里还荒腔走板地跟着哼哼:"我的热情,好像一把火,燃烧了整个沙漠……"

骑着唱着,韦晶突然觉得有点不对劲,为什么从自己身边经过的骑车人都回头看自己,难道自己嗓门太大了?韦大小姐闭上了嘴。可就这样,还是有人回头看,莫名其妙的韦晶低头看了看身上，又摸了把自己的脸，手上除了有点汗没别的呀。

难道?！韦晶突然想到了一个恐怖的可能性，难道老妈给自己买的这条特价牛仔裤屁股那里开线了?！穿的时候就觉得特别紧特别薄，不会便宜没好货，给自己开后门了吧……

飞快地回头看看后面的自行车离自己还有段距离，韦晶微微地欠起身，伸出一只手往后摸索着，好像没有啊……“哎呀。”自行车突然被一颗小石子垫了一下，车头一晃，差点歪倒，吓了一跳的韦晶赶忙双手扶把稳住。可她还是有点不放心，一会儿抬起身又换了只手去摸啊摸。

没开线啊……摸着臀部的韦晶很郁闷，她正想着要不要下车来仔细查看一下，无意间往左一歪头，“嚯！”她吓了一跳。一辆红色的消防车不知何时跟在了斜后方，天晓得他们跟多久了。几张黑黝黝的笑脸从车窗里探了出来，见韦晶发现了他们，集体合唱了起来：“我的热情，好像一把火……”而坐在副驾驶座位的谢军显然是在强忍笑意……

韦晶一个猛刹车，“吱——”

看韦晶用脚撑地停住之后一脸的尴尬，谢军示意司机停车，跳下车之前扭头笑说：“这么喜欢唱啊，那一会儿我们一路唱回队里好不好啊?”兵们嘿嘿笑着闭上了嘴，但却都愈发用力地往窗边挤，人人都很兴奋的样子。

走到韦晶跟前的谢军清了清嗓子：“好久不见了。”韦晶挠了下发热的脸庞哼了一句：“是啊，好久没见。”刚才一看见这些兵，韦晶就明白过来，那些回头的骑车人不是在看她，而是看跟着她的这辆消防车。结果自己还误会了，当众表演了一场“十八摸”，一想到这儿，韦晶身上又是“呼”地一热，甚至有了点尿急的感觉。

“嘀嘀嘀！”几个学生按着气喇叭从他们身边飞快地骑过，其中一个蹭着谢军的后背就过去了，韦晶赶紧往里拉了他一把：“小心！”谢军低头看了一眼韦晶刚缩回去的手，他咧嘴一笑：“咱们站这儿好像有点碍事儿，你这是去地铁吧?”他边说边很自然地领着韦晶先靠近便道再往前走。

“你怎么知道我去地铁啊?”韦晶推着车问。谢军的态度一直很自然，她心想反正已经丢大脸了，好在又不是相亲，爱谁谁吧，韦大小姐宽慰了自己之后也变得自然起来。谢军指指她的自行车：“这项服务就地铁那边有个固定点儿，你总不会骑车回家吧,我记得当时你登记的地址好像在西边很远。”

“是啊,你记性真好。”韦晶随意一笑,然后忍不住看了一眼慢速跟在他们身后的消防车。车里的战士一看她回头看自己,嘴巴咧得更大,有人居然还开心地冲她招手,韦晶点点头一笑就赶紧掉转了视线,结果又跟谢军含笑的眼神撞个正着。

韦晶就觉得自己又开始别扭起来,赶紧没话找话,用以打破一下尴尬的气氛:“那什么,你们什么时候过来的?我都没看见。”她不提这个还好,一说这个谢军就想起之前看见韦晶歪歪扭扭地骑着车,唱着歌,然后还摸……

“噢,刚才一转弯正好看见你了,追上来叫了你好几声你都没听见,估计是你音乐声放得太大了。”谢军很委婉地说。“是,是有点大,呵呵……”心知肚明的韦晶干笑着附和。

一时间俩人好像又没话说,韦晶觉得自己走也不是,留也不是,浑身上下不自在到了极点。先用余光瞄了一下沉默中的谢军,韦晶一咬牙准备客气两句走人:“那个我……”“你是不是……”二人同时开口,又同时一愣,谢军先反应了过来,笑说:“女士优先!”

“呃?”韦晶停顿了一下,显然谢军有话要说,自己要是说想走好像不太礼貌,可该说什么呢?韦晶眼神乱飞之际看到了那辆消防车,就随口问,“我想说你们这消防车不大呀,不像平时看到的跟大货车似的那种。”她用手大概比画了一下。

“你说的应该是水罐消防车或者大型云梯车,这种小型的叫泵浦消防车,也是我们常用的。”谢军解释说。“泵什么?”不太明白的韦晶又看了一眼那辆红色的消防车,有点像皮卡。“泵浦,浦东的浦。”谢军十分耐心地解释道,“这种车上装备了消防水泵和一些消防器材,一般能坐三到八个人,到火场后可以利用水源直接扑救,也可以用来供水,比较灵活。”

“真专业。”韦晶点点头又自嘲地一笑,“反正我管红色的会嗷嗷叫的车都叫消防车。”谢军哈哈一笑,很开心的样子。韦晶又说:“你们开这么慢没事儿吗,是在执行任务还是……”她的潜台词就是:要是打扰你们执行任务,咱们就拜拜吧。

“噢,有人把消防栓拧开了,我们刚去处理完准备回队里,这边沿途还有几个消防栓正好顺便再检查一下。”谢军笑说。“是吗……”韦晶回头一看,果然车上的几个战士都下来了,就在路边的草地里,有人拿着工具搬弄,有人拿笔在记录着什么,没有了方才的嬉笑，每个人都很认真地在工作。

这时谢军停住了脚步，韦晶下意识跟着站住了。“我不能送你了。”他说完指指自己的兵。韦晶一愣然后用力点头：“那是，工作重要，你忙你的，那回见了！”说完韦晶准备上车，谢军突然“哎”了一声。“还有事儿吗？”韦晶扭头问。

“没什么，过几天我们那儿要办个军民一家的活动，有兴趣参加吗？”谢军微笑着问。“活动？”韦晶想了想突然笑了，连连点头，“行啊，没问题，那我们微信联系好了！”谢军笑出一排雪白的牙齿：“好，保持联系，你路上小心！”

“好嘞，拜！”韦晶骑上车用力蹬了几下就走了。她一边骑一边盘算，徐亚君那厮貌似一直惦记着这小排长，有这个机会她不得乐疯了，哈，自己下个星期的午饭有着落了，爽啊！

目送着韦晶的背影消失，谢军这才长出了一口气，两个月前他就想跟韦晶联系了，他很喜欢韦晶开朗的性格。可他一直摸不准韦晶的反应，而且她还有个青梅竹马的警察。正好队里让他参加个学习班，整整两个月封闭学习，让他摸准了自己的心思，没承想回来第一次出警就碰上了韦晶，想着她边骑边唱、自娱自乐的样子，谢军忍不住又笑了。

人已经走了，谢军转身回到了消防车边上。司机探出头来嘿嘿笑说：“排长，嫂子走了？”谢军拿手套拍了他脑门一下：“胡说什么呢你，就一普通朋友！”“啥普通朋友啊，我跟你说，这普通朋友前面只要一加性别，那就是男女朋友，没纯的！”司机斩钉截铁地说。

谢军一笑没说话，司机又问：“你跟她说那活动没有？”“嗯。”谢军点点头。“她答应来了？”司机追问。谢军又点点头。司机开心一笑：“这就对了，见着喜欢的就得上，尤其咱当兵的，没那么多闲工夫磨叽，咬准了就不能撒嘴！刚才要不是我让那几个小子叫人，你还不肯打招呼呢。”说完司机指了指自己肩膀上的三级士官肩章，“别看你是官，不听老人言，吃亏在眼前啊！”

“行，那谢谢你了，明儿周六放假，我请你喝酒！”谢军痛快地说。司机还没说话，那边几个小兵都嚷嚷起来：“啥酒啊，我们可听见了！听者有份！”谢军笑着走了过去：“你们先把活儿干漂亮了再说！”

小兵们高兴坏了，一边大喊着没问题，一边开始合唱：“我的热情，好像一把火……”

第二天一大早,米阳就打手机把韦晶从家里叫了出来,韦晶嘴里还塞着面包就紧着往楼下跑。按照米阳的指示,一出小马路她就看见一辆依维柯停在路边,米阳正跟她招手。

上了车,韦晶也不认得谁是谁,就笑着挨个点头之后才坐下,米阳关上车门之后坐在了韦晶身边,他喊了句:“老刘,出发!”警察们也是难得集体出游,一路上嘻嘻哈哈笑闹个不停。一个警察就问:“大米,这小姑娘谁啊?”米阳回头一乐:“我发小儿!”“噢——”警察们起哄似的拉了个长声。

汽车一路飞奔直向五环,米阳突然发现周亮没在,就问:“哎?周胖子呢?”正给自己闺女指点车外景物的张姐接了句:“他说不跟咱们一起走,可能跟所长那车走的。”

“是吗。”米阳点点头也没放在心上,就接着跟其他同事说笑打趣。韦大小姐则一如往常地,只要出现在陌生人面前,那就是绝对的淑女典范,谁跟她说话都是温柔又和气地回答,特有范儿。米阳看她那样就窃笑,然后就龇牙咧嘴地把韦晶拧他大腿肉的手掰开。

集体出去玩就是这点好,路途再远也不觉得累,大家说说笑笑的这时间就过去了。雄伟的长城一点点显现,车子往停车场开去,韦晶的心情很好,小声跟米阳说:“我记得上次来这儿,还是初中春游的时候呢。”米阳故作正经地点头:“是啊,正好怀念一下你曾有的青春岁月。”

韦晶一时没琢磨过味儿来,等她明白过来时,米阳早就蹿下车了。韦晶一下车就发现米阳正跟一小伙子缠在一起拳打脚踢的,仔细认了认,见过几次,还一起吃过一次饭,是米阳以前的同事丁志强,外号“钉子”的那个。

正想着要不要过去,韦晶忽然觉得有人拉她衣服,一低头,发现是张姐家的那个小姑娘。“姨,尿尿!”小丫头表达得很直接。韦晶自然先去找她老娘,一看负责后勤的张姐正忙得不可开交,只能过去跟她打了个招呼,自己带着小孩儿去厕所。

这边米阳有日子没见钉子了,两个人你给我一拳、我给你一脚的高兴得不得了。折腾了一会儿,米阳勒着钉子脖子问:“何队呢?我怎么没看见他呀?”钉子一个用力挣脱出来，一边揉脖子一边抱怨："你小子还记得队长啊，队长说自打你下了所，就没找过他！"

米阳一哂："咱一下放的，就别再给他添麻烦了！"钉子扑哧一笑，他看着不明所以的米阳说："要说队长可真了解你，他就说你肯定这么想！他还说你这想法就是个屁，不对，是屁也不是！"米阳心里顿觉温暖，他嘿嘿一笑，什么也没说。

"对了，那案子……"钉子压低嗓门说，米阳的表情顿时严肃了起来，虽然已经被下放到了基层，可让他走了麦城这案子，他一直放在心里。钉子还没说几句，突然停了嘴，米阳顺着他的眼光一看，发现杨大伟正在不远处窥视着他们。

米阳突然冲他一龇牙一乐，把他吓了一跳，打招呼不是，不打也不是，幸好有个警察过来跟他说事儿，他才假模假样地冲米阳微笑着点点头，然后跟那个警察走了。

"什么东西！"不知道从哪儿冒出来的牛子骂了一句，"这种人居然还升主任了！"米阳笑说："你小子也来了，这也需要采访啊？"他边说边给钉子做了个眼色，钉子自然明白，绝口不提刚才说的案情，改跟牛子臭贫。

从跟他俩的闲聊中，米阳得知杨大伟早就从刑警副队长升了后勤部主任，反而是何队被足足多"考验"了半年才准备给提副局，今天他参加考核去了，所以没来。不管怎样总算有个好结果，米阳还是为老领导高兴。

没说几句，米阳发现韦晶走了回来，赶忙招呼她过来，丁志强她认识，笑着聊了两句。晚报记者牛犇同志倒是第一次见，他特热情地握着韦晶的手："你好，我是专跑他们局的政法口记者，跟米阳老熟了，你叫我牛子就行！"韦晶微笑着说："你好！"

钉子在一旁说："嘿，我说，握两下行了啊，见着美女就激动！"牛子一翻眼皮："说啥呢，哥们儿是那种人吗。"他又跟韦晶说："这小子就是嫉妒我，因为我占了他的位置！"韦晶不明白地看着他。

牛子很骄傲地挺了下胸膛："我是盾牌足球队的主力边锋，他，替补！"他这么一说，韦晶就明白了，那是米阳他们这些喜欢踢球的年轻人组织的一个业余队，有空就跟人踢一场热血一下。

"是吗？您真厉害！"韦晶客气道。牛子愈发地来了情绪："回头你跟米阳一起去看我们踢球吧，现在好多小姑娘都喜欢看我们踢球，我最擅长的就是手术刀似的精准传球，人送绰号：外科医生！”韦晶还没表态，就听见钉子嘀咕了一句：“外科？你妇科医生吧，见了美女就流口水！”“噗！”韦晶连忙捂住了嘴，米阳哈哈大笑起来。

牛子脸都涨红了，他知道要是动手自己占不到半点便宜，正准备以一个未来名记者的犀利刻薄语言对某恶毒警察进行反击的时候，他突然一愣，然后喃喃地说了句：“绝对的83、62、88，魔鬼身材啊！”

“说什么呢？”看着牛子的痴呆样，背身的三个人同时扭回头去看，韦晶的下巴差点没砸脚面上。不远处，一身时尚的廖美正微笑着向他们走来，低腰贴身的牛仔裤愈发突出了她修长的腿和纤细的腰线。

米阳有点犯迷糊，心说，她也来爬长城，那还真巧了。正想着呢，身上的汗毛突然都竖了起来，一转头，就发现韦晶正恶狠狠地盯着他，他脱口而出：“不是我！”说完俩人都一愣，韦晶不明白自己干吗这么生气，米阳则不明白自己为什么要解释。

等到大家集合按照局、所分队的时候米阳和韦晶才知道，廖美居然是周亮那小子请来的，看那小子一脸春风得意的样子。说是廖美帮一个朋友问办户口的事儿，因为之前有跟周亮和米阳打过交道，就给他们所里打了电话，刚巧是周亮接的。聊着聊着不知道怎么说起明天爬山的事儿来，反正最后廖美接受了周亮的邀请。

前头牛所长正在慷慨激昂地做战前动员。“早知道你也来就开车去接你了。”廖美微笑着轻声说。“呵呵，是啊，真巧，不是，这不是不知道吗。”韦晶讪笑着应付了两句。心里感觉怪怪的，不自觉地就想起昨天廖美曾经坐过自己的座位，还有回来时那亮着的屏幕和对话框。

这样的联想让韦晶觉得有些不舒服，其实廖美来不来跟她也没什么关系，但是，自己怎么就这么别扭呢……韦晶自个儿在下面纠结，站在一个石礅上的牛所长正口沫横飞地说：“同志们，我们今天一定要拿第一，要有必胜的决心！”他一边说一边瞄着旁边也在做动员的吴所长。他俩是死对头，这老家伙总是跟自己对着干不说，还老想着要把实验一小弄回他们辖区去。

下面的警察们嬉笑着喊“必胜”，其实谁也没当真，看着一旁吴所长脸上那“饱含深意”的微笑，牛所长立刻怒了。他用力挥了一下手：“同志们，人行千里吃肉，狗行千里吃屎！要是不努力，狗屎你都吃不到热乎的！听明白没有！”

警察们一看顶头上司急了，赶紧都嚷嚷着表决心：“明白！必胜！”牛所长满意地点点头，一转眼间，却发现脸色不正的韦晶正沉默以对。牛所长哪里知道韦小姐的心思，一看不是自己手下的，不好发火，就微笑着说了句：“那个小姑娘谁家的，想什么呢？”

站在韦晶旁边的米阳赶紧杵了她一下。“啊？”韦晶一愣，抬头茫然四顾。米阳刚要说话，廖美已轻声说了句：“所长问你想什么呢？”米阳张开的嘴又闭上了，他看了廖美一眼，廖美却好像一无所知。

韦晶看着石礅上笑眯眯的牛所长，又发现大家都在看这边，自己突然成了焦点，她赶紧摇头：“没……没想什么！”“噢。”牛所长也不想追究，就顺口问了一句好给她个台阶下，“那我刚才说的你有没有信心啊？”

刚才？韦晶脑子里闪了一下，他刚才好像说……噢，对了，韦晶连连点头，大声说：“有，有，保证让您吃上热乎的！”

第十八章　渊源(上)

韦晶一语既出，就觉得自己周围好像瞬间真空了一下，然后又是阵阵小风不绝于耳，那是周围群众不约而同地猛一吸气然后又拼命不让自己乱喷气的结果。

牛所长手下的警察们不敢笑，可旁边其他所的警察才不管这套呢，哈哈大笑，形态夸张不说，那个牛所长的老对头吴所长非但不约束自己的手下，还笑嘻嘻地调侃："老牛，第一是不能让，这热乎的我们就不跟你们抢了，回见啊！"

站在"高岗"上的牛所长嘴角直抽抽，他脸色红了又紫，紫了泛黑地喘了几口粗气之后，恶狠狠地一挥手，吼了一嗓子："谁家的谁带走，出发！"警察们闷头偷笑着出发了，而牛所长一直盯着韦晶，直到看见米阳哭丧着脸拉住了韦晶的手，他才牛眼一瞪，意思是说，原来是你小子的人，你给我等着！米阳唯有苦笑。

这边廖美忍笑跟韦晶耳语了几句，韦晶的眼睛先是瞪得溜圆，然后尴尬地咧了咧嘴看着米阳。米阳发狠似的揪住了她的辫子，但只轻轻一扯："你可真行，一句话就让我们所长记住我了，我告你啊，一会儿就是腿断了也不许喊累，要是没拿第一，我就等死吧，你也跑不了！走！"说完就杀气腾腾地拉着韦晶往前走，觉得理亏的韦大小姐也不敢再矫情什么，乖乖地跟着走了。

看着前面米阳和韦晶握在一起的手，仿佛被忽视了的廖美嘴角微微一翘，这算是无意还是刻意呢，她盯着米阳的后脑勺看。这时周亮走了过来，他拿了两瓶矿泉水，憨笑着说："廖小姐，咱们也走吧。"廖美很自然地掉转眼光一笑："好呀，你叫我名字就行，不用这么客气。”

廖美说完就往前走去，周亮拿捏着走在她身边，鼻端不时飘来的若有似无的香气让他有些心跳加快。到了山脚下，负责掐表的一挥手，警察们就嗷嗷地开始往山顶上冲。这回为了体现团结精神，要看的成绩是最后一名的时间，所以报了名的家属除了老人，其余一律算在总成绩之内。

长城顶端，彩旗飘飘。“哎呀，我的妈啊！”韦晶惨叫之后一屁股坐在了地上打死也不肯起来了，她这辈子也没用过这种速度来爬山。一路上米阳跟打了鸡血似的往前蹿，被他牢牢攥着手的韦晶只能咬牙瞪眼地跟着，到了最后，韦晶是被米阳半拉半抱给生拽上来的。

是不是总成绩第一还不知道，但是六角园派出所确实比老吴那个派出所的人先到了，过去埋汰了老吴一顿之后，牛所长的抑郁心情明显好转。去拿矿泉水的米阳从他身边经过，他居然笑眯眯地拍了拍米阳的肩膀：“表现不错，那小姑娘也不错！”说完迈着八字步走了。

米阳乐呵呵地跑回了韦晶身边，把瓶盖拧开之后才递给韦晶：“刚才所长夸咱们不错来着！”韦晶接过水大喝了一口，然后喘着气说：“多新鲜啊，咱是你们所第一个到的吧？他还敢不满意？哎哟，肚子疼！”她一边叫一边揉肚子。

米阳问：“岔气了？”“不是。”韦晶皱着眉头往四周张望了一下，发现斜前方有个卫生间指示牌。“哎，我去趟洗手间啊，你帮我拿着。”说完把矿泉水往米阳手里一塞，起身跑去。

米阳闭上眼咕嘟咕嘟地喝着水，任凭汗水横流，这种大汗淋漓的感觉让他很爽。突然觉得眼前一暗，他眼都没睁地说：“这么快就回来了？我就说你平时缺乏运动才会便秘，现在爽了……”话还没说完，米阳忽然睁开了眼，味道不对！迎着阳光的他微微眯了下眼，然后笑说：“廖小姐，你也上来了，要喝水吗？”他递出了那瓶没打开的矿泉水。

廖美微笑着接过了水瓶然后指指米阳身旁，意思是说可不可以坐下，米阳用手一比：“当然。”“谢谢。”廖美坐了下来，修长的腿很随意地伸着，米阳自然而然地往旁边挪了挪。廖美拧开瓶盖大口地喝着水，从嘴角溢出的水滴顺着她细白的下颌一直流到了领口里。

米阳这才发现可能因为运动后的燥热，廖美把那件阿迪外套的拉锁整个打开，露出了里面那件红色 V 字领 T 恤，衬着雪白的皮肤还有隐隐约约的……“嗯哼。”米阳干咳了一声掉转目光，又灌了两口水。这时四周都是或多或少的警察小群体，有的围在一起聊天，有的在拍照摄像什么的。

“我听说你们自己组织了一个足球队?”廖美问，米阳愣了一下：“你怎么知道的?”廖美指了指不远处正在和周亮一群人聊天的牛子，周亮脚下放了一箱矿泉水。米阳点点头笑说：“是啊，瞎踢着玩的。”然后在心里暗骂牛子，见了美女就把不住脉，逮什么吹什么。

不知道为什么，米阳对廖美的感觉总有点怪，其实廖美长得不比陶香差，对于陶香的美貌，他是一种朋友之间的欣赏，也很坦然。可对于廖美，米阳本能地有一种敬而远之的感觉，作为一个正常的男人，这种感觉很诡异，但是作为一个警察，米阳更相信自己的直觉。

“我也喜欢看球，1994 年时看罗马里奥和贝贝托一起做那个摇篮动作开始，我就觉得足球是个挺有意思的运动，可等我看到巴乔和巴雷西的泪水之后，我彻底爱上了这项运动。”廖美的表情带着怀念。米阳有点吃惊：“你那么小就开始看球了?女孩子里很少见。”

“我跟你说话呢。”一个警察拍了周亮一下，“听见没有，看什么呢?!”周亮一晃神：“怎么了?”那警察斜了他一眼：“合着我说什么你都没听见啊?”另一个警察就笑着指了指正和米阳聊天的廖美：“胖子的心都在那美女身上呢，从刚才眼珠子就没动地方。”

“去去去!”周亮跟轰苍蝇似的轰他们，“拿了水赶紧滚蛋!”他心里不是不嘀咕，廖美的条件高出他太多了，为什么这次会接受他的邀请呢，可初见面时就有的好感总让他抱着一丝丝希望，尽管这希望脆弱得就像个飘浮在半空中的肥皂泡。

警察们哄笑着躲闪着他挥舞的手，一个跟周亮关系比较好的小警察就说：“周哥，咱就是一普通警察，那档次的美女您吃不下的，小心噎着。”周亮一翻眼皮：“我吃不下，大米就能吃下啊?”

旁边一人就笑说：“哟嗬，我说你这才哪儿到哪儿呀，就吃上人大米的醋了，你们也就刚认识吧? 再说大米有人了，他一路上攥着不撒手的那姑娘才是正主吧，就是让咱牛所吃热乎的那个！哎，刚才还看见了，这会儿去哪儿了？”噗，他这么一说，周围几个警察登时都喷了。

“就是。”有人附和说，“再说你丫长得跟猪头肉似的还想吃天鹅肉啊？找个差不多的得了！”周亮登时怒了：“你长得才像猪！再说就是猪怎么了，是猪我也不乐意娶母猪！”“哈哈哈。”众人一通狂笑，引得周围的人都看向了这边，米阳和廖美也不例外，一看廖美看自己，一脸暴怒的周亮立刻变脸，老实且害羞地笑着跟她招手。

一看廖美也对他笑了笑，心里一直不上不下看着她和米阳聊天的周亮借机跑了过去。眼瞅着到了跟前，廖美娇艳的容颜越来越清晰，一时冲动跑了过来的周亮又开始患得患失，该说些什么呢，人家也没叫自己过来……

好在不用他烦恼，一到跟前米阳先笑问了句：“你说什么了，他们笑那么厉害？”周亮顺势就坡下驴做了个不屑的表情：“那帮鸟人，懒得理他们，你们聊什么呢？”“没什么，随便聊聊。”回答他的是廖美。“哦。”周亮摸着鼻子一笑，突然不知道该如何继续下去。

“我们聊了会儿足球，我还是头一次见到这么懂球的女同胞呢。”米阳做了个略微夸张的鬼脸。“是吗？”周亮立刻兴奋起来，要是廖美喜欢谈什么风花雪月、金融投资，那他只有干瞪眼儿的份儿，可足球话题对他来说就简单了。

周亮立刻开始滔滔不绝地说起他最喜欢的西甲，C罗如何技艺高深，梅西绝对是个天才……廖美就那么微笑着听他说，适时地加以肯定并表达一些自己的看法，周亮愈发开心，整个人就跟他的名字一样，开始发亮了。

米阳表面上也在听周亮讲经，还不时地点点头，可眼神却很自然地转移到了另一边。他心里想着回头得提醒一下周亮，喜爱和恋爱可是两回事，虽说爱情不分什么上下高低，阶级财富，可廖美怎么看也不像七仙女，你周亮更不是牛郎哥哥！切，这味精掉厕所了，怎么还不回来？

要说这人就是不禁念叨，米阳刚腹诽完，就看见不远处那熟悉的蓝色身影在人群中一闪，韦大小姐一瘸一拐地回来了。她边走边揉大腿，还龇牙咧嘴地嘀咕着什么，看口型显然没说好话，米阳忍不住微微一笑。

“大米你笑什么啊？难道我说得不对？”周亮问。“啊？”米阳有些尴尬，鬼知道刚才他说什么了,赶紧打了个哈哈儿,“对,对,你什么时候都对!”周亮正想跟米阳再掰扯两句,就听廖美说:“韦韦你回来啦?腿怎么了?”

刚才猛一看见廖美和米阳并排坐在一起,韦晶不自禁地停住了脚步,接着又看见了旁边还有一个正口沫横飞的周亮,她这才继续拐着腿往这边走。隔着还有段距离呢,廖美已经起身迎了过来,韦晶本来想笑着先打个招呼的,却被她那一声呼唤给憋了回去。韦韦?除了陶香这样叫自己,就只有亚君那女人了,她怎么也这么叫……

正想着,廖美已经走到了韦晶跟前,她低头看看韦晶的腿,伸手碰了一下:“怎么了?摔了?”“啊?没有,那什么,在厕所战斗过久的后遗症而已。”回过神儿来的韦晶呵呵一乐。廖美愣了一下,然后扑哧一声笑了起来。

“原来如此,怪不得大米说你平日缺乏运动,经常会……那什么的。”廖美好笑地贴着韦晶耳朵说了句,她伸出手扶住韦晶手肘,“干脆以后你跟我一起去健身吧,我在青鸟健身办的VIP卡,可以邀请朋友一起的,咱们可以再叫上亚君,人多更容易坚持嘛,嗯?”

“呵呵,行,回头再说吧,我这人比较懒,没常性。”韦晶笑着应付了一句。她的心思这会儿已经从廖美叫她的昵称转到米阳居然跟廖美说自己……那啥!一时间韦晶心里乱糟糟的,也不知道自己是尴尬还是难堪,还是别的什么形容不出来的感觉,总之一句话,韦晶很生气。

这时候米阳和周亮也都走了过来。“韦晶,你没事儿吧?”米阳问了一句。因为还有“外人”在,韦晶只僵硬地扯了扯嘴角儿:“嗯!”米阳只以为她是腿麻不舒服,就笑着说:“腿麻了吧?我帮你揉揉?”他不说还好,一说韦晶脸黑得更厉害:“当不起!”

这话说得有点硬,被撅回来的米阳不明所以,有些尴尬,周亮赶紧说了句:“哎,廖美,你刚才叫韦晶什么,韦韦,你们这么熟啊?我还以为你们就是一般同事呢。”

廖美笑着耸耸肩:“我们本来就很好啊,平时都叫她英文名字的,上次听亚君这么叫,我觉得这名字很可爱,刚才顺口就叫了。”“不介意吧?”她问韦晶。“没关系,就一名字,怎么叫都行。”韦晶微笑着说,然后在心里狂喊:“我介意,我很介意!”

“我们那儿很少叫中文名字,说到这个,我记得上次韦晶接了一个电话,对方说找王大伟,韦晶说不好意思,我们这儿没这个人,您打错了吧,结果……”说到这儿廖美笑看了韦晶一眼,周亮兴致勃勃地追问:“结果怎么样?”“结果我们业务经理跑来说,谁呀,跟客户说没我这个人,第一次联系业务,人家还以为我是打着BM招牌的骗子呢!”

“哈哈哈!”周亮大笑起来,米阳也跟着乐了,韦晶笑得讪讪地辩解道:“他英文名字叫Leo,那么酷,谁晓得他中文名字这么朴素,我也没听人叫过呀。”“你们外企也真够逗的,难道都不用中文名儿吗?”周亮好奇地问。

不等韦晶回答,负责组织活动的张姐跑了过来:“你们怎么还在这儿磨蹭呢?都集合了,快点快点!”她边说边往另一边跑,去找其他人。几个人顺着她指的方向走了过去,所里大部分人都回来了,正在说说笑笑。

周亮显然对廖美的工作环境很好奇,要是随便去打听人家女孩子的工作生活环境显然不太好,正好现在话说到这儿了,他赶紧多问几句。说着说着,一旁的警察们也逐渐加入了进来,虽然都是为社会主义做贡献,毕竟派出所和外企的工作性质和方式那是天差地别,警察们难免好奇。

廖美本身就是做销售的,口齿清晰,表达能力强,人长得又漂亮,一个个工作中的段子说出来,引得警察们不时哈哈大笑。韦晶原本还陪着说笑两句,后来就不着痕迹地退开几步,躲了出去。

没一会儿,不光是六角园派出所的民警们在听,其他兄弟单位的警察们也靠过来不少。周亮一边笑一边难掩骄傲,他站在廖美身旁,看着她言笑晏晏,眉目灵动。

韦晶靠在了古老的长城边上,不论天气有多热,长城顶端总是有风的。靠着微凉的城砖,如果不是对面太过喧哗的话,就会让人不由得有一种脱离现实的感觉。

米阳不时从人群里向这边张望,看着韦晶一个人靠在那边的阴影里,他很想过去。可每当他想走的时候,廖美或者是周亮,总会有几句话说到他身上,让他无法脱身,只能跟大家一起说笑。因为光线的关系,米阳看不清韦晶的表情,他只能不时地对那个方向笑一笑。

韦晶或许某些方面很迟钝,但她不傻,应该说没有一个女人在爱情上是傻的。如果一个男人觉得某个女人很傻,不论怎样就是不明白自己的心意,那就只有一种可能,她在装傻,而这种可能也只能说明一个问题——她不爱你。

可能看到了自己的谈话记录,碰巧接受了周亮的邀请,无意间听到亚君叫自己韦韦……好像自己的一举一动,廖美都知道似的。那种被人窥视的感觉让韦晶皱起了眉头,她看向人群中的焦点——廖美。

米阳好像说了句什么,大家都笑了起来,廖美也是笑靥如花地看着米阳,认真聆听的样子很动人,难道她真的对米阳……“我的黑夜比白天多……”突然响起的手机铃声把韦晶吓了一跳,她手忙脚乱地掏出手机一看,是陶香。

“喂?”韦晶接了电话。“干吗呢?”陶香笑问。“一个人靠着城墙看风景呢。”韦晶淡淡地说。那边的陶香一愣,然后就笑了起来:“怎么啦,不就是爬长城吗,听你这半死不活的样子,不知道的还以为你修长城去了呢!”

“嗯,你找我有事儿啊?”突然平添了心事儿的韦晶没了跟陶香玩笑的心思,直奔主题。陶香立刻觉得不对:“怎么了,出什么事儿了? 你跟米阳吵架了?”她试探着问,如果是跟其他人或事,以韦晶的脾气早就开骂了。

韦晶犹豫了一下不知道该怎么说,她自己也是一片混乱还想不明白前因后果呢。可看着不远处嬉闹的人群,还有被裹在其中的米阳,她心里又不太爽,因此就没头没尾地把刚才的感觉都说了出来。

那边陶香很有耐心地听着,越听嘴角越往上翘,嫉妒果然是把双刃剑啊。等韦晶叨咕得差不多了,陶香笑眯眯地说:“听明白了,你不就是觉得有人抢了你男人嘛!”

这边的韦晶跟被针扎了似的跳了起来,她大吼了一句:“什么我男人!”然后就听见山坳里隐约传来了一点回声:“人,人,人……”周围的人都瞪大了眼看着“韦瓦罗蒂”,廖美也被那嗓子吼得停住了嘴,愣愣地看向韦晶这里。

韦晶恨不得就地消失,可既然不能消失,她只能干笑了两声摆摆手表示没事儿,自欺欺人地转过身,后背对着群众。“死桃子,你胡说八道个屁啊!”韦晶捂着电话压低了嗓门骂道。

电话里的陶香哧哧笑个不停:“是吗? 不是你激动什么呀?”“废话,米阳是我哥们儿,不能让他吃亏啊! 我总觉得阿 May 怪怪的!”“哦,那是我误会了。”陶香也不逼她,有些事情必须得让她自己想明白,“这么说你就是无意中当了一次红娘喽,也算主角喽,干吗一个人待着?”

“主角?”韦晶回头张望了一下,那边已经恢复了热闹,廖美说了句什么,众人又哄笑起来,看米阳也在那边跟着“傻笑”,她冷哼了一声说,“我就是红娘她姨奶奶侄媳妇表姐的二妹子！离主角远着呢!”

“哈哈!”陶香忍不住大笑了一声。“嘘!”坐她旁边的一个小朋友冲她竖起了手指,“请安静……”陶香回了个笑脸表示明白,周围的人都善意地笑了起来。

“嗯哼。”陶香清清嗓子后压低声音说,“我在外面呢,明天咱俩见面说吧……”“68 号,68 号在吗？请到二号诊室。”一个女声在电话里响起,韦晶就听见陶香应了一句:“我在,哎,韦韦不说了,回头你给我电话吧,拜!”

韦晶还没来得及说拜拜,那边已经挂了电话。“二号诊室?”她喃喃地说,陶香去医院了？“什么二号诊室?”米阳的声音在她背后响了起来,韦晶一扭头,米阳正冲她乐,韦晶下意识地想回笑,突然想起他是从哪儿来的,一句酸溜溜的话脱口而出:“舍得回来啦?”

米阳愣了一下,然后就看见韦晶咬着嘴唇,脸涨得通红。灵光一现,他突然明白了过来,开始咧着嘴笑。米阳知道自己这会儿不应该笑,可他实在忍不住,原本以为这傻妞某根神经堪比鲸鱼,可是没想到啊没想到,他眼风扫了一下不远处的廖美,然后嘴巴又咧开了。

看米阳笑,韦晶的脸热得都快着了,真奇怪,明明刚才还能大声地跟陶香争辩米阳是哥们儿,怎么现在觉得这么别扭,好像自己内心深处尚且不明的东西,却已被米阳看穿了。

一时间觉得自己特跌份儿、特丢脸的韦晶第一个想法就是跑,可米阳就挡着,恼羞成怒的韦晶开始用手推他,越来越使劲,实在推不动就掐,就拧:“讨厌啊你,好狗不挡路!”

米阳咝咝地吸着凉气却死活不让开,他现在美得不行,美得冒泡,明明肉都快被韦晶拧下来了,他还希望韦晶再多掐两下,让所有人都看到,这个女人在跟我撒娇,只跟我撒娇!

“廖美？准备下山了,咱走吧?”周亮轻轻碰了一下廖美的手臂,他的心怦怦直跳。“哦,好。”廖美笑着点点头,转身就走,周亮急忙跟上。长城上明明人声鼎沸,廖美却觉得韦晶的“娇嗔”就在耳边,米阳的笑脸也仿佛就在眼前。“真有意思,我倒成了推手了。”“什么手?”周亮问。“没什么,走吧。”廖美嘴角一翘。

这边气得出了一身汗的韦晶实在推不动了,就气哼哼地瞪着米阳,米阳就跟面瘫了似的只剩下一个表情:笑,傻笑,特开心的傻笑。韦晶的心突然一软,从小就认识,见面就吵吵,米阳似乎总是乐观的,可上次见他这么高兴是什么时候的事儿,考上公安大学? 还是破了个大案……

“你跟廖美说我便秘?”韦晶突然低声问了一句,这没头没脑的话让米阳一愣。脑子一转,他马上反应过来,笑容一敛,把那时的情况又说了一遍,同时问了一下韦晶是怎么知道的,韦晶一复述才发现,廖美也没说是米阳特意告诉她的。

看着米阳平时总是痞了吧唧坏笑、现在却很认真的脸,想想廖美那样能干又会赚的美人应该看不上他吧,长得又不帅,没钱没势的一个小警察。也许是自己想太多了? 韦晶突然觉得心情大好。

她装模作样地整理下头发,好像挺随意地问:“闻味儿你就知道不是我,你属狗啊?”“嘿嘿。”米阳笑着说,“不用属狗我也知道是你,人家是一身香气,你是一身汗臭,好分得很!”

韦晶的笑容一僵,跟着就是一个飞腿,早有准备的米警官一个利落的扭身侧闪,做个鬼脸然后撒丫子就往下面跑,韦晶立刻叫嚷着追了上去。其他游客的惊叫、躲闪和侧目两个人也顾不上了,就这样一路笑喊着冲了下去,一前一后,他向左,她向左,他向右,她向右。

这时在医院里的陶香带着一个孩子出了诊室:“Annie 真乖,阿姨带你去吃 Pizza 好不好?”小女孩儿愉快地点了点头:“我要吃意大利香肠口味的!”“OK!”陶香做了个没问题的手势。

Annie 是她一个好朋友的孩子,中英混血。Annie 的父母都是记者,本来约好了今天来打流感疫苗,正好她父母临时有采访任务,她妈妈就拜托陶香帮忙。陶香参加完会议,就急匆匆地去公寓接了孩子又带她来医院。

“姨,我想去洗手间,请你等我一下好吗?”七岁的小女孩儿被她那个英国绅士老爸给教育成了一个绝对的小淑女,但是非常可爱。陶香递给她一包纸巾,然后笑着说:“我等你!”洗手间里好像有孩子的哭声,陶香也没太在意,这是儿童医院,最多的就是孩子的哭声。

等小女孩儿进了卫生间，陶香就走到一旁想给韦晶发个微信问问情况。韦晶和米阳她都了解，但是那个“莺莺小姐”是什么来路呢？刚才也没来得及细说……

“姨，姨。”小女孩儿突然跑了出来揪住陶香的衣襟儿，“里面有个阿姨不舒服，还有个小朋友在哭！”她边说边往里拽。陶香怔了一下立刻往洗手间里走，一进去就看见一个女人脸色苍白地靠在暖气片上，她怀里还抱着一个婴儿，摇摇欲坠的样子。

“同志，你怎么了？”陶香从来都不习惯叫人小姐、女士什么的，不论男女一律都是同志，这多方便。韦晶还笑说她部队待久了，连称呼都这么革命。

那女人眼神有点蒙眬，但孩子却死死地抱在怀里，陶香扶着她慢慢蹲坐了下来，又把书包里的矿泉水拿出来，拧开瓶盖递给她：“你喝点水吧，我没喝过，干净的。”“谢谢您！”女人感激地冲她一笑，说话带着口音。

喝了几口水之后，女人明显缓了过来，脸上稍稍带了血色，正想说两句什么，怀里刚才还在抽噎的孩子突然又大哭起来，陶香吓了一跳。那女人赶紧把水瓶子放在地上，柔柔地开始哄慰那孩子。

世上的口音有千千万，可母亲安慰孩子的声音都是一样的：温柔的，柔软的。她的口音有些重，陶香仔细听了几句之后，才听明白她在说，“乖啊，爱家，娘娘喜欢你……”

第十九章　渊源(下)

小婴儿慢慢地平静了许多,偶尔抽泣一下,被泪水浸湿的眼珠儿却开始灵活地转动,好奇地打量着陶香和她身边的小姑娘。女人开心地笑了,用手背去擦孩子眼窝里的泪水还有脸上残留的口水和鼻涕,动作轻柔。

陶香心想,也就是当妈的才能这样毫不介意地帮自己孩子清理吧。虽然微微感动于这种下意识的母爱表现,但是陶香还是觉得不太卫生,这手上的细菌很多,刚才还看她犯病时用手撑地来着。心里这样想,陶香就从书包里掏出一包婴儿消毒纸巾,这是Annie妈妈强制让她带上的,说是医院病菌多,孩子难免摸东摸西,抵抗力弱的很容易被细菌感染。

“您用这个吧。”陶香把纸巾递了过去,女人一怔,赶紧摇头:“不用,不用,谢谢您。”陶香微微一笑:“别客气,这个是专门给孩子用的,这是医院,病菌太多,咱们大人还好,孩子抵抗力可弱,您说是不是?”她边说边把手又往前送了送。

看着陶香的笑容,女人红了脸,她看得出这姑娘是真心的,不像刚才那个小护士,因为自己普通话不标准,多问她两个问题都懒得搭理自己。“谢谢。”女人嗫嚅了一句,把粉色的小包装接了过来。

陶香看她接过去了,冲那个正盯着自己看的小婴儿眨了眨眼就想站起身来,却发现那女人有点不对劲。开始陶香还以为她又犯病了,后来看她把那小塑料包装翻过来覆过去地看,显然看不懂英文,弄不清开口在哪儿。她先就着手撕了一下两边锯齿状边缘,要说这美国原包装就是结实,愣是没撕开,接着她就想用牙去咬。“哎? 不是……”陶香下意识地开口。

女人的动作顿时一滞,看了一眼意欲阻止她的陶香,她忽然反应过来自己肯定又出丑了,一时间面红耳赤,尴尬得不敢再看陶香一眼,人也不自觉地往后缩了缩。陶香刚才一张嘴,就觉得自己有些鲁莽,不太礼貌,她迅速整理了一下面部表情然后笑着说:“瞧我,光把东西给您了,都忘了您还抱着个孩子不方便拿呢,来,给我吧。”说完陶香很自然地把纸巾包拿了回来。

她打开中间部分的黏纸,用指甲抻了一张出来递过去。“谢谢!”女人低声道谢,接过纸巾轻轻地给那孩子擦拭着。“别客气。”陶香想要把纸巾包再给她,那女人赶忙摇头拒绝:“不用了,俺们一张就够了。”“你拿着吧,我们还有呢。”陶香不以为意地笑着说。

“不是,一张是帮忙,要一包俺就是占便宜了。”女人羞涩却坚定地拒绝了。陶香一挑眉头,重新打量了眼前的这个女人一眼,也许是因为天生害羞或者是缺乏自信,她总是低着头,眼神不自觉地躲闪着,但是长得倒还算端秀。

陶香也不强求,她喜欢有原则的人,站起身来把纸巾塞回了包里:“这位大嫂,如果你没什么问题的话,那我先走了。”女人手忙脚乱地从地上站了起来,陶香顺势扶了她一把,她弯腰鞠躬道谢:“刚才太麻烦你了!”

“举手之劳。”陶香随意地耸了下肩,原本想说一句,您别光给孩子看病,自己那毛病也得瞅瞅吧,又觉得自己太多管闲事了,因此只说了句,“您没什么问题了吧?”女人不笨,她明白陶香这句话的意思,连连点头:“嗯,俺好了,这就带着孩子回家,坐那个……地,地下铁路,可快了!”

陶香表示明白然后轻拍了下 Annie 的肩:“我们走了。”Annie 礼貌地说了一句:“阿姨拜拜,小朋友拜拜!”女人最喜欢孩子,刚才因为忙乱没注意,这会儿看见 Annie 漂亮又乖巧的样子,她笑得眼睛都眯起来了:“哎,好,真好,你女儿吧? 真漂亮,画的似的!”陶香也懒得解释,只点头一笑,带着 Annie 转身出去了。

刚到停车场,就接到了 Annie 妈妈的电话,把今天的情况说了一下,这母女俩还在电话里起腻了半天才算完,陶香在心里直翻白眼,电话费就不说了,停车费也得多交两块五!

好不容易等孩子系好了安全带,陶香打火挂挡起步还没出去三米远,Annie 突然低叫了一声:“姨。”“怎么了?”陶香边打轮边问。“刚才我还没上洗手间呢,难受!”小女孩苦着脸在座位上扭了两下。“吱!”陶香一脚刹车停下了,后面的车也跟着刹车,然后喇叭声立刻狂响。

陶香又好气又好笑,这雷锋做的!她把车拐到了一边的门诊楼附近:“小丫头快去吧,小心点!别再捡一个回来!”看着孩子明明很着急,却在进楼的时候依然礼让别人,陶香忍不住微微一笑。

她放松地靠在了椅背上,发现手边有一瓶优酸乳,之前 Annie 喝了一瓶,买的时候还是冰的,现在瓶身上都是小水珠,摸着已经不太凉了。Annie 的妈妈对孩子营养极为重视,这种东西也不让多喝,为免浪费,陶香干脆打开,自己慢慢喝着。

Annie 真是个可爱的孩子,要是自己也有一个这样的孩子就好了,似乎以前也和韦晶讨论过这个话题,陶香边喝边想。韦大小姐是一想起小孩就头疼,她这纯属于是被家里亲戚那些孩子给整的:三个表哥,一个表姐,两个堂哥,都跟比赛似的结婚,还都早早地生了孩子。最要命的是,韦晶哪年参加工作,他们哪年开始结婚造人。

结婚你得给钱吧,生孩子你还得给钱,那两年韦晶一提结婚生子凑份子脸就是绿的,那时候她一个月工资才八百大洋,韦氏夫妇还都特要面子,按老理儿红包给得那叫一个足斤足两。她私下里跟陶香大发牢骚,还是国家英明啊,果然是只生一个好,这要是每人不限量,估计我离重新投胎也不远了。你说那精子保质期怎么也得有十年吧,又不是酸奶,搁两天就稀了,我哥他们着的哪门子急啊!

“噗!咯咯,咯……”陶香一边咳嗽一边找纸巾擦拭喷在方向盘上的优酸乳,“死味精!什么烂比喻啊!”“姨?”方便回来的 Annie 敲了敲车窗,陶香这才打消了发微信臭骂韦晶一顿的想法。

终于离开医院了,陶香长长地出了一口气,那里的消毒水味总是让她不舒服。一上马路,车和行人立刻多了起来,陶香熟练地操控着汽车左躲右闪。没办法,北京的交通状况就是这样,人让车,人走不了,车让人,车走不了,干脆……谁也甭让谁,大家看本事!

医院外面尤其如此,大医院永远不缺来看病的人,因此他们周边的交通往往也是最乱的，公交车也是最挤的！人们前赴后继，公交车是一辆辆地来，但是永远有人挤不上去，比如说，某个抱着孩子的妇女。

正堵在车阵里往前蹭的陶香眼看着厕所里遇到的那个女人已经第三次挤车失败了。儿童医院外面都是些抱着孩子的男男女女，大家都在一个起点上，自然也就没什么老幼病残孕优先的讲究了。

陶香不自觉地看着那个女人如同人潮中的一叶扁舟，被冲击得左摇右晃，头发散乱，但她一直紧护着怀里的孩子。今天路上堵得厉害，车子行进慢得像乌龟，因为热，车上开着空调，可没多久，Annie 开始吸鼻子，陶香生怕把她弄感冒了，只能开着空调同时打开车窗。

走了半个多小时，陶香她们的车子开到了地铁附近，又磨了一会儿，终于能看见路口的红绿灯了，过了这个路口可以上快速路，那儿就不会堵了，陶香心里盘算着。“姨。”小女孩儿叫了一声。“嗯?”专心开车的陶香随口应了一句。“是那个阿姨和小朋友。”陶香下意识地转头看去，果然那女人正在马路斜对面的地铁站口张望着，好像在等什么人。

还挺有缘分的，到哪儿都能碰上，陶香淡淡地一笑：“是啊。”她转回头看向前方，心想看来她还是挤上车了，这公交专用线有时候比开车要方便快捷多了。

“美兰?”高海河赶过来的时候，就看见杨美兰正在握着孩子的小手冲一个方向挥舞着，他不禁有些吃惊，害羞内向的妻子这是在干吗？他今天进城来总部办事，正好妻子带爱家去看病，他们就一起来了。他忙他的，约好了时间再一起回家。

“她爹，你来了?”杨美兰惊喜地看着丈夫，他一身军装笔挺，虽然脸上黝黑带着汗，但那股扑面而来的男子气息仍让她心跳加快！高海河停在她跟前，杨美兰伸手帮他擦脸上的汗，他下意识地想躲，但立刻让自己不动。

杨美兰很开心，擦完汗又问：“她爹，你看咱丫头今天的脸色好吧?”高海河点点头，他想说什么又忍住了，妻子喜欢这么叫就随她吧，反正这孩子的亲爹妈也不知道去哪儿了。以前自己也没觉得妻子的病有多重，毕竟见面的机会还是少，偶尔抽个羊角风也不算大病吧。可自从她随军以后，却发现她在偷偷地避孕，难道真有那么严重吗……

现在显然不是说这些的好时机,高海河原本想摸摸爱家的脸,手伸了一半想起不卫生,赶忙缩了回来,只对孩子做了个鬼脸逗她笑。杨美兰看见丈夫这么喜欢孩子的样子,又欣喜又心虚又心酸,一时间五味杂陈,心脏拧着疼。

“美兰,美兰?”高海河叫了两声,愣怔间的杨美兰这才反应过来:“啊?”“你今天去医院顺利吗?”高海河看着妻子问。“哦,挺好的,挺好的!”杨美兰在丈夫的炯炯目光下有些慌乱,她下意识地想转移丈夫的关注点,用手一指对面,“今天去医院可碰到好人了,啊,她们还在,快看,就是那白色的车,你看那小女娃,漂亮不?”

杨美兰还在絮絮叨叨地说着刚才发生的事情,说着说着突然发觉丈夫没什么反应的样子,她停了嘴,看向丈夫,却看见他面无表情地看着那辆车,只有颊侧的一点肌肉微微抽动着。

“她爹?咋了?”杨美兰本能地小心翼翼起来,她试探地碰了碰丈夫的手臂,只感觉到他手臂上的肌肉硬如铁石,她如同被烫了一样缩回了手。

“姨,姨!”Annie 的叫声让陶香打了个哆嗦。“嗯?”“绿灯了!”Annie 指着前面,陶香茫然地看了一下前方,这时后面疯狂的喇叭声才传入她的耳膜。陶香几乎是机械地启动车子向前开去,目光直直地看向前方,尽管有些模糊,但她只能看向前方……

那辆白色的捷达飞快地消失在高海河的视野里,他脑中突然闪过一个已经太过久远甚至自己以为早就忘记了的画面。那时候的陶香喜欢上了诗歌,她向来不喜欢戴帽子,乌黑的额发被微风轻拂着,脸上笑窝嫣然,声音清脆地给自己朗诵诗歌。

对诗歌一窍不通的自己很多都已记不清了,只有这句依旧清晰,从未忘记:“无论你的手有多温暖,依然不能握住冰雪,无论你的视野有多遥远,依然不能留住那已远去的风景……”

“桃子这家伙怎么还不回信呢?”韦晶把手举高想找找信号。“味精!你搞定了没有?”米阳吼了一嗓子。“啊?马上!马上!”韦晶一边答应一边把手机塞回兜里收拾自己,然后回身一拉绳子,外面的米阳就听见哗啦水响,没一会儿,韦晶甩着手走了出来。

“别人去旅游景点最多是刻个到此一游,您倒好,到哪儿都是到此一拉！上午长城,下午水库!”米阳手里拎着两个大黑塑料袋嬉笑着说。正甩手的韦晶没答话,若无其事地走了过来,突然把两只湿手就往笑嘻嘻说话的米阳脖领子里塞:“我让你废话!”

“嘿,我说二位别打情骂俏了成吗？同志们都已经上车了,就等着你俩了!”周亮跑过来吆喝了一声。韦晶还没来得及反驳,已被米阳拉着往外走。“来了来了!”一到大门口,果然其他警察和家属们都已经上车了,韦晶低头就要上车。

“哎,小韦啊,你们不是坐小车吗？这车都满了。”坐在门口的张姐说了一句。“啊?”韦晶一愣,她回头看了米阳一眼,米阳做了个他也不知道的表情。“你俩怎么跑这儿来了?”周亮上来一把拉住米阳的胳膊往旁边拽,又回头跟韦晶说,“韦晶,走啊,愣着干吗?”韦晶拖着脚步往那边走,看着廖美从车里下来,帮米阳往后备厢放东西,两人在说些什么,反倒是周亮有点插不进去,探头探脑地只能傻笑。

“哎,麻烦你前面左转,对,那个有花坛的路口你看见了吗?”米阳问。“砖砌的那个?”廖美歪头看了一下。“对,就是那个,电线杆子旁边!”坐在副驾驶座的米阳连连点头。

坐在后排的韦晶有点纳闷,这边离自己家还有段距离呢,米阳这是要去哪儿?坐在她身旁的周亮突然“咦”了一声。之前上车的时候,韦晶很自觉地坐进了后排,她心里琢磨着,廖美是跟周亮一起来的,周亮肯定得坐副驾了,那自己正好和米阳坐后头。

周亮显然也是同一想法,等米阳合上后备厢盖子的时候,他乐呵呵地往前面走去,刚打开车门,就听见廖美跟米阳说:“大米,我的这套车载音响系统是最新款,花了我两万多呢!”“真的?”米阳本身就是个音响发烧友,他立刻走过来伸头进去探看。

坐进驾驶位置的廖美笑说:“当然真的,哎,你这么看不难受啊。”米阳没多想:“是啊。”他笑了一下就坐进来低头去看。“咦,周亮,你站在外面干吗？他们都走了。”廖美指指前面开走的一辆辆中巴。周亮磕磕巴巴地应了一声,赶忙帮米阳把车门关上,然后坐进了后座。韦晶和他面面相觑,同时干笑了一下,韦晶扭头假装看向外面,余光却盯着前面兴致勃勃摆弄音响的米阳。

“如果有一天我能有一套马克列文森的音响我就知足了。”满足了自己好奇心的米阳慨叹了一声,他直起身靠在了椅背上。廖美微微一笑:“你先把安全带系好吧,我们要上高速了。”米阳应了一声去扯安全带,突然他觉得有点不对劲,扣安全带的时候无意扫了一眼后视镜,周亮哀怨的眼神让他汗毛都竖了起来,他这才反应过来自己无意间“鸠占鹊巢”了,下意识看了一眼后面的韦晶,哎哟我的妈……

悔之晚矣的米大警官也没了主意,周胖子的怨恨可以不理,可他旁边那位……米阳心里想着,如果一直这样下去,韦大小姐会不会变成斜视?“Mark Levinson?哇哦,你喜欢那个系列?”廖美笑说。“啊?是啊。”米阳打了个哈哈,却不接下茬儿了,车里有些冷场。

周亮自然见不得“心上人”尴尬,赶忙发问:“什么马克、文森的?”“哦,没什么,车载音响里的王者,最有名的是No.33,大概要五万美元。”廖美解释了一下。“五万美元买套音响?大米,别说你就是一国产天津小站稻,你就是变成泰国香米也买不起啊。”周亮咋舌说。

“哈!”韦晶喷笑了出来,廖美也是娇笑出声,米阳顿时原谅了周胖子的不敬,他借坡下驴地打哈哈:“胖子,要不说你是俗人呢,有了这种好音响,也不懂得欣赏它的魔力!”“拉倒吧,我宁愿用这五万美元的音响换辆车!”周亮嗤之以鼻。“味精,你呢?”米阳扭头笑问。韦晶扫了他一眼,从鼻子里哼了一句:“变现!”“哈哈哈!”车里顿时笑声一片,之前隐约的尴尬也仿佛被笑声吹走了。

“哎,到了,就是这儿,廖美,真是谢谢你啦。”“韦晶,下车!”米阳道谢之后叫了韦晶一声,拉开车门就下车。“哎?”廖美不自禁地叫了一声。“有事吗?”米阳弯腰问。“呃,你们东西还在我后备厢里呢。”廖美脑子迅速转动。“嘿,你不说我还真忘了,还有两大袋鱼呢!”米阳挠挠头。

“米阳,干吗在这儿下车啊?”韦晶看看四周不明所以地问。米阳凑到她耳边说:“秘密!”“秘你个头啊!”韦晶伸手拧了他一把。“等会儿你就知道了,那什么,胖子,廖美,你们路上小心啊,回见!”米阳一脸灿烂笑容地跟车里两人挥手道别。

韦晶也靠过去弯下腰:“阿May,开车小心,周一见。周警官,拜拜啦!”“OK!”廖美笑着挤了下眼睛,开车就走,周亮同志本想挪到前排的企图也彻底失败。回头看看路边的两人,周亮没话找话地说:“我说大米干吗花钱买下来呢,原来是为了讨好女朋友!”廖美看了一眼后视镜:“什么意思?”

“你什么意思?”韦晶跟一只小花猫大眼瞪小眼,“这花猫你买的?”一旁宠物店的小姑娘赶紧说:“不是花猫,是折耳!”“呵呵,是吗?”韦晶干笑了一声,然后一把将米阳揪到一边,压低嗓门说,“你搞什么呀你?你家不是有狗了吗,干吗还买猫?买了还要放我家?”

米阳轻笑着把之前发生的事情说了一遍:“我看这猫挺可怜的,两边都僵上了,要是我不买下来,那女的真敢当场摔死它!你说这也是条命不是?先放你家养养,你也知道,我妈对猫过敏!”

“是啊,可我妈对养猫的钱过敏!”韦晶没好气地说。“哧!”米阳一个没忍住笑了出来,看韦晶瞪他,赶紧干咳了两声,“那什么,你先养着,猫粮猫砂我都买了,足够一个月的,回头我再给它找地方,你看行吧?”

韦晶回头看了看柜台上的小猫,圆头圆脑圆眼睛,傻乎乎地看着自己,心里一软,口气也松了:“不是说它有病吗?”“没病,就是有点营养不良,可是在这家店寄养一天就一百大元,还不如拿回家慢慢养呢,你说呢?”米阳问。“那我妈要是不愿意怎么办?她总是说,家里有三口喘气的就够了!”韦晶有点头疼。米阳低笑了一声:“山人自有妙计!”贴着韦晶的耳朵说了两句,韦晶的表情有点诡异。

“跟我回家?”韦晶走到柜台前逗弄了一下小猫那直挺挺的耳朵,小猫迅速地伸爪挠了挠,然后又眼巴巴地看着韦晶。“好了,好了,别这么看着我,走吧。”她把小猫轻轻地抱进了自己怀里。

热乎乎的小毛团一入怀,韦晶就觉得自己心软得不得了,她情不自禁地用脸摩挲了一下猫咪的小脑壳。米阳笑了,这丫头果然还是喜欢小猫,她自己都忘了,当初捡的那只小野猫跑丢了之后,她有多伤心。

“米警官,体力太差了吧,这才走几步啊?”韦晶抱着小猫回头笑着说。她身后一脑门子汗的米阳直翻白眼:“两口袋鱼,一口袋猫砂,一袋猫粮,你以为是一网兜苹果呢,随随便便就能拎走。再说这都走了快两圈了,再来一圈我就成大禹了,三过家门而不入!”

韦大小姐今天一人就干掉了一条足有三斤重的水库大鱼,这还不算其他凉菜、热菜及主食。刚才在车上就觉得胃里沉沉地不舒服,抱了猫之后,韦晶拒绝了米阳打车回家的建议,说是要消食,走回家。

米阳心想让这馋嘴猫运动一下也好,省得回头胃疼,也就拎着东西跟着走了。谁承想韦大小姐绕着家附近走了两圈一个多小时还不带停的,米阳开始怀疑,再走一圈,她是不是该吃下一顿了?

副驾驶坐得很爽吧!韦晶心说,香车美女不是那么好享受的,再走一圈,正好消化,晚上多吃点!“米阳!”突然一声呼喝让两人齐齐停了脚步,韦晶条件反射地低头咧嘴吐舌头,米阳则暗叫一声:“坏菜了!”

米阳先挤出一脸灿烂笑容,这才转身往回走:“咦?老妈,你在大门口干吗?”米妈妈脸色不善地看了他一眼,又瞧瞧韦晶:“我还想问你呢,怎么不回家,兜什么圈子啊?”“啊?我这不正要回家呢,就碰上您了,真巧哈!”米阳嬉皮笑脸地说。

“少跟我打哈哈,刚才我在阳台上就看见你们了,我这要不是下来叫你,你们还不打算回家呢吧!你不是说今天单位组织活动吗?那怎么跟韦晶在一起啊,不是也碰巧吧?”米妈妈特意强调了一下“碰巧”两个字。

她心说,俩小年轻,一男一女,不回家,没完没了地绕着家附近走,这不就是约会吗?想当初我跟你爸就是这么干的,蒙谁呢你!米妈妈越想越火大,儿子竟然跟自己撒谎,就为了那个毛丫头。

“呃——”米阳被自己老娘这一连串的炮火说得有点愣,这时候偏巧韦晶又走了过来,她特客气地打招呼:“阿姨好!”“哼,韦晶啊,你们俩这是干什么呢,一圈圈绕着不回家?”“啊?没什么,遛弯儿,就是遛弯儿。”韦晶回答。

“遛弯儿?这还不到四点就遛弯儿?吃饱了撑的呀?!”根本不信的米妈妈怒了,这一个个的都糊弄我是吧,我好好的儿子就是被你这丫头给带坏了!被米妈妈瞪得有点发毛的韦晶赶紧解释,可她这句大实话差点没把米妈妈给气死:“没错,我就是吃饱了撑的!”

眼瞅着自己老妈那脸色变幻都赶上七色光了,米阳稍微提高了点嗓门吸引她注意力:“妈!妈,韦晶说的是真的,她今天中午吃多了,刚才说胃不舒服,我才陪她溜达两圈消消食儿的!真是吃饱了撑的!”说到这儿米阳自己也觉得好笑。

直喘粗气的米妈妈闻言看看儿子,再瞄一眼猛点头、冲自己讪笑的韦晶,看样子他俩不像在说谎,拿自己开涮,她心想。可还是有什么不对劲,是什么呢?被怒火激得血压上升的米妈妈一时间有些转不过弯儿来。

“成,韦晶我看你也走得差不多了,咱都回家吧。”米阳飞快地向韦晶使了个眼色,示意战术撤退。“呃? 好,米阳,刚才真是麻烦你了。”韦晶马上心领神会,一脸假笑地客气。

瞧着他俩你恭我让的米妈妈正想开口,突然听见隐约一声“喵呜”。她下意识地哆嗦一下,迅速地打量了一下四周,什么都没有呀,以为自己听错了,也就没放在心上。“我说韦晶,你……哎哟,你怀里什么呀这是?!”想再数落韦晶两句的米妈妈,突然发现她衣服里探出一只毛茸茸的脑袋来。

“这个,哦,猫呀。”韦晶边说边想掏出来给米妈妈看。“哎! 你别动!”米妈妈边说边往后退了一步,表情严肃,眉头紧锁。米阳笑着说:“韦晶,我妈插队的时候被野猫抓咬过,所以向来对这玩意儿敬而远之,你就别拿出来了。”

“是吗? 那不好意思啊,阿姨。”韦晶咧咧嘴角,心说老妈要是知道这件事,非给那只英雄猫早晚三炷香不可,它可是干了老妈一直很想干的事儿啊,嘿嘿。“哼,行了,行了,没事儿都赶紧回家!”说完,米妈妈匆忙地往家走.没走几步,回头瞪米阳:“米阳,走啊?!”“好嘞!”米阳赶紧拎着东西追了上去,韦晶吐了吐舌头,慢悠悠地跟了上去。

刚走到四楼就听见楼上防盗门“哐”的一声撞上了,韦晶掏了掏耳朵,听这架势这事儿还不算完。等她到了家门口,发现鱼、猫粮、猫砂都摆放在自家门口,她忍不住笑了,回头看了眼对门,默默说了句:“米大侠,你不入地狱谁入地狱,阿门!”然后伸手按门铃。

进门还没三分钟,韦妈妈就出来了。“我说你怎么回事儿,老是花钱买这些没用的? 你钱多烧得慌?”“妈,我又没花你的钱!”“谁的钱也不该乱花,再说你都是我的,什么叫你的钱!”“妈你偷换概念啊! 再说也不光便宜我一人儿!”“哎! 我说你还不耐烦了是不是? 瞧你那嘴撇得都快到后脑勺了……”听着自己老婆嗓门越来越高,正在里屋打电话的韦爸爸赶紧跟人客气两句放下电话走了出来。

“唉,有话好好说嘛,闺女买那些东西也是为了给咱们吃用嘛,你生什么气呀。”韦爸爸笑着开始和稀泥。韦妈妈一听就更来气了,这老头子什么都不知道,一开口就会向着他闺女,说自己不对。

韦妈妈一指茶几上的猫粮："敢情！你吃这个下酒啊？"然后又指了指旁边的猫砂，"以后你上厕所倒省水了，回头我再给你弄个盆儿，再找个耙子来！"韦爸爸看清了桌上是什么之后，就憨憨地笑："哈哈哈！"韦晶早就笑倒在了沙发上。

弄清楚来龙去脉之后，韦妈妈还是有所不满："米阳买的干吗非寄养在咱们家，就算他给买猫粮猫砂的，多这么一活物得多不少麻烦事儿，瞧他们家那破狗就知道了！"韦晶赶紧给自己老爸使眼色。

"嗯哼。"韦爸爸清清嗓子，用指头挠着小猫下巴，"人家不是说了吗，先放一段时间，说不定过两天就拿走了，你瞧，米阳今儿带着韦晶出去玩，又给了一口袋鱼，咱也别太房顶上开窗户——没门了，是吧？""就是！"韦晶立刻表示赞同。

"什么就是！我稀罕那鱼呀？"韦妈妈还是很不爽，韦晶只管玩猫，老头子也指不上，回头这猫还不是得自己照顾。韦晶眼珠一转，突然想起米阳那妙计来了，赶紧凑上去神秘兮兮地说："妈，对面的杨阿姨最讨厌猫！"韦妈妈斜她一眼，不信的样子，韦晶添油加醋地把刚才的事儿一说，韦爸爸就笑："太夸张了！"韦晶刚想争辩，就听韦妈妈斩钉截铁地说："这猫我养了！"韦晶笑倒在沙发上，米警官果然神机妙算啊……

"哎呀，妹子你回来了？"廖美刚进家门就听见一个大嗓门响了起来，她瞳孔微微一缩，整个客厅都是烟雾弥漫的。"咯咯。"廖美不禁咳嗽了两声。"哎，老头子别抽你那破烟了，早说了来北京有你好烟抽的，你就是不听，你看，呛着咱大侄女了吧！"大嗓门回头吼道。

"她婶子，没那么多讲究。"端着一盘子苹果的廖母微笑着说。接着对廖美说道："阿美，你叔你婶来了，愣着干吗？"廖美慢悠悠地换鞋，然后走到客厅对那一男一女点点头："二叔，二婶。""哎，大姐啊，咱妹子，是阿美，越长越漂亮了，比电视里那些明星强多了。"转头对二叔说，"是吧，老头子，哎，我说你别抽了成不？"二婶用脚踢了一下二叔。

二叔一皱眉头，用手指捻灭了烟头，随手扔在了地板上，廖美不动声色地看着光亮的木地板上那些污渍。"阿美，去洗洗手，然后吃点水果，今天出去玩累了吧，看你话都懒得说，爬长城是挺辛苦的。"廖母看廖美一言不发的样子，又心疼女儿，又不想让爱挑礼的妯娌说闲话儿,就话里有话地解释了一句。

廖美在心里叹了一口气,妈妈,她这辈子似乎就会替别人着想了。“是啊,真是挺累的,主要是比赛来着,所以不光是爬山,还得快!”廖美微笑着站起身来往屋里走去。

“长城啊,真好,你说住北京多好,长城说去就去,上回老冯家六嫂被她儿子带去北京玩,瞧回来那个显摆哟,什么天安门、王府井的,见谁跟谁说!”二婶咋舌道。廖母微笑着说:“没事儿,她婶儿,回头让阿美带你们去,咱们有车,方便!”

“是啊,哎哟,那可太好了……”廖美合上了门,把噪声都关在了外面,她再一次觉得自己装修的时候要求隔音真是一个明智的选择。屋外的二婶歪头瞅瞅:“嫂子,侄女不是嫌弃我们吧,洗手咋进屋了呢?”

“哪儿啊,您想得太多了,她的屋里有专用的洗手间,就是厕所,她习惯了。”廖母忙笑着解释。“啧啧……”二婶一脸艳羡,“厕所还有好几个啊,你们可真有钱。”“也没有,这些年阿美也很辛苦的,总算还有点成绩吧。”廖母看了一眼女儿的房门,目光柔软又无奈。

二婶这会儿倒坐下了,她嗑着瓜子看着屋里的家具摆设,之前除了廖美的屋子她没进去过,其他的早就看了个通透了。“嫂子,要说阿美能这么有出息,都是因为她考了北京的好大学,她叔叔为了她上学的事,腿都弄瘸了,不能打工不说,家里的农活都干不了,唉——”二婶长叹了一声。“是,是,你们对我们好,我们都记在心里,从来没敢忘过。”廖母真心地说,二婶这才满意地点点头。

屋里的廖美收拾完之后,懒懒得躺在了床上,她暂时不想出去应对那女人,更不想让自己的母亲为难。看着被晚霞晕染的墙壁,浅黄和轻红,那么自然地糅在了一起,淡淡的,看得人心都柔软起来。廖美突然想起之前离开宠物店的时候,米阳和韦晶就站在路边,一高一矮,身影交错,看起来也很自然啊……

如果说搞定了猫咪寄养问题的韦晶还算幸福的话,现在的米阳同志显然离幸福的标准还有很大一段距离。米妈妈从回了家就没半点好脸色,一个人坐在沙发上运气,为求表现,米警官主动做饭去了。要是往常,米妈妈才不舍得让儿子受累,可现在硬是一言不发。

古利有些不合时宜地颠过去撒娇，也被米妈妈用脚扒拉到了一边儿："别烦我，自己玩去！"古利哀叫了一声，可怜兮兮地回到自己窝里埋头趴下——伤自尊了！

在厨房偷看的米阳缩回头，咧了下嘴，老娘这回气得不轻，一会儿该怎么哄她呢？等饭做好了，出去办事的米爸爸也回家了，他一进家门就发现气氛不对，老婆那边明显的低气压，平时活蹦乱跳的古利也蔫头耷脑地趴在自己窝里不动。

"爸，你回来了。"米阳从厨房里探头出来打了声招呼。"啊，回来了。米阳你今儿不是出去爬山了吗？怎么还做饭，累不累啊？"米爸爸一边脱外套一边往厨房走。"哼！"米妈妈在沙发上重重地哼了一声，米阳冲他老爸做了一个割喉的动作。米爸爸一笑，自己老婆性子大，动不动就发火，不过跟儿子犯脾气倒是少见。

他一拐弯走到了沙发那边坐下，小声问："米阳怎么了？""你问他去！"米妈妈硬邦邦地甩了一句话出来。米爸爸看着正端菜出来的儿子问："米阳，你惹你妈生气了？做错了就赶紧道歉！"

"是，我错了，请母亲大人原谅，儿子这厢敬礼了！"米阳放下盘子，装模作样地敬了个礼。"你——"米妈妈眉毛一竖就想嚷嚷，被米爸爸打断了："哎，老婆，别生气，咱们先吃饭好吧，有问题慢慢说。"说完冲米阳一扬下巴，"盛饭去。"米阳做了个鬼脸。

看妻子还是一脸的不乐意，米爸爸压低了声音说："儿子也累了一天了，还给你做饭，你让他把饭吃好了咱们再说他，他们当警察的，最容易落胃病了！"米妈妈看了丈夫一眼，突然长长地出了一口气，起身坐在饭桌旁了。米爸爸心里暗笑，装那么凶，还不是心疼儿子。

等菜都上齐了，一家三口开吃。要是平常，米妈妈早就张罗着让米阳吃这个吃那个的了，而现在桌上只有沉默的咀嚼声。"呃，儿子，这鱼不错啊，又肥又鲜，比我上次和你韦叔叔钓回来的强多了，水库的吧？"米爸爸为了打破尴尬的局面，就想找个话题说，他哪儿知道老婆生气的根源是什么呀。米阳暗叫一声我的爹，你说啥不好非说这个。

果然，"啪"的一声，米妈妈已经把筷子拍在了桌子上："是啊，好吃，你那老伙计今天晚上估计也吃上了！"米爸爸一愣："啊？"米阳看老妈这态度，话不说清楚这饭也别吃了，就放下碗，赔笑着说："妈，就一袋鱼，值不了俩钱儿，大家都是邻里邻居的，别那么小气嘛。”

“你以为我是为了那袋子鱼啊，你就是给他们十袋子，让那姓韦的吃上一个月我都不管，你为什么骗我啊，嗯？！”米妈妈盯着儿子说。“唉。”米阳长叹一声，“妈我骗你什么了？今天是我们单位组织出去玩，正好韦晶有空，就一起了呗。”“那你怎么不告诉我呀？”米妈妈瞪眼。“您也没问啊！”米阳笑嘻嘻地说。

“你？！好，这事儿就算我没问，那猫又是怎么回事儿呀？”米妈妈说。“猫，不就是韦晶的吗，您放心，反正猫又不是狗，得天天遛，您碰不上，不用怕！”米阳边说边伸筷子想去夹菜。

“砰”的一声响，桌上的盘子碟子都是一震，米爸爸吓了一跳，米阳夹的土豆丝都撒在了桌子上，墙角儿窝着的古利也是一哆嗦，家里三个男的六只眼，全都盯着暴怒的米妈妈傻了眼。米爸爸回过神来才发现刚才老婆拍在桌上的是张纸条，拿过来一看：“折耳猫，猫粮，猫砂……”他抬头问米阳：“这宠物店发票怎么在你这儿，你买的？”

米阳微微皱了眉头，放下筷子：“妈，你怎么翻我外套啊？”“你还不高兴了？别说这有的没的，这猫怎么回事儿啊？！”米妈妈不依不饶。米阳这会儿也有点不高兴了，米爸爸轻轻咳嗽了一声，用手一压他的膝盖示意他冷静。

米阳没辙地叹了口气，把这猫的事儿又说了一遍：“爸您说，我能眼看着这猫被摔死？人家韦晶也是好心帮忙，那猫砂什么的不该我买啊，您说是不是？”这话自然有真有假，可实在没必要说那么清楚。

“嗯。”米爸爸点点头，转头跟妻子说，“你看你，也不问清楚了就先发火，冤枉儿子了不是？”米妈妈一时间没了主意，就干愣着，米爸爸做了个眼色，米阳明白得给老娘台阶下，就笑嘻嘻地说：“就是，我委屈大了我！”

“好啦，既然都说清楚了，吃饭，吃饭，我就喜欢吃鱼，看这么半天，馋死我了，尝尝儿子的手艺！”米爸爸半开玩笑地说。米阳自然响应号召，他先夹了一筷子鱼放在了母亲的碗里。米妈妈迟疑了一下，刚端起碗又放下了：“米阳，你跟我说实话，你是不是看上韦晶了？”

米阳的筷子差点没捅进自己鼻子眼儿里去，米爸爸也是一愣，他早就知道儿子跟韦晶之间的关系有点“变质”，但一来变了多少，他也没底，二来韦家那姑娘也看不出来有什么变化,所以他一直没跟妻子说这件事儿。反正他挺喜欢韦晶的,活泼开朗,跟儿子又是从小一起长大的,知根知底,以前老婆嫌弃人家学历低没工作,现在不是也在大外企干得不错嘛。

“怎么说起这个来了?”米爸爸觉得今天肯定不是说这件事的好时机,就想给岔过去,“俩孩子从小一起长大,感情好是正常的嘛。”可米妈妈根本不搭茬儿,就看着米阳。米阳看看爸爸,又看看妈妈,把碗一放,正容说:“是!”

“啊?”米妈妈的声音都颤了,“你说什么?”“我说我是喜欢韦晶。”米阳很认真地说。米妈妈就觉得自己眼前一黑,她身子晃了晃,米爸爸赶紧扶了她一把,又回头盯着米阳说:“儿子,喜欢分很多种的,你别因为跟韦晶是青梅竹马,就觉得某些事情是理所当然。”

“爸,我明白的!”想起今天韦晶登山后红润的脸庞,米阳微微一笑,米爸爸不说话了,儿子的笑容散发着幸福的味道。

“你明白个屁!”米妈妈突然一声怒吼,米阳觉得自己是不是幻听了,自己那个向来以优雅自居的老妈居然会讲粗话。米妈妈一把推开想阻拦自己的丈夫,大声说:“那丫头有什么好的,啊?! 长得一般,学历又低,说是在BM公司工作,谁知道她是端茶的还是扫地的,配得上咱家吗? 她那爹就甭说了,说到底就是一工人,就她那妈,要多没水准有多没水准,想让我跟她做亲家?! 甭想!”

“妈!”米阳低吼了一声,米妈妈下意识地闭上了嘴,“咱家也不是什么上流社会,大家彼此彼此,再说,我娶的是韦晶,又不是把许阿姨给您娶回来,您怕什么呀。”“娶?!”米妈妈拔高了嗓门,“你还敢说娶,米阳,我告诉你,你要是非跟那丫头好,就甭认我这个妈!”

“妈!”米阳心里又急又怒,只觉得一股子热血在胸口烧,难受得不行,米妈妈分毫不让地瞪着他。“好了!”米爸爸喝了一声,“米阳,你去给我盛碗汤来!”米阳喘了两口粗气之后起身进了厨房,米妈妈还想追上去,被米爸爸一把拉住了。

进了厨房的米阳非常烦躁,只觉得心里乱糟糟的,看什么都不顺眼。他知道老妈不喜欢韦晶他们家,可没想到她的反应这么大。客厅里米爸爸正耐心地劝说着什么,米阳也不想听,怒气过去之后,他稍微冷静了些,知道这件事自己越急切母亲越抗拒。

米阳苦笑着想，要是让钉子、队长他们看见自己现在的样子，肯定得被嘲笑，还是一警察呢，这点儿冷静都没有。做了个深呼吸，米阳感觉镇定多了，也觉得自己应该跟母亲好好谈谈而不是对着来，不然只会让她更讨厌韦晶。

他转身从柜橱里拿了个碗盛汤，恍惚间听到了隔壁韦晶开心的笑声，因为两家的厨房是紧挨着的。米阳忍不住一笑，耳朵不自觉地追逐着那笑声，心里却想着今天受的委屈改天都得跟那丫头要回来。

一想到要回来的方式，米阳开始神游天外，哐啷！“哎哟！”他一走神不要紧，热汤没盛进碗里都浇自己手上了，手一哆嗦，碗掉在了地上摔成了几块。米阳先用凉水冲了一下烫到的地方，然后蹲在地上捡起碎片，不小心又被划破了手。“这人倒霉喝凉水都塞牙！”他咬牙切齿地说。

一直关注着厨房的米妈妈竖着耳朵半天听不到动静，她不放心悄悄走过来窥伺，探头一看，米阳一手拿着碎碗碴儿，皱眉头蹲在地上看着另一只手，脸上肌肉扭曲，那只手上好像还有血……她“啊”地尖叫了一声，腿一软坐在了地上。

正查看伤口的米阳被吓了一跳还不及反应，跑过来的米爸爸已一迭声地问：“怎么了，怎么了？”他就看见自己老婆哆嗦着伸出一根手指着米阳，连哭带气地说：“你个不孝子，不让你跟那丫头好，你就想割腕自杀？！”

米阳……

第二十章　谁都有秘密

“我说,你这差不多就行了吧。”韦爸爸心虚地左瞄右看。韦妈妈一边挥舞小铲子往塑料袋里装沙土一边瞪他:“不多弄点儿,回头你来第二回啊?”韦爸爸立刻不说话了。“你放松点儿,别摆出一副做贼心虚的样子!不是贼也像贼了!”韦妈妈说道。韦爸爸心说咱俩可不就是贼?

韦晶家附近正在修个街心花园,沙子就露天放着,韦妈妈琢磨着用猫砂太贵了,虽然韦晶说米阳包圆了,但那也是钱不是?该省就得省!因此一大早她就拉着心不甘情不愿的韦爸爸跑到工地这儿弄点儿沙子,她蹲在沙子堆后面弄,韦爸爸站着负责掩护兼放哨儿。

“老婆子,就算不来第二回,你也不能一次性把那猫下半辈子的沙子都准备出来啊,你……”话未说完,韦爸爸一眼看见两个穿灰制服的人正往这边走,赶紧用膝盖顶自己媳妇,“快起来,保安来了!”韦妈妈赶紧把沙子装进买菜的环保布袋里,又收拾了一下。

“这位师傅,您这是干吗呢?”一个保安走上前打招呼,不知所措的韦爸爸干笑着说了句:“没事儿,没事儿。”小保安们愈发警惕起来,刚才就发现这男的站在沙子堆旁边东张西望的,最近沙子丢失的速度跟附近胡同里新建成的小房数量成正比,昨天才被队长臭骂了一顿。

有时候明明抓到有人在装沙子,可人家一看管事的来了,把沙子一倒,转身就走。你要问他干什么呢，人咬死了说，怀念童年玩沙子来了，怎么了？不行吗？保安们也无话可说，这片工地就在马路旁边，人来人往的你也不能不让人经过呀。

今天原以为又碰上个“玩”沙子的，没想到他看来看去的就是不下手，俩小保安实在忍不住了，走过来看看。那保安话音没落，韦妈妈突然站了起来，把俩保安吓一跳。不容他们张嘴，韦妈妈先磕了磕自己的鞋然后穿上说：“小伙子，回头跟你们领导说说，把这沙子堆往里头放，别堆这马路过道上，你瞧弄我这一鞋沙子，磕半天了都磕不干净！”

“啊？哦……”小保安有点犯愣，下意识地应了一声。“行了，老头子咱们走吧，回家再弄吧。”当着保安的面儿，韦妈妈神情自若地把口袋交给了韦爸爸。俩保安自然而然张望了一眼，就看见那袋子里放了些土豆、青椒什么的，也没容他们再细看，韦氏夫妇早就离开了。

哭笑不得的韦爸爸跟着抬头挺胸的媳妇往家走，眼瞅着离工地越来越远，终于忍不住说：“你可真是不打无准备之仗啊，好嘛，你比那保安还有理！俩小伙子都被弄糊涂了。”他边说边摇头。

“行了行了，不就点沙子吗，能值几个钱？我倒是想买呢，他也不卖呀。”韦妈妈振振有词地说。韦爸爸没辙地一笑，又问：“昨儿个你还不乐意养猫，怎么今天突然变了态度？”韦妈妈翻了翻眼皮：“对门那女的不是不喜欢吗？我还就养了！”

韦爸爸无语半晌：“女人啊……”韦妈妈只当没听见，心里却想着昨晚的事。也许是晚饭时吃得不合适了，半夜胃里感觉不舒服的韦妈妈疼醒了，丈夫和女儿都睡得很香，生怕吵醒了他们，她只能蹑手蹑脚地自己找药吃，然后去蹲厕所。

正一个人难受的时候，韦妈妈忽然觉得有点不对劲儿，左右看看也没什么，过了一会儿才发觉自己脚下很温暖。低头一看，那只小猫不知何时溜了过来，趴在了自己脚面上，感觉到韦妈妈在看它，它张大了嘴打了个哈欠，困得五迷三道的，却依然没有离开。

漆黑的夜，昏暗的灯光，静悄悄的厕所里，只有自己和这只小猫呼吸可闻，只有它陪着自己。一瞬间，韦妈妈突然体会到了言情小说里经常描述的一种感受，内心某处一下子就沦陷了。

“哎，早啊，出来遛狗？”正陷在回忆里的韦妈妈突然听见丈夫的招呼声，顺势一看,她立刻从温馨状态调整至战斗准备。不用她开口,古利已经麻利儿地跑了过来,转着圈儿地冲他们"汪汪汪,汪汪汪"。

"呵呵,古利,乖啊,别叫了。"韦爸爸看见自己老婆脸色不大好,生怕她当着对门的面一脚把京巴给踹出去,赶紧表示一下善意。古利哪吃这一套啊,妈妈就在身后,而且它很明白妈妈不喜欢他们,我叫,我拼命叫!汪汪汪!

果然是什么人养什么狗!都够讨厌的!韦妈妈腹诽道,还是我家存折好!存折,折耳也,韦大小姐给起的名字,其中充满了韦晶对未来的美好期待,小名就叫折折,跟《孝庄秘史》里的皇后一个名,多贵气!

"哼,你家古利可真够精神的,瞧这嗓门亮的。"韦妈妈似笑非笑地对米妈妈说。"嗯,还行吧,古利,别叫了!"米妈妈先呵斥了古利一句,然后又冲韦爸爸点点头,"你们这是去早市啊?"

虽然米妈妈笑得有点僵,但确实是在笑。韦妈妈汗毛都竖起来了,韦爸爸先是一愣,从来没见过她主动跟自己搭讪聊天,反应过来就赶紧笑着说:"啊,对,出来溜达一圈,早上空气好嘛,您说是吧?"

"可不是,我家老米一早就去跑步了,说是要锻炼锻炼。"米妈妈说。"哦,是吗?嘿嘿。"韦爸爸一边应和一边犯愁,认识米妈妈这么多年了,貌似从来没拉过家常,他都不知道该说什么才好了,求助地看了一眼一直没吭声的妻子。

"没错,锻炼好,锻炼好,老韦你也应该锻炼一下。"虽然心里犯嘀咕,不知敌人意欲何为,韦妈妈还是得救老公的场。秉着人敬我一尺,我还人一丈的原则,韦妈妈又客气地加了一句,"昨儿米阳给我家的鱼真不错,谢谢他了啊,听说他在派出所干得也不错,这能干的孩子到哪儿都能干!"

她话音刚落,就看见对面的米妈妈脸色一变,那表情简直无法用语言形容,韦妈妈心说,怎么跟吃了过期酸菜似的。"能干有什么用啊,到头来还不是你……"剩下的话米妈妈生给咽回去了。

虽然昨晚的割腕事件是个误会,可米阳对韦晶的坚持却让米妈妈都有割腕的心了,怎么会是她呢?怎么还就非她不行呢?丈夫跟自己谈了半宿,孩子都有逆反心理,你要是去找韦晶她家的麻烦,咱们就住对门,米阳得多难堪啊。回头儿子真的跟你不是一条心了,跟人家过去了,你怎么办?就算你死活不愿意,也要慢慢来,要有策略。

琢磨了一晚上，米妈妈决定要先示弱，迷惑敌人，同时抓住儿子的心，然后再按着自己的心意来。看着对面夫妇俩好像一副什么都不知道的样子，米妈妈心里暗暗咬牙，咱们骑驴看唱本！“行了，不耽误你们了，咱们回见啊，古利，跟妈妈走！”笑着说完这番话，米妈妈扭身走了。

韦氏夫妇看着她离去的背影半晌，韦爸爸冒出一句：“她这是怎么了？这么客气，你们俩和好了？”“呸。”韦妈妈冷笑一声，“什么就和好了，你没看见刚才我客气一下夸米阳时她那表情，好像我要把她儿子抢来炖着吃似的……咦？”韦妈妈说着说着也是一愣，她突然快步往家走，韦爸爸拎着那袋子“猫砂”在后面直叫：“怎么了?!”

进了门脱了鞋，韦妈妈直扑韦晶卧室，伸手就去推韦晶：“韦晶，醒醒！我有话问你，听见没有！”迷迷糊糊的韦晶一边躲一边磨叽：“干吗呀，昨天爬山累死了！我再睡会儿！”

韦妈妈一把将韦晶的被子掀开，然后把她扯了起来，似笑非笑地问：“说，你跟米阳干什么了？”

“啊？”还处于半梦半醒的韦晶张大嘴打了一个哈欠。“啊什么啊？”韦妈妈毫不放松，“我问你是不是跟米阳那个……啊？说说吧。”米阳？看着老妈暧昧的表情，不知怎的，昨天跟米阳在长城上追逐嬉闹的一幕在韦晶脑海里一闪而过，她突然就清醒了。

虽然彼此之间没什么明确表示，也没什么特殊的事儿发生，但潜意识里还是不想让人知道什么的韦晶，反驳脱口而出，大嗓门吓了在外面偷听的韦爸爸一跳：“什么跟什么呀！没有的事儿！”

韦妈妈眉头一挑，怀疑地问：“真没有？”“真没有！”看着韦晶咬牙瞪眼，矢口否认的样子，“切。”韦妈妈鼻子里哼了一声，“真没用！”说完站起来转身走了。“啊？”韦晶坐在床上直犯愣，不明白老娘这唱的是哪一出。

韦爸爸一看老婆出来，跟着她进了厨房就笑：“你也太敏感了，要么说女人就爱瞎联想呢，对门刚客气点儿，你怎么就想到孩子身上去了。”一直若有所思的韦妈妈斜了他一眼：“不说自己迟钝，还说我敏感！”韦爸爸不明所以。

韦妈妈指点迷津："你闺女那神经有多粗你不知道？可你看我刚才话说得多含糊，刚提了个头儿，她怎么那么快反应啊，跟过了电似的，要是他们俩之间没点事儿，她能这么明白我什么意思？那话怎么说来着，反常情况下，否定即肯定！"韦爸爸做恍然大悟状，半开玩笑地说："行啊，老许同志，理论联系实际，有水平！"

"少来，要是咱韦晶真跟米阳好上了，你就看着吧，乐子大了去了，你看看今天那姓杨的态度，毛骨悚然！那个无事献殷勤，非什么什么来着？"说完韦妈妈一撇嘴，开始往外倒腾沙子。一旁帮忙的韦爸爸想想早上米妈妈的反常举动，也有点吃不准了，小声问："那你说这事儿靠谱吗？"

韦妈妈拍拍手上残留的沙子："我怎么知道，但他们之间有事儿是一定的，谈恋爱的不就那样，先藏着掖着不承认，然后进入左猜右想对方是怎么想的烦躁期，等说开了呢，不是两人笑，就是一人哭呗，还能怎么样，顺其自然吧！"

韦爸爸被老婆这一连串的理论说得有点傻，他觉得韦妈妈这话有点别扭，但是一时间也想不出哪里不对劲。韦妈妈特不屑地白了自己老头一眼："让你多看点电视剧你就是不看，都没法沟通，代沟忒大！"说完端起沙盆子，冲一直在她脚边转悠的折耳说，"走，折折，大便去！"

韦爸爸呵呵笑了两声，转身想把灶台上的青椒土豆收拾到菜篮子里，刚一弯腰，突然想到哪儿不对劲儿了。老婆上次说起这事儿，还打死不肯跟对门做亲家，今天怎么改成顺其自然了？韦爸爸百思不得其解。

卧室里的韦晶这下也彻底睡不着了，她翻过来滚过去地琢磨了半天后，认定问题肯定是出在米阳身上。他是说什么了还是做什么了？不然老妈怎么会一大早没头没脑地问自己这种问题。

越想越不是滋味的韦晶心头烧起一把邪火，抄起手机就想去质问米阳顺便臭骂他一顿，可刚拨完号码她又给挂了。心想如果不是自己想的那样，还不得被米阳揪着小辫子，往死里嘲笑自己自作多情？韦晶开始啃指甲。

左手啃了个遍之后她决定发微信，想从侧面先迂回地打探一下，噼里啪啦地打了足足五六行之多，可看了半天，横竖没明白自己写的到底什么意思。愣了半晌："啊——真讨厌！"韦晶长长地尖叫了一声，把手机扔到一边，"唰"地拉起被子蒙头当乌龟！

在厕所的韦妈妈听到动静伸出头来问:“刚才什么声儿啊?是不是对门那古利又嗷嗷呢!”站在厨房门口的韦爸爸苦笑着说:“你闺女。”想了想又跟了一句,“烦躁期?”韦妈妈翻了个白眼。

“嚯,这谁呀?”刚一进修理厂,江山就被一阵鬼哭狼嚎声吓了一跳,站住了脚。正在旁边修理备件的小工们就窃笑,但没人说话。江山立刻明白了,好笑地摇了摇头,顺着声儿就找了过去。

一打开办公室的门,低音炮的冲击波迎面扑来,一瞬间江山觉得自己有失聪的危险,好像什么也听不见了。转眼他看见肥三儿正抱着个麦克风做深情状,一人前仰后合,五官挪位地跟着节奏唱歌。窝在沙发里的米阳正愁眉苦脸地喝啤酒,显然被折磨得不轻。见自己进来,肥三儿先飞了个媚眼儿过来,然后往墙上指了指。

江山抬眼一看,一面紫红色的锦旗高高悬挂,上面用黄线绣着“侠肝义胆,见义勇为”八个大字。欣赏完毕的江山走到一脸痛苦的米阳旁边坐下问:“他今儿心情不错啊?那锦旗?”米阳大摇其头,贴着江山耳朵喊:“你说什么我听不清!打我一进门丫就在唱这歌,差不多小十遍了,没结没完,还死跑调,要了命了!”

江山一愣,仔细一听,才知道肥三儿唱的是那首《你知道我在等你吗》。肥三儿最喜欢K歌,厂里办公室和家里都有卡拉OK设备,高兴不高兴都唱,他手下的工人都习惯于从老板的歌声中判断他的心情好坏。

想到这儿,脱着外套江山就忍不住笑了起来,看来今天绝对不是因为失恋,要不肯定就是那首《为什么受伤的总是我》了。米阳递过来一听燕京啤酒,江山接过来跟米阳手里的一碰,两人同时仰头,咕嘟咕嘟开始喝酒。

彼此间好像有了默契,又好像都心不在焉,江山和米阳就默默地喝着酒,各自想着心事儿,谁也不说话。恍惚间,江山觉得自己似乎都听不到肥三儿那“恐怖”的歌声了。

“你知道我在等你吗?!”肥三儿突然冲着麦克风号了一句,米阳和江山都吓了一哆嗦,瞪眼看着他。肥三儿笑嘻嘻地先将音乐停了,起身把麦克风扔在了沙发上,又顺势扯了个垫子过来,也不管地上干净还是脏,把垫子放下一屁股就坐了上去,然后从茶几上也拿了一听啤酒开喝。

“好嘛，我这里面嗡嗡的。”米阳皱眉拍了拍自己耳朵，“你不等妈了？”江山就笑，肥三儿摇头晃脑地说：“你又不认真听，哥们儿浪费那感情干吗！多宝贵！”被折磨个半死的米阳上脚就踹：“你丫都干号十遍了，怎么不早点节约您那特宝贵的感情啊，嗯?！我让你宝贵！”说着又想踹。肥三儿嬉皮笑脸地躲，江山就在一旁拉架，没两下，他也掺和进去了。

连打带踢地折腾了一阵之后，三个大男人都瘫在一块儿喘气，肥三儿自然心情很好，而心里有事儿的米阳和江山也觉得心头那口闷气发泄出去不少。过了一会儿江山问肥三儿：“之前电话里也没听你说明白，这锦旗打哪儿来的？再说你不是请客吗，不会就让我们在这儿喝啤酒吃豆干吧？”

一听江山问这个，肥三儿立刻情绪饱满激昂，脸放红光，“啪”地把啤酒罐往茶几上重重一放，跟惊堂木似的，他一抹嘴：“这个说来话可就长了，容我细细道来，你听好了……嗯！”他嘴里突然被米阳塞了一把开花豆儿，米阳捏着他嘴巴不松手，然后问江山：“你是想听俩钟头还是直奔重点？”

江山嘿嘿一笑，拿了块豆腐干嚼着：“我一会儿还有事儿呢，说重点！”米阳这才放开了手，差点被噎死的肥三儿赶紧去灌啤酒。“他开车去延庆那边办事儿，半路上碰见一个肇事逃逸的，他不但记下了车牌号帮助警方迅速破案，而且还把事主及时送到了医院，避免了她的生命危险。”米阳言简意赅地说。

“哦……”江山点点头，笑着捶了肥三儿一拳，“行啊胖子，是个爷们儿！”肥三儿好不容易把豆子咽了下去，赶紧加以补充：“靠，山子，你不知道当时那情况，嚯，那叫一血呼啦的，吓死个人，我当时脑子‘嗡’的一声，110、120、130打了个遍，手都哆嗦了！”

米阳嘴里的啤酒沫飞了出来：“130?！我还139呢，130那是中国联通！”肥三儿眨眨眼，讪笑着说：“当时不是急傻了嘛，我纳闷怎么老打不通呢，还跟人警察说他们那报警设备该升级了！”一旁的江山伸了个懒腰：“行了，别扯淡了，我说咱们出去吃吧，鸡翅？”

肥三儿一撇嘴：“别！千万别在附近吃！”“怎么了？”江山问。肥三儿做出一副看似为难其实很得意的表情说：“自打出了这件事儿之后，哥们儿一出门群众就主动围上来打招呼，非得夸两句才让走，太麻烦了，唉，人怕出名猪怕壮啊！懂吗，你们?"

一旁的米阳上下打量了肥三儿一遍,突然笑了,他捅了一下江山:"还别说,那两样他都占着!"江山先一愣,看了肥三儿一眼开始哈哈大笑。一头雾水的肥三儿半天才反应过来,扑过去就掐米阳脖子:"靠!你丫挤对谁呢?!"

正掐着,米阳的希瑞开始喊了,他一边被肥三儿勒着脖子一边费劲地把手机掏出来一看,赶紧用胳膊肘把肥三儿顶开:"放开放开,所里电话。""喂?哎,周亮?什么事儿?哦,在哪儿?知道了,你别嚷嚷,我马上就到!"

米阳收起了手机:"对不起了,胖子,您那被群众围观的盛况我是没时间看了,所里有急事儿,我先走了,山子,你……"米阳犹豫了一下,本来今天想跟他谈谈何宁的。江山不说话就那么看着他,米阳一笑,"算了,回头再说吧。"江山猜到了也不说破,只点点头。

"小李,周胖子人呢?"米阳一进派出所就问,小李一努嘴:"二号室,他正审着呢!"米阳走了过去,一到门口就听见里面传来一个听着挺清亮的男声说:"警察叔叔,你情我愿的上床不犯法吧,我成年了,再说你凭什么说我偷东西了啊?那老娘们说我偷了我就偷了,你有证据吗?"

米阳脚步一顿,里面"砰"的一声,周亮拍了下桌子:"你小子还不老实是吧,说,这相片怎么回事儿?""相片怎么了?""你说怎么了,这张相片怎么回事?是谁?""什么怎么回事……我父母,怎么了?""你父母?"周亮的嗓子都变音了。"对啊,警察叔叔你没父母吗?有什么奇怪的?"

"靠!你……"周亮显然怒了,米阳赶紧推门进去,一看老刘正拉着周亮安抚。而他们对面的椅子上,一个头发挺长、身材细瘦的男孩儿正歪斜着身体坐在凳子上,表情既无赖又带点不耐烦,长得挺清秀的。米阳看着他突然觉得有点眼熟,就细看。

看见米阳进来,那男孩儿因为逆光只能眯着眼打量,忽然一愣的样子,然后不自在地把脸转开了。见米阳来了,老刘用力按了按周亮示意他冷静,然后才走过来把米阳拉到门外低声说:"出来卖的,被逮个正着,但死不承认!""对家呢?"米阳问。

老刘一扬下巴示意旁边："三号室，张平审着呢。""周亮怎么了，这么压不住火？"米阳有点纳闷地回头看了一眼屋里脸色铁青的周亮。老刘苦笑："谁知道啊，他一搜出那照片来就发火了，还非叫你过来，喏，就这张。"老刘把手里的照片递了过来。照片显然有些年头了，而且是被撕破了又粘在一起的。

米阳接过来一看，愣住了，再一看，眼珠子差点没凸出来。他"噌"的一下就进了屋，一把将那男孩儿揪了起来："说，这照片你哪儿来的？！"

屋外的老刘也被他吓一跳，心说，这照片是刺猬呀，怎么谁拿谁扎手啊？

那小子挣扎了半天也没能挣脱，横着脖子说："我爸妈的照片当然从我爸妈那儿来的！""你爸妈？"米阳神色不善，那男孩儿心里害怕嘴上却很硬，撇着嘴小声嘀咕："不是我爸妈难道是你爸妈啊……"

看着那小子的赖皮德行，周亮彻底怒了，冲过来嚷嚷："你小子还他妈胡说八道是吧？"没等他吼完，米阳突然松开了手，那男孩儿不防备之下，一屁股又栽回了破板凳上，尾椎磕得生疼，但他没敢揉，嘴皮子微动没出声，但是个人都知道他在骂脏话。

米阳直到把这男孩儿看得根本不敢抬头才说了句："这回你知道人中在哪儿了吧，雷锋同志？"周亮和老刘不明所以，却看到那男孩儿不自禁地哆嗦了一下，还是不言声。周亮突然灵光一现："上次体育馆那小偷儿？！"米阳点点头。

周亮大叫一声："我说呢，他怎么会有这张照片啊，这女的跟小廖长得多像啊，原来是阿姨！小子，你不但卖还偷是吧？有主业还有副业哈？"周亮嘲讽了一句，男孩子却是一脸不在乎的表情。刚才他是怕被米阳认出来，现在既然已经被认出来了，他倒无所谓了。

"咦？这男的谁呀，小廖她爸？"他伸着脖子看米阳手里的照片，刚才光注意里面跟廖美长得很像的女人了，现在才发现旁边那男的看着也有点眼熟，就问，"大米，这男的我怎么好像也在哪儿见过呀？哎，你干吗？"他脑袋突然被米阳推到了一边儿。

"刘哥，你跟大周先问着，我去三号看看。"米阳说着就往外走，根本不给周亮说话的机会。快步走到所外没人处，米阳拿着手机开始拨号。

米阳感觉心里跟塞了把吸过水的烂棉絮似的，堵得发闷。他用头和肩夹住电话，一手举着照片看，另一只手就去掏烟。耳朵里传来“嘟——嘟——嘟”的声音，电话一直没人接。

怎么也想不到父亲会跟廖美的妈妈认识，还一起照相，看起来笑得很开心的样子。背景是一片看起来很大的树林，虽然是黑白老照片，照片上的人也都穿着“文革”时期那没有丝毫美感的大棉袄，但依旧掩不住那青春的气息和风采。因为照片被撕扯过又重新粘在一起，破损的边缘都是毛边儿，而且时间久远，看起来很不清晰。但不论米阳怎么看，都像两个人在拉着手。

有些烦躁的米阳抖了抖烟盒想甩出支烟来，可抖了几下愣没抖出来，他皱着眉头一用力，“哗！”三四根烟被他甩到了地上。“靠！”米阳愤愤地骂了一句。“米阳？”母亲疑惑的声音突然从电话里传了出来，米阳吓一跳：“妈？”

“真是你呀，啧，怎么开口就讲脏话啊，我就说你去那什么基层派出所不好，一帮低素质的——”“妈！”米阳打断了母亲的唠叨，一开口觉得口气有点冲，他无声地做了个深呼吸调整了一下自己。

米阳刚才打电话纯属一时冲动，现在冷静下来了。心说，这事儿怎能让老妈知道，电话里也说不清楚，他随便找了个借口：“那什么，我拨错电话了，本来想给同事打的，没想到打家去了，妈我先挂了啊。”说着就想挂电话。

这时正好值班的警花小李出来找他，没张望两下就发现了正窝在墙根儿打电话的米阳，赶紧冲他招手：“米阳！”电话里米妈妈“哎哎”地叫着：“那你什么时候回家啊？”“晚上就回，挂了啊！”米阳匆匆挂断了手机，朝所里走去。

刚进派出所，就听见丁零当啷一阵乱响，然后一个戴眼镜的男人从三号审讯室里跌跌撞撞地摔了出来，接着一中年妇女也跑了出来。米阳第一反应是嫌犯要跑，正想上去拦截，就看那女人一把将眼镜男推倒在地，然后扑上去连哭带打，最后突然上嘴就啃，那男人立刻哀号了起来。

米阳不明所以，审讯室里的小张他们也跑了出来，冲上去想把两人分开。可那女人就跟金刚附体似的，俩小伙子愣分不开他们，米阳和其他警察赶紧上去帮忙。

等米警官脸上也被挠了一道，大腿上挨了一脚之后，女人终于松开了嘴，瘫坐在地上哭喘，叫骂着谁也听不懂的诅咒，然后“呸”了一声，一块血肉模糊的东西落在了地上。米阳伸头看看，再看看地上捂着耳朵惨叫的男人，他汗毛都竖起来了。

后来他才知道，那小子果然是卖的，只不过是卖给那眼镜男了……

借着混乱，米阳偷偷把照片复印了一份，然后才交给了证物室。周亮从米阳这里确认了照片跟廖美家人有关之后，就跟打了鸡血似的进行强化审问。米阳知道他是想借这个机会在廖美面前表现一番，也不揭穿，只说自己有点事儿得先回家了。

周亮当然高兴他不来“抢功”，本来叫米阳来就是因为他自己不能确定，而且当初这个偷窃案是由米阳负责的。周亮同志立刻给牛所连着打了三个电话，哭着喊着非要把两案并了，由他来接手，最终牛所答应了。米阳当然没意见，因为他有更重要的事情要办。

回到家。“米阳回来啦?”坐在沙发上看报纸的米爸爸见儿子回来了，就起身去厨房准备碗筷。“爸。”米阳笑着点点头。看老爸一如平常、温文尔雅的样子，米阳突然想起，父母似乎很少提以前的事情。自己只知道父亲曾经响应号召，上山下乡过，就在东北，母亲则因为是独生女没去几年就回来了。

“儿子，犯什么愣呢，赶紧地，换衣服，洗手吃饭！你不是最爱吃红烧鱼吗，今儿可是你爸亲自下厨！你那脸也洗洗，哟，这一道子什么呀?”米妈妈伸手想摸。“没事儿。”米阳嬉笑着躲闪了一下，他脱了外套随手放在沙发上就进了洗手间，古利也屁颠着跟了过去。

米妈妈拿起外套开始掸灰，嘴里还不停地念叨：“瞧瞧这一身的土，北京的空气怎么还是这质量啊，这蹭的什么呀?”米妈妈发现衣服上有块污渍，正摸着，不经意间发现儿子外套的暗袋里露出一张纸边，米妈妈条件反射般地看了看四周。

厕所里传来水声，显然米阳在洗手洗脸，丈夫也在厨房里忙碌，米妈妈犹豫了一下。她心想，如果是跟韦晶有关的，自己当然得看看，知己知彼方能百战百胜嘛，自己也是为了儿子好！如果是别的，赶紧塞回去就是了！

一会儿丈夫和儿子就该出来了，机不可失，米妈妈一咬嘴唇把那张纸轻巧地抽了出来……

第二十一章　缘来如此

“妈你干吗呢?”“哎哟!”米妈妈吓得差点儿没蹦起来,她一手抚胸,一边回头瞪米阳:“臭儿子! 想吓死你妈我呀?”米阳咧嘴一笑:“不做亏心事,不怕鬼叫门。”说完伸手把那张纸条用指尖抽了回来,摇了摇。

米妈妈先恨恨地拍了他手一下:“湿了吧唧的你又不擦手。”然后特振振有词地说,“谁做亏心事儿了,我这儿掸灰,这纸条自己掉出来,我帮你捡起来的!”“是——”米阳无奈地摇摇头,“那我谢谢您哪!”

米爸爸端着鱼从厨房里走出来招呼开饭,米阳坐下还没吃两口呢,米妈妈就问,“什么补助三百块钱啊?”米阳翻翻白眼:“您说您捡就捡了,怎么还偷看啊?”米妈妈刚一瞪眼,米阳赶紧做了一个示弱的手势,“上次搞防盗防抢不是连轴转来着吗,这三百块就是上头给的补助,您摸错兜了,那纸片又不当钱使。”说完他从裤兜里摸出三百块钱来,头一低双手高举递给米妈妈,“老佛爷,请笑纳!”

虽然钱不多,但是儿子的孝顺还是让米妈妈心里乐开了花:“不用,你自己留着花吧。”米阳把钱放到米妈妈跟前,然后搂住她肩膀说:“老妈,你不是老说想要整个栗子烫还是橘子烫的吗? 这钱差不多够了吧,整个美女回来啊!”“是离子烫,分离的离!”米妈妈美滋滋地收下了钱,她想着儿子这是变相在为昨晚的事情道歉呢。

“不过你们足足忙了小一个月没休息,才给三百块?”米妈妈边说边在盘子里夹了一大块鱼放进了米阳的碗里,然后又挑了几根嫩菜心给自己老公,“吃呀,都看着我干吗？好了，我保证，以后你兜里就算是揣条活鱼回来我都不碰了，成了吧？大少爷，快吃吧，凉了就不是那味儿了。”

米爸爸哈哈一笑，米阳笑着开始大口吃饭，心里却有点酸酸的感觉，老妈的缺点是不少，可是对自己和父亲那真是一百一的好。米妈妈看着儿子吃得很香甜的样子不自觉地笑了起来，没一会儿感觉有人在看她，一抬眼跟丈夫的视线碰个正着。

米爸爸做了个表情，意思是说昨晚上你不是还恨儿子不听话恨得咬牙切齿吗？这会儿又心疼上了？米妈妈嗔怪地瞪了自己老公一眼，又给米阳夹了两筷子鱼：“慢慢吃，小心噎着！”米爸爸忍不住笑了出来。

这一切都落在了米阳眼里，他不动声色，就兴高采烈地拣了几个工作中的笑话说给父母听，米妈妈笑得是前仰后合的，一家三口其乐融融，好像昨晚的冲突烟消云散了一样。米爸爸趁老婆去厨房的时候悄声说：“儿子，你刚才做得很好，别让你妈生气，你和韦晶的事儿得以柔克刚。”话未说完，瞅见老婆从厨房出来了，米爸爸赶紧坐了回去，跟没事儿人似的喝着汤。

米阳脸上笑着，心里却沉甸甸的，看着这会儿心情显然很好的父母，衬衫上兜里那张纸好像长刺了一样扎在他的胸口。就怕老妈会翻自己的衣兜，米阳进门之前就把那张复印件贴身藏了。吃完饭，帮忙洗过碗之后，米阳借口要上网查资料回了自己房间。

悄悄锁上门之后，米阳才把那张纸掏了出来，放在台灯下仔细研究。照片上的年轻男子是父亲无疑，而那个女人跟廖美长得确实很像。那天在体育馆碰到廖母，虽然她年岁大了，但是依旧看得出年轻时是个美人，而她当时最着急的不是丢了钱，而是一张照片，米阳皱着眉头想，应该就是这张吧。

更让米阳觉得不对劲的在于两个人的动作，因为照片是被撕破后又重新粘在一起的，接合处很模糊，米阳拿出研究证物的劲头来，上看下看，左看右看，翻过来覆过去地看，看到最后他还是觉得两个人是手拉手的。

那年代可不比现在，一男一女别说手拉手了，就是彼此之间站得近些，多说几句都会有人说闲话。而且说闲话还算轻的，被扣上个资本主义乱搞男女关系的帽子再拉出去批斗那也是常有的事儿。

所以结论就是父亲和廖母之间的关系不一般……再想一想廖母当时的急切，

还有廖美对自己那“非一般”的态度，这个逻辑联系让米阳心里愈发地添堵。谁都有个过去，父亲自然不例外，但是快三十年前的事情，现在应该已经结束了，米阳这样告诉自己。

但是问题跟着又喷了出来，那为什么父母不愿意提过去？廖母干吗对这照片这么重视？还有廖美，她显然知道些什么，那她接近自己又是为什么……这一连串的为什么让米阳头痛无比，他把纸片往桌上一拍，人就往床上倒，“哎哟，我靠！”米阳揉着脑袋骂了一句，他刚才把手机扔床上了，这一躺正好硌着自己后脑勺儿。

烦躁的米阳正想把手机扔出去，希瑞姐姐开始吼叫了，他低头看了眼电话号码，一愣，这么巧？他立刻按了接听键：“喂，哪位？”一声轻笑传来，廖美好像心情很好似的：“是我，你不会没记我电话号码吧。”“你有事儿吗？”米阳没有回答她的问题。那边安静了一下，廖美又问：“怎么了，心情不好？”“没什么。”米阳说。

“明天有空出来聊聊吗？”廖美好像丝毫也不介意米阳态度冷淡似的发出邀约。她知道照片的事儿了还是……米阳脑子里把各种情况迅速地过了一遍，夜猫子进宅无事不来，这样也好，先去探探她的底儿。

“行，哪儿见，几点？”米阳问。“真痛快！”廖美半开玩笑半嘲讽地说，“要是警察都像你这样，连说话都这么有效率，那国家可就太平了。”“是啊，要是再少些喜欢无事生非，没事儿找事儿的，那我们警察就可以彻底消失了。”米阳不软不硬地回了一句。

廖美没有生气反倒大笑了起来：“说得好，那明天晚上，具体地点和时间我们再定吧，我怎么都好说，你就未必了，如何？”“好，没问题！”米阳回答。“拜拜！”廖美利索地挂上了电话。米阳刚想放下手机，手机又开始叫，他拿过来却发现没有号码显示，心说这谁呀，犹豫了一下还是按了接听键：“喂，哪位？”

那边显然一愣，没说话，米阳不耐烦地说：“说话，不说挂了！”“哎。”韦晶的声音传来，“挂什么呀你挂？吃枪药了？”米阳愣了一下，然后条件反射似的就笑了：“你呀，不对呀，你什么时候办号码隐藏了？”

韦大小姐今天办的，为什么呢，因为早上韦妈妈那场误会，让她很生气又有点说不出口的窃喜，烦躁又胆怯，一天愣没敢去找米阳。咽不下这口气的韦晶左思右想，干脆跑到移动大厅去办了个号码隐藏，然后打算晚上捏着鼻子用假声飞快地骂米阳一顿出出气。可没想到电话刚一拨通，米阳的口气比她还冲，反倒吓了自己一跳。

“你心情不好?”韦晶问。米阳突然觉得心情好了很多,虽然韦晶的问题和廖美一样,但是效果绝对不同。“嗯哪。”米阳放松地躺回了床上,开始诉苦,“很不好。”“真不好?”“特不好!”“太好了。”韦晶突然笑了起来,“本来我心情很不好,现在一听你不好,我突然感觉很好,谢谢啊,要保持!”说完就挂了。

米阳气个半死,冲着电话喂喂了几声,韦晶早挂了,自己坐在床上咯咯地乐,不知怎么就特高兴。客厅里正给存折梳毛的韦妈妈就问韦爸爸:“什么好事儿呀,你闺女笑得跟下蛋似的。”韦爸爸说:“我哪儿知道。”接着就听见韦晶手机响两声,没声了,然后再响,再没声,韦晶那手机铃声改成有节奏的狗叫了,汪汪汪地没完没了。

一听狗叫就想起古利然后就头疼的韦妈妈忍无可忍地吼了一嗓子:“韦晶!显摆你有个手机啊,不接就关机!”

屋里的韦晶吐吐舌头,拿着手机钻进被窝里,想调成振动,一个微信发了进来,米阳的:“气我你特高兴是吧?有本事你气死我!”韦晶撇撇嘴角儿说了句:“德行!”刚想回,又一条微信进来了,韦晶一看,天,差点把这事忘了,上周亚君还追着自己问来着。

这边的米阳很快收到了回复,他笑呵呵打开一看,那上面写着:“谢排长,很高兴接受你的邀请,我们见面聊!”

“谢军,你咋的啦?”中队长头顶毛巾洗澡归来,本来正哼哼二人转呢,路过办公室的时候无意间瞥见正在值班的谢军拿着手机发愣。忍不住多看了他两眼,却发现这小子脸上的表情很古怪,好像在笑可又很纠结的样子,鼻尖上都冒汗了,亮晶晶的。

谢军虽然年轻,但是天生的性格稳重,第一次冲火场都没见他紧张过,队长不禁万分好奇,推门走了进来。谢军吓了一跳,第一反应就是把手机往兜里揣。“队长?您还没睡啊?”“刚洗完。”队长笑呵呵地走了过来,“看啥呢,还藏?”他用下巴指指谢军塞进裤兜的手机。

“没啥,队长你赶紧回宿舍吧,难得嫂子来看你,要珍惜时间啊!”谢军赶紧转了话题。队长看他面红耳赤的样子,心里大概有数儿了,他是过来人,也不再追问,说了句:“行,那我休息了,有事随时叫我!你小子!”队长意有所指地一笑,趿拉着拖鞋往外走。谢军一个立正,傻笑装糊涂。

竖着耳朵听了半天,队长的趿拉板儿声终于消失在了楼道尽头,谢军长出了一口气,又跑到门口往外打量了一下,确认没有人了,这才回到座位掏出手机看他早已背下来的微信。“劲劲儿的,屁大点儿的事儿还特意发个微信过来!我睡了,不许再骚扰我了啊,回头跟你算账!好了,让姐姐摸摸头,乖乖睡觉!”

谢军看完了第一百零一次微信,又第一百零一次地犯愁,韦晶什么意思啊,这是愿意来还是不愿意来呢,开头看着是在骂自己,可语气又是这样的亲密……谢军用力挠头皮也想不出个所以然来,又不敢去问韦晶,怕打扰她休息。当然他并不知道这时还有另一个男人跟他一样,很想把韦晶揪出来问个清楚!

米阳坐在床上,心中的怨气已经运行大小三十六周天了,用脚趾想也知道是那猪头晶发错了微信。可重点不在于此,而是他没想到韦晶跟那小排长竟然私底下有来有往,自己居然还不知道!邀请?见面聊?见个屁,聊个六啊!米阳腹诽着。

他非常想把韦晶提溜到自己跟前先狠狠摇晃个十来下,给她清清那猪脑,然后再在她脑门上用油性笔写上“米阳”两个字之后去游街示众。可想了一百种收拾韦晶的方法之后,米阳还是重重躺回床上,拉被子蒙头睡觉。

一个城东,一个城西,两个男人没睡好……而罪魁祸首——韦晶同学却一无所知,甜甜地睡了一觉,一大早精神爽利地上班去了。到了办公室,拿纸巾擦擦桌子,打开电脑,韦晶就去水房接水,等她回来的时候,就看见亚君坐在她座位上,低头摆弄着什么。

“嘿,干吗呢?”韦晶悄悄走到亚君背后突然拍了她一下。“哎哟。”亚君吓得一哆嗦,噼里啪啦,手里的东西都掉在了桌面上。“什么呀这是?”韦晶转回了自己座位,一屁股坐下,拿起桌上的东西看。

“真讨厌,吓死我了!”亚君气得想打韦晶,韦晶笑嘻嘻地一闪:“你心理素质忒差,行了,别闹了,这什么呀?玉兰油?大宝?”她捏着手里的小包装看。一说这个亚君来了情绪,手舞足蹈,口沫横飞,最后韦晶听明白了,这小姐加入了一个化妆品试用网站,只要按标准提供使用报告,不但有小样免费使,甚至还可能赠送市面包装新品。

“哦,我说你那么大方呢,合着是想让我给你做小白鼠呀。”韦晶撇撇嘴,不感兴趣地去喝水。亚君一扬眉头:“说什么呢,这叫有福同享!看见没有?”她指指自己的脸,“左边兰蔻,右边,片仔癀!”“噗!”韦晶嘴里的水差点没喷出来,“有难同当吧?你这档次也差忒多了,不怕两边脸不一样啊?”

“这有什么可怕的。”亚君不在意地说,“这次活动就叫国货洋货防晒大比拼,反正我不是敏感性皮肤,有便宜不占是傻瓜,算你一份,你那脸也该保养保养了!”说完不顾韦晶反对,撕开包装就往她脸上抹。两人正闹着呢,Amy 冷冷的语调传来:“你们俩干吗呢,现在是上班时间,Working Time!不知道吗?”

韦晶赶紧松开了手,一看,Amy 正抱臂站在亚君身后,皱眉斜眼,一脸的看不上。亚君却根本不吃她这一套,抬起手腕看看表:“公司改八点五十上班了?我怎么不知道啊,这么说是不是晚上也可以五点五十走了?这倒不错啊!”说完她一拧身回自己座位了。

韦晶在心里偷笑,谁都知道 Amy 负责这个 Team 的考勤,销售她管不了,老板更管不了,一天到晚就盯着这几个做馒头的,生怕她们晚来早走一秒钟,占公司便宜。

Amy 被亚君堵得一句话也说不出来。“Ivy!”她突然大叫了一声,“Jeff 叫咱们有事,你快点,拿上昨天会议的 Minutes,磨磨蹭蹭的!还叫老板等你呀?!”说完踩着高跟鞋咔咔地走了。韦晶拿上文件,回身冲对她做鬼脸的亚君竖竖拇指,赶忙冲向老板办公室。

去了才知道,大姐夫想让 Amy 帮他整理一个 PPT,Amy 嫌麻烦又不能拒绝,干脆拉上韦晶一起做。大姐夫交代完了就去开会了,Amy 跟着假装接个电话也出去了,然后就没再回来,活计全部扔给了韦晶。

韦晶无可奈何只能自己埋头苦干,一边做一边告诉自己,就当是锻炼了,加强 PPT 能力!饼图,圆柱,扇形图,A 贴到 B,B 贴到 C,韦晶干得两只眼都快成柱体了,可不管怎样,总算是干得差不多了,回头调整一下颜色、字体,再检查一遍错误就 OK。韦晶长长地伸了一个懒腰,一瞧时间,嚯,都过去两个小时了。

嘴巴干得要死,她懒得回座位去拿水杯,干脆去最近的水房拿个纸杯打水喝。刚走到与之相邻的打印室,韦晶一抬眼,发现 Amy 和二姐夫都在水房里,她下意识地缩回了脚。这两人都不是什么好鸟,韦晶才不想跟他们共处一室。

转身正想避开时,她眼睁睁地看见二姐夫拍了 Amy 屁股一把,韦晶就觉得自己屁股跟挨了一烙铁似的,差点没跳起来。一看 Amy 娇嗔了一句什么之后要往外走，韦晶掉头就跑，等她镇定下来之后，突然发现自己在厕所里。

又抻了一会儿，韦晶觉得自己彻底淡定了，才出了厕所，水也不喝了，直接回Jeff办公室。刚一开门就听见Amy说："Ivy你去哪儿了，这么半天才回来？"Amy翻了她一眼，然后又扭头冲大姐夫娇笑着说："Is it OK？"韦晶这才发现大姐夫已经开会回来了。

大姐夫连声感谢她的辛苦，又陆续指出了其中几个小错误，韦晶就看着Amy面不改色心不跳地一遍遍说："这是Ivy做的，不过没关系，我来修改一下就好了。"韦晶觉得自己的脸烫得都能烙饼了，人怎么能这么无耻啊！大姐夫冲韦晶挤挤眼，很委婉地说了句："看来你今天状态不好。"韦晶再也忍不住地说了一句："是啊，错的都是我做的！对的都是Amy做的！"

大姐夫不明所以，Amy狠狠瞪了韦晶一眼，赶紧说了几句话把话题带开了。韦晶也不在乎了，转身想走，可大姐夫叫住了她，递过来超大一袋子巧克力，看着足有一百来块。他用磕磕巴巴的中文说，这是他从意大利休假带回来的，谢谢韦晶这次帮忙，让她拿去吃，Amy他则送了一条丝巾表示感谢，他也知道，Amy不吃巧克力，怕胖。

韦晶客气了两句："这么多，我吃不了，拿两块就好！"大姐夫连连挥手："给你的，给你的，也可以，呃，大家，所有人！"他做了个吃的动作，看他很真诚的样子，韦晶一笑接了过来。等弄好那个文件之后，韦晶抱着那一大袋巧克力就往回走，连看都不看Amy一眼，到了座位顺手把巧克力扔到抽屉里，抄起杯子咕嘟咕嘟开始灌水去火。

亚君走了过来，发现韦晶脸涨得通红，拍拍韦晶的肩低声问："怎么去了这么久，前台方才电话说有你快递，我正要帮你去拿呢。"韦晶放下杯子没说两句，就看见Amy走了过来，她立刻闭上了嘴。

Amy先是四周张望了一下，又看了看韦晶的桌子，然后问："咦，巧克力呢？"她嗓门不高不低，却人人都能听见。一个销售不明所以："什么巧克力？""哟，Ivy，Jeff明明说他休假带回来的巧克力大家一起吃的，你放哪儿了？可别独吞呀……"她耸耸肩开玩笑似的说。

办公区域登时很安静，虽然没人看韦晶，但是韦晶就觉得被人扒光了似的既尴尬又愤怒。她气得手直哆嗦，Jeff明明说是给自己的，Amy却在这儿断章取义，摆明了是报复自己刚才的“不敬”。可现在要是把那袋巧克力从抽屉里拿出来,大家得怎么看自己啊。

韦晶脑子里嗡嗡的,好在还有点儿急智,她对 Amy 一笑,大大方方地从抽屉里把那袋巧克力拿了出来,大声说:“我正要去拿快递,本来想麻烦亚君的,既然你特意来帮忙,那就麻烦你帮分一下吧,对了,你刚才说 Jeff 要求所有人一起吃,正好今天季末,销售们都在家,谢谢帮忙了! 每个人都要分到哟!”韦晶微笑着把那沉甸甸的一袋子放在 Amy 手里,然后溜达着去前台了,留下目瞪口呆的 Amy 在原地发愣。

韦大小姐心里这个美啊,你以为就你会断章取义? 大姐夫是大中华区销售总监,手下足有百八十号人,最妙的是,因为人员不断扩招,地方不好统筹,大部分销售只能分散地坐在各个楼层不同位置,每次送文件找人的辛苦,韦晶是深有体会啊,跑也跑死你! 反正一件事是得罪,再加一件还是得罪,又不是犯罪!

等韦晶心情转好拿着快件回来的时候,发现 Amy 正悠然地坐在廖美的座位上跟貌似刚到没多久的廖美说笑,还有几个男销售也围在一旁捧场逗笑,韦晶一怔。看见韦晶回来,廖美冲她挥挥手,Amy 则是一副没看见她的样子,韦晶对廖美笑笑就回自己座位了。

她刚坐下就看见自己的 MSN 闪烁了起来,打开一看是亚君的:“这世上贱男人真多,你刚走,就有人上赶着帮她跑腿去了。”韦晶无语,整理一下文件准备吃中饭,就听旁边嘻嘻哈哈笑个不停。“Amy 你的这么好,那我也得测测,看看我是不是杨左使。”一个男销售笑说。Amy 咯咯笑着:“讨厌吧你就!”韦晶打了个寒战,扭头一看,亚君也正龇牙咧嘴地搓胳膊。

“Ivy、亚君,你们也来玩一下吧,我在网上发现的,还挺逗的。”廖美招呼她俩。韦晶根本不想靠近 Amy,正好有个电话来了,她赶紧接,摆出一副很忙的样子。亚君则出于好奇走过去一看,原来就是在网上选五官,你觉得哪个跟自己的像就选哪个,组合之后它会出来一大堆什么你像哪个名人啊,什么财运、桃花运啊等等,说得比较细致。

“您的长相简直就是一活脱脱的纪晓芙啊。”亚君看了看 Amy 又看了看网上的结论,哼了一声,“网上的东西果然都是骗人的。”Amy 脸色顿时一变。廖美不知道之前韦晶和 Amy 之间的暗战,一看两人好像又要开始戗戗,赶紧招呼韦晶过来好缓和一下。

韦晶无奈,只好放下电话走了过去,廖美挺热情地招呼:“你也试试,玩嘛。”韦晶不愿意离 Amy 太近,就凑过去勉强伸头扫了屏幕一眼,她一怔,喃喃地念了出来:“您的长相简直就是一活脱脱的纪晓岚啊!”

周围一静,“哈哈哈……”亚君毫无顾忌地放声大笑,Amy 脸色铁青……

“韦韦,我爱死你了! 嗯嘛!”亚君一个香吻就贴韦晶腮帮子上了,根本不在乎饭馆里其他人的侧目。韦晶一手推她一手擦脸:“你个二百六,回锅肉的那点儿油都蹭我脸上了!”对桌坐着的廖美端着一碗,用勺子轻轻搅和着,跟亚君闹成一团的韦晶忍不住在心里感叹,美女就是美女,吃碗疙瘩汤都能整出英国贵族吃下午茶的范儿来。

“韦韦,没想到你跟那什么排长还有联系啊,上次搞火警演习得是三个多月前的事儿了吧?”廖美随意地问了一句。“啊? 那不是赶巧了嘛!”韦晶没心没肺地嘿嘿一笑,“要不能便宜了亚君这厮?”她说完赶紧往自己碗里夹鱼香肉丝,生怕亚君跟她抢,那女人也是个鱼香狂人。

廖美做了个无所谓的表情没再追问,亚君心里却忍不住想:是啊,为什么谢军跟韦晶会有联系呢? 可再一想,韦晶要是真跟谢军有什么,她能这么理直气壮、毫不在乎地给自己找机会介绍? 韦晶可不是那种花花肠子一肚子的人。亚君登时觉得自己多想了,心理忒阴暗了,她赶紧夹了两筷子鱼香肉丝放进韦晶碗里表示歉疚。

韦晶嘴里的饭菜都忘了咽,鼓着两腮帮子瞪圆了眼睛盯着亚君,廖美扑哧一声笑了:“你们俩每次都为了鱼香肉丝掐架,你这一谦让,韦韦都不适应了。”她以为亚君是在为韦晶给她介绍对象的事儿表示感谢。

亚君风情万种地一笑:“我看是最难消受美人恩吧?”说完故意飞了个媚眼儿给韦晶。韦晶立刻做了一个我吐的表情,努力抻着脖子把嘴里的饭咽下去之后才说:“我求求您了,下次给我夹菜之前别舔筷子成吗?”

“噗!”廖美赶紧捂嘴,以免嘴里的疙瘩汤飞出去,她一边咳嗽一边大笑,亚君脸一红也忍不住笑了。自己一想事儿就爱咬东西,韦晶老说这公司谁的笔丢了她徐亚君的也丢不了,一看那咬得坑坑洼洼的笔杆就知道是徐大小姐的,谁敢拿啊。亚君笑嘻嘻地塞给廖美两张餐巾纸，又强词夺理地说："你怕什么呀，我口水里又没乙肝！"韦晶一翻白眼："你口水里就是有黄金，我也不想吃！留给你家谢排长吧。"

"我家谢排长？"亚君觉得这话怎么这么好听，她回头扬声招呼伙计，"小伙子！""干吗呀你？"韦晶拉了她一下。亚君高高兴兴地说："你不是嫌弃我口水嘛，给你来盘新的行了吧，我请客！""你烧得慌啊，这还吃不完呢。"韦晶又好笑又好气地打发了小伙计。

等结账的时候亚君豪爽地坚持由她来付钱，三个人说笑着往回走，韦晶的电话突然响了起来，她笑着接电话，可没说两句脸色就有点儿变："妈那你没事儿吧，要不要去医院看看啊？吓死我了，说得那么夸张！那你还去聚会？哦，行吧，自己小心啊，嗯，好，帮我亲亲折折！拜。"旁边的廖美和亚君自觉地收了声，亚君还伸手扶着韦晶的胳膊，以免她光顾打电话走路再撞到树。

"咋了，阿姨有事儿啊？"亚君性急，看韦晶挂了电话就问。"没什么大事儿，我妈血压不太好，刚才在家择菜，不防备起猛了头晕，一下子栽沙发上了，把我们家猫吓的，喵喵地围着我妈乱转，还拼了命地去挠大门，小指甲都豁了，看意思是想出去找人救我妈，我老娘感动坏了，特意打个电话跟我说，那么小的猫怎么就这么通人性呢，比我强多了！"说到最后韦晶嘴撇得快到后脑勺了。

亚君和廖美都笑了起来，廖美关心地问："阿姨的高血压很严重吗？""没事儿，老毛病了，定时服药就行，这不还非要去参加个什么小学同学聚会，拦都拦不住。"韦晶笑着摇了摇头。三人溜达着回了公司，一进门正好跟Amy打了个照面，她端着自己的笔记本跟在二姐夫还有一个项目经理的身后，一看见韦晶就一白眼。亚君笑着说："嘿嘿，纪晓岚这回可算恨上你了，小心点。"韦晶只有苦笑，自己还真不是故意的，一时眼花而已嘛。

回到了座位上，亚君不歇气地开始忙活，去淘宝上的名牌网店买衣服，那是她早就看中的，一直没狠下心来，现在她眼也不眨地就拍了下来。接着又给美容院打电话预约做头发，韦晶嘲笑说："您这也太心急了吧，星期六呢，今天刚周一！"亚君说："你懂什么呀，烫发刚做完的时候多愣啊，傻了吧唧的，就得洗完之后再吹一次才自然，周一做型，周六正好！"

正说着，亚君的手机响了起来，她一看眉头就皱上了，不想接的样子。手机声叮叮咚咚地唱得人心烦,其他座位的同事也有抬头看她的了,亚君无奈接了电话,一脸的不情愿,嘴里却客客气气地说:“吴阿姨您好,不好意思,我刚从洗手间回来。”

一听什么吴阿姨,韦晶就知道为什么亚君这么不甘愿了,她做了个同情的表情。亚君显然不想让其他同事听见她的电话,就回了韦晶一个鬼脸儿,起身往茶水间那边走去。韦晶以前听她说过,这吴阿姨是亚君妈妈的中学同学,两人的关系很好。一是个性使然,二是亚君妈妈对这位老同学的重托,打从亚君跟那个软蛋男人分手之后,给她介绍对象的活儿这吴阿姨就没断过。

她是屡战屡败,屡败屡战,誓把亚君小姐嫁出去方才罢休,毕竟人家也是好意,那时候亚君还没认识谢军,就想着权当撞大运了。可说来也怪,吴阿姨给她介绍的男人偏偏就没有一个看得上眼的。

想到这儿,韦晶忍不住笑了出来,可跟着她就笑不出来了,打开屏保就发现邮箱里红彤彤一片,提示有未读的 E-mail,而且都是 Amy 发过来的。再打开一看,NND！韦晶忍不住低骂了一声,这三八摆明了就是报复啊,这么多报表全发给自己做,更可恨的是,她还分别抄送给不同的大老板。这样每个老板看到邮件的时候都会以为,自己的是最优先的,今天一定可以搞定。

韦晶气得牙根儿痒,鼠标被她捏得是吱吱响,恨不能现在就冲出去找到 Amy 揪住她暴抽一顿!

这边茶水间里的亚君也正在唉声叹气地抠水池子边儿,方才进来冲咖啡的廖美听到一点她电话内容,就笑说:“不想去就别去了呗。”亚君哭丧着脸说:“这回这个是介绍人的亲侄子,怎么能不去啊,哎呀妈呀,烦死我了——”她哀叫了一声,绝望地往回走。廖美一笑,跟着走了出来。

刚回到座位,就看见韦晶脸涨得通红,咬牙切齿地正死瞪着电脑。虽然内心苦闷,亚君还是好奇地扒着挡板问:“你又怎么了?”韦晶气得说话都结巴了,不等她说完,亚君就不屑地一哂:“她要不这么干就不是她了!”

廖美一直默不作声地听着,这时她拍了下韦晶的肩:“别着急,我帮你吧,其他的不行,那几个销售报表我再熟不过了,还是我设计的呢,小意思。既然抄送给老板了,那就非得做完做好不可,要不然他们对你的印象会很不好的。”

韦晶心里大为感动,虽然最近跟廖美之间感觉有点怪怪的,她连声说:“阿

May,谢谢你啊,回头请你吃大餐!"廖美莞尔一笑:"行了,把邮件发过来吧。"说完转身回了。亚君大大咧咧地说:"就是,我也帮你,今天下午正好没什么事儿,我倒要看看那死女人还能说什么!"韦晶狠狠抱了她一下:"美女,你也大餐!"

"大餐就免了,咱们好姐妹不用客气。"亚君做两肋插刀状。韦晶说:"太感动了,我鼻涕都要流出来了。"亚君假装恶心:"这就免了,你也帮我个小忙就行。""没问题呀。"韦晶一拍胸脯,"什么事儿,说!""帮我去相亲吧。"亚君双手合十地小声说。"啥?"韦晶有点晕。

"你知道人家有谢军了,不想相亲了嘛,可那个吴阿姨的亲侄子我实在没法拒绝,韦韦——"亚君可怜兮兮地说。"那你就去见一面再说不愿意不就行了吗?"韦晶建议道。"我刚才不是约了做头发吗,人家是发型总监,就周一上半天班,韦韦,我的幸福可全都寄托在你的身上了,你也不希望自己第一次做媒就失败吧。"亚君边说边作揖。

韦晶一时间有些头昏脑涨,不好意思拒绝可是答应又有点不对头,哪儿不对头呢……亚君趁热打铁:"你不是也没男朋友吗?听说这人条件特好,有学问又幽默,要不是有谢军,我肯定去了,韦韦——就当是去吃顿饭嘛,万一要是你们对上眼了呢?"亚君拉着韦晶的袖子磨叽。

"不可能!"韦晶想都不想地回答道。"为什么不可能?"亚君怀疑地看了她两眼,"你有人了?""没有啊。"韦晶含糊了一句,不想多说。她心里琢磨着反正就是白吃一顿饭,还能帮亚君的忙,一举两得也挺好,应该没什么关系。

"那,在哪儿吃啊?"韦晶问。亚君扑哧一笑:"你怎么上来就问重点啊?""废话,我本来就是冲饭不冲人的!"韦晶没好气地说。"金钱豹豪华自助,就离咱们公司不远的那家,怎么样,你不亏吧?六点半到就行,谢谢啦,开工开工!"亚君笑着说。

韦晶一听还行,早听说这家不错但是自己一直没去过,就当开荤长见识好了。

隔壁在忙碌的廖美掏出手机发了一个微信:"今天晚上七点,×××金钱豹,不见不散。"

没过五秒钟,微信声响起,廖美打开一看,上面就一个字:"好!"

第二十二章　缘来是你

“师傅,就前面你掉个头儿回来……对,就这儿,麻烦您先在前面那胡同口靠个边儿。”亚君指挥着出租车司机该怎么走。“好嘞!”司机麻利地一打方向盘,赶在红绿灯变色之前掉了头。

“Dear,你下车去左手那栋楼,金钱豹不是三层就是四层,你就说订餐号是……我看下,哦,是177,千万别露馅啊! 不然我就惨了!”亚君边查微信边说。“知道了,说了八百遍了,哎哟!”韦晶说着就想要揉眼睛,手刚抬起来就被亚君打了一巴掌。

“我说一会儿你可别乱揉啊,回头成熊猫了!”亚君坏笑道。韦晶郁闷地白了她一眼:“谁让你非给我涂什么睫毛膏,现在我觉得自己眼皮子上又沉又黏,难受死了。”“废话,睫毛长了一半,不沉才怪呢,不过说真的,你从来都不化妆,这么一整,跟变了个人似的,我说你也该打扮打扮了,素面朝天不代表青春,懂吗你。”接着对司机说,“哎,师傅,就那儿停!”

韦晶咧咧嘴不予置评,今天下班之前她稀里糊涂地被亚君拽去洗手间洗脸,然后又被拉进了小会议室,这女人掏出化妆包里的工具就要往自己脸上招呼。说是万一今天和那精英看对了眼怎么办,人精英也没有透视眼,你内在美不美一时半会儿瞧不出来,但你脸蛋儿什么样,只要他不瞎就看得见!

平时窝在家里能脸都不洗的韦晶对化妆一点兴趣也没有,最近因为年岁渐长,外加经济条件好了,才刚从“大宝天天见”进化到了“欧莱雅你值得拥有”。

可亚君非常之热情，她似乎很想让自己跟那个什么精英侄子相上似的，最后韦晶实在没辙，两人各退一步，只让亚君帮她修了眉毛，涂了睫毛膏和水润唇彩。

韦晶平时就一个马尾辫晃来晃去，亚君觉得太一般了，她刚才跑到楼下屈臣氏买了几个花卡子和发带，然后把韦晶丰厚的头发左扭一下，右拧一把的，又重新梳了一次。

想到这儿，韦晶忍不住挠了挠被揪痛的头皮。“叮”的一声响，电梯停在了四楼。韦晶最后又看了一眼电梯镜面里的影子，不得不承认，平时最多称得上眉清目秀、五官端正的自己，现在多了一点女人味儿，虽然就多了一点儿，但是又仿佛有很大的不同。是个女人就有虚荣心，现在韦晶自我感觉非常之好，就好像一直都知道自己是女的，但突然发现自己也是女人……电梯门一开，她昂首挺胸地走了出去。

漂亮的领位小姐迎了上来，一报号码，精英先生还没来，韦晶不自觉地松了口气，她也“摇曳多姿”地款步跟着领位往里走。刚进门没走多远，阵阵香气就扑面而来，一转弯，眼前豁然开朗，这里太大了，形状各异的餐桌，还有周围长长的食物吧台，一眼根本望不到头，各种美食陈列其上，真的让人眼花缭乱，一个女歌手正摇着手鼓浅吟低唱。

韦大小姐张大了眼睛四处张望，这是餐馆？这不是人间天堂吗！真的有哈根达斯，还有酥皮蘑菇浓汤……天，值了，真值了，不知道那吴阿姨有几个侄子啊……笑容按都按不下去的韦晶被领位带到了一个靠窗边的座位，立刻有服务员过来给她倒了一杯果汁，然后又给了四个小卡子，上面有桌子号码，说是点餐用的。

韦晶很优雅地抿着果汁，兴致勃勃地张望着不远处的餐吧，离她最近的是日本料理区，韦大小姐眼睁睁地看着其他客人的餐盘上装满了螃蟹、大虾、北极贝、三文鱼、生蚝、各种寿司……

“咕嘟。”韦晶重重地咽了下口水，“可恶，那精英男怎么还不来呀！”虽然韦晶馋得两眼放绿光，但是无论如何也不能自己一个人先开动啊，那太没礼貌了。韦晶低头看了看表，差五分七点，心说，精英就是准时啊，早一分钟都不带出现的，我忍！虽然中午吃过饭了不能饿到扶着墙进来，但是一定要撑到扶着墙出去！至于那男的怎么想……反正丢脸也是丢亚君的脸，嘿嘿，韦晶美滋滋地盘算着。

“我想坐这个位置可以吗？”廖美微笑着问。“当然可以。”领位小姐毫不迟疑地答应了。廖美坐下之后啜饮着服务员送上的果汁，她坐的高背沙发后面是一片红色的轻纱，只要一回头，就能看见一脸兴趣盎然、正东瞄西瞅的韦晶的侧脸。

那边的韦晶浑然不觉，她突然发现窗外的天井上开始播放 Flash 动画，鱼群，还有无数的水母从天井上巨大的 LCD 显示屏里徐徐游过，光影流彩。韦晶在心里琢磨着，年底就是老爸生日了，不如带他们来这儿过生日，也让父母开开眼，高兴高兴，回头老妈也能跟她那些老姐妹吹嘘一下，譬如说，古利它妈……嘿嘿嘿，韦晶笑了。

“徐小姐吧？你好，徐小姐？”一个男声在旁边响了起来，韦晶听见了但没任何反应，还看着窗户外头傻乐。那男人有点纳闷，正俯身想再叫一声试试，就看见韦晶“唰”的一下回过头来，两眼圆睁，嘴里大叫着：“对对对！就是我！”说着她腾的一下就站了起来，想表示风度握个手，“哎哟！”男人闷叫了一声，一手捂住了鼻子……

“真不好意思啊，要不，再来一张？”韦晶讪讪地又递上了一张餐巾纸，看着对面的男人接过去接着擦鼻子。刚才韦晶那一记头槌，精英的鼻血没出来，清鼻涕倒给撞出来了，一旁的服务员小姐送上纸巾的时候嘴唇抿得死紧。

对面的男人放下纸巾，推了下眼镜：“徐小姐很有活力啊。”听着应该是用以打开尴尬局面的玩笑话，但是表情咋这么严肃呢。韦晶吐了吐舌头，谁让你悄没声儿地靠上来的，但嘴上连连道歉：“实在对不起，刚才是我不小心……”

“算了，好在没什么大事儿。”精英摇了摇手，又顺手捋了一下头发，“我这人喜欢直来直去，虽然我姑姑应该介绍过了，我还是再自我介绍一下吧，鄙姓牛，××银行×分理处副主任，今年三十二岁，月薪一万八千，有一辆帕萨特，行里给报销油费，北四环有一套两室一厅，还有我爷爷名下的一个院子，我是长孙，当然，这得等他老人家那啥之后才能算我的财产了，哈哈。”牛精英幽了一默，对面韦晶嘴里的果汁差点没喷出来。

“呵呵，是吗，呵呵。”无话可说的韦晶只能抽着嘴角干笑了两声，虽然头顶上的灯光很朦胧，可一点也不耽误看清对方的外在品质，只扫了一眼，韦晶就明白，今天这顿饭它彻底就是顿饭了。

这就是亚君说的那个英俊、幽默、博学能干的精英？他的头顶为什么会反光？怎么下巴还买一送一？看着他呼吸间一起一伏的肚子紧紧贴着桌边，韦晶忽然有种桌子在轻微震动位移的感觉。

“抱歉，我来晚了。”廖美不动声色地扭回了头，正好看见米阳带着一脑门的汗坐了下来，服务员送上果汁，他拿起杯子就咕嘟咕嘟地一饮而尽，廖美只能看到他的喉结上下活动着，隐约一股汗味儿在空气中飘散了过来。显然米阳过来得很急，虽然外面的夹克换了，但里面还是警察的那件蓝色制式衬衫。

“没关系，我也刚到。”廖美捏着杯子微笑着说。米阳放下杯子，用手抹了一下嘴角儿，然后放松地靠在了凳子上，看着廖美，廖美也分毫不让地和他对视。米阳突然一掀嘴角儿：“说吧，你到底想告诉我什么？”廖美一挑眉梢，似笑非笑地说：“太直接了吧？”“你把我叫这儿来不就是不想兜圈子了吗？”米阳淡淡一哂。

廖美笑容一顿，没说什么，从书包里掏出了一张照片放在了桌上，米阳一眼就认出来是之前小偷顺走的那张。他把那张照片捏在指间又看了看：“看来我们父母是认识的。”“仅仅是认识吗？”廖美脸上还是笑，眼睛却很亮。

“你知不知道你父亲是怎么回城的？他那工农兵大学又是怎么上的？”米阳眯了下眼：“你到底想说什么呀？”“说个故事给你听吧。”廖美脸上的笑意更浓，米阳还是那副满不在乎的样子，但是心里却一紧：“好呀……”

“呼。”端着盘子的韦晶深深地吸了一口食物的香气，这才感觉自己重新回到了人间，她眼巴巴地盯着里面大厨的一举一动，期盼着新鲜烤鳗鱼赶快出锅，以安慰自己刚才所受的精神轰炸。

那精英从自我介绍开始，就一直滔滔不绝，口若悬河，口沫四溅。也不知道他是对自己太有自信了，还是太没自信，一直在不停地说自己有多么会吸存，多么会放贷，行长有多么喜欢自己，前途有多光明。

当时韦晶饿得肚子咕咕响，眼神飘忽，他却毫无感觉，说着说着还突然神经兮兮地念了半首词：“闲雅。须知此景，古今无价。运巧思、穿针楼上女，抬粉面、云鬟相亚。钿合金钗，私语处，算谁在、回廊影下。愿天上人间，占得欢娱，年年今夜。”念完之后他带了点炫耀地问：“你知道这是谁的词吗？”

韦晶第N次咽了下口水，摇了摇头，刚想张口说：能不能先去拿点东西吃，您再继续？牛精英又问：“那你知不知道这首词所表达的意思？”韦晶心里大骂我知道你个胖头鱼啊！姑娘连谁作的都不知道，怎么可能知道什么意思！“我对这些不太懂，实在是孤陋寡闻。”韦晶勉强客气了一句，近乎恶狠狠地又喝了两口果汁以缓解胃部的抽动。

旁边的服务员每经过他们这桌，就会不自觉地瞧上一眼，估计她从没见过来金钱豹光喝水不吃饭的客人。精英依旧沉浸在自己的世界里，他兴致勃勃地说："告诉你吧，这词是柳永作的，写的是二郎神，你知道二郎神吧？除恶的神，我很喜欢他，曾做过深入的研究。"

韦晶连笑都快懒得笑了，喜欢二郎神？还研究？这兴趣还真特殊，现在她再一次肯定，自己跟这个精英绝对不是一路人。别说他俩下巴，就是下巴尖得像范冰冰，姑娘也不伺候了，赶紧吃饭，吃饱走人！

"三只眼睛的那个是吧？我对这个没研究，我有点饿了，您不饿吗？要不要先去拿点东西吃？"不再装腔作势的韦晶直接把话头转向了吃。精英显然有点不高兴被打断："你这么快就饿了？我本来还想给你讲讲为什么他有三只神眼，而且你知道他是个善恶分明、眼里不揉沙子的神吗？"韦晶站起身来打了个哈哈："我不知道，不过三只眼睛要都是沙眼，就算是二郎神也扛不住吧，呵呵。"

"哧！"过来帮忙倒果汁的小姑娘忍不住笑了出来，又赶紧低下头走了，肩膀一耸一耸的。而对面精英显然觉得这一点也不好笑，他脸上的表情明白地写着几个字：真庸俗。韦晶倒也不在乎，管你几只眼，一张嘴最重要！想想终于可以开动了，她心情转好就顺便客气一句："用我帮你拿什么吗？"

"韦晶你就嘴欠吧！"想到这儿，韦晶就想抽自己一巴掌。那精英虽然不欣赏韦大小姐的低级趣味，但使唤起她来却毫不客气，乳猪、烤鸭、烤鱼、燕窝、炸天妇罗……他点了一圈，韦晶端着盘子足足跑了三趟才把他要吃的给找齐，他哼了句谢谢就埋头开吃。韦晶只能安慰自己，就当是摸清战斗环境！现在终于轮到她照顾自己的嘴了，韦大小姐直扑最爱——鳗鱼烧！

米阳拎着个盘子漫游在金钱豹里，廖美刚才说的那些话，简直就像那些专门骗中老年妇女的电视剧情。每次看见老妈看得特投入，也跟着哭跟着笑的时候，米阳都跟看乐子似的，然后在心里说句：这不纯属扯淡嘛。可现在这个淡突然扯到了自己父亲头上，米阳发现那一点也不好笑！

虽然廖美说得有鼻子有眼的，米阳也还是不信，私底下他也调查了一些，虽然没有廖美说得那么详细。不过父母确实不喜欢谈论过去，米阳觉得自己有必要跟父亲谈一谈了。当然，他坚信自己的父亲没有做错什么，可不信归不信，心里头却非常不舒服,就跟吃了苍蝇似的,有点恶心。

而且米阳也没有看出廖美到底想干什么,这女孩儿心思很深,自己当初的直觉果然没错。就目前而言,似乎她能感觉到米阳压在内心的烦恼就挺高兴的。父亲那边暂且不说,如果让母亲知道了,米阳皱紧了眉头,一向心高气傲的妈妈根本就受不了这个。

刚才跟廖美言辞交锋了一番,虽然廖美是个伶牙俐齿的聪明女子,但是米阳身为刑警,凭借审犯人练出来的词锋和心理威慑,言谈之间还是刺激到了廖美,米阳相信那个一直保持微笑的女人很想把杯子砸在自己脑门上。

暂时还不能撕破脸,米阳就找了个借口起身去拿吃的,让大家都冷静冷静。周围美食琳琅满目,米阳却丝毫没有食欲,就那么随便地走着。一个挺可爱的女孩从他身边跑过,差点撞到米阳,米阳扶了她一把,小女孩儿甜甜道谢之后走开了。

米阳看见她盘子里放了两块烤鳗鱼,突然想起来韦晶很喜欢吃这个东西,自己却觉得腥得要命。要是今天能来这里,这个爱吃的家伙一定会兴奋得不得了吧,想到这儿,米阳忍不住一笑,下意识地去找烤鳗鱼。

找了半天没找着,最后还是问了一个服务员才知道在最里面。没到跟前儿,就发现已经有人在等着了,米阳微微一愣,这女孩儿的背影真像韦晶,可再仔细一看,发型不像,这发型太复杂也太女人。韦大小姐曾说过什么时候流行秃瓢儿就好了,她就彻底省事了,因为韦妈妈严令她不许剪发,说是就剩下这头长发还有点女人味儿了。

"哧!"米阳一想到韦晶每次苦大仇深梳头发的样子就想笑,这时里面厨房的厨师放了一盘新鲜出锅的烤鳗鱼出来,一股甜腥气顿时扑面而来,米阳清楚地听到前面那女孩儿"咕嘟"一声咽了下口水。

米阳有点好笑,原来打扮成这样的女孩儿也有不淑女的时候。就看那女孩儿拿了一块又一块,然后还是一块又一块,米阳彻底无语了,心说您不怕吃出高血脂来呀。

那女孩儿显然发觉背后有人在等了,最后两块犹豫了一下,没好意思再拿,伸手把小铲子放在了托盘里,然后客气了一句:"您来吧。""谢谢啊!"米阳条件反射地道了谢,然后就觉得不对劲,那女孩儿也是一僵,突然把头扭向另一侧,然后想走。

米阳突然回过神来了，一把揪住，柔和的灯光照着那细细的眉还有红红的嘴：“是你?!”韦晶莫名心虚，就大叫了一声：“不是我!”

“不是你是谁?! 你以为你脸上画一马甲我就不认识你了?”米阳又好气又好笑。之前韦晶是莫名地有点心虚，没过脑子就脱口而出，现在看见米阳似笑非笑的样子她倒恢复正常了，一翻眼皮就问：“你又怎么会在这儿呀?”“我……”米阳犹豫了一下，没有立刻回答，要说他跟廖美之间还真没什么好隐瞒的，可不知为什么，就是有点不想让韦晶知道。本来韦晶也就是顺口一问，但看他这个表情，倒觉得不对劲了。

正要追问，一旁不远的服务员不知道出了什么事儿，探头探脑地看了一会儿，眼见两人的表情都不善，最后还是犹犹豫豫地走了过来，特别客气地说：“这位先生，新鲜的鳗鱼马上就出来，您可以先回座位休息等候，我一会儿给您送过去，您的桌号多少?”

米阳一愣，瞅了一眼服务员，再顺着他的眼光瞧过来，才发现自己还揪着韦晶的胳膊不放，而韦晶手上的盘子里堆满了鳗鱼，猛地一看，好像两人在为了鳗鱼吵架一样。米阳讪讪地放开了手：“哦，不用了，谢谢。”他边说边瞪了一眼窃笑中的韦晶。

服务员很有礼貌地离开了，但走了没多远还是忍不住回头再瞧他们一眼，韦晶忍不住哈哈笑了起来：“这小伙子八成以为你要为了鳗鱼打我一顿呢，笑死我了!”米阳刚想开口，就看原本笑得正开心的韦晶表情一僵，然后就听见身后廖美清脆的声音响了起来：“韦晶? 你怎么在这儿?”

韦晶看着表情带了些惊喜的廖美，一时间竟说不出话来，就是觉得怎么这么寸? 怎么这么别扭，又同时碰到她和米阳? 又?! 不容她多想，廖美走到了米阳身旁，带了点疑惑地笑问韦晶：“你不是去和什么精英吃饭了吗? 不会吧? 就在这儿?”廖美看起来挺吃惊地往四周张望了一下，接着又俏皮地眨眨眼，“你们坐哪儿了? 也让我们看看亚君给你说的那个相亲对象嘛。”

“你们?!”“相亲?!”韦晶和米阳同时开口，然后你瞪着我，我瞪着你! “你居然背着我来相亲?!”米阳眼睛眯得快成了一条缝，小排长还没解决怎么又冒出个精英来? “什么呀就你们我们的了，德行!”心里酸得都能拧出水来的韦晶嘴角恨不得撇到后脑勺。

一旁的廖美垂睫一笑，然后半开玩笑似的提议："要不要咱们一起坐，我们也帮你把把关什么的?"啊？韦晶迅速想到了精英闪闪发光的头顶、肥厚的下巴还有那大质量存在的肚子，"不用了，谢……"韦晶还没谢完，米阳就插了一句："好啊，正好让我见识一下，精英都什么样儿。"

"好个屁呀！"韦晶愤怒了，心想，你小子背着我跟廖美约会我还没跟你算账呢，你还敢跟她一头说话?！"嗯哼。"廖美清了一下嗓子，韦晶这才发现旁边经过的人都在看自己，忙放低了音量："那什么，阿 May 你不是知道吗，不是那么回事儿，没什么好看的。"她干笑了两声。听她这么说，米阳斜眼扫了廖美一下，若有所思。

廖美微微一笑正要开口，就听米阳问韦晶："寿司这儿有吗?""啊?"韦晶有点愣，怎么话题突然转了，但还是下意识地指了指："在那边儿。""哪儿呀?"米阳张望了一下好像没发现，他拉着韦晶往那个方向走，"你别瞎指了，带我过去吧。"接着对廖美说，"廖美，那你先拿你的吧，一会儿见。"也不容韦晶再说话，看了廖美一眼，就推着韦晶往前走。

廖美站在原地没动，米阳那一眼什么意思，警告吗？刚才自己话说得那么难听，也没见他变色，反而刺激得自己差点翻脸。眼看着米阳和韦晶越走越远，明明两个人的表情都很不爽，可彼此还是贴得近近的，难道是为了吵架方便吗？廖美嘲讽地撇了下嘴角儿。

米阳他们走到了寿司吧台，韦晶显然不想让米阳看见那精英，就跟做贼似的围着吧台进行不规则转动。也不知道米阳说了句什么，韦晶空着的那只手突然就掐上了他大腿，米阳疼得龇牙咧嘴地扭，却还是没有离开韦晶身旁，只是抓住了她的手不肯放开。

"哼！"廖美忽然一笑，明明周围不停地人来人往，欢歌笑语不绝于耳，还有各种食物的香气与这些杂音交织在一起，显得特别热闹，但一种难以言喻的孤独感却还是猛地涌了上来，她突然觉得有点冷，忍不住哆嗦了一下。

青梅竹马就这么好吗？好到只能喜欢对方，好到能无条件地信任对方？好到不管对方做过多少对不起自己的事儿，还是一辈子都忘不了，就像妈妈那样？廖美握紧了拳头……

"小姐?"服务生让廖美回过了神来，她刚才无意间走到了水吧前面，因为发呆而挡了其他顾客的路，廖美抱歉地笑笑，闪到了一旁。

虽然手指冰凉，廖美还是打了满满一杯冰水，然后回到座位上。环顾四周，那个精英男还在那儿大吃大喝，而米阳和韦晶好像突然消失了一样。她慢慢地喝了一口冰水，体会着那冰凉的感觉从食管一直滑到胃，空空如也的胃部顿时收缩了一下。冷就冷吧，冷到麻木了就没感觉了，自己不是早就已经习惯了吗……

“噗，难怪你不想让我看见，这就是你那精英啊？你确定不是精英他二叔来代相亲了？你还特意化了妆，哈哈。”米阳一边往嘴里塞寿司一边笑，一个饭粒子登时飞了出来。

韦晶白了他一眼：“恶心死了，吃东西就别说话！”说完，她用手指拈了一块鳗鱼放进嘴里大嚼，米阳手快地从她盘子里偷了一块扔嘴里了。本来不爱吃这玩意儿，但是看见一向护食的韦晶气得干瞪眼的样子，他就觉得特别香。

旁边经过的服务员都会纳闷地看一眼他们，心说这俩客人真奇怪，好好的座位不去，非端着盘子站在通往洗手间的过道里吃东西，好在还没蹲下。

刚才两人已经进行了简短的交流汇报，谁都不想回去看对面那个，干脆在这儿就吃了起来。米阳这会儿心情大好，韦晶已经说了，她是帮亚君来相亲的，而亚君之所以不能来，是因为韦晶准备把小排长介绍给她。还有比这更好的事儿吗？两个假想敌，忽然就负负得正了，嘿嘿。

“你很开心是吧，有大美女请客吃饭，多爽啊！”韦晶没好气地说，特地把“大”字拉得很长。米阳咀嚼的动作停顿了一下，伸脖子把东西咽了下去才苦笑着说：“你明知道我宁可跟丑八怪一起吃，也不愿意被什么大美女请！”韦晶舔了一下嘴角的鳗鱼酱汁没说话。刚才米阳也没细讲，只说跟廖美一起吃饭，绝对是因为私事里的公事！

嘁，还玩起文字游戏来了，韦晶嘴上不满，却没再追问。从小米阳就爱捉弄自己，但他从来不说谎，现在也不是说这个的好时候。咦？他刚才说……韦晶突然给了米阳一肘子，怒道：“你说谁丑八怪呢？”米阳扑哧喷了出来：“你这反射弧也忒长了吧，哈哈。”

不等韦晶反驳，米阳做了个暂停的手势又看了下手表：“时间差不多了，你既然是帮人来相亲的，帮人帮到底，正好再多吃点，别便宜了那胖子，我去跟廖美再周旋一下，一会儿等我消息，咱就撤退！”周旋？韦晶觉得这个词听着还比较顺耳，就笑呵呵地跟了出去。

又转圈拿了一堆爱吃的东西，韦晶就往自己的座位走。她眼角不自觉地瞄着米阳的动向，看他坐下了，然后发现他们的座位离自己还挺近的。廖美好像感觉到了什么，眼风扫了过来，跟韦晶的撞个正着。韦晶下意识地冲她笑笑，廖美一举杯。

在心里吐了吐舌头，韦晶转身往自己的座位上走，这么半天没回去，精英也许该不高兴了，找个什么借口呢？还没想好什么借口呢，就看见精英正在跟服务员争执些什么，四周的客人都在看着他，或窃窃私语，或评头论足。

韦晶觉得很尴尬，他这么大嗓门干吗呀，太跌份儿了吧，犹豫着要不要走过去。没想到精英的眼神很好，一眼就瞄到了韦晶，大喊："徐小姐，在这儿，在这儿！"半个金钱豹的人都看向了韦晶，韦晶面红耳赤地蹭了过去。

精英看起来气愤得不得了，现在韦晶回来了，他可算找到了盟友，赶紧口沫横飞地把之前发生的事情说了一遍，然后气哼哼地问韦晶："你说，有她们这么不讲理的吗？嗯！"韦晶无语半晌，心说，有您这么不讲理的吗？

负责收款的小姐心想跟这种男人在一起的女人估计也好不到哪儿去，但是出于工作态度还是很客气地说："先生，小姐，我们的餐券只能在规定时间使用，请您谅解。"不等她再说，精英又叫了起来："我也没有说不给钱啊，餐券是一百九十八的吧，那我再补四十块钱就得了呗，你们做生意还那么死脑筋！"

收款小姐被精英的胡搅蛮缠气个半死，口气也有点硬了："这位先生，餐券上特别注明了在中午和第二次晚餐时间使用，您没看到吗？而且您可以在下次正确时段继续使用，不会让您蒙受很大的损失的。"精英却根本不听，依旧不依不饶，忍无可忍的韦晶把自己的卡拿了出来递给收款小姐："麻烦你了。"

小姐很客气地收下转身去款台结账，韦晶怕精英下不来台，说了句："算了，不用为这种事情生气，我付好了。"原本暴怒的精英忽然一点都不生气了，很大度地一挥手："说得对，不跟这些没素质的人计较了，那今天谢谢你了，改天我再请你！"

韦晶这回真是彻底笑不出来了，还改天？下辈子我都不想再看见你了，相亲的饭钱你都想省？天底下竟有这么极品的男人，刚才还好意思跟自己说是吃惯大餐，见惯世面的。韦晶懒得再说话，干脆埋头吃东西，这回更得狠吃了，自己埋单啊，我靠！徐亚君，你给我等着！

精英再说什么，韦晶都当他是放屁，等精英把自己的吃得差不多了，又暗示韦晶去帮他拿东西，韦晶装聋作哑只当没听到，然后突然发现一把叉子伸进了自己的盘子,叉走一块乳猪。看着嘴巴油光发亮,还故作亲密对她笑着的精英又伸手过来叉了一块什么,韦晶赶紧放下了叉子,以免自己愤怒之下把叉子插在精英的猪蹄上,现在她一点食欲也没有了。

包里的手机拼命叫着,韦晶掏出来一看,是米阳的微信:"我在大门口等你!"她立刻回头去看,这才发现米阳和廖美都不见了。"有事吗?"精英问。"嗯,家里有事儿叫我回去,那您……"韦晶假笑着说。

精英一皱眉头,有点不高兴:"这么早啊,我这儿还没吃饱呢!""那您慢慢吃,我先走了。"韦晶低头翻了个白眼就收拾自己的包。"那也行,咱们再联系,对了,你有 Q 吧,给我一个,咱们好保持联系。"精英笑眯眯地说。

韦晶心说还给你个 Q,给你个 P 吧!"哦,我忘记号码了,不常用,以后再说吧。"说完韦晶站起身来。精英赶紧又问:"没关系,你昵称是什么,这也可以找到你,我们银行就我和行长,还有几个主任有资格上外网,白天咱们也可以聊!"他说得挺自豪。

看着吃得红光满面的精英,今天一顿饭吃了小五百,自己还没吃痛快,韦大小姐也肉疼得很。看着充满期待的精英,韦晶没好气地说了句:"我的昵称叫冤大头!""啊?"精英一愣,然后就笑着站了起来,"真有个性,你们这些外企的女人想法就是特殊!"

韦晶什么也不想说了,看他也站起身来,都最后了,就伸出手想礼貌地握手告别。"服务员,乳猪放在哪儿啊?"精英看都不看她的手,直接问服务员,得到答案后,他回头跟韦晶说了句:"那下次见啊,拜拜!"说完乐滋滋地朝着乳猪就去了。

服务员同情地看了一眼韦晶僵在半空中的手,然后说:"请您带好随身物品,欢迎下次光临!"韦晶已经没力气生气了,在迎宾小姐们"欢迎下次光临"的恭送声中进了电梯。

在电梯里韦晶狂打亚君电话,却一直听着那机械的女声重复着"您拨打的电话暂时无法接通,请稍候再拨!"恨恨地出了电梯,一抬头就看见米阳在门口外站着,抬头望天,也不知道在想什么。韦晶眼珠子一转,悄悄朝他跑了过去,出了转门踮着脚来到他身后,突然一伸手,"啊"的一声,尖叫顿起。

"我说你近视是不是又加重了,这儿一台阶看不见啊?米阳哭笑不得地蹲着帮韦晶揉脚。韦晶疼得直咧嘴,还不忘抱怨:"你成心的吧你,干吗站台阶中间啊?"米阳斜了她一眼："我又不知道您什么时候想掐我脖子。"说到这儿，他忍不住乐了。韦晶气得拿包打他。

"韦晶你怎么了？"米阳和韦晶同时抬头，廖美正靠在摇下来的车窗上看着他们，那辆红色的马自达"噗噗"地冒着白气。米阳没说话，韦晶只能开口："没事儿，崴了一下。"廖美一笑，一摆头："上来吧，我送你们。"米阳淡淡说了句："不用了，回家方向不一致。"

廖美微笑着说："现在打不到车的，就算我们不是朋友，也——"她顿了一下，"也不是敌人吧？"米阳一哂："你想太多了，你一个女孩儿开车回家，还是别太晚的好。"韦晶已经借力站了起来，脚腕还是抽抽地疼，但是她知道无论如何米阳也不会坐廖美的车，她嘿嘿一笑："阿 May，你走吧，我没问题。"

廖美也不强求，点点头说了句："拜拜。"韦晶和米阳异口同声说了句："路上小心。"廖美心里一震，没再说话，车子慢慢滑开了。在排队等转向的时候，廖美忍不住看了一眼后视镜，她不禁愣住了，后面的车子喇叭嘀嘀响，她也没听见，紧握方向盘的手指泛着淡淡的青白。

就看见后视镜里，米阳把一身白领套装的韦晶给背了起来，韦晶拿着自己和米阳的包，然后一挥手喊了句什么，米阳就奔跑了起来，两人的大笑声离自己那么近，又那么远……

"你慢点吃，小心……"米阳那个"烫"字还没说出来，韦晶已经"噗"的一声把嘴里那块烤红薯吐了出去，舌头伸得长长的，又用手扇凉风，然后就眼泪汪汪地看着米阳说不出话来。米阳无语问苍天地做了一个明白的手势："您等着，我给您买水去！"

"咕嘟，咕嘟。"韦晶大口地喝着康师傅绿茶，米阳刚才买吃的接着又着急去买水，来回跑了两趟，这会儿身上已微微见了汗。他低头很认真地在剥栗子，刚出炉的栗子也很烫，他一边剥一边不时地吹捻下手指。

韦晶手里的红薯蒸腾起丝丝热气，那微甜的味道裹着栗子的浓香随风飘散在空气中，其中隐约能闻到米阳身上的汗味，很淡，却又那么清晰，很好闻，韦晶不自觉地吸了吸鼻子。米阳感觉到什么，抬头笑嘻嘻地说："干吗，看帅哥看傻眼了？"

"啊？"韦晶这才发现自己一直在咬着瓶嘴儿盯着米阳发呆，脑子里火山喷发一样“轰”的一声响,名为羞与怒的岩浆迅速流遍她全身,皮肤登时烫得好像会裂开一样。好在出于多年和米阳战斗的经验,而且路灯昏暗,她还能强压心跳,大大咧咧地说:“做梦呢你,我是发现你还挺会伺候人的嘛,米公公!”

米阳鼻子里哼了一声,又低头去剥栗子,嘴里低声嘀咕了一句:“我就会伺候你!”韦晶假装没听到,刻意大声说:“这红薯真烫,我都出汗了,热死了,热死了!”她边说边把绿茶瓶子贴在脸上,用以冷却她比红薯热一百倍的脸蛋。她扭头看向另一边,不想让米阳发觉自己的窘态,却没看见米阳眼角的笑纹。

八点多钟正是各家各户热闹的时候,小区里大部分的窗口都亮着温暖的光线,偶尔有人影闪过,各类电视剧的主题曲不时响起。韦晶和米阳就坐在自家小区的绿化带花台上,啃红薯,嗑栗子,喝冰茶。

没办法,米阳除了那几个寿司,基本上就没吃什么,胃里凉飕飕的。韦晶虽然吃了些鳗鱼,可后来被那牛精英搞得没了胃口,也只算吃个半饱。两人到了家门口干脆去买了一袋王老头糖炒栗子,一块巨大的烤红薯,然后猫在那人迹稀少的死角开吃。

“在这儿住了这么多年,第一次发现咱们小区还挺温馨的,以前总觉得挺吵的,有的人素质又不高。”韦晶遥望着自己家的窗户突然发了一句感慨,暗夜下那淡黄色的灯光让人觉得很温暖。

米阳拿过她手里的水瓶和红薯,把剥好的几个栗子塞入韦晶手中,才笑着说:“不是有句话说熟悉的地方没风景吗?”“熟悉的,不是风景?”韦晶忍不住回头看向米阳,米阳咬了一口红薯,含含糊糊地说:“嗯,熟悉的地方是家啊!”韦晶眨了眨眼,拈起一个栗子放入口中嚼着,甜香顿时溢满胸腔,她嘿嘿笑了两声:“这栗子真甜。”米阳也笑了。

“所以我们应该相信家人!”韦晶莫名说了这么一句,米阳一怔,然后点了下头。韦晶长出了一口气,“虽然刚才你只说了个大概,不过我相信你老爸不是那样的人!就算是,也肯定是有原因的!”米阳扯扯嘴角:“你这也太偏心眼了吧?”

韦晶很认真地说:“对呀,就偏了,人的心本来就是偏的,再说米叔叔跟廖美妈妈之间发生过什么我没看见,可他对你,对你妈那可是一百一的,现在只听廖美一面之词,你爸的光辉形象就蒙尘了?笑话!再说,这本来就是私事、家事,廖美找的是你米阳,不是米警官,你不用这么公正廉洁吧?而且这种事无论是你,还是廖美,我觉得都没什么审判权!”

米阳看着慷慨陈词的韦晶半晌,突然喷笑了出来:“味精,我第一次发现你说起正事来这么头头是道!”韦晶瞪他:“你什么意思,难道我平时跟你说的都是歪理?!”米阳哈哈大笑:“你真有自知之明!”他的笑声引得几只小狗也跟着汪汪起来。不管韦晶如何横眉怒目,米阳忽然头一歪,重重地靠在了她肩上。

韦晶被他这下压得一歪,看似不高兴地推了他两下,还是把肩膀努力往上挺了挺,两人就这么紧紧地靠在一起,感觉着彼此不一样的温度和心跳慢慢地、慢慢地融在了一起。一时间恍如回到小时候,玩累了,就靠在一起睡了……

过了会儿,米阳闷声说:“我很欣赏我父亲,你知道的,我觉得他能干又有风度,对朋友讲义气又有原则,对妻子儿女则是全心全意,我觉得一个男人就应该这样,他是我的……”“榜样。”韦晶接上,然后拍了下米阳的脑门,“喂,回家跟榜样好好谈谈吧,解决家事从来都是集体项目,不可能一个人搞定的,既然发生了,就只有面对。”米阳扑哧一笑:“味精,我发觉你今天特成熟!”韦晶特不屑:“你今天才知道?比你多吃两年大米饭可不是白吃的!”

米阳嘁了一声:“别说这个了,说点别的吧,随便什么。”对于自己比韦晶小这件事,米警官一贯忽视,本来嘛,不论是身高、体重还是心理,自己比这个不靠谱儿的家伙成熟多了。韦晶撇撇嘴:“说什么呀……啊,对了,我今儿听一笑话,言情小说里的,不知道是恶搞还是真那么想,为了体现文中女主多被男主宠爱,其中一句台词是:小姐,少爷在您的公交卡上充了五百万美元,请随意使用。哈哈哈,五百万美元啊,这公交车还不得坐到下辈子去,妈呀可笑死我了!”

米阳也跟着笑,然后随意地问了一句:“真的假的呀,谁说的?”“亚君啊,这家伙最喜欢上网看文,混论坛……啊!”话没说完,韦晶突然大叫了一声。米阳吓一跳,赶紧抬起头问:“怎么了?”“这死女人,我还没找她算账呢,今天那顿饭可是我出的钱啊!”韦晶咬牙切齿地说。

米阳一哂:“我还以为怎么了呢,今儿也是我掏的钱!”说完就看见韦晶表情更郁闷了。“靠,都是女人,差别怎么这么大呢!”韦晶用范伟的口音说,米阳就笑。韦晶把手机从包里掏了出来,低头一看:“未接电话还有短信,这么多? 死亚君,要疯啊,发这么多!”

“我没听见你手机响啊?”米阳说。“哦,我刚才调静音了。”韦晶头也不抬地说。“调它干吗?”米阳奇怪地问。“不是怕影响你说话吗……”韦晶顺口答道,说了一半把嘴闭上了,然后瞪米阳,“别影响我打电话!”

韦晶的体贴让米阳想笑,可眼眶又有一点热,他干咳了一声,转头飞快地挤了下眼睛,顺手拿了几颗栗子去剥。“喂!是我……”韦晶刚恶狠狠地自报家门,对方在电话里就开始哇啦哇啦地说了起来,米阳就听韦晶调门突然提高了三度带拐弯,“什么,你说他看上我了?!”

电话里的亚君又说了些什么,韦晶一扯脖领子,嗓门音量不自觉全部放开:“说我大方又勤快?!多新鲜啊,那饭钱是我付的,菜也是我给他端来的!为什么我付,你问他去!你还好意思跟我说他上大学时人送外号阿波罗,你把那‘阿’字给我去了,那整个就是一菠萝!你们家阿波罗裤腰二尺七啊!”“噗!”米阳实在忍不住笑又被韦晶连踢带瞪,赶忙用手按住自己的嘴,表示不笑了。

这边亚君惊讶万分:“不是吧,我的天哪,不过男人不能光看外貌,还要看内涵嘛!”一提这个韦晶更生气了:“你还好意思说,说什么又风趣又幽默啦,结果喜欢研究二郎神也就罢了,那谈吐跟吐痰一样,风趣个头啊!”

一旁的米阳就跟高压锅似的,不时发出“哧哧”的声音,气得韦晶一边打电话抱怨发泄,一边用指甲捏他脖子。“好啦好啦,我怎么知道他是这样的货色呀,幸好我没去……”亚君抚胸庆幸。“你说什么?!”韦晶登时怒了,“好啊你,行,你行,那小排长你也甭见了,哼!”“别,别呀,我不是那意思!对不起,对不起,对不起!”亚君赶紧安抚她,“这样吧,今天这顿饭钱算我的,回头我再请你踏踏实实吃一顿金钱豹,咋样?”

“嘁,说正经的,那精英……”韦晶还没说完,亚君就斩钉截铁地说:“让他滚蛋!”又说了几句,韦晶才把电话挂上了。米阳笑容满脸,韦晶没好气地踩了他一脚:“傻笑什么呀,回家!”不过心里还是挺高兴能稍解他的烦恼。

米阳把剥好的栗子给韦大小姐送上,自己拿了彼此的包还有些零碎,两人慢悠悠地往家里溜达,一路上还不时碰上出来遛弯的邻居。眼瞅着快到楼门口了,米阳忽然趔趄了一下,低头一看,自己的鞋带开了。他满手拿的都是东西,正想递给韦晶,韦晶已经很自然地蹲了下去帮他系:“您可真行,鞋带开了都不知道。”米阳不言声儿就咧着嘴笑。

“看什么呢?”端着碗银耳羹进来的米爸爸一眼就看见自己老婆靠在窗边往下

张望什么。“没什么。”米妈妈说完转身走了回来，坐在了床沿上，接过银耳羹慢慢地喝着。米爸爸犹豫了一下，表情有点怪，似乎不知道该怎么说：“老婆，你就原谅他吧，真挺可怜的。”米妈妈恨恨地哼了一声：“不要！”

韦晶和米阳上了六楼，明明都有人在家，却磨蹭着各自找钥匙，没一会儿，楼道的感应灯灭了，昏暗轻悄地笼罩了过来，却没人去跺一脚让光明重现。韦晶先开口：“喂，你不觉得少了点儿什么吗？”米阳一愣，他也觉得是。

琢磨了一下，忽然一种难以克制的冲动让米阳悄悄地贴到了韦晶身边，韦晶吓一跳，抬头问：“你干——”一个干燥的、带着红薯甜香和一点点烟味的吻落到了她的唇上……刹那间，除了唇上的热度，其他感觉全都消失了，甚至心跳，韦晶觉得自己呼啦出了一身汗，想跑，腿却是软的……

“嘀嗒！嘀嗒！嘀嗒！”韦晶家的门铃突然唱了起来，两人都是一哆嗦，同时转头，发现是米阳的手撑在了防盗门上，刚巧按到了门铃。两人正大眼对小眼不知所措，就听见里面稀里哗啦开门的声音，韦爸爸吆喝着：“我闺女回来啦？”

“老爸。”韦晶强忍着笑跟开门的父亲打招呼，原本千般的无措、万般的羞涩，都在看见米阳跟踩了电门似的逃到五楼去时荡然无存了。“哟，闺女，今天气色不错啊，这小脸红扑扑的，有什么好事儿呀？”韦爸爸看见女儿就高兴。韦晶脸又红了一下：“什么好事儿啊，冻的！”

父女俩说说笑笑地关上了门，猫在五楼的米阳这才敢喘了口大气，亲那一下还没来得及品味，就被韦爸爸这一嗓子吓得心动过速。听着没动静了，他轻手轻脚地上了楼，摸出钥匙跟做贼似的把门打开了，临关门的时候他看了一眼对门，忍不住舔了舔嘴唇，嘿嘿地笑了。

“米阳？”米爸爸有点疑惑地看着儿子的背影，“你这是干吗呢？”“啊？爸，没什么。”米阳讪讪地关上了门，一回头跟父亲的眼神对个正着。以前没怎么注意，今天突然发现父亲的眼角、唇边多了些皱纹，但态度依旧沉稳有度。

看着父亲的笑容，再想想刚才韦晶说的话，米阳忽然就觉得心里的压力一下子消失了，就是，兵来将挡，水来土掩，难道亲儿子还信不过亲老子吗？有什么不能谈的！想到这儿，米阳边脱鞋边问：“哎，爸，我妈呢？”一说到米妈妈，米爸爸的表情变得有点怪异，想笑又不敢笑的。

“怎么了？”米阳好奇地问。米爸爸咳了一声指指卧室：“你妈在屋里躺着呢。”

“怎么了,病了?”米阳有点担心,可看父亲的表情又不像,米爸爸摇了摇头。米阳就想去卧室看看老娘,“咦,古利又怎么了。”刚走几步就发现古利也恹恹地卧在自己的垫子上。米阳突然就反应过来韦晶刚才说的那句“少了点儿什么”是什么意思了,换了平时,古利同志听见有动静早就汪汪得震天响了。

米阳走到古利边上,伸手戳它的脑门:“你个狗腿子,不至于连卧倒都跟你主人同步吧?”古利不搭理他,把头埋在垫子里做死狗状。米阳探头往卧室里瞅了一眼,米妈妈正背着他躺在床上,一动不动。

“睡着了?”米阳站起身悄声问父亲。米爸爸再也忍不住把儿子拉过来,小声说:“你妈今天不是参加小学同学会去了吗,碰上韦晶她妈了。”“啊?她俩是同学,没听说呀?”米阳有点吃惊。“一个学校的,但是不同班。”米爸爸笑着说。米阳点点头:“明白了,俩老太太又掐了?”

“那倒没有。”米爸爸难掩笑意,“就是你许阿姨说起她家那只猫,今天还以为她犯病了,急着要救她,把爪子都伤了,说得别人特感动。”“是吗?就那小猫?”米阳也笑,“那关我妈什么事儿?”“你还不知道你妈什么都要跟人比,尤其是对门,所以她也想考验一下古利,回家找了个机会就大叫了一声,然后躺在床上装死。”平时很稳重的米爸爸越说越想乐。

想象了一下当时的情景,米阳立刻就喷了:“我妈可真行!后来呢?”米爸爸笑着说:“后来古利倒是围着她转了两圈然后就冲了出去。你妈等了一会儿,觉得怎么没什么动静呢,就踮着脚悄悄去看,结果发现它正兴高采烈地啃沙发呢!你妈气个半死,用拖鞋打了它一顿!”

米阳一转头,果然自家的沙发角破破烂烂的,有的地方都见棉花了。古利可怜兮兮地呜咽了一声。“哈哈哈!”米阳放声大笑……

第二十三章　红娘是个技术活儿

“米阳，我真的没想到你会碰见李芸的女儿，我和你妈从东北回来之后，我们就再也没有她的消息，发过去的信也说查无此人……那孩子一定是误会了什么，事情不是这样的，我当初和李芸是从小一起长大的，她父亲也是咱们厂的……”米阳仰躺在床上，看着天花板出神。

刚才想了又想还是借机跟父亲谈了这件事，没想到一向沉稳的父亲会那么激动，很少抽烟的他，点烟的手都有点颤抖，更没想到他和廖美的母亲居然是青梅竹马，就像自己和韦晶那样，只不过彼此的经历截然不同……一想到韦晶，米阳忍不住摸了下嘴唇，软软香香的触感仿佛还在。幸好，米阳微笑，幸好自己开窍得早，知道想要的是什么；幸好那傻丫头开窍得晚，还没欣赏到外面的风景……

听着米妈妈平稳的呼吸声，米爸爸小心翼翼地翻了个身。二十多年了，沉在心底的往事突然翻腾了出来，却恍如昨日，依旧清晰……“老公这是怎么了？一直翻来覆去的。”另一边的米妈妈也没睡着。米阳回家的时候爷儿俩还笑哈哈的，难道是自己洗澡的那会儿工夫出了什么事儿？

一家三口各自想着心事难以入眠，不，应该是四口，古利听着屋里传来细微的动静心想，这么晚了爸爸妈妈哥哥还都没有睡，一定还在生我的气吧。它瑟缩地往窝里拱了拱，决定从明天开始一定要做个乖狗，可自己本来就很乖啊，古利很无奈……

“发什么呆呢?”亚君的声音突然从背后响了起来,韦晶吓一跳,下意识地关了窗口。“哟? 那是谁呀,还保密?”亚君贼兮兮地歪头看韦晶。韦晶白她一眼:“知道什么叫隐私权吗?”亚君特老实地摇摇头:“不知道! 啥叫隐私权啊?”韦晶被她气笑了:“给我边儿去吧你!”

应付走亚君后,韦晶悄悄地又开了自己的MSN,看着上面米阳的签名:“栗子味儿的……”她在心里骂了句:“流氓。”嘴角儿却翘了起来。琢磨着应该怎么反击呢,写个红薯味儿的? 不成,那不是把自己套进去了吗!

“Ivy,今天心情不错啊!”一个过来核对数据的销售员笑着说。正YY的韦晶脸一热,她故作随意地呵呵一乐:“我天天心情都很好呀。”话音刚落,就看见Amy摇曳多姿地走了过来,韦晶不自觉地闭上了嘴。“通知大家一声,今天下午的HSE活动于两点开始,一点半在门口集合,别忘了!”

“什么活动啊?”亚君转头问韦晶,韦晶一耸肩膀:“没听说。”“你们收到邮件了吗?”一个销售团队的女孩儿问,二人同时摇头。Amy声音不高不低,却刚好能让所有人听到:“哦,这次活动只有正式员工才能参加,所以亚君和Ivy才没收到E-mail吧……说真的,也没什么意思,我还不想去呢,真羡慕你们可以留在公司。”她哼笑了一声之后转身走了。

她这么一说,大家都不自觉地看了亚君和韦晶一眼,韦晶登时有些尴尬,只能假装没听见,手里找了点事儿忙碌着。亚君却冷哼了一声:“什么德行!”她把椅子滑过来说:“别往心里去,咱们公司就这样,做馒头的都不算人口,想当初禽流感的时候,发口罩和板蓝根都没咱们的份儿,工作可半点没少!”

韦晶回过身来一扯嘴角:“没什么,拿的是做馒头的钱,羡慕包子干什么。”“哈,没错!”亚君笑了出来,做个眼色指指Amy的背影,“尤其是那种狗不理包子!”两人就咯咯笑。亚君拍了下韦晶肩膀,歪头指指韦晶身后的显示屏说:“我说你的朋友签名都挺有个性的啊!”韦晶一愣,什么意思,转回身一看才发现,有朋友登录,MSN聊天窗口提示正在闪烁,“心中一座坟,住着未亡人已登录……陶香?”韦晶瞪大了眼睛。

到了下午,Amy很吃惊地发现,韦晶和亚君居然坐在大姐夫的大别克里,亚君得意地笑。气个半死的Amy不敢直接质疑大姐夫,旁敲侧击地通过其他销售员才知道，大姐夫特意叫上这俩姑娘的。他认为韦晶和亚君也是自己团队的，当然应该一起行动，否则对这两个表现很好的员工不公平。

第一次参加 HSE 活动的韦晶很好奇，问亚君这是干什么去，亚君还没来得及说，大姐夫就手嘴并用地说了起来。中英文夹杂之下，韦晶大概明白了 HSE 是健康、安全和环境的英文字母缩写，外企一般很注重这个，大到现场施工安全，小到打车也要系安全带，都在这个范围之内。除了定期培训，不时也会组织一些活动。

“我记得去年是去长城捡垃圾。”亚君说。韦晶看看窗外有些熟悉的景色：“不知道这回去哪儿？看着不像出城啊。”亚君转头跟韦晶窃窃私语：“反正不上班就行！”韦晶微微一笑，亚君顺口说了一句，“可惜阿 May 今天出差了，不然一起出来玩玩多好。”因为廖美经常跟她和韦晶在一起，所以她已经把廖美当成自己一伙的了。

韦晶淡淡一笑没说话，今天一早来上班知道廖美出差了，她还是有点庆幸的。一想到也许廖美跟自己亲近都是为了米阳，不管她最终目的是什么，总是让人不舒服。“嘿，小姐们，我们就要到了！”大姐夫扭头对坐在后排的韦晶和亚君笑着说。两个姑娘挺高兴地往外看，韦晶看着前方的大红门一愣：“消防队？”

下了车，韦晶也没来过消防中队，跟其他同事一样，好奇地东张西望。突然感觉被人捅了一下，一转头，亚君努了努嘴：“你认识？”韦晶顺势看去，几个小战士正在一辆消防车旁冲她挥手。“不……”认识那两字还没说出口，就听见几个小战士挥手大叫：“嫂子好！”

韦晶先是一愣，然后左看右看，发现同事们都盯着她，她这才反应过来，赶紧辩解：“我不认识他们啊。”大姐夫靠了过来，很感兴趣地问：“Ivy，Saozi？ Your nickname？”韦晶顿时无语，你的昵称才叫嫂子呢！她瞪了一眼在旁边窃笑的亚君，不帮我说话还乐，忽然发现亚君笑容一僵。

不明所以的韦晶就听见一个有点熟悉的声音响起：“你们几个胡说八道什么呢？车保养完了，要不要再来几个攀登啊？”韦晶一抬头，就看见穿着一身迷彩服的谢军正挨个儿踢那几个小兵的屁股呢，小兵们哄笑着闪躲……

北京的深秋，天空高且蓝，阳光暖融融地洒在这些年轻人身上，让人不自觉地跟着微笑起来……笑一半韦晶就笑不出来了，因为亚君的脸色也有点蓝，坏了，她不是误会了吧，韦晶后知后觉地想。

收拾完小兵的谢军回过身来看向这边，显然他有些羞涩，虽然微黑的脸庞看不出什么异样来，但在他局促的笑容背后，谁都知道这个年轻人有点紧张。犹豫了一下，谢军还是走了过来，一个立正敬礼，然后微笑着说："韦晶，好久不见，你好！""你好。"韦晶下意识地回了个笑容。

四周的空气流向顿时不规则起来，他们果然认识！女孩子们自然把谢军从上到下看了个仔细，有人就小声说："这当兵的笑起来还挺帅！""韦晶的男朋友吗？"亚君本来正不自觉地整理自己新烫的卷发，听到这些窃窃私语，她放下了手，咬着嘴唇没说话。Amy 眯着眼想，这当兵的自己好像见过，在哪儿呢……

"BM 公司的各位同志，欢迎大家来到×××消防特勤中队！"一个响亮的大嗓门拽回了大家的注意力，看着大步走来的一个中年军官，一个上尉介绍说："这是我们支队长！"之后自然又是一阵寒暄。大姐夫对中国消防军人很感兴趣，因为他父亲曾是一位消防员，支队长也没跟老外打过交道，两人连说带比画，宾主尽欢。

反应过来的韦晶赶紧一把将亚君扯了过来："谢排长，还记得她吧？"猝不及防的亚君一个小趔趄，谢军顺势扶了她一下，立刻松开了手，微笑着打量了一下她就笑说："是上次崴脚的那位小姐吧？"

看着谢军线条明朗的笑容，一向泼辣的徐亚君小姐竟然红了脸，小声说了句："你还记得我呀。""印象深刻！"谢军简洁又不失礼貌地说。亚君的心怦怦地狠跳了两下，她觉得这四个字比以前听过的所有甜言蜜语都更让人心动。

"嘿嘿。"韦晶在一旁偷笑，第一次看见亚君这么羞涩的样子，上回火警演习装蒜那次不算，看来她真看上谢军了，而不是单纯的制服控！"笑什么呀你?!"回过味儿来的亚君娇嗔了一句。韦晶做个鬼脸儿，又对谢军说："那都是你的兵啊，刚才吓我一跳！冲着我叫嫂子！"

谢军很不好意思地挠挠头："别理这些臭小子，他们只要看见女孩子来找，就乱叫！上次在路上不是碰见过你吗，就是这几个。""哦，想起来了，那天你们都穿着那防火服，戴着那个头盔，我一时没认出来！"韦晶大方地冲那几个躲在车旁偷看的小兵招了招手，兵们登时"嗡"的一声，愈发交头接耳。

谢军心里高兴，他觉得这算不算一种表示呢？亚君也很高兴，韦晶果然跟谢军没什么，要不能这样落落大方，毫不在乎？心情大好的亚君笑眯眯地说了刚才大姐夫还以为嫂子是韦晶昵称的笑话，谢军哈哈笑了起来。

那边寒暄完的领导们开始招呼 BM 公司的员工们进屋，谢军的中队长和支队长耳语了两句，就把谢军叫了过去。没说几句支队长突然笑了，他不动声色地打量了一下韦晶和亚君，就大声说："谢军，一会儿就由你们排给客人们做消防表演！"

"是！"谢军一个立正，中队长压低声音说："小子，借着机会好好表现，趁早拿下！别辜负支队长的期望！""是，保证完成任务！"谢军大声说。支队长满意地背着手走了。

谢军招手叫过一个老兵吩咐了几句，又跑了过来："韦晶，呃……""徐亚君，叫我亚君就好！"亚君体贴地说。谢军也不矫情："那韦晶、亚君，你们先进去参观吧，我去准备一下，一会儿见！"亚君有些兴奋地问："你亲自表演吗？"谢军点点头："别嫌弃啊。""太棒了！"亚君双手合十，很真诚地说，"一定很帅！"

谢军跟女孩子打交道的经验很少，他有点不好意思，又看了韦晶一眼，韦晶笑着说："加油！"谢军一笑跑回了旁边的宿舍楼，然后就听见集合的哨音响起："一排集合！"亚君看着他离去的矫健身影发呆，太男人了……直到听见一个销售员出来招呼："你俩还不进来？培训开始了！"她才回过神来。

一扭头就看见韦晶正目不转睛地看着自己，亚君说："你干吗？"韦晶忽然学着她刚才的样子双手合十，用梦幻般的口气说："你发花痴的样子太帅了！""死韦晶！"亚君笑骂了一句，伸手想掐她，韦晶哈哈笑着跑开了。

消防教育大概都是这么个流程，先在电教室里看片子，屏幕上的浓烟滚滚，火舌四窜，让观众们不时发出惊叹声，而火灾过后烧成焦炭的房屋物品甚至是人，则让人不寒而栗，教员也因势利导，讲解各种逃生技巧。科教片结束，从教室里走出来的员工们纷纷感慨防火的重要性。

下一个程序是学用灭火器，在一间特制的大厅里，几个兵先演示了几种灭火器的使用方法，然后让大家试用清水灭火器，干粉和泡沫灭火器的使用方法稍后去外面再练，BM 的同志们都跃跃欲试，自然也就问题百出。韦晶和亚君在一组，已经试射完毕的韦晶正在辅导亚君怎么用，不经意间看见已换了消防服的谢军和一个中尉正看着这边，那中尉笑嘻嘻地说了句什么，谢军突然给了他一肘。

韦晶赶紧冲谢军招了招手,扬声道:“谢排长,有问题请教!”谢军旁边的那个中尉就推他:“快去呀,人家叫你呢!”这边韦晶小声对亚君说:“我说,媒人领进门,勾搭在个人!”“呸!”亚君咬着嘴唇笑。

“谢军,亚君不太会弄,你教教她。”韦晶笑着说。谢军没有多想,自然而然地接过灭火器来,仔细地给亚君讲解。亚君连连点头,认真得不得了。韦晶微微一笑,溜达到一边去看消防队墙上的黑板报。

“嘟嘟!”手机响了两声,韦晶掏出一看是米阳的微信:“便装逮小偷,小偷四处溜,跟了二里地,到底偷不偷?!”“哈哈!”韦晶嘎嘎笑了出来,四周顿时安静了一下,都转头看她。韦晶尴尬地冲众人摆摆手:“不好意思……”

大厅里又恢复热闹之后,韦晶转过身吐吐舌头,然后给米阳回微信:“抓贼还有工夫贫?”没十秒钟,米阳回了信:“刚下活儿,饭馆吃饭呢,你干吗呢?”韦晶一笑,飞快地按着键盘:“这么晚才吃?慢点吃,小心胃疼!我在消防队呢。”打到这儿,韦晶忍不住回头看了一眼,亚君提着灭火器好像很笨拙的样子,谢军一点都没有不耐烦,耐心地指导着她。韦晶又加上一句话:“还记得那个消防排长谢军吗?这人真挺不错的!”

“噗!”“我靠!”周亮差点没蹦起来,刚才还看着手机傻乐的米阳突然喷了自己一脸面条。米阳顾不上搭理周亮,脑子里飞快地转着,昨天才给韦晶盖了戳,怎么今天韦晶就……“周胖子你鬼叫什么,大米,别看了!有活儿了,快走!”在门口接电话的老胡迅速埋单,米阳也没工夫琢磨了,顺势把手机别回腰上就跟了出去,周亮又跟老板娘要了几张餐巾纸,这才跑出了门。

“怎么了?等电话吗?”终于“学会了”的亚君过来找韦晶,却看她拿着个手机不知道在想什么。“啊?没什么,学完了?”韦晶笑得意有所指。已恢复正常的亚君得意扬扬地说:“啊!要不是别人都学完了,我还能再学一会儿呢!”“靠!”韦晶笑骂了一句。

“同志们,我们下一个科目就是在火灾现场逃生,请按照刚才我们所学习过的逃生要点进行,还是两人一组,按顺序进入,大家排好队,不要害怕,训练房里的烟幕稍微有点呛,但是无毒无害的,好了,谁第一组?”中尉的话音刚落,大姐夫就站了出来:“我!”说完他和一个销售员率先进入。

“亚君，你先排着吧，我去趟洗手间！”韦晶小声说。亚君点点头：“用不用我陪你？”“不用。”韦晶说完转身往另一个方向走去，刚才听一销售员说，厕所就在一层楼梯旁边。出去查看器材准备的谢军一回来就看见韦晶背影一闪，他走过来问亚君：“韦晶干什么去了？”“哦，洗手间，估计是紧张的。”亚君玩笑了一句。

谢军一愣，刚想点头就觉得不对劲，他赶紧跟了出去。“哎？”亚君叫了一声。果然，谢军刚跑到厕所附近，就听见一声女孩子的惊呼，然后韦晶就闪了出来，左右看着俩厕所的布帘子。谢军正要赶过去解释，就看见韦晶一掀帘子，点头哈腰地对里面说了句：“对不起，实在对不起……”

“谢军，你这小媳妇儿行啊，整得老子一泡尿憋回去两回，行，真行！”支队长故意黑着脸说，谢军嘿嘿笑着把一大搪瓷缸子送了上来：“首长，喝点茶，您最喜欢的茉莉花茶。”支队长先瞪他一眼，这才接过来咕嘟咕嘟地喝着。其他的军官包括谢军的中队长都在一旁呵呵坏笑，然后饶有兴致地打量着对面尴尬难掩的韦晶同学。

“韦韦，那些当兵的干吗都看着咱俩笑啊，你看，你说他们笑什么呢？”不明所以的亚君用手肘捅了捅从厕所回来就装透明的韦晶。“不知道，有什么好看的，谁爱看谁看！”韦晶是打死不回头，她用脚趾想也知道那帮人在笑什么。

刚才她去找洗手间，一看见上面挂着“厕所”两个字就赶紧跑过去了，正好一个小兵从里面出来，韦晶理所当然地认为另一边就是女厕所了，有些尿急的她撩帘就进。一进去就觉得有点不对劲儿，格局有点诡异，正纳闷呢，一转头，就看见一男的面对小便池，扭头瞪着两只牛眼瞅着自己，韦晶吓一跳，条件反射地嗷了一嗓子就出去了。

当时韦晶也不知道自己怎么想的，发现进错了门，竟习惯性地就去道歉。直到放下帘子看见谢军憋红的脸，她才猛地反应过来自己干了什么蠢事。尴尬到爆炸的韦晶一时间手足无措，就傻站在厕所门口。谢军忍笑探头进另一边厕所打探了一番，确定没人这才把僵立在外面的韦晶给推了进去。

想到这儿，韦晶哭的心都有了，今天第一次觉得自己是个二百五，外面有个男的站着守门，怎么自己还能那什么哗哗地，这没有一个人的厕所怎么那么安静啊！韦晶在心里哀号，太丢人了！以后再也不来了！

“韦晶，轮到咱们了，走啊，我突然有点紧张哎。”亚君拉着韦晶的手往前走。到了训练房门口，眼光无意间跟谢军一碰，谢军点了点头，韦晶脸一热，转头往训练房里冲，“哎哟！”她脑门跟门框来了个亲密接触，“嘭”的一声。“韦晶！”亚君被她吓了一跳，刚想说话就被韦晶扯进了训练房。就听见身后哈哈哈笑成一团。

“我说，现在咱们到哪儿了？”韦晶问亚君。曲里拐弯的训练房里挺黑的，只有屋角上方有一两个暗得几乎看不见的小红灯在闪烁，白色的烟雾不浓但也有碍视线，窗户都是暗色的玻璃，仿真度很高。

亚君没好气地说：“你问我，我问谁去啊，喀！”她咳嗽了一声又说，“一进来你就拉着我往前冲，刚才人家说的什么要压低身体，靠着墙走，摸门，寻找出口，咱也没照着做啊！喀喀，这烟还挺呛的！”

韦晶挠了挠头，四周张望了一下，黑暗、烟雾交织在一起，虽然明知道是假的，可当人到了这个环境之后会不自觉地害怕起来。韦晶心想最好这辈子都别碰上火灾，太可怕了，她和亚君的手紧紧拉在一起，摸索着墙，一步步地往前蹭。

“哎，我好像摸到门了。”韦晶惊喜地叫了一声，一扭一推，门开了，俩姑娘高兴地推门一看，脸都垮了下来：“不是吧？”又是一间小黑屋。

两人只能摸索着继续找，十分钟过去了，亚君有点慌：“韦韦，我觉得大姐夫他们好像没多久就出来了，怎么咱俩这么半天还找不着出口呢？不会走错了吧？”韦晶也吃不准了：“应该不会吧，这能有多长啊，再找找，别慌，那教员不是说了嘛，火灾现场最重要的就是要镇定！”

跟在她们后面的谢军微微一笑。没经验的人进了训练房很容易迷失方向，为了以防万一，每进去一组，都有一个兵偷偷跟在后面，省得慌张之下出问题。韦晶和亚君一进训练房，谢军就跟了进去，看着俩丫头跟没头苍蝇似的乱转。

谢军一直没出现，想着也许她们愿意自己走出去呢，但按照正常时间应该十分钟就可以走出去，现在已经十五分钟了，谢军有点犹豫。“啊！”亚君突然痛叫了一声。“亚君你怎么了？”韦晶也吓一跳。“我好像踢到什么东西了，脚指头疼死了！”亚君哀叫。

“啊？没什么事儿吧？真是的，连手机都给收了，连个亮儿都没有，乌漆墨黑的这也看不清啊。”韦晶蹲下身摸索着。“喀喀，韦晶，你不觉得越来越呛了吗，这烟也太浓了，搞什么呀。”亚君咳个不停。

让她这么一说，韦晶感觉好像真是这样，她也有点毛了。慌张地看着四周一片黑暗："不会吧，那可怎么办啊？"谢军听着两人的声音都变调了，赶紧走了过来，扶住她们的胳膊，低声说："你们俩别慌！"

烟雾里突然冒出个救星来，慌乱的俩姑娘吃惊之后就是得救的放松，她们同时情不自禁地叫："谢军？！""米阳？！"

"米阳是谁呀？"缓过气儿来的亚君悄声问。"嗯？"抱着瓶矿泉水狂饮的韦晶没听清楚，训练房里的烟雾虽说没毒，但是闻的时间长了，还是呛得嗓子不舒服。"装什么蒜啊，刚才人谢军来救咱们的时候，你大叫一声'米阳'，谁呀，不会是你那青梅竹马吧？没那么单纯吧？"亚君表情很暧昧。韦晶眨了眨眼，刚才自己有喊米阳的名字吗？怎么一点印象也没有啊。

看着发呆的韦晶，亚君心情很好，刚才自己因为踢到脚趾，几乎是被谢军半扶半抱给弄出来的，谢军强壮的手臂让她心跳不已，而韦晶那声"米阳"则让她莫名觉得很安心。女孩子在这方面都很敏感，或者说因为喜欢才特别注意对方一举一动，因而能发现很多别人看不见的蛛丝马迹。

虽然谢军对韦晶并没有什么亲热的表现，可亚君就是有点异样的感觉。不过她本身是个很自信而且敢于追求的女孩儿，暗暗打定主意，就算谢军真的喜欢韦晶，自己也能得到他的心。而韦晶刚才那声米阳无疑是给她吃了颗定心丸，那种慌乱的环境里，韦晶脱口叫出的名字，才是她最相信最依赖的那个人吧。

想到这儿，亚君眼光转到了在"高塔"那边做准备的谢军身上，两个兵正在帮他系安全绳，配装具。刚才韦晶那声情不自禁的呼喊，她自己可能不记得了，但谢军却有所反应。亚君清楚地记得当时自己正抓着他手臂，就觉得他胳膊上的肌肉突然硬了一下。

"行了，一会儿来个利落的，别让人女孩儿失望啊，这可是展现咱们当兵魅力的最佳时机！"一个关系很好的战友笑嘻嘻地擂了谢军肩膀一下，谢军笑了笑没说话。他忍不住回头看了一眼，场地边人堆里，韦晶咬着个矿泉水瓶子，愣愣地在出神，亚君却笑容满面地对自己用力挥手，还喊了句："加油！"谢军冲她微笑着点点头。

"各就各位！"中队长喊了一嗓子，谢军做好了预备动作，心里却在想："米阳……就是那天的那个警察吧，好像是韦晶的，北京人怎么说来着，发小儿……"耳边突然传来“嘟”的一声哨响,谢军收敛心神,和其他两个战友灵活而又迅速地向最高点开始攀登,你争我抢,绝不相让。

BM 公司的一众看客也跟着激动起来,尤其是女孩儿们,看惯了西服革履的办公室白面男之后,这种让人热血沸腾的雄性力量分外迷人,于是纷纷投入其中大喊加油,亚君更是两手合拢在嘴上,叫得声嘶力竭。

她边叫边用脚踢了一下韦晶:“你发什么呆啊,快点加油啊!”“哦!”韦晶赶紧大喊,“加油,谢军加油! 加油!”她话音刚落,就看见谢军噌噌几下就闪过另一个兵,第一个攀到了最高处。

高塔下面仰头看的支队长扭头跟中队长说:“奶奶的,这女人有时候就是战斗力啊! 这都破纪录了。”士兵们嘿嘿笑得是心照不宣。接下来的收放水龙带由几个士官表演,并邀请 BM 公司的几位男士上阵一试,结果是那水龙带要么跑的线路是七扭八歪,要么根本就放不出去,刚甩出去三米就歪倒了,大家看着大姐夫跟那几个男销售员出洋相,大笑声是不绝于耳。

正咯咯乐个不停的韦晶突然闻到一股汗味,回头一看,谢军正站在她身后笑,脑门上还带着汗。韦晶不吝夸奖:“谢排长,你真厉害,爬那么快!”“是吗?”谢军很高兴,刚才爬到一半突然听见韦晶的加油声,自己脑子一热,也不知道怎么那么快就上去了。

看着谢军腼腆的笑容,韦晶心想回头得跟亚君说说,别太热情了,再把人老实孩子给吓着了。“谢军,你多大了?”韦晶突然想到一个问题。谢军虽不明白何意还是回答了:“今年我本命年,不过我生日早,明年过了年就算二十五了。”“哦——”韦晶拉了个长声,心里盘算着亚君比自己小两岁,这么说她比谢军大半岁了,应该不算什么吧。

“那你多大啊,看起来比我小,现在女孩子的年龄很难猜。”谢军顺势问了一句。这话韦大小姐爱听:“真的吗? 我比你大了快三岁呢,谢谢夸奖啊,这马屁我收下了。”谢军很真诚地说:“不是,我说真的,你看起来跟学生似的,不像我们,天天风吹日晒老得快!”韦晶就笑。

韦晶接着又问:“那什么,我就随便问问啊,你没女朋友是吧? 要是给你介绍一个,你介意女孩子比你大点吗?”谢军微微一愣,立刻摇头看着韦晶笑说:“我不介意,合得来就行。”说完又仿佛开玩笑地问了一句,“那你介意比你小的男人吗?”韦晶嘿嘿一笑:“我也不介意,不介意。”然后在心里加了一句:米阳倒是挺介意,这家伙还嚷嚷过改户口呢,哈!

“是吗,那你想把谁介绍给我呀?”谢军试探着问了一句。韦晶瞪大了眼:“啊?我说了这么半天,你不会告诉我你不明白吧? 真迟钝假迟钝啊?”谢军脸立刻一红,怪不得她问自己年龄问题,原来怕自己介意。谢军很想说一句:我老家有句话叫大姐会疼人,不过他觉得现在不是说这个的时候。

谢军有些紧张,搓着手说:“也不是,呃,不明白……”韦晶哈哈一笑:“那就好,那就好,说真的,我这也是头一回,没什么经验。”她的意思是说第一次当媒婆,所以没经验。谢军脸更红了,北方女孩儿就是直率啊,他低声说了句:“我也是……”

第二十四章 To Be Or Not To Be(上)

“你俩说什么呢?”集体上厕所回来的亚君一眼就看见脸红扑扑的谢军,“谢军的脸怎么这么红?”她顺势坐在了韦晶的身旁,负责领这帮女生去厕所的那个少尉也坐在了一旁,他跟谢军是好朋友,想借机近距离观察一下韦晶。

谢军赶紧搓了把脸:“啊? 没什么,我们随便聊聊。”亚君看看他又看看韦晶,韦晶却嘿嘿一笑:“咱们谢大排长脸皮太薄了。”看着表情坦荡荡的韦晶,亚君松了口气,谢军一抿嘴角,没说话。

手机响起,亚君掏出手机一看就乐了,她用肩膀一碰韦晶,坏笑着说:“哎,那精英还惦记着你呢。”韦晶闻言翻了个白眼,都懒得理她。谢军心里好奇又不好意思问,亚君一抬眼看见他的表情,就晃了晃手机笑说:“是韦晶的相亲对象!”谢军不自觉地看向韦晶。“我呸!”韦晶推了她一把,“我是被谁害的呀?”

亚君嬉笑着边躲边回微信,谢军心里虽然有些嘀咕,但又觉得韦晶刚才只是表达了愿意和自己做朋友,之前她跟谁见面还是别的什么都是她的自由,自己无权干涉,也就没有多问。倒是他的战友有些不放心,旁敲侧击一番之后又问了句:“精英是干什么的呀?”韦晶笑着指了一下他们大队墙上的标语:“跟那差不多!”

看着墙上“为人民服务”几个大字,两人有点愣。“也是个当兵的?”年轻的少尉问。韦晶含笑摇摇头:“不是,他是为人民币服务的。”谢军他们一怔,回完微信的亚君哈哈大笑说道:“那家伙是银行的!”两个男人顿时也笑了起来,小少尉乐得不行,笑说:“嫂子你可真逗!”

这句“嫂子”让其他三人笑声一顿,还来不及反应,一阵尖锐的铃声猛然响了起来,非常刺耳。韦晶就觉得自己眼前一花,谢军和小少尉都已经跳了起来向办公楼飞奔而去。BM 一众员工也停止了说笑,全都不自觉地站了起来张望着。

中队长也带着人跑走了,原地没动的大队长解释说:“有火警,这是出警通报!”没两分钟,就看见几间车库的大门全开,各式各样的救火车闪烁着警灯开了出来,有个别消防员还在拎着器材或装备往车上蹿,表情严肃。

一个戴着值班红箍的军官跑来在大队长耳边低语了两句,大队长浓眉一皱:“这么严重?”他转身就走,其他军官赶忙跟上,只有一个中尉留下来跟大姐夫他们解释了两句,大姐夫立刻表示理解。

刺耳的警报声突然响起,中队大门已经打开,头车迅速开出了门外,其他车随后跟上。紧张的气氛登时笼罩了过来,韦晶她们都让在了一边,大气也不敢喘地瞧着。

救火车一辆接一辆地往外开,伸长脖子的韦晶看见穿着防火服的谢军就在其中一辆水车上,拿着张图还有对讲机正在说什么。他仿佛感觉到了韦晶的视线,突然回过头来看向这里,然后敬了一个军礼,救火车从韦晶眼前一闪而过。韦晶那句“注意安全”只能噎在了喉咙里。

“不会有什么危险吧?”亚君喃喃地说了一句,韦晶回头看去,她忧心忡忡地望着救火车离去的方向。韦晶也感觉怪怪的,虽然平时新闻看多了,也知道谢军他们就是干这个的,可突然一个你认识的人要去做一件很危险的事情,还是免不了有些挂心。

“嗯哼。”韦晶清了清嗓子,故意玩笑着说,“哟,这还没怎么着呢就惦记上了?”亚君一反常态没有反驳,只皱着眉头说:“他们的工作真的挺危险的。”韦晶看着她:“你害怕了? 还是后悔了?”回过神儿来的亚君白了她一眼:“说什么呢,这男人我要定了! 他的工作这么危险,就得有我这样的好女人来照顾他!”

韦晶做无力状:“你脸皮比消防带还厚! 对了,别笑,刚才我跟谢军说了,我看他挺愿意的,不过这人脸皮薄,你可别太主动了,再把人吓回去!”亚君惊喜地说:“真的! 怪不得,我还想他那礼是给谁敬的呢。”

韦晶突然脑筋转过了弯儿来，这话有点别扭啊，她怀疑地问："你什么意思啊？"
"啊，没事儿，没事儿，宝贝我太爱你了，嗯嘛！"亚君赶紧噘嘴给了韦晶一个响吻，现在她心里再无疑虑。韦晶也没放在心上，就"切"了一声："恶心死了，留给你家小排长吧！"

特勤中队出了火警，BM这边的培训也做得差不多了，大姐夫挺识相的，让Amy把培训费用的支票交给中尉，就招呼大家准备撤了。中尉也很高兴，这种外快要是天天有就好了，又轻松又好赚，还可以跟女白领们亲密接触一番，谢军就是个成功案例啊！

大姐夫今天心情不错，大手一挥，不但提前放大家下班，还可以打车回家，公司报销。众人一声欢呼作鸟兽散，亚君心情也贼好，非拉着韦晶说请客吃饭，以感谢她这个大媒人！要不是韦妈妈突然找她有事儿，韦晶肯定不会放过这个大撮特撮的机会。

"我说老妈你可真行，非赶在最后一天才想起缴费来！"在银行跟大爷大妈们一起排队的韦晶很郁闷，难得可以早回家吃大餐的机会就被老娘给毁了。"让你帮个小忙你就叫苦连天的！"电话里的韦妈妈毫不客气。

"那我爸呢？"韦晶还是不甘心地嘀咕。"你爸今天有人请吃饭……谁呀？请进，什么事儿？好……就来。"韦妈妈办公室好像来人了，她应了两句就说，"就这样吧，我这儿来人了，你办完就赶紧回家！"说完就挂了。

韦晶无语地看着手机半晌，特郁闷地发微信给米阳："我妈就是一独裁者！怒啊！"等了一会儿米阳才回过信儿来："你不是想让我打她一顿吧，不干！供着还来不及呢！""哧！"韦晶笑了出来，回信，"马屁拍得太过了吧，说得我妈跟王母娘娘似的，还供着！"米阳很快又回信了："王母娘娘算什么，丈母娘才厉害啊！"

韦晶又咬牙又想笑，正好轮到她了，韦大小姐上去报电话号码交费，她看着手机的诡异表情让银行柜台小姐多看了她好几眼。

那边的韦妈妈出了办公室就问："小杨，什么事儿啊，神神秘秘的？"杨美玉鬼祟地拉着韦妈妈往大门外走："许姐，跟我来就是了！"一头雾水的韦妈妈只能被她拉着走。

在这家卖美容仪器的私企也干了几个月了，韦妈妈的表现让老板和老板娘很欣赏,又给了她一个总经理助理的称呼,但薪水一分没涨,工作倒是多了很多。那些招聘来做销售的小姑娘、小伙子都是外地户口,都二十左右,一个个嘴巴甜得很,“许姐”“许姐”地叫着,韦妈妈也就习惯了。

说实在的,这个杨美玉韦妈妈打从心底里不喜欢。原来觉得这小姑娘很滑头,心眼多,跟人吵架是脏话连篇,后来又发现她跟男的在一起总是嗲声嗲气地黏糊,为人传统的韦妈妈更是一万个看不上了。偏偏因为韦妈妈在老板面前说得上话,杨美玉总是拍着她,韦妈妈觉得没必要跟个小孩儿一般见识,就淡淡地,很客气,结果杨美玉自以为和韦妈妈关系很好。

皱着眉头的韦妈妈被杨美玉拉到了侧门外,她伸手一指,韦妈妈发现何宁正在跟一个男人纠缠,隔着有段距离也看不太清。杨美玉兴奋地说:“许姐,您看,我就说何宁特风骚您还不信,以前有那个小白脸找她,现在又换了一个,听着好像她欠那男的钱了还是什么的!”

她话音未落,就看见那男人一巴掌打了过去,何宁倒退两步摔倒在地。韦妈妈吓一跳,她推了杨美玉一把:“还看什么呀,赶紧叫几个小伙子出来帮忙!”她匆匆跑了过去。

“小伙子,有话说话,别动手啊! 哎哟!”韦妈妈看那男人还伸脚去踹已经倒在地上的何宁,就伸手去拽他胳膊想拦一下,没想到这男人个子不高,劲儿还不小,韦妈妈反而被他带得往前趔趄了一步。

本已蜷缩成一团保护自己的何宁惊叫了一声:“许姐!”她立刻挣扎着起身去抓那男人,生怕韦妈妈被打到。那男人也没想到身后突然冒出个人来,他下意识停手回头去看韦妈妈,韦妈妈也皱眉瞅着他。

南方人的脸模,一米七左右,整体给人一种很不协调的感觉。韦妈妈不知该如何形容,明明很平常的五官,却让人有种看了就不想再看的感觉,肤色深深浅浅的有些斑驳,不像皮肤病可也不像大太阳晒的。男人原本凶巴巴地盯着韦妈妈,韦妈妈心里也不免有些嘀咕,正想着这杨美玉怎么还没把人叫来,就看那男人脸色略变,主动往后退了两步,又突然对韦妈妈笑了笑,还挺客气的样子。

这一笑,韦妈妈就发现他的一颗犬齿很突出地镶在牙床上,顶得他上唇翻翘得很不自然,笑容有些扭曲。不容她多想,身后杂乱的脚步声响起:“许姐、何宁,出什么事儿了?”李海波带着几个小伙子冲了过来,挡在了韦妈妈和何宁的跟前,有人手里还拿了半截暖气管儿。

韦妈妈还没来得及张嘴,跟过来看热闹的杨美玉就尖声大叫:“海波,就是这小子打何宁来着,我和许姐都看见了!”几个小伙子面色不善地看向那男人。何宁长得秀气,脾气又好,从来都是少言寡语只埋头干活,这公司的小年轻们对她印象都很好。“你谁呀?找揍啊!欺负起我们的人来了!”一个脾气暴的小伙子立刻站了出来,很不客气地说。

男人赶紧嘿嘿一笑:“别误会,别误会,我是她老公,阿宁,赶紧告诉他们我是谁!你看看,都让人误会了!”他此言一出,所有人都同时倒吸了一口气地看向何宁,她结婚了?!那……杨美玉兴奋得手都抖了,她一向嫉妒何宁的好人缘,天天一副装腔作势的德行,那帮子傻爷们儿还拼命往她跟前凑。

杨美玉故意很夸张地叫了起来:“说什么呢你!谁老公啊,我们何宁还没结婚呢,人有一个在银行工作的男朋友,又帅又有钱,还是北京户口,你算老几啊!是吧,何宁?”她一脸正义地问一直低着头不说话的何宁。

韦妈妈发现何宁的全身上下都在微微颤抖,很轻,但确实在抖,披散下来的头发遮了她大半张脸,可露在外面的嘴唇煞白煞白的。清官难断家务事,没吃过猪肉也见过猪跑,那电视台里播放的家庭社会问题节目还少了?这些跑出来打工的年轻女子,谁背后没点儿故事。韦妈妈在心里叹了口气,口气也缓和了些:“小伙子,不管你是谁,动手打人就不对,打老婆就更不对了!”

“是是是,阿姨你说得对,是我一时着急才动了手,媳妇儿,对不住啊,是我不好,我给你鞠躬了!”男人说完就是一鞠躬。何宁还是一言不发,韦妈妈看这样也不是事儿,两口子之间外人也不好插手,就跟男人说:“有什么话等下班再说吧,现在是工作时间,你也不希望何宁因为你被公司炒了吧?”

“那是,那是,我听您的,阿宁,我就在这儿等你,你踏实忙你的去,咱晚上回家慢慢说,啊!”男人连连点头。他说那句“慢慢说”的时候,所有人都看见何宁不能克制地哆嗦了一下。出来帮忙的小伙子们看何宁还是不说话,不否认就等于承认,彼此都觉得有点没意思,李海波找了句场子就想撤了:“有话好好说,打女人算什么爷们儿!”

“是,是。”男人赶紧点头,又讪讪地挠了挠头,“要不是不知道她把孩子藏哪儿了,我能这么急吗,你们说哪有不让亲爹见孩子的道理?”这回连韦妈妈都张大了嘴,孩子?! 杨美玉简直都快憋不住自己的笑容了,原来孩子都有了,还跟个小白脸不清不白的,还一天到晚装处女,其实是婊子吧,哈!

“好了,大家回吧,您……自便吧!”韦妈妈心里多少也有点想法,原本挺喜欢何宁这孩子的,觉得她老实巴交的,现在这么一闹,韦妈妈有些烦躁。她率先往公司院子里走去,其他人也都跟上,何宁也低着头往回走,那男人就站在原地看。

进公司大门的时候韦妈妈下意识往后看了一眼,逆光,看不清男人的脸,她突然觉得有点冷,紧两步进了自己办公室。坐下之后继续看账本,其实心思也不在上头,忽然一声响惊醒了她,一看是韦晶的短信:“娘亲大人,任务完成,返家途中,你那没人权的可怜的女儿敬告!”

“哧!”韦妈妈笑了一声,这孩子,她一个键一个键笨拙地按着给韦晶回短信,“没人权的有排骨吃,要哪个?”没五秒钟,短信回来了:“排骨! 人权算老几?!”韦妈妈笑了起来,心情忽然好了很多。“呼!”她长出了一口气,打算早点下班回家给韦晶炖排骨去。还是自己的女儿好啊,听话又开朗,虽然不是什么名牌大学毕业,现在各方面也挺好。

这人真是不能看表面,光看着何宁那么乖巧的小姑娘样子,谁知道她已经结婚又有孩子了呢。还有她那丈夫,肯定也好不到哪儿去,这女人啊,就怕嫁错郎! 想到这儿,韦妈妈不自觉地就联想到了韦晶和米阳。

她愈发觉得自己老头子说得对,米阳从小就对韦晶好,知根知底又上进,虽然他妈实在太讨厌,可总比像何宁这样找一个长着张人脸,却喜欢打媳妇的要强太多了。反正现在小年轻们也不愿意和老人们一块儿住,自己这些年攒了些钱,上次大姐说爸妈留下来的那套房子要拆迁了,就算兄弟姐妹四个,均分下来也是笔钱。回头给他们付个首付,出去单过就是了,韦妈妈默默盘算着,她打算今天晚上再摸摸韦晶的底儿。

想到就办,韦妈妈收拾了一下自己的桌面,给老板娘打了个电话说家里有事儿早走一会儿。老板娘痛快地答应了。刚出了自己办公室,韦妈妈就看见杨美玉站在饮水机旁边正在按手机,手里还拿着张名片似的东西。

她站的地方正好挡道。“嗯哼。”韦妈妈故意咳嗽了一声，杨美玉吓了一跳的样子，她飞快地把手里的名片藏到了身后。“哟，许姐，下班了？”她笑着招呼。“啊，家里有点事先走了，你们有事打我手机吧。”韦妈妈微笑着说。

“那您赶紧回去吧，平时您就够忙的了，难得早回去一次还这么操心，您放心，要是没什么天塌下来的大事，我绝对不让他们打你电话！”杨美玉亲热地挽住了韦妈妈的胳膊往外送她。韦妈妈一笑：“谢谢你了，那我走了，你忙你的去吧。”杨美玉还是执意送，韦妈妈也就由她。

临出门前，她下意识地看了一下何宁的座位，没人在。等出了大门，韦妈妈四周一扫，发现那男的不见了，也松了口气，不然见到了还挺尴尬的。韦妈妈没再多想，快步往公交车站走去，想趁早去超市买点藕，韦晶最喜欢藕和排骨一起炖着吃。

送完韦妈妈的杨美玉回到座位附近先张望了一下，才飞快地把那张小纸片塞回了何宁的书包里。她得意扬扬地坐了回去，翻看了一下手机里保存好的电话号码，哼，这回可有乐子瞧了。

这边交完钱的韦晶巨潇洒地打了一辆出租车，上车一报地址，出租车司机的嘴巴差点咧到了后脑勺，从这儿到韦晶家，没有一百块钱根本下不来，大活儿啊！一路上司机就和韦晶闲聊天，从油费涨价说到冬奥会。

聊到半路，他问了句：“您外企白领吧？”韦晶矜持一笑，心里难免有点小得意，咱终于也有气质了，都让人看出来了。“您怎么知道的？”韦晶乐呵呵地问。司机一副理所当然的表情：“从 CBD 这边打车回家还这么远的，一般也就是你们外企的才那么烧呢，没车还得摆谱，没跑儿！”韦晶顿时无语，心说您这是夸我呢还是骂我呢？

深秋初冬的北京白天越来越短，路上又堵车，等韦晶到家的时候，天已经擦黑了。韦晶进楼门前发现自己家的厨房亮着灯，哟？难道老妈已经回来给自己炖排骨了？韦晶高兴地往楼上走。到了五楼，她跺脚发现灯不亮，就使劲又跺了两下，灯还是没亮，头顶上却飘来了米阳的声音：“再跺塌了啊！”

韦晶先是一怔，没想到米阳今天回来得也这么早，不自觉就想笑，可接着又反应过来这家伙在挤对自己，她脸上的表情着实扭曲了一会儿。好在楼道黑，也没人看见。韦晶溜达着上了楼，其间已经准备好反击的话语，刚一露头却看见米阳背对着自己，电表箱门打开了，不知道他在捣鼓些什么。

“啧啧。”韦晶一撇嘴,“警察就是警察啊,偷电也偷得这么光明正大!”两家的电表在一个箱子里,跑一根线,分别计数而已,现在米阳正拿着个东西捅韦晶家的电表。听见韦晶的声音,米阳回过头来冲她笑,手电筒就打在自己脸上,做了个鬼脸。

鬼脸倒是没吓到韦晶,韦晶一扬眉头:“我说您那嘴怎么了,怎么跟兔子似的三瓣儿了?”米阳一乐,挺神秘地说:“一美女啃的。”韦晶不屑地一扬眉头:“哦?凤姐吧?”米阳就舔着嘴唇乐,韦晶走上前用手拧着他下巴打量,“您这美女吃素多少年了,能啃成这样?都快裂了!”

米阳一嘟嘴唇:“你想不想试试?”韦晶哼笑了一声,用力磨了两下牙齿,狞笑着说:“好呀!”“别,别!”看韦晶掰着自己下巴真想咬的架势,米阳小声地笑着躲闪,“是我自己咬的!”韦晶一愣,松开了手:“好端端的咬自己干吗?”

“别提了,我今天不是跟你说了抓盗抢吗。”米阳边说边把手电筒交给了韦晶,示意她帮忙,“照这里头!对,啊,后来那家伙总算是下手了,我突然被口水呛了一下,想咳嗽又怕提醒了那小子,只能咬嘴唇生扛!我就没见过这么肉的贼,好不容易人赃俱获的时候,才发现一嘴血腥味儿,按周亮的说法,再慢一分钟,我非得给自己咬出后天兔唇来不可,我们所长可怜我因公受伤,开恩让我提前回家了。”

看见韦晶咯咯地乐得不行,米阳突然用脑门撞了一下韦晶的头:“让你笑,你个没良心的!”韦晶揉着额头还是想笑,手电筒一抖一抖的。米阳含笑看了她一眼,故作随意地问了一句:“怎么着,你说你今天碰上那小排长了?”

“是啊!”一说这个韦晶可兴奋了,她竹筒倒豆子似的把前后说了一遍,然后表功似的问:“咋样,咱第一次做红娘就挺成功,两人都挺愿意的,天赋啊天赋!”米阳不动声色地听着,脑子里已经飞快地转了三圈了。第一,韦晶显然跟小排长没啥关系,这很好!第二,这事儿怎么听着有点不靠谱啊,总觉得哪儿不对劲!

韦晶拍了他一下:“想什么呢,听见我说话没有?”“听见了,听见了,你天赋大大的!”正想事儿的米阳随口答道。韦晶撇撇嘴:“跟你八卦可真没劲,算了,晚上我和桃子说去!”米阳一笑没说什么。韦晶这才想起来问:“你这捣鼓什么呢?”

“我刚才一进家门,我妈就让我查电表,说是这两个月电费都翻番了,我这不出来看看嘛。”米阳说。“哦。”韦晶点点头,又立刻觉得不对,调门高了两度,“你妈不是以为我们家偷你家电吧？她——”“嘘！”米阳一把捂住了韦晶的嘴，“小点声，嚷嚷什么，别以小人之心度君子之腹啊。”

韦晶没好气地拍掉了他的手正要说话，就听“刺啦”一声，米阳赶紧去看，然后就骂：“老子不偷电就算好的了，你个破电线居然还敢漏电！”“哧！”韦晶忍不住笑了一声，话里有话地说，“行，你既然找到贼了，那恕不奉陪了！”

转身想走的韦晶被米阳一把拉住。“又干吗？”韦晶不耐烦地看他。米阳凑过来小声说：“亲一下。”韦晶脸“唰”的一下就红了：“耍流氓啊你！”米阳却很老实地点点头：“想一天了！”韦晶的小心脏就快跳爆了，这人怎么突然变这样了，昨晚之前还特老实一孩子呢！想亲觉得不合适，拒绝吧……也不合适，楼道里的小灯泡正好灭了，一下子昏昏暗暗的，外面下班回来的人越来越多，反而衬得这里更安静，就那种特适合做坏事的安静。

韦晶吞咽了一下口水，一抬眼就看见米阳看着自己，不大的眼睛贼亮，就那样微笑着，笑得韦晶感觉有些头晕。等她反应过来的时候，已经把嘴唇贴了上去，隐隐一股血腥味传来，韦晶下意识地舔了一下，就觉得米阳一僵。

“看什么呢，老婆子？闺女怎么还不回来啊？”饭局取消的韦爸爸端着盘子从厨房里出来，发现老婆正扒在猫眼上看什么，就问了一句。“嘘！”韦妈妈迅速挥了下手示意他噤声，然后一脸古怪地转过身来往客厅走。

不明所以的韦爸爸悄声问：“怎么了？”韦妈妈的表情很难把握，不知道是高兴还是失落，见丈夫问，她长长地出了一口气：“周末咱俩去看房吧。”“啊？”韦爸爸彻底晕菜了。

可恶，太可恶了，儿子果然还是跟韦晶在一起了，居然都……米妈妈愤愤然地转身离开防盗门，咬牙切齿地往屋里走。她也知道，如果这个时候冲出去分开两个人，儿子估计真得恨自己了，太伤自尊了。

“老婆，我跟你说件事！”一脸喜气的米爸爸从卧室里走了出来，刚才他一直在打电话，本来想去偷听的米妈妈却听见了屋子外面有动静，权衡之下，她还是跑去“监督”米阳了。“什么事儿呀？”米妈妈没心情听。

“好事儿！”米爸爸显然心情很好，都没注意到自己老婆不爽的表情。“哼，我还能有什么好事儿？”米妈妈话里有话地说。“你还记得李芸吧？”米爸爸笑问。脑子正在儿子和韦晶身上转啊转的米妈妈顺嘴答应了一句:“嗯……嗯?! 李芸?!”她猛地抬起了头看着丈夫。

“是啊,你说多巧啊,这么多年咱们就没再找到她,可竟然让米阳给碰到了!”米爸爸感叹道。“我今天找了她一天了,米阳给我的信息也不全,刚才终于联系上了,她哭了。”说到这儿一向沉稳的米爸爸也抹了把眼角儿。

米妈妈就木木地坐着,听着……李芸,这个让她讨厌了一辈子的名字怎么又出现了! 虽然和丈夫结婚多年,丈夫一直全心全意地爱自己,可当初要不是那几件事凑巧发生,丈夫会娶自己还是从小一起长大的李芸,还真是个未知数! 米妈妈不喜欢韦晶也许有很多理由,但埋在她心底不能说出来的理由则是,她太讨厌青梅竹马了。

先是韦晶,又是李芸,这是怎么了,还有更糟的吗?! 米妈妈一时间心乱如麻却无所适从。米爸爸太高兴了,从小就在一起的青梅竹马,以为永远也见不到了,竟然这么神奇地出现了,米爸爸急于和妻子分享自己的喜悦心情,又说:“对了,小芸生了个女儿,听说跟她长得特像,记得吗,当初咱们不是还说过要做亲家呢,哈哈哈。”

长得特像? 还亲家? 米妈妈觉得“哐当”一个大雷就朝着自己脑门子劈了过来……

“小张,干什么呢你这是?”从团部开会回来的高海河一进家属院,就看见自己的通信员正蹲在水龙头边上洗衣服。本来他也没在意,可小张手里的那抹红色太刺眼了,样式有点古怪,他停住脚步看了两眼,忍不住问。

小通信员被吓一跳,回头一看是营长就笑着说:“营长您回来了,我洗衣服呢。”说完他把手里的衣物往盆里塞,然后站起身来接高海河手里的东西。“等等!”高海河叫住了他,走到他跟前,小张眉毛上还挂着点洗衣粉泡沫,高海河伸手帮他擦掉了,小孩儿嘿嘿笑着。“傻笑什么,什么好东西呀,还藏……”高海河弯腰从水盆里把小张塞进去的东西又捞了出来,一看,“啪!”他转手又给扔回了水盆里,脸色变得很难看。

小张涨红着脸,有些手足无措,他都不敢看高海河的脸,就低着头,手不自觉地在裤子上搓着。高海河努力让自己平静下来，弯腰在水盆里搅和了一下，他二话不说就进了屋。一进门就看见一双高跟鞋歪倒在门边，鞋跟又高又细。

“美玉！你出来一下！”高海河一边叫一边给自己找水喝，妻子还没回来，摇摇水壶就听见稀里哗啦地响，倒出来还没半杯水，冰凉。高海河也不在乎，一仰头喝了进去，只是杯底残留的水碱有些刺嗓子。

“哟，姐夫，你回来啦，什么事儿？”杨美玉从自己的房间里走了出来，一屁股就歪在了沙发上，她一向如此，能坐着绝不站着，懒得很。一肚子火的高海河“唰”的一下转过身来：“我跟你说过好几次了，你——”话未说完，高海河瞪大了眼睛看着杨美玉，她就穿着单薄的秋衣秋裤，光着脚，秋衣的领口很大，而且很明显，她没穿内衣，胸部的轮廓若隐若现的。

高海河猛地扭回了头，杨美玉就看见他脖子露出的部分都红了，嘴角一翘，男人嘛，一个个装得特正经，其实没有一个不偷腥的！想到这儿，杨美玉摆了一个更有“魅惑力”的姿势。高海河拳头捏得死紧，要不是看在老婆的面子上，他真想把这女人扔出门去……

“姐夫，你叫人家到底什么事儿呀？”杨美玉娇滴滴地说，她刻意去讲带点北京味儿的普通话，好让高海河感觉到自己和姐姐那种到现在还是满嘴乡音的女人有多大差别。高海河强力克制了一下自己：“美玉，你还是先回屋穿上外套吧，现在天冷，小心感冒！”

“人家刚洗完澡，热都热死了，你不信啊，不信我让你闻闻，我今天刚买的沐浴露，玉兰油的呢。”杨美玉说着就想起身。“行了，你不嫌冷就坐那儿听我说吧！”高海河没好气地说，“我说过了，你的衣物要自己洗，不要去麻烦通信员，今天我再跟你说最后一次，听明白了吗！”

“嘁！”杨美玉登时冷下了脸，还以为他要跟自己说什么呢，看着高海河的后背，心里不爽的她还是柔声说，“姐夫，让他帮洗点衣服怎么了，他不就是干这个的吗？”“我再跟你说一次，小张是通信员，组织上派他来帮助我工作，也照顾我生活，但他不是仆人，明白吗？”高海河瞥了杨美玉一眼，看她一脸的不以为然加不耐烦，心里的火更是拱了上来！“你说一个大姑娘，让一个小伙子帮你洗内衣，你觉得好意思啊？你怎么不学学你姐姐啊？你看她什么时候——”

“我看她,我看她,我能跟她一样吗！她就是一个带孩子的家庭妇女,我得上班,我忙得过来吗？再说了,要不是她非要跑去给别人带孩子,我用得着去找小张洗吗?!”杨美玉被高海河的说法激怒了,在她眼里杨美兰就是一废物,一块绊脚石,凭什么跟自己比！她尤其受不了高海河拿她们姐妹俩比。

简直浑蛋！高海河气得太阳穴直跳,她居然拿着不是当理说。“你!”高海河刚要开口,下班回来的杨美兰跑了进来:“咋了,咋了,有话好好说啊。”本来就一肚子火的杨美玉看见姐姐回来了,手里还抱着个孩子,立刻掉转了枪口:“姐！你又把这小崽子抱回来了!”

杨美兰怯怯地说:“美玉,你小点声,这孩子黏俺,一离了俺就能哭个没完,这两天福利院要重修那个供暖,孩子多,她太小了,没地儿放,俺就先把她带回来两天,一修完,俺就带她回去。”杨美兰虽然是在给妹妹解释,但自己却看着丈夫。

高海河对她一笑:“没事儿,你看着办。”说完伸手把孩子接了过去,“爱家,还认不认识我呀?”说完他亲了女婴的额头一下,小婴儿就咯咯地笑了起来,高海河也笑了,他心情顿时好了很多,就对老婆说:“美兰,这孩子长得是快啊,上次抱她还没这么沉呢。”

杨美兰笑着点点头,就着丈夫的臂弯去摸爱家的小脸蛋,但心里却是又甜又酸,丈夫一直都很喜欢小孩子,可自己……看着那和乐融融的“一家三口”,忽然间就被彻底忽视的杨美玉气得手脚直哆嗦,该死的姐姐,该死的高海河,还有那该死的小崽子,他们全该死!

“哼!”她冷笑了一声,“姐,姐夫这么喜欢孩子,你赶紧给他生一个吧。咱爹一直在催呢,以前你说离得远,不容易怀上,现在天天睡一起,应该没问题了吧。”杨美玉似笑非笑地说。杨美兰的脸“唰”的一下就白了,嗫嚅着嘴唇说不出话来,高海河看了她一眼,就跟杨美玉说:“这不用咱爹操心,顺其自然吧,该有自然就有了。美兰,做点饭吃吧,我饿了,爱家我先管着。”

“欸!”杨美兰赶紧点头,去洗手做饭。高海河轻轻颠着臂弯里的孩子,看也不看地跟杨美玉说:“小妹啊,我一直拿你当亲妹妹看,所以说话直了些,你别介意,但有些事情是原则问题,我希望你体谅,并且照做!”

“好,姐夫,我知道了!”杨美玉强笑着点头,然后找了个借口回了自己房间。等她关上门了,高海河才抬头,看看她紧闭的房门,又看看厨房里不时闪现的妻子的身影。前几天他无意间发现妻子在吃避孕药,高海河惊讶万分。

他知道妻子有病,但是老丈人不是带她去大医院看过了吗?记得当时老头信誓旦旦地说,只要按时吃药,肯定不影响生孩子。这些日子也没发现妻子再犯病,他当时就想找美兰问个明白,可最终还是忍住了,觉得要找一个合适的时机才好,个性敏感纤细的妻子一定有什么理由才这么做吧。想到这儿,他低声问爱家:"她这么喜欢孩子,为什么不愿意给我生呢?"爱家咿咿呀呀地吐了个泡泡出来。

回屋的杨美玉气得咬牙切齿,她困兽似的在屋里来回转了几圈,突然扑过去从皮包里把手机找出来,开始发微信……哼,我不好过,你也别想!

"桃子,你最近到底是怎么了?对了,还有你那MSN签名,什么坟啊,未亡人的?听着就硌硬!"韦晶歪在床上梳头,她刚洗完澡,就给陶香打电话说了今天的事儿。陶香也跟她说说笑笑,但是韦晶就觉得她不开心。

"没什么,在别处看到了觉得挺别致就用了呗。"陶香微笑着说,她蜷腿窝在沙发里,手里的遥控器无意识地按着,电视上画面不停地变换,光影闪烁。因为调到了静音,画面上的人物虽然表情夸张地笑着,动作着,却反而显得更加寂寞……

"你少来,我认识你多少年了,说吧,出什么事儿了?"韦晶的口气严肃了些。陶香"扑哧"一笑:"哟,还认真了,你这口气够吓人的。""别跟我打哈哈,桃子,以前我就知道你有问题,但你一直不说,我看着也没什么大碍就没问,我尊重你的隐私,可最近你太不对劲了,如果你还要坚持这是你的隐私的话,那就当我什么都没问!"韦晶说道。

陶香听见韦晶认真的口气,突然眼眶就一热,她的心事一直埋在心底没有告诉过任何人,原本以为就这样了,却没想到还能碰见他,还要眼睁睁地看着他有了妻儿。明知道他过得很幸福,可自己的心里却越发难过……

"你和米阳谈开了吧?"陶香突然问了一句。"啊?我说你呢,你干吗说我呀,别想转移话题!"韦晶一愣立刻回应。"韦韦,你的声音里都透着幸福,幸福得让我嫉妒,可我还是特别为你高兴,米阳是个好男人,能跟你过一辈子的那种好男人,一辈子。"陶香轻笑着说,她抹了下眼角儿。

电话那边的韦晶沉默了一会儿:“桃子,你知道的,我原本压根儿就没想跟米阳,呃,那啥……”

陶香“哧”地一笑,韦晶又说:“所以啦,有些事情是你想象不到的,昨天发生的不可改,可明天会发生什么谁又知道呢,是吧?”一向伶牙俐齿的韦晶突然间不知道该怎么说才好,有些词不达意。

陶香却很理解她的意思:“韦韦,我明白的,人各有命吧。”“这可真不像你。”韦晶啧啧有声,“陶香居然开始信命了。”陶香轻笑了一声没说话。“说真的,桃子,你是个特别、特别、特别好的女人,比我还好,所以,你一定会碰上个比米阳还好的男人才对!”“您过奖了!”陶香笑着说。“本来就是!”韦晶特肯定地说,“你想想看,我跟米阳都能从见面就掐……变那啥,你有什么不可能的?”

“是吗?”陶香一哂,看着电视里正与某男紧紧相拥的女主角说,“韦韦,有位哲人曾经说过,有的人是从恋爱开始到结婚结束,这是正常态;也有你这样的从仇敌开始到结婚结束的非常态;当然更多的是从恋爱开始到不爱结束;而更糟的是从恋爱开始到仇恨结束。”说到这儿,陶香轻轻叹息了一声,“可最可怕的却是从恋爱开始到恋爱结束,这样,你一辈子都忘不了……”

“阿美,你怎么回来了? 不是说后天呢吗?”廖母听见防盗门响就过来查看,却看见女儿拎着行李箱推门进来。“我那儿完事了,就不想待了,那边天气比北京还冷呢。”廖美笑答,松开手,任由母亲接过行李。撞上大门回身正要说话,廖美忽然感觉母亲跟以往相比有些不同,笑眼盈盈,白皙的肌肤上泛着光彩,人看起来好像年轻了不少,不若以往就是笑着也总是带着淡淡的愁绪。

“妈,我回来你有这么高兴吗,满脸放光的?”廖美戏谑地试探了一句。廖母笑嗔她了一眼,正要开口。“姐!”一个响亮的声音从她背后传来。廖美循声望去,一个个子高高的男孩子正咧着嘴对自己笑,黝黑的皮肤,雪白的牙齿,一头板寸很利索,几个美丽痘骄傲地站在他鼻梁上,不突兀反而让人感觉到一股压抑不住的青春气息。

廖美愣愣地看了半晌,这个一身军装的男孩儿是……“阿美,你也认不出来吧?当初咱们从东北回京的时候,他还在长途车站那儿扒门哭着不让你走,差点误了发车。”廖母回想起往事，忍不住笑着摇了摇头。

“啊，小虎?!”廖美大吃一惊，无论如何她也不能把眼前这个身材高大的士兵和记忆里那个甩着鼻涕四处野的小男孩儿挂上钩。“大娘，东西给我！放哪儿?”小虎嘿嘿一笑，赶紧过来接手，廖母推辞不得，就笑着说：“瞧这孩子，先放那门口吧。”

恢复过来的廖美脱下了外套，示意廖虎坐下，她淡淡笑着说：“十来年没见，你都长这么大了，当兵了？在北京?”廖虎挺胸抬头地坐在沙发上，两手扶膝，他目光炯炯地看着廖美：“嗯呐，因为北京消防部队扩充，我六月份就到北京了，一直在通州那边受训，不许外出，今天我跟班长请了两个小时的假，过来看看你和大娘，还以为碰不上呢，嘿嘿嘿。”说到这儿他高兴地笑了，他没说为了这个外出名额自己付出了多少血汗。

“是啊，头俩月你爸妈过来看你都没见着，部队管理就是严格。”从厨房出来的廖母微笑着插了一句，又招呼廖虎，“来，吃梨，这是京白梨，你姐上次特意去西边门头沟那儿买的，尝尝!”接着对廖美说：“美啊，你洗手去。”“谢谢大娘!”廖虎很礼貌地道谢接了过去，东北一般管伯父的妻子叫“大娘”，而不是像北京这边叫“大妈”。

从洗手间回来的廖美拿了一个梨子，靠在窗边慢慢地啃，她看着和母亲言谈甚欢的廖虎，自己不愿意回想的那段日子，就这么硬生生地跟着廖虎一同出现在自己眼前。

大概什么时候知道自己不是那个爹亲生的呢，六岁？七岁？记不清了，自打有记忆起，爹对自己就没个笑脸，但他也从不打骂自己，管吃管穿，只是几乎每晚都会传来他的低吼声：“你就得给我生儿子，生儿子!”还有母亲那压抑的哭泣声，虽然白天她总是微笑着干这干那的。

后来大了才知道，母亲生自己的时候难产落了病，再怀孕就很难保住，一个女人能忍受多少次流产？精神上的、肉体上的……虽然不喜欢这个爹，但廖美依旧用了他的姓氏，毕竟他给了自己吃穿，让自己能活下去。而且那个亲生父亲她更恨，那个让母亲怀孕，却用甜言蜜语占了她回城指标一去不返的小人！

十岁那年爹在赶集的路上出了车祸，自己原以为这样母亲就解脱了，再也不会哭了，可搬进来的二叔一家简直就是一场噩梦。自己活脱脱就是一个受尽折磨的灰姑娘，还是一个就算死掉也没有王子来拯救的灰姑娘。

王子……廖美又看了一眼小虎,这小子是廖家的独苗,从小受宠。一开始对自己也是骄横的,直到自己忍无可忍地揍了他一顿之后,他却没有去跟他爹妈告状,反而揣着两个饼子和一块猪头肉找到了躲在村外不敢回家的自己。那块肉真香啊,香得自己到现在都能随时回想起来。

有几次出去吃饭,自己都点了猪头肉,亚君和韦晶还笑话说,美女和猪头肉的组合太诡异了。想到这儿,廖美自嘲地扯了下嘴角,她们俩有谁两年都没吃过一点荤腥?米阳那帮子警察怎么说来着——都是扯淡!

米阳?廖美一凝神,难道母亲不是因为小虎来了才高兴,而是……她不动声色地打量着廖母。廖虎一边跟廖母唠家常,一边偷眼瞅廖美。廖美穿了一件桃红色的线衣,鸡心领,线条贴身,下身穿了条洗得发白的牛仔裤,双腿修长,就那么悠闲随意地靠在窗边,乌黑的头发垂在一边肩头,眼睛好像蒙了层雾。

廖虎的心蹦了两下,姐姐还是那么漂亮,自己怎么也忘不了第一次看见她时的震惊,白白的皮肤,大大的眼睛,笑起来淡淡的,别说村里的丫头们,就是镇上集会时那些来唱二人转的女演员都没她俊!后来长大了,才知道有一个名词叫“气质”。

耳边廖母说了句什么,廖虎猛醒过来,不好意思地问:“啊?您说什么?”廖母好脾气地又重复了一遍:“我是说中午想吃什么,大娘给你做!”“啊,不用了,我一点之前必须回队报告,以后有机会我就会来的,您放心吧。”廖虎看看表,又看了一眼廖美,廖美点点头,客气道:“有空就来坐。”“是!”廖虎大声回答。

“一点呀?那时间差不多了,你等等啊。”廖母转身进了厨房。等廖美送小虎下楼的时候,他两手各拎一个口袋,满满当当的都是廖母给他带的吃的。“姐,你别送了。”到了小区门口,廖虎停住了脚步。心里有事儿惦记着的廖美也没客气,刚想伸手就听见廖虎问:“姐,我还能来看你吗?”

廖美一怔,扭头看他:“可以啊,刚才不是说了吗?”廖虎憨憨地一笑:“那是跟大娘说的,我知道你不喜欢我爹妈,我……”他嗫嚅着不知道该怎么说,鼻尖也出汗了。廖美看着这个比自己高一头的男孩儿,当初他对自己的好一时间涌上心头,那是她在乡下除了母亲之外唯一得到的温暖。

廖美微微一笑:“当然可以,你训练出警也要小心,下次姐姐请你吃大餐。”“嗯!”廖虎高兴得只会点头了,看廖美伸手拦车,他赶忙说:“姐,不用!我坐公共汽车回去!"廖美不理他,还是打了一辆车,把车门打开,笑说:"行了,要不是你拿了这些东西不方便,我才不管呢,快走吧。"说完她塞给廖虎一百块钱,不容他拒绝。

眼看着出租车拐了个弯消失了,廖美转身往家走,她没看见出租车很快靠了边儿,两个军人从路边的书店里走了出来。一个老兵笑说:"哟,你小子够奢侈的,还打车,有那钱还不如吃一顿呢!"廖虎一乐,一指自己身边俩大口袋:"班长,这是我大娘给的东西,我姐非让我打车不可!"

新兵出门必须有老兵带着,廖虎是新训标兵,肯干又能干,班长很喜欢。今天出来办事儿特意带上了他,还跟排长求情让这小子去他一直惦记着的亲戚家待上一会儿,自己则在外面等他。

"行了,时间也差不多了,打车就打车吧。"手里拿着几本书的谢军一笑,"回去还有事儿呢。小虎啊,回去之后别乱说,知道不?"正往车里挤的班长立刻拍了廖虎头一下:"听明白没有,不许给排长找麻烦!"廖虎响亮地回答道:"明白!"谢军一笑也上了车。

廖美一进屋就听见母亲问:"小虎走了,你没开车送他呀?""我给他打车了,车钱也给了。"廖美扬声说,心里盘算着该怎么开口才好呢。廖母拍着围裙从厨房里走了出来,看廖美站在门口看着自己,犹豫了一下笑着说:"阿美,你来,妈妈有事跟你说!"

廖美一哂,果然……

这边米阳忙得是脚打后脑勺,临近年关,盗抢事件频发,群众都要过年啊,有个别人正道不来钱,那只好动歪脑筋了。他们一动脑筋不要紧,米阳这些警察就得跑断腿。

刚从超市拎了俩小偷回来,一进屋,米阳抄起大缸子开始狂灌。对桌的周亮忙得手指都快不分叉了也忘不了贫:"嚯,知道的你是去超市抓贼了,不知道的还以为是去撒哈拉逮小偷了呢!"

米阳顾不上理他,咕嘟咕嘟地大口喝水。"你还敢藏小金库!"一个女人的尖吼声突然响了起来。"噗!"米阳登时被呛了一下,"咳咳!"对面周亮大叫:"我靠!你丫都喷我文件上了!"边叫边赶紧用袖子擦。

“行了,行了,这位男同志你先到外面等一下,一个一个来,这位女同志,先说正事,你又不着急你家东西没了?”张姐的声音从里屋传来。米阳和周亮同时转头,一个戴着眼镜的男人从里屋倒退着走了出来,一转身,发现半屋子警察都看着他,顿时讪讪地推了下眼镜。

米阳招呼他坐下聊了两句才知道,他们家青天白日就遭了贼,他是从工作单位被媳妇叫回来的。现在的小偷太猖狂,家里的现金、存折、卡,还有相机给拿走了不说,连自己藏在电脑机箱下面的那点私房钱也被贼给搜出来了。刚才汇报案情的时候,他不小心说漏了嘴,本就一肚子火的媳妇立刻就爆发了。

警察们就笑,米阳问:“丢了几张卡呀?挂失没有啊?”那男人一愣,老老实实地说:“我不知道几张,家里钱都是我媳妇管,应该挂了吧。”“什么叫应该啊?”周亮一翻白眼,“你家里几张卡你会不知道?”

男人特郁闷地说:“警察同志,我真不知道,我这儿也纳闷呢,你说她那存折我都找了五六年了,都没找着,那小偷怎么一下子就给翻出来了呢?”

屋里的人都笑了起来,米阳正笑着,手机响,提示有短信,他打开一看短信,说给他充了一百块钱。米阳先是纳闷,接着就反应了过来,肯定是韦晶那迷糊蛋想给自己的神州行充值却充到自己手机来了。他一乐,跟一个同事交代了两句,就用微信给韦晶充上了。

正往回走,手机响了起来,米阳笑眯眯地接了电话:“喂?”“米阳!”韦晶的大嗓门立刻响了起来:“你说多邪门啊,刚才我想给手机充值结果给你充上了,可是我也收到了一百块钱!”

米阳笑着咬了自己舌尖一下,故作正经地说:“这说明你想着我呀,真巧,刚才我也想给自己充值来着,没想到也充错了,给你充了一百块!”“哈哈,真的呀,太寸了,咱俩还真是心有灵犀一点通啊!负负都能得正!”韦晶特开心地说。

米阳十分愉快地微笑:“可不是吗……”

第二十五章　To Be Or Not To Be（下）

“小芸！”“红……米大哥。”廖妈妈一看见激动的米爸爸，眼泪立刻流了下来，本来她下意识地想叫米爸爸的名字，却一眼扫到了他身后的米妈妈，生生改了口。站在她身边的廖美眉梢微微一动。

“这么多年，我一直在担心，你说你怎么就不跟我们联系呢？”米爸爸口气有点埋怨，他看着鬓边已有白发的廖母，眼前浮现的却是从前那个性格温柔又开朗，跟着自己在胡同里疯玩的小姑娘。

米妈妈用手推了一下眼镜，用以遮挡她一脸的不以为然，好在米爸爸说的是“我们”两个字，当然是指他和自己，这让米妈妈舒服了些，虽然她自己可是从来没惦记过这个女人，下辈子不见面都不会想的！

“嫂子！”李芸虽然激动万分，还是比米爸爸先恢复了过来。女人都是敏感的，她知道米妈妈一直都不太喜欢自己，如果当初不是遇到了那个人，也许自己……“这么多年不见，您还是那么精神漂亮！”米妈妈这才迎前两步，拉住李芸的手笑说：“小芸啊，你这是笑话你老姐姐呀，当着你这个咱北京知青第一美女的面，谁还敢说自己漂亮？”

李芸连连摇头，柔声说：“女人漂亮是因为家庭幸福有人疼，嫂子，这没人比得过你！”米妈妈抿嘴一笑：“瞧瞧，你还是那么会说话，不像我，直肠子，一天到晚净得罪人。”

这句话要说也没什么毛病，只是让人听了有点别扭，李芸不知该如何回答，只能微笑。廖美依然是默不作声，倒是已平静下来的米爸爸赶紧说了句："你瞧，咱们这一高兴，怎么在门口就聊上了？快请进，快请进，这是小美吧？"

"叔叔好，阿姨好。"廖美面带笑容，非常有礼貌地问候了一声。"你好，你好，小芸，你家丫头跟你年轻的时候长得一样，不对，更漂亮，是吧，慧芬？"米爸爸微笑着看向廖美，目光柔和而沉稳，他能从廖美身上找寻到李芸曾有的样子。

虽然母亲已经告诉她来龙去脉，但是多年的积怨让廖美潜意识里仍保持着怀疑，所以她看向米爸爸的目光多少带了些强硬。可现在米爸爸那坦然还带着慈爱的目光，却让廖美不自觉地低下了头，她垂眼，用微笑掩盖住自己内心的波动。米爸爸笑起来跟米阳很像，或者说，米阳只有那双眼睛像母亲，其他都像父亲。只不过一个笑起来带着稳重，一个有点痞，有点蔫儿坏的样子，但都让人很温暖。

米妈妈早就把廖美上下打量了个透，这姑娘长得真漂亮，比她母亲当年还要扎眼，是属于那种人群里一站，谁都乐意多看两眼的。不过……米妈妈扫了眼脸带自豪喜悦看着女儿的李芸，再看看眼含欣赏的丈夫，一扯嘴角，想都不想就说："那是，爹妈都长得好，孩子能差吗！"

她话刚一出口，李芸脸色顿时一僵，米爸爸眉头微皱，想说什么又忍住了，气氛立刻尴尬了起来。廖美不动声色地看着，母亲从不提起亲生父亲，自己一直怀疑米爸爸就是始乱终弃的男人，但前几天跟母亲深谈的时候，听她话里的意思，显然不是。而现在米妈妈脱口而出的话，更证实了这一点，虽然不喜欢米妈妈的口气，但她莫名地松了一口气。

李芸有些担忧地看了廖美一眼，却一愣，女儿竟然在微笑。正在几个人不知如何是好的时候，"哟，老米，你家有客人啊？"韦爸爸拎着一个环保袋正往楼上走，袋子开口处露出一个白菜头来。

韦爸爸的出现顿时缓和了气氛，打过招呼之后，韦爸爸掏钥匙开门，米爸爸往里让客人。临关门的时候米爸爸笑说了句："中午又是白菜馅儿饺子啊？""是呀。"韦爸爸乐呵呵地说，"没辙，我们家韦晶就好这口儿。"

正在弯腰换鞋的廖美一愣，她迅速回头看向对面，韦爸爸正关门，看见她的目光，对她一笑，撞上了门。"我们对门这家是个姑娘，岁数应该跟你差不多，在一家外企工作，挺有名的，BM，或许你知道。"米爸爸注意到廖美的眼光，就微笑解释了一句。

本来他就挺喜欢韦晶的,因为米阳的关系,就更是爱屋及乌。虽然韦晶没正经上过大学,但是这孩子没那么多贼心眼,开朗又厚道,现在靠她自己,工作也挺好,比一般人强多了,所以他不自觉地就多介绍了两句。

正往里让廖母的米妈妈忍不住翻了个白眼,心说又不是你闺女,你骄傲个什么劲儿啊!廖美勉强点点头还没说话,廖母已经惊喜地叫了起来:“BM?阿美啊,那不跟你一个单位吗?她也在BM上班!”廖母转向米氏夫妇笑说。

“是吗?”米妈妈勉强笑了一下,心里越发别扭,怎么搞的,都跟BM干上了?为什么自己讨厌的女人的女儿全在那鬼BM工作啊?!米爸爸倒是饶有兴致地问:“那你认识韦晶吗?个子比你稍微矮一点,挺白的,笑起来很喜庆的一个丫头,梳个辫子……”

“当然认识,韦晶是我同事,很努力的。”廖美点头笑说。米爸爸登时笑了起来,对另外两个女人说:“你们说怎么这么巧啊,她认识米阳,居然还跟韦晶是同事。”廖母连连点头,米妈妈不置可否。米爸爸又转头对廖美说:“这么说你们几个还挺有缘分的嘛。”

廖美眼光一闪,微笑:“是啊,我们……很有缘分的。”

对门的韦妈妈见老头子回来就问:“刚才你跟谁说话呢,外面够热闹的?”“老米家来客人了,好像是他插队时的战友,母女俩长得还挺漂亮的!”韦爸爸换了拖鞋往屋里走。

韦妈妈正甩着刚从洗衣机里拿出来的床单,闻言一翻眼皮:“漂亮?谁漂亮?妈还是那闺女呀?”“都挺好看的。”韦爸爸顺口答道。“哼。”韦妈妈用力抖了抖床单,“行啊你,看那么清楚?”韦爸爸这才听出滋味来,他嘿嘿一笑:“你放心,在我心里,谁都没你漂亮!”

“你放屁!”韦妈妈板着脸嗔了一句,眼里却都是笑。她转身去阳台准备把床单晒上,韦爸爸赶紧跟了过来,帮忙往杆子上挂。一扭头,发现韦妈妈正斜眼看自己,就问:“又怎么了?帮你干活也犯错误了?”

“少来这套。”韦妈妈瞪了他一眼,“说吧,你又想干什么呀?”韦爸爸做大义凛然状:“我帮你就有目的啊,你也太小瞧人了吧,咱可是党员,高素质!”“那敢情好,洗衣机里还有呢,你继续发扬风格吧,我擦擦灰去!”韦妈妈转身就走。

“别,别。”韦爸爸赶紧把老婆拦住,讨好地说,“晒衣服我包圆儿了,那什么,你能不能再给我点钱啊？""要钱干吗？"韦妈妈瞅着他。"你看我那盆绿萝吊盆长得多好，可是每回浇水太不方便，人书上也说了，这种植物就应该选择喷壶浇水，可太便宜的吧，不好使又容易坏，我想从花市那儿买把好的，稍微贵点，用得久嘛。"韦爸爸讨好地说。

"你那破绿萝花了多少钱了，又是换好盆吧，又是买专业修剪工具吧，现在又要壶了？这不纯属浪费吗？不就喷壶吗？我给你找免费的，而且起码三十年不会坏！"说完，韦妈妈就往厨房走。

不明所以的韦爸爸赶紧把床单晾好，刚走回客厅，就看见自己老婆鼓着腮帮子从厨房里出来，走到绿萝跟前，"噗"地一喷，顿时水雾飘散开来。韦妈妈一抹嘴，"瞧瞧，挺匀的吧，我今年五十，怎么着也比你这绿萝活得长吧，随叫随喷，还有问题吗？"

韦爸爸憋了半天，只能伸出拇指来："高，实在是高！"

"桃子，你说你发什么疯啊，想做小保姆什么的去我家啊，一大堆活儿等着你呢。再说你为什么不开车非得走着来呀……"韦晶哀号着被陶香拖着往前走。"你给我歇菜！你才小保姆呢！"正四下里张望的陶香忍不住笑骂了一句。她抹了抹脑门上的薄汗："我说你家就在这边儿，你居然不认识？搞得咱俩走了那么多冤枉路！"

韦晶切了一声："我家这边地方大了，我又不是串子四处溜达！哎，对了，问问米阳，他们警察跟胡同串子差不多，兴许他知道！"她立刻掏出手机给米阳发微信。今天虽然是周末，米阳依旧得上班，最近反扒警力紧张。等了一会儿，米阳没回话，韦晶知道他的工作性质，也不敢给他打电话。两人只能一路打听。

十几分钟之后两人站在小马路牙子上，看着对面。明明还算热闹的街边，好像特意似的划出了一块冷清的区域来。几大块硬纸板颤颤巍巍地立在街边，上面除了照片还贴着的几张黄纸也都是卷了边儿了，风一吹，哗啦哗啦地响着，几个中年妇女正默默地坐在两张有些破旧的桌子后面发呆。从她们身旁经过的人步履匆匆，偶尔有个小姑娘想停下来看仔细，还被她的同伴给拉走了。

韦晶咽了口唾沫问："是这个吗？"陶香拉着她过马路："是不是过去就知道了！"走到那几块"展板"跟前，韦晶刚想探头看看那些照片，桌后的几个妇女就惊喜地站了起来:“小姐,这都是我们福利院孩子的照片,不论是捐钱还是捐物,我们都欢迎!”

“啊,不是,您弄错了。”陶香摆了摆手,几个女人顿时垮了脸,其中一个勉强笑说:“没事儿,看看也好,看看也好。”陶香一看还是没说明白,赶紧把手机掏出来,找出那条短信:“你好,我是市义工联合组织的成员,今天我收到信息让我来这儿帮忙,这是我朋友,她也是来献爱心的。”

“好的,谢谢您,非常感谢您的帮助!”陶香微笑着对一个小伙子说,这主儿刚刚捐了五十块,这会儿正对着陶香傻笑。端着捐款箱的韦晶等了一会儿看他还不挪窝,就干笑着说了一句:“需要收据请去左手边,下一位。”小伙子脸一红,赶紧起开了。

人一忙,时间就过得快,等福利院张老师招呼她们休息的时候,陶香才发现时间已经过去两个多小时了。咕嘟咕嘟喝了几口热茶,一股暖意直冲胸臆,陶香舒服地叹了口气。一扭头看着正在拿纸巾擦汗的韦晶忽然咯咯地笑了起来,陶香斜了她一眼:“傻笑什么？下蛋似的。”

韦晶毫不在意,一脸的贼笑:“傻笑总比卖笑好,是吧?”“是你个头!”陶香好气又好笑地伸手捏韦晶的脸,韦晶“惨叫”着反击和陶香捏成一团。那边福利院的张老师她们听到动静,看了一眼,一个就笑说:“今天可多亏这两个小姑娘了,要不咱们能有这收获?”

另一个老师就有点感叹:“长得漂亮就是好呀!”几个女人心有戚戚焉地同时点头,她们在这儿吃风吃了一上午,也没人家两个钟头的业绩好。张老师觉得不合适:“你别这么说,长得再漂亮,也得心肠好不是,要不哪里漂亮!”另一个老师赶紧搭腔:“这话在理,这俩姑娘心眼儿都好使。”

韦晶和陶香自然不知道她们在嘀咕些什么,夕阳晚霞染红了天空,显然今天的工作该结束了,正好陶香接了个电话,韦晶就溜达到展板那里去看她刚才就想看的照片。照片上的孩子虽然穿的都是旧衣裤,但脸上的笑容却依旧新鲜。有的孩子一看就知道有生理缺陷,却也笑得没有半点阴暗。

一张张笑脸看得韦晶不禁有些唏嘘,心里酸酸的,突然感觉自己刚才的工作挺有意义的,暗暗决定下次有这样的活动还要参加。看着看着,发现照片上一个虎头虎脑的孩子长得挺像米阳小时候的,眼睛也不大,一脸的坏笑。

韦晶哧哧地笑了起来，伸手摸兜掏出手机打算给照下来拿回家去挤对米阳，一看手机才发现有条未读短信是米阳的。打开一看，里面详细写明了来这里的路线，韦晶撇撇嘴回了三个字给他："马后炮！""先生您需要帮助吗？"陶香的声音响起，韦晶下意识回头一看。"嚯！"她被吓了一跳，一个男的正站在自己背后，不过一步远近。

"哎哟！""哗啦！"韦晶不自觉地往后退了一步，差点把展板给碰倒，那男的拉了一下韦晶，又扶住了展板。陶香已经赶了过来，挡在了韦晶跟前，上下扫了那男人一眼："您有事儿吗？"那男的看着陶香，陶香也丝毫不让地与他对视，脸上还是淡淡的，眼神却很硬。

那男人忽然笑了笑，挺客气地说："小姐，我只是想看看照片而已。"他指了指展板。陶香一挑眉头，拉着韦晶让开了："那您随意。"说完她跟韦晶回了座位，又对那边想过来又犹豫的张老师她们做了没事儿的手势。

"这人干什么呀，吓我一跳！"韦晶小声嘀咕了一句。陶香看了看那边，那个男人貌似很仔细地在看照片。"可能是你挡人家道了吧。"陶香说完又问，"刚才没碰着你吧？""没有。"韦晶摇摇头，还是不满，"看就看呗，干吗跟做贼似的，走路都没声儿！"

陶香一笑："刚才你拿着手机干吗呢，一大活人站你后头你都不知道？"她这么一说韦晶才想起自己刚才在YY如何挤对米阳同志，这话没法说："没什么，哎，我怎么觉得这人有点怪，刚才他一笑，我就觉得别扭。"韦晶岔开了话题。

陶香也没深究，韦晶说的感觉她也有，忍不住又看了那边一眼，正好那男人的眼风扫了过来，对她们又是一笑。陶香的眼神极好，发现这男人的一个牙齿长歪了，所以笑起来嘴唇有些扭曲。

"人不可貌相啊，我庸俗了……"韦晶啧啧有声，那男人看起来穿着一般，貌不出众，居然一次就捐了五百块。福利院的老师们也很高兴，这是今天第二笔大款项了，一般群众捐个五块十块的就很好了。

韦晶顺口问了一句，第二笔？张老师笑说，是啊，之前你俩去厕所的时候，有一个年轻姑娘也在展板那边看了半天，然后给捐了五百块，对了，也没要收据！嘿，都是五百！说完，张老师突然想起什么似的问旁边的李老师："哎，李子，刚才那姑娘看的好像也是这块展板吧，你说哪个孩子这么惹人疼啊？""好像是。"李老师点点头。

她这么一说，正帮忙收拾展板的韦晶和陶香忍不住又多看了几眼，没一会儿两人都是一愣，同时盯着那个叼着奶嘴叫爱家的小孩儿照片看。陶香觉得这孩子有些面善，在哪儿见过呢？韦晶却琢磨着爱家这名字听着有些耳熟啊……

"哟，高营长，你怎么来了？"曾有一面之缘的张老师吃惊地看着风尘仆仆的高海河出现在面前。"张老师你好，叫我小高吧。我出差刚回来，正好长途车站在附近，之前听美兰说你们今天有活动，就过来看看。"高海河温和有礼地说。

福利院其他老师们早就听说内向的杨美兰有一个特精神的军官老公，今天一看，果然名不虚传，女人们不免兴奋地小声议论着。听觉灵敏的高海河有点尴尬，他转头张望了一下，"张老师，那美兰她……"他话未说完，突然顿住了，张老师看见高海河突然紧握拳头不明所以。

顺着他的眼光望去，张老师有些了然地一笑，看来是男人就对美女没有免疫力啊……心里这么想嘴上却说："小高呀，今天爱家特别闹，美兰脱不开身就没来，我估计她今晚可能不回家了，呃……"张老师感觉自己说了什么高海河根本就没听见，多少有点不高兴，美女看两眼就行了……"嗯哼！"她故意重重地咳嗽了一声。

高海河根本不为所动，太阳穴怦怦地跳着，一瞬间全身的血液都在加速奔流，撞得耳鼓嗡嗡直响。陶香，居然是陶香，从没想过还有这么一天，自己离她只有几步远。好像她又瘦了，头发也短了……陶香也直直地看着高海河，她脑子里一片空白，除了高海河，什么也看不到，隐隐约约只有一个念头：当初因为不能再看着他，所以选择离开，那现在我要看个够！越发不满的张老师想要再大咳一声的时候，韦晶跳了出来帮所有人解了围，她大叫："咦？你不就是那个把我撞飞，把米阳打飞的当兵的吗？"

周围人都是一愣，陶香看看一脸不忿的韦晶竖起的一根兰花指，再看看被指着的尴尬不已的高海河，这些年做生意的历练让她强自镇定了下来，表情恢复了淡然。韦晶这一嗓子也让高海河惊醒了过来，正想着应该说些什么，就听见自行车刹车的声音，然后一个听着耳熟的声音懒洋洋地响了起来："韦晶同志，背后埋汰人的毛病可不好啊……"

韦晶张大了嘴巴，过了半晌才没好气地说："我说你不叫马后炮，又改叫曹操了?!”

初冬的傍晚已经是寒浸浸的了，风不大，却吹得人心窝子发凉。就算是周末，公共汽车也一样拥挤，人挨着人，或者说是人挤人，但是明明都这么挤了，自己身边还能空出半径十厘米的距离来，陶香低头看了那身绿色半晌，两只手臂有力地撑在车窗框上，默默地给自己护出了一点空间，就像从前……陶香立刻让自己不要再想，转头看向窗外，一抹蓝色和红色，正兴高采烈地追逐着公共汽车。

方才米阳加班结束正好收到韦晶的微信，就想着过这边来看看，要是合适干脆接韦晶回家，给她个惊喜，但没想到这么巧，碰上了高海河。两个本来就挺对脾气的男人一见面都挺高兴的，更何况还有米阳帮杨美兰找工作的事情，高海河一直说要请他喝酒感谢他。择日不如撞日，既然妻子留在福利院没过来，干脆就今天吧。

米阳痛快地答应了，然后就扯上了韦晶，他大咧咧一句带上我女朋友没关系吧，让韦晶心里欢喜还要忙着拿乔，当然，去还是要去的。韦晶虽然神经比较粗，但也得看什么事儿，她刚才觉得陶香有点不太对劲，但单纯地以为陶香只是看见军人又回想起以前当兵的事儿来了。

“桃子，一起吧?”韦晶很自然地邀请陶香，反正她喜欢当兵的，应该聊得来，也免得自己一人无聊，那俩男人肯定要喝酒的。陶香下意识地就想拒绝，彻底拒绝，可过了半天，却近乎绝望地发现自己竟然张不开嘴说“不”，她绝不想承认，她渴望……旁边和米阳闲聊的高海河一遍遍地告诉自己不要期待，可看到陶香没有拒绝，喜悦终究还是流露在眼底。

从见到高海河开始，陶香觉得自己一直是晕乎乎的，灵魂仿佛脱离在体外，等她再回过神来的时候，人已经站在公共汽车站。只为了他眼中小小的喜悦，就这样义无反顾，陶香身上忽地一阵热，跟着又冷得想打寒战。那句话是谁说的? 理智这种东西只有在没感情的时候才发挥作用……陶香苦笑着想。

根本不知道波涛暗涌的米阳就想着当兵的挣钱不多，干脆提议去吃小林家的烤鸡翅，经济实惠又解馋! 味精同学是只要有的吃，一般不挑食! 陶香和高海河的心根本不在吃上头，自然没意见。告别了福利院的工作人员，四个人出发。

米阳是骑自行车来的，不可能把车扔下，又不甘心一个人喝西北风，就拉着韦晶一起走，还笑嘻嘻地说是什么专车。韦晶嘴上八百个不愿意还是一屁股坐上了车后座，陶香突然觉得很无措，幸好公共汽车来了，她匆忙地上了车，虽然没有回头，但就是知道高海河跟在自己身后，那种感觉，踏实又惶恐。

这会儿陶香就看见米阳玩命地蹬车追公交，韦晶坐在后面搂着米阳的腰，还大笑着拍打着他的肩膀，大呼小叫地喊些什么，不时地还冲自己招个手，惹得公共汽车里一半的群众都跟看耍猴似的瞅着外面乐。“俩疯子。”陶香忍不住笑嗔了一句，悲伤或许只能自己品味，幸福却很容易传染。

看见陶香不经意流露出的笑容，高海河觉得心里的一角顿时柔软了下来。这些年，周边的环境变了，周边的人也变了，甚至自己也不似从前了，但她的笑脸还是那么柔软明亮，一点没变，真好……

相对于车上心事重重的陶香和高海河，车外的米阳和韦晶正享受着一种新奇的体验。从小就认识，对方什么“丑态”没见过？甚至对方身上几根汗毛都知道，可一变成男女朋友，那股新鲜的、特别的、甜酸适口的感觉还是让他们想要一尝再尝。好像两人都会了肌肤饥渴症，怎么碰触都不够。

等骑到小林家饭馆跟前，满头大汗的米阳就剩下趴在车把上捯气儿了，韦晶笑嘻嘻地下了车，跑到已经到了的陶香跟前：“行啊，这地方靠里，我还担心你们找不到呢！”“咱可是侦察兵，还怕找不到目标！”陶香脱口而出，刚说完她就咬住了嘴唇，一直默不作声的高海河抬手往下压了下帽檐儿。

“哈，少来，你不就当了三年通信兵吗？侦什么察呀！”浑然不觉的韦晶哈哈大笑，陶香也跟着一笑。已经缓过气来的米阳锁好车走了过来：“陶香不是，人高营长可是实打实的侦察兵！”

陶香不想再继续这个有点危险的话题，就挽住韦晶的手往里走：“我肚子有点饿了，咱们进去吧。”一落座，自然是米阳和高海河坐在一边，韦晶和陶香一边，点菜，上酒，小伙计突然找不到瓶起子了，就看见高海河用手指在瓶口那么一捻，“呲”的一声，啤酒就打开了。

“哇！”韦晶忍不住惊叹了一声，这招儿太酷了。米阳本来也挺佩服，却看不得韦晶那副崇拜的表情：“有那么夸张吗？不用这么崇拜吧。”韦晶切了一声：“不夸张你拧一个我看看呀，我也崇拜你。”米阳被她噎得直瞪眼，高海河微笑着说：“其实没什么难的，就是一个指力和角度的问题。”

有这个话题做引子，米阳就开始和高海河聊上了，韦晶也好奇地问了几个绝对军盲的傻问题，高海河非常有耐心，回答得清晰明了，偶尔还加点小幽默，韦晶很快对这个她原以为又粗又土的军人改观了。

趁着米阳和高海河在干杯，韦晶小声在陶香耳边嘀咕："原本以为当兵的粗鲁又没文化，脏话不离口，没想到居然还有风度翩翩的，仔细看还挺男人的。"陶香从进门几乎就没开过口，一直端着杯可乐轻抿着，好像很专注地在听韦晶唧唧喳喳。

眼前的情景让她有种奇怪的幻觉，自己和高海河就是一对，正非常开心地和自己的好朋友夫妇在吃饭聊天，一切都那么和谐、自然。陶香自嘲地想，不能去伤害任何人，那自己骗自己玩儿总是可以的吧……

这会儿听韦晶夸高海河，她不自禁地一笑，心里的骄傲油然而生。可韦晶下一句话却让她如坠冰窟："你说挺优秀的一个军官怎么娶了个乡下女人呢，还有他那什么小姨子，整个儿就是一泼妇，上次在派出所……"

"桃子？""啊？"陶香猛地回过神来。"快看帅哥，你觉得怎么样？有点陈坤的意思没？"韦晶悄悄一扬下巴，陶香顺势看去，一个打扮得挺潮的男孩儿出门而去，留了个清瘦的背影。自从小林家的烤翅店上了大众点评网，慕名而来的年轻人越来越多了。

没等陶香开口评论，米阳和韦晶已经戗戗上了，高海河看他俩嘲来讽去的就想劝，陶香笑说了一句："你甭管，他俩就这样。""是吗？"高海河顺嘴接了一句，然后一愣，这似乎是他们两人今晚说的第一句话。高海河飞快地看了一眼陶香，她脸上的微笑并没有减少，淡淡的。

没一会儿，米阳和韦晶已经掐到了尾声，一个说："你以后不许看美女一眼！"另一个说："那你也不许看帅哥！"说完看看周围不时经过的帅哥美女，可能都觉得这许诺不太靠谱儿。两人对看了一眼，米阳说："反正我们共勉吧。""成！"韦晶答应得痛快。

陶香和高海河不约而同地笑了出来，听到对方的笑声，两人同时对看了一眼，认真又毫不躲闪地看了一眼。也许是曾有的默契一直埋在心底不曾消失，两个骨子里都有着极强责任感和自尊的人忽然就释然了……既然以前的相爱不是错误，那现在何必心虚躲藏？除了伤害爱情，我们没有伤害过任何人，不是吗……

想到这儿，陶香把杯里的可乐喝掉，又倒了满满一杯啤酒举起，声音清脆："高营长，我敬你，为了……这身军装。"米阳和韦晶停止了说笑，就看见高海河拿起剩下的小半瓶啤酒跟陶香的杯子一碰："为了这身军装！"他仰头一饮而尽，陶香也一口喝了下去。是的,军装,这是他们所追求的,也见证了他们共同经历过的最美好的时光。

米阳稍稍有点吃惊,陶香居然主动跟高海河干杯,看来韦晶说她对部队感情很深果然是真的,不过,怎么有点……他下意识地看了一眼韦晶,韦晶拿着一块鸡骨头正嘬得有滋有味,眼光却在陶香和高海河之间飘来飘去,不知道在想什么。

放下心事的高海河恢复了军人的豪爽,他和米阳你一杯我一杯,喝得痛快,聊得痛快。陶香则和韦晶随意地聊着天,说些女孩子之间的琐事,饭桌上的气氛和谐到了极点,外人看着真像两对小夫妻在聚会。

男人一喝多就爱吹牛,米阳和高海河正讨论着警校和军校的差别,自己当初有多威风时,米阳的电话响了起来:"赐予我力量吧,我是希瑞!"半个饭馆的人都去看他,早就习以为常的米阳接了电话:"喂?妈,您有事儿吗?我?我在外面吃饭呢,跟朋友呀,对,我不回去吃了……"

刚上厕所回来的韦晶跟陶香说:"桃子,你去吧,现在厕所没人了,赶紧的。"米阳刚想捂上电话,那边的米妈妈已经追问道:"我怎么听见韦晶的声音了?"米阳在心里吐了吐舌头,老妈这耳朵忒好使了吧,他也不想欺骗母亲:"是啊,还有……"他剩下的话没说完,就听见父亲的声音响起:"儿子在哪儿呢?人家等着开饭呢!"

米妈妈当机立断,柔声说:"行,我知道了,那你们慢慢吃吧,不着急,挂了。"啥意思?米阳忽然有点晕,自己是不是真喝多了?老妈居然让自己和韦晶慢慢吃,还不着急?!

这边米妈妈不理会疑惑的丈夫,转身回了客厅,对等在那里的廖氏母女说:"真不好意思,米阳在外面已经吃上了,咱甭管他,咱们吃咱们的吧。"

"好,那也行。"廖母自然客随主便,起身想帮着盛饭,廖美拦住她:"妈,我来。"米爸爸笑说:"小美啊,你可是客人,别忙活了。"廖美嫣然一笑:"叔叔,应该的,您就别跟我客气了,都是自己人。"米爸爸难掩欣赏,这个女孩儿言谈举止进退有度,个性体贴尤其像她妈妈。他转头又问了米妈妈一句:"米阳跟谁吃饭去了?"

自己人?米妈妈觉得这话怎么那么不中听,她瞟了一眼正在低头盛饭的廖美,没看米爸爸,反而对廖母似笑非笑地说:"应该是我们对门的韦晶,他俩算是青梅竹马从小一起长大的,感情好得不得了,这你最了解了,是吧?"

"啊……"廖母有些尴尬地笑了笑,点头不是摇头也不是,正在盛饭的廖美不落痕迹地侧过了脸，让人看不清她的表情。

“拜拜，桃子，到家给我微信，高营长，再……阿嚏！”韦晶坐进出租车，摇下车窗没说两句就是一大喷嚏。“行了行了，走你的吧，回去先吃点板蓝根什么的。”陶香弯下身摸了摸韦晶的额头，“还行，没热，估计你是受风了，回去多喝点热水。”

米阳已经把自行车放进了出租车后备厢里，他一擂高海河肩膀：“老高，那你负责看着陶香上车，我先带韦晶回去了！”“放心吧！”高海河低声说，他又略弯腰对韦晶说：“小韦，回去多休息。”“好的，再见！”韦晶对他笑着摆摆手，米阳也上了车，出租车一会儿就消失在夜色里。

方才吃完饭，本来说是大家一起溜达到公共汽车站，可刚走一半，韦大小姐就喷嚏鼻涕一起来，接着又一个劲儿地打寒战，裹上米阳的外套都不行。没办法，只能拦了一辆出租车赶紧回家，虽然米阳和韦晶都隐约觉得陶香和高海河之间的气场有点怪，但是两人无论如何也想不到他们之间的“特殊关系”，刚才看两个人处得不错，也就很放心地把陶香的安全交给了解放军叔叔，自己先回家了。

这边远没有城里繁华，虽然才八点多，路边的行人已经不多，好多小店都关门了，而且出租车也很少。陶香站在路边张望着，夜风一吹，她不自觉地紧了紧领口。忽然觉得身上一热，一股熟悉的味道带着温度包围了她，陶香一僵，却没有惺惺作态地拒绝，只微笑着说了句：“谢谢！”说完拉紧了身上的军装外套，顿觉暖和多了。

两人一前一后地站着，不靠近也不远离。“我以为你结婚了。”高海河轻声说了一句。陶香怔了怔，立刻想起那天在医院碰到的那个女人。“我也以为那是你的孩子。”她淡淡地说，刚才听到他和米阳的谈话，才知道那天的孩子是福利院的，怪不得自己看照片有些眼熟。“我爱人她身体不太好，我们又聚少离多，所以还没有孩子。”高海河答道。

高海河回答得很自然，可陶香却敏感地察觉到他话中的苦涩，不忍再说下去，一时间两人又没了声音。因为不可能在一起，彼此离得这么近也变成了一种痛苦，可就算是痛苦，自己也没有资格享受吧，陶香重重地咬了一下嘴唇，隐约有血腥味儿，可还是觉得心里难受得不行。

正好对面来了一辆空驶的出租车，陶香下意识地一招手，司机做了个手势示意这边儿太窄，得去前面掉头，陶香点头表示明白。暗自做了个深呼吸后，陶香脱下外套还给了高海河，微笑着礼貌道谢：“谢谢你，那我先走了。”她没有说再见。

说完陶香转身想走，虽然告诉自己一切早就结束了，但理智是理智，情感是情感，永远不知道下一刻哪个会占了上风。趁自己还能控制的时候，赶紧走得远远的，就像退伍那年一样，选择放弃有时也是一种勇气。“阿香，我还能……”看着那纤细的背影即将再一次离开，高海河脱口而出，可话没说完，他就想给自己一记重重的耳光！高海河你这是干什么，还是不是个男人？你没权利再做任何事了！

“我发誓只把你当朋友，只要你幸福，我可以默默地留在你身边，远远地看着你，绝不打扰你，也绝不会破坏你的家庭，如果违背了誓言，我天打雷劈，出门就被车撞死！”僵立的陶香突然没头没脑地说了这么几句。高海河不明所以，但誓言里的决绝又让他颤抖。“阿……陶香，你这是？”

陶香慢慢地转过了身，眼睛极亮，她目不转睛地看着高海河：“这是我知道你要和别人结婚时所发的誓言，那时候我是那么年轻，我第一次恋爱，我有好多梦想，那些梦想里都有你，我不想退伍，更不想离开你，可我发现我做不到！看见你我就想靠过去，就算被天打雷劈了，我还是想跟你在一起，我那时甚至想过，是不是拿家人的生命来发誓我就可以克制我自己不要胡思乱想，然后就可以留在你身边了……可如果我发了那种混账的誓言，就真该天打雷劈了，所以，我选择退伍！你也不用难以抉择，以后再后悔。”她的声音越说越低，但字字句句都扎在了高海河心里。他狠狠地闭了下眼睛，开口想说什么，喉咙却仿佛被塞满了沙。

说到这儿，陶香自嘲地一笑：“说得文艺点儿，咱们只是爱过又错过，却没有过错，对得起自己的良心，也对得起任何人！就像韦晶说的，还可以相逢一笑古德拜……”她的语气已经恢复了平常，甚至带了一点点调侃。刚才那番话她已经压在心底很多年，她不是不觉得委屈，现在终于说了出来，说给那个人听，她觉得这些年压在自己内心深处的那块大石轻松多了。

一言不发的高海河拔军姿一样地站在路灯下动也不动，脸上的表情因为反光而显得有些模糊不清。“你保重。”等了半天，他只说了这么一句，但说得全心全意，一字一句。陶香也认真地点了下头：“好！”想了想她又笑说了句，“还好不是‘对不起’或‘谢谢你’，不然我真的吐血了。”高海河想笑却不知道自己到底做出了什么表情。

“嘀嘀”，那出租车司机早就掉头过来，等了半天有点着急就按了喇叭。“来了！”陶香利落地转身准备上车，高海河上前一步帮她打开了车门，关门的时候低声说:“到家别忘给韦晶微信!”“好!”陶香的心登时一酸,她点点头,接着对司机说:“师傅开车吧,北四环,谢谢。”

就算不回头看,陶香也知道高海河一直站在原地看着自己离去,一如当初,自己坐在军列车上,戴着大红花,光荣退伍,躲在战友身后,眼睁睁地看着他冲上站台,又急又怒地在每个车厢找寻着自己,直到汽笛长鸣,火车启动,他才僵立在站台上一动不动……

一股难以压制的疲惫感浮了上来,这回真的结束了吧,早就告诉自己结束了,可心里总有着那么一点点奢望,比灰尘还稀薄,却能让自己坚持幻想了那么久,直到今天……陶香把脸贴靠在冰冷的车窗上,看着路边飞快倒退的树影,回想着那时的自己是怎样的泪流满面,无声哽咽。想到这儿,她下意识地伸手摸了一下脸,然后苦笑,现在还哭什么劲呢?陶香,刚才你那番话讲得多大度,多有范儿,多硬气啊……

见多识广的司机从反光镜里看了陶香几眼,按他的经验,再加上刚才那男的一脸沉重,不用分析就知道这姑娘感情上受了打击,而且最好别招惹。他随手打开收音机调到音乐台,一个沙哑的女声正浅吟低唱着:“To be or not to be,只要你不怕伤害自己,它从来就不是个问题……”

第二十六章　点点滴滴都是爱

“噗——”韦晶用力地擤着鼻涕，然后把纸巾扔进了垃圾桶。刚从前台那儿拎了一大包东西回来的亚君忍不住咧嘴：“好嘛，这垃圾桶又满了，我说你这感冒都快仨星期了，怎么还没好？”韦晶鼻音厚重地说：“你问我，我问谁去，我这鼻子都快擤爆皮了，火辣辣地疼！”说完又抽了一张纸擦鼻涕。

看着韦晶的“开花鼻子”，亚君嘿嘿笑了，她一屁股坐在韦晶的桌子上：“你看我，从来不感冒！羡慕吧？”“嘁。”韦晶没好气地哼了一声，“那是，傻瓜都不感冒！”亚君非但不生气反而做了个鬼脸：“没错没错，那你最好感冒上一年，回头就成爱因斯坦了！”“我靠！”韦晶笑骂了一声，伸手就要把那张鼻涕纸往亚君兜里塞，亚君笑着躲避。

“干什么呢？大呼小叫的，Ivy，我等你半天了，你那个SSL做好没有？”Amy跟幽灵似的突然出现在两人面前。“还差一个数儿，华东那边还没给呢。”韦晶吓一跳赶紧回答。“没给你不会催啊，这还要我教你，你刚进公司的？快点，老板等着呢！都快下班了，你做完之后除了发E-mail，还要Print一份Hard Copy给我！Unbelievable！”说完她摇头摆尾地走了。

“切！我看你的存在才是Unbelievable呢！”亚君送了个大白眼给Amy。韦晶习惯性地苦笑了一下，刚想去打电话催催，一个收到新邮件的提示弹了出来，是华东区域经理发来的E-mail。亚君也看见了，拍了下韦晶的肩膀：“别理她了，你先干活吧。"说完回到自己座位。韦晶手不停地做好相应表格，先给老板发了邮件，再打印好给 Amy 送过去。

还没走到 Amy 座位，就看见她拿出两粒胶囊似的东西，用水送下去了。韦晶一犹豫，正好二姐夫开会回来，对 Amy 做了个进他办公室的手势，那女人立刻跟花蝴蝶似的飞了进去。韦晶撇撇嘴，走过去把报表放在她桌上，转身想走，"啪嗒"一声，低头一看，什么东西掉在了自己脚下。

韦晶拣起来瞅了一眼，是一板胶囊，可生产批号、药物成分全无，倒是有名字：纤婷。回到座位看见亚君正在啃苹果，韦晶顺口问了一句："你知道纤婷是什么吗？""什么婷？"亚君问。"纤细的纤，女字旁的婷，我刚才看见 Amy 在吃，是胶囊。"韦晶拿起刚泡的立顿红茶喝着。

"估计又是什么新品减肥药吧。"亚君不屑地说。"啊？我一直以为她天生就瘦呢。"韦晶有些吃惊。Amy 长得一般，但是挺会打扮，而且特瘦，这让喜欢吃，尤其喜欢吃肉的韦晶很羡慕。"呸。"亚君嘴撇得跟瓢似的，"就她，刚来公司的时候得一百五十斤！后来偷偷吃药，一下子就瘦下来了，以为谁不知道呢！"

"这么管用啊？"韦晶都有点动心了，虽然自己不算胖，但也不算很瘦，女人对于苗条的追求是天生的……正好这会儿没事儿，她干脆打开网页在百度上搜索，输入纤婷、减肥，果然出来一堆网页，都是淘宝的链接。"还真有卖的。"韦晶随便点开了其中一个，上面的图片跟刚才自己看见的一模一样，"就是这个！"

亚君也滑过椅子来看热闹。"纤婷，二百元十片，最新款减肥方式，纯天然减肥，不用禁食，效果极佳，质量保证……蛔虫卵?!"她突然大叫了一声，韦晶一把捂住了她的嘴。周围的同事看看她们又低头回去工作，亚君一个劲儿地犯恶心，刚才吃的苹果差点没吐出来。韦晶看着那几个惊悚的字眼，胃也有点不适。

"蛔虫不就是长虫吗？在肠子里吸收营养那种？"亚君边说边比画，"小时候我记得学校还集体发药打呢，她居然自己吃虫卵，呕——"她说到一半又恶心了。韦晶又扫了几眼就关了网页，表情有些扭曲地说："果然不是寻常人，不走寻常路啊，那上面还卖绦虫卵减肥药呢，而且居然有人买，还给好评！她们也不怕虫子钻脑子！"

两人正咧着大嘴啧啧有声呢，这时 Amy 从二姐夫的办公室里走了出来，一脸的春风得意。回了座位她刚要坐下,一瞥眼看见了那减肥药,就跟被电打了似的,飞快地抓起然后塞入了皮包里,又心虚地转头四处查看是否有人注意。

坐在一起假装忙碌的亚君和韦晶,背着 Amy 互相做了个鬼脸。没一会儿就听见 Amy 在那边侃侃而谈,声音不大,但是保证周围的同事都能听见。韦晶想不听都不行,亚君哼了一声:"不就找了个海龟吗?这要找了个海象,她不得上房啊!"

韦晶咯咯一笑,前两天就听说 Amy 通过什么精英才能参加的登山活动认识了一个金领,搞基金的,听说还是什么沃顿商学院毕业的高才生。总之 Amy 这几天得意得不行不行的,开口闭口都是她家 Jerry 如何如何。

"真的呀,Amy 你真舍得花钱。"一个跟 Amy 处得不错,最起码表面上处得不错的女孩儿笑说。Amy 拢了一下头发:"这有什么呀,不就一条 LV 男款围巾吗,好看就买喽,不过听我家 Jerry 说,他今天一上班,所有人都去看他的围巾,夸他的围巾漂亮呢。"

"真恶心!"亚君假装胡噜了一下胳膊上的鸡皮疙瘩,跟韦晶低声说,"她吹牛都不打草稿,一大老爷们儿戴条围巾还会人人都去看?可能吗?"韦晶突然想到什么似的哧地一笑:"要是他全身上下就一条 LV 围巾,那倒是很有可能被围观的。"

"哈哈!"亚君大笑了出来,Amy 厌恶地瞪了这边一眼,亚君毫不示弱地瞪了回去。Amy 轻易也不敢跟亚君起冲突,只能当作没看见,又扭回头接着跟那女孩儿聊天。亚君用手肘一碰韦晶:"当初刚来公司的时候,Jane 从香港带了一个 LV 新款包包回来,我们都看新鲜,特羡慕,Amy 也假惺惺地说,LV 真不错,不过我更喜欢路易·威登。"亚君学着 Amy 娇滴滴的说话声。

韦晶先是一愣,接着就埋头在手臂里吭哧吭哧地笑着:"不是吧,真的假的,哈哈……"亚君刚要开口,就看见大姐夫从办公室里走了出来。他浓重的眉头紧皱,眼光一扫,朝着 Amy 就走了过去,亚君立刻一捅趴在桌子上乐得不行的韦晶,使个眼色让她看热闹。

大姐夫不等 Amy 娇笑着跟他打招呼,就指着手里的报表说了几句。他声音不高,韦晶竖着耳朵也听不太清楚,貌似是 Amy 工作上有什么问题,就看见和 Amy 聊天的女孩儿讪讪地找了个理由离开了,Amy 的脸色却越来越难看。大姐夫说完之后还是皱着眉头回了办公室,Amy 一屁股坐在了椅子上,喘了两口粗气,然后好像跟键盘有仇似的，重重地开始敲击。

亚君幸灾乐祸地笑了一声。

眼瞅着快下班了，亚君上淘宝买东西，韦晶则在网上看小说。韦晶看得正 High 的时候，大姐夫突然跑过来问了几个问题，吓韦晶一哆嗦。等大姐夫走了，亚君一扭头看见韦晶正面无表情地按 Pagedown，一下接一下，就看着那网页不停地往下走。

看了一会儿，她好奇地问："只听说过一目十行的，没想到我还能亲眼看见，可你这样看得明白吗？"韦晶一愣，然后苦笑着说："说什么呢你，刚才大姐夫突然出现吓得我把网页给关了，现在死活想不起来看到哪儿了，郁闷死我了！"亚君顿时哈哈笑了起来。

正笑着，桌上手机响了，提示有微信，亚君拿过来一看，立马一脸的喜色，连忙回信去了。韦晶瞟了她一眼："什么好事儿呀，笑成这样？"回完微信的亚君三八兮兮地靠了过来，小声说："我一会儿见谢军去！他等着我呢。"

"真的？"韦晶挺高兴，"勾搭得够快的！""那当然，恋爱就得短平快，细水长流等婚后嘛！"亚君说得眉飞色舞。"靠，你个不要 Face 的！"韦晶笑骂了一句。"上次聊天他不是说小兵们军袜不经穿，可在商店买，便宜的捂脚，贵的又买不起，他们训练辛苦，很容易长脚气什么的。我干脆就从淘宝上帮他们订了一些便宜但质优的棉袜，下班之后就给他们送去，谢军特感谢，说要请我吃军灶！"亚君得意地笑。

"行啊你，够舍得下本的。"韦晶打趣地说。"那当然，好男人凭什么归你啊，当然得掐在他的麻筋上，让他又酸又软地离不开你才行，要不然早晚被人抢走！"亚君啧啧有声地摇摇手指。韦晶一脸的不以为然，但还是忍不住看了一眼隔壁廖美空着的座位——她出国培训去了，美国。

那天和米阳吃完饭回家正好碰上米爸爸他们送廖母还有廖美出门。米阳正半搂半抱着韦晶上楼，米妈妈一看眼睛就瞪起来了，米阳张嘴就想解释，但她却一反常态没发火，甚至还挺客气地说了一句："你们回来了？"吓得韦晶喷嚏都不敢打了。

廖美见了韦晶倒是跟平时一样亲热自然，她还当着长辈的面跟米阳大大方方地说了句："对不起，之前是我误会了，以后我们还是朋友对吗？"米阳很随和地说："当然，我们本来就是朋友啊！"然后又在米爸爸的示意下，亲自送廖美她们下楼。

“叔叔阿姨放心吧，以后我们都是好朋友了，会好好相处的……”廖美那时候说的这句话一直压在韦晶心里……“喂，想什么呢？”亚君兴致勃勃地说了半天，却发现韦晶两眼无神地不知道在想什么，就踢了她凳子一下。

“啊？没什么，哇哦……”一回头韦晶有点吃惊，这么一大包袜子，看来亚君真够用心的。随便翻看了一下，忽然发现有一包袜子长得挺特殊，她就拿出来细看。“哈哈。”韦晶笑了出来，看了下尺码，冲正在低头整理的亚君说，“这包给我吧，你不是有两包呢吗，多少钱？”

亚君扫了一眼，很大方地一挥手：“拿去，谈钱多庸俗！”韦晶用手肘顶了她一下：“谢啦！”亚君笑说：“千万别客气，以后还有用得着你的地方呢。”“我说你怎么这么大方呢，够鸡贼的。”韦晶笑骂了一句。亚君拿出小镜子打量着自己的妆容，嘴里还不忘反击：“那当然，你以为便宜是白占的？”韦晶看着手里的袜子一笑：“也行，反正就一包袜子的忙，多一个脚指头你都别找我。”亚君直翻白眼：“也不知道咱俩谁更鸡贼！”

“对了，这是你要的，今天店家给我快递过来了，给！”亚君突然想到什么似的从抽屉里掏出了一个包装得很可爱的盒子。“这么快？”韦晶高兴地接了过来，翻过来覆过去地看了一会儿，一边看一边咯咯地乐。整理袜子的一翻白眼：“我说你这是打算给谁的呀？”韦晶贼兮兮地说：“保密！”“阿门！”亚君冲着那个小盒子画了个十字。

两人说说笑笑很快到了下班时间，亚君立刻拎起口袋就往外跑，韦晶只能一个人坐公交车回家。

才到楼下，韦晶就看见老爸拎着两瓶啤酒往楼门口这边走。一时间玩心忽起，韦晶一个箭步藏在了楼门一侧，准备吓老爸一跳。

可没等韦爸爸走到跟前，路边的棋局吸引了他的注意力，他赶紧凑过去看了起来。韦晶一翻白眼就想走，老爸只要看见下棋的就走不动道，还是别等了，这外头怪冷的。正琢磨着要不要打个招呼再上楼，就听见老爸声音洪亮地跟人聊天儿：“老张，这天儿可够冷的！”“可不是，老韦你也不戴个帽子，小心受风，这人岁数到了，不保养可不行！”

韦晶伸头看了一眼自己老爸，果然，韦爸爸正摸着自己最引以为豪的，几乎一根白发没有的脑袋非常得意地、大声地说："不用，不用，我头发厚实，戴什么帽子！"一个跟韦爸爸不太熟悉的老头打量了一下他那乌黑发亮的头发，忽然笑了起来："这位老哥，您这假发再厚实，它也不能当帽子戴啊！"

"嘀嘀！"手机提示有短信，忙得手脚不分叉的米阳拿起来一看，立刻眉开眼笑地给回信。一旁的周亮立刻牙疼似的说："甭问，肯定是他家热乎发来的！"张姐哧地笑了一声，自从韦晶上次嚷嚷着让牛所吃热乎的，这帮子警察背后就管韦晶叫热乎，而且这俩人真的很热乎，让所里的单身汉们酸倒了牙。"羡慕啊，你也找一个去呀！""唉——"周亮长叹了一声，"我本将心向明月，奈何明月照沟渠呀！"

"哟，你小子怎么突然变得这么有文化？"回完短信的米阳接了一句。周亮给了他一个大白眼，讽刺回去："您那作文写完了？"旁边的警察都乐了。大家都知道，有一次，大家加完班聚餐，米阳回给韦晶的短信让周亮看见了，居然是一次性发六个才发完的。警察们就纳闷哪儿有那么多可说的呀，而且他俩都认识二十多年了，有多少话也该说完了吧！

张姐也笑说："大米，你们俩这么好，什么时候让大姐吃喜糖啊？"米阳一乐，还没来得及回答，手机又响了。本来笑呵呵的米阳低头一看，笑模样一收，拿着手机愣了会儿，才皱着眉头回了几个字。张姐有点纳闷，就问周亮："半仙儿，你说这回又是谁？"周亮忽然没了开玩笑的心思，喃喃说了一句："明月干吗非要照沟渠呢？"

张姐没听明白，米阳听明白了却没法回答。廖美每天微信不断，偶尔还有电话，自己喜欢看的玩的，也不知道她怎么知道的，然后就能很巧妙地切入话题跟自己聊起来。米阳必须得承认，如果廖美有心讨好一个人，那还真不是一般人能扛得住的，她聪明、敏锐，爱好广泛，似乎你需要什么，她那儿都有。

可惜，她碰到的是自己，别说她母亲跟父母还有个渊源，就之前廖美那些表现，也让米阳有所顾忌。虽然听父亲说起过廖美不幸福的童年，以及如何自我拼搏才走到今天这个地位，米阳既同情也很佩服她，可那离喜欢还远了去呢，当个普通朋友到头了。

可不管米阳如何暗示甚至明示，廖美都很自然地表示我们就只是朋友啊，但是该怎么做还怎么做，米阳一时半会儿还真想不出什么好主意来。所以说心眼儿太

"灵活"的女孩儿他一向敬而远之,本来嘛,你这是过日子呢还是斗智呢,就算是刁德一也不敢娶阿庆嫂吧,还不如娶胡传魁那没心没肺的呢。韦晶? 胡传魁……"哧!"米阳窃笑了一声。

"同志,您什么事儿?"张姐问了一句,米阳一抬头,看见一个穿得有点破旧,体型跟竹竿似的中年男子正站在柜台外面等着,气喘吁吁的,脑门上一层汗。"警察同志,我来办暂住证的,表啥的我填好了,房东刚把户口本拿过来,他就借我这一个钟头,挺急的,麻烦您给看看成不? 谢谢! 谢谢!"男人有点讨好地笑着,显然他也知道自己来得太晚了。

近些年,北京对于治安的要求自然会管理得更严格,因此从这个月下旬开始办暂住证的人越来越多,都怕到时候不给办了,北京不让留,回头耽误事儿。六角园派出所也不例外,有的人甚至早上五六点钟就来排队,就这样到了下班时间还是有不少人在外面等着。服务群众嘛,平时口号喊得山响,现在自然就得照办,因此米阳和周亮也被抽调过来加了一个星期的班了,给负责办理暂住证的户籍警察们帮忙。

抬眼看看挂钟,七点多了,办理工作早就停止了,心里有些不爽的周亮一皱眉头:"我说你既然着急还等我们下班了才来? 再晚点儿您快赶上明天那拨了。""对不起,对不起,房东是我一远房亲戚,您知道,户口本不好借……"男人一边说一边点头哈腰的。

"行了,下次早点,要不是现在特殊时期,哪还有人等着你啊?"米阳看他挺着急的,干脆帮着办了,省得他白跑一趟。男人千恩万谢地双手把材料递了过来。户口本什么的交给张姐去上网核实,米阳检查登记表,没看两眼他一愣,再仔细看了一眼,"噗!"米阳喷了。

周亮纳闷,他伸手拿过来一看也乐了起来:"我说,这表是你填的呀?"男人不明所以,只能赔笑说:"我小学二年级都没念完,是儿子帮我填的,他五年级了,咋了,有错?"一旁正翻户口本的张姐也探头过来看,周亮闷笑着指了指政治面貌那栏,就看上面一笔一画地写着两个大字"很瘦"。

"哈哈哈!"韦妈妈和韦晶一说起刚才忍不住又开始笑,韦爸爸没好气地说:

“你说那老头什么眼神儿呀,有我这样的假发吗?!”他边说边用力揪自己没几寸长的头发。“谁让你天天臭美!”韦妈妈擦了一下眼角笑出来的眼泪,“每天一大早,脸也不洗,活儿也不干,先揪你脑袋上那几根毛!”韦爸爸哼了一声不敢接下茬儿了,闷头喝啤酒。

韦晶窝在沙发里乐得不行,她知道老爸最得意的就是自己的头发,他的同龄人中大部分都白了三分之一了,只有他还是满头黑发,偶有几根白发,也被他通通干掉了。韦晶曾经问过:“早晚您这头发也得白呀,到时候揪得过来吗?”韦爸爸的回答很干脆:“到那时候我就剃个秃瓢! 反正不能看见白毛!”

正乐着,她手机响了,一看是米阳的微信:“马上就到楼下了!”韦晶合上手机笑嘻嘻地问韦妈妈:“妈,你们还不散步去呀,这都几点了?”韦爸爸立刻响应:“哟,八点多了,老伴儿,赶紧的,遛回来好睡觉!”韦妈妈白了他一眼,故意说:“我今儿有点累,不想动了,要不算了?”

韦晶装傻充愣地笑,就是不说话,护女的韦爸爸立刻行动,先把大衣递给老婆,然后一拍胸脯:“没事儿,走不动我背着你遛!”韦晶憋着笑。“谁要你背呀。”韦妈妈怒。韦爸爸一笑:“哦,你要抱着也行,别客气,您请。”边说边拉着韦妈妈往门外走,顺手把折折也揣兜里了一块去遛,关大门的时候还能听见韦晶咯咯地笑。

“你就向着她吧。”韦妈妈下楼还不忘数落老伴儿。“嘘!”韦爸爸示意她小点声儿,拉着自己老婆又下了一层楼梯才说:“你也是,明知道一会儿米阳要去家里,还非得把这事儿捅破了呀?”“我气就气在这儿了!”韦妈妈毫不示弱,“你说这光明正大地谈恋爱,凭什么老是咱们给让地儿,对门那家就不知道给孩子腾个地方? 什么意思嘛,要是不愿意趁早,别我闺女还没嫁过去先矮半截!”

“我说你就是想不开,女婿跟咱们亲还不好,难不成你愿意韦晶跟他们家亲,把咱们甩一边? 你说这孩子是愿意跟那通情达理的老家儿过,还是……啊? 是吧,将来的日子还长着呢……”韦爸爸做指点江山状。韦妈妈一想这话也有道理,要是能把米阳也争取到自己这边来,那对门那女人还不得……一想到那个场面,韦妈妈很满意地下楼去了。

米阳一进屋先被勒令去洗手洗脸,然后才获准蹿上沙发,跟韦大小姐共享一个电热毯。今年小区的供暖老是出问题,暖气时有时无,屋里屋外温差不大。“哎呀,冰死了。”韦晶龇牙咧嘴地叫了一声，米阳却不管不顾，紧紧地抱着韦晶，故意把冰凉的鼻尖埋在韦晶脖领子里，一股暖意登时包围了自己，米阳心里乐开了花，怪不得以前那些结了婚的兄弟都着急回家，这辛苦一天之后抱着老婆的感觉就是好！

“快说，给我买什么好东西了？”他笑问，挣脱不开的韦晶只能白了他一眼，从沙发靠垫后面拿出一包东西扔了过来，米阳拿起来一看，是包袜子，颜色还好，灰的，可看着怎么有点别扭？撕开包装纸细看。“哈！”米阳笑了出来，“怎么袜子还有分五趾的呀？”韦晶也乐：“好玩吧，今儿我从亚君那儿拿来的，你赶紧穿一个我看看！”

米阳立刻脱了脚上的袜子把新的套了上去，五个脚趾上分别画着喜羊羊们还有灰太郎，一动起来笑果非常好。米阳左看右看突然笑说：“这不错，回头我好好练习一下脚指头的灵活性，争取下次你再吩咐我干什么活儿的时候，我可以手指脚趾一齐上阵打 OK 了！”

韦晶乐得不行，用自己的脚趾去踩米阳大脚趾上的灰太郎，没闹了一会儿突然觉得不对，她一把揪住米大警官的手，似笑非笑地说：“警察同志耍流氓不太好吧？”米阳特镇定自若地说：“没有啊。”韦晶冷笑一声：“没有？那你往哪儿摸呢？！”米阳做恍然大悟状：“啊？对不起，对不起，这么平，我还以为是后背呢！”

“你活得不耐烦了是吧！看我的葵花点穴手！”韦晶一声怒吼就扑了上去，米阳嘻嘻哈哈地闪躲着，虽然被掐得龇牙咧嘴，但还是要努力地吃豆腐，嘴巴噘得跟食蚁兽似的要亲韦晶。韦大小姐当然不干，闪躲腾挪，最后米警官特郁闷地说：“我觉得自己跟《大话西游》里那黑山老妖似的，围着你都转了 N 圈了，怎么吸口真气就这么难？”

“哈哈，那是！”韦晶笑得后槽牙都露出来了，然后“嗯！”很好，米阳很满意，终于吸上了，果然很补……两人正腻乎着，韦晶忽然接到了 Jane 的电话，让她上外网给香港一同事回邮件，韦晶赶紧回屋开电脑去了。

所里今天发了一兜子苹果，米阳拣了两个洗干净，打算跟韦晶一起吃，“嘀嘀”短信提示，掏出手机一看是一个彩信，湖人的球衣，上面还有科比的签名，下面只有一句话：“运气真好，亲笔签名！”“呼——”米阳长长地出了一口气，她还真知道自己喜欢什么……想想之前张姐说的那句话，米阳暗自下了决心，就这么办了！

"好吧,那谢谢你了,你忙吧,嗯,再见。"米妈妈皮笑肉不笑地放下了电话,过了半晌哼了一句,"她什么意思呀?"坐在一旁看报纸的米爸爸一笑:"人家孩子懂礼貌,出国了也不忘给我们打个电话,还问你想要什么,这不是很好吗?都是一家人。"

什么就一家人呀?米妈妈腹诽了一句,拿起茶几上的小说有一页没一页地翻着,心里却开始盘算。自从上次那母女俩过来拜访之后,每周廖美都会打个电话过来,跟自己还有丈夫聊几句,时间不长,可让人感觉很好,最起码丈夫感觉特别好。上回米阳出门买报纸忘了拿手机,自己也看见廖美给他发的信息了,旁敲侧击地了解到,廖美几乎每天都给米阳发微信,而且不管米阳态度如何,就没断了联系。这丫头的目的性太明显了,根本就是冲着儿子来的嘛!

要是换一个别的条件哪怕比廖美差些的女孩儿这么追米阳,米妈妈都得上雍和宫烧香不可,但廖美……"唉——"米妈妈长叹了一口气。米爸爸好笑地摇了摇头:"韦晶你不喜欢,现在小美对儿子有那个意思,你还是不喜欢,真不知道什么样的你才满意。"

"只要不是这两个就行!"米妈妈没好气地说。米爸爸一哂:"当初你还说过只要不是韦晶就行,现在呢?"米妈妈被堵得说不出话来,生了半晌闷气突然明白了过来:"哟,敢情你也知道廖美对儿子有意思?"

"我还没迟钝到那个份儿上。"米爸爸哗啦哗啦地翻着报纸。米妈妈凑过去问:"那你的意思呢?""你这话问得就有问题,又不是我娶媳妇儿,你得问儿子。"米爸爸半开玩笑地说。米妈妈白了他一眼:"那还用问吗?""呵呵。"米爸爸笑了,"所以说,你这不是挺明白的吗?就别难为儿子了。"说完他又顺口问了一句,"米阳怎么还没回来?"

"对门呢。"米妈妈哼了一声。米爸爸一愣,下意识地回头看了一下大门:"你怎么知道?""因为我是他妈!"米爸爸刚想点头又觉得不对:"那老韦他们两口子也在?""遛弯去了。""这你也知道?"米爸爸有点想笑,这女人是不是天生的侦察兵啊。"多新鲜呀,我跟他们二十多年邻居了,他们想什么我还不知道?!不就……"米妈妈话未说完,主角回来了。"妈,爸,我回来了!"米阳笑眯眯地跟父母打招呼。

米妈妈站起身来接过他的大衣,忽然捏住了米阳下巴:"你这嘴怎么了,被狗啃了?”米阳吓一跳,下意识地舔了一下嘴角儿,果然一股淡淡的血腥味儿——味精这丫头下嘴真狠。看着儿子不回答自己问题,反而回味什么似的开始傻笑,米妈妈欲哭无泪地嘀咕了句:“造孽啊!”

“谢军,你别送了,我自己出门打个车就行了。”亚君笑得很温柔。谢军微笑着摇摇头:“我们门口这条胡同有点黑,送你上车之后我再回来。”“好吧。”亚君也不再客气,边走边聊起了足球,什么英超啊,意甲的,她早就听那些小兵说谢军特别喜欢足球。

等到了马路边,一时半会儿没有车,亚君肚子里临时恶补的那些足球知识也快抖搂干净了,正烦恼着下面要说什么话题才好。谢军突然一笑:“不喜欢足球也没什么。”“啊?”亚君一愣,接着反应过来谢军明白自己只是为了讨好他才去看足球的。

亚君有些尴尬,她咬着嘴唇不说话,谢军这么说,是想拒绝自己吗?这时一辆出租车靠了过来,司机放下车窗吆喝了一句:“二位打车吗?”谢军就想去帮忙开门。亚君突然拦住了他,歪头跟司机说:“师傅,我一会儿再打,要不您溜达一圈再回来?”司机叨咕了一句,一打轮走了。

谢军有些吃惊地一笑,没等他开口,亚君做了个深呼吸,然后朗声说:“对,你说得没错,我是不喜欢足球,可我喜欢你!”谢军一怔,突然而来的表白让他有些不知所措,就觉得自己脸一热,看着表情坦率的亚君,一时间竟不知道该说些什么才好。

上次给韦晶打电话本想约她出来,韦晶却笑话他一个当兵的胆子这么小,想约亚君还要从自己这儿兜圈子。谢军一听话音觉得不太对头呀,有点吃不准,就用话试探了几句,然后就发现自己会错意了,彻底会错意了!他跟韦晶之前的沟通,整个儿一猴儿吃麻花 —— 满拧,人家想要介绍的是徐亚君,不是她自己。

谢军现在还能想起当时的感觉,尴尬至极,多少还有点伤自尊,干巴巴地和韦晶聊了几句之后,就把电话挂了。一个人坐在办公室里愣了半天,第一次喜欢一个女孩子,没想到竟然表错了情,谢军觉得自己连苦笑都笑不出来了,只能安慰自己,好在还没开始,不算太丢脸。这期间,有那不知情的同事看见自己愣神就跑来打趣,是不是想媳妇了?谢军只能装傻充愣,一肚子酸水往回咽。

“呃——”谢军张了张嘴，还是一个字也没吐出来。“我不管你以前喜欢谁，你现在没对象吧？能不能跟我……试试?”亚君虽然性格豪爽，但毕竟是个女孩子，又碰上自己真正喜欢的男人，说不紧张那纯属骗人。别人听着她嗓门不小，可谁知道再多说一句话她就该哆嗦了。

谢军感觉晕乎乎的，他不讨厌徐亚君，可也没想过要跟她如何，而且自己那自作多情带来的苦果还没彻底消化呢。今天本来想把话说明白的，可亚君直率的表白，让他原本想好的词儿都憋在了心里，一个也说不出来。

怎么也没想到，就在自己郁闷万分的时候，亚君会主动找来，而且是一而再，再而三地出现。她帮自己洗衣服，买书，下载游戏、电影，这回甚至还帮着买了很多便宜又舒服的袜子，那些小兵高兴坏了，现在队里所有人都知道她在追自己。跟自己关系不错的战友们还酸了吧唧地说:“你小子真有福气，这 BM 的白领们怎么都看上你了?”想到这儿，谢军突然发现，这段日子里，亚君似乎已经在自己的生活里有了一席之地。

他喜欢韦晶那种大大咧咧但心眼很好，也很幽默的女孩儿。徐亚君性格也很爽利，但显然更有进攻精神，要是换了韦晶，打死谢军也不相信她会来主动追自己。谢军一直认为自己更喜欢含蓄一点的女孩儿，可就在他想着该怎么回答才更恰当一些的时候，却发现看起来镇定自若的亚君，双腿居然在哆嗦，她自己显然不知道，只瞪着大眼睛死死地看着自己，眉梢眼底都是倔强的坚持。

谢军也不知道怎么回事儿，就听见自己说:“谢谢你，我觉得，呃，我们不用想那么远，先做朋友吧，你觉得行吗?”说完他自己还没琢磨过味儿来呢，亚君已经欢呼一声，扑上来抱住了他的手臂，然后开心地说:“没问题!”

热乎乎香喷喷的，就是谢军现在的感觉，之前他一直跟亚君保持距离，从没有这样接近过，下意识想挣开，亚君却抱得死死的，再也不肯松手……

再往后这几天，徐亚君小姐那真是春风得意啊，Amy 的冷嘲热讽，她干脆就当放屁，毫不在意。被发配去培训了三天的韦晶一回来就被亚君拉到饮水间去沟通感情，这才知道她那天成功地把谢排长搞定了。

两人正说得兴高采烈，一股淡淡的绿茶香水味道飘入了韦晶鼻端。“什么事儿这么高兴啊？瞧你俩乐的?”廖美的声音在背后响起。“阿 May!”亚君惊喜地叫了起来,“你什么时候回来的?”“昨天晚上啊。”廖美笑答。“啊?那你今天还来上班?时差倒得过来吗?”亚君不以为然。“没办法,二姐夫说有重要会议,必须参加,所以只能来了。”廖美耸耸肩,跟韦晶打招呼:“Hi,韦韦,干吗这么看着我?不高兴见到我呀?”

“啊,不是,说什么呢,我是觉得你好像黑了点儿。”韦晶笑了笑。关于廖美的事情米阳并没有跟韦晶细说,韦晶只是知道,廖美最近和米家走得很近,对他们一家三口都很好。虽然知道米阳的心完全在自己这边儿,韦晶还是有点儿别扭,之前她借自己接近米阳,有点电视剧里复仇的意思,现在真相大白也就算了,怎么还黏糊上了?

亚君羡慕地问了一些关于美国好不好玩的问题,没说几句,有人来叫廖美去开会。临走,廖美跟她们约好中午一起去吃饭,不等韦晶开口,亚君一迭声地答应了。到了中午,廖美如约带着韦晶和亚君去吃小火锅,亚君因为最近心情大好,吃得多,聊得多,韦晶却因为心里有事儿,有点食不知味。

“韦韦,你不舒服吗?今天看你吃饭的情绪不高啊?”吃完饭逛街遛食儿的时候,廖美突然玩笑似的问了一句。“没有呀,可能早上吃太多了,昨晚剩的,我妈说不吃干净就该扔了。”韦晶随便找了个理由。廖美一笑没再多问。“阿姨可真会过,韦晶快看,你不是特喜欢这件大衣吗?真够贵的,不过样子颜色也真漂亮!”亚君啧啧了两声。

廖美歪头一看,是件名牌大衣,都不明码标价而且从来不打折的那种,确实好看。韦晶隔着玻璃又看了会儿,要说她难得看上一件特想要的衣服,可想想还是算了。米阳的手机最近老是自动开关机,好在不像之前做刑警那样要求二十四小时开机,不会耽误什么大事儿,米阳也就凑合着使了。

他早就想好了,如果结婚韦晶肯定不愿意跟自己父母过,可自己要是搬去对门,那老娘非得气疯了不可,所以只剩下了华山一条路——自己买房单过!这话他跟韦晶都没说过,要说米大警官的大男子主义主要是体现在了这块儿,养家糊口是老爷们儿的事儿,怎么能让媳妇儿跟着一起着急上火?!

连米妈妈都不知道,这几年米阳也攒下了一些钱,没办法,谁让他身边有个天生经济头脑极其发达的江山呢?工资上交老娘,奖金还是留下自己用的,再加上当初肥三儿生意都快黄了的时候是米阳帮的忙，后来生意火起来了，肥三儿一直记着这份情，等和江山一起做投资的时候，他硬是算了米阳一份，这样几年下来，钱虽不多，买个五环外的一室一厅，付个首付，还是绰绰有余的。

至于韦大小姐，从小就没啥经济观念，好在除了吃也没什么其他花钱的爱好，除了每月固定上交给韦妈妈的钱，她自己手里也存了一点，真的就是一点儿，五个手指头用来算账是绰绰有余，谁让她工资一直就很低呢。

好不容易来了 BM 做那高级点的马牛，手里才松快了些，所以这几天她一直憋着给米阳买苹果新出的那款手机，给他一个大大的惊喜。想到米阳会如何地惊喜万分，韦晶觉得这大衣也没那么漂亮了。“走吧！”她挺潇洒地拉着亚君走了，廖美瞟了一眼那大衣也跟着走了。

三个女孩儿一边乱逛一边聊天，主要是精神处于亢奋状态的亚君说个不停，她已经从如何对谢军的一见钟情说到了两人的星座血型配对那就是天造地设。廖美微笑着倾听，看起来她对血型什么的也有所涉猎，偶尔回应两句都说到了亚君的心坎儿上，亚君越发高兴。

韦晶跟在后头只有听着的份儿，看着廖美纤腰长腿、言笑晏晏的样子，忽然有点自卑的感觉，转念又想，反正米阳也不是帅哥，眼睛不大，一笑跟小痞子似的，除了自己谁看得上呀？可廖美貌似就有点那意思……

“那丫头想什么呢？这件怎么样？”拿着一套新款华歌尔内衣正比画的亚君问廖美，廖美一扯嘴角：“挺好看的。”她心里却想着是不是米阳跟韦晶说过什么了，虽然没什么特殊的，可今天韦晶见到自己之后的表现就是有点怪。

“小姐，要不我拿个 B80 的给您试试？”专柜小姐笑得很专业。“好的。”亚君很痛快地答应了，谢军已经初步拿下了，如果一切顺利的话，漂亮的内衣也是必杀武器之一啊。“阿 May 你最起码得穿 C 的吧？”亚君有些羡慕地扫了一眼廖美的胸部。“C 和 D 都行吧。”廖美点点头，她转头问还在发呆的韦晶：“韦韦，你穿哪个号的，要不要也来试试？”

正在胡思乱想的韦晶一愣：“我？”什么什么的？哦，接着她反应了过来，大声说：“我是 O！”她话音刚落就觉得四周一静，廖美和专柜小姐都睁大了眼睛看着自己，接着狂笑声响起，亚君笑得前仰后合跟疯了似的，廖美难得笑得见了牙，专柜小姐们憋笑涨得脸通红。

不明所以的韦晶还纳闷,我血型是 O 有什么可笑的……

“波霸,明天见!”亚君贼笑着冲车下的韦晶摇手,韦晶背过身看向远方就当没听见,她才不要跟着徐亚君这二百五一起丢脸。这段时间米阳这些年轻点的警察老是加班很辛苦,牛所今天大发慈悲,放他们早点回家休息。所以下午米阳就发了微信说,要进城陪她一起吃饭,然后一起回家。

“我叫了你好几声了,没听见啊?”不知从哪儿冒出来的米阳弹了她额头一下,韦晶吓了一跳:“讨厌,什么时候来的?”“刚才一下车就看见你背冲着车站,叫你你也不理我。”米阳笑说。“切,都是徐亚君那死女人闹的。”韦晶嘀咕了一句,不等米阳再问,拉着他就往 BM 公司旁边的大厦走,那是一家很大的百货商场,中午白领们大多去那里吃饭,然后遛弯逛街什么的。

“麻辣诱惑”,韦晶自己一人干掉一条水煮鱼,吃得是心满意足,吃完饭她打着饱嗝和米阳一起逛街。话说他们俩真的很少一起上街买东西,米阳一个大男人天生就不喜欢逛,而韦晶也是难得的不喜欢逛街的省钱型女性,所以当两人手拉手地在灯火辉煌、鲜艳靓丽的各名牌专柜间游走的时候,竟然觉得很新鲜,很高兴,饶有兴致地指指点点。

最近因为环境改变,在亚君、廖美甚至 Amy 的熏陶下,韦大小姐的时尚品位还是提高了不少,相对于她,米警官就是一土包子,他笑眯眯地听韦晶给他讲什么 GUCCI 呀,CD 的,这些他不感兴趣,倒是说到卡蒂尔的时候,米阳注意了一下。因为韦晶说,现在女孩儿对婚礼的追求就是戴卡蒂尔的钻戒,穿 Vera Wang 的婚纱云云。可一打听价钱,米阳咋舌了,心说你要是不想戴着卡蒂尔,穿着 Vera Wang 睡大马路,咱们还是攒钱买房吧。

两人漫无目的地在商场里溜达三圈了,米阳忽然拉着韦晶进了一家品牌店,就是韦晶看上眼的卖大衣的那家店。售货小姐立刻迎了上来:“您好,请随便看,喜欢哪件可以试一下。”韦晶冲小姐笑着点点头,转头低声问米阳:“来这儿干吗?”

米阳咧嘴一笑,也压低了声音说:“咱们转了这几圈,每次你都站住看外头那件大衣,两眼放光的,既然喜欢就买呗。”韦晶一撇嘴:“你知道多少钱吗?”她报了个数儿。米阳睁大了眼睛做吃惊状,然后声音压得更低:“试试不要钱吧,你穿上我看看，反正都进来了。”说完不容分说接过韦晶的皮包，请售货小姐拿了一件尺码合适的就把她推进了试衣间。

韦晶一想试就试吧，她脱了外套换上新衣，左扭右扭一看，淡淡的粉色真的很适合自己。她美滋滋地走了出去给米阳显摆，米阳歪着头看了两眼不予置评，然后贼眉鼠眼地看了一下周围，突然一把抓住了韦晶的手就往外跑，边跑边说：“赶紧的！那售货小姐现在不在……”“啊?!”韦晶都傻了，只能惊慌失措地跟着他蹿。

两人一路飞奔，从三楼直蹿到了大门外，四周行人皆侧目。一直跑到公交站的背阴处才停了下来。米阳还好，韦晶呼哧呼哧地叉腰喘着大气，手指头哆嗦着指米阳可就是说不出话来。等刚把气儿喘匀了，韦晶就开始号：“疯了吧你！你一警察知法犯法，你敢偷东西你，我的天，回头我还怎么上班呀我！明儿个成商场通缉犯了！”

米阳看着急赤白脸的韦晶开始哈哈大笑：“真傻呀你，我怕你舍不得买，刚才就把钱付了，哈哈，你脸都白了，笑死我了。”韦晶一愣，看着得意得不得了的米阳，她真是哭笑不得，特想问一句您几岁了。米阳就看着韦晶一言不发，转身奔商场里走，他赶紧伸手拉住：“干吗去？我不是说付钱了吗！”

韦晶没好气地说：“是啊，您是付钱了，可我原来穿的那件大衣还在人试衣间里呢，你个二百六！”

第二十七章　不能放弃(上)

“哟,大米,又带回来一个?”所里的同事看见米阳和周亮拎着一小子进来就急匆匆地打了个招呼,又转身忙自己的去了。现在是新年伊始,全国人民都沉浸在欢快的节日气氛里,小偷们自然偷得也很欢快。尤其是那专撬汽车后备厢的,用他们的行话讲,现在可是“最肥”的时候。

1月1日到3日,米阳他们没得一天休息,都是二十四小时连轴转,接警电话响得是此起彼伏,警察们恨不得人人长出八只手、六条腿来,办什么事儿都是一溜小跑的。凌晨四点多,米阳和周亮接到群众举报,说小区边上有人撬车,两人赶紧赶过去了,结果还真抓着一个正在撬汽车后备厢的笨贼。

回到所里做完笔录,已经五点多了,冬天天亮得晚,看着还是黑沉沉的,但是空气中已经有了清晨的凛冽味道。米阳大大地伸了个懒腰:“大周,先别睡,咱们先去把相照了!”周亮打着哈欠跟那小伙子说:“你起来!去门口!李子,帮个忙!”

撬车那小子也不知道怎么回事儿,就小心翼翼地跟着他俩出去了,到了门口周亮让他立正站好,然后和米阳分别站在两边,这时另外一个同事拿着照相机过来了。所里抓到嫌疑人,都会让两个民警陪着照张相,不对外,只放在内部网上,就当是所里的工作通报了。

小偷也是第一次进局子,原本还不知所措,现在一看是照相,他还挺高兴,转头跟米阳说:“大哥,我最喜欢照相了。”米阳一扯嘴角儿懒得理他。等“咔嚓”照了一张之后,他还非要看,看就看吧,负责照相的小李就拿过来给他看了一眼。

“怎么这么不精神啊,一定是我这几天太忙没睡好,大哥,能不能重照一张?”他挺严肃地要求。周亮差点想抽他,您还太忙没睡好,我们才是因为你没睡好!“周哥,米哥,刚才那张咱们牌子给挡了点,还真得再来一张。”小李摆弄着相机说。

这回好了,还能怎么办?再照一张吧,小偷戴着手铐还拢了拢头发,“咔嚓”又是一张,小李负责放到内部网上去了。结果等中午下班,米阳迷迷瞪瞪地往家骑的时候,钉子给他打了一电话,嘻嘻哈哈地说在内网上看见他的照片了,可为什么中间那嫌疑人是精神抖擞、斗志昂扬地站着,反而旁边的你和那胖哥们儿却精神萎靡,跟犯了错似的?

米阳没好气地说:“多新鲜啊,我一晚上出了四趟警,两天总共睡了不到六个钟头,要是还能精神百倍才邪了呢!你要还是废话我挂了啊,回家睡觉去了。”“哎,别价,有正事儿找你。”钉子赶紧拦住了他,“我们接了一个协查通报,说是有一个很重要的盗窃嫌疑人,叫黄飞,今年三十二岁,刚从外省跑到北京来了,根据线报,他在你们所辖区附近曾经出现过,这人外貌最大特征就是一颗犬齿长歪了,所以外号叫狗牙。”

“然后呢?”米阳跨着自行车搓了把脸让自己清醒一点,一听案子他立刻来了精神。“我们怀疑他来北京也许跟外省那件富豪被盗案有关,估计你们很快就会接到分局的通报了,我提前跟你打个招呼,你办事我放心!”钉子说到这儿笑了起来。米阳哼了一声:“行呀,都拿出上级领导的款儿来了!”

“别,别,您是我哥,亲哥!”钉子赶紧求饶,他又说,“这案子挺重要的,你不知道,那姓杨的又安排了他手下的一个废物到二队当队副了,屁都不会还事事争功,功不功的先放一边,说什么也不能让他们把事儿给办黄了!”“行了,废话少说,除了通报上的,还有别的什么线索没有?”米阳皱眉问。

“线索不多,那家伙很狡猾,外省那边在一次查毒行动中都把他逮进去了,却没发现他是盗案重要嫌疑人,最后只是强制戒毒关了几个月。被盗的那家听说是个有来头的,家里传了几代的字画没了,说是估价得上千万。最近他们摸着点线索,这案子很可能有人跟黄飞里应外合!”钉子噼里啪啦地说着。

“哦,有证据了吗?”米阳迅速地在脑子里勾了个轮廓,钉子好像喝了口水又说,

"没有,但是一些疑点都指向是有家贼,但不确定是谁。有一个曾跟黄飞关在一个号子里的吸毒人员反映,好像听他提过一次,要来北京,细节不知道,也就那么模糊一句话。这家伙出来之后既没复吸,也没跟人联络,一直老老实实地打小工,可等你再想找他的时候,他已经消失了。没想到他真的来北京了,所以想着先按着他再说。"

说完这事儿,钉子在电话里又聊了几句。"行了,我知道了,挂了啊!"米阳挂了电话。他抬头看看冬日有些阴霾的天气,快一年了,自己一直在派出所忙些鸡毛蒜皮的事儿,现在一听说有重要的案子,他忽然觉得热血开始沸腾,"嗷!"米阳猛喊了一嗓子,这才飞快地骑回了家。

"古利!你给我回来,放下,快放下!"刚到楼门口他就听见自己老妈的叫喊声。一边锁车一边转头看,米阳就瞅着古利嘴里叼着个塑料袋正拼命地往家的方向蹿,米妈妈大呼小叫地在后面追。等古利跑到跟前,米阳一个猴子捞月,就把它给薅住了,"嚯,这袋子里什么呀?"米阳用力扯了扯,才把塑料袋从古利嘴里揪出来。

"你这坏孩子,妈妈扔的垃圾你怎么也往回叼啊你?!"米妈妈气个半死,也不知道这狗最近发什么神经,总是叼些乱七八糟的东西回家。今天可好,自己刚把垃圾扔到垃圾车边上,一转头,这小子就给叼回来了。

看着气呼呼的老娘,米阳突然有点心虚。上个星期米妈妈身体不舒服,米阳主动承担了早上遛狗的重任。当然了,这等好事儿怎么能少了韦晶,结果韦晶只能一大早六点半起床陪着遛狗顺便谈恋爱,这是多么两全其美呀!

遛着遛着韦晶不知道哪根弦儿搭错了,非要训练古利叼东西回家,比如钥匙串啊,晨报啊等等。结果在贵州牛肉干的引诱下,古利神功大成,进而转变成逮什么叼什么,没的吃,我也叼叼叼!米阳干咳了一声正想转移老妈的注意力,手机响了提示有短信,是肥三儿的,问他什么时候有空聚聚。

米阳看也不是什么急事儿,也没着急回,想把手机收起来,却看见老妈正打量着他的手机:"儿子,你新买的?""您看看,怎么样?"米阳笑眯眯地递了过去。米妈妈小心翼翼地看了看外观,不知道碰了哪里,屏幕亮了,色彩鲜明:"真漂亮,挺贵的吧?"

米阳说了个数儿,米妈妈吓一跳:"中彩了你,买这么贵的东西?""韦晶送的,她知道我原来那手机坏了，攒钱给我买的，我也觉得没必要用这么好的。”米阳笑说，听着是有点小抱怨，但脸上的甜蜜一点都不遮掩。韦晶是在出国之前把手机给他的，他都不知道自己当时什么表情，可韦晶笑得开心又满足。

米妈妈一挑眉梢，看看手机再看看儿子，她无声地叹了口气：是不是这父母永远拧不过子女？“这两天好像没看见韦晶？”她问了一句。“哦，她呀，出去培训了，新加坡，过两天就回来了。”米阳说得很轻松，其实是刻意强调一下，知道自己老妈好面子，虚荣心强，想让她改变一下对韦晶印象，别老觉得她没用，人家现在也出国培训了！

这段日子米妈妈心情不好，所以身体感觉不太舒服，韦妈妈又忙着上班，两人竟然没有碰到，所以米妈妈不知道韦晶出国去了。看着老妈睁大了眼睛，米阳知道达到效果了，虽然有点困，他还是主动陪着母亲去遛狗，一边闲聊一边盘算着，不知道韦晶回来那天，自己能不能请出假来去机场接她……

“哎，你家米警官到时候会来接你吗？”亚君穿着一条鲜艳的太阳裙儿，戴着大墨镜在赤着脚踩水，她回头问。“应该不会吧，过节他们最忙了，你呢？”韦晶手里拿着一杯冰咖啡躺在沙滩椅上，她上身穿了一件白色的棉质背心，下面配了一条牛仔短裤，还戴了一个 NBA 的遮阳帽，看起来爽得不得了。“我？我就不做这个梦了，谢军他们一到过节就战备，我跑去见他，他都未必有时间搭理我。”亚君噘了下嘴，但一说起谢军，她的思念之情溢于言表，韦晶偷偷一乐。

环顾了一下四周，圣陶沙的蓝天、白云、碧海、浅沙还有无处不在的那些深深浅浅的绿色，真让人心旷神怡，新加坡被称为花园国家果然不假。飞了六个来钟头的韦晶从出了樟宜机场之后，一直在被那些鲜艳的、干净的绿色和鲜花洗眼睛。

临来之前，特意买了一双平底凉拖，因为新加坡的同事说了，她们那儿一年到头都是二十六七度，女孩儿一年四季都是凉鞋。结果在新加坡待了快五天了，韦晶无意间发现鞋底居然没什么土，看着还是橡胶原本的黑色，她不禁咋舌了，从没见过这么干净的城市。

这回的培训名额是大姐夫给她们俩的，原本差点让 Amy 那伙人去，后来是大姐夫要求他手下的所有员工都要培训，不能光看资历职位，要不然怎么进步啊？这样韦大小姐才有了第一次出国的经历。

原本韦晶紧张得要死，甚至都不想去了，她的英语不好，生怕丢人再丢到国外去。可结果比她想象的好多了，培训的都是她平时做的那些东西，她连听带猜，能蒙个七八成，亚君的英语还算不错，也能帮她。如非必要，韦姑娘是打死不开口，就用特有东方女性含蓄美的表情笑着。

要不说语言这东西得讲究个环境呢，这半年来韦晶都是负责帮着大姐夫做事，天天被英语熏陶着，强迫着去听去讲去写，她的水平跟刚进 BM 的时候比，那真是天差地别。今天上午培训结束了，下午自由活动，亚君赶紧拉着韦晶来到圣陶沙看鱼尾狮，因为后天一早的飞机就该回国了，抓紧时间！圣陶沙公园里的大巴都是免费的，可以穿梭到各个景点游玩，两个人玩累了就在沙滩上躺着。

闭上眼听着海浪声，椰子林被风吹过的唰唰声，被带了一点咸味儿的清新空气包裹着，韦晶第一次感觉，做个所谓的大外企白领还是有好处的。虽然自己依然是个半瓶子醋的伪精英，可能跑到这地界儿假模假式地假洋一回，也不算白受了这半年多的罪。“咔嚓！”一声响，韦晶略睁眼，就看见亚君正拿着手机对自己拍个不停。“干吗呀你？”韦晶故意把自己的脸挡上。

“别挡，别挡，我拍点半裸照给你家米警官发过去，馋馋他，瞧这白花花的大腿！瞧这小肚脐儿，瞧这沟……”亚君嘻嘻哈哈地拍个不停。“瞧你个头！怎么不拍你自己呀！”韦晶被她弄得没脾气，好不容易把手机抢了过来翻看，别说，有一张照得还真不错，没想到自己的腿看起来这么长，要是回去给米阳看，他会怎么样呢，韦大小姐咬着嘴唇儿忽然笑得很那个……

可韦晶不知道的是，别说半裸，就是她全裸，估计米阳也没心思看了，就在她窝在飞机上大睡特睡的时候，她的生活已经天翻地覆了。米阳正在前往医院的路上，钉子在电话里尽量简明扼要地介绍了一下情况，越听他心里越凉，怎么会这样……

昨夜，大风，降温……

“姐，你明天有时间吗？”杨美玉懒洋洋地问，她正歪在沙发上剥橘子吃，怀里还抱着个电热宝。过节这几天她玩疯了，趁着高海河外出执行演习任务没人管，她两天没着家。正在给丈夫织毛衣的杨美兰停下了手：“咋了，有事儿？”“是这样，我认识了一朋友,闲聊天的时候说起他一远房妹妹去年生了个女儿,因为不是男孩儿,被她男朋友给扔了。我原本也没上心,可他说那孩子肩膀上有块淡红色的胎记,我突然想起来,上次你给爱家洗澡,她身上不就有一块吗?再一算,出生时间也差不多,我就想着,会不会爱家就是那孩子呀?你觉得呢,姐?"杨美玉说完剔了下牙缝儿。

"真的?!"杨美兰惊喜万分,她赶紧放下手里的活计凑了过去,"妹啊,你说的是真的吗?"杨美玉不屑地一翻眼皮:"我是说觉得像,真的假的我哪儿知道呀,不过我和他说了之后人家提出想看看孩子,你不相信人家,人家还不相信你呢,谁没事儿吃饱了撑的认个孩子回家去?""对对对!"杨美兰一迭声地同意。

"那咱请他来福利院看看中不?"杨美兰小心翼翼地问。"嗯,我不知道,这样吧,我给他打个电话问问人家什么意思,对了,这事儿先别跟你们院里的人说,万一不是,人家该嫌你多事了,你就一临时工,别找麻烦,再说,扔孩子是犯法的,人家也怕惹事儿,你弄得大张旗鼓的谁还敢去啊?"

"俺懂,俺懂,那你快打吧。"杨美兰为爱家的身体操碎了心,从第一次抱这孩子到现在也快一年了,杨美兰已经拿她当自己的亲生女儿来看待。医生说这孩子明显先天不足,需要详细检查,可一看那检查费,她就只能抱着孩子回来了,福利院不可能供得起的。这会儿忽然听闻孩子的身世有了线索,她实在是太高兴了,哪怕只有万分之一的可能性也不想放弃。

"知道了,瞧你急的,我得回屋找找电话号码去,你等我一下吧。"杨美玉说完慢悠悠地回了自己房间,随手关上了门。杨美兰也不敢跟过去,只能忐忑不安地看着她的房门,默默祈祷。杨美玉贴在门口听了听,这才拿出手机拨了一个号码,虽然压低了声音,但还是娇滴滴地说:"飞哥,事儿我给你办成了,你答应我的事儿……"

"呵呵,妹子放心,明天见到人之后,我就把剩下的全汇给你,我这人向来如此,再好的朋友也要明算账!之前说给你多少,少了一分没有?"黄飞笑得很开心,他上牙床上那颗凸起的犬齿越发明显。何宁哆嗦了一下,蜷紧身体靠在床边,她头发散乱,裸露的皮肤上都是些青紫的痕迹,额角也破了,血液凝固。

上次被黄飞找到的第二天,何宁故作温顺认命,借口还要上班去拿当月工资,让黄飞陪着她回到了韦妈妈工作的那家公司。找了个机会,她钻进了公司出去拉货的货车里跑掉了，出租房里留下的一切她都不要了，甚至包括她辛苦攒下来的钱，身上只有刚发的工资和身份证。

说什么她也不愿意去找江山，这个男人的出现，他对自己的照顾、认真、体贴，差一点让自己以为小说中描写的灰姑娘遇到白马王子的事情真的会发生。可现实就是这样，也许只差一点儿，但你永远够不到。不要说还有一个随时会出现在自己面前的凶狠的丈夫，就是被送到福利院的女儿，也随时在提醒着她：你，现在没有资格去享受呵护。

她喜欢江山，真的喜欢，无数次梦到自己跟他幸福地生活在一起，没有打骂，也不用为了明天的生存而愁苦，可最后都是被丈夫那扭曲的笑容给惊醒，欲哭无泪。自从她嫁给黄飞那天开始，她就明白，还能哭出来，也允许你哭，其实是一种奢求。

如果因为自身而害了江山，何宁宁愿先杀了自己，他对自己越好，她越害怕。所以她一直躲着，希望他忘了自己，而在内心最深处，又渴望着他不要离开，女儿是自己活下去的支撑，他，却是自己对幸福最后的一点渴求。

逃跑之后的何宁因为女儿的关系，一时无法离开北京，躲藏时无意间碰到了一个有过一面之缘的老乡，说可以介绍她到一家郊区医院专门给人当护工，条件是每看护一个病人，要分她两成的工资，何宁立刻同意了。因为她肯吃苦，服务周到又体贴，要价也不高，所以很多病患及家属都愿意雇用她。晚上累了，就在医院的长椅上睡一觉，她吃得很简单，就这样，两个月下来，她还攒了一点钱。

虽然觉得不安全，可耐不住对女儿的思念，她还是每隔一个星期就会去福利院附近转转，偶尔还能隔着铁栏杆看见一个女人抱着女儿出来晒太阳，跟她说话玩耍。看得出，那女人对女儿非常喜欢，温柔慈爱，何宁心中万分地感激，她觉得老天对她怎样都无所谓，女儿能遇到个好人她就知足了。

前几天，何宁去看女儿的时候，发现福利院在做活动。展板上居然有女儿的照片，踟蹰了半天，还是忍不住走过去看。摸着照片上女儿胖乎乎的脸蛋，她强忍泪水，怕惹人怀疑，赶紧留了五百块钱，就低头走了。

何宁一路哭着回家的时候，并不知道黄飞就跟在她身后很久了。当黄飞再一次微笑着出现在医院大门口的时候，何宁脸色惨白如同见了鬼一样，她紧咬牙关，才能让牙齿不打战。那个不知情的老乡还笑眯眯地说，两口子床头打架床尾和，那天咱们老乡聚会听说黄哥找你,我赶紧给他打电话。

那女人表功似的说:“他还怕你不原谅他,不让我告诉你,足足又等了小一个月,看你消气了才来见你的。”一个月,他盯了自己一个月……何宁如坠冰窟,她知道,女儿的事情他一定发现了。

黄飞再一次感谢了那女人,貌似还塞了两百块钱给她,在女人喜滋滋的客气中,上前一步拉住何宁的手,轻声说:“媳妇儿,都是我不好,我给你道歉,咱们回家吧。”何宁的手冰得没有一丝温度,黄飞笑得很开心。

“好,好,就按我们约定的,你把她带到那边儿去,嗯,我也只是代替我那远房妹子看看孩子,你放心,不管是不是她的,我都会给你姐姐一些钱,做人要善嘛,不会让她白跑一趟的……是啊,没法认,就算是,也是我那妹子的私生子,她还得嫁人呢……嗯,可不是,幸好认识了你,要是去福利院看,不定得有多少麻烦事儿呢,好人有好报,哥谢谢你了!你还信不过我吗!咱俩谁跟谁呀。”黄飞话说得亲热又客气。

何宁隐隐约约听那边的女人说了句“讨厌”什么的,黄飞又叮嘱了一句:“那孩子的东西可千万别忘了,要不怎么认呀……好,那挂了啊。”她做梦也想不到,因为自己的逃跑,黄飞居然跟杨美玉有了联系,更想不到,那个对女儿温柔照顾的女人竟然是杨美玉的亲姐姐。当时听黄飞说起的时候,她真觉得这就是一场噩梦,黄飞却得意地拍拍她的脸告诉她,这就叫天意,老天都照顾我,你别想逃出我的手掌心!

想到这儿,何宁不自禁地又瑟缩了一下,被黄飞殴打的伤处隐隐作痛,再一次提醒她,面对的是什么人。

屋里一时安静下来,黄飞把手机放在手里把玩着,似笑非笑地看着缩成一团的何宁半晌,朝她慢步走了过去。他的身材不算高大,却仿佛遮住了屋里所有的光线,看着何宁全身紧绷的样子,黄飞一扯嘴角:“哼,你以为你跑得掉?你以为你把孩子藏起来,我就找不到了?”他的声音越淡何宁越害怕,自己这个“丈夫”心有多狠,她最了解不过了。

“你让我怎么办,就算我不想活了,我也得让孩子活下来,你被抓进去了,可你那些什么做生意的朋友三天两头地找我,要么半夜往家里塞条子让我小心点,放明白点。我明白什么呀?你干什么都不让我知道!我现在辛苦攒钱也是为了有一天能接妞子回来,再说你根本就不想要这个孩子,我怀孕的时候你打了我多少次,说要什么孩子，踢死算了，现在干吗非要去找她！”何宁因为恐惧连嘴唇都是惨白的，可为了女儿，她还是不肯放弃。

“是吗？”对于妻子这番痛苦，黄飞根本就不动心，他嘲讽地说，“我还以为你是忙着勾搭小白脸，怕孩子坏了你的事儿才把她送福利院了呢！那小白脸儿现在也不知道你有个女儿吧？”

“你无耻！”何宁怒骂了一声。“啪！”一记重重的耳光跟着就落在了她脸上，打得她头一歪。何宁咬牙没有叫痛，早就被打惯了，知道自己越叫痛他打得越狠。黄飞冷冷一笑：“我告诉你，你要不给我乖乖地配合，妞子暂且不说，你猜那小白脸儿会有什么下场呢？”最后一句话他说得很轻柔，却一字一句让何宁感到呼吸困难。

看着何宁惊恐的双眼，黄飞满意地点点头，转身回到桌旁坐下，顺手拿起啤酒想喝，却神色一变，眉头皱起，他用手按住了腰部，咝咝地吸凉气。“我那天去医院做的检查结果拿回来没有？”他问。“还得等两天。”何宁低声说，她起身给黄飞倒了一杯热水。

在老家黄飞就喜欢喝酒，酒量特别大，不知道为什么，最近总觉得自己不舒服，肋条下面嘶嘶啦啦地疼。因为着急要找到何宁母女，一时间没顾得上。现在何宁被他攥得死死的，女儿也有了下落，那天无意间发现自己小便变成了啤酒色，再一想近来自己精神不好，总觉得累，因此他就去医院做了个检查。钱花了不少，结果还没出来。

自从被黄飞带了回来，何宁一直没有再出去工作，每天被锁在家里做饭，伺候他。黄飞也不怕她再跑了，江山工作单位、地址、电话，甚至住哪儿，早就打听清楚了，他不信何宁有勇气跟江山和盘托出，拉他下水。看得出来，她对那小白脸儿真的动心了。黄飞冷笑着想，还没人能占老子的便宜呢。

“行了，关灯，睡吧，明天可是个好日子，也许来个父女相认呢，那得多感人啊，是吧？”喝完热水感觉舒服点了的黄飞站起身开始脱衣服。何宁神情木然地站在桌边一动不动，黄飞也不催她，时间拖得越长，她越受折磨。

最终，灯还是灭了……

“姐，你东西都带上了？别忘了，人家说了，想看看孩子当时身上带的东西，要不没法认!”杨美玉在电话里嘱咐说。“哎,都带了,你放心吧。”杨美兰连声说。“记得保密!”杨美玉又嘱咐了一句这才挂了电话。

“美兰,你什么时候带爱家去看病呀?”见她放下电话,张老师顺嘴问了一句。“马上就走。”杨美兰微笑着说。碰巧这几天爱家又开始咳嗽还有点发烧,她借口带孩子去看病,正好就能让那家人去认认。

杨美玉说了,人家一时半会儿没相认,只是想知道这孩子好不好,如果真是自家的,给点钱什么的。你也别急着让人相认,慢慢来,最起码先拿回些钱来给爱家看病也好呀。这事儿不能急,你逼急了人家不认了怎么办?杨美兰觉得妹妹说得很有道理,她谁也没告诉,悄悄地带上了爱家来福利院时围着的小棉袄和小被子,就抱着孩子出了福利院大门。

撂了电话的杨美玉一抬头,看见院子里韦妈妈在跟老板聊天,老板貌似得意扬扬地正在展示他新买的宝马,指前指后地让韦妈妈看,而韦妈妈的表情却有点诡异,想笑又忍着的样子,只一个劲儿地点头。没聊几句,老板开上新车走了,韦妈妈回了办公室。

“许姐,什么事儿这么可乐呀?老板讲笑话儿了?”杨美玉迎上去亲热地搀上了韦妈妈的胳膊。刚才老板跟韦妈妈吹牛他新买的宝马车,进口的嫌贵,就买了国产的华晨宝马,车屁股上写着那四个字呢。

他怕人家看不起他买的国产宝马就想把那四个字给抠了,可都抠了又担心有人不识货不知道他这是名牌车,结果韦妈妈就看见那车屁股上只留下了两个光灿灿的字:“宝马”!还不如都抠了呢,她当时就想笑,可在老板面前只能忍着。

正想着晚上回去说给老头子和韦晶听,杨美玉这么一问,她自然不能实话实说。“哦,没什么,我闺女今天下午就回来了,刚才跟老板请假,下午早点回家。”韦妈妈随便找了个借口,不过想到快见到女儿了,她真的很高兴。

“您闺女从新加坡学习回来了?真好,要不说人比人得气死呢,这外企的白领就是不一样,长得又漂亮,唉,我这辈子是没戏了。”杨美玉一副羡慕得不得了的样子。上回韦晶休假过来接韦妈妈下班,她们见过一次。韦妈妈虽然一向不喜欢杨美玉,但是她的话和表情还算让人受用,韦妈妈就一笑:“你还年轻,以后长着呢,慢慢来。”

“那许姐你赶紧回去吧，对了，刚才罗兰美容院说要结款，李哥也不在，干脆我过去一趟把支票拿回来吧？”杨美玉搀着韦妈妈的胳膊往外送。“呃，也行吧，那麻烦你了。”韦妈妈知道她就是想出去溜达不想闷在办公室，这一去，可能一下午就不回来了，但今天韦晶回来了她心情好，也就同意了。

杨美玉非得把韦妈妈送进办公室后，才转身回座位拿了包离开，走到街边赶紧拦了辆出租车，上车给司机报个了地址之后，就在那儿琢磨。她是一肚子贼心眼儿，虽然黄飞答应给她三千块钱谢礼，但现在只给了一千，而且还跟她说，不让她跟着一起来。

虽然黄飞的话说得客气，自己的妹妹也许会一起去，怕人多口杂，不想见外人什么的，但杨美玉根本不信，而且他越这么说，她越怀疑他想赖账。虽然自打两人认识，黄飞一直对她很客气，但上次他殴打何宁的凶狠，杨美玉还是记忆深刻的，所以也不敢太明目张胆，就想悄悄地跟去，拍个证据什么的，以防万一。

她之所以认识黄飞是因为何宁逃走，一肚子好奇的她打着跟何宁是好朋友的旗号想探听点八卦。小饭馆里，黄飞一副痛心疾首的样子，他和何宁之间的故事似乎充满了误会和苦难，可杨美玉不爱看书，连《知音》都不看，这般三流的狗血情节居然听得啧啧感叹，还为黄飞打抱不平。

黄飞也挺大方，几次吃饭喝酒都是他掏钱，这样一来二去的，两人还算熟了。黄飞拜托她如果知道何宁的消息一定要告诉自己，杨美玉拍着胸口答应了，虽然她明知道何宁不可能来找自己，但是白吃白喝的好事儿，傻子才拒绝呢。

孩子的事情也是黄飞无意间提起的，越听杨美玉越觉得简直是老天让她发笔小财，姐姐当宝贝似的那破孩子终于有点用处了。她故作无意地跟黄飞说起姐姐的事情，黄飞立刻做惊喜状，前前后后了解了一番之后，立刻许诺了好处给她。杨美玉并不知道自己喜滋滋地转身离开之时，黄飞一脸冷笑。

一会儿得找个安全的地方躲起来才行，杨美玉捏着自己新买的手机盘算着……

第二十八章　不能放弃(下)

“好了,放心吧,米警官,保证把韦大小姐给你接回来。你工作注意安全,嗯,别客气,呵呵,好呀,等着你的大餐了,好,拜!”陶香摘下蓝牙耳机,好笑地摇了摇头,米阳生怕自己误了飞机时间,耽误接机,发短信不行,又打电话提醒。

今天正好来西边见一个老朋友也是老客户,那个老太太谈兴很高,最后陶香不得不告辞说要去机场接朋友,这才得以离开。挂了米阳电话,她开车直奔五环,打算从环线去机场,没想到西五环这边正在修高架路,两边都是还没有拆迁的平房,堵得是一塌糊涂。好在时间还算富裕,陶香也不着急,就跟着车流慢慢往前蹭。

正想打开音响听听歌儿,陶香无意间转头,一愣,就看见高海河的爱人抱着个孩子,拎着大包,从不远处的便道上匆匆走过,她左瞄右看地显然正在寻找什么。“嘀嘀!”后面传来了喇叭催促声,陶香赶紧松开手刹往前又溜了一段。

车流移动依旧缓慢,陶香不想多看,可眼神总是不自觉地看过去,没一会儿,她眉头皱了起来。高海河的爱人身后缀着一个男人,离得不远不近,猛一看就是一个路人,但是高海河的爱人也许是因为路不熟,一直在走走停停,可那男人也一直在走走停停。如果你仔细观察,就会发现他不时地在打量着前方女人的一举一动,虽然他做出很自然的样子。

不对劲儿,真的很不对劲儿,联想到年下的那些抢劫案,陶香看了下时间,一咬牙,打轮往自行车道拐去,就算违反交规也没办法了。她是高海河的妻子,她对那女人一点好感也没有,可正因为她是高海河的妻子,陶香更不能眼睁睁地看着她出事儿。

原本想着开车追过去,跟她打个招呼什么的,也许后面那男人就知难而退了,可没承想一不小心把一个骑车的中年妇女给剐了一下,女人晃了几晃却没摔倒,吓了一跳之后立刻拦住了陶香的车叫嚷起来。

陶香狠狠地按着喇叭,杨美兰却充耳不闻,朝着一条看起来就挺偏僻的小路拐了进去,果然,那男人也跟着进去了,他倒是回头看了这边一眼。陶香赶紧下车道歉着急要走,那女人却没完没了起来,陶香急得没办法,赶忙掏出两百块钱对付了她,再开车过去,人已经没影了。

把车随便停在了路边,陶香下车追了进去。一进去,她也有点傻眼,里面竟然有好几条道,陶香情急之下只能选了一条看起来最危险的跑了过去。边跑她边拨好了110的号码,要是真有个万一的话,立刻就能拨出去,节约时间也省得慌乱之下出错。

"同志,爱家真的是你妹妹的娃儿吗?"杨美兰抱紧爱家,盯着那男人的一举一动。妹妹说了,人家不愿意见外人,可没想到找了个这么偏僻的地方,而且这男人明显对孩子本身还有那个胎记不太感兴趣,只扫了一眼,就开始翻来覆去地摸索着爱家那件小小棉袄。杨美兰虽然不算多聪明,但如果不是妹妹亲口介绍的,她又太想给爱家幸福,是不会那么轻易相信的,而现在她本能地觉察这事办得有点冒失了。

"我再看看,再看看。"男人随便地应付了一句,他仔细地摸着小棉袄,明明记得自己把钥匙给缝到里边儿了呀,怎么会……"哎?你干什么?!"手里的小棉袄突然被杨美兰抽走了,他脸色一阴,看见杨美兰惊恐地睁大了眼,又赶紧缓了一下表情:"大妹子,你这是干什么?"

杨美兰咽了口唾沫:"同志,您到底是不是这孩子的亲属?"男人眯了下眼然后微笑着说:"我觉得挺像,不过,我还想让我妹妹再认认,要不这样吧,孩子你肯定不会让我带走,现在人贩子多,不如这样,我把这小棉袄拿回去给我妹妹认认如何,你要还是不放心,喏!"他掏出五百块钱来,"拿着,给孩子点奶粉钱,也当是押金了!"

"不,不用钱!"杨美兰飞快地摇头,退后了一步,"不是俺不给你,这娃儿身上的东西就这小棉袄和小花被了,我不能让您拿走,实在不行,您让孩子她娘再来一趟,我再把这些东西给她看,我保证不让任何人知道。"男人笑得有点勉强:"一个破小棉袄子我要它干什么,肯定还你,就是拿去看看,我妹妹不方便来。”可杨美兰还是一个劲儿地摇头,男人的脸色越来越难看,一言不发地看着杨美兰。

杨美兰怕得直哆嗦,她紧紧搂着睡着的爱家,防备地看着对方。男人忽然叹了口气:“这就没办法了,先这样吧,回头我看能不能让我妹妹来,麻烦您了。”杨美兰大大地松了口气:“没问题,啥时候都行,那我们先走了!”说完抱着爱家转身想走。

“啊!”杨美兰突然觉得自己后脑一痛,人立刻向前扑倒,摔倒之际,她还努力歪了一下,以免压到怀里的爱家。爱家从睡梦中惊醒过来,“哇哇!”开始放声大哭。男人立刻捂住了孩子的嘴,然后拼命从杨美兰手里扯那件小棉袄,可没想到已经半昏迷的杨美兰仍死死地抓着不放。男人低骂了两句,顾不上孩子,开始掰杨美兰的手指。

偷偷跟来的杨美玉觉得自己心跳声大得像打雷,她真怕不远处的那个人会听到。本来只是想拍点证据以防黄飞赖账,却没想到会亲眼看见他对姐姐行凶。杨美玉手里的手机都快捏出水来了,可她一动也不敢动,生怕被黄飞发现了,连她一起杀了,就那么僵硬着,哆嗦着,录着。

孩子的哭声引来了四处寻找的陶香,她刚到就看见杨美兰躺倒在地,孩子正哇哇地号哭着。冲过去一看,发现杨美兰已经昏了过去,迅速检查了一下,她后脑有血,叫她也没有任何反应,陶香立刻掏出手机就想报警,然后打120。

“咝!”杨美玉倒吸了一口凉气,她捂紧了嘴巴,惊恐地看着黄飞从后面蹿出来,把陶香也打昏了过去,然后又去扯杨美兰手中的小棉袄。杨美玉吓得都快小便失禁了,眼看着黄飞把小棉袄从姐姐手里扯了出来。突然不远处一个老大爷的声音在她背后响起:“那姑娘,我说你踩着我家煤堆了,你瞧瞧都碎了嘿!”

已如惊弓之鸟一般的杨美玉猛地跳了起来,看着一脸不满的老大爷,杨美玉根本没有回头的勇气,她知道黄飞一定看见自己了。“哎,你这人怎么这样啊!”老大爷看着突然飞快跑走的杨美玉大喊了一句,可她头也不回地跑远了……

“老头子,你先把鸡翅炖上吧,我去买点青菜就回来,对,陶香去接韦晶,你甭管了,做好你的饭就是了,嗯,那挂了啊。”韦妈妈把电话塞回了包里,快步往外走,想去菜市场买点好菜给韦晶吃。

刚出了公司所在的那个胡同口,就看见路那边杨美玉正在跟一个小年轻争执些什么，那小子一头黄毛。韦妈妈见过他一次，骑着摩托来接杨美玉，说是她男朋友，好像在读一个艺校什么的。

两人不知道说了些什么，那黄毛突然把杨美玉的包拿了过来，一通乱翻，最后把杨美玉的手机揣到了自己兜里，又推了一把追过来的杨美玉，转身就走。他一抬头发现韦妈妈在看自己，就不善地瞪了韦妈妈一眼，这才跑了。

韦妈妈皱了眉头，心说这都什么人呀，现在男人打女人流行是不是？有点犹豫要不要过去问问，看见杨美玉也没再继续追，只滑坐在路边，把头埋进双臂，肩膀抽搐着，好像是在哭。

韦妈妈无声地叹了一口气，小年轻之间这些事儿没法管。她小心翼翼地绕着走了出去，心想还是我女儿好，听话，找男朋友也算有眼光。老头子说得对，人是没办法选择父母的，摊上那个妈，米阳其实也挺可怜的……

“韦晶，你那朋友在哪儿呢？”出关之后的亚君四下张望着，韦晶一下飞机就发了平安到达短信给老妈、米阳和陶香。老妈立刻给她打了电话，那两人却一点动静没有。估计米阳在执勤，不能回电话、短信很正常，可是说要来接自己的陶香也不回信儿就有点怪了。

因为出关有点麻烦，一时没顾得上，现在人都出来了，可还是看不见陶香人影儿。“对不起，您拨打的电话已关机，请稍候再拨……”温和却机械的女声传来，不会吧？韦晶觉得不可能啊，陶香办事向来可靠，怎么可能这个时候关机呢？

韦晶也不敢走，只能拉着亚君一起等，足足等了快一个小时，陶香还是不见人影儿，手机依旧关机。总不能等到天亮吧，再说还有亚君呢，开始有点担心的韦晶只能和亚君分手，打车回家。司机一听说是去西五环外的，大活儿呀！高兴坏了，麻溜儿地帮韦晶把行李装进了后备厢。

韦晶拨陶香电话还是不通，再拨米阳的，居然也关机了，韦晶这回真的有点毛了，出什么事儿了吗……我呸呸呸！一路上琢磨来琢磨去，眼瞅着快到家那边了，两人的手机还是打不通。韦晶也没了办法，只好想着先回家再说。

到家刚抱着爹妈亲热了一下，手机响了，韦晶扑过去看，是米阳的！顿时一肚子担心转成了怒火，接起电话就开始吼：“死大米，我说你怎么回事儿啊！关什么机呀！你知不知道我在机场……”话没说完，韦晶突然消声了，忙着收拾行李和上菜的韦氏夫妇一愣,就看见韦晶的脸色一下子变得白惨惨的,她结巴着说:“你、你、你说什么,陶香怎么了……”

“咣啷”一声,门锁打开了,本就有些破旧的屋门被人一脚踢开,黄飞满头大汗地冲了进来。何宁正木然地坐在床上发愣,手里攥着一张纸,看见他进来,一时间只睁大眼睛看着他,却一动不动。黄飞顾不上理她,翻箱倒柜地找东西:“剪子放哪儿了?!”他头也不回地问了一句,身后却没动静。

黄飞本就急怒攻心,一回头看见何宁傻坐着,他几步过去就是一记耳光,“啪”的一声,何宁歪倒在床上。“靠!我问你话呢,没听见啊?”黄飞表情扭曲。何宁好像刚从梦中惊醒一样,跌撞着把剪刀找出来递给他。

“咔嚓,咔嚓!”黄飞把那小棉袄一下下剪开,何宁突然扑了过来:“妞子的兜兜!孩子呢!孩子怎么样了!啊!你干吗剪烂它?!”她想去抢那小棉袄,却被黄飞一肘子推倒了:“滚开,再捣蛋老子先弄死你!”“哈哈哈!”没一会儿,黄飞大笑了出来,坐在地上的何宁就看着他从碎布里捡出了一把小钥匙,拿在眼前欣赏着,贪婪之情再也难以抑制。

“这是什么?”一无所知的何宁下意识地问了一句。“哼,大富贵。”黄飞小心翼翼地收好钥匙。钉子跟米阳说的那些猜测情况没错,黄飞是个惯偷,他是因为吸毒走上这条路的。那家富豪的一个亲戚是个赌徒,上回因为借钱的事儿与有钱的远房堂姐产生了龃龉,他表面上继续恭恭敬敬地给堂姐开车,私底下却找到了曾在一起混过的黄飞下手偷了她家最值钱的一套首饰。

黄飞有案底,赌徒却没有,两人算计好,越危险的地方越安全,赌徒让他媳妇儿去银行开了一个保险柜把首饰收藏好,户主是赌徒媳妇,钥匙却在黄飞手里放着,少了谁东西也拿不出来,就等风声过去再销赃分钱了。可没想到警察追得紧,黄飞又因吸毒被强制戒毒去了,两人都不敢见面。赌徒一直盯着黄飞家,没想到把何宁吓得带着孩子跑了,而黄飞当初为了保险,竟然把保险柜钥匙缝在了孩子的小棉袄里。

一番阴差阳错,黄飞自然不肯放弃,他悄悄地追了来……而今天,他终于心愿得偿。

这会儿拿到了财富之源,黄飞心情好了很多,钥匙已经找到,得马上走。他勒令何宁:“赶紧地,收拾下东西我们走!车票我都买好了!”“走?去哪儿?妞子到底怎么样了?你说啊!”何宁挣扎着站了起来,死死抓着黄飞的手臂不肯松开。

“喊什么你!”黄飞下意识地想揍她,又知道现在时机不对,现在跑路要紧。“先去收拾东西我再告诉你,要不然你别想再看见孩子!”他威胁道。看见何宁听话地照做了,黄飞满意地一笑,现在再办一件事就行了,那个贪婪又没胆的女人,自己现在没工夫收拾她,但得警告她一下。

他拨了一个电话,何宁就听见他阴恻恻地笑说:“美玉妹子,什么时候来拿钱呀……别客气,你我心知肚明,你看见我了,我也看见你了……哼,拿着手机拍你姐姐的惨状,感觉不错吧……别这么说啊,我还得谢谢你呢,要不是你帮忙,我这事儿还真办不成!跟你没关系?呵呵,好呀,你要有胆子就去跟警察说,看他们信不信我们没关系,钱你可都收了……好啦,大家都是一条线上的蚂蚱,放明白点,回头该给你多少我一分不少,就这样吧,不该留的东西留着小心咬手!对了,现在可是个安慰你那姐夫的好时机,哈哈哈!”黄飞冷笑着把电话挂上了,就知道杨美玉没胆子去报警,自己已经表明了,如果她敢报警,那就拖她一起下水。吃过几回饭,早就听出来这女人对自己姐夫有所窥伺,现在点给她了,自私如她应该会掂量着哪边比较重要吧。

黄飞心里很得意,自己步步为营达到了目标,谁也别想逃过去,控制一个人其实很简单,“人性”两个字就足够了。“你到底把那女人怎么了,什么惨状?如果你不告诉我妞子怎么样了,我不会跟你走的!”一旁的何宁越听心越寒,她死盯着黄飞问。

“哼,我告诉你,你别敬酒不吃吃罚酒,跟着我走,下半辈子就等着享福吧,这个孩子没了就没了,我们还可以再生嘛,你给我生个儿子,我有多少钱都是他的。”黄飞半威胁半利诱地说,看何宁不说话,一扯嘴角,果然,谁能跟钱过不去呢,他口气越发温和:“媳妇,快走吧。”夜长梦多,那两个女人应该不会死,但也得防备警察找上门来,好不容易拿回了钥匙,不能再出错了。至于何宁,他心里冷笑,等离开了这里,要怎么处理她,还不是自己说了算?

没了就没了,再生一个……黄飞的搪塞之语让何宁彻底绝望了,他肯定把那个温柔的女子给害了,妞子也……何宁呆滞地转动眼珠看向之前飘落在床上的那张纸。“你还愣什么?怎么,难道你还惦记着那小白脸儿?我告诉你,你要还敢想着他,我早晚弄死他,不信你就试试!"黄飞想到何宁还惦记着江山就很愤怒,这女人他可以不要,但不能便宜了别人。

见何宁眼珠不错地瞧着那张纸,黄飞好奇地走过去拿起来看,一愣,低头仔细地查看:"这是我的化验报告……"话未说完,忽然口鼻间被捂了一块布,一股微酸的化学试剂味道冲鼻而来,黄飞拼命挣扎,可死命按住他口鼻的何宁却如同钢筋铁锁一般勒住他不放。

没一会儿,黄飞就软了下去,直到他扑倒在地,跟着他坐倒的何宁还是死死地按着不敢松手,她的手就好像粘在了上面一样,身体剧烈地颤抖也无法让她的手离开一公分……

过了半晌,坐在地上一动不动的何宁慢慢地站了起来,她浑身冰凉,四肢僵硬,可她还能活动。而昏倒在地上的黄飞……她好像突然明白自己干了什么似的,惊慌失措地后退着直到被凳子再次绊倒……

110 报警中心的铃声响起,一个惊慌失措的女人在电话中哭叫着:"警,警察同志,我丈夫他,出……出事儿了！你们快来吧!"

等警察赶到的时候,发现那个倒在地上的男人已经没了呼吸,一个披头散发的女人正缩在墙角哭泣着,颤抖着。等钉子赶到的时候,法医已经完成了初步检查。"什么味儿?"钉子一进门就觉得空气里有股煳煳的味道,很淡,好像什么烧煳了似的。

他眼光一扫,落在了躺倒在地的男人身上,眼睛顿时瞪得溜圆,这个人跟协查通报上的那张照片一模一样,居然是黄飞,他怎么会……"丁组长,你来了。"管片儿的接案民警走过来跟钉子通报了一下情况,钉子皱紧了眉头,看向院子里那个披头散发,脸上有伤痕,正在发呆的女人。

乙醚？钉子看看证物袋里那块手绢,乙醚过量确实可以致人死亡,可就这些剂量应该不会吧……报案的那个女人叫何宁,自称是黄飞的妻子,她说话一直颠三倒四的不太清晰,什么黄飞害人了,杀了孩子,还有个很惨的女人,自己想跑,黄飞打她……前言不搭后语的,好像受到了很大的惊吓。

一个女警在温和地跟何宁聊天,很有技巧地引导谈话,何宁断断续续地说着。杨美玉？杨美玉又是谁？她姐姐,孩子？钥匙？钉子从证物箱里找到了那把钥匙,他看了看,上面刻着银行的名字还有号码,应该是银行保险柜的钥匙。难道黄飞来北京就是为了这把钥匙,他把赃物存在银行了? 钉子迅速在脑子里把各种情况分析了一下。

这边米阳简直快要疯了,本来正准备下班的他突然接到报案说有两个女人和一个孩子在拆迁房那边出事儿了,没办法,所里人手紧张,他只能跟车出发。到了现场,他万分惊讶地发现一个是陶香,另一个居然是高海河的爱人,陶香怎么会在这儿? 她不是去接韦晶了吗? 她又怎么会跟高海河的妻子在一起? 米阳百思不得其解。

这时“120”也呼啸着到了,两个晕倒的女人被同时抬上了救护车,已经哭得气若游丝的爱家也被急救医生抱走了。听报案的老头讲,他看见这两个女人的时候,其中一个女人手里还握着一根铁棍,而那个女人,就是陶香。

勘查现场时,赶过来的牛所接到米阳报告,知道他跟这两个女人都认识,根据原则,只能让他退出现场工作。米阳二话不说,打了个出租车就直奔医院,路上他接到了钉子的电话,没几句,两人就发现彼此的案子居然挂上了钩儿,今天第三个大雷劈在了米阳头上。自己总共也没认识几个女人,现在居然三个都出了事儿,那个何宁竟然是黄飞的妻子,而黄飞已经……

韦晶下车时差点忘了给钱,司机“哎哎”地叫着,她哆嗦着从钱包里掏出一百就扔了过去,然后头也不回地往医院里跑。司机虽然不满意,但是这么急火火地来医院肯定没好事儿,司机牢骚了两句也就开车走了。

“韦晶!”一声大喝拽住了韦晶的脚步,她回头一看,立刻转身冲了过去:“米阳,陶香呢? 她怎么样了? 说话呀你!”韦晶真急了,她推了米阳一把。刚才米阳因为心里烦躁,想来外头抽口烟,没吸一会儿,就看见韦晶炮弹似的往医院里冲锋,他赶紧叫住了她,现在陶香不是谁想见就能见的。

看着都快哭了的韦晶,米阳只能把不违反纪律原则的一些情况给韦晶讲了一下,可就这些,已经让韦晶难以接受了!“不可能!”韦晶斩钉截铁地说,“哪个王八蛋说的! 陶香去伤害那个高什么的妻子,她有病呀,不就上回咱们和那个高一起吃了顿饭吗? 要不谁认得谁呀!”

其中的内情米阳不能说,只问:“韦晶,你说陶香会不会以前就认识高海河,你先别反对,听我说完!”米阳看韦晶急赤白脸地要反驳,做了个停的手势。韦晶直喘粗气,但还是闭上了嘴。“你忘了,上次咱俩还说他们之间有点怪,当时还没什么,可现在想想,你不觉得……”“我不觉得!”韦晶毫不犹豫地说,“就算桃子真的跟那个高有什么,我是说如果啊!她也不会去找他老婆的麻烦,陶香是那种人吗?她宁可自己难受,也不会去破坏别人家庭的!”

米阳无话可说,虽然跟陶香交往不算很多,但是不论自己接触还是听韦晶说起,都感觉到陶香是个极其自尊自爱自立的女孩儿。“呼!”米阳长出了一口气,狠狠地搓了把脸,“是啊,你说得对,等杨美兰醒了,自然就真相大白了!”

“那女的没事儿吧?”韦晶问。“她受伤比较重,现在还没醒,陶香倒没什么事儿,我虽然没进屋,但是看她回答问题的样子很清醒,医生也说了她没事儿。”米阳答道。韦晶开始忧心忡忡:“那个女人不会一直不醒吧?呸呸呸!”话没说完她自己就不爱听了。

看韦晶一副嫌弃自己乌鸦嘴的样子,米阳忍不住微微一笑,纠结的心也稍稍放松了一点。他好像才意识到韦晶回来了,就在自己面前,气呼呼热腾腾的。“米阳……”韦晶几乎哀叫了一声,米阳明白她什么意思,伸手把韦晶抱在了自己怀里:“没事儿的,陶香一定没事儿的!”听着这样的保证,韦晶忽然开始呜呜地哭,哽咽难抑,米阳什么也不再说,就紧紧地抱着她。

两天过去了,杨美兰还是没醒,那根铁棍上的指纹也出来了,只有陶香的。米阳根据纪律回避了这个案子,却被原来的何队,现在的何副局长借口人手不足调去帮钉子了。米阳知道这是何队的良苦用心,他一直没有放弃自己,因为人事斗争,撞在枪口上的自己被发配去了基层所,现在有机会,当然想把自己弄回来。牛所也心知肚明,大手一挥,放行。

看守所里恢复了正常的何宁供认,是她用乙醚把黄飞给迷昏的,想借机逃跑,可没想到黄飞昏倒后却没了气儿。法医的鉴定结果也出来了,很简单——乙醚中毒。如果是普通男性,那些乙醚真够让他昏迷很长一段时间却不足以致命,而黄飞不再醒来的原因却是,他的肝脏有明显的病变迹象。

乙醚,曾被广泛用于临床麻醉,但是因为其不确定性,以及太多的禁症而被放弃使用。其中一项就是,当使用乙醚进行麻醉时,胆汁儿的分泌会减少,一种叫肝糖原的物质会被耗竭,对一个身体健康的人而言这没什么关系,但对于肝病患者来说却是致命的,而黄飞恰恰肝功能出了很大问题。

何宁曾在一家郊区医院做过护工，那家医院管理不太严格，已经不用的乙醚就放在药房里保管。知道乙醚的作用后，何宁偷偷地弄了出来。她一直担心如果再被黄飞找到，该如何解救自己，而乙醚就是她最终的武器，但她不知道最后的结果会是这样。

根据何宁的口供，从黄飞身上搜出的那把钥匙已经送到了外省，警察们根据钥匙上的线索顺藤摸瓜找到了开户的人，接着把那个当家贼的赌徒找了出来，赃物起获，案子终于破了。何宁这边的案子也算是破了，定性为“过失杀人”。

按照《中华人民共和国刑法》第二百三十三条“过失致人死亡罪”：过失致人死亡的，处三年以上七年以下有期徒刑；情节较轻的，处三年以下有期徒刑。何宁身上有很多被殴打的痕迹，邻居也间接证实了黄飞曾对何宁施暴。如果何宁是出于自卫才犯下如此罪行，法官应该会从轻判决。

不对，米阳就觉得哪里不对，但他也不知道究竟是什么不对劲儿。何宁转看守所时，米阳去看了。穿着号衣的她苍白瘦弱，楚楚可怜，脸上的表情却很平静，一种解脱之后的平静。江山去外地培训还没回来呢，米阳都不知道该如何去跟他说这件事儿，他临走的时候还拜托自己帮着查何宁的下落。自己最好的兄弟，第一次动了心，怎么会遇到这样一个经历曲折、故事多多的女人呢？

好在何宁提供了一个线索，黄飞跟杨美玉有联系，杨美兰应该是被黄飞伤的，杨美玉甚至有可能握有黄飞犯罪的证据。可米阳他们找到杨美玉的时候，她却死活不承认，只说跟黄飞联系是因为他想找到何宁，才总给自己打电话的。

她之所以敢这么说，是因为她听到医生说，杨美兰脑部有瘀血，如果不做手术很可能醒不过来了，就是做手术也有很大的风险，要求亲属签字决定。高海河在外地执行演习任务，医生当然只能找杨美玉来说，毕竟她是患者的亲妹妹。

高海河一直以为妻子不知道自己和陶香曾有的过去，但杨美兰是知道的，当初她来部队结婚，早有那嘴碎的家属说给她听了，只是她没见过陶香，只知道一个名字。杨美玉自然也知道，她早就从姐姐嘴里给套出来了，原本是好奇，后来又是嫉恨，知道高海河就算不喜欢姐姐，心里放着的也一直是那个陶香。

两个星期之前，姐夫出差回来，到家挺晚的了，不知为什么心情很不好，一脸沉郁地喝闷酒。那天姐姐在福利院值班没回家，她借机凑过去想施展魅力，虽然在外面跟好几个男人玩在一起，但她心里还是喜欢这个气宇轩昂的姐夫。但高海河毫不留情地赶走了她，杨美玉气得直咬牙。

高海河第二天上班去了，趁着没人在家，杨美玉把昨天高海河后来拿出来看的照片翻了出来。那是一张挺大的合影，上面几十来号人，好在照片背面写着名字。那天陶香一出现，她就认出来了，这个女人就是姐夫藏在心里的那个狐狸精！

现在有这样一箭双雕的好机会，她还能客气？不但打死不认账，手机咬定说丢了，而且还说出了陶香曾经跟高海河有一段，话里话外的意思就是，谁知道那女人是不是想取代我姐姐……知道了这个情况，警察们跟陶香谈了一次，陶香承认得很坦然，但对杨美玉的揣测嗤之以鼻。

手机被黄毛抢走了，杨美玉本来觉得他长得不错，还是个未来的演员，才跟他玩在一起的。没想到那小子是一穷二白还贪图享受，要靠女人养活，那天接了黄飞的威胁电话之后不敢回公司，碰上他来找自己要钱，没钱给他，他竟然抢自己的手机。

不过抢得好，非常好，杨美玉心想。她拨打过自己的电话，提示是关机，反正自己那神州行卡里也没剩几块钱，估计手机早就被黄毛卖了，卡也被他扔了，只要自己不说，警察也没地儿找去。黄飞也已经永远不会威胁到自己了，等姐夫回来，慢慢地软化他，他终究有一天会服软的，毕竟他是个健康的正常男人，不是吗？至于姐姐，哼……想到这儿，杨美玉冷笑了一声。

因为证据不足，陶香不足以被拘留，只是不能离开这座城市，可以回家休养。她摔倒的时候，手肘磕到了地面，轻微骨裂。韦晶把自己能请的年假都请了，她要好好陪伴陶香，因为陶香不想让去外地探亲的父母知道后担心。韦晶心想如果到时候实在不行，就算公司开除她也认了，陶香不仅仅是朋友，更是知己，一直以来都是陶香在照顾自己，现在她碰上这样的事儿，该轮到自己出力了。

韦晶也是这样跟父母讲的，韦妈妈想说什么终究还是没开口，韦爸爸只是拍拍她肩膀，说了句："你长大了，自己决定。"因为办案子劳碌，眼角儿都起褶子了的米警官说得更简单："不干就不干，他要是开除你，我养着你！"

"妈，这个山药怎么样，用来煲汤没问题吧，桃子向来喜欢吃山药，正好拿猪骨头一起煮，味道肯定不错，吃骨头补骨头嘛！"韦晶在超市里拿着一根山药左瞧右瞧，也看不出个四五六来，她哪儿会买菜啊？吃菜还比较擅长。

“老妈?”没得到回应的韦晶扭头看去,韦妈妈正半眯着眼看什么。韦晶顺着她的目光看去,也没什么特殊的,一对小年轻正在一个试吃鱼丸的摊位前笑闹,女孩长得还行,就是妆浓了点,笑得跟母鸡下蛋似的,男孩穿了一身韩版的肥大衣裤,一头黄毛竖着挺醒目。

“韦晶,那小黄毛我看着眼熟,好像是杨美玉的男朋友,对,就是他没错,就你回来那天,我提前下班想给你买点好吃的,碰上他跟杨美玉吵架,还把她手机给抢走了。”韦妈妈认出来了。

“手机?”这两个字简直像针扎一样穿透了韦晶的耳膜。上回米阳来帮着做饭,做到一半钉子打电话找他说案子,米阳躲去了阳台。韦晶假装不在意,其实耳朵一直竖着,生怕是关于陶香的事情,隐隐约约听见几句,好像是杨美玉的手机里可能有证据什么的,但杨美玉咬死手机丢了。

“妈,怎么没听你说过?真的吗?”韦晶的心开始怦怦跳。“我早把这事儿给忘了,刚才看见这小子一脑袋黄毛,我多看了两眼才想起来的,绝对是他!”韦妈妈再次肯定,“哎,你干吗去?”韦妈妈话音刚落就看见韦晶朝黄毛走了过去。韦妈妈这一嗓子声音不小,黄毛也听见了,他回头一看,也是一愣,显然他也认出韦妈妈来了。

眼瞅着那小子拉着女朋友要跑,韦晶一个箭步扑了上去:“你给我站住,往哪儿跑!老妈快报警!”黄毛也害怕了,还以为韦晶是杨美玉的朋友,又听见她喊报警,开始用力挣扎,他女朋友也回过神来,冲过来对着韦晶是又抓头发又挠脸,逼她放手。

韦晶疼得直叫唤,但还是死不松手,她也上嘴开始咬那黄毛,逮哪儿咬哪儿,下死劲儿咬,顺便上脚猛踹那浓妆女,甭管踹哪儿,踢上就行!周围的人都惊呆了,第一反应是可能是第三者插足惹的祸。

韦妈妈都快吓死了,眼瞅着别人打韦晶,哪儿还顾得上报警,赶紧跑过去想帮女儿的忙。就这么会儿工夫,韦晶和黄毛、浓妆女交手了好几招了,眼瞅着黄毛就要挣脱开,已经打红了眼的韦晶拉着他狠狠地往回一拽,“砰!”“啊!”“哗啦!”几种声音几乎同时响起,韦妈妈尖叫了一声:“韦晶!”

第二十九章　幸福在哪里呀,幸福在这里

“韦韦……”陶香摸着韦晶的手,眼泪都下来了,她知道韦晶都是为了自己才弄成这样的。原本还想表表功劳的韦晶先被吓了一跳,之前碰上那种被诬陷的倒霉事儿陶香都能面不改色地应对,现在她却哭了,韦晶赶紧笑嘻嘻地说:“我没事儿,一点小伤,绝对比你那胳膊肘儿先好,哭什么呀?”

昨天韦晶那狠狠地一拽,把那小子连带自个儿给拽了个趔趄,两人撞上了身后的鱼丸试吃摊位,为了保持平衡还死活不肯松手的韦晶,拉着黄毛一起把手按进了正在咕嘟翻滚的汤锅里,当时那嗓子惨叫,吓得闻讯跑来的保安还以为超市里开始现场宰猪了呢。

黄毛到底没跑掉,抱着自己的手疼得哎呀妈呀地叫,韦晶疼得眼泪都下来了,还是死活不放手。接到报案的警察在医院里就把他审了个底儿掉,那手机是杨美玉新买的,他抢走之后打算送给自己的新女朋友当生日礼物,就是那个对韦晶下毒手的浓妆女。前几天某剧组开机,这黄毛跟着几个同学当群众演员去了,刚回来,还没来得及卖好呢。

掌握了这个情况,钉子他们立刻去他的住处搜出了手机,打开一看,果然有段视频,真相大白于天下。听米阳说,他们把她从家里带走时,杨美玉还在撒泼打滚地喊冤,一直默不作声的高海河狠狠给了她一记耳光,当时那女人就被打昏过去了,米阳他们只装没看见,这女人太可恨了,那可是她亲姐姐啊!

“恶有恶报，只用个伪证罪、妨碍公务罪判她，真是便宜她了!”说到这儿，韦晶还是恨恨的。陶香一扯嘴角儿:“那种人想她都是多余，你看你的脸。”韦晶的脸上还是一道道的，都是被那浓妆女抓的。

韦晶不想陶香再难过，就把自己两只被裹成白猪蹄儿的手举了起来:“你看像不像机器猫?”陶香扑哧一笑:“都这样了你还乐得出来，烫伤很难好的。”“哈哈。”韦晶没心没肺地乐了，“难好才好呢，本来我请年假就费劲，这回好了，改病假了，工资照付，不能辞退，爽死我了!”

看着韦晶得意到不行的样子，陶香忍不住笑了起来，真好，自己有这样的朋友，真是太好了。现在似乎一切都雨过天晴了，只是……“杨美兰还没醒?”韦晶一看陶香的表情就知道她在想什么。

她和高海河之间的事情韦晶已经知道了，虽然有点埋怨陶香瞒着她，但那份执着的感情也让韦晶感慨不已。但是感慨归感慨，韦晶现在一万个不赞同陶香的做法，她觉得陶香简直就是自虐。“桃子，你听我说……”“韦韦，你先听我说。”陶香轻柔地打断了她。

“我真是自愿的，他现在一个人忙不过来，部队有纪律，他不可能一直这样照顾下去，他家里没亲人了，杨美兰也是，除非他脱了那身军装转业，可那军装等于是他的命。”陶香慢慢地说着，她在微笑，笑得有点忧伤但又坚持。高海河从部队赶回来面对的是昏迷的妻子，还有疑似“凶手”的自己，他的表情自己永远也忘不掉。后来听警察说了，高海河听完事情经过之后，毫不犹豫地说:“陶香同志不可能做这种事儿!”他明白自己的，一直都明白……

“高海河不是你丈夫，他脱军装又不是要你的命，你……”韦晶话没说完，一看陶香的表情她就明白了。又气又急的韦晶憋闷得不行，好多话堵在嗓子眼儿，可偏偏一句也说不出来。“有一回听广播电台，里面的女主持人说一秒钟其实是个很漫长的时间，比如一见钟情，一秒钟可以改变很多，甚至会影响人的一生，你相信吗?”陶香微笑着说。

韦晶没好气地哼了一声:“是吗?我打昏你也只需要一秒钟，要是醒过来你就能忘了那狗屁高海河，我就信!”陶香笑了笑。韦晶没笑，看了她半晌，长长地出了口气:“桃子，你说你图什么呀，自己胳膊还没好利落呢，跑去帮忙照顾人家老婆，她不醒，你跟高海河不可能，人家醒了，更没你陶香什么事儿了，只能回家洗洗睡了！你说这都叫什么事儿呀！"越说韦晶越生气。

"我什么也不图。"陶香淡淡一笑，"能帮上他，我就觉得挺高兴的，真的，如果他过得好，我会立刻离开他还有他的家庭远远的，然后慢慢地去忘记他，可现在他不好，需要帮助，你明白吗？"她停顿了一下又说，"韦韦，爸妈不理解我，知道情况的人都说我是傻子，有毛病，他们不明白，有时单纯地给予也是一种幸福，这种幸福可以属于我。"说到这儿，她歪头看着韦晶，眼中隐有水光，"没人愿意跟我分享这种幸福，你，也不行吗？"

韦晶愣愣地看了她半晌，陶香脸上的表情非常平和自然，真爱就是付出而不求回报，话谁都会说，可真能做到的又有几个？这就是所谓的大爱无疆吗？傻桃子啊……"哎呀我的妈。"韦晶突然大叫一声倒在了沙发里，闭上眼睛，只等眼中的泪意消退，她才高举着自己的双手说："我现在真希望我是机器猫了，从兜里掏出那个什么复制镜出来，唰的一下，先把那高海河复制他两个出来，一个给你端饭，一个给你洗脚！"

"哈哈哈！"陶香一怔，接着放声大笑，笑得甚至歪倒在了韦晶的肩膀上，渐渐地，韦晶就感觉到脖领处有了一点湿意……陶香明白韦晶的意思，就算她不理解但还是接受了自己的任性，站在了自己这边，心里感觉酸酸的、暖暖的，她没有说半个谢字，她们俩，用不着。

过了一会儿，陶香迅速恢复了过来，两人默契地不再提关于高海河的事情，本来嘛，很多事儿都不是说出来的，而是要去做。"这么说那个廖美真的要出国？"陶香问。"呼。"韦晶吐了口大气，"对，昨天她来我家看我，亲自说的，学校早就申请下来了，说是奥斯丁，得克萨斯那边的一个名校，读 MBA 去。"

"为什么，她不是想追米阳吗？听你之前说的那些，她不像是个会轻易放弃的女人。"陶香拿纸巾擦了擦眼角。"好像是我这次受伤触动了她什么的，唉，你们这些聪明的女人想些什么，是我这种笨女人永远不可能理解的。"韦晶很有感触地说。

"你知道吗？她的手机尾号是 5213，她特意挑的号码，知道什么意思吗？"韦晶看着陶香。"嗯。"陶香想了想，"'无爱一生'的谐音？""哇哦，看来只有精英才能理解精英的想法。"韦晶语带嘲讽，陶香笑着踢了她小腿一下："少废话，后来呢？"

“她说她从小就不相信什么爱情了，之前接近米阳是因为她以为米叔叔对不起她妈妈，后来发现米妈妈很不喜欢她，或者说不喜欢她妈，言谈举止都挺不客气的，这话我信，你是不知道，那老太太，端起架子来真够你喝一壶的！”一说到米妈妈，韦晶立刻心有戚戚焉地大发感慨。

陶香好笑地说：“那老太太是你未来婆婆吧？”“啊！”韦晶立刻惨叫了一声，倒在了陶香的大腿上，“你说我现在跟米阳掰了还来得及吗？”“我估计那米大警官就敢铐着你去结婚！再说了，你舍得吗？”陶香一挑眉头。

韦晶噘嘴皱眉地想了想，突然嘿嘿一笑，假作羞涩地说：“还真有点舍不得！”“显摆，你接着臭显摆你有个好男人！”陶香哼了一声，然后两人笑成了一团。“好了，别笑了，接着说正事儿。”陶香推了一下韦晶。

韦晶坐直了身体：“她也没多说，反正我听着那意思，之所以最近跟米阳这么近乎，就是想吓唬一下米妈妈，顺便看看这青梅竹马的爱情，在一个貌美、多金又体贴的女孩儿面前是不是还能那么牢靠！”

“看来她对米阳真的有点那意思。”陶香若有所思地说，“要不然她没必要还找个借口给你听。”“也许吧。”韦晶耸耸肩，廖美的离开真的让她松了一口气。她当然相信米阳，但卧榻之侧岂容他人酣睡，更何况还是一个上下左右前后，怎么看都比自己强很多的女孩儿？

看看自己的手，也许这就叫否极泰来吧，聚集了很久的乌云忽然一下子就被吹散了。自己为了陶香而受伤，却好像无形中阻挡了一个潜在的情敌。韦晶现在还记得自己问廖美为什么不继续测试下去了，她摆出了一个似笑非笑却又含了几分真心的表情：“一个能为了朋友做到这个地步的女人，如果男人还放弃的话，肯定是个没心没肺没感情的傻子，我又干吗非得要个傻子呢？”

“就这样一笑泯恩仇了？按照言情小说里的规律，你们俩应该成为了惺惺相惜的真心知己什么的吧？”陶香笑着调侃。“拉倒吧，言情小说要能信，这世界早和平了。”韦晶翻了个白眼儿。“不过这女孩儿挺有意思的，可惜没机会见了，你说她既然早就决定去读书了，那围着米阳转，就是单纯地为了恶心一下他妈妈，再考验一下你们？”陶香真的挺想见见那个廖美的，很有个性。

“嗯，她那话吧，说得有些绕，我的理解就是，如果米阳没有背叛我，她也愿意在我俩身边儿感受一下真爱是什么滋味，然后在一段时间之内能对男女感情有个信心什么的，大概就是这个意思，让我不用介意她的存在。”韦晶皱着眉头说。

“哦，那你怎么说？”陶香笑问。“我直说啊，你以为你是黑熊啊，攒足了膘儿就能扛过冬天，而且最重要的是，一开春您还得出来踅摸，这谁受得了呀？我怎么可能不介意！”韦晶越说嗓门越高，陶香笑得肚子都疼了：“米阳怎么就看上你了？”

“你怎么就看上她了？”米阳说得郁闷至极，一仰头又干了一杯啤酒，江山一言不发，就一杯接一杯地喝酒，一向喜欢胡说八道、插科打诨的肥三儿也不知道该说什么才好。“你为什么喜欢韦晶，我就为什么喜欢何宁。”江山突然说了一句。米阳捏得杯子嘎嘎响，忍了半天才说：“我真想抽你！”

“好了好了，那什么，大米你消消气，山子，有话好好说，别横着出来，再说何宁那小寡妇能跟人韦晶那黄花大闺女比吗？”肥三儿打算和稀泥，可他话一出口，江山和米阳都恶狠狠地瞪了他一眼。“不会说话就别说，你帮我个忙。”负责上菜的小林扫了肥三儿一眼，转身就走，肥三儿赶忙跟了过去。心事重重的米阳和江山明知道他们俩不对劲，却没有心情去探究。

“山子，按说这话我不该跟你说，可你是我兄弟，我一直拿你和胖子当亲兄弟，你知道吗？”米阳红着眼说。江山哑着嗓子说：“当然！”米阳皱着眉头想了半天，还是说了出来：“我怀疑何宁这个案子，不是过失，是有预谋的。”

“砰！”江山把杯子戳在了桌子上，他死死地盯着米阳：“你什么意思？”“我查过了，黄飞在何宁打工的那家医院做过检查，但那家医院管理混乱，化验单丢失了，不翼而飞，那天有人看见何宁回了医院，但她的供述却是去偷乙醚，说她根本不知道黄飞做了什么体检。”米阳毫不畏惧地与江山对视。

“那又怎样，这能证明什么？”江山的话仿佛是从喉咙里挤出来的。“不能证明什么，但是何宁之前护理过的一个病人就是肝功能重症患者，她非常有可能知道对有肝病的人使用乙醚的后果，当然了，她坚持说她不知道。”米阳一哂。

“大米，你是个警察，你知道，怀疑不是证据，更不是罪名。”过了半晌，江山才低声说。“对，我当然知道，可我还是怀疑，钉子说在他们到达之前，何宁烧过什么，但她也不承认，疑点很多，但没有证据，可我坚持我的怀疑。”米阳说。

江山看了他半晌，点了点头："可也我也坚持我的信任，我相信她。""相信她不是故意的?"米阳哼了一声。江山站起身来，没有回答米阳的问题，只说了一句："我相信她对我的感情，还有她对孩子的感情，她有她的苦衷!"江山一仰头把剩下的啤酒喝光，"大米，谢谢你，我明白，你放心!"说完江山转身大步离开了。

米阳恨不能给自己一耳光，这种面对朋友的痛苦却无能为力的感觉让他很难受。肥三儿看着江山离去的方向叹了口气，回来坐下，没说话，给彼此倒满酒，两人无声地喝了起来。

那晚米阳喝醉了，抱着韦晶不撒手，死活不肯回家。过来拽他回家的米妈妈气个半死，最后还是米爸爸把他拉回了家。倒是韦氏夫妇什么也没说，韦晶受伤那天，米阳就跟他们表明了，打算"十一"跟韦晶结婚。韦妈妈帮着关上了房门，跟韦爸爸悄悄地回了自己房间。

韦晶靠在床头，米阳抱着她的腰，口齿不清，断断续续地说着，韦晶只柔声地应着，根本不知道说了些什么，就这样，直到他俩睡着……

2015 年 9 月 3 日

这是一个普通又特殊的日子，抗战胜利日阅兵，举国欢庆。为了曾经的苦难与抗争，更为了现在的平安幸福的生活。在秋高气爽的北京，无论你走到哪里，都能听到人们对阅兵的讨论和期盼;无论你看向哪里，都是笑脸。

"韦晶，这有个凉伞，你先在这儿等会儿啊!"周亮热情地给韦晶让座。"谢谢你啦!"韦晶也是笑容满面。因为大阅兵，米阳和一部分同事被调去维护治安，他回刑警队的调令已经下来了，但米阳坚持跟六角园派出所的兄弟们站好最后一班岗之后再回去。

本来韦晶打算啃着水果、刷着微博在家看帅气的兵哥哥们踢着正步，威武雄壮，就算看不懂那些高精尖的武器，但也阻拦不了她与有荣焉地利用手机各种点赞的热情。

米阳一个电话将她召了过去。因为很多地方都戒严，出了地铁，她几乎是走过来的，走得满头大汗。再往里就得需要通行证了，韦晶进不去，只能隔着很远眺望着在蓝天白云下红墙黄瓦的天安门广场，四处都是迎风飘扬的五星红旗。军乐队试音的音乐铿锵有力,仿佛心跳不自觉地就加快了。

韦晶的泪意猛地涌上,她用力眨了眨眼,不想被人斜视,四处看看,旁边经过的人都是笑容满面,人人举着手机、自拍杆,就算不能亲自参加,再靠近一点也是好的,并没人注意到她的失态。

韦晶也抱怨过一些不公,但此刻她的心中只有骄傲,她发觉这并不矛盾。

“哎,还有两个小时就该开始了吧?”不远处一个女孩儿问她男朋友。韦晶一看表,果然,八点整,网上公布十点开始,也不知道米阳叫自己过来到底要干什么。正想着,就看见米阳从不远处围栏里跑了出来,手里好像还拿着一朵花……韦晶眨眨眼,心说自己是不是刚才揉眼睛太用力,有些眼花了?

“周亮,这就是你拍胸脯说没问题找来的花儿?”一旁暗中观察的张姐万分不满地看着米阳拿着一朵红色郁金香向韦晶走去,带队的队长特意给他调整了喝水上厕所的时间,虽然只有区区五分钟,但是求婚,够了。

周亮也很尴尬,但怎么解释也没用了,就这朵花他还是冒着风险弄来的呢。要是被拍到了,微博热门前十肯定有他一号,警察驻守广场寻机偷花,制服组缘何成为“采花贼”?!

看着米阳轻快的步伐,周亮忍不住感叹:“真羡慕!”“羡慕有什么用啊,你也找去啊。”一个警察笑说。“哪找去啊,人家青梅竹马二十多年了!”周亮不忿地说。“哈,要不你干脆从现在开始培养一个好了,二十年后你就可以娶媳妇了。”张姐半开玩笑地说。周亮苦着脸说:“二十年后,我都奔五了,是娶媳妇还是找老伴儿啊?”几个正轮班喝水的警察大笑。

米阳管不了这些,他只有五分钟!虽然跟韦晶早就把事儿定了,但毕竟没有正式表白,所以他还是很紧张。这样特殊的机会实在难得,拼了!

“给!”米阳平时的油嘴滑舌好像都放在家里忘了带出来了,就说了这么言简意赅的一句。韦晶一愣:“给我一朵花干吗?”米阳抹了一把脑门上的汗:“看到这花儿你不会想到点儿什么吗?”还是不好意思直说,米阳只能近乎明示地暗示着。

韦晶歪头看了看那朵红色的郁金香,突然笑了起来:“达克宁栓?我只能想到那广告了。哈哈哈!讨厌,你才有妇科病呢!”韦晶笑到一半又开始瞪眼。

米阳差点没吐血:达个头啊!跟这没心没肺的女人要浪漫简直就是……彻底

无语的米阳从郁金香的花苞里拿出早就买好的戒指，几乎是恶狠狠地给韦晶的无名指套上，然后对看着戒指发愣的韦晶说："嫁不嫁?""啊?"韦晶一愣。米阳一眯眼，靠近她，近得呼吸可闻："不愿意?""愿意啊!"韦晶脱口而出的话让米阳乐开了花。满脸通红的韦晶正想找回场子，"砰砰"的声音越来越近，他俩转头看去，又一队参加阅兵的军人整齐地经过。

"好帅!"韦晶花痴地看着威武雄壮的士兵经过。米阳点点头，然后皱眉，把韦晶的下巴拧过来："有我帅吗?!"韦晶大笑："安啦，在我心里你永远第二帅!"

米阳火大，求婚现场你还敢这么说?"第一是谁?介绍认识一下呗，让我也开开眼!"韦晶打开手机调出照片，一脸憨厚的韦大胜同志正对着米阳微笑，很慈祥。看米阳吃瘪的样子，韦晶觉得自己一大早被叫起来的郁闷全部消失了。

她正要开口说话，米阳猛地低头，嘴唇上一热。一个短暂却坚定的吻，让韦晶瞪大了眼睛，米阳也瞪着眼睛，一时间两人都不知道该如何反应。如果不是两人啃在一起，看起来就像是有深仇大恨，最起码攒了一年以上那种。

旁边突然咔嚓一声，两人同时回头，周亮一脸坏笑："微博头条，微博头条"!韦晶瞬间红了脸，米阳伸手要抢，周亮难得灵活地转身就逃。

"队长说了，五分钟到了，啃一下就得了!"周亮大笑着跑走。韦晶双手握脸，热得发烫，她还没想好：是装作什么都不在乎，还是立刻坐地铁回家逃离尴尬。去追周亮的米阳突然又快步跑了回来。

他用力抱了韦晶一下，低声道："韦晶，我爱你!"幸福在哪里，就在这一身汗味热烘烘的怀里，韦晶幸福到哆嗦，她悄声说："我也是。"

米阳笑脸简直比天上的太阳还耀眼，他点点头，转身大步走回，继续完成自己的工作。

十点整。

阅兵正式开始。韦晶看不到现场，只能听到军乐声和军人们威武的口号声。

她抱膝坐在马路牙子边，不远处的米阳认真地在执勤，没有再看这边一眼。

韦晶从未觉得如此开心，却心态平和。

此时一个拿着气球的小朋友突然钻过警戒线，跌跌撞撞地跑了过去，险些摔倒。米阳快速却温和地将他抱了起来，正要送回警戒线以外，此时天空有战机飞过，声音轰鸣，震耳欲聋，人们毫不在意，只抬头拼命冲战机招手，欢呼着。

米阳怀中的孩子也兴奋地抬头招手，气球脱手而出，仿佛要追随战机而去，米阳紧了紧手，将他抱牢。

蓝天，白云，红墙，战机，欢呼，孩子的稚嫩，米阳的笑脸。韦晶忍不住叹息一声："何为岁月静好，现世安稳？就是你爱的人在站岗，而你能一直相陪吧……"

米阳察觉到什么，抱着孩子的他目光和韦晶一碰。他突然立正，用力敬了一个礼，怀里的孩子也学着他的样子，抬起小手歪斜却认真地敬礼。

韦晶笑了，嘴巴都咧疼了，她依然笑着。脸上突然有些痒痒，摸了一把，发现眼泪终于流了下来。这回韦晶不再躲闪别人的眼光，我不是精英，也不是美女，可我依然拥有只属于自己的幸福和一个永远不会褪色的最灿烂的吻……

番外之“‘味精’醉酒记”

韦晶摇摇晃晃地坐在小区石凳上,看着天空唱字母歌。

韦晶:ABCDEFG……

米阳跑了回来,把一瓶矿泉水递给韦晶。

米阳:给,赶快喝!

韦晶傻笑着打了个嗝。

韦晶:Thank you!

酒气喷得米阳忍不住挥手散味儿。

米阳:你不会喝酒还喝这么多?你是去当白领,还是去当陪酒的啊?

韦晶(生气):你说什么呢?

米阳:你说我说什么呢?发微信不回,打电话不接!对了,合同呢?

韦晶:合同?什么合同?

米阳(搓火):你答应过我妈给她看你的入职合同!我一下午就给你发微信打电话了!刚才还跟二傻子似的在楼门口足足等了你三个小时!

韦晶:我让你等来着!不愿意等你别等啊!

米阳:哟呵!刚当了大白领一天就脾气见长啊!说话不算数你还有理了!

韦晶(哭喊):什么大白领啊!你以为我享福去了?!

韦晶伸出自己的手指头,上面都是创可贴。

韦晶:我今天一去,他们就给我脸色看,各种整我,我粘了一万个信封,搬了几十个箱子!他们还逼我上台讲英语,我一句都听不懂,我一句都不会说!我想死他们都不让,还得丢完脸再死!你以为我愿意喝啊?不喝酒我早就露馅儿了!你妈还想看入职合同,等着看离职合同吧!

韦晶喊完又想吐,一个劲地干呕,米阳赶紧帮她拍。

米阳心疼:好了,好了,都是我不对,你别激动。

韦晶擦一把眼泪,用力推米阳。

韦晶:你别管我!他们欺负我,回来你还欺负我!

米阳无奈,紧紧抱住韦晶,任凭她挣扎,还用力踩自己的脚。

米阳(龇牙咧嘴):行,行,回头我跟你一块上班,谁欺负你了,我挨个收拾他们!敢欺负警察家属!

韦晶(恨恨地):尤其是那个……

米阳:谁?

韦晶哭完了,也清醒些了。

韦晶:合同我忘了怎么办?你妈肯定以为我骗她呢?

米阳:没事儿,回头记得拿回来就行了!

韦晶:那你还喜欢我吗?

米阳(笑了):喜欢!

韦晶:那你亲我一下。

看着韦晶噘起的嘴,想到她刚呕吐完,米阳觉得自己也有点想吐了。

米阳拖时间:现在,这不太好吧?再被人看见……

韦晶咧嘴就哭:你就是不喜欢我了,你不爱我了。

米阳:别喊!亲亲亲!

米阳鼓足勇气在韦晶嘴上亲了一下,然后对她笑。

米阳:姑奶奶,行了吧,先回家吧。

韦晶:我要不是白领了,你还爱我吗?

米阳快哭了:韦大小姐,您刚吐完我都亲得下去,这不是真爱是什么呀!赶紧再漱漱口,清醒一下,不然回家你妈肯定饶不了你!

韦晶耍赖,伸出手:腿软,走不动了。

米阳蹲下:娘娘,请上座!

楼道里,黑漆漆的。

米阳背着韦晶往楼上爬,脖子上还挂着韦晶的包,韦晶还乱揪米阳的头发。

米阳:姑奶奶别捣乱了行不行?

韦晶:你不爱我了……

米阳:行,行,揪!你随便揪!反正揪谢顶了也是砸你手里!

韦晶:幸好你逼我背那个英文简历。还有你带我去福利院做志愿者,学的那个手语,不然,今天就丢大脸了!

米阳:你要真是难受,干脆别干了。

韦晶:不行!还没拿下你妈呢!你放心,为了你,什么苦我都能吃!

米阳忍不住笑了,他高兴地背着韦晶转了一圈。

米阳:老婆抓稳了,冲锋!

米阳背着韦晶往楼上跑,韦晶兴奋地大笑。刚到六楼,韦妈妈正好开门,差点撞上。

韦妈妈:韦晶?!你们干什么呢!

米阳赶紧放下韦晶,韦晶一摇晃,差点摔下楼梯,两人同时去扶。

韦晶:妈咪,我回来了!

韦妈妈:你喝酒了?!找揍啊!

韦妈妈立刻怒视米阳。米阳赶紧摇手。

米阳:不是我,是他们公司欢迎新员工开个 Party。

韦妈妈:爬什么?

这时米妈妈也打开了门。

米妈妈:米阳你回来了?韦晶怎么喝醉了?

米妈妈用手扇着风,一脸不赞同。韦妈妈看了就来气,上前拉韦晶。

韦妈妈:走,回家!

喝多了的韦晶突然甩开韦妈妈的手,韦妈妈一个踉跄,米阳赶紧扶了一把。韦晶摇摇晃晃走到米妈妈跟前,鞠躬。

韦晶(摇晃):阿……阿姨好。

米妈妈:韦晶啊,第一天上班就喝得醉醺醺的?你去的真是BM公司?

韦晶打酒嗝,喷得米妈妈往后躲,她还笑。

韦晶大嗓门:公司特意给我开的欢迎会,咱是实在人,人家给脸,咱就得接着!

米妈妈:你小点声,女孩子要保持优雅,醉醺醺的成何体统?

韦晶指指点点:您和那个Amy真像,都……都喜欢装腔作势……哎哟!

米阳听韦晶说出“心里话”,赶紧偷偷掐了她一把。

米妈妈的优雅顿时变成尴尬,韦妈妈倒笑了。

韦妈妈:我闺女就不劳您操心了。

米妈妈:你……

两个妈妈不甘示弱,米阳辛苦地拦在两人中间,韦晶傻笑着看热闹。

米阳:韦晶,赶紧跟你妈回家休息。

韦晶用力点头,摇晃着走上前,却一把抓住了米妈妈。

韦晶:妈!

米妈妈/韦妈妈:你叫谁妈呢?!

米阳也愣住了,韦晶不顾韦妈妈拉扯,死抓着米妈妈不放表忠心。

韦晶:妈,我真的会努力的,我会、会……

米妈妈下意识挣扎推了韦晶一下,没挣脱,韦晶却酒意上涌,吐了米妈妈一身。楼道里顿时寂静,然后是米妈妈一声尖叫。

米妈妈:韦晶!

番外之“米妈妈的玛丽苏清单”

韦晶和米阳一起午餐,她拿到了米妈妈的媳妇要求,嘴里的饭差点喷出来。

韦晶:你妈言情小说看多了吧?这不是玛丽苏清单吗?我要是有这水平直接嫁威廉王子、比尔·盖茨了,干吗便宜你啊!

米阳:我妈就这么一说,你就这么一听。

韦晶气得走了两步:你妈到底有多不待见我啊,我这段时间表现得还不够好吗?我对她掏心掏肺的!咱俩这么结婚有意思吗?

米阳:有啊!有人为什么会七年之痒,那就是因为结婚太顺利了,就剩下爱来爱去的没劲了。你看咱俩,七年的时候说不定还携手一心和咱妈斗智斗勇呢,肯定感情巨牢固。等真痒痒的时候怎么得小二十年之后,都快庆祝银婚了,多棒!

米阳的歪理却让韦晶哭笑不得。

韦晶:气死我了,母债子偿!

韦晶憋屈得乱掐米阳肋下,米阳又笑又叫。

米阳:哎哟,疼,哎哟,痒痒死我了!

韦晶没好气地:现在就痒?那拜拜算了!

米阳抱住韦晶故作正色:警告啊,要是我这么好的媳妇没了,跟你急啊!

韦晶忍不住笑:癞皮狗!

米阳笑嘻嘻亲韦晶一下:痒痒挠!

那张清单飘落两人脚下。韦晶的手机短信响,米阳不肯放开,她只能费劲地拿出来看,顿时笑容满面,米阳故意歪头看,他一愣。

米阳:人力资源师考试通过了?

韦晶本能地把手机盖住,想想又没意思地叹口气:本来想给你个惊喜,现在一看你妈的清单,我这点考试算什么呀!

米阳拿过手机仔细看,一脸高兴。

米阳:媳妇,你真是大变样!考上大学,考证,自己又找了个外企的工作,我真为你骄傲!

韦晶撇嘴:这回说实话了,你以前也嫌弃我不努力是吧?

米阳:没有,绝对没有!以前的你,很好,现在的你,更好!

韦晶抢回手机:别拍马屁了,(下巴指指地上)怎么才能让你妈也为我骄傲啊?

米阳:你放心,我妈这边我来搞定,绝对不让你再为难!你这么努力,我也不能拖后腿!

韦晶高兴了,捡起清单看了看,不屑地:会一门乐器有什么了不起,我会两门呢!

米阳斜眼:放屁带响不算啊!

韦晶怒:一边去!敲水杯,吹口哨!这不是两样?我吹得好着呢!

韦晶吹了两声,米阳笑了,正要开口,他的对讲机突然响了。

周亮:大米,一号处置!所长让你马上回来!

米阳表情顿时严肃:收到!

米阳戴好帽子,又低头亲了韦晶一口,这才往外快跑。

韦晶扬声:注意安全啊!

米阳敬了个军礼,头也不回地离开了。

韦晶看看手里的清单,咬牙切齿。

韦晶:亲爱的婆婆,我这辈子跟你耗上了!

番外之"'米公公'的考验"

一个歹徒持刀在胡同里拼命逃窜，警察们围追堵截。眼瞅着前面就是幼儿园，歹徒直奔那个方向而去，米阳顿觉不妙，他身手利落地上了民房，从房顶抄近道跑在歹徒的前头，一个飞扑压倒了歹徒，两人一番格斗，米阳的后背狠狠撞在墙上，却借机反手夺刀，同时踢倒歹徒，将他压制在地。周亮、老胡等人赶来，帮忙把歹徒铐上。老胡将米阳从地上拉了起来，一竖拇指。

老胡：大米，好身手。

米阳一笑，拍拍身上的土。

周亮惊叫：哟，大米，你手怎么流血了？

米阳低头看，发现自己手上有血，他转头发现民房外墙上有外露的一小截钢筋，他这才感觉到下半身疼痛，脸色大变，去捂。看到他捂的位置，警察们也变了脸色，瞪着米阳。

周亮：大米，你，你"兄弟"没事吧？

米阳表情狰狞。

老胡急了：愣着干吗！赶紧去医院啊！

医院。

米妈妈脚步踉跄地跑进了医院，脸上都是泪痕，米爸爸紧紧地扶着她。

米爸爸:你别急,米阳肯定没事!

米妈妈:没事?没事能进医院吗?!我当初说不让他干警察,你非支持,要是有个三长两短,我也不活了!

米爸爸无奈:你这不是咒儿子吗?我相信他肯定没事!

米妈妈惶然地说:对对对!呸呸呸!(双手合十)老天保佑,只要米阳平安,你让我少活十年都行,我什么都不求了!

米爸爸扶着米妈妈进了电梯。

米家夫妇出了电梯,就看见周亮,周亮立刻迎了过来。

周亮:叔叔,阿姨。

米妈妈一把抓住周亮:米阳呢,他怎么样了?

周亮:您放心,他刚睡着了。

米妈妈腿一软差点摔倒,众人赶紧扶。米妈妈缓了缓神,推开周亮和米爸爸的手。

米妈妈:米阳在哪个病房?我要去看他!

周亮拦:阿姨,大夫说等您来了,让您过去一趟。

米妈妈紧张:有什么问题吗?

周亮有点不好开口:呃,大夫没说,您去了就知道了。

米爸爸:那我先去找医生吧。小周是吧,米阳这边先麻烦你盯一下。

周亮一拍胸膛:大米是我兄弟,您放心。

米妈妈:我还是先看一眼米阳,才能放心。

米爸爸点点头,周亮只得带着两人来到病房外,透过窗户,看见米阳仰着睡,两腿大张,打着吊瓶,像是一只被翻了身的乌龟,看着别扭。

米妈妈眼泪登时下来了:他怎么是这个姿势啊?

米爸爸看着没有外伤,稍稍松了口气,轻拍米妈妈的肩膀安慰。

周亮根本不敢多说,干笑着劝米妈妈:阿姨,医生还等着您呢。

医生办公室。

米妈妈正在不停地追问米阳的病情。

医生:患者主要是臀内侧受伤,已经清创,只要按照医嘱休养,很快就会好的。

米氏夫妇同时松了口气。

医生:不过……

米妈妈又紧张:不过什么?

医生:患者的生殖器官,也就是睾丸被挫伤,没有破裂,现在是瘀血肿胀,我们虽然做了消毒消炎止痛,但等他醒了一定痛感强烈。这种伤痛很容易影响心理,你们要注意。

米氏夫妇目瞪口呆,米妈妈吓得已经说不出话来,只能用力地掐米爸爸胳膊。

米爸爸担忧地说:您的意思是……

医生:你们也不要紧张。患者是年轻人,身体素质很好,我只是把可能性说出来,让你们有个心理准备。这是片子,你们看,已经肿大了。

看到片子,米妈妈已经摇摇欲坠。

米妈妈:什……什么可能性啊?

医生:人的身体和神经是很微妙的,有些伤害看起来不严重,器质上没有变化,但是却会影响心理。个别患者会因为伤害到下半身器官,因为疼痛,畏惧二度伤害等原因,可能会影响小便,甚至进而引发ED反应。这个没有具体的检验办法,主要是观察。

米爸爸:什么叫ED?

医生:勃起功能障碍,也就是通常所说的阳痿。

米妈妈:阳、阳……

米妈妈眼珠一翻,根本坐不住了,米爸爸和医生赶紧去扶。

米爸爸:慧芬!

医院走廊。

米妈妈坐在长椅上哭,纸巾团成了一堆。

米爸爸劝:医生只是说有可能性,这是他的职责。说句不好听的,动个痔疮手术也要签免责协议呀!

米妈妈:那要是万一呢?我那么优秀的米阳变成了,变成了公公……啊,他的人生就全毁了。

米爸爸哭笑不得：老婆，咱们先别自己吓自己好不好？医生可说了，这种事情心理最重要，本来儿子没有问题，你一惊一乍地再影响了他，这不无事生非吗？

米妈妈拿出手机，上网查ED，越看她越慌张。

米妈妈：你看看，你看看，这要是真的……米阳可怎么办啊？他还没结婚呢！

米爸爸：还是听医生的，咱们先仔细观察。好人有好报，我相信我的儿子一定没问题！

米妈妈用力做几个深呼吸，让自己坚强：你说得对，走吧。

两人来到米阳病房前，米妈妈努力让自己镇定，正要推开病房门，米爸爸拉住她，两人从窗口里看过去，韦晶正抱着米阳的胳膊流泪，为了工作化的淡妆，眼圈都晕黑了，十分狼狈。米阳忍着疼柔声安慰。

米阳：我没事儿，真的没事儿，明天就好！

韦晶声音都哆嗦了：你、你都进医院了，太危险了……

米阳：进医院就危险啦？你感冒发烧不进医院吗？

韦晶不再说话，就是紧握着米阳的手流泪，眼泪一滴滴地掉，心疼又后怕。韦晶的样子让米阳心疼又贴心，他忍痛做起身状。

米阳努力笑：我起来给你走两步看看，没事！

韦晶：你别胡来，快躺好！

韦晶一不小心按到了米阳伤口，米阳咬牙切齿，笑容都狰狞了。

韦晶：对不起，对不起！快让我看看！

韦晶想要掀裤子，被米阳抓住手。

米阳：我都受伤了，你还惦记占我便宜！

韦晶气急：你别闹了行不行，我都快急死了！

米阳拉着韦晶的手，让她坐在床边，自己把脸靠在她手心蹭了两下。

米阳：伤的地方不好看，你给我留点脸面行不行？再说你一来，我就好多了。

韦晶努力让自己不哭，轻轻摸着米阳的头发。

米阳倒吸凉气：哎哟，真有点疼。

韦晶：要不要我去找医生，帮你止疼？

米阳：别！我这麻药劲儿刚过，这种东西用多了，回头再影响功能。

韦晶:影响功能? 你不就是臀部受伤吗?(急眼,站起)还伤哪儿了?!

米阳有点尴尬:你别着急。其实吧,就是这个……城门失火,这不俩石狮子吗?不小心红烧了一个,嘿嘿……

韦晶一开始没听懂,眼睛在米阳的脸上和屁股上来回扫了两遍,突然反应过来了,她张大了嘴。

米阳开玩笑:哎,要是我真变"米公公"了,你怎么办?

米阳话音未落,韦晶还没反应,门口"啪"的一声,两人同时回头,米妈妈两眼通红,紧紧捂住嘴巴,不敢哭出声来,手里的包掉在了地上。

米阳:妈?

韦晶赶紧擦擦眼泪:阿姨,米叔叔。

米爸爸示意米妈妈镇定,米妈妈强笑。

米妈妈:韦晶来了。哎哟,你的眼圈都晕黑了,赶紧去收拾一下吧。

韦晶抹抹脸,看米阳:我一会儿就回来。

米阳:好!

韦晶离去,米妈妈坐在了床边,看到米阳的病号服,她又想哭。

米阳:妈,您别哭,我真没事儿!

米妈妈强颜欢笑:米阳,要不以后,别干警察了。你要真舍不得这身警服,可以干后勤嘛。

米阳胡乱安慰:妈,这点小事算什么呀。我是自己不小心撞上的,要不是我们所长心眼好,都算不上因公负伤,跟是不是警察没关系。

米妈妈还想劝服,米爸爸拍拍她肩膀。

米爸爸:米阳,你伤口感觉怎么样?

米阳:没事,就是疼。

米爸爸干咳一声:哪儿呢?

米阳:哪儿啊?

米妈妈着急:你的……Ball 怎么样了?

米阳:我的什么……(尴尬状)哎呀,妈!

米妈妈:你是我一把屎一把尿拉扯大的,有什么好害羞的! 你让我看看。

米妈妈非要看,米阳紧抓着裤腰哀求。

米阳:妈,您饶了我行不行? 哎哟,哎哟!

米爸爸拉米妈妈坐下:算了,别再碰到他伤口。米阳,呃,除了疼,还有别的感觉吗? 你小便了吗? 感觉如何。

米阳有点烦躁:就是疼。爸,妈,你们别操心了,越说越疼!

米妈妈:好好好! 不说了,不说了。

夫妻俩对视一眼,彼此都是担忧。

转眼过了一个星期。

米妈妈来给米阳送饭,米阳一打开饭盒,闻到味儿就一脸难受。

米阳:妈,您这不是韭菜蛤蜊汤,就是枸杞猪腰子汤,能换个花样吗?

米妈妈:都是为你好,必须喝光啊,专门给男人喝的,大补!

米阳一愣:补男人的?

米妈妈点点头,又给米阳用热水消毒筷子。

米阳咧咧嘴心想:糟了,我让韦晶偷偷帮我喝了那么多,不会喝出胡子来吧?

米阳想象韦晶长胡子的样子,差点笑出来。

米妈妈观察米阳心情很好的样子,故作若无其事地问:今天还红肿吗? 小便感觉怎么样? 有没有其他变化?

米阳不耐烦地说:妈,您天天问,烦不烦啊?

米妈妈:行,不问,不问。那个,你早上起来,就没什么……想法?

米阳一愣:什么想法啊?

米妈妈不敢直接问:没什么,我随便一说。哎哟,我忘了给你带主食了,你等等,我去给你买。

米阳:算了,凑合了!

米妈妈:那怎么行,你现在必须保证营养!

米妈妈匆匆出门,米阳刚要喝汤,他突然僵住,明白了母亲刚才在问什么。再一想她最近的问题,还有手里这碗猪腰子汤。米阳赶紧拿出手机,把那几个关键词输入进去,查询立刻显示是男性功能勃起障碍的相关症状,米阳的脸都绿了。

米阳左右看看,发现没人,他一咬牙,拉起被子盖住了头。

镜头再转,米阳从被窝里出现,他一脸庆幸。

米阳:吓死小爷我了! 幸好一切正常!

米阳突然感觉不对,一转头,看见来探病的费明拎着一堆东西,目瞪口呆地看着自己。

费明:哥们儿,你太强大了,屁股都扎穿了,还没耽误办这事儿啊?

米妈妈再回来的时候,费明已经离开了。

米阳一边喝汤,一边偷眼打量米妈妈。米妈妈已经装作轻松的样子。

米妈妈:费明这么快回去了?

米阳:啊,他还有事儿。

米妈妈收拾碗筷:那吃完了你就先好好睡个午觉吧,我回家给古利喂饭,下午再来陪你。

米阳:您别麻烦了,晚上韦晶过来。

米妈妈犹豫了一下,却不像往常一样拒绝,米阳观察着她的态度。

米妈妈:也好……那还真是辛苦她了。行了,你睡你的,我再给你买点水果就走!

米阳:行,那您路上小心点。

米妈妈给米阳掖好被子,这才离开。米阳小心地转身,想心事。之前费明贼眉鼠眼的表情又浮现在脑海里。

费明:兄弟,这叫善意的谎言! 你想想看,你妈要是相信你真的不行,成公公了,别说韦晶,只要还是母的愿意跟你过,她不得把这儿媳妇供起来啊! 机会不用,过期作废啊! 你还想不想和味精结婚了?

米妈妈拿着清单得意扬扬的样子:只要韦晶都能做到,你们明天就去领证,我绝不阻拦!

米阳左右为难,不想骗老妈,可又不想让韦晶再为难,他长叹了一口气,给了自己脑袋两拳,干脆蒙头睡觉,没一会儿打起了呼噜,米妈妈买着水果回来,发现儿子睡着了,立刻放轻了脚步。

米阳的手机连续信息声音响,她生怕把儿子吵醒,赶紧捂着手机走到一旁。她想把手机调成静音,看看翻身还在睡的儿子,一咬牙,输了几个密码,打开了米阳的手机,顿时出现了米阳查询 ED 症状的页面。米妈妈紧紧捂住了嘴,回头看看熟睡的儿子,她的眼泪"唰"地就流下来了。

韦晶下班匆匆来医院,买了米阳爱吃的食物,正往住院部走的时候,无意中看到米妈妈正坐在石凳上发呆。韦晶想了想,还是先过去打招呼。

韦晶:阿姨?

米妈妈回过神,愣愣地看着韦晶不说话,表情又是绝望,又是希望,把韦晶给看毛了,韦晶顿时误会。

韦晶大嗓门:米阳怎么了? 又出什么问题了?!

韦晶转身就要往病房里冲,被米妈妈拉住。看到韦晶着急的样子,米妈妈的表情有了几分欣慰。

米妈妈:米阳没事儿,我……我是在等你,咱们俩能谈谈吗?

韦晶反应不过来:啊? 米阳真的没事?

米妈妈微笑点头:真的,他睡觉呢。

韦晶长出一口气,拍拍胸口,她心跳得厉害。仔细观察韦晶的米妈妈发现她是真的着急,仿佛下了决心。

米妈妈:韦晶啊,我能问你几个问题吗?

韦晶点头:当然! 您说,您坐!

米妈妈坐下,也顺势拉着韦晶坐下,韦晶登时有些受宠若惊,反而不自在。

米妈妈:今天我们开诚布公地谈一谈。韦晶你是个好孩子,我承认,但我真的觉得你和米阳不合适。

韦晶立刻反驳:阿姨,我在努力的。人大录取我了,还有一个月就开学。人力资源师证书我也考下来了,还找到了新的工作,我以后想做 HR 方面的工作。虽然没有现在这个这么风光,可那是靠我自己的能力应聘来的! 或许我永远没有米阳的条件好,但我会一直努力跟上他的节奏,我真的不是以前那个韦晶了! 您相信我……

米妈妈微笑着拍拍韦晶的手。

米妈妈:你别急,我相信你。

韦晶:我说的是真心话,您那些要求我也会努力……啊?您真的相信我?

米妈妈点头:是,但我吧,还是有几个……问题,想问你。

韦晶看着米妈妈难得没有高傲,只有真诚的表情,赶紧点头,正襟危坐,表示重视。

韦晶:Please!

米妈妈:你认为,婚姻最重要的是什么?

韦晶想了想:彼此忠诚!负责任!

米妈妈:不是爱情吗?

韦晶一笑:如果不忠或不负责任,爱情就是个P……(看到米妈妈瞪眼,强行改嘴)泡沫啊……

米妈妈叹息:你这么想我很高兴。可是家庭中非常重要的一个因素是孩子。

韦晶有些害羞:这个吧……(小声)我肯定会努力的!

米妈妈压着心里的难过:你、你有没有想过,要是万一没有呢?

韦晶:不可能,我和米阳都特健康!阿姨,别的我比不了,要论身体素质,我可是国民代表!

韦晶做个展示肌肉的动作。米妈妈不知道该怎么说下去。

米妈妈费劲地说:夫妻之间的……的亲密也是很重要的,你明白我的意思吧?

韦晶眨眨眼,突然跳起来,面红耳赤地摇手。

韦晶:阿姨,我们除了亲过几次,没干别的!真的!没有胡来!

米妈妈眼眶都红了,她按着额头。

米妈妈低声:我宁愿你们胡来过了。

韦晶觉得自己听错了:您……您说什么?

米妈妈长出一口气:韦晶啊,就算我不喜欢你,但也不想耽误你,这是女人的一辈子啊。虽然米阳的毛病不是治不好,甚至只是偶发的、暂时的,其实主要是心理上的,但我还是希望你知道。如果你愿意,我们一起努力,如果你不愿意,我绝不勉强!这是我的真心话!

韦晶有些糊涂了:阿姨,您什么意思啊?米阳到底怎么了?急死我了!

米妈妈第一次有些卑微地说:米阳受了伤,可、可能……可能会在夫妻的事情上有点问题。

韦晶:什么问题?

米妈妈咬牙闭眼:Sex……

韦晶:赛……(瞪大眼)What?!

病房内。

米阳正高兴地吃着水果,韦晶坐在一边削苹果,不时偷眼打量米阳。米阳突然转头,两人目光一碰,韦晶吓一跳。

米阳得意地:我是不是特帅啊,你老偷看我!

韦晶勉强笑笑:是啊,是啊。

米阳挑眉:你怎么了? 从进来就神不守舍的。我的伤都好了,你放心吧。

韦晶努力调整状态,让自己像平时一样。

韦晶故作随意:我知道。再说就算你的毛病没好,我也不在乎。

米阳一愣,又笑:咒我是吧,你才有毛病呢。

米阳话刚出口,就反应过来韦晶的真意,他顿时尴尬,正要说实话,却一眼瞄见米妈妈在病房外晃过的身影,他有些犹豫,韦晶更加误会。韦晶拉住米阳的手。

韦晶:你别胡思乱想啊,很多毛病其实都是心理作用,过一段时间就好了!

米阳干咳一声:不知道你在说什么!(提高嗓门)我什么毛病都没有! 我发誓!

韦晶:好,好,没有就没有呗! 我就这么一说。

两人之间有些尴尬,韦晶继续低头削苹果。米阳看看房门外,又看看韦晶,他握住韦晶的手,心里也有些好奇。

米阳试探:韦晶,如果,我是说如果啊,我身体可能,万一有了毛病,你真的不在乎?

韦晶深吸一口气:不在乎!

米阳:很多事情答应了就是一辈子,冲动是坚持不下去的。

韦晶反握住米阳的手,字正腔圆:我和你生下来就认识,在一起长大,生活了二十六年,你已经是我的一部分了,分不开了。不论是你的身体,还是心理出现了问题,那也就是我的问题。米阳,我不能跟你分开,一想到你会彻底离开我的生活,我连先迈哪只脚都不知道了。真的,我以为自己很爱你了,可经历这些才发现,在我心里,你比我重要!

米阳本来是半开玩笑地试探,也想让母亲听到,但他真的被韦晶感动了。米阳的眼眶都红了,他一把将韦晶抱在自己怀里,不让她抬头看自己想哭的脸。

米阳哑声:老婆,我更爱你!

韦晶紧紧地抱住米阳:嗯!我们都要好好的,长命百岁,幸福快乐!

病房外的米妈妈捂着嘴,不敢哭出来。一只手握住了她肩膀,米妈妈回头看,是米爸爸,她靠在老公怀里,无声哭泣,米爸爸轻轻拍抚着她。